命运乐章
THE SYMPHONIES OF FATE

下篇

司辰
——
著

北京联合出版公司
Beijing United Publishing Co.,Ltd

一未文化　　非同凡响

北京一未文化传媒有限公司
www.bjyiwei.com
出品

这是我们的 世界

这是我们的 命运

图书在版编目（CIP）数据

命运乐章.下篇 / 司辰著 . —— 北京：北京联合出
版公司 , 2022.9（2022.10 重印）
ISBN 978-7-5596-6310-8

Ⅰ.①命...Ⅱ.①司...Ⅲ.①长篇小说—中国—当代
Ⅳ.① I247.5

中国版本图书馆 CIP 数据核字 (2022) 第 113195 号

命运乐章

作　　者：司　辰
出 品 人：赵红仕
策划出品：一未文化
版权统筹：吴凤未
监　　制：魏　童
责任编辑：孙志文
执行编辑：小二黑
特约编辑：夏果果
封面设计：黑色公爵　佳　菲
封面绘画：郭　建

北京联合出版公司出版
（北京市西城区德外大街 83 号楼 9 层 100088）
北京美图印务有限公司印刷　新华书店经销
字数 248 千字　710 毫米 ×1000 毫米　1/16　17.5 印张
2022 年 9 月第 1 版　2022 年 10 月第 2 次印刷
ISBN 978-7-5596-6310-8
定价：98.00 元（全两册）

目 录

—— CONTENTS ——

◆ 第三乐章 ◆
你与我命运的代价

所有命运的馈赠，
早就暗中标记好了代价。

——茨威格

26　牺牲以及幸存之人的责任 《《《《

CN-TSK-411 收容事件。

第一滴血。

该收容物以试管中的血液形态存在，曾经有一次试管破裂，血液溅在了其他物体的表面，该收容物成功被激活。

被激活之后，该收容物形成了独立空间，迫使时间静止，并且外部空间会以每隔十五分钟的速度扩张翻倍。而空间内的人员会逐渐失去视觉、味觉和听觉，直到整个人被黑暗吞噬。

空间塌陷特质：距离起点越近，相对距离就越远。

收容物来历：这是一场古老的实验，将奈福林放至残酷的环境中彼此厮杀与成长，环境的高度凝聚成了第一滴血。

该收容物早期的收容方式一般是隔离，并杀死空间内所有活着的生命进行收容处理，直到某个对鲜血有特殊爱好的圣徒，带着他的祭品走入失控的收容物空间。他将鲜血涂满收容中心，并且残忍地杀死他的祭品，放干尸体的鲜血。至此，收容物在祭品上凝聚成一滴试管内的鲜血。

收容方式：第一，通过切割空间限制扩张，独立收容；第二，使空间内的生命全部死亡，满足血液饱和度；第三，杀死空间内的任何一人，并将其血液放空献祭。

以上内容可分列设置，参考现场收容特征。

历史收容案例：古罗马帝国"科洛西姆竞技场屠杀"、布达佩斯"血腥公爵夫人"、加利福尼亚"黑色大丽花奇案"，其他类似事件的特征属性不详。

这份资料让所有人都沉默了，仿佛整座大楼的空间都变成了猩红色，甚至可以闻到扑鼻的血腥味。

"这就是我们要面对的现实。"梁荷心努力地让声音保持冷静，似乎在强撑着自己即将崩溃的信念，"我们身上背负着诅咒，为了活下去，为了我们身边更多的人，注定会有人被放弃……"

"是的，我们别无选择。"

"欢迎来到世界的边缘。"卢卡斯的语气像是热情的调侃，又像是无奈的嘲讽。

周无隐约能感觉到喉咙中出现一股铁锈般的气息，也许就是牺牲者们的鲜血的气息？

此时此刻，黑暗已将他完全遮掩，就连近在咫尺的修特的模糊身影，对他来说也变得遥不可及。

"我想，没有人会愚蠢到去杀死另外一个人。"卢卡斯轻描淡写地说，"所以我们要抽签吗？"

耳麦里出现了漫长的沉默，没有人觉得卢卡斯是在开玩笑。

朱峰实在是憋不住了，在尴尬的气氛里提出一个疑问："也许数据库记录的资料只是一些传说而已？哈哈，如果要把那些解释不了的怪事全归于收容事件，那我说上三天三夜也说不完！"

耳麦中突然传出他的呼痛求饶声，随后孟桂冷冷地说了一句："这并不好笑。"

"你们想听个真正的笑话吗？遇到这种突发事件，不用抽签，我们一般是从低级别的实习生中开始择选。"李察的声音在一片黑暗中响起，严肃而冷酷。

"这也算是笑话吗？呵呵——"朱峰正要反驳李察，似乎意识到了什么，笑声渐渐停止。

"我们还能坚持一会儿，除非后面的人及时赶到，否则的话……"

梁荷心沙哑的声音在空间里回荡着，众人仿佛听到鲜血滴落在地板上的声音，又像是在血管中沸腾流淌，空气中散发着莫名其妙的芬芳。

没有人会渴望鲜血的滋味，可是整个空间已被血腥味笼罩，他们始终挣脱不了。大楼内鸦雀无声，没有人愿意主动开口，似乎都在回想着过往的快乐时光。至少在危机来临的时候，他们可以回忆一些这个世界的美好。

"你上次见到周极是什么时候？"修特的声音很轻，仿若没有耳麦的电流声。

周无虽然看不清楚眼前的身影的位置，但知道修特并没有在公共频道出声。

"你说最后一次吗？"周无坐在地上，闭着眼睛，自言自语，"那是在我母亲的旧宅里，他把舅舅一家人都杀光了，之后我再也没有见过他……而我在记忆场景里看见的投影，还是以前的模样。"

修特叹着气，似乎有些疲惫："事出有因，有些事情我解释不了。我记得我第一次见到他，跟你现在性格差不多，冲动、自负，让我们经历了不少完全可以规避的风险，但是他的专业能力进步得很快。有时候，他就像是我的孩子一样，居然知道我的心思，时常有意无意地提醒我别总是抱怨。古话说得好：'生死有命，富贵在天。'每个人在命运面前其实都是平等的……嗯，我在你身上看到了他的影子。"

他好像笑了笑，轻轻地喘着气，但是呼吸的节奏很平稳。周无觉得耳边隐约有鲜血在流动的声音，血腥味也越来越浓。

"周无，"修特突然轻唤了一声，说话的声音在黑暗的迷雾中渐渐变得微弱，"一会儿可能会有点儿不舒服，你要有心理准备……"

周无微微一怔，没有明白修特的意思，耳麦中已传来梁荷心疑惑的声音："奇怪……收容物的特性正慢慢散去。"

"荷心啊，你完全有能力独当一面，只是性格有些倔强，不是所有问题都能靠你的智慧去解决的……孟桂，在我教过的学生里，你的成绩一直名列前茅，很高兴能与你共事。你就是脾气暴躁了点儿，注意以后收敛一点儿，改一改毛病……"

修特说完这番话，嘴里又不知道在念叨什么，像是感慨，又像是自言自语。

作为 A.E.C.S.T 外勤组的组长，修特见证了几代调查员的成长。他的天赋极高，可是他从来没试图在事业上达到某种成就，以至年轻的一代成员很容易就能超越他。

眼前的迷雾慢慢散开，坐在地上的周无隐隐觉得手心一凉，诧异地望着手掌上凝结的液体。他猛地一惊，觉得眼前出现一片血迹，如同流动的溪水，正朝着他的位置缓缓流淌过来。

"组长，你……？"孟桂觉得修特的口气有点儿不对劲。

"唉，我老了……当年加入 A.E.C.S.T，我明明是为了钱，可是后来为什么呢？我变得这么拼命……我最对不起的人是我的夫人，每次都要跟她说谎，本来约了她在这个周末去那家栽满红枫树的法国餐厅共进晚餐，看来这次又要爽约了……替我告诉她，如果还有下辈子的话，我希望早点儿遇到她……这么多年了，我还记得我以前的组长，他在一次收容事件中牺牲。我记得他说过的话，'保护好你身边的人，是至高无上的荣誉'……谢谢你们，给了我一段温暖的人生，现在让我来庇护你们……"

刹那间，所有人都明白了修特的用意，耳麦中依稀传来梁荷心与弗雷沉重的呼吸声，而孟桂早已泣不成声。

卢卡斯与李察二人沉默着，面对生离死别，或许他们比在场的其他人坚强了许多。

"不要为我伤心，这是一个理性的选择……荷心和弗雷是奈福四级，绝对不能牺牲在这里，而卢卡斯和李察先生作为外派调查员……我想，他们也会尊重我的决定。"

修特用低沉的声音平静地说着，没有一丝不甘的情绪，偶尔透露出一种悲凉感："从级别上来说，我是最佳的选择。周极的事……就拜托你们了，毕竟你们和他同事一场……不要忘记我们的责任就是牺牲，不要……不要变成我们自己最恨的那种人……还有，替我跟安玉说一声对不起……"

随着迷雾散去，修特的声音越来越弱，此时的周无感到热度又回到了身体里，沉浸在冰冷空间里的所有物体，逐步具备原有的属性。

终于，周无伸手将眼前的迷雾拨开，地上积着一摊暗红的血。修特斜躺在地板上，脸色苍白，就像是病入膏肓的病人。他左手旁放着一把断刃，只有食指长短，上面沾满了血迹，右手则无力地轻放在腿上，手腕上有一道深深的刀痕。

他的嘴唇开始发白，他艰难地睁开眼睛，看着走到自己身边的周无，微微动了动手腕，手中握着那枚君士坦丁大帝铜币："告诉周极，不要做后悔终生的事，世界虽然残忍，可是谁也不欠谁……答应我，你要好好活下去……"

修特缓缓低头，仿佛入睡般安静，灰色的头发连带着汗水静静地贴在额头上。他带着皱纹的脸舒展开，显得如此安详。他就那样静静地靠在那里，两只手的手腕上还滴着鲜血。

周无在血泊中跪下，紧紧抓住修特渐渐冰冷的手腕，泪水从眼眶中涌出。

片刻之后，从手腕开始，修特的身躯开始迅速萎缩，转眼间在周无眼前变成一具干瘪的残躯。一个蕴含着暗红色鲜血的圆形血管状异物在尸体上渐渐凝结成团，色泽呈暗青色，里面似乎有某种液体正在涌动，就像是承载着生命的泡沫。

周无从南郊山开始，一直压抑着内心的怨气，此时化为滚烫的泪水滴落在干瘪的尸体上，也打湿了修特散乱的灰发。

为什么？！

谁能告诉我，这都是为了什么？！

情绪的爆发，让周无将满腔的愤怒一泄而出，变成了痛苦的嘶吼。积压在内心的痛苦以及恐惧终于如同决堤的洪水，不断冲击着他的理智。周无咬牙握紧拳头，身体不住地颤抖。

"周无，你听好了，修特组长已经死了，活着的人必须把死去的人的那一份责任承担起来！你现在的任务就是待在修特身边，看管好收容物，不要接触它！"

周无耳边传来梁荷心焦虑的声音，但是因为彼此之间位置不明，她在关切之余只能带着强行命令的口吻说道："我知道你现在很愤怒，但是你千万不要冲动！周无？周无？"

周无将耳麦摔在冰冷的地板上，梁荷心焦急的呼喊声回荡不绝。

夜空中亮起点点繁星，周无在经历了空间、时间的折叠之后，目睹着地上成堆的尸体，感到一阵心惊肉跳。

整座天空酒廊是个 L 形的空间，高大的镂空屏风挡在入口处，往日有无数的男男女女在这里狂欢，今夜这里却成了人间地狱。

周无注意到地上的一具尸体，四肢关节僵硬而扭曲，死状诡异，手腕和手肘竟向外弯曲着，脸上挂着奇怪的笑容。而男人身旁躺着一具女尸，与男人的动作类似，二人的姿势就像是躺在地上翩翩起舞，在极度的欢愉中死去。

他深吸一口气，抽出别在腰间的格洛克 17 型手枪，看了一眼弹匣中的子弹，尽量不让枪上膛时的声音惊醒任何人，随后右手持枪放在胸口处。

他跨过四散在角落的成堆尸体，倚在吧台的角落，往里面的空间望去，整个酒吧的落地窗玻璃都已破碎，地上铺满了玻璃幕墙以及楼顶吊灯坠落后形成的碎片。风从破碎的窗户灌入整座大楼，大楼似乎在摇晃，让人产生一种奇妙的眩晕感。

屋内的光源隐约来自商务应急照明设备，繁星般的灯光照亮一些空间，而在顶层的周边，一排身影背对着墙面站立着，面对着窗外的风景。他们的身体随风摆动着，仿佛被固定的风铃。

还有一些人影映在餐桌上，保持着临死时的动作，仿佛为了烘托现场的死亡气氛而刻意布置的木偶。

周无缓缓向布景台走去，上面倒着几个人。他清晰地听到自己的呼吸声不停地在耳边回荡。现在他能做的事只有持枪戒备，继续往布景台的中间靠近。

布景台上倒着三具尸体，其中两具男尸的衣服已被切成网状，身前一摊血迹，甚至有些暗红色的鲜血正从布景台边缘一滴滴地滴下来，触目惊心。

此时，周无看见白衣少女被一个穿着皮衣的人紧紧地抱着，身上没有伤痕，只是已经没有了生命迹象，苍白的面孔仿佛只是在沉睡。她安静地躺在男人的怀里。

"为什么要把她牵扯进来？"

穿着皮衣的身影缓缓抬头，说话的声音很轻，透过窗外的风传过来。在暗淡的光线中，那人带着怒意的眼神直射向周无，神色有一丝哀伤，也有一丝愤怒。

"周极？"

周无猛地一惊，这道声音如此熟悉。

"她很单纯，就像这座城市中无数个为生活挣扎的人一样，只是想要活得好一点儿……我答应过她，等这一切结束之后就送她出国，让她开始新的生活。她不会出现在 A.E.C.S.T 的被清除名单上，可以重新来……"

周极轻轻地托着齐奕娇，远离地上的血渍，又弯腰为她整理身上的白色连衣裙，让她可以"睡"得舒服一点儿。

周无看着眼前的周极，看着永远沉睡的白衣少女，手中的枪缓缓垂至身侧，满腔的愤怒化作了无尽的悲哀。

今晚，就在这座摩天大楼的顶层，那种失去的感觉，他经历了两回。

周极缓缓起身，转过头来看着自己的弟弟，略带讽刺地笑了笑。当看见弟弟一双布满鲜血的手以及衬衫上的血渍时，他微微一怔，略干涩地问道："修特？"

周无默默地点了点头。

"是啊，理论上来说只能是他……"周极突然闭上眼睛，深吸了一口气，"似乎你们每个人都有活下去的理由，而他是最合适的。"

周无注意到他手中有一个木偶，用黑色的木头打造，在关节的连接处钉着几根金属圆钉。精致的木偶在黑暗中反射着微光，散发出一种奇怪的气息。

周无抬了抬手，指着周极手中的木偶，好奇地问："你所做的一切，就是因为这个？"

周极没有回复，冷风涌进楼顶，吹乱了他的头发。死寂的天空酒廊里，两个相识的人之间似乎隔着很远的距离。

"你知不知道你在做什么？！"

周无突然大喊一声，"乒"的一声，沉闷的枪声回荡在天空酒廊里，瞬间被窗外的风卷走。

一颗子弹镶嵌在木偶的躯体上，裂痕四散。周极下意识地后退一步，低头看着木偶在手中裂成碎片。他看了看手上被碎片割破的伤口，抬起双眼阴郁地看向周无，轻轻地摇了摇头："你还是像小时候一样冲动，依然是个冲动的白痴……你以为他们给你讲了一个故事，你就可以断定我这样做是迫不得已，做这一切只为了活下去？"

周无对周极怒目而视，心跳因情绪的波动而加快。

"天真的孩子，这一切，以及发生在你身上的一切事情……"周极的右眼中散发出一丝光泽，他咧嘴一笑，突然停顿，露出森白的牙齿，笑容中带着某种疯狂和孤傲，残酷的话语一字一顿地从牙缝中挤了出来，"都是我主动做的！"

他话音刚落，身子突然一晃，撞向周无的左肩，迅速架住周无持枪的右臂往上一顶，流着血的手掌按在周无的右臂上一压，随后右膝顶在周无的小腹上，猛地往下一个肘击。

周无身子后仰，躲过了致命的一击。

周极看着手里夺过来的手枪，用熟练的动作将弹匣卸下，里面露出标注着蓝色印记的子弹。

"嗯，A.E.C.S.T 的标准配置。但是他们没有告诉你，在处理高级别降临事件时一定要用实弹吗？"周极一颗颗地将子弹退出，让子弹落在满地的血泊中，轻蔑地笑了笑。

双目通红的周无，突然冲向周极挥出一个直拳，速度又快又猛。

"愤怒让你失去理智。"

周极侧身轻松地躲过弟弟的拳头，屈腿转身将肩膀卡在周无的腋下，一个过肩摔将周无按倒在布景台上，同时用左手掐在周无的脖子上，扑倒在他身上，右膝用力下压。

周无已经动弹不了，强烈的压迫感让他无法呼吸。他试图拨开周极掐在他喉咙上的手腕，恍惚中，看见周极脖子上发出一道微弱的光芒，下意识地一抓，一块玉佩出现在周极的胸口。

那是混合着金色光芒的玉佩。

周无在失去意识的最后一刻，抓住了那道光芒。就像当年在爷爷的书房里，周极急不可耐地一把抓住桌子上的玉佩，似乎牢牢地抓住了自己的命运。

》》》》 27　　命运的双生子

　　周无眼前出现了无数画面，仿若潮水，奔腾而来。

　　由时间和空间切割而成的记忆碎片，冲击着整座天空酒廊，二人在一个没有尽头的空间里翻滚着，时而分开，时而纠缠在一起。

　　周无看见了儿时的画面，同时仿佛看见了周极的记忆。画面在眼前互相交错流动着，有些明明已经遗忘了，却在不经意间被浪潮惊醒。

　　我在哪里？

　　周无在一片混乱中想伸手抓住眼前的画面，可是一只手腕鲜血淋漓的手抓住了画面的另一角。二人同时用力，随后一阵天旋地转，二人重重地摔在了地上。

　　周无觉得周围的光线忽然清晰起来，来到了一个熟悉的场景。

　　周极用手缓缓撑起身体，抬头看着周无，眼前的人是他的弟弟，依旧是不服输的眼神，依旧是咬着牙的倔强身影。他站直身体，环顾身边的环境，一声不吭，似乎心里有些感触。

是的，这是周玖留的书房。

隐约间，光线变得很暗，周极突然抬手打了个响指。

从布满迷雾的书房外面跑进来一个孩童，正是小时候的周无。他一句话也不说，坐在书桌旁的椅子上。由于个子太矮，小周无两条腿悬在椅子外面，来回摇摆着，神情似乎很悠闲。

周无呆呆地望着眼前出现的记忆场景，想起一件不可思议的事情，突然皱眉问道："我们可以进入对方的记忆宫殿？"

"记忆宫殿的延展应用有很多，你还没来得及学习。虽然爷爷说过，进入别人的记忆宫殿是危险的，但并没有说永远不可以……"周极煞有介事地打量着坐在椅子上的小周无，微微一笑，"爷爷当年选择我之后，你想尽办法探查我们到底在做什么，又怎么瞒得了我？看看你小时候，再看看你现在，我的西服、衬衣、鞋子，哦，还有那块百达翡丽手表……它们迫不及待地想把你变成另一个我。"

"我没有你这么无耻！"周无握紧拳头。

"哈哈！"周极自嘲一笑，绕着周无来回走动，仔细打量着弟弟身上的衣服和装备，眨了眨眼，"还有我房间里的红酒，也许你很享受？他们告诉你一个真实的谎言，将你悉心装扮之后，你就成了被关在笼子里的替身演员。在某种难以解释的场合，他们就会推你上台取代我……"

这番话无情而冷酷，此时从周极的口中说出，仿佛最残忍的飞刀不断扎向周无的心。

周极微微抬手，画面突然扭曲，二人在一片迷雾中来到了 A.E.C.S.T.。

画面里的梁荷心正将手中的表轻轻戴在周无的手腕上，并且细心地为他整理衣领。那一瞬间，周无似乎还能感觉到她发间的香气，淡淡的薄荷烟气息，甚至有头发飘起滑过他的鼻尖的感觉，如此清晰。

"她是不是对你很好，让你觉得自己对她来说很特别？"周极盯着眼前的画面，仿佛在回忆什么，"她让你觉得在 A.E.C.S.T 的日子似乎也不像想象中那么差，可以让你自信。无论是眼神还是动作，她让你觉得她对你的感觉是独一无二的。嗯，这些很真实！可是有一种感觉你忽略了，恐惧和害怕，一直隐藏在梁荷心的心里……"

他说完之后，又抬手打了个响指，画面再次扭转，崩解成无数颗粒，二人再次来到了虚无的空间里。

光线暗淡，四处都是灰烬，周无正跪在修特的尸体旁，抓着组长干瘪的手腕舍不得放手，泪水从脸庞上滑落。

周极叹了一口气，无尽的悲伤似乎从他的身体深处涌出来："我知道你不愿意去伤害别人，可你是个旋涡，会把身边人的生活轨迹打乱。无法避免的是，有人会因为你受伤，也有人会因为你而死亡！"

场景再次转换，两人眼前静静地躺着齐奕娇冰冷的尸体，白色的连衣裙，苍白的肌肤。

周无为了掩盖脸上即将遮掩不住的悲伤，用沾满鲜血的左手遮住了自己的额头，看起来仿佛有猩红的血液从他的眼睛中流出来。那若隐若现的迷雾出现，转眼间，他又出现在记忆宫殿里。

他回头远眺荒芜的大地，向宫殿的大门走去。

他将手掌按在大门上，茫然地推开门，身影瞬间就转移到了记忆宫殿的大厅中。

就在场景转换的同时，整个记忆宫殿震动起来，水池中的水晃动着，天花板上的灰尘随着震动散落，陈列厅的玻璃展柜"啪"的一声裂开，书架上的各种书籍也在剧烈地向外移动。

迷雾渐散，眼前出现一幅画像。画中的周玖留满头白发，略显沧桑的眼看向远方，仿佛在悠悠叹息。

周无站在大厅中间，似乎感觉到周围的气息有些异常，在一回神间迅速转身，看见周玖留的身影突然出现在迷雾中。

"你们两个……怎么越大越任性了？"周玖留皱着眉头扫视着周无，看见他满脸血迹的狼狈模样，无奈地摇了摇头，将手掌按在他的肩膀上，轻轻地叹息，"小时候我教过你的，在自己的地盘上被打怎么办？唉，当然是打回去啊！"

刹那间光芒大盛，在周玖留的身上闪耀着，也将周无包围。随后，金色的光芒向四周扩散着，周无突然被耀眼的光芒推向远方，出现在一个陌生的空间里。

这是一个堆满尸体的房间，年轻的周极手里捧着笔记本，正与几个穿着黑色制服的人在观察尸体，一边认真听讲，一边在笔记本上记录他所看见的一切。

正在此时，其中一名黑衣人好端端的，突然叫了一声，身体仿佛被一根无形的绳子吊在半空中。他拼命挣扎，四肢却渐渐无力，呼吸也越来越微弱，直到像个布娃娃般垂下了头。

周极睁着惊恐的双眼，表情极其恐惧。他颤抖着，背靠在墙上不停地喘气。

画面定格在这一瞬间，周玖留从周极的身后走出来，仿佛幽魂一般看着周无："我给你看这个场景，不是为了别的，而是想告诉你，周极也会恐惧。他跟普通人一样，在面对未知事物的时候，也会感到困惑和无助。无论他将情感隐藏得有多深，只要看到他的内心，理解他的快乐和恐惧，你就能找出他的弱点……"

"弱点？"周无茫然不解。

"是的，你小时候我一直瞒着你，万物皆有你无法想象的另一面。例如古老者与奈福林之间的战争由来已久，始终停留在两个层面，一个是肉体，一个是精神。肉体相对简单一点儿，而精神层面比较复杂……如果两个人在精神世界里发生碰撞，状态是非常原始的，那就是相互竞争。双方在不断对抗的过程中，找到彼此意识深处最大的弱点。由于精神世界的相互侵蚀，你就会看到对方深藏在记忆里的秘密。"

"周极到底有什么秘密？"

"唉，他觉得是你害死了那个女孩，可是他在责怪你的时候，有没有想过，他难道是无辜的吗？"周玖留摇头叹气，似乎对周极的所作所为表示无奈，"想一想他说过的每一句话，那种孤独感，那种面对死亡时的绝望，还有内心深处被人利用的恐惧，你不觉得他在逃避什么吗？曾经的同事在追捕他，连自己的弟弟也对他充满仇恨，这个世界上已经没有他认为安全和温暖的地方，他对你说的话只是一时负气，想报复自己……"

周玖留微微抬手，无数画面在身边闪烁。

周无仿佛置身旋转的画面中，看到眼前画面里的周极正用颤抖的双手轻轻地抚摸着齐奕娇的眼睛。他的眼睛里蕴含着愤怒，仿佛在控诉这个世界的无情。

另一个画面里，当看到修特那残缺的身体时，他的手腕微微颤抖，脸上悲戚的表情一闪而过，似乎将深深的痛苦情绪藏在了心底。

另一处场景，梁荷心在温馨的灯光下，举起手中的玻璃杯，面带笑容地正与周极碰杯对饮，眼神很清澈。她对周极有一种崇拜和赞许，令周无内心生出一股莫名的怒火。

此时，画面像水波纹般轻微抖动着，周极阴沉着脸，从一个画面里跨出来，低着头没有说话。

　　周无皱了皱眉，冷笑着望着站在眼前的周极，语气冰冷地说："很好，你来解释一下，舅舅一家是怎么死的？"

　　鲜血四散，而周无惶恐地后退，周极手握银色十字剑的身影出现在舅舅家中。

　　周极沉默了一下，随即抬了抬头："是我做的。"

　　画面中，周极左脸扭曲着，泪水从金色的瞳孔中一滴滴地滴在地上，面前失去意识的周无正贴着墙滑落。

　　周极看着面前的周无，神色中有挣扎，有痛苦，还有犹豫。一切都形成记忆画面围绕着周无飞舞，同时也围绕着周极飞舞。这一切都是抹不去的回忆。

　　周极忍住内心的波澜，大喊："滚出我的脑袋！"

　　记忆画面却开始四散，脑海中的宫殿也开始颤抖。周无明明向周极走去，却发现突然变成了后退。他再次孤单地站在荒原上，身后的宫殿飘浮着，不远处则出现了一株参天大树，繁茂的枝叶闪烁着金色的光芒，隐隐能够听到圣歌。

　　周极在远处发出一声声怒吼，伸出手试图抓住正在远离的记忆碎片。

　　空间慢慢旋转，替换着二人站立的位置，速度越来越快。

　　他们在重心不稳的情况下，几乎同时伸出手臂，试图在旋转的空间里抓住这株大树。虚无中，他们似乎抓住了一片飘落的叶子。

"周无？"

耳边传来朱峰的惊叫声。

周无已经回到了天空酒廊，画面定格在他伸手抓住闪着光芒的碧绿玉佩的一刹那。

　　朱峰看到眼前的场景，微微一愣之后，不顾一切地跨过地上的尸体，向纠缠在一起的兄弟二人跑过来。

"不要过来！"周无回过神来，使出最后一口气，大声阻止朱峰。

这一瞬间周极和周无同时用力，然后绿色玉佩中有什么东西"咔嚓"一声，一个银色的发着光芒的十字剑状饰品从玉佩中被缓缓拉了出来。

周极和周无同时眼神一凝，手中一紧。

一道刺眼的光芒在兄弟二人的身体上崩裂，朱峰被一阵强烈的风浪"吹"得东倒西歪，跌倒在一具冰冷的尸体身上，连眼镜也摔了出去。

他慌忙起身，找到地上的眼镜，抬头一看，整个人仿佛中邪般定住了神。

耀眼的光芒中出现了一株茂密的大树，横七竖八的树枝撑满了天空酒廊，而周无的身后竟然出现了一座宫殿，庭院中，矗立着高大的骑士雕像。那雕像似乎突然动了起来，握着手中的长剑挥舞着，斩向不断生长延伸的树枝。

朱峰揉了揉眼睛，以为是自己眼花。

天空酒廊就像是个奇幻的世界，又像是在茫茫荒原上出现的海市蜃楼。此时，整个空间已经开始颤抖，朱峰在惊恐中依稀听到身后传来急促的脚步声。

"精神力干涉现实！"

梁荷心等人冲到了酒吧，干涩而沙哑的声音透过屏风，如同空旷原野中响起的回音。

站在门后的卢卡斯和李察二人，目睹着眼前的幻象，小心戒备着周围的可疑动静。而跟着梁荷心跑进酒吧的弗雷，身体仿佛石化，如同被传说中的美杜莎施了魔咒。

他死死地瞪着空间画面中的周家兄弟，喉咙微微一抽，将恐惧与惊异强行咽了回去，迅速按住耳麦："行动小组和外围团队，你们不用上来了！现场出现两个奈福四级别的'精神力干涉现实'案例，通知科学组，以最快的速度在酒店周围建立能量力场防御网！"

"孟桂，站住！"梁荷心看见孟桂正跌跌撞撞地往酒吧方向跑过来，伸手示意，大声阻止她，"联系梁丹渊……告诉他，现场已经超出了我控制的能力范围，必须立即回来！"

孟桂微微一愣，看了看站在酒吧门口一脸严肃的弗雷，侧身往后退了一步，被脚边的尸体绊了一下。卢卡斯手疾眼快，身体前倾，扶稳即将摔倒的孟桂，一边神色紧张地看着不远处的两兄弟，一边轻轻推开孟桂，急促道："快走吧，用最快的速度跑出去。"

"等等，如果我们回不来，你临时接管 A.E.C.S.T 中国区的事务，直到有更高权限的管理层级人员到来为止……"梁荷心再次交代一句，声音有点儿发抖。

孟桂终于意识到问题的严重性，咬了咬牙，转身疯狂地往楼梯口跑去。

天空酒廊开始震动，在场众人明显感到身体一轻，随后全部摔倒在地上。他们狼狈起身的时候，又是一阵震动，根本站不稳。

朱峰看到梁荷心等人仿佛大海中被海浪抛起的小船，狠狠地被抛向空中，又被狠狠地拍在地上。这个节奏，与总督府那个精神力炸弹的频率一模一样。

楼梯间奔跑中的孟桂也感觉到身体平衡出现了问题，一脚下去，险些从楼梯上摔下去。她扶住墙角，深吸一口气，继续飞奔下楼。

空间的收缩使整座楼层外的玻璃被压力震碎，地上无数具扭曲的尸体随着玻璃的碎片被挤压出去，在空中跌落的同时，被气浪反复拉扯，四肢被折断，变得支离破碎。

梁荷心失声尖叫着，双手拼命想抓起身边可以支撑的东西："我们需要做些什么，不然只能等死！"

"理论上来说，我们只能听天由命……"李察趴在一张桌子上，脸颊被一块破碎的玻璃击中，血流满面。

弗雷和卢卡斯抓住对方的肩膀，蹲着身子，试图让自己能够站稳。为了帮助卢卡斯躲开飞溅的玻璃碎片，弗雷尽量挡在落地窗的前面，以至小腿上已被扎出了好几个血洞。

此时的周无，在一片混乱旋转的画面中，感觉现实的感官似乎已不适用。

他看不见周极的身影，无数记忆在他的脑海中出现又消失，庞大的信息量让他感觉脑袋开始发涨，根本无法正常思考，只能依循本能，保持着向前方伸手的姿态。

就在大楼震动的时候，他重重地摔倒在地，从布景台的台阶上滚落，沉重的撞击让他无法呼吸，与周极的打斗几乎耗尽了他所有的体力。

他疲惫地支撑住身体，坐在地上，忽然，一支锋利的长枪"噗"的一声，扎在布景台上。

"周禹凌！把圣物交出来，我放你一条生路！"

一道强烈的日光令人几乎无法睁眼，周无隐约看到眼前出现破败的街景，一个留着满脸络腮胡子的中年男人正冲着躺在地上的年轻人大喊。

街道的地上，散乱着一些衣服碎片和一双鞋子，依稀可以看见衣服下面遮掩着血迹，染红了一本暗红色封面的《圣经》。

穿着旗袍的少女蹲在少年身边，泪眼婆娑地扶着他，眼神中透着绝望和恐惧。

"你是个懦夫！除了向敌人求饶，你还有什么本事？你现在连靠近我的勇气都没有！喀喀——"年轻人穿着灰色褂袍，头发散乱，剧烈的咳嗽声证实他已经受了伤。但不知道是什么原因，络腮胡子的中年男人始终不敢靠近他。

周无记得这个场景，摇摇晃晃地站起来，想去握住布景台上锋利的长枪。

金光闪现，他竟然鬼使神差地走到了年轻人身前。

画面中的人并没有意识到周无的存在，少年手里正紧紧地握着一柄银色的十字剑。他眼神坚定，抱着宁为玉碎不为瓦全的信念，似乎又想赌一赌中年男人不敢过来伤害他。

周无在一片四溢的光芒中，感觉到自己好像也握住了什么，有一个闪着光芒的东西缓缓地从玉佩上被剥离，就像某种交织在一起的物体被强行分开。

周无心中一动，刚才的画面历历在目。他摊开手掌一看，果然是那柄银色十字剑。银色十字剑上面隐隐雕刻着奇怪的图案，似乎在微微流动，散发着刺眼的光芒。

此时此刻，酒吧肉眼可见的东西全部飘浮起来了，地上的尸体、散乱的桌椅，包括破碎的玻璃，完全失去了重力，静止在半空中。

梁荷心等人悬浮着，努力伸出手，试图在半空中抓住彼此。

周无望着眼前这位自己见过多次的少年，想将手里发着微光的银色十字剑还给它的主人。就在他要与少年的身体接触的那一刹那，刺眼的光芒突然从颤抖的十字剑上传来，直接将他震倒。

周围的金色光芒突然在震动中收拢成一束强光，一闪而逝。

宫殿、骑士、茂密的大树，以及斜插在布景台上的长枪在瞬间消失，从窗外灌入的冷风刮在脸上，就像针尖一般刺痛。这种感觉似乎是在提醒周无，一切幻觉已全部结束。

周无仿若沉睡在梦中，迷迷糊糊地听见周极的叹息声。意识似乎清醒着，他知道，那银色十字剑依然被他紧紧地握在手中。

梁荷心和弗雷等人从地上缓缓站起来，相视一眼，彼此身上各有不同的伤痕。他们心里明白，这场"精神力干涉现实"的空间异变终于停止了，眼睛齐刷刷地望向酒吧中间的布景台。

"梁荷心，好久不见……"

周极站在布景台上，背贴着墙，脸上露出一丝莫名的笑容。他低头看了看手中的玉佩，又表情复杂地看了看倒在地上的周无手中紧紧握着的银色十字剑，感叹道："历经数个世纪的分离之后，它们才刚刚团聚在一起。"

"可惜了。"他的话语令人觉得他手中带有浓郁东方特色的古玉和那西式风格的银色十字剑饰品似乎有什么说不出的渊源。

弗雷手持枪械，正警惕地注意着酒吧里的变化，而卢卡斯和李察面色凝重，似乎在思考如何快速击倒对手，至于 A.E.C.S.T 国际总部到底是要带回周极还是他的尸体，并没有详细说明。

"跟我们回去。"梁荷心的声音很平静。

"你们跟我一样，都只是任人摆布的可怜虫，永远掌握不了自己的命运。"周极忍不住叹一口气，摇摇头，挥手拍了拍身上的灰尘，"今天的派对到此结束。"

话音一落，他突然转身起跳，越过地上凌乱的尸体，冲向左侧的落地窗。

梁荷心一怔之下，眉宇间闪过一丝犹豫之色，而弗雷早已扑了上去。

周极张开双臂从天空酒廊一跃而下，如同苍鹰展翅。等众人冲到窗边，周极已经消失在茫茫夜色中。众人的心都沉到了谷底，仿佛站在悬崖上凝视着无尽的深渊。

弗雷一拳打在墙上，随后深吸一口气，大步走到布景台上，默不作声地戴上手套，查看着被割成网状的尸体。

夜风吹拂着卢卡斯的一头金色头发，他失落的面容上似乎透着少有的轻松，抬头远眺京都城的夜空，微微扬起嘴角，表情似笑非笑。

梁荷心皱了皱眉，掸去身上的玻璃碎片，原本整洁的风衣上多了几道渗血的伤口。她回过头去，看见白衣少女仿佛沉睡一般安静地躺在那里，忍不住叹了一口气，内心有些自责。

"周无，你没事吧？周无？"朱峰赶紧上前，想去检查好友有没有受伤。

"别碰他！"

梁荷心见他想扶起周无，急忙出声阻止，从口袋里取出一个细小的笔状仪器，心事重重地走到布景台上，测试着周无脖子上的颈部动脉，随后按住耳麦，一脸担忧地说："孟桂，我们暂时安全。你现在带人将附近的街道封锁住，虽然找到周极的可能性不大，但最起码尝试一下。还有，叫医疗组的人把设备带上来，尤其是脑波稳定器。"

"收到。周无没事吧？"孟桂惊喜地回复。

"你让科学组的人迅速赶到酒吧，这里有第三级别的收容物，尽快安排独立物理空间的隔离。他们需要清理现场的信仰能量遗留，同时……"她低头看了看紧闭双眼的周无，以及他手中的银色十字剑，犹豫了一下道，"做好人形收容物以及潜在高级别收容物的回收工作。"

梁荷心确认周无没有其他伤后，轻轻地拨拨长发，心情沉重地叹了一口气。

朱峰心有余悸地问："都结束了吗？"

梁荷心望着一片狼藉的酒吧，又关切地看了看躺在身边的周无，声音有些疲惫："正好相反，这里发生的一切，仅仅是开始……"

楼道的走廊上陆续传来脚步声，一群穿着黄白色防护服的工作人员走进酒吧，用手中的仪器测试着空气中的成分，然后迅速散开，开始在墙角安置各种仪器。

他们戴着防护口罩，往地上的尸体喷洒白色雾气，熟练地清理着现场的尸体。当有人走向躺在布景台上的周无时，梁荷心摆了摆手，低声与他说了几句。

夜风肆无忌惮地卷进楼层，地上的衣物碎片随风扬起，在半空中摇曳起伏，缓缓飘远，直至隐入黑暗中。

恍惚中，周无听到"嘀嘀"的响声在耳边盘旋，或远或近。

他绕开眼前一片幽暗的迷雾，再次看见了周极的眼睛，以及修特布满皱纹的脸庞，当然还有齐奕娇，一个睡得很安静的女孩。

有无数声音在他的脑海中低语，周无试图仔细聆听，声音好像出现在他身后，又像是刻印在脑海中的记忆。

"放我出去！"

突然被惊醒，他试图睁开双眼，却发现眼皮根本睁不开。他想抬起自己的手臂，可怎么也动不了。接着他努力地张开嘴，依然无效，嘴里似乎被放入了某种奇怪的东西。

周无微微吸气，觉得有清新的氧气从口中的装置物中灌进来。

远方仍然有争吵声，他尝试着挣扎起身，却感觉到自己的手臂和双腿被束缚着。整个人似乎被固定在仪器桌上，或许是一张令人不适的实验床上。

显示器上的"嘀嘀"声越来越急促，随后整个房间突然响起了警报声。

慌乱的脚步声响起，一群人瞬间拥进房间。

周无虽然睁不开双眼，但能感觉到几个人正围着他，似乎在用仪器检测他的身体。

在一片混乱中，周无迷迷糊糊地嗅到一丝薄荷的香味，离他很近。

"够了，他死不了！给他增加 3 毫升镇静剂……"

"周无的事我不担心……我只要你告诉我，安玉姐真的会为你卖命吗？"

"你这是什么态度？没有什么见不得人的，这座城市不能没有修理工！"一个浑厚的声音似乎异常暴躁，大声指责着梁荷心。

此时，周无感到手臂上的肌肉微微一麻，有人将药物注射进他的身体里。意识渐渐模糊，他就像是沉睡在宁静湖面上的一片叶子，漂浮不定，越漂越远。

当再次清醒的时候，周无终于睁开了疲惫的眼睛。

他躺在一间阳光明媚的病房里，身上绑着各种各样的检测设备。旁边的生命体征监测仪发出"嘀嘀"的声音，频率很稳定。床头上方吊着一面不大不小的显示屏，上面滚动着近期的新闻。电视的声音被调到了最低，避免干扰到他的睡眠。

就在他睁眼的瞬间，坐在旁边的朱峰抬起头，明显换了一副新的眼镜。他揉了揉蒙眬的双眼，一脸惊喜地望着周无："周无，你醒了啊？！"

随后一群身着黄白制服的工作人员拥入病房，开始对他的身体进行各项检查。一顿折腾之后，房间内仅剩下了梁荷心和卢卡斯等人，就像是匆匆赶来病房问候的战友，静静地注视着他。

周无睁着眼望着头顶的天花板发愣，一种无力感占据着他的整个身躯。

"现在，是什么情况？"

他张口说话，听到自己的声音像是生锈的水龙头滴出了久违的水。

房间内的人沉默着互相看了一眼，随后梁荷心上前两步，靠近病床。熟悉的长发，熟悉的味道，她手臂上有绷带，脸上还有数道擦伤，额头上贴着一块半透明的胶布。

她深吸一口气，随后用沙哑的声音说道："我们检查了现场，发现那天聚会的发起人，也就是绿湖资本，其实是长期潜伏在国内的海外非法组织负责人。鉴于近期的一些变化，他们计划放弃国内的项目，并且进行最后一次信仰能量的收割。那天，他们邀请的人都是目标，而你的线人，也就是齐奕娇，被他们选作当天的载体，在过滤信仰能量之后，再将经过提纯的能量转移到他们的收容物中。"

"你是说……那个木偶吗？"周无的声音很弱，但是他记得那个被他一枪打碎的木偶。

梁荷心点了点头，微微犹豫，随后取出手中的文件，将几张图片摆在周无面前：木偶的碎片、白色少女的尸体，以及现场诡异扭曲的尸体。

"CN-2-3314，提线舞者。在激活之后的十五分钟内，开始控制在场人员的行动。每隔一段时间，被感染人数会迅速增加，最终所有人都会被木偶化。该收容物具备一定的生命特质，如果执行者承诺更多的生命，可能会有豁免效应。"梁荷心吐字缓慢，尽量让周无可以听清楚她说的每一句话，"我们的情报出现问题，近期非法信仰源的活动突然活跃起来，出现了数个通过血祭实验加速回收信仰源的现场。而周极……不仅仅是在吸取这些信仰源，也试着去狩猎非法信仰源的组织。他没有忘记他之前负责过的工作，只是在行动上有过激行为。"

周无讽刺地笑了笑："他向来傲慢自负，可是也摆脱不了内心的恐惧……"

"他赶到现场的时候，试图阻止木偶的疯狂收容，但是晚了一步。现在我们已经分派人手，开始有计划地去清除这些隐藏在民间的组织，安玉姐他们提供了相当一部分资料……当然，她也收取了高昂的中介费。"

李察在旁边补充道："是的，此次中国区所发生的案例，涉及多个跨国非法组织。我跟卢卡斯联系了A.E.C.S.T各大区域的联合机构，在全球范围内，我们清除了八个非法信仰源的组织。"

"周无，这是一次难得的胜利。"金发的卢卡斯望着躺在床上的"战友"，试图解释着，让周无明白这应该是件值得庆祝的事情。

"是的……对你们来说，是的，可是对这些无辜的人来说……"周无轻轻地将白衣女孩的照片放下，默默地祝愿着她，将记忆停留在这张甜美的笑容上。

房间内的人沉默下来。

"我们开始的思路是对的，周极确实需要额外的信仰能量，如今非官方渠道的信仰源基本被我们切断了，他能活动的范围也会越来越小。"李察似乎感觉到周无内心的悲伤，急忙将话题转移到周极身上。

卢卡斯无奈地摇了摇头："那表示我们的线索也断了。"

"未必……"周无突然侧头，示意梁荷心将电视的声音调大。

电视里传来一则新闻。

"本月底，央行即将公布外汇储备变化情况，值得关注的是，近日央行曾多次在公开市场用美元购买人民币……"

梁荷心微微发怔，然后扭头看着周无，表情有些吃惊："你不会认为……周极想打劫央行的信仰能量储备吧？"

周无默默地摇了摇头，仿佛看见一个中年灰发的身影在眼前一闪而过："只是一个灵感，还需要验证。另外还有一个问题……数据库所提供的CN-TSK-411收容物，第一滴血，是不是A.E.C.S.T官方收录的收容物？如果是，它为什么会出现在天空酒廊里？"

梁荷心神情一动，迅速转身望了望卢卡斯和李察，皱眉道："收容物外泄是高级别安全事件，我们需要通知梁丹渊，得到官方批注的文件之后，才能展开调查。"

"需要多长时间？"

"暂时不清楚，因为有很多权限内人员目前不在总部，我们人手也不够……这种意外，属于无权限入侵，意味着可能会启动内部清洗。"

"现在几点了？"周无闭上眼睛缓缓吐出一口气，眼前再次闪过修特的身影。

梁荷心低头看了看腕表："16 点 15 分。"

周无动了动脖子，挣扎着起身，将身上的监测仪器取下来，撕裂的感觉充斥着全身，似乎每一寸肌肉都在刺痛，一阵眩晕感袭来。

朱峰上前扶住好友，避免他摔倒在地。

梁荷心轻声劝道："你不能出院。全身肌肉组织撕裂，中度脑震荡，虽然对身体机能并没有造成什么损害，但是你的精神波频还不稳定……"

周无有些勉强地在地上移动着脚步，每一步似乎都需要花费极大的力气："我想，你们应该还没有通知他的家里？"

这个"他"是谁，每个人心里都非常清楚。

"他的妻子不知道他的工作性质，正常流程需要三天，并且要内部统一口径。"

周无点了点头，平静地说："我非常理解你们的内部制度，但是现在，我需要去一个地方……"

他随后挥手示意朱峰放开自己的手臂，站稳之后，艰难地向前迈出两步。

梁荷心看着他走向病房的门口，无奈地摇头："你总不能穿着这一身出门吧？我去为你准备衣服。"

她转过头看了看卢卡斯和李察，二人识趣地走了出去。朱峰眨了眨眼睛，快步跟上卢卡斯。

房间里只剩下梁荷心和周无二人，沉默了一阵，梁荷心心事重重地说："我知道这一切对你来说很痛苦，但这是我们的工作。我们除了义无反顾地去执行任务之外，没有其他选择。你要明白一件事，无论是周极目前的情况，还是修特和齐奕娇的意外，发生在他们身上的一切，或者是他们所做的事，都不是你的错。"

"嗯，我知道。"周无面无表情地点头。

梁荷心默默地从口袋里取出一份文件，递给周无。

周无伸手接过文件拆开一看，里面装着一封书信和一枚古铜色的硬币。

他感受着冰冷的金属触感，将君士坦丁大帝铜币紧紧地握在手中。

"你知道为什么修特组长被称为'幸运的修特'吗？"梁荷心上前两步，为周无打开病房的门，"因为每次遇到危险的工作，他都是身先士卒，第一个赶到现场，我们在他身上能体会到一种安全感……现在我们知道答案了，这枚君士坦丁铜币，也就是修特的幸运硬币，属于一级收容物，没有被收容中心收录过。它作为持有者的通灵之物，基本无害，会遵循主人的意识行动，不过不喜欢与其他硬币待在一起。如果你的口袋里有其他钱币，就会被它吞噬。"

"原来所谓的幸运，也是一种施舍。"

周无缓缓闭上眼睛，试着让眼眶中的泪水不要流下来。

黄昏，枫树上的叶子被冷风吹落，地上一片殷红。

法国餐厅一角，坐着一位身穿黑色礼服的温婉女士，听着悠扬的音乐响起，微笑着拒绝了侍者递上来的酒单，举起桌上的苏打水轻轻地抿了一口。

她的脸上化着淡妆，眼角露出一丝喜悦神色，她似乎期待着什么，不时向餐厅门口张望着。

门外，衣衫整洁的周无深吸了一口气，捧着手中的鲜花走进餐厅。

当他走向卡座的时候，女士似乎已经认出了他，脸上闪过一丝疑惑之色，突然好像意识到了什么，神情一变，身子开始微微发抖。

"夫人您好……"周无礼貌地行礼，并将手中的鲜花和一份档案轻轻地递给女士。

女士用颤动的手打开档案袋，眼中流露出悲伤神色。她似乎有点儿难以接受这个事实，突然起身，晃了晃身子，一只手按在桌子上，另一只手下意识地捂住了小腹，支撑着自己的身体千万不要摔倒。

在她站起来的一瞬间，周无注意到明子微微隆起的小腹，眼中有一丝复杂的表情。他不知道此时此刻，究竟是应该喜悦还是悲伤。

远处的梁荷心静静地看着餐厅里发生的一切，微微低下头，似乎不忍心看到这一切，转身离开。

"我代表修特的工作单位，再次向您表示最深刻的歉意……"

周无轻轻地咳嗽，干涩的喉咙中勉强挤出轻柔的声音。

明子摆手示意，深深地吸了一口气："我知道，他一直没有跟我说实话，时不时消失，时不时浑身是伤，可是我并没有揭穿他，这是我们之间一直以来的默契。他也明白，或许有一天再也瞒不下去了，说等他最后一次的项目结束就退休。本来今天……我想告诉他一个喜讯，可是他又骗了我，他骗了我一辈子！"

她终于忍不住，泪水滑过脸庞，一滴滴地落在餐桌上。

周无的眼睛微微发热，他咬了咬嘴唇，随后取出一个文件袋，轻声说道："修特组长……为你准备了许多东西，包括移民的文件，你可以和你的孩子一起去一个新的国家开始新的生活……他可能早就知道了这个喜讯，所以做了这些准备。也许他希望他的孩子能换一个宁静的环境成长，为了他自己，为了你，也为了你们的孩子。"

他将手中的文件递给少妇，微微点头示意，似乎承受不了沉重的气氛，再次向明子行礼，转身离开了餐厅。

周无听到身后传来痛苦的低泣声，就像冰冷的雨点打在他的心头，让他觉得肝肠寸断。

他走出门后，看见梁荷心站在街角，穿着黑色的大衣，一条灰色的围巾围在她的脖子上。

看着周无略显落寞的身影，梁荷心走过来轻轻递上手中的大衣和围巾。

她点燃电子烟深深地吸了一口，低声说道："A.E.C.S.T 一线员工的伤亡率为 44%，每年都有无数人死去或消失，每年都有新鲜的血液补充进来。"

看着商场内人来人往，无数家庭、情侣在这里快乐地分享着彼此的时光，却不知道他们脆弱的生命有可能瞬间就被抹去。

周无想起那些扭曲的尸体以及血腥的场景，沉默着。

"这次收容事件总死亡人数 328 人，还有 200 多人因为目睹了经过或多或少患有刺激性精神后遗症。我们的一线外勤调查员除了修特外，幸运的是无一死亡。

"这其实是幸运的一次，周无，你必须学会面对这些数字。虽然它背后代表的是鲜活的生命，但是如果我们不能学会屏蔽这种情绪，最终痛苦、绝望和懊恼会将我们吞噬。

"事实是，如果没有你，这一次也许会死亡上千人。他们应该感谢你，而你不应该为此自责。"

再次吸了一口烟，看着眼前似乎不为所动的周无，梁荷心双手抱在一起，叹了口气："我个人经历的灭世级别的收容事件就有两次，有一次我们甚至要将整个城镇从地图上抹掉。如果我们每个人都像你一样多愁善感，那么这世界早就毁灭了。"

远处一对夫妇拉着小女孩看着一座高大的雕像，不经意间手中的球掉了下来。小女孩焦急地跑过去，却不小心摔倒在地上，坐起来的时候撇了撇嘴，似乎要哭泣。

随后小女孩的父母迅速跑过来，轻轻把她扶起来。

"不只是别人，你我都只是数字的一部分，如果需要的话，我们都是可以被牺牲的一部分。"

梁荷心看着远处的另外一对情侣，轻轻地捡起球将它交给了小女孩，不知道说了什么，小女孩开心地笑了起来。

周无看着眼前的一切，紧紧地抿着嘴，黑色的头发比之前长了一些，清秀的脸庞上有着数道细细的伤口，上面形成一层结痂，由于伤口较新以至还透着粉粉的颜色。

"为了守护整个世界，我们必须学会残忍。"

梁荷心转身，轻轻地把头发拨到一边，侧头看着周无，细长的双眼中平静的眼神似乎想要看穿周无，仿佛在对自己说，又仿佛在对他说："对我是这样的，对你是这样的，对周极也是这样的。"

随后她慢慢向前走去，又停下，看着眼前似乎从来没有停歇过的世界，背对周无轻声低语着："这就是我们的世界，这就是我们的命运。"

周无抬头望了一眼高高的苍穹，缓缓转身，走向人海。

29　葬礼、死去的人们、活下的人们 《《《《

戴着黑色手套的手握住深棕色的 J 形手柄，有着木质纹路的手柄被打了蜡，另一只手轻轻握住银色的伞骨，随后微微用力将雨伞撑开，挡在头顶。黑色的伞遮住天空，随后突然从天而降的大雨倾盆而下，几秒的时间，无数雨水无声地从空中落下拍打在伞面上，发出"砰砰"声，仿佛低沉的鼓声，在祭奠逝去的灵魂。

世界仿佛突然由安静转为喧嚣，暴雨转瞬即至，嘈杂的雨声湮灭了众人的呼吸声，悲伤如同深秋的冷意渗入骨髓。

身着黑色大衣、内穿深色正装的周无默默地看着眼前的骨灰盒被轻轻放进坟墓中。雨声悄然掩盖了明子的低泣声，泪水混合着雨水打湿了脚下的土壤，黑发青年微微前倾将伞递向前，遮住似乎控制不住自己上前两步的少妇。

雨水被风一吹，透过脖子间的缝隙打湿了里面的衬衫，一阵冷意顺着脊柱扩散至全身。周无感到后背和手臂上起了一层鸡皮疙瘩，看着面前的黑白照片，上面微笑的灰发中年人似乎正注视着他。

虽然相处时间不长，但是周无依稀还能在脑海中刻画他笑起来的样子、愤怒的样子，以及最后一刻微笑着死去的样子，然后，这一切在眼前变为一具尸体。

周无深吸一口气，随后将画面放至记忆宫殿深处的一角，身边戴着眼镜的朱峰上前两步接过雨伞，一旁短发的孟桂轻轻搀扶着明子向一旁走去。

一瞬间周无暴露在暴雨中，冰冷的雨水打湿了他的黑发。周无闭上双眼想要迎接那即将到来的冰冷洗礼，却在一瞬间被另一团阴影遮挡，一个熟悉的味道环绕在鼻间。长发的女子身着 Burberry 的冬季大衣，从身后走过来。黑色的大伞为两人遮挡住冰冷的雨水，仿佛成为他们在倾盆大雨下的避难所。

朱峰回头看了看，雨水溅起的水花散落在镜片上模糊了双眼。那一瞬间，他似乎没有分清楚和梁荷心站在一起的究竟是周无还是周极。

"修特……在 A.E.C.S.T 工作了二十年。"梁荷心戴着黑色手套的左手轻轻拨了拨长发，看着黑白照片低声说道，"这个年纪在 A.E.C.S.T 不能说年长，却也不能说年轻。"

"他也许不是最有能力的，但一定是最潇洒的一个人。"梁荷心沉默一下，轻轻回头看了看后方的明子，那边一个身着黑色齐膝大衣的黑发中年人轻轻地拍了拍她的肩，身后的弗雷微微低着头，举着同款的雨伞，细心地为梁丹渊和小腹微微隆起的少妇挡住雨水。

"他的辞职报告已经放在他的办公桌上了。"梁荷心仿佛自言自语般说着，声音在大雨中若隐若现，"后来是我找到他，希望他能够做完最后一个任务再走。"随后梁荷心侧身，抬头看着周无道，"如果说责任，那么我最起码要负一半。"

看着眼前微微抿着嘴的黑发青年，梁荷心柔声道："我想表达的是，这不是你的错。"沙哑的声音穿透大雨，仿佛穿越了时间、空间，回荡在周无的耳边。

"这不是你的错。"

周无微微握紧双手，没有出声。

"我们可以一起悲伤……"梁荷心仿佛斟酌着用词，但是平静又似乎带着一丝冷酷地说道，"但是我们还有工作要做。

"所以留给我们悲伤脆弱的时间只有这么多。"

周无微微颔首，闭上双眼，似乎想要将眼前的画面印在眼中，无声地点了点头，随后轻声问道："齐奕娇，她怎么处理的？"

眼前一闪而过白衣少女的遗容，梁荷心再次拨弄了一下长发："她的家人把她领走了，我们用的借口是心脏病。

"其他被害者陆续由工作人员处理，齐奕娇像 A.E.C.S.T 正式员工一样，有着丰厚的死亡保险。她的父母和唯一的弟弟会得到很好的照顾。"

"修特也一样。"梁荷心再次回头，远处梁丹渊轻轻拍了拍明子的肩膀，随后从弗雷手中接过雨伞，替明子遮挡着大雨将她送至车旁。

"Level[①] 5 级别的收容事件，P5 特批后退休金和保险都能够变成双倍。弗雷和我取了个巧，未编号收容物因为涉及非法信仰源是 level 4 级别的收容事件，但周极涉及的是 level 5 级别，我们打包在一起做了汇报。

"如果后期找你进行确认，记得统一口径。齐奕娇也是一样，她的家人以后都不用担心生活问题了。"

周无怔怔地看着修特的墓碑，轻声问道："注册制是什么意思？"

梁荷心叹了口气，犹豫一下，还是说道："在中国境内，凡是 A.E.C.S.T 认定的案件相关人员都需要被编号以及记录在案，因此生活和工作会受到很大限制，这些人注定无法在政府部门以及相关事业单位工作。

---

① 级别。

"比如齐奕娇，申请某份工作的审核就没有通过。事实上这是因为在大学期间她就因为某个事件被登记在系统内，而这也是周极不愿意让齐奕娇出现在我们视线范围内的原因之一。

"其他国家，出于体制原因，除了核心政府机关或机密单位，不会对相关人员的工作进行审核，更多的只是默默关注，或是例行抽查。"

周无没有说话，点了点头，示意自己知道了。

身后传来密集的脚步声，李察和卢卡斯打着同一把伞慢慢走了过来，周无回身点头，算是打了招呼，梁荷心同样微微点头示意。

"明子三周后会去美国加州，那边李察帮忙安排了地勤，她和她未来的小孩会在那里开始新的生活。美国是少数没有采纳注册制的国家，按照修特的遗愿，他们会得到很好的照顾。"梁荷心微微一顿，沙哑的声音一瞬间似乎哽咽了一下，又似乎被大雨声淹没，随后恢复平静，"这是我们唯一能做的。"

周无转头看了看身旁娃娃脸的李察，点了点头："谢谢你。"

李察摇了摇头，示意道："这是我们最起码应该做的事。我会确保他的孩子得到最好的教育。"

随后李察看向周无，面无表情地说道："活着的人要背负起逝去的人的责任，所以不能盲目地活在悲伤里。况且我们还有没完成的事情。"

"我看了行动报告，线索在齐奕娇的公司断掉了。"

"所有外资管理的账号，以及全部社交媒体账号都被封锁了，所有涉案人员的信息正好都被备案并同步交由检察院处理。"

李察皱了皱眉头，说道："我们联动端掉了八个国际非法信仰源，这次行动不能不说是成功的，但是……"

"所有的信息到齐奕娇这里就消失了。"李察转身看着面前的梁荷心说道，"我需要确认的是，你们并没有对我们隐瞒信息。"

梁荷心烦躁地摇了摇头，手指在雨伞的手柄上摩擦着，轻轻侧身看向李察，面无表情地说道："我们得到的信息和你们一样，都写在报告里了。"

梁荷心继续道:"为什么之前会放任非法信仰源在国际上恣意妄为?

"有两个组织背后隐约还有官方资助的身影。"梁荷心盯着李察的眼睛一字一顿地说道,"如果深究,我们也需要个完整的答案。"

李察那双波澜不惊的眼中闪过一丝微光,随后他沉默了一下:"这次回去我会提议做个大清洗……也许和平的时间太久,他们忘记了来之不易的和平和秩序都是由鲜血铸造而成的。"

卢卡斯微微转动手中的雨伞,雨水在伞上打出一串响亮的拍击声,打断了梁荷心和李察的相互质问。他看着周无,问梁荷心:"这些都是过去式了,那么我们该从哪里入手?周极的行踪确认了?"

梁荷心摇了摇头,随后看了一眼周无,说道:"我们之前的推论对也不对,周极确实需要信仰源去平衡四溢的信仰能量,但是那些凶杀案都不是他做的。他针对的都是非法信仰源组织的负责人,许多时候因为信仰能量爆发的滞后效应,他赶到的时点都是信仰能量被采集完后。

"与其说是他造成了满地尸体的场面,不如说他是去帮这些人复仇的。

"包括你感受到的那些画面,周极差一点儿就能阻止他们,可惜还是慢了一步。"

"你知道可笑的是什么吗?"梁荷心的语气没有任何起伏,"最后的主要凶手都是以人类为主导的组织者。

"对人类最残忍的就是人类本身,只要开出价格,人类就能肆无忌惮地收割自己同类的生命。"

梁荷心感受着手中雨伞伞面被雨水拍击着,再次不经意间扫了周无一眼,继续说道:"你回收的收容物已经送去科学组做鉴定了。目前可以确认的是,该收容物具有高度的包容性,可以容纳并转化高质量的信仰能量。我们现在还在鉴定出处,这种层级的收容物,应该是由古代非人类科技直接转化过来的最早的一批收容物。

"科学组现在还在对比历史、传说以及神话,试图找到它的出处。"

"周极收集的大量信仰能量都通过它提纯进而转化成中性能量让他吸收。没有这个收容物……"梁荷心略带深意地看了一眼周无，"他应该很难在短时间内直接转化如此大量带有杂质的信仰能量了。

"再加上他能找到的非官方的信仰能量源大幅减少，安玉姐在民间组织中也把他目前的情况进行了通报，他能够活动的空间不多了。我们找到他只是时间问题。"

卢卡斯和李察对视了一眼，随后金发青年笑了笑，却毫不留情地说道："需要我指出，他目前是个行走的炸弹这个事实吗？"

"现场你们都在，这个事实毋庸置疑，周极的精神污染已经非常深了，我用肉眼都看得清清楚楚。"卢卡斯同样转身，"我们如果再不做些什么，假设他整个人肉体崩溃，在京都市内又会形成一个 level 5 的事件。"

"关于这个，周无有个想法。"梁荷心点了点头，仿佛周极就是一个陌生人。

黑发青年转身看了看卢卡斯和李察，点了点头："死者已矣，我们不要过多打扰了。我们走吧，回去，然后把这一切画一个句号。"随后周无点了点头，示意梁荷心、卢卡斯和李察一同离开。

众人在雨中无声地离去，沉默的气息在众人间弥漫，只能听见大雨不断地拍打在雨伞上，如同离别的低语声。

远处梁丹渊看着四人离开的身影，皱了皱眉，对着身旁的弗雷和孟桂低声说了什么，随后转身上车离去。

雨水顺着修特的墓碑流了下来，滑过修特那张充满皱纹看起来平凡的面孔。

回到基地之后，所有人似乎都无精打采。梁荷心看了看时间，交代几句，就各自回房休息。

此时已经傍晚，周无粒米未进，却没有丝毫饥饿感。

身旁的朱峰最近为好友的身体健康操劳着，两个黑眼圈藏在眼镜框下面，脸庞明显消瘦了不少。他静静地站在走廊上，扭头望着站在门口的周无，忍不住喊了一声："周无，我没想到会这样……"

"没有人能想到，你早点儿休息吧。"周无微微一怔，似乎察觉到朱峰的语气有点儿异常，像是在解释什么，而且目光里隐隐闪过一丝愧疚之色。

他接着想安慰朱峰几句，却见朱峰双眼泛红，嘴唇轻微颤抖着。

"早点儿休息……"朱峰推门进房。

周无站在门口，看着朱峰缓缓关上房门，突然发现原来自己并没有伪装中那么理性和平静，最起码在别人眼里，这种伪装让人觉得冷漠，而朱峰那种惊慌失措才是理所应当的表现。

他走进房间的洗手间，看着镜子中的男人，苍白的脸上有几道渐渐愈合的伤口，眼中闪烁着幽幽的暗光。他洗了洗脸，看着水池中漩涡般消失的水流，微微发呆。半晌之后，他茫然无措地回到卧室，旋转的水流画面再次涌入他的脑海。

或许这是一种暗示，记忆宫殿正在召唤着周无。

周无躺在床上，开始控制自己的心跳频率。

空间扭转，他来到记忆宫殿的书房里，整个身体深陷在沙发上，望着眼前的壁炉里燃烧的火堆，微微出神。

宫殿外面狂风大作，金色的阳光与冰冷的雨点交错着，似乎在争夺着每一寸土地，而宫殿上的植被时而被大雨淋湿，时而又在炙热的阳光下枯萎。

现在，书房就是周无的避风港，他在酒精的作用下，麻木的神经得到释放，度过风云莫测的时光。

他愉快地喝着杯子里的酒，有些留恋似的感受着口腔中残留的酒精所带来的刺激感，舌尖微微刺痛，残存的酒精刺激着味蕾，无数香气在口中迸发。周无因为刺激紧锁的眉头微微舒展，这让他有了活着的感觉。

他微微抬头，瞬间出现在荣誉大厅中，看着布满肖像的墙体，伸手将整面墙拉到身边，在中间留出了一个新的空间。

　　一个崭新的人物肖像出现在墙上，灰色的头发、充满皱纹的面容，君士坦丁铜币在他的指间旋转着。

　　也许这是最好的方式吧，我可以永远记住你了，修特组长。

　　周无取出口袋中的硬币，抚摸着君士坦丁大帝的头像，想起与修特短短几天的相处。他似乎已经感受到真正的人性光辉之处，为了这个世界，修特一直在默默地付出。

　　他若有所思地点了点头，挥舞着手臂。

　　眼前出现白衣少女的笑容，墙上多了一张齐奕娇的肖像，略施粉黛的她，在画框中格外清纯。

　　他们只认识了一天，随后利用她去找出非法信仰能量的隐藏势力，周无给了她希望，却没有兑现她的理想。对一个善良的男子来说，这个美丽的女孩不是生命中的遗憾，而是一种深深的愧疚。

　　也许，周极天生就是个冷酷无情的人，但是为什么他在看见齐奕娇的尸体时，有一种刺痛感？就好像从灵魂深处发出绝望的呼喊，疯狂地告诉自己，这一切不是他的错。

　　周极，你认为自己是无辜的吗？

　　你的冲动莽撞、高傲和自负，真的没有起到推波助澜的作用吗？

　　周无默默地质问着。

　　窗外隐约传来风雨声，"噼里啪啦"地敲打着玻璃。周无放下手中的杯子，轻轻抬腿，瞬间出现在漆黑的城墙上。

　　他张开双臂，像周极飞跃摩天大楼时的动作，感受着狂风暴雨扑面而来的刺痛感，冰冷的寒意让他渐渐麻木。

　　他看见了周极眼中的疯狂神色，有金色光芒一闪而过。

　　也许生命形态的转变会让人性的真相更加遥远，也许最终，我们都会成为自己最讨厌的人。

天边云霞万丈，城墙上却雷雨交加。

记忆画面在阳光和风雨之中左右摇摆着，互相吞噬，空间反复折叠，又重新展开，苍穹之上仿佛藏着一只眼睛，正闪烁着星辉般的光芒，望着周无。

紧接着一股无形的力量从天空中直射而下，光芒和风雨被无情的力量推开，整座宫殿置于一处虚无空间里，随后缓缓飘到半空中。

风雨骤停，周无此时站在城墙上，感觉身子轻飘飘的。透过茫茫云雾，他突然看见修特和齐奕娇也站在城墙上，低头微笑着。而他们的神情很专注，似乎忘记了自己脚下是无尽的深渊。

"小心！"周无猛地一惊，脱口叫出了声。

空间急速旋转，他重重地摔在床上。

等他睁开眼睛，浑身冒着冷汗，仿佛经历了一场噩梦。而梦境与现实的差距并没有什么不同，那两个人，始终是周无心中无法磨灭的伤痛。

周无来到会议室时，已经是第二天中午了。

他穿过走廊，在经过办公室的时候，感觉整个基地空荡荡的，平时偶尔会来回走动的工作人员好像都不见了，气氛有点儿压抑。

会议桌上堆放着散乱的档案，咖啡杯中还残留着半杯咖啡，梁荷心等人趴在桌子上，好像一夜未眠。身上的衣服已经皱巴巴了，她却视而不见，埋头批着文件，而对面的卢卡斯和李察一直在文件堆里翻找着他们需要的信息，找到后，经由孟桂迅速转交到梁荷心手里。

"你们忙了一晚上？"

周无有些惊愕，扭头看见朱峰正从门外进来。

朱峰似乎吃饱睡足了，脸上的阴郁已经散去。他突然看见几个人在文件堆里忙碌的样子，推了推眼镜框，眉宇间有一丝犹豫之色："我们……外勤组的人，是不是也要学习如何快速查找文件？"

"你想学我也不拦你！"梁荷心头也不抬，沙哑的声音因为缺少睡眠而变得沉重起来，"全球协调的加急文件、中国区与欧盟区域的国际仲裁申请文件，包括案例现场的报告、个人行动方案的批复……光是处理完就用了两天时间，更别说要跟超过三个时区的同事进行沟通和协调！你以为呢？"

坐在对面的卢卡斯甩了甩手臂，神情恍惚地抬起头，望着站在门口的周无和朱峰，抱怨道："我一个人要签三份，一份交付给英国区行政部，一份给法国，一份给布鲁塞尔……每年这些文件手续和储存程序的费用，至少几千万欧元！"

卢卡斯嘀咕着，继续低头查阅文件，不敢遗漏任何一项内容。

周无幸灾乐祸地笑了笑："那你每年领薪水的时候，会不会骂人？"

李察眯了眯眼睛，无奈地叹气，将手中一份文件轻轻地推向卢卡斯，出声提醒："你别忘了，我们还要向五眼同盟的情报中心单独提交汇报材料……"

卢卡斯定定神，"啪"的一声，将手中的笔狠狠地摔在地上，抱着脑袋露出绝望的表情。

周无迅速往文件上扫了一眼，上面写着"高级别收容物跨境使用许可申请"。他虽然搞不懂官方对整件事情的态度，但很显然，在人类社会秩序范围之内，A.E.C.S.T 依然需要各种手续来监督执行者们的工作进展。

而像周极这种突发性的四级调查员挟持高级别收容物叛逃的行为并不常见，A.E.C.S.T 全球总部对此肯定非常重视。

过了几分钟，门外传来脚步声，孟桂看见进来的人后退了一步，只见穿一身浅灰色西装、棕色皮鞋的梁丹渊疾步走了进来。

在场众人起身示意，梁丹渊拉开会议桌一端的椅子，细长的双眼扫视了一圈。周无感到他的视线似乎在自己身上微微停留，随后梁丹渊微微一笑，眼角的皱纹挤在一起："诸位请坐吧。"

他打开手中的文件夹，随后用带有磁性的嗓音说道："感谢你们，由于你们的出色工作，我们再一次拯救这座城市于水火之中。虽然我们牺牲了一名奈福三级的成员，但最终取得了莫大的胜利。"

周无微微挑眉，看着微笑的梁丹渊，又不经意间看了看在场的众人。朱峰同样皱了皱眉，与看过来的周无无声地对视了一眼。

梁丹渊似乎看出周无的不适，再次笑了笑，似乎试着解释什么："从历史的统计数据来说，level 5 事件的伤亡率在 70% 以上。我并不是不在意个人的生死，而是你们应该明白你们有多幸运。

"在回来的路上，我一直很紧张，担心你们出事。这次全球路演的工作中途被打断了，造成了一定的……"似乎在斟酌着如何形容，他顿了顿，最终找到了一个措辞，"损失。幸运的是，我们也取缔了几个在全球范围内活动的非法组织。除了将用于联络的通信通道切断之外，我们还缴获了大量已提纯以及未经提纯的信仰能量。根据管理条例，一半上缴给 A.E.C.S.T 国际总部，一半留在中国区……"

卢卡斯微微张嘴，似乎想说什么。

"我知道两位调查员辛苦了，作为友谊的象征以及表示感谢，我将协调并拿出中国区 10% 的收益作为感谢。"梁丹渊轻轻抬手，点头示意，"这是私人感谢。"

卢卡斯与李察对视一眼，没有说话，只是点了点头，似乎丝毫不奇怪梁丹渊这种当众行贿的行为。

"此外，麦珂在乌克兰配合 NATO[①] 的行动，缴获了一批当地的信仰源以及收容物。根据分配机制与贡献值的协调结果，45% 的信仰源收益将会移交到中国区分部。"

周无脑中那个具有高加索血统的高壮身影一闪而过，莫名的亲切感让他听到这个消息之后，内心微微一宽。

---

① 北大西洋公约组织。

"但是……"随后梁丹渊话锋一转，抬头不经意地看了一眼周无，"遗憾的是，收容事件背后的罪魁祸首依然在逃。我们只解决了事件，并没有解决问题本身。我知道大家已经很辛苦了，但留给我们的时间不多了。"

他身体微微前倾，从文件夹中拿出一张照片，按在桌上向前推出。

众人默不作声，一直等着梁主管说出重点。

"周极没有信仰源去平衡脑中的能量，随时有可能失控。如果运气好，他只会变成收容物本身；如果运气不好……那么相当于是一个 level 5 级别的事件。"

梁丹渊沉默了一下，伸出右手轻触着桌上周极的相片，随后说道："而我们辖区内会多出一个不受控制的高级别降临者。我个人认为，应该放弃对周极的追捕，直接改成击杀……很抱歉，我不能再让自己人去冒险了。"

他抬起头，再次看着周无。

"我反对！"

两道声音同时从会议桌边传来，周无还没来得及说什么，就被梁荷心打断了。

她皱着眉头看了一眼对面的李察，点了点头。

李察平静地说："杀了他不能解决问题本身，如果他死了，我们永远不知道在他身上到底发生了什么。"

梁荷心略显烦躁地拨了拨头发，接着李察的话说："我们是要用一具尸体交差，还是希望能够彻底解决事情？我是本次事件的直接负责人，现在还没有超过事件处理应有的时间！况且我们是在围猎一个自己人！周极在过去几年中做出了出色的贡献，他值得我们付出时间和精力，并再给他一次机会！"

她直起身倔强地看着梁丹渊，情绪越来越激动，就像是一头在维护自己领地的狮子。

"我不这么认为！"梁丹渊一拍桌子，双手撑着桌子看着梁荷心，咬着牙说道，"我想他已经把这次机会用掉了。当他在选择逃跑的时候，当他在外面狩猎暗杀收集非法信仰源的圣徒的时候，已经把这次机会用掉了！我们都要为自己所犯的错误付出代价，周极也一样。他在加入 A.E.C.S.T 的时候就了解面临着什么，也该明白如何去选择。而且牺牲并不是他一个人的选择，我们都应该承担应有的责任，没有人例外！

他站直身体，瞪着会议室里的所有人。

"我觉得这是两回事……"卢卡斯小声嘀咕，蓝色的眼睛看着梁丹渊，仿佛在看小丑在舞台上表演一般，脸上带着一丝微笑。

"相信我，我经历的事比你多。"梁丹渊面部的肌肉微微一抽，他沉默了一下才说道，"况且，你们连他在哪儿、想要做什么都不知道，盲人摸象？这不是我们小时候玩的过家家游戏，私人感情必须放在一边。如果你手里没有任何线索，难道就想等待最坏的结果到来吗？"

现场陷入一片沉默中。

周无伸手握拳突然咳嗽了一声，梁丹渊抬头看向他，目光仿佛一道利刃般刺入他的双眼。

无形的光像是电流般从周无的身体中流淌而过，鸡皮疙瘩在后背一粒粒地泛起，仿佛被某种危险的生物定义成被狩猎的对象。

"我知道他在哪里。"

他强忍着不适，迎着梁丹渊如电的目光，说话的声音虽小，语气却非常坚定。

黄昏时分，梁荷心坐在行政主管的办公室里，气氛很沉闷。

在昏暗的空间中，壁炉里的火光闪烁着，不停摇曳的火焰将她的脸庞映得阴晴不定。她沉默着，坐在对面的梁丹渊面无表情地摇动着手中的方杯，杯中琥珀色的液体随着手腕晃动。良久，他停下无意识的动作，抿了一口酒，可以感觉到他在皱眉时，正就着辛辣的酒液体会周无带来的犹豫和困惑。

梁丹渊眼睛微微一眯，眼中有莫名的光芒一闪而过，看着面前一声不吭的梁荷心，缓缓地开口："你确定要任由他这么胡闹？"

梁荷心低着头，长发散落在肩上。

她不知道该怎么回答这个问题。她并不确定周无是不是有足够的把握。

"我不认为这样会有结果。"梁丹渊将酒杯放在一边，随手掸了掸身上不存在的灰尘，用平静的声音缓缓说着，"事实上，我认为周极已经完全失控了，我们应该放下彼此的固执。而且我们需要一个 B 计划，周无如果再这样下去，迟早也会失控……"

坐姿像石像一般的梁荷心听到周无的名字，似乎突然意识到什么，皱着眉说："不要再牵扯更多人进来了！这一切……究竟什么时候才是终点？周极是这样，修特也是这样，如果一定要牺牲别人才能换来我们的胜利，我……"

她声音有些颤抖，一只手抬起扶住额头，略显痛苦地将头埋在手间，情绪悲伤。

梁丹渊脸色一黯，在沉默中缓缓拿起面前的一支雪茄点燃："修特，本来我已经批复了他的离职。如果不是你让他留下来照顾周无，他现在应该和妻子在太平洋的另一端等着孩子出生……正所谓命运无常，当年我们一起，我跟周玖留、修特，当然还有安玉，她当时还是个小女孩，充满了朝气。我们一步步地走到今天，周玖留已经甩手离去，现在终于轮到修特。我的老朋友已经不多了，或许安玉是最后一个。我从来没有忘记过自己的职责，没有什么好计较的，我心里最大的遗憾只有一个……"

他突然低下头，看着摆在桌子上的相框，一个笑容灿烂的女人正歪着头，仿佛注视着办公室里的人，轻轻地说着安慰的话。

梁丹渊似乎在怀念什么人，看向旁边燃烧的火炉。透过跳动的火焰，他似乎看到过去的影子，嘴角微微上扬，被火映得忽明忽暗的脸似乎笑了笑。

"我突然说起安玉，是因为她在当年的事情发生之后，就没有再和我们有过明面上的交集。除了偶尔会涉及收容物以及特殊事件的交流外，她跟……她的忠犬们就只是躲在城市的角落里经营着小生意。"梁丹渊吸了一口雪茄，低声回忆着，"当年我们不是这样的。我们会痛苦、流泪，也会在愤怒的时候大声吼叫，在悲哀的时候痛哭流涕！究竟是什么时候，我们丧失了这种能力？"

他喃喃自语，仿佛陷入了自己的思绪中。

这个保养得极好的中年人微微眯着眼，眼角的细微皱纹挤在一起，有些困惑般自问自答："也许是因为经历了太多，也许是因为我们今天的成绩都是来自前人的牺牲和努力。我告诉自己不要伤心，因为我们没有时间去伤心；不要痛苦，因为那并不能解决任何问题。我告诉自己只有咬着牙，用理智撑过悲哀的巨浪，才能在黑暗里看见曙光。"

梁荷心神情一怔，缓缓地闭上眼睛。

"今天的一切来自他们的牺牲，而我们又怎么能浪费时间在这里自怜自艾呢？如果我们这时候放弃，那么之前一切的牺牲又算什么？修特和周极、你和我，都是这个时代的一粒沙，就算是周玖留……也逃不过人性的折磨和命运。"梁丹渊低声说着，声音逐渐坚定，仿佛在说服自己，也仿佛在试图说服坐在对面的女孩。

梁荷心看着面前的上司，双手紧紧地握在一起，抿了抿薄嘴，嘴微微张开，像是要说些什么，随后突然叹了口气，松开双手。

房间内再次陷入沉默，只听到木炭燃烧发出的"噼啪"响声。

"麦珂在乌克兰做得不错，只不过与欧盟指挥部的高级将领起了冲突，并在四小时前的一次行动中，弄丢了那名将领的儿子。"梁丹渊抬眼看着她，语气沉稳，"如果不是因为你们这次打掉了一个跨国非法收集信仰能量集团，我们的处境只会更加恶劣。布鲁塞尔的朋友告诉我，至少有数十场针对A.E.C.S.T 中国区的弹劾会议正在紧锣密鼓地筹划。我们不能再犯任何错误落人口实了……我同意周无的提议。"

他看着面前低着头的梁荷心，试探着说道："但是，你必须保证能将周极带回来。如果你做不到，那么很抱歉，我只能选择最坏的方案。况且，你有没有想过，如果周无知道了真相……会如何选择？"

梁荷心抬头看着梁丹渊，那脸庞在忽明忽暗的火光下显得越发陌生，只听对面已至中年的男人缓缓说道："为了最终的梦想，注定是要有人牺牲的。"

女孩沉默了。

梁丹渊再次吸了一口烟，拿起一摞文件，迅速签字后递给梁荷心，示意她可以离开了。

在她踏出房间的那一刻，他眼角的鱼尾纹似乎又深了一些，他轻声道："听说你在酒店楼顶上犹豫了，没有开枪？"

梁荷心脚步缓缓一顿，他坐下来深吸了一口手中的雪茄："不要再有下次了，想想当年，犹豫会让我们所有人付出代价。"

梁荷心微微转头，有些干涩而沙哑的声音轻轻传来："如果有可能，我更希望牺牲的是自己。"

看着她走出房间的身影，梁丹渊缓缓起身，将西服扣子扣上，摇了摇头："我又何尝不是呢？但是周玖留，他又何尝给过我选择的机会？"

梁荷心独自走在灯光昏暗的走廊中，高跟鞋的声音回荡在空旷的空间里。

"他……就这样让你胡闹？"

她突然在微弱的光线中，看见前方一个高大的身影从转角处缓缓走了出来。弗雷双手垂在两侧，梁荷心看不清他脸上的表情，只听他低沉的声音响起。

梁荷心静静地看着他，似乎想让对面这个从小看着她长大的同事说出心中的想法。

"无论你怎么选择，都逃避不了残酷的现实。"弗雷叹了口气，心事重重地说，"周极……是周玖留带进来的，某种程度上，其实他自己的命运早已注定。但周无是无辜的，可以不必在浑水里搅和，可以过自己的生活。我之前试着跟梁丹渊谈过这个问题，但是他没有时间跟我解释。我不知道是怎么回事，感觉梁丹渊正把我和你一步步推远，除了工作之外，他不想让我们干涉他的想法。

我记得当年的事件结束之后，他把我带回来，在某种程度上，他就跟我的父亲一样，而你就像我的妹妹，我以为中国与其他地区是不一样的地方，这在于我们对彼此毫无保留地信任。可是周极的事情发生之后，他似乎完全变了个模样，让我觉得越来越陌生……"

"我很久以前就有这种感觉了。"梁荷心无奈地叹气，声音沙哑地说道，"周玖留和周极，有他们自己需要承担的命运。可是周无不一样，他不需要被牵扯得这么深，还有置身事外的机会。"

弗雷眼睛一亮，急切地道："是的，所以我想我们应该给他一次机会，他应该离开这里，忘记这里！"

梁荷心似乎明白了弗雷的想法，皱了皱眉头："如果他能被劝退，那么就不是周无了。他和周极一样，骨子里都是不会轻易放弃的人。也许这就是他们家族的诅咒。"

弗雷的脑海里闪过周极的面容，他苦笑着看了一眼梁荷心："现在他们周家的血脉只剩他们两个人了，我在想，如果有一个能顺利活下来，也算是周玖留的运气。对这个残酷的世界，我们只能二选一，让我跟周无好好谈谈。"

二人目光对视，心领神会地点点头，回到了会议室里。

此时，卢卡斯和李察仍然在跟孟桂处理交接文件的问题，而一旁的周无正埋头阅读一份档案，内容是关于四合院聚会凶杀案以及天空酒廊收容事件。

由于他本人在场，手中的文件内容并没有被权限黑框遮挡，只不过在某些关键信息词上，还是会冒出几段被涂改过的痕迹。

周无微扬着嘴角，似乎对 A.E.C.S.T 这种官方权限制度表示无奈。

孟桂突然放下手中的笔，揉了揉手腕，随后叹了口气："推行无纸化办公已经三年了，但是事件的报告依然需要手填再交给中央办公室统一处理。这制度太不人性了。"

坐在对面的卢卡斯抬头，一脸疲惫地看着手中的文件叹了口气，声音带着无奈地自言自语道："没办法，计算机太容易泄密了，而许多收容物还具备因模特质，会随着阅读以及网络传染。这也算是防护手段之一吧。密封在收容中心里的中央电脑独立储存以及分拣文件，因此就算查询过往的信息也需要得到中央计算机房的授权，确保拿出来的信息都是安全的。"

见周无看向自己，卢卡斯摸了摸脸上已经结痂的疤痕，指了指他手中部分词语被遮挡的文件："这样敏感的信息已经被人工过滤过一次，算是双重保险吧。"

"文件会由涉案的调查员手填，随后将纸质版交给密封在收容中心里的中央计算机房的工作人员，在独立的空间中转化成电子文件，在与外界隔绝的局域网中检测确保上传的过程中没有特殊后果。如果有或者带有某种因模效应，则独立终端储存；如果没有，则再次上传至中央电脑的数据库。"

周无皱了皱眉头，伸手揉了揉眉，在这一切之后，那丝笼罩在眉宇间的阴郁仿佛无数谜题一般越发浓郁。他轻声重复着："因模效应？"

似乎看出周无的不解，脸上带着被玻璃划破的伤痕的李察抬头，解释道："某些收容物就算是有人重复他的名字，或者仅仅知道它的存在，或者将信息上传至网络，也会因此产生感染效果，所以类似的收容物都需要采用物理隔绝的方式独立储存。

"现在互联网如此发达，一不小心就会造成不可控的传染现象，A.E.C.S.T在 2000 年处理完险些酝酿成 level 5 级别的千年虫大型收容事件后，特地成立电子收容小组做专项研究，建立了一套防范机制。

"由于这套机制，谁知道在 A.E.C.S.T 各地存着多少不为人知的收容物？有些地方甚至迫不得已成了无人区，比如切尔诺贝利……就是为了隔绝某个拥有极强传染性因模收容物迫不得已形成的无人区。"

"当然，他们说的这些，仅限于奈福三级别的调查员知晓。如果不是情况特殊，你现在已经被带到收容中心进行严刑拷问了……"

弗雷山一般的身影走了进来，他看着面前的众人，皱着眉头。

卢卡斯耸了耸肩，对面的孟桂则低头吐了吐舌头，两人无意间对视，随后孟桂厌恶地转开头，卢卡斯有些尴尬地笑了笑。李察面无表情地看了弗雷一眼，没有说话。

"周无……"梁荷心的身影从弗雷背后出现，她轻唤了一声，凝视着周无说道，"我们想跟你谈谈。"

周无微微一愣，眼中闪过一丝疑惑之色。

房间里的人看着三人默默地离开会议室，对视一眼，各自想着心事。

众人低着头，继续整理手中的文件，时间在沉默中流逝，直到卢卡斯又一次将笔放在桌子上，终于打破了沉寂："我猜，他们会劝周无离开！"

李察似乎对卢卡斯的说法无动于衷，而孟桂抬头看着对面的金发帅哥，皱眉道："其实，我想不出来他离开这里的原因，就如同我也想不出来，为什么你们两个会在这里。"

"有什么问题？"卢卡斯怔了怔。

孟桂眨了眨眼睛，道："我一直认为，A.E.C.S.T 中国区与五眼联盟有过约定，我们负责辖区内的事务，而你们根本没有理由干涉。以前在国际事务上，你们屡次试探和挑衅，我们都可以忽略，但是这次嘛，你们的手伸得好像太长了。"

"无知……"卢卡斯斜眼看着孟桂，脸上挂起一个略微嘲讽的笑容。他突然看到女孩的眉宇间有一股小型的风暴正悄悄聚集，急忙转换语气："咯咯，你的级别不够，不知道背后的故事……A.E.C.S.T 中国区或许很快就要回归总部了。"

孟桂脸色一变，声音颤抖："你说什么？"

"你要谢谢周玖留、梁丹渊……还有周极，托他们的福，也许我们很快就要变成真正的同事了。"卢卡斯歪了歪头，想看看这些话对面前的女孩的刺激。

一旁的李察抬起头轻咳了几下，卢卡斯立即闭嘴，低头看着手中的文件。

孟桂的身体微微颤抖着，眼神不断变换。

李察抬头看着她，波澜不惊的脸上闪过莫名的神情，平静地说："这不是你我能决定的，不要想太多。在命运和局势之下，你我均为蝼蚁，唯一能做的就是做好自己分内的事，剩下的只能听天由命。"

"不！现在的中国不是一百年前！"孟桂苍白的脸上因为愤怒涌上了一丝红晕，"是的，你作为北美的神之手，从小就被培养绝对服从命令，当然没有选择的余地！而在这片土地上，我们有自己的文化传承，不需要你们指手画脚，或者用你们的价值观来约束我们的步伐！"

李察微微一愣，不知如何答话。

事实上，他也是华裔，身体里流淌着中华民族的血液。

孟桂扭头又瞪了卢卡斯一眼，语带嘲讽地说："像你这样天生就有'高贵'血统的人又懂什么？"

卢卡斯似乎听到了觉得好笑又可悲的事情，苦笑了一声，并没有被激怒。他笑了笑，随手拿出老旧的怀表把玩着，默默地看了身旁的李察一眼，神情中带着少许莫名的惆怅："是的，我不懂……我们这种人，生来就已被命运诅咒。在我的身体里流淌的血液以及我的姓氏，都是我这一生背负的痛苦……那么你呢？"

他反问一句后，目光直直地瞪着孟桂，似乎在用某种同情的眼神看着面前的这位亚裔美女。

孟桂的脸色突然变得煞白，随后身体又颤抖起来，她试图反驳，却在沉默中紧闭着嘴唇。

会议室的大门突然被打开。

周无皱着眉头走进来，一声不吭地整理着桌子上的文件，脸上的表情很复杂。而他身后的梁荷心和弗雷扫视众人一眼，似乎想要说些什么，却不知道怎么开口。整个房间就像是冷空气来袭，凝聚着压抑的气氛。

等收拾好桌上的资料和文件，周无默默地转身离开会议室，正好撞见走进会议室的朱峰。他目光一闪，似乎给了朱峰一个暗示的眼神。

朱峰有些迷惑地摸了摸眼镜框，由于没有刮胡子，一层短短的胡须挂在嘴边，让他的模样显得有些憔悴。

"三十分钟后，去周无的房间集合。"

梁荷心的声音依然沙哑，她低头点了根电子烟。

"你带回来的收容物，科学组的人希望你去看一看，并尝试接触。他们在各种实验下都没能够激活收容物。

"这也有助于你更深入地了解我们在做什么，"她似乎还是有些不满，摇了摇头，"避免你害了自己……或是在座的各位。"

所有人都没有说话，继续在沉默中审核着文件，纸张翻动的声音在耳边回荡。

朱峰坐在房间的沙发上，望着在自己眼前走来走去的周无，不知道究竟发生了什么。

周无在不停走动中缓解着自己的心神不定，良久，仰头叹了一口气，终于开口："梁荷心和弗雷刚才来找过我，他们希望我能离开这里，远离这一切……是不是你们所有人都认为，我不适合待在这里？我想听听你的意见。"

朱峰身体一震，看见周无的眼中充斥着血丝，已经疲惫不堪。

他皱了皱眉，起身走到墙角的酒柜前，取出一瓶威士忌，给周无也倒上一杯，然后轻轻地与好友碰杯。

周无默默地看着朱峰的动作，有些诧异。他在朱峰举杯的时候一饮而尽，含着浓烈花香的酒液顺着喉咙涌入身体，一股热气在体内燃起，似乎使冰冷的身体恢复了一些生气。

"也许不是所有人都适合这个世界……"周无见他不说话，带着酒液余香开口又说，"你知道的，我不可能再回到之前的生活了，我需要一个答案，而且我不可能让周极一个人在这个世界上挣扎。"

朱峰静静地坐在沙发上，没有给出任何反馈。他端着酒杯，一时间似乎接受不了这个信息。面对从小一起长大的伙伴，他只是沉默着。

周无微微一愣，这一刻在朱峰的脸上，他似乎看到了恐惧和迷茫之色。朱峰像是在犹豫什么，又像是克制着什么。

"我天生就应该在这里，无论是我爷爷还是周极，我们三个人与这个叫作A.E.C.S.T的组织，冥冥中有着莫大的渊源。"周无目光闪烁，表情有些严肃，"在修特和齐奕娇出现之前，我曾将在这里的经历当作一次冒险，没有用心思考过这段经历可能对我或是我的生活产生什么实质性的影响。但是经历这些事情之后，我不可能回头了。死亡不会令我恐惧，无知地活着才是痛苦！想让我回到以前那种碌碌无为的生活……我无法接受。"

周无见朱峰毫无反应，再次强调着："你不一样！朱峰，我们是出生入死的好兄弟、好朋友，你可以选择，有重新开始的机会！你不欠我任何东西，没必要陪我待在这里，你明白我的意思吗？"

朱峰低着头，狠狠地将手中的酒倒进嘴里，脸上露出无奈的笑容，喉咙里好像被什么东西堵住一般，艰难开口道："也许我比你陷得还要深，也许和你一样，这也是我注定要过的生活……"

朱峰眼中似乎凝着莫名的情绪，他缓缓抬手，将酒杯举向周无，停在半空。

周无并没有觉得很意外，也不想去说服朱峰离开，带着一丝鼓励，上前拍了拍好友的肩膀："无论发生什么，我都在你的身边。"

"周无，其实我……"朱峰深吸一口气，鼓起勇气想将内心的顾虑说出来，耳边突然传来的敲门声让他把话咽了回去，眼镜背后一丝愁云更加浓郁……

薄荷味道再次飘入房间里，门外站着梁荷心和弗雷。

梁荷心抬手拨弄着长发，深深地望着眼前的周无，细长的双眼中闪过一丝犹豫之色。她凝视着周无的眼睛，仿佛在确认他是否真的像他所说的那样，已经准备好面对一切，随后慎重地说道："来吧，接下来我们要带你去的地方，我想你看完之后会对我们的工作有更深刻的了解。"

周无微微一顿，犹豫着放下了手中的酒杯。

坐在沙发上的朱峰缓缓起身，整理身上的衣服，带着酒气走到门口，脚步有些虚浮，神情依然恍惚，心神仿佛游荡在远处。

周无笑了笑，将手轻轻地搭在他的肩膀上，暗中捏了捏，仿佛是在鼓励好友。这个微妙的动作好像为朱峰的身体注入了一股自信的力量，他脸色一变，伸手调整脸上的眼镜框，挺直了腰身。

一行人走在格外清静的走廊上，众人的脸庞在灯光中忽明忽暗。

周无皱着眉头，忍不住问出内心的疑惑："为什么……基地里的人都不见了？"

梁荷心和弗雷不紧不慢地在前面走着，身侧的朱峰则抬头看了周无一眼，又低下头扫了扫前方的两人，没有出声。

就在周无以为自己永远得不到答案的时候，弗雷突然开口，低沉的声音如同山谷回音般沉重："以前是很热闹……如今由于收容中心失控，多数部门已被外派至各个存在潜在收容现象的城市进行收容物回收工作，麦珂也带着他的特别行动小组的人去了乌克兰。"

"我们现在去哪儿？"

"等一会儿你就知道了。那里的工作人员属于科学组，为了抑制尚不能被解释而只能进行物理隔离的收容物，必须在人烟稀少的空间单独开辟特殊收容所。"弗雷头也不回地穿过走廊，在一处封闭的铁门旁停下脚步，面无表情地转过身来，"你们应该不知道你们有多幸运，按照正常流程，你们需要从非级别工作人员做起。相信我，这里是你们一生中最不愿意来的地方。"

梁荷心微微迟疑，眉间闪过一丝阴郁神色，似乎想起了某些不好的回忆："这里……就是 A.E.C.S.T 中国区高危险收容区。"

》》》 32　最危险的地方

　　人在未知的环境中，要保持一颗敬畏之心。

　　相似的走廊设计以及错综复杂的楼宇结构，令人晕头转向，铁门上除了安有厚重的机械锁之外，周围的墙面并没有什么变化。如果不是门缝中间用红漆标注了"level"字符，周无也不敢确定自己是不是来过这里。

　　梁荷心走上前，伸手掏出卡片，在门右侧的仪器上扫了扫，厚重的机械锁没有发出任何声音，铁门却无声地向左右两侧移开。潮湿的气流扑面而来，气氛极其诡异，这让周无自内心深处产生一种抗拒感。

　　一行人走过拥有高高拱顶的阴森大厅，无数隐藏在角落的光源将内部空间照亮。莫名空旷的空间令人有些不安，似乎某种诡异的生物或现象随时会悄悄地从角落里显现出来。

　　周无注意到大厅右边有一座巨大的石碑，几乎占据了大厅尽头所有位置，上面密密麻麻地雕刻着一连串文字，长短不一，用的却是同样的字体。每个字间距相同，连在一起显得有种莫名的肃穆以及宏伟感觉。

墙上的一部分已经被文字填满，另一部分却是空白的。

"荣誉墙。"

弗雷似乎注意到周无的目光，原本低沉的声音又低了几度。

没等周无提问，他停下脚步，与梁荷心站在原地，面对着石碑行注目礼，手贴在胸口闭上了眼睛，脸上的表情透着一丝悲伤。

周无愣了愣，随后抬起右手，放在心脏的位置。

他突然想到，也许修特的名字就刻在其中。墙上这些密密麻麻的名字似乎在哭泣，又似乎在骄傲地凝视着渺小的苍生，如同命运在无情地审视他们一样。

周无缓缓闭上眼睛，似乎在感慨他身上的命运之沉重。

梁荷心讲述道："所有在任务中牺牲的调查员的名字，都会出现在这面墙上……它是我们的历史、我们的经历，也是我们的未来。无数调查员为了维系社会的稳定前赴后继地倒下，也有无数年轻的调查员加入拯救地球的使命中，用自己的生命去维系这个脆弱而残忍的世界的运转。"

她深吸一口气，继续道："这就是 A.E.C.S.T 存在的意义，也是我们存在的意义。"

周无沉默地站在她身后，目光越过她，看向那写满密密麻麻名字的高墙。

梁荷心身子一颤，似乎突然想起了周无曾说过的那句豪言壮语，悠悠叹息着说："我们注定有一天会死去，所以要让我们的生命变得更有意义。"

沉默几秒之后，众人默契地睁开双眼，来到了大厅的尽头。

周无抬头，铁门的设计与基地内其他的建筑风格一致，但是格外宽阔高大，中间巨型的机械锁仿若铁柱，四周没有精密的石墙面，而是由工业化风格明显的粗糙金属零件构成。整个场景的布局与基地办公楼反差极大，透着一股神秘感。

梁荷心与弗雷同时走向大门的两侧，取出各自的身份识别卡扫描。和之前走廊上的铁门有所不同，这道门两侧的仪器上方突然打开一条缝隙，在一个与普通人身高相等的位置，缓缓伸出两个椭圆形的显示屏。

梁荷心拢了拢头发，侧头将右眼贴上屏幕，弗雷则后退了一步，微微弯腰，有些笨拙地将脸部贴近扫描仪。

几秒之后，虹膜扫描仪无声收回。

"对不起，我并没有收到奈福四级以上的权限访问申请。"

铁门上方突然传来一道尖锐而沙哑的声音，听起来仿佛是指甲在黑板上来回摩擦，周无和朱峰二人忍不住汗毛竖起。

梁荷心眯了眯眼睛，有些不耐烦地抱起双臂，抬头斜视铁门的上方："亚历山大博士，我们有两位有奈福四级级别访问权限的外勤组调查员同时在现场。如果您不想在下一次收容事件中出现意外的话，我想还是彼此关照一下。"

沉默片刻后，有"咝咝"的笑声传出，仿佛是自嘲，也像是在呻吟，周无和朱峰再次感到身上泛起一阵寒意。

随后静止数秒，机械锁突然动了起来，带着节奏感，铁门一层层地打开，就像是逐渐盛开的花瓣，在无数奇妙韵律中向两侧滑动。

见到眼前的画面，周无莫名地觉得刚才咬合在一起的机械锁像是两只匍匐在大门上方的冷血动物。它们是神话中的巨蛇，守护着门后未知的秘密；又好像神话中贪婪的巨兽，正等待着无知者们的到访，随时准备吞噬新鲜的血肉。

大门缓缓打开，一股冰冷潮湿的空气从门后传来，恐怖的阴森感从人的心底泛起，由肉体直击灵魂深处，让人心悸。

"来吧，欢迎来到神秘的世界。"

弗雷整个身体微微收紧，似乎即将面临难以抵制的威胁，甚至连脖子上的血管都清晰可见。

此时，周无和朱峰已经没有心思回应，莫名的惊悚情绪悄然笼罩着他们。

周无咬着牙，神情不定地看着门后打开的空间，一层冷汗出现在他的额头上，无形中似乎有一双手握紧了他身上的每一根神经。

朱峰奇怪地看了看里面暗淡的灯光，又疑惑地看了看门口略显紧张的梁荷心，以及肌肉紧绷的弗雷，缓缓抬腿，跨过漆黑的铁门。

他向前走出几步后，感觉空间场景似乎并没有什么特别之处，只是四周的墙面都换成了金属的。

"我以为这里会有什么吓人的东西……"朱峰的脸色渐渐舒缓。

梁荷心和弗雷并没有回应，他们沉默地走进了尽头的一部电梯。

周无压抑着不安的情绪跟在他们身后，神经紧绷的不祥预感悄然溜走，只是在内心深处，依然有某种令人不寒而栗的危机感。

他望着铁门上的机械锁在无数金属零部件的运转下，带着独特的艺术美感缓缓相扣，两侧巨大的锁头像是巨蛇的头颅，张开嘴咬合在一起。

房间内的灯光突然暗淡下来，几秒之后，四周的金属墙面发出"啪"的一声，半圆形的灯闪烁着刺眼的红色光芒，映在他们脸上，表情显得格外狰狞，仿佛身处地狱场景——站在黑暗的刑房里等待着审判。

这种感觉很不舒服。

电梯微微一抖，响起一阵机械的运作声，随后开始下降，突然速度加快。周无和朱峰的一颗心刚悬到嗓子眼儿，一下子又沉到了谷底，如同坐在高速行驶的过山车上。

过了十几秒，闪烁的红光骤停，电梯停止下坠，轻轻地晃动着，随后电梯门无声开启。眼前再次出现一道扣着机械锁的铁门，红色方框内隐约写着一些英文，散发着猩红的光芒。

梁荷心和弗雷对视一眼，深吸一口气，随后示意二人跟在身后缓缓前行。

"这里是一级收容物的收容中心。它们属于无害特征，可以进行有效的集中管理。"梁荷心侧过头看着周无，边走边说。

随后走到走廊的尽头，两位高级别调查员再次上前扫描了身份识别卡。

门内的环境和外面稍显不同，明显多出了许多独立的隔离房间，有些房间的墙壁上甚至有一个方形的窗口，能让人透过玻璃看到屋内的情况。

"该区域主要存放二级至三级的收容物。从这里开始，收容物逐渐变得有攻击性，或者副作用开始加强。有些纯物品类的收容物，比如刀、剑等锐器类，在满足收容条件之后，会被放在密封的档案房里。而类似人型收容物，会被安置在独立空间，二十小时内都会有数据库的监控信息，检测室内温度和空气中粒子结构的变化……"

就在众人途经其中一个房间时，窗口中突然出现一张人脸，正贴在墙上疯狂地捶击着玻璃。

周无与朱峰二人身子一抖，吓了一跳，瞪大眼睛盯着小屋里的男人。

这是一张面部扭曲的脸，眼泪和鼻涕混合在一起，随着他疯狂的嘶吼声飞溅起来。站在走廊中的二人只能听到隐约的敲击声，而他的呼喊声已被厚重的玻璃隔绝。

此时此刻，周无突然想起欢乐城的圣徒，状态一模一样。

弗雷歪了歪脑袋，嘴角露出一丝讽刺的笑："呵呵，理论上来说，你当时应该被安置在这里。精神病院一般只会安置收容事件后被感染或污染的人类，所有潜在具有攻击性或不明现象的疯子，都会被'收容中心'回收。"

周无心里一冷，心里暗自庆幸罪法局晚到了一步。

几人陆续经过不同的房间，周无看到有些房间里摆放着各式各样的奇怪物品——古意盎然的收音机、破旧的小提琴，还有被悬挂在空中的女人画像，以及覆盖整个墙面的挂毯，上面好像绘制了色彩浓厚的古典油画。

他甚至看见一个房间中间摆着锈迹斑斑的铜鼎，由于隔着玻璃窗，看不清铜鼎的花纹。而此时，房间内站着一位身着白色防护服的工作人员，正围绕着铜鼎记录什么，就像他在记忆宫殿中，周玖留向周极展示的一样，神色专注而认真。

一行人偶尔经过有"精神病患者"居住的房间，里面有些人低着头，坐在角落中茫然低语着，似乎对经过的人视而不见；也有人见到他们，突然冲过来大喊，仿佛可以听见声泪俱下的求救声。

一个留着棕色长发的女子，在他们路过时尖叫着冲到窗口，随后又撞在玻璃墙上，力量之大以至整个走廊都感觉到隐隐的震动。女子将脸贴在玻璃上，用沾满鲜血的手掌拍打着玻璃窗，随后整个人像是烂泥一样渐渐滑了下去。

周无望着玻璃窗上惊心动魄的血迹，停下脚步微微靠近，隔着玻璃觉得有些不真实。他盯着玻璃窗发呆的时候，那个消失的女人突然张牙舞爪地出现，再次冲向玻璃。

"啪！"

一声闷响，周无下意识地后退。

棕发女子疯狂地敲击着玻璃，完全不顾自己的双手沾满了鲜血，嘴里嘶吼着："阿迪达尔无所不知，无所不知！只有对阿迪达尔赞美，才能让我们看见一切荣耀！"

她不断地重复着这句话，声嘶力竭。

弗雷看到这一幕时，身躯突然颤抖了一下，茫然停住脚步。

"走吧。"梁荷心扭头轻声说话，一直不敢面对那人不断拍打玻璃窗的场景。

弗雷默默地站在玻璃窗前，握紧了拳头，嘴里低声呢喃着："被诅咒者在犯罪前被称为鲁哈尔，除了尖叫声，一无所有……"

他低声念着，胸口起伏，仿若在教堂里与忏悔者交谈的牧师，低沉的声音终于让浑身鲜血的身影安静下来。

弗雷缓缓转身，正准备离开玻璃窗的位置，棕发女子的身影再次冲向玻璃窗，愤怒地敲击着玻璃，任由双手在玻璃上印下一个又一个血手印。

"不！！！被诅咒者在犯罪前被称为鲁哈尔，他们的苦难将是永恒的！当宇宙中所有的光都变暗时，他们将遭受痛苦；当宇宙中所有的生命都死去时，他们将遭受痛苦；当宇宙中所有的时间都耗尽时，他们将遭受痛苦；当没有真相的时候……阿迪达尔无所不知，无所不知！只有对阿迪达尔的赞美，才能让我们看见一切荣耀！"

她就像是在朗诵剧本中的台词，在众人的身后嘶吼着。

这一刻，整个收容中心仿佛受到了某种刺激，无数的哀号声以及撞击声从不同的方向传来。周无深吸一口气，强迫自己将耳边的声音屏蔽，小心翼翼地跟在梁荷心身后。

凄凉的狂吼声、求救声和尖叫声混合在一起，却被玻璃隔离在另外一个世界里，在遥远的旷野中回荡着。

白色的灯光和金属的墙面极易令人失去方向感，压抑的空间使人的神经始终处于紧绷状态，而不断传来的尖叫、嘶吼和自言自语的祈祷声，又像是粉笔在黑板上摩擦的声音，刺激着敏感的神经，使人从头到脚泛着寒意。来自灵魂中的不安使周无变得急躁起来，他似乎迫不及待地想要从这个空间逃离。

终于，前面出现了另一扇大门，上面涂着红色的"危险"二字。

在确认身份之后，梁荷心有意无意地回头看了看身后，意味深长地说："三级收容物具有不可预知的攻击性，除了需要权限证件之外，还会经过生物特征扫描。如果没有两位以上奈福三级调查员的陪同，就算你有申请文件或紧急通知函，仍然无法进入。"

她的眼神似乎在警告什么，又像是在提醒站在身边的两位"实习生"。

周无感到梁荷心细长的双眼中似乎有种电流扫过他的全身，突然有些不适地转过头去，正好看到朱峰紧张地摘下眼镜框在身上擦了擦。

他对朱峰的这种动作太熟悉了。

从心理学的范畴解释，这种紧张的时候手都不知道放哪儿的人，内心的单纯与善良超乎想象。

"当然，如果有五级权限以上的调查员批准，A.E.C.S.T 调查员有权限进行收容物的资料收集与整理。"梁荷心抬头望着大门上方出现的摄像头，皱了皱眉头，"事实上，对任何成建制的组织来说，所有收容物虽然都有极强的副作用，但是无形中的财富，也是各机构手中的威慑工具。任何第五级别的收容物，都可以轻松摧毁一座城市，甚至一个国家……而收容物的级别越高，被藏得就越深。"

"啊？你的意思是，这里还关着第五……五级的？"

朱峰猛地一惊，忍不住打了个寒战，手里的眼镜差点儿掉在地上。

"我刚才只是举例而已。"梁荷心将眼睛贴近门口的显示屏，再次进行虹膜扫描，说话很谨慎，"注意，下面会有些冷。"

周无与朱峰对视一眼，发现身上的西装似乎无法抵御逐步降低的温度。

打开铁门走进电梯之后，一股寒流迎面袭来，他们就像身处冰窖之中，鸡皮疙瘩顺着脚踝涌上全身。

电梯门无声地关上，电梯内数排猩红的灯再次闪烁起来。

电梯开始下降，红色灯管紧贴着墙壁，由于速度过快，灯管仿佛已经连成了一线。

周无默默地数着自己的心跳，并且计算灯光闪烁的时间间隔。这部电梯的下降速度，简直快到了令人害怕的地步，耳膜已经开始嗡嗡直响。

两位"实习生"正想堵住自己的耳朵，却发现速度渐渐慢下来。在电梯完全停止运行之前，周无整了整衣领，脑海中那个不断敲击玻璃窗的疯狂身影一闪而过，那双骇人的眼中似乎带着不甘和愤怒，他脱口问了一句："刚才那个女人是谁？"

梁荷心和弗雷都没有回答，沉默着，直到电梯停止移动。

几人眼前出现了一扇与收容中心入口一样高大的金属机械门，从上到下、从左到右、从斜上方再到斜下方，精密仪器组成的机械锁形成"米"字形，宛如六条巨蟒，将 A.E.C.S.T 的徽章咬在中间。

刺眼的灯光突然亮起，周围霎时喷出了白色的颗粒物。

周无下意识地想往后退，抬头看见梁荷心和弗雷遮住了自己的口鼻。

梁荷心发现周无愣在原地，赶紧后退两步，伸出手掌迅速抓住他的手腕放在他的鼻子前。周无愣了一下，手就这么被抓着。

一股香气传来，周无似乎觉得眼前这些白色颗粒一点儿都不会令人反感，如果有机会，以后一定多来几次。

　　可怜的朱峰在烟雾中自顾不暇，几秒之后，空气开始流动，似乎宽阔的空间内有独立的通风系统，白色颗粒已被无形的吸力从金属墙壁的间隙中吸走。

　　梁荷心缓缓放下自己的手，周无鼻间似乎还散发着她指尖的幽香，这似乎是某种近期流行的香水的味道。

　　周无眨了眨眼睛，注意到梁荷心穿着一套深酒红色的女性西服，与日常偏中性的打扮有较大区别，裁剪合体的套装将她的身材优势完全突显出来。

　　精巧的机械锁突然"咔嗒"一声，搅乱了周无的心神，随后在复杂的机械运作中，大门缓缓打开。

　　弗雷默不作声地向前走去，梁荷心望着前面的身影，眼里露出一丝伤感之色。就在周无踏出脚步的一瞬间，她用沙哑的声音轻轻地说："那个女人编号是 CN-3-0387，隶属 A.E.C.S.T 中国区外勤组，也是弗雷曾经的助手……"

33　高危险收容物

无声的冷风从走廊吹进来，气温至少降低了十几摄氏度。周无心头那一丝疑惑，就像深冬凛冽寒风中的云烟，时而聚拢，时而四处飘散，分不清楚哪里才是归宿。

高危险收容区并不是人间炼狱，这里依然有明亮的灯光，灰暗的金属墙面上没有一丝灰尘，唯一的异常，可能是来自空间内诡异的冷冽感，令人不寒而栗。

朱峰缩了缩脖子，双手抱在胸前。二人仿佛依然沉浸在梁荷心刚才的话语中，一声不吭地跟在后面。

走廊的房间格局明显比前面的要宽敞许多，有些房间周边甚至一半是由玻璃幕墙构成，依稀传来窸窸窣窣的声音，好像是有什么小动物在黑暗中奔跑转圈。

"这一层都是拥有较大副作用的收容物，或是具备活性，一般属于三级和四级之间的特征，当然，还有危险等级更高的高智商收容物……"

梁荷心表情严肃地保持着稳定的步伐，一边在前面带路，一边向二人介绍。

朱峰推了推鼻梁上的眼镜，在度过开始的紧张之后，现在他的好奇心已经战胜了恐惧。在经过几个大房间时，他注意到里面摆着一些像是一级无害类物品，并没有什么特别之处。他微微皱眉，来到了两个房间门外的凹墙角落。

左边的房间是由特殊的玻璃建成的，正中间的地上隐约有一个身影，微微低垂着头，身体一动不动，仿佛没有生命的雕像。

地板上白色的灯光亮度似乎被有意调试过，让房间显得十分昏暗。在"雕像"对面，则是一个全封闭的收容房间，墙壁全部采用不透光的封闭材质，只有一个微微透着黄光的观察口。

朱峰舔了舔嘴唇，抑制不住内心的好奇，走到对面的收容房间门口，透过玻璃门上的观察口向里面张望。

屋子里有一个用不同布料拼凑起来的玩偶，眼睛、鼻子、四肢都由不同颜色的布料拼成，微胀的身体上穿着一套得克萨斯连体牛仔裤，胸前画着一个大大的笑脸，隐隐有种诡异的生命力散发出来。

玩偶的脸上有一只三角形和一只菱形的眼睛，却没有嘴巴，造型有些诡异。它静静地坐在一张金属台上，一束橘红色的强光照在它身上，将它和周围的空间隔开。

朱峰望着玩偶身上的每一处细节，突然有种想要进去将它拿在手里把玩的冲动，随后，耳边似乎有种奇怪的低语声绵绵回荡，激起了他的某种冲动和欲望。但是他格外清醒，只是出于好奇，所以死死地盯着里面的玩偶。

突然，他感到被人从身后推了一把，一回头，看见周无正满脸诧异地拉着他的手臂。

朱峰在一瞬间反应过来，瞳孔微张，脸色惊慌，似乎意识到自己刚才经历了什么。

周无无奈地瞪了他一眼，试图将他拉走。可是鬼使神差之下，朱峰再次扭头看向房间里的玩偶。想不到这时候，玩偶轻轻地抖了抖脚，晃着脑袋转过身子，形状不规则的眼睛盯着朱峰，牛仔裤上的笑脸不知何时竟变成了一个面无表情的符号。一股神秘的力量让朱峰的耳膜开始振动，声音由远而近，渐渐清晰起来，只听它缓缓说道："你——要——陪——我——玩——吗？"

朱峰脸色煞白，发出"啊"的一声大叫，发疯似的撞开身边的周无，跌跌撞撞地后退，背贴着走廊上的金属墙，大口喘着气。

潮水般的恐惧，如同在大海溺水时涌入鼻腔的海水，灌入了朱峰的胸腔。冰冷而又潮湿的气息让他无法呼吸，他只能俯下身扶着墙大口地喘息着，试图让自己的心情平息下来。

周无和梁荷心等人在几步外看着他，没有靠近。朱峰摘下眼镜，擦了擦额头上的汗水，又在西服上轻轻擦了擦眼镜，随后有些狼狈地戴上眼镜，模糊的视线恢复了清晰。

随后朱峰突然抬头，眼角处出现一道黑影，一个戴着手铐和脚镣的巨人站在玻璃窗后面，面无表情地盯着他。

朱峰吃惊地看着眼前的巨人，身子僵在原地，竟然忘记了后退。

巨人站在玻璃窗后面，浑身裹着绷带，就像是木乃伊一样，两只巨大如灯笼的眼睛里闪过一道红光。他身高至少两米，拥有着比正常人宽大的骨架，身材高大的弗雷站在他面前就像是小孩子一样，显得格外瘦弱。

"不要和他对视！"

弗雷看见周无和朱峰二人失魂落魄地站在原地不动，急忙出声提醒，上前挡住他们的视线。

他随即瞪着梁荷心，表示抗议："现在让他们看这些果然还是太早了！"

梁荷心低着头没有说话。

弗雷摇了摇头，向二人解释道："从这层开始，储存了许多高危险收容物。

实际上，由于年代久远，没有人知道所有收容物的来龙去脉，就连数据库里的收容材料记录都不可信。"

周无回过神来，擦了擦额头上的冷汗。

"走吧，不需要对这些收容物感到好奇。你只要明白，这里的收容物随便走出去一个，都可能造成全球浩劫。我们在任何情况下都不敢掉以轻心。收容中心的收容保护措施绝对是最先进的，而且没有人可以违反收容协议的指令，一切科研实验的申请只能由奈福五级以上的高级别管理人员进行权限审批。"

弗雷用手臂遮住巨人投射过来的目光，示意二人离开玻璃窗。

梁荷心似乎想起了什么，突然皱了皱眉，轻声说道："周极的外在表现已经极度接近四级收容物，一旦发生异变，在某种意义上，他就不再是你的哥哥……"

脸色苍白的周无，嘴唇死死地抿在一起。

他相信梁荷心的话绝非危言耸听，没有人知道周极目前收集的信仰能量够他维持多长时间。

"在最坏的情况下可能要做出最坏的选择，让你们提前了解这些，是希望你们身处险境时不要有任何疏忽和心理问题，因为有时候一瞬间的反应，就决定了你能不能继续活下去。最可怕的是，你自己可能失去理智，就像你在这里看到的一样，不是被关在精神病院这么简单……"

梁荷心侧了侧身子，让开一条路，示意众人继续往前走。

周无走到通道的尽头时，忍不住回头看了一眼身后的玻璃窗，依稀还能感受到闪烁着红光的眼神，冷冷地注视着他们即将消失的身影。

他和朱峰默不作声地跟在梁荷心身后，再次看到被机械锁紧紧锁着的金属门。就在梁荷心要掏出证件的时候，金属门上传来一道阴阳怪气的声音："等等，科学组即将对你们带回的东西进行甄别实验，我有必要提醒你们，在该收容物的特征状态还没有被搞清楚之前，我不建议将有可能激活它的人带进现场。梁荷心，你明白我在说什么吗？"

梁荷心脸色一冷，不耐烦地回道："亚历山大博士，我不想跟你浪费时间，我有行政权限，完全可以进入收容中心检测收容物的状态。如果你对我的身份有所怀疑，可以通过中央数据库提交申诉，但是现在，你没有权力拒绝我的申请！"

摄像头一阵沉默。

就在聚集在梁荷心细长眉间的风暴似乎要爆发时，亚历山大博士终于妥协。以梁荷心的身份地位，她没有理由图谋不轨，而且亚历山大似乎也不能对奈福四级调查员的权限表示质疑。

片刻之后，机械锁在充满着机械之美的转动声中旋转，高大的金属门无声地向两侧打开。这次门后不再是有限的空间，而是长长的不知通往何方的通道。

四人站在入口处显得如此渺小，仿佛蝼蚁要走入巨兽口中一般。

幽暗的走廊中只有地面墙角的灯光隐约照亮了走廊的轮廓。虽然有着宽阔的空间，但是似乎由于换气系统的问题，没有形成空气对流时所产生的微风，只是隐约间传来一丝冷意。周无感受了一下，温度极低，甚至连呼吸都有些困难。

梁荷心站在原地，指向走廊尽头的空间，用沙哑的声音向二人解释道："这里是 A.E.C.S.T 收容中心的核心地带，所有四级以上的收容物在全球机构里都会有统一的编号，并且每隔两年，就会进行危害等级的重新评估。被评定的收容物一旦超过危害层级，就需要被带到联盟总部的独立隔离点。当然，收容中心所储存的收容物也可能会产生高风险升级……"

"难怪亚历山大博士这么紧张。"周无若有所思地点了点头。

弗雷有些奇怪地看了一眼梁荷心，伸手摸了摸自己的光头。

他低头沉默了一下，随后再次抬头，自言自语般说道："只要权限足够，科学组就不能够阻止我们进入该空间……在这个空间里的权限就意味着绝对的权力，可以在范围内调配全部资源。并且，高级别权限人员对低级别权限人员有着绝对的压制性，如果低级别权限人员拒绝执行命令……高级别权限人员随时有权力击毙对方。"

"那么同级别之间的权限是如何划分的呢？或者说，跨部门之间的权限是如何界定的？"朱峰想起李察和卢卡斯也跟他们平级，但好像对梁荷心毕恭毕敬，心里大感好奇，似乎很难理解权限的等级划分。

梁荷心回头看了他一眼，面无表情地说："在同样的级别里，现场工作人员的权限要高于非现场工作人员。不同的级别范围，现场执行小组的权限凌驾于任何后勤人员。"

"我明白了。"周无在旁边点了点头，"亚历山大属于后勤人员……"

他越过梁荷心向幽暗的通道走去，在与她身体交错的一瞬间，梁荷心莫名其妙地眯起双眼，冲着他笑了笑。昏暗的灯光下，她的笑容看起来有点儿怪异。

沉闷的空间似乎扭曲了，金属墙上仿佛能传来一些嗡嗡的响声，像是有人在窃窃私语。周无忍不住想起刚才被关起来的棕发女子，诡异的对白依然回荡在耳边。

他默默地告诫自己，尽快忘记这种令人心悸的场景。

在沉默中行走，他可以感觉到自己的心跳频率，脑海里的回忆画面一闪而过，眼前再次出现修特那张平凡、带着疲惫感的脸和齐奕娇穿着一身白色的连衣裙安然躺在布景台上的样子。还有周极，那鹰隼一般的双眼，以及桀骜不驯的笑容不断闪现。

周无看着地上的影子，试图将脑海中的思绪清空。在他身后，三人的影子由于地板上的灯光错位，仿佛交织在一起，飘忽不定，就像随时有可能凭空消失一样。

终于在不知道过去多久后，几人再次来到一处巨大的空间前。和之前不同，一个身穿实验室白大褂的人在远处一动不动地看着他们走来。周无抬头向那人看去，皱了皱眉，眼睛似乎被什么刺了一下，接着身体莫名地感到一阵恶寒，似曾相识的身影似乎在某些时候见过。之所以让他印象如此深刻，是因为此刻他再次感受到了蛇的鳞片在身上缓缓摩擦的潮湿、阴冷感。

走近后，周无才发现对面的人并不高，而且骨瘦如柴，白大褂穿在他身上如同挂在干瘪的衣架上。如果和弗雷比，他更像是一具骷髅，头上长着杂乱且浓密的短发，却像许久没有得到滋养一般显得枯黄。他几乎全身被衣物覆盖，大半张脸被蓝色医用口罩遮住，暴露在外面的皮肤显得干枯且异常惨白，口罩上方露出来的则是一双不大的眼睛，眉毛稀疏。

那双眼睛瞳孔异常大，似乎占据了四分之三的眼睛，而眼底淡淡的黄斑使眼睛看起来像是某种具有夜视功能的捕食性动物拥有的。就在周无看向他的时候，那带着淡黄斑的眼睛似乎转了一下，眼神和周无的碰在一起，随后在周无身上扫视了一圈。这一刻，周无再次体会到浓重的不适感，鸡皮疙瘩爬了满身，但是他并没有移开视线，只是面无表情地看向对方。

此时，梁荷心三人已经走到周无身边。白衣人似乎对相熟的同事不感兴趣，歪着脑袋又开始扫视朱峰。

朱峰感觉到他火辣辣的目光，喉咙里"咕噜"了一下，下意识地去摸自己的眼镜框。

"新回收的收容物实验正在关键阶段，我不希望出什么乱子……"白衣人隔着口罩，有些气喘，话语间甚至能听见呼吸的声音。

"亚历山大博士，我解释一下，拥有第五级别权限的梁丹渊去参加全球路演报告之前，所有的行政执行权限都已经交付给了梁小姐，目前她是A.E.C.S.T中国区权限最高的负责人。你还有什么问题吗？"

弗雷先发制人，将亚历山大的借口挡了回去，语气不卑不亢。高大的身影站在亚历山大面前，肌肉高高隆起，空气中隐约有风暴在凝聚。

亚历山大沉默了一会儿，呼吸声在空气中回荡着。他抓了抓自己杂乱的头发，侧身让开路，做了个邀请的姿势："如你所愿，女士先请！"

梁荷心吐了一口气，大步走向通道的门廊。

"欢迎来到收容中心！"亚历山大一双带着淡黄斑点的大眼睛再次扫过周无和朱峰二人。

穿过巨型门廊，几人眼前豁然开朗，眼前出现了无数个黝黑的山洞，以及岩壁构成的蚁巢状结构。这些洞穴彼此间以金属铁链所建的吊桥相连，纵横交错，如果没有人带路，必然迷失方向。

朱峰望着延展至远处的洞穴，缩了缩脖子。

洞穴内的照明设备已经由日光灯变成施工应急灯，如同堡垒中的大型探照灯，左右扫射，使整个洞穴里的光源飘忽不定。周无低头看了看腕表，此时距离他们进入空间已经过了大约十分钟，他在计算着收容中心和地面的距离，思维有点儿乱。

走在前面带路的亚历山大似乎感觉到他的困惑，声音在吊桥上回荡："这里集中了许多科研人员，针对高危险收容物进行特征研究。为了防止能量场的辐射，收容中心的底层已经离地面很远了，就算出现异常情况，也能够给我们反应的时间，三道机械闸门可不是摆设。如果没有梁小姐，你们可能一辈子也进不来，安保方面无懈可击！"

亚历山大没有回头，声音在走廊中回荡："这里科学组的科研人员，主要针对四级以上的收容物进行研究。当然，许多针对低级别收容物的现场实验也在不同地方进行着。

"如果不是得到高级别权限工作人员的授权，低级别权限的工作人员只要进入该空间就会上清理名单，需要接受洗脑、记忆清除等措施。这下面还有许多需要采用物理隔绝措施的收容物。没有人……包括我们自己，也不知道在这里有多少收容物。"

周无看了看高达十几米的空间，又低头看了看脚下虽然粗糙但是异常干净的通道，随后问道："如果出现……所谓的高级别收容异常，你们会如何处理？"

"呵呵呵呵——这是一个好问题。"那破旧风箱般的声音笑得似乎有些讽刺，又有些诚恳。亚历山大回头看了一眼周无，指了指他们后方的通道，"你知道为什么第四级别的收容中心设在之前的收容中心侧方吗？"没等回复，亚历山大自言自语般，又伸手指了指上面，"真的出现收容失控的情况时，在最高权限持有人评估后，如果确认收容中心失控，并且造成的危害达到潜在的灭世危机，那么这一切……"他示意上方的岩壁，"都会'砰'的一声掉下来。"

"有些东西为了人类的未来，永远也不能见天日。"

作为收容中心科学组的首席科学家，他所熟悉的一切也包含了不为人知的绝密信息，显然在权限相当的情况下，每个人都有自己的优势。

梁荷心没有理会他的冷嘲热讽，耐心地向周无解释道："有些具有传染特质的因模性收容物，甚至可以扭曲因果时间线，因此只能用最极端的方式处理。A.E.C.S.T 总部有专门处理这种情况的团队，一般坐在办公室里的人很难遇到。"

弗雷叹了口气："是啊，祈祷我们不要遇到这种事，键盘一敲，收容中心的同事以及目击证人全都将灰飞烟灭！"

周无隐隐听出了他们唇枪舌剑间的较量，不知应该怎么答话，抬头看见前面一丝紫色的光。一行人在悬空的吊桥尽头停住。

眼前是一扇轻巧的金属门，陷在阴暗潮湿的石壁中。亚历山大扭头瞪了梁荷心一眼，示意她取出身份卡。二人同时上前，走到石壁的角落处，"嘀"的一声，金属门缓缓打开。

"请进！"亚历山大不经意间回头，眨了眨眼睛，冲着周无笑了笑，"让你们见识见识，在那个人身上到底发现了什么……"

整个空间与外面的景象一样，岩壁横生，空旷如黝黑的山洞。

在场地的中间搭建了一个椭圆形的展台，几个穿着白色长袍的科研人员正围在展台四周忙碌着。

顶部是悬空的钢铁网架，排列着巨大的红色管道，黑洞洞的管道口一致对准展台，场景阴森诡异，让人有一种说不出来的压抑感。

科研人员并没有在意进来的陌生人，似乎除了埋头工作之外，任何动静都无法使他们分心。

周无紧张地望着展台，看见一个圆形的玻璃隔离装置，中间固定着透明的支架，而展台中间发出荧荧的颜色难辨的光芒，带有奇异花纹的银色十字剑安静地躺在那里，被不知名的仪器检测着。

这时，旁边一位科研人员递给亚历山大一份记录报告。亚历山大随手翻阅，尖锐的声音再次响起："我们还没有给它定制编号，光是根据材质检测，就可以判断它至少已经存在一千五百年了，保守估计，属于四级收容物。我们怀疑它是最初一批跟着古老者降临的圣器，甚至可以达到朗基努斯之矛、耶稣裹尸布等传说级别。"

"圣器？"梁荷心微微一怔。

周无对这个称谓一点儿都不陌生，在梅儿胡同看到的记忆场景，已经让他见识过圣器的能量。

"是的，目前针对它的解析还处于最基础的阶段，但是已经证实它对信仰能量和脑波均有较好的传导性，甚至能够增幅。它可以在不同的阶段让脑波波幅 θ 值增加，以及让 β 值逐步平稳……"亚历山大嘴里说着令人困惑的专业术语，领着众人走到金属展台旁边，"无论我们怎么尝试，都无法让它产生任何反应，似乎需要某种激活措施。否则的话，它会一直沉睡。"

梁荷心眯起眼睛，凝视着眼前的银色十字剑状收容物："可是它已经引起了一起圣徒杀人的收容事件。"

周无的脑海中闪过在欢乐城看到的场景，疯狂的圣徒挥舞着尖刀。他相信，凶手的脑波已经完全被收容物的能量场控制。似乎听到奇怪的高频鸣声，他抬头看了看头顶的红色金属网架，周围的人低声交谈着，梁荷心和弗雷正在传阅手里的资料文件，没有出现任何异常情况。

"无论如何，它被高级别的调查员使用过，我们不确定收容现场是不是与它有关联，世界上存在着无数巧合。"弗雷仔细阅读着文件，一字不漏，但似乎依然保留着自己的见解，"假设当时发生在欢乐城的圣徒杀人案，可以连同死者的尸体以及收容物一并回收，那么我们会有更多数据，而现在嫌疑人已经死亡，谁也不敢断言圣徒发狂就是这未编号收容物散发的精神波动力场所引发的。"

亚历山大凝神望着展台上闪烁着光芒的未知收容物，喉咙里发出一些模糊的声音，随后好像突然想起什么，有着淡黄色斑的双眼一亮："要激活它不是没有可能，只要当时在现场的那位……"

"这不可能！"

梁荷心好像知道亚历山大想说什么，紧锁眉心，迅速打断了他的话语："我不会让你们打着科学的名义在他身上做实验！"

她说话很大声，展台上的科研人员似乎被她的情绪所惊扰，一起转过身来，眼里充满了迷惑。

梁荷心下意识地低头，却发现周无晃了晃身子，默默地走上展台。他的动作好像有点儿僵硬，梁荷心看不见他脸上的表情。

"周无？"

梁荷心感觉到异样，轻唤一声，试图阻止他靠近展台。身旁的亚历山大突然拉住她的手臂，全神贯注地盯着年轻人的动作。

身旁的弗雷也伸出手，拦在梁荷心面前，示意她不要轻举妄动。而朱峰看见周无无动于衷的模样，想出声提醒周无注意场合，却被弗雷用眼神制止。

此时，周无感到高频率的轰鸣声越来越强，场景中的对话已变成了背景音乐。某种奇妙的感情从那银色十字剑状的收容物上传来，冥冥中仿佛有一种神奇的力量指引着他的身体前行，就像是遥远的吸铁石所产生的吸力，让周无失去意识的身体一步步地走向透明的隔离柜。

展台边缘的显示屏上，某条平稳的曲线突然轻微地抖动起来。

一名工作人员疑惑地低下头，屏幕上的曲线再次抖动。他瞪大了眼睛，扭头望向身边的同事，似乎想确认一下是不是自己眼花了。

周无的脑子像是中断的信号频率，整个世界失去了颜色，头顶鲜红的管道暗淡无光。紧接着，他所看见的场景空间忽然扭曲，耳边尖锐而单调的鸣叫声掩盖了一切。

他仿佛看到银色十字剑收容物上的诡异花纹在跳跃，泛起时隐时现的光泽。周无想伸出手去触碰它，却发现自己再也迈不开脚步，脚就像是被强力胶水粘住了一样。

"β值！它突然有反应了！"

科研人员终于反应过来，指着屏幕上的波动曲线脱口惊呼。

诡异的沉默持续了一秒钟，仪器里发出尖厉的轰鸣声，屏幕上的曲线指数正在疯狂地变换着，头顶的管道中响起了机械化的女声。

"警告！收容物异动！"

"警告！收容物异动……波值已经超过警戒线，建议现场人员立即撤离，紧急抑制措施正在启动。"

整座金属网架突然开始下降，密密麻麻的红色管道就像是锁定了目标的炮口，一起对准中间的展台。

但是亚历山大并没有惊慌，仍然拉着梁荷心，高举着另一只手，握拳示意在场所有人保持安静。众人盯着站在原地一动不动的周无，任由空旷的山洞中播放着警报声。

梁荷心回过头来瞪着亚历山大，一股怒气凝聚在眉宇间，但她还是克制着自己，焦急地向弗雷投去求助的目光。

"等等！你们不要慌，我早已经准备好阻断粒子了，随时可以启动！但是现在……我们把太多的时间浪费在这个收容物上了，我想他是最好的机会！"

亚历山大感觉到梁荷心的愤怒，迎上她的眼神，表情毫无惧意。

此时，周无耳边回荡的嗡嗡声遥远缥缈，完全排斥了现场的警报声，似乎在鼓励他走上展台。

周无缓缓靠近玻璃柜，茫然伸手，将银色十字剑状收容物握在手里。

十字剑上的花纹如流水般流动着、闪耀着，好像注进周无的掌心里，炽热的温度传遍周无的身体。

在他抓起它的时候，在场所有人都屏住了呼吸。弗雷和朱峰忍不住上前一步，身体微微前倾，似乎随时想冲过去将周无拉下展台。

山洞实验室的警报声突然低了下来，渐渐地在黑暗中消散。

"博士，危机解除了！"其中一名科研人员重重地吐出一口气，脱口叫了出来。

亚历山大摆手示意，冷静地望着周无。

周无突然缓过神，看着掌心的银色十字剑，刻着密密麻麻的数字以及神秘花纹的收容物安静地蜷缩在他的手中。周无眼神中闪过一丝疑惑之色，他缓缓回头，一脸茫然地看向远处盯着他的众人，之后眉头微微一挑，有些奇怪与紧张地和看着他的梁荷心以及弗雷对视了一眼，又看了看同样茫然地看着他的朱峰。

"这似乎就是一个装饰？"

仿佛有些没话找话，他耸了耸肩，有些无所谓般地开口。

梁荷心和弗雷缓缓站直身体，对视了一眼。

下一秒钟，周无突然失去意识，倒下了。

在接下来的几个小时内，亚历山大完全忽略了梁荷心的警告，坚持要对昏迷不醒的周无进行检测。而弗雷这次意外地站在这位"科学怪人"的立场上提醒梁荷心，如果就这样把周无带出收容中心，一旦他的身体发生异变，后果不堪设想。

万幸的是，经过一系列生理和精神脑波能量检测，周无并没有被收容物污染，亚历山大在他身上提炼不出任何与收容物异变有关的数值。

等醒来的时候，周无发现自己被关在一间狭小的实验室里。这是一个由玻璃结构组成的封闭空间，所有人正透过封闭的玻璃窗望着一脸迷茫的周无。每个人的表情都不一样，有疑惑，也有惊喜。

"很抱歉，周无先生，由于你接触了高危险收容物，所以我们需要对你进行例行检查。请耐心等待亚历山大博士的指示，等他签署文件后，你就可以出去了。"墙角坐着一名戴着口罩的科研人员，示意周无起来穿上衣服。

周无完全不记得自己做过了什么，但是可以感觉到自己似乎并没有什么问题。

此时，亚历山大隔着监控屏幕，嘴里喃喃着什么，手里不停地翻阅着数据报告："不可能的……为什么一点儿反应都没有？"

"够了！"梁荷心双手抱肘，吐出一口烟，面无表情地说，"你已经复查了三遍！中央数据库反馈的数值你也看到了，他没有问题。我现在就要带他离开！"

弗雷皱了皱眉头，脸上露出极其严肃的表情："你确定让他就这样回去？毕竟他接触了一个潜在危险等级达到四级的收容物，这种情况肯定需要隔离，况且……"

他略微迟疑，话说了一半突然闭嘴。

"况且，他还要参与追捕同样跟收容物接触过的目标人物？"梁荷心再次低头抽了一口电子烟，透过烟雾望着实验室里的身影，"按照 A.E.C.S.T 条例建议，类似情况是要进行一周的收容观察。你不要忘了，梁丹渊不在国内，麦珂去了乌克兰，而修特……我们已经自顾不暇，你还想待在这里看着他？换个角度，收容中心随时可能发生因模效应，带他离开才是最好的选择。"

"你还记得 CN-H-3314 吗？当时我们也觉得没有问题，却死了这么多人……如果当时我选择留在那里，最起码现在不用活在懊恼以及悔恨之中。我时常希望按下那个按钮的人是我，而不是你……"

弗雷看了一眼正在实验室里穿衣服的周无，高大的身躯微微颤抖，似乎强忍着内心的痛苦。

梁荷心上前一步，一只手轻轻地放在弗雷的肩膀上安慰道："过去的事就是未来的指路灯，但人和事都是不同的，我们不能犯经验主义错误，现在最重要的问题是阻止周极，而不是周无。中央数据库的数值是不可能出错的，周无一直有命运之神眷顾。"

弗雷沉默着，叹了一口气，露出哀伤的表情。

"亚历山大，你是不是还要进行第四次检测？"梁荷心不耐烦地对着监控室叫嚷。

正低着头冥思苦想的亚历山大终于妥协，默默地走到监控室的仪器旁，极不情愿地打开了实验室的门。

　　周无走出实验室的刹那，眉头舒展，隐约在心头徘徊的阴影渐渐散去，整个人似乎轻松了许多。

　　弗雷看见周无安然无恙，摸了摸头，咧嘴笑了笑，似乎从痛苦的情绪中恢复了，洁白的牙齿和黝黑的脸庞形成了鲜明对比："说实话，收容中心真不是人待的地方！不要说你们只是经历了一次，我每次下来，内心也很挣扎。"

　　"这是工作，唉。"周无感受到弗雷的善意和真诚，微微叹气。

　　弗雷坦然一笑，低声道："我们早点儿回去吧，明天会是漫长的一天。"

35　新的任务

回到基地，梁荷心嘱咐周无和朱峰早点儿休息后，在走廊上与弗雷道别。

朱峰打开房门，回头犹豫地看了看周无，似乎想叫住好友说话，突然看见梁荷心站在周无的身旁一动也不动，他微微一怔，赶紧说了一句"晚安"，迅速回到自己的房间里。

"那么我们……明天见。"周无转头看着身旁的梁荷心，眼神有些不自然。

梁荷心疲惫的脸庞上带着一丝得意，嘴角微微上翘，用不容拒绝的口吻轻声说道："我知道你累了一天，我也是……所以这更是我们要喝一杯的理由。"

说完，她伸出手指勾了勾，上前一步，将挂在周无胸前的身份识别卡取下来，转身走向周无的房间。

周无愣住半晌，一时没有反应过来。看见梁荷心在走廊尽头又扭头瞪了自己一眼，他无奈地叹了口气，迈步跟上。

二人进了房间，梁荷心轻车熟路地从酒窖中取出两瓶红酒，举了举手中的勃艮第杯，炫耀似的放在桌上。

梁荷心在杯子里倒上酒，轻轻地晃了晃，看着酒液在杯中荡漾，低头轻嗅酒香。

周无看到她一脸享受的样子，莫名地笑了笑，举杯感受着勃艮第的花果浓香。

二人相视而饮，一口气喝了半瓶，紧绷的情绪逐渐消退，心情放松下来，似乎之前发生的一切都被酒的香气隔绝在外。

"希望你不要介意……例行检测这一关必须得通过才行。否则的话，你可能得永远待在那里……"梁荷心突然轻声开口。

"我知道规矩。"周无转动着手中的酒杯，知道她是指在收容中心实验室里所做的隔离检测，并没有经过自己同意。

"你当然会理解我们所面临的一切，每走一步，都不允许我们犯错，稍有疏忽，万劫不复。"

周无低着头，淡淡一笑："是的，牺牲几个人无所谓，只要能保证这个世界的运转没有问题。"

"是的，命令和牺牲，两者之间并不矛盾。我们注定是要为世界稳定付出一生的人，这也是我们的工作性质……你也一样，随时都要判断你在面对危险时做出的决定究竟是错还是对。"

梁荷心仿佛没有听出周无话中的讽刺之意，眼神中透着的一丝庆幸再也掩饰不住："刚才我在玻璃窗的外面告诉弗雷，我们需要活着，替那些死去的人活着。其实我认同他说的话，有时候……我也希望我不是下命令的那个人，也许死去的人应该是我。"

她一口将杯中的酒一饮而尽，脸上泛起红晕。

周无起身换了一个杯子，沉默良久，换了个话题："我爷爷和梁丹渊主管是什么关系？我好像很少听人说起他们……"

梁荷心拨弄着头发，脸上露出很复杂的表情："周玖留……是 A.E.C.S.T 中国区前最高行政长官，只有他的权限级别是奈福六级，在我出生之前他就是，在梁丹渊成为 A.E.C.S.T 的一员时他就是。我们不知道他在这个位置上坐过多久……直到……他选择离开。"

"你是指他离开了 A.E.C.S.T？"周无疑惑地抬起头，好像意识到了什么。

梁荷心克制地避开周无的提问，自顾自地说："原本大家都在议论纷纷，梁丹渊和周极两个人，到底谁会是他选择的继承人……但是梁丹渊听闻之后非常恼火，因为他一直认为他才是周玖留的最佳拍档，毕竟二人在一起合作了二十多年。"

"恐怕周极的级别不够，很难服众。"周无若有所思地说。

"这不是问题……而是周玖留并没有任何交代，这让各部门的同事都不知所措。梁丹渊一直认为，他是周玖留亲自选出来的接班人。在周玖留走以后，梁丹渊找周极谈过一次，二人似乎不欢而散。这也是梁丹渊恨他们的原因，一个没有给出任何交代甩手而去，一个似乎放弃了责任恣意妄为，只留下他一个人收拾残局。"

她的语气突然有些奇怪，好像是在说服自己不要去怨恨，又仿佛是想告诉周无什么。

周无感觉到她言辞闪烁，这背后似乎有更多隐情，而不仅仅是简单的权力斗争。只是这一刻他并不想强迫她说些什么，哪怕他很想知道此前 A.E.C.S.T 中国区内部的恩怨。因为这一刻，她似乎拥有了难得的轻松，不像在众人面前那般，神经绷得那么紧张，以至周无都能感受到她坚强的外表背后所承受的那些东西。

"有时候我真羡慕他们两个人，拂袖而去，了无牵挂……"

梁荷心长叹一声，将杯中的酒一饮而尽："我也曾想过放弃这一切，拒绝命运的安排。也许我可以一走了之，也许我的名字永远不会出现在荣誉墙上。"

她一直在宣泄着积压在内心的烦躁，此刻似乎意识到了什么，一杯又一杯地用酒麻痹着自己，桌子上的空瓶越来越多。

等她扶着墙，摇晃着从房间里离开的时候，已经是深夜。周无揉了揉额头，酒精令他头痛欲裂。他想去洗漱一番，脱下外套时，身上好像轻了许多，腿脚再也不受控制，一头倒在床上呼呼大睡。

夜里做了一个梦，他站在记忆宫殿门外的荒原上，似乎迷失了方向。

　　无数画面在半空中飞舞，隐约间，他看到周极在不同场景里奔跑着，又似乎看见爷爷坐在书房里凝视着自己。

　　周无在慌乱中打开一扇门，脚下一空，整个人失去重心跌落在地。周无感到浑身疼痛，翻滚一阵后，他狼狈地站了起来，耳边突然传来两道熟悉的声音。

　　"你就这样替他做了决定？"一个威严的声音说道。

　　周无一抬头，就看见爷爷从转角处走过来，而周极穿着黑色的夹克，跟在爷爷身后，低垂着脑袋，似乎有点儿不服气，轻声说："他不适合这里，让他作为普通人结束这一生不好吗？"

　　画面中的爷爷若有所思，眼神有些犹豫："也许吧，只是可惜……这孩子，本来我想再给他一次选择的机会。"

　　周极点了点头，眼神阴郁地望着周玖留，摸出挂在脖子上的碧绿玉佩："我们受的诅咒，到这一代应该结束了。宿命也好，命运也罢，让别人去承担吧。"

　　"唉，我曾经对你们的父亲这一辈感觉很失望，他的智商与天赋不足以背负人类文明的传承，一度让我怀疑我们这一代产生了基因变异。幸好你母亲生了两个优秀的孩子……"

　　周玖留叹了一口气，头上的白发被微风扬起。

　　他凝视着周极手中的碧绿玉佩，语气坚定地说："既然它选择了你，我也不能违背天意。当年我辈舍生取义，才换来今天的局面，并不代表后人可以坐享其成。可是看看如今的他们，已经忘记了责任，也忘记了平静的生活是先辈们用鲜血换来的。他们只是一味地去牺牲别人，换取自身的安宁，这种行为是可耻的！

"它的另一半始终缺失，自从……二战后，就再没有那件收容物的消息了。如果有一天你能找到它，也许就能了解更多世界的真相。"

"那我要不要告诉他？"

"你自己决定吧，我们的牺牲已经够多了，我不想你走上和我一样的路。从今天起，你可以放下束缚，活得像个真正的人！"

周玖留说完这番话，拍了拍周极的肩膀，转身准备离去，突然看见了站在迷雾中的周无。他微微一怔，叹声说道："你还是跟小时候一样，喜欢偷听别人说话……"

周无莫名惊恐，似乎没有想到自己的记忆宫殿里的人会主动出现与自己交谈。他想开口却发现说不了话，全身仿佛失去了控制，哪怕抬起一根手指头也做不到。

"走吧，知道太多对你没有好处。"

周玖留皱了皱眉头，伸手一推。

周无在记忆宫殿内的身体在空中飞速后退，飞出了房间，飞出了走廊，飞出了记忆宫殿构成的宫殿，一扇扇门在他眼前不断关闭。

在繁星密布的虚无空间里，他突然发现文字以及图案组成的锁链缠绕在他身上，带着他一同沉入无尽的黑暗中。

"爷爷！"

周无大叫一声，大汗淋漓地从床上惊醒，随后在床上剧烈地喘息着。良久，他终于平静下来，张望着房间里的场景，仔细确认这里是真实的世界，还是梦境。

不经意间，他碰到身边一个坚硬的物体，暗红色封面的日记本静静地躺在他身边。他打开床头灯，翻看着日记本里一页页莫名其妙的字以及图案，突然在其中一页上停住。望着这些字和符号，以前晦涩难懂的东西此刻在他眼里似乎有了新的意义。

他轻轻地触摸着那些字，一字字地读着："终于，他还是决定回去，就像当年承诺的那样……也许他什么也不能改变，但是依然义无反顾。他要用自己的行动告诉那些侵略者，告诉那些将刀口转向同胞的叛徒。"

"这片土地依然属于我们，我们从来没有停止反抗！"

"这是我们的选择……"

周无读着日记本里所记载的话语，不知不觉中已泪流满面，仿佛紧锁在脑海深处的潘多拉魔盒被打开，无数莫名的画面从记忆宫殿深处涌出。

　　他回到了童年时光，天空很暗，迷雾重重。

　　小周极躺在草地上，嘴里叼着一片鲜嫩的树叶，突然侧头望着在草地上翻滚的小周无，心事重重地说："弟弟，如果有一天，一定要让你做出选择，你会怎么做？"

　　"什么选择？"小周无疑惑地抬起头，一头雾水地问。

　　小周极皱了皱眉头，纯真的眼神中闪过一丝阴郁："假如命运给我们出了个难题，我们俩只能活一个，你会怎么选择？"

　　小周无坐直身体，用手揉了揉鼻子，怔怔地看着面前的周极，不知所措地说："我……我不知道！你呢？"

　　"我当然是选择你啊！笨蛋……"小周极抬起头瞪了他一眼，起身上前摸了摸弟弟的头发，嘴角突然上扬，微笑着说，"因为你是我的亲人，独一无二的弟弟。"

　　小周无愣了愣，似乎想要说些什么，这时远处突然传来呼喊声。

　　一个胖乎乎、戴着眼镜的小男孩气喘吁吁地跑过来，手中高举着一个蝙蝠侠的玩偶，兴奋地朝小周无挥着手："周无，看见没有？！你的生日礼物，我准备好了！"

　　草地上洋溢着欢笑声，天空中的迷雾渐渐飘散。

　　会议室里。

　　现场气氛沉闷，周无和同事们坐在办公桌前盯着手中的文件，不时皱眉对视。

　　弗雷高大的身影站在一块黑板旁边，手中的笔快速地在一张平面图上画着红色的标记圆圈："首先我声明一下，这次中央银行所调动的'包裹'任务，是梁主管好不容易才从 I.Q.D^① 那边争取过来的。我想其他细节不用我多解释，在东西两侧的安全门以及每个楼梯口都已经布置了人手，不但可以确保路线安全，同时可以守株待兔。"

　　"你确定周极会去抢劫'包裹'？他又不是瞎子，换成我，我也不可能去冒险。"卢卡斯甩了甩金发，举手发言，似乎对行政部门制订的行动任务方案有所疑问。

　　坐在一旁的李察双手放在桌上，娃娃脸紧绷着："我同意卢卡斯的说法。我们这样的布置和安排就好像是在提醒他，你千万不要来，这里有埋伏……"

　　弗雷摸了摸光滑的脑袋，无奈地道："应央行要求，我们协助 I.Q.D 联防，只负责策略和计划，他们负责人手安排。所以，我们需要制订出全套安保方案，提报给 I.Q.D 以及央行负责人进行审核。"

　　他转头看了看梁荷心和周无二人，欲言又止。

　　李察闭上眼睛想了想，点了点头："我记得 I.Q.D 国际行动组的负责人是……金武斌？"

　　他转过头去，想征求梁荷心的意见，确认他有没有记错，却看见梁荷心和孟桂等人黑着脸。突然，他像意识到了什么，赶紧闭了嘴。

---

① International-Quantum-Daynamic，国际量子互动。

周无注意到梁荷心脸色难看，有意无意地望了一眼身旁空荡荡的位置，似乎在想朱峰为什么缺席这次行动会议。她手中的笔轻轻地敲击着文件，若有所思地说："我们跟I.Q.D有什么渊源？"

"渊源谈不上，应该说是有过节儿……"弗雷摇头苦笑，却没有解释太多，似乎有所顾虑。

"我来解释一下。"卢卡斯挑眉，蔚蓝的眼眸扫了过来，"我们A.E.C.S.T并不是唯一持有收容物回收权限的组织，也不是唯一知道信仰能量潜在价值的机构。出于历史原因，我们是站在国际联盟的角度，维系着整个世界的秩序，而全球范围内还存在着其他形形色色的组织。"

"他们对控制收容物的权限，跟你们一样？"周无微微一怔。

"时代在发展，越来越多的人掌握了前沿的技术，有些被各地政府扶持，有些则受托斯拉集团控制，I.Q.D就是其中具备影响力的国际组织之一。他们在生物科技、量子计算、人工智能等领域都有大量投入，许多关于收容物的前沿研究是由他们进行的……他们之所以不受欢迎，就是因为他们把大量收容物以及信仰能量源纳入了研究范畴。为了获取实验品，他们在多个争议地带投入大量的人力物力，甚至承包了区域范围内的冲突。许多违反战争罪的罪行或多或少跟I.Q.D相关……"

"雇佣兵？"周无好像有点儿明白了。

卢卡斯呵呵一笑，甩了甩满头的金发，继续说道："I.Q.D和我们的冲突已经不是一天两天了。这么说吧，在他们眼里，你、我、他，在座的所有人都是行走的实验素材。如果有机会，他们非常愿意在你背后开一枪，然后把你带回实验室肢解、切片分析，并把你变成实验室材料和收容物放在一起观察反馈，甚至把你惨死前哀号的照片和录像变成素材，让研究人员分析学习……"

"我担心的是他们会借着这次机会，把周极也变成捕获的目标……"梁荷心轻轻地挥了挥手，示意卢卡斯不要多说，随后看向周无，眼神中充满了担忧，"这次行动很有可能变成他们寻找新实验素材的机会。从某种意义上来说，周极现在的研究价值确实很大，很多组织想弄清楚他现在的状态。事实上，已经不止一家机构私下找到我们，希望 A.E.C.S.T 在未来可以分享周极的研究资料。"

周无认真地听着二人的解释，脸上的表情并没有过多变化。一阵沉默之后，他幽幽开口："如果这是把周极带回来所面对的风险，那我们也只能接受。"

弗雷皱眉问："你有什么想法？"

"假设在非法信仰源被严厉监管的情况下，周极已经走投无路，抢劫中央银行的高浓度信仰能量结晶是他唯一的出路。以我对他的了解，他宁可做一票大的，也不会让自己在无助中等死。我觉得我们已经没有退路的原因是，如果我们拒绝这次的行动，那么等待他的将是如狼似虎的雇佣兵，他的结局只有一个，被当成研究材料回收……"

会议室里的人安静地听着周无的想法，默然不语。

梁荷心思索良久，终于对弗雷点了点头。

弗雷扫视着面前神情各异的同事，轻轻叹息，转身指着黑板，慎重地道："行动日期是三天之后，我们的任务是围捕高危险未命名收容对象，也就是前奈福四级外勤组高级调查员周极。今晚提交第一版执行方案，后续由我及高级调查员梁荷心做现场负责人，而 A.E.C.S.T 国际部两位调查员……主要负责清除周边环境的异常干扰。至于周无和孟桂，负责保障现场的支援与安全防护。"

没有听到朱峰的名字，周无略感意外。

"以上为本次任务的安排，有什么异议和建议，随时可以找我反馈。"弗雷按了按放在桌上的手机，将行动的具体位置发送到众人的手机上。

孟桂似乎有些魂不守舍，低着头一声不吭地离开会议室。

低头收拾文件的梁荷心等人没有再提任何异议，房间内突然静了下来，只有翻阅纸张的声音。

良久，弗雷抬起头，注视着坐在身侧的梁荷心，突然想起了一件事："我觉得很奇怪，为什么梁丹渊这么轻易就帮我们申请到这次任务？护送高浓度信仰能量结晶的任务可是肥差，按理说我们跟 I.Q.D 的关系势如水火，没有理由就这么让我们参与……"

"你觉得我们会有选择的余地吗？"梁荷心突然放下手中的文件，轻轻地叹了口气，沙哑的声音透着一丝疲惫感，"也许我们终将变成自己最讨厌的样子……"

36　A.E.C.S.T内部的问题

夜晚，中央银行。

街道上不断有车辆飞驰而过，一辆黑色的厢式货车正停靠在街边，仿佛将这座城市里所有的光线都吸收了，静静地伫立在黑暗里。

车厢内却灯光闪耀，几个人正低头整理着形形色色的装备和仪器，除了装备和衣服摩擦的声音，每个人都保持着沉默。

周无低头检查弹匣，随后将枪套斜插在腰间，穿上深灰色的西装，又伸手调整耳麦。

梁荷心等人同样身着深色的西装，正在整理身上的装备。眼前忙碌着的同事中，却少了一个熟悉的身影。朱峰已经两天没有出现了，电话和邮件都没有回复。

行动之前，周无曾经有意无意地询问过朱峰的去向，可是梁荷心只是笑了笑，没有解释太多，说朱峰的条件不满足外勤需求，做了临时调动。

周无没有多问，从上衣口袋中取出手机，再次确认现场的平面图，看着几个小时前布置的行动计划沉思着。突然，车门"唰"的一声被打开，孟桂身着一身黑色的套装上了车，坐到了厢式货车的最里面。她伸手捋了捋黑色的短发，缓了一口气，清亮而空灵的声音在封闭的空间内响起："已经跟 I.Q.D 现场负责人确认了整个行动流程，明天中午 12 点，'包裹'会被运送至中央银行，由专门负责安保的安全小组接手，并送至地下的密封舱。"

高大的弗雷在车厢空间内低头弯腰，尽量不让自己的脑袋撞到车顶："他们有没有说，如果遇到突发事件，双方应该怎样进行协调？"

"说了，我们主要负责额外的机动部队，监督整个运送流程。任何涉及非自然时间或疑似收容事件的环节，都会由我们接手。"

"没有其他问题了？"弗雷似乎感到有点儿意外。

孟桂摇了摇头，将手中的文件整理打包，放在身侧："自从中央银行设立之后，还从来没有一例针对高浓度信仰源的抢劫计划实施成功，更不要说'包裹'已经运送到中央银行了。可能他们觉得这次行动有点儿小题大做吧……"

卢卡斯微微侧身，对着孟桂笑了笑："是没有发现任何成功实施的案例，但并不代表没有。"

"至少在我们中国，没有。"孟桂撇了撇嘴，对卢卡斯的话不以为然。

一旁的梁荷心似乎不想听到莫名其妙的争论，将耳麦的数据线塞进衣服缝隙中，眯着眼睛说："争论这些没有意义。我们的计划不是为了保证'包裹'的安全！李察，我们开始吧。"

李察感受到她的凝视，立即睁开了眼睛。

"周无，你跟我一组。"梁荷心侧头看了一眼周无，又低头看了看腕表，"现在是 22 点 36 分。今晚，我们必须将大楼内的主要空间全部核实一遍，并且对行动路线进行复核，以确保明天整个行动不会出现任何纰漏……"

她指了指脚边的金属箱子，继续说："箱子里是系统联网感应器，我们要在天亮之前部署好。今晚的任务仅限于我们几个知情，我并没有汇报给梁长官……如果明天目标真的出现，他很有可能借用内部复杂的地形与我们周旋。我们的任务是回收并抑制任何潜在的收容事件，同时确保不影响其他人。如果遇到第三方介入的特殊情况，参考国际合作条款中的 2C-1A 章节，所属地域任何与收容事件相关的内容，无条件交付 A.E.C.S.T 中国区现场负责人……如果发生冲突，你们要及时出示身份识别卡，保持通信正常！"

梁荷心表情严肃，再次看了一眼监视器中的画面，屏幕上的央行大楼车库的入口空无一人，没有任何异常。

她率先起身，打开车门，而弗雷回身将银白色的箱子分给同事们，慎重地向梁荷心点头示意，随后径直往大楼车库走去。

周无站在街边，过往车辆的灯光在办公楼的玻璃窗上一闪而过。他抬头看了看被黑夜笼罩的高大建筑，楼顶"中央银行"几个字时隐时现。

他从上衣口袋中掏出铜币，在指间转动着，随后大拇指向上一弹，在铜币下坠时将其扣在另一只手的手背上。

君士坦丁大帝的头像露出一丝微笑，泛黄的锈迹使笑容显得有些怪异。

周无盯着硬币微微出神，脑海中闪过修特那张布满皱纹的脸庞。他使劲摇头，似乎想把某种不安的情绪甩出去。

"走吧。"梁荷心歪了歪头，站在一旁注意着周无的动作。

周无回过神来，有些不好意思地弯腰，提起了脚边的银色箱子，发现金属箱子的分量要比想象中重很多。

他点头示意，无意中看到了梁荷心的鞋跟，似乎为了整场行动的顺利进行，她已经换成了平底鞋。

他们通过车库的安全通道，来到了内部大厅。

显然梁荷心已经提前沟通过，整座大楼没有出现任何安保人员。周无走进来的一瞬间，被空旷而肃穆的大厅吸引。底部楼层的高度至少三十米，人站在庞大的空间里，感觉自己完全暴露在众目睽睽之下，不知不觉中便放低姿态，保持敬畏之心。

众人缓缓上前，围成一圈。卢卡斯和李察似乎从来没有见过如此高大气派的穹顶，二人昂头挺胸，表情震撼。

"别看了，你们现在站在中国境内核心的设施之一当中，先做正经事吧。你们的身份证明已经更新，一层这边的区域交给你们，但仅限于一楼。"梁荷心出声提醒。

李察挑了挑眉，一旁的卢卡斯冷笑一声："那么明天的行动，我们是不是只能在这一层观望？"

孟桂略带嘲讽地说道："一层已经够你们折腾的了，起码比移民过渡区要大很多。"

卢卡斯脸色一变："等等，不要把我跟海关那些种族主义者混为一谈，我只代表自己！"

"对，我完全相信。"孟桂快速回应。

李察默默地瞪着梁荷心，似乎是在提醒她，如果让他们俩继续斗嘴，可能会耽误不少时间。

梁荷心心领神会，在卢卡斯还嘴之前，抢先说道："如果有 A.E.C.S.T 中国区高级调查员陪同，你们可以自由行动。我相信如果我们到了你们的辖区，待遇可能更坏！"

卢卡斯无言以对，尴尬地哼了一声。

"弗雷和孟桂负责中间楼层，我和周无从第十层开始。注意探测器覆盖的范围，走道和楼梯间不要遗漏。另外……"梁荷心顿了顿，无可奈何地说，"务必记录探测器的具体位置，事后记得回收，这些东西可不便宜。"

周无想起修特抠门的样子，再次感受到了经费燃烧的滋味。

"现在对时，保持通信畅通。"梁荷心看着腕表，打了个响指，"行动！"

众人没有异议，迅速拎起手中的银色箱子，往不同的方向散开。

周无提着箱子走在楼梯的台阶上，一层层地重复，台阶似乎永远看不到尽头。他明显感到自己的呼吸比箱子更沉重，每上一层就要停下来喘上几口气。

"需要帮忙吗？"梁荷心迈着轻盈的步伐，回头看了他一眼。

周无注意到梁荷心回头的一瞬间长发微微飘起，嘴角微微上翘，男性的自尊让他无法把箱子递给走在前面的女孩，赶紧摇摇头，一声不吭地跟在后面。

"如果不是因为这次任务，我们也没有机会进入央行内部。"梁荷心为了分散周无的注意力，一边走一边闲聊似的说着，"其实 I.Q.D 是政府官方供应商，类似没有风险但是油水又多的代理工作，包括政府资源采购，几乎都被他们垄断了，我们只能通过完成高风险任务来换回高额的收益。我们也习惯了，实际上我能理解他们的不平衡心态，因为 A.E.C.S.T 始终是国际联盟设立在中国境内的分支机构，我们的工作是处理非正常事件对整个世界的影响，他们则更在乎区域范围内的细节事项。"

"为什么你们双方没有办法竭诚合作？"周无将手中的箱子换了一只手。

"A.E.C.S.T 设立的目的，是保证整个世界范围内的秩序。虽然我们作为曾经独立的机构加入 A.E.C.S.T，但依然保留着某些自身的使命感和愿景，而且我们认同这个大的理念。整个社会、世界，无论是人类还是其他事物，都需要面对共同的挑战。就如全球变暖、外星人入侵一样，这是这个星球上所有生命面临的挑战……

"但是对这片土地上的人来说，免不了受到别的地区地缘政治的影响。这种影响不可避免地让我们同政府以及各个区域的 A.E.C.S.T 分支机构的关系变得微妙。中国区 A.E.C.S.T 是个较为独特的存在，依然保持了某种微妙的独立性。"

她回头看了一眼周无，脚步微微一缓，来到了周无身边，两人并排向前走着。

"其他区域，无论是欧洲、北美，还是亚洲其他国家，A.E.C.S.T 各地的分支机构都在某种程度上变成了地方势力的代言人，早已经被渗透得千疮百孔。许多时候，国家与国家之间的竞争已变相成为 A.E.C.S.T 各地分支机构之间的斗争。"

周无此时已经有些喘息，但还是问道："就算是那些……奇怪的收容物能够毁灭人类？"

似乎整个楼梯间都暗了一下，她意味深长地笑了笑："我从来都认为，毁灭我们的只能是我们自己。况且，'人类'这个措辞，很多时候要看从谁的角度出发。从普通人的角度来看，也许我们已经不再属于人的范畴，可怕的是，许多 A.E.C.S.T 里的人也是这样认为的。

"高级别的探员……在经历过许多事后，慢慢会认为自己无所不能，在知道种种特殊收容物的使用方式后，也会将自己当作比普通人更加伟大的生命存在。甚至……现在说这些太早，但是迟早有一天你会知道的，我们自己存在的本身，也许和这些收容物以及那些……我们不能理解的存在息息相关。

"做个普通人意味着平凡地过一生，一旦你真正认识到自己的身份以及血脉，也许就会觉得自己与众不同。

"我之前也说过，我们在理智和疯狂间挣扎，这并不只是字面上的意思。在经历过无数事情之后，也许最需要抓住的是自己人性的一面，这样我们才不会在经历一切之后忘记我们的初衷，那就是守护这个世界，并确保它保持应有的秩序。"

她再次沉默一下，掏出手中的电子烟吸了一口，薄荷的香气在走道中飘散。

"A.E.C.S.T 成立之初，为了迅速扩张，不得已将许多本地根深蒂固、历史悠久的组织吸纳进来。虽然大家都在国际联盟宪章上签了字，但是有多少人是真正无私地为这个理念奉献……或者说，这么多年过去，当时那群无私的人死去后，有多少人还能够传承这个理念？

"国家与国家之间的竞争越来越激烈，收容物从某种程度上来说就如大规模杀伤性武器一般，尤其是 level 4 以上的收容物更是如同核武器一般的存在。有多少人甘心把这种武器交给一个中立组织，又有多少人暗度陈仓，让这些收容物流通到市面上？”

她沉声道，沙哑的声音似乎透着一丝不祥之意。

“现在你应该知道了，你来之前收容中心失控过一次，现在我们还有许多人在外面回收丢失的收容物。它们的危害你已经看到了，包括……修特……以及齐奕娇……都是牺牲品。”

她低下头，声音略显坚定地道：“我不希望拯救整个世界，只是希望这样的事情少一些。因此无论是来自官方的压力，还是来自海外的压力，我都希望我们永远是这片土地最后的屏障。

“就如同我们的祖先世世代代所做的一样。他们也曾被官方背叛，但是始终没有放弃过自身的责任，这是我们的传承。我希望这也能够成为你的。”

周无侧头看向身旁的女孩，长发遮住了她的脸庞。

周无低了低头，继续爬着楼梯，随后低声问道：“周玖留和梁丹渊，也是这样认为的吗？”

终于来到了第九层，周无感觉手又酸又麻，重重地吐出了一口气。

梁荷心向前走了几步，抬起胸前的证件一扫，打开了前方的应急通道：“是啊，曾经我以为他们都是这样认为的。”

随后她向前走去，似乎又说了一句什么，但是周无没有听清，脑海中闪过梦中爷爷和周极的对话。他想追问，却不知如何开口。

对理念和传承这种事，周无没有过多思考。他一向尊重每个人的自由意志，也许世界本身不论是非黑白，一个人的正义在另一个人眼中可能就是邪恶，个体追求的自由意志在另外一群人眼里则是对秩序的挑战。

在这个矛盾、扭曲、疯狂的世界里，究竟什么是正确、什么是错误、什么是正义、什么是邪恶？

他无奈地摇了摇头，屏蔽脑子里的思绪，进入大楼的应急通道中。

眼前是一个"T"字形的通道，两侧每隔一段距离就有一个房门紧闭的房间。惨白的灯光照射在通道里，四处寂静无声。

梁荷心低头看了看腕表，随后示意周无将手中的箱子放在地上。她弯腰在箱子两侧按了几下，打开箱子后，取出排列在暗格中的银色金属仪器——大小如同硬币一般，以透明塑胶带相连，又像是一节节未开封的金属电池。

"这是动作感应器，采用光学感应、声音感应一体化技术，已经和后台数据库系统连接在一起。如果有未被记录的生物移动，系统会及时提醒我们，并把位置以及声波反射的图案发送到我们的手机上。"

周无伸手接过，打开透明塑胶的封条，一片薄薄的银灰色金属片，几乎没有触感，非常适合隐蔽。

"每隔几米贴在墙角和安全通道处，确保采用不规则的位置，避免有人刻意采取规避性动作。"梁荷心取出其中一片，在应急门框齐膝处轻轻一按，银灰色金属片便牢牢地吸在门框上，肉眼几乎看不见。

周无大感惊奇，效仿着梁荷心的动作，手指头在金属片上轻轻按了几下，确保金属片与门框的位置贴合严密。

"这是收容中心科学组设计研发的特殊吸附金属。亚历山大虽然有些令人厌恶的习惯，但技术还是过硬的。通过对收容物的研究，他总是能想出各种奇怪的东西……动作快点儿，我们没有一整晚的时间来折腾这个！"

"你觉得他会来吗？"

周无走到通道的另一侧，望着手中的金属片，不知是期待还是担忧。

"他现在没有那个未编号的收容物，无法高效地进行能量转换。事实上，单个收容物有这样的功效也非常罕见……我只是希望他在面对最坏的结果之前，能跟我们回去。或许亚历山大会想出一个万全之策，抑制他体内的信仰源异动，没有第二条路。"

周无沉默良久，无奈叹息："其实，我从来就没有真正了解过他，就好像他也没有真正了解过我。"

梁荷心默默看了他一眼："是啊，也许我们永远都不曾真正认识身边人。"

二人将角落布置完毕之后，梁荷心按住耳麦，轻声询问另外两组人的进展，小声叮嘱了孟桂几句之后，抬头示意周无接着去上一层。

周无拎起箱子，转身上了楼梯。

他掌握了金属片的贴合技巧，动作比刚才快了许多，但是沉默的气氛似乎会传染，二人低着头谁也没再说话。等贴完金属片之后，二人继续往楼上走去。

"为什么这么执着？"

梁荷心弯腰站在周无身后，轻轻地拨弄着长发。

周无仿佛闻到淡淡的薄荷香气，心里泛起一丝涟漪。梁荷心这句话究竟是在问他，还是对着耳麦说话，他完全没有反应过来。

"我在问你，为什么这么执着？难道回去过普通人的生活不好吗？"梁荷心站在原地看着他。

周无扭头看了她一眼，拎着箱子越过高挑的身影，默默地将手中的感应器贴在墙上的一幅装饰画边缘，自言自语般道："可能是不甘心，也可能是为了周极……从小都是这样，他们从来没有让我选择过。"

他面无表情，重复着手中的工作，脑海中闪过他和周极在爷爷书房里的场景。

他记得爷爷蒙上了他们兄弟俩的眼睛，周极伸手选了那块玉佩。从那以后，爷爷时常带着周极，几乎和周极形影不离，而周无就这样被遗忘着，这让年幼缺乏父母关爱的周无大受打击。

也许每个人的命运都是被安排好的，周极好像一直刻意回避着，眉宇间带着孤傲神色。周无大学毕业之后，兄弟之间的亲密感就变成了疏离感。隔阂在不经意间产生，久而久之，周无习惯了独自生活，也没有想过要去弥补什么，一切顺其自然。

"你知道吗？爷爷和周极从来就没有在意过我的想法，有时候我还会去缠着爷爷问哥哥去哪儿了，但没有答案，似乎他的生死、去留，都已经与我无关……"

周无自言自语地说着他们之间的故事，梁荷心沉默地听着，始终没有打断他。

在脑海中，她似乎勾勒出那个矮小又孤单的身影，看着自己的亲人不明原因地将自己推开，那种绝望的委屈感让人逐渐消沉，甚或变成了某种怨恨的情绪。

也许就是因为有期待，人才会有失望吧！每个人似乎都一样，如果不是迫切地想看到那一丝光明，又怎么会害怕黑暗？

我们每个人都一样，被自己的预期所伤害。梁荷心默默地想着。

终于，周无停下了自言自语，看着手中的金属片，悠悠叹息："有时候我一直在想，是不是因为当时我的自暴自弃让周极觉得我们之间已经越来越远？谁也不甘心低头认输，谁也不愿抢先说出那句'对不起'。我渐渐明白，也许当初他们是为了保护我……我宁愿他们告诉我真相，给我一个重新选择的机会。可笑的是，当我的生活被彻底改变的时候，我才知道整个事件的真相！所以我决定加入 A.E.C.S.T，我想找到他，告诉他，我从来没有放弃过他。"

他抬起头凝视着梁荷心，黑色的眼眸中透着迷茫、不甘以及一丝后悔。

"我理解……你的心情。"梁荷心站在原地看着他，动了动嘴，似乎想要说什么，随后眼帘一垂，长长的睫毛不停抖动着，似乎在抑制眼神中某种异样的情绪。

"我小的时候，母亲因为意外去世了，而我的父亲就像变了一个人。以前他就算工作再忙，也会抽出时间来陪我们，但在那次意外之后，他再也没有回过家，只是安排人来照顾我。我痛恨我的父亲，恨他没有告诉我真相，恨他渐渐疏远我，恨他一直在找各种借口用工作忙碌来掩盖这一切！后来我终于以优异的成绩进入 A.E.C.S.T，才知道原来我母亲的死不是意外，而是一次收容事故……"

"收容事故？"周无一震，随后转头看向梁荷心。她手中的动作没有停，细长的眼睛被头发遮挡，让周无无法看清她眼内的情绪。

"是的，那天我母亲去学校接我，所经区域被三级收容事件影响，被迫采取紧急收容措施，现场全部封锁。而她……再也没有回来。"声音逐渐平静，她像是在讲述着别人的故事，"我晋升的时候，偶尔看到了收容中心的档案，意外地发现，紧急收容措施竟然是我父亲下的命令……"

周无微微一怔，预感到了什么。

梁荷心的语气里带着一丝冷漠："他知道的，我母亲很有可能经过那片区域，因为那是我放学回家的必经之路。但是他为了控制损失范围，还是下达了命令。"

周无张开嘴想说话，脑海中突然闪过一个身影：穿着裁剪合身的西服、浓密的黑发间带着一丝华发、保养极好的双手，以及脸庞、带着皱纹的眼角、凛冽的眼神。那细长的双眼和梁荷心同样细长的眼睛重叠在一起。

"是的，梁丹渊就是我父亲。"梁荷心似乎看出他想问什么，点了点头。

周无还没有从震惊中缓过神来，站在原地一动不动，而梁荷心并没有觉得父女关系有多么复杂，他们依然是上司与下属的关系。

"那段时间我疯狂地恨着他，因为认为是他害死了母亲。从那以后，我积极参与高级别收容事件，用各种各样诡异的事件去麻痹自己，似乎只有这样，才能忘记所有的痛苦……出于对我的关心，周玖留曾经劝过我，但是我始终无法释怀。而周极呢，我想也许他在我身上看到了某个熟悉的身影，所以和我有点儿同病相怜的意思。"

站在原地的周无还在消化这些信息，低着头试图掩盖自己的惊讶情绪。

"而让我真正理解梁丹渊的，是因为一场收容事件……"梁荷心深深地吸了一口气，似乎这样能够让她鼓起勇气，回想当天发生的事情。

"那天，我和弗雷一起去处理特殊收容事件。除了我们之外，还有五名小组成员，他们都是弗雷亲手培养起来的。在现场的时候，发生了意外，我亲眼看着同事们一个接一个地崩溃。理智被击溃后，他们开始尖叫、咒骂、自相残杀，将人性最丑恶的一面全部展现了出来。"

梁荷心声音颤抖，没有继续说下去，但是周无很自然地脑补了她所描述的画面。

她的手似乎不受控制地颤抖起来，手指轻轻顶在嘴唇上，想起那天看见的疯狂场景，恐惧如同潮水般涌出。

"就在我最绝望的时候，察觉到不对的 A.E.C.S.T 派出了机动部队支援，为我们打开了一条生路。时间有限，我们发疯似的向出口跑去，我和弗雷拖着一个已经崩溃的队友，率先跑了出来。其他人走在后面，但是明显神志已经不正常了。"

梁荷心的手控制不住般颤抖起来，牙齿轻啃着大拇指处的指甲。

"他当时站在门口看着我，我已经连话都说不出来了，他依然平静地伸出手，将手中的遥控器给了我，耳麦中传来同事们哀求的声音……直到现在，有些夜晚我还能听到他们撕心裂肺的哀求声。梁丹渊就用那种平静的眼神看着我，点了点头。

"我鬼使神差地按下手中的按钮，唯一的通道就这样被毁了。

"我们那些队员，曾经一起出生入死的朋友都在里面，我们的耳麦中还能传来他们的声音。从开始的呼吸声、尖叫声、诅咒、唾弃、咒骂，到后来绝望的哭泣声，再后来为了手里的补给和装备，他们开始……自相残杀。那些我们亲密无间的朋友就在里面一个个将人性最丑恶的一面展现出来。

"先是第一个，然后是第二个，直到最后两人为了生存，有一阵甚至……开始……吃曾经朋友的……"

梁荷心声音颤抖着没有继续说下去，但是周无很自然地脑补了她所描述的画面。

梁荷心再次说："我就在外面站着，和他们不到三十米的距离，他就这么陪着我，一句话没说。我终于明白了他那时候的感受，愤怒、恐惧、自责，一切情绪都让我不知道自己身在何处。每当我鼓起勇气想要面对这一切的时候，耳麦中那仅剩的呼吸声、喘息着，慢慢地……慢慢地……我再也听不到里面的声音了。"

"为什么梁丹渊不带你直接离开？"周无挑了挑眉，似乎对梁丹渊的行为有些不解。

"我不知道，也许是考验，也许是对我的惩罚，也许是为了让我理解他当年发布命令时的心情……弗雷当时昏迷不醒，是梁丹渊背着我离开现场的。"

梁荷心长吸一口气，平复内心的情绪，声音再次趋于平静，刚才那些外露的不安情绪终被她的理智压制住："躺在病床上，我看到科学组的人在对我进行检查，而隔壁的弗雷不时发出嘶吼声和痛哭声。他们告诉我，五个人当中有一个逃出来的队员，因为受到的收容信仰源辐射过大，已经被强制性送往收容中心关押。"

"就是那个女人？弗雷的助手？"周无恍然大悟。

"是的，我一直在恐惧中煎熬，不想有一天也变成随着时间而腐烂的行尸走肉。看过太多画面，以为能平静地接受这种命运，当厄运真正发生在自己身上的时候，我却无能为力。那段时间，梁丹渊每周都会来看我，陪我聊天，我一度以为我的父亲回来了……经历过这一切之后，我慢慢理解了人生的抉择。虽然他让我学会面对这一切的方式过于残酷，毋庸置疑，在我们的工作中，这种选择只会更多，不会更少。出院之后，我试着与梁丹渊像正常父女那样相处……遗憾的是，也许我们分开的时间太久了吧，我和他之间，再也没有回到温馨的从前。"

她低头掏出电子烟深深地吸了一口，仿佛要让心中不愉快的记忆都随着烟雾消散而去。

周无用同情的眼神望着她，低声感慨着："我想，他也许是想用自己的方式保护你，帮助你成长。但是，有时候这种保护也是一种伤害。如果有可能，我更希望他们告诉我真相，然后让我自己去选择。这一切无论初衷是什么，最终结果都只能让人与人之间的鸿沟变得更深。"

梁荷心抬手，电子烟再次亮了起来，她看着周无望向她的无奈的眼神，感慨轻叹："是啊，但这是 A.E.C.S.T 的风格和宿命。如何在这个疯狂而扭曲的世界里保护我们的亲人，也许远离才是最好的方法。但这注定了当把亲人或爱人推远时，实际上我们也把自己推进了灵魂的深渊里。"

梁荷心低声感慨着："孤独是对我们的诅咒，也是让这个世界疯狂和平静的密码。"

说完，仿佛为了缓解一下沉重的气氛，梁荷心眯起眼睛笑了笑，调侃道："所以我们才需要酒精啊。"

说完，她低头，再次默默地做着手中的工作。周无仔细体会了一下这句话，回想起刚见面那晚梁荷心在睡梦中颤抖的身影，这时才明白，也许面前的女孩从来没能从那次收容失败的事件中恢复，只是靠着酒精麻痹自己，勉强度过每一个黑夜。

脑海中儿时的数个场景一闪而过，有的是关于周玖留的，有的是关于周极的，多数情况是他们孤独而略显冷漠地站在房间里，似乎在任由这种孤独感将自己笼罩。

他深吸一口气，默默地离开这层楼，沉寂终将身后的空间完全覆盖。

经过一番感慨，二人似乎不需要再多说什么，内心深处又多出了某种默契。耳麦中传来孟桂和李察的声音，汇报着他们的工作已经完成，显然整座大楼四分之三的空间已经布满高低不一的感应装置。

周无缓了一口气，坐在银色的金属箱上休息，动了动有些僵硬的脖子，看了看身侧的梁荷心，轻声问道："梁丹渊是一个什么样的人？"

"他……小时候是我的父亲，现在的身份，只是 A.E.C.S.T 最高权限拥有者。一直以来，他始终坚信周玖留会与他并肩作战，坚守传承，为这个世界做出改变。他和周玖留的感情已经超越了一般意义上的亲人，他更多的时候将自己视为传承的继承者，没有人比他更了解他们存在的价值。"

"为什么我觉得，他对周极好像有某种成见？"

周无终于说出了隐藏在心里很久的疑问。他与梁荷心在心路历程上的自我宣泄，似乎让他们再也没必要遮遮掩掩。

"当初周玖留将周极带进 A.E.C.S.T 时，梁丹渊其实是非常认可周极的能力……可是在梁丹渊心里始终存在一个理想状态，那就是没有人能撼动他的位置。周极开始崭露头角的时候，梁丹渊甚至提供过许多支持。直到周玖留逝世，他才发现，周玖留似乎把更多的机会留给了周极。"

梁荷心犹豫了片刻，像是在考虑该不该说出来或是在斟酌语言："每个人都有自己需要承担的责任和义务，当我们加入 A.E.C.S.T 的时候就注定了是要做出选择的，牺牲自己或者牺牲他人。但是被周玖留视为接班人的梁丹渊，不能忍受周玖留就这样冷漠地离开。他接受不了，甚至觉得周玖留背叛了自己。他消失过一段时间，整个人瘦了一圈，直到再次出现时，国际联盟总部已经下达委任状，一切恢复正常，他依然为工作而废寝忘食。"

"你的意思是，他对任何人都会是这种态度吗？"

"我个人判断，我以 A.E.C.S.T 外勤组高级调查员的身份说句公道话，梁丹渊和周极是朝夕相处的同事，在得知周极叛逃的一瞬间，他们之间已经不存在任何私人感情。你知道的，周极四处狩猎信仰源，已经属于极其严重的收容事件，我们不该用正常的思维逻辑去衡量他的行为。不管发生什么事，整个世界格局的变动都依然在挑战我们这个独特的机构。周玖留在的时候，许多无形的压力被他承担了；他离开后，我们才知道这一切意味着什么。他们说时间会改变很多东西，那些我们熟悉的面孔，在摘下面具之后，你所看到的现实就显得更加残忍。"

梁荷心吐出一口烟圈，侧了侧头，平静地说："有时候我也会扪心自问，我们以往熟悉的一切都在一夜之间改变了，这究竟是为什么呢？"

她看着电子烟的烟雾慢慢地在空中四散。

"是啊，究竟是为什么呢？"

一声疲惫的叹息从黑暗的角落传出来，沙哑中带着少许沧桑感。

楼层的通道尽头，出现了一个穿着黑色皮衣的高大身影，头发随意地耷拉在额头上，脸庞依然年轻，却似经历了岁月的洗礼，让他的五官轮廓显得更加成熟。令人难忘的是那双桀骜不驯的眼睛，透着一丝疲惫和沧桑感。

周无迅速与梁荷心对视一眼，一颗心沉到了谷底。

"梁荷心，我们又见面了。"周极抬起头笑了笑，目光中带着陌生的情绪，轻轻扫过表情紧张的女人。

此时，二人口袋中的手机疯狂地振动起来，耳麦中传来弗雷与卢卡斯的声音。

"感应器显示有警报装置被触发了，是误触吗？"

"奇怪，好像是在十二层……你们那里有没有异常？"

周无微微侧身，下意识地挡在梁荷心的身前，望了一眼周极脚下的黑色皮鞋，浑身肌肉紧绷，提防着周极突然袭击。

周极嘴角扬起一丝无奈的笑意，缓缓伸手："弟弟，我带你离开这里，不要相信他们的谎言。"

久违的称呼、久违的亲情，让周无瞬间感觉到无助。他克制住转头去看梁荷心的冲动，眼睛死死地盯着眼前这个熟悉的陌生人。

而梁荷心在惊恐中保持着戒备，身子前倾，就像是猎豹察觉到前方的异常威胁，缩了缩脖子，借着周无的身体掩护，手腕慢慢地摸向腰侧。

"相信我！我是你哥哥，怎么会害你？！等我们安全了，我把一切真相都告诉你，不会再有隐瞒和谎言了！"周极目光凝聚在周无身上，认真地看着自己的弟弟，"我会把整件事情的来龙去脉全都告诉你，关于爷爷的一切，关于A.E.C.S.T，关于这个世界，关于你的，关于我的……在这一切不可挽回之前，跟我离开这里。"

38　周极、周无以及曾经的同事们

"你来这里，就是想带我走？"

就在周无开口说话的刹那间，梁荷心突然抬手，"乓"的一声，在周无遮挡的手臂空隙处开了一枪。

周极似乎对梁荷心的动作早有防备，身体一侧，身后的墙上出现了一道闪光。

此时，周无猛地回头，一把托起梁荷心持枪的手腕，耳麦中已传来众人焦急的询问声。

他的目光与梁荷心的目光相对，神色疑惑、焦虑、怀疑，脑海中闪过无数画面，这里面有关于他的，有关于周极的，有关于周玖留的，也有关于梁荷心的，还有修特、齐奕娇那残缺的身体。似乎过了一个世纪，那些在 A.E.C.S.T 的点点滴滴闪过，最终定格在儿时的回忆以及梦中记忆宫殿内周玖留和周极的对话画面上——

"他们，已经忘记了责任，也忘记了平静的生活是先辈们用鲜血换来的。他们只是一味地去牺牲别人，换取自身的安宁，这种行为是可耻的！"

"我们的责任究竟是什么？"

"我是先拯救世界，还是先拯救身边的人？"

"在这个矛盾、扭曲、疯狂的世界里，究竟什么是正确、什么是错误、什么是正义、什么是邪恶？"

周玖留的身影和声音似乎在脑海中一闪而过："还有……相信周极。"

然后是小时候周极看着周无说道："因为你是我的亲人，独一无二的弟弟。"

无数画面在脑海中迅速破裂，周无的眼神由迷惑转变成坚定。

梁荷心似乎感觉到周无的异常，下意识地后退，眼睛微微一眯，瞳孔如针孔般收缩。

随后她突然看见眼前身影一闪，周无已抬起脚，踢中了她握在手里的格洛克17型手枪，手枪在空中转了个圈。

周无转身，伸手接住手枪，接着侧身一踢，将梁荷心整个人踢飞到数米之外。

"你……？"

梁荷心强忍着疼痛，却发现痛感没有想象中强烈。她抬头看到周无手里黑洞洞的枪口正对着她，开口似乎想要说什么。

"乒，乒！"

两声枪响，周无没有给她开口的机会。

蓝色的子弹分别击中梁荷心的左腿以及左肩，强烈的电流迅速穿透身体。梁荷心忍不住跪倒在地，整个身体蜷缩在一起，剧烈地颤抖着。

周无默默地收起枪，往后退了几步，确定梁荷心已经没有反抗能力，便径直走向站在楼道尽头的周极。

周极看着他，疲惫的脸上闪过一丝笑意，沉默地点了点头。在地上挣扎的梁荷心因为身体的痛苦，连嘴唇都咬出了血。此时她强忍着没有出声，死死地盯着周无，眼神中透着难以置信，似乎觉得周无的选择令她感到伤感与失望。

周无没有去看她，或者说不敢看她的眼神。

周极示意周无跟上自己，迅速转身离开楼道。

两人无声地奔跑着，越过长长的台阶，周无怀中的手机疯狂地振动着。

跑进安全通道的时候，周极突然拉住周无，随后打开下一层的门，往另一侧的楼道口冲去。

就在二人快速跑动时，周极左眼金光一闪，随后闷哼一声，突然被什么东西绊倒在地。他捂住自己的左侧脸，咬紧牙抽搐起来，太阳穴处青筋暴起，额头上冒出了密密麻麻的冷汗。

周无惊讶地望着他的表情，果断地转身扶起周极，搀扶着他向前走去。

"希望你的计划不限于此。"

他似乎感觉到某种异常的意志正侵扰着周极的身体，声音中略带焦虑。

"在 A.E.C.S.T 基地，我没有办法接近你，今天是唯一的机会……"周极痛苦地摇着头，似乎想把脑海中的某些东西甩出去。突然，他伸手示意周无站住别动，侧耳听了听，一把将周无推开。

通道的门忽然被人撞开，巨大的身影迎面冲出来，飞扑向闪身后退的周极。

另一道娇小的身影随之转身冲向周无，却听"乒"的一声，孟桂已被周无开枪击中。她不断地颤抖，尖叫着倒在地上。

此时，周极正与扑上来的弗雷扭打在一起，筋疲力尽的他似乎很难抵挡高大的弗雷的猛烈攻击。随后他忽然往后一跳，与弗雷拉开了距离。

弗雷听到枪声，下意识地回头，愤怒的双眼瞪着站在走廊上的周无，似乎理解不了周无的所作所为。

周无面色平静，抬手一枪打中弗雷的胸口。

"周无！"

弗雷怒吼着，强忍着身体的剧烈抖动，身上紧绷的肌肉在对抗着电流的侵袭，高大的身躯踉跄地一步步向前走着。

"乒，乒，乒"，连续三声，蓝色子弹击中他的胸口。弗雷带着不甘的眼神，浑身抽搐着跪在了楼道上。他艰难地抬起头，紧咬着牙看向站在面前的周无。

"我一直觉得，他比终结者还变态……"

周极喘了一口气，擦了擦额头上的汗水，突然左手撑地，飞身一踢，右脚正中弗雷的下颌。弗雷翻了个白眼儿，像一座铁塔般仰倒在地。

"时间来不及了！我已买好机票，我们去乌克兰，还有机会重新开始。"

二人在楼道里飞奔着，周极一边喘息一边奔跑，明显感到他比上次虚弱了许多。

周无犹豫了一下，忍不住问道："信仰源异变，和之前的炸弹到底是怎么回事？"

"周无，放心吧，无论出现什么情况，我都会保护你的！因为我是你哥哥……我带你离开，远离这个疯狂的世界。他们都已经疯了！为了所谓的责任和宿命，他们的世界观早已经扭曲。我不会让你成为牺牲品的，我和爷爷一直都在努力寻找这个世界的真相，我们有选择的机会，不要盲目地为了某个理想而牺牲！这是爷爷临走时给我的遗言，也是他一直想告诉你的话……"

周无突然停下脚步，皱眉道："我已经长大了，有选择命运的权利。离开这里之后，你要告诉我发生的一切。"

"一定！"周极点了点头，意味深长地说，"前面就是出路，也是唯一的路。"

他说完，望着通往一层的楼梯，深吸了一口气。

两人伫立着，对视一眼，久违的默契感涌上心头。

二人在打开通道大门的瞬间，分别向前方的地面侧身滚地，耳边响起枪声，密集的子弹迅速从头顶飞过，在楼梯间的墙面上跳跃。

此时，周极像猎豹般跃起，冲向离自己最近的人，周无则掏出手枪，分别向一近一远两个身影开了两枪。

李察眼神一闪，低头躲过一颗迎面而来的子弹，随后看着周极飞速冲向自己，果断弃枪迎了上去。

周极低头，做了一个摔跤中抱摔的姿势，抓住了李察的双腿，随后用力向前一抬，将对方架在半空中，借着惯性的力量向前俯冲出去。

二人重重地摔倒在地板上，李察的面部出现一丝痛意，他急忙举起双手护住自己的脑袋，膝盖弯曲跪地，防止周极在翻转身体时将他压倒。

可是他判断失误，周极在滚出去的一瞬间飞跃而起，抬脚将地上的手枪踢向躲在接待台后面的周无。

"你觉得我会和一位柔术黑带的人正面硬碰？"

黑发被汗水打湿，语气中带着嘲讽之意，周极接着活动了一下脖颈，手掌向上挑了挑，示意李察站起来。

李察深吸一口冷气，腰一挺起身，摘掉领带，仔细地缠绕在自己的右手上。

刚才周无向远处的卢卡斯开了两枪，随后在卢卡斯闪避的时候，做了一个滑铲的动作，迅速钻入大厅接待台后面隐蔽。

不远处的卢卡斯从掩体后面探出脑袋，蔚蓝色的眼睛小心地张望着周无的方向，似乎完全没有被目前的局面干扰，用有些戏谑的口吻喊道："Mr. Zhou，你觉得你还有几颗子弹？"

周无拉开弹匣，看了看仅剩的几颗子弹，闭了闭眼睛。这一瞬间，他想打卢卡斯一顿："我带了三个弹匣！"

"整理装备的时候我看见了，你带了一个蓝色弹匣、两个红色弹匣！呵呵，我不认为你会把红色的子弹用在我们身上。"卢卡斯尴尬地笑了笑，突然低声叹息，"知道吗？你是个好人……我们可以成为朋友，超越普通同事关系、真正托付生死的好朋友。"

说话间，他轻轻地脱下外套，随后转身冲了出来，向躲在掩体后面正在变换角度的周无连开了两枪。

周无脖子一缩，侧身对着一闪而过的身影再次射击。

"做托付生死的朋友是要递投名状的，你有吗？！"周无嘴上不服输地大喊着。

卢卡斯跑到大厅另外一侧的柱子后面，将手中的外套向前一扔，周无下意识地开了两枪，随后意识到自己被骗了。

还剩两颗子弹，他想着，突然看见不远处的地面上滑过一把手枪。

他抬头看到远处的李察正与周极拳打脚踢——棋逢对手。他不及细想，跃起来冲出去的时候在卢卡斯探头的位置连开两枪，身体在地上一滑，顺利捡起手枪，闪身躲在接待台后面的柱子后，调整了一下呼吸，探头向之前卢卡斯躲藏的柱子方向观察。

忽然，他的后脑被硬物抵住，周无身后传来卢卡斯的声音："作为IDPA竞技射击的多项冠军，我觉得你的技术已经不算差了。但是，你忽略了我的实战经验。"

卢卡斯示意周无放下手中的枪，谨慎地往后退了一步。

在敌人弯腰的时候，稍不留神，就可能被对方反击。卢卡斯的实战经验是周无不具备的，他曾亲眼看到被自己开枪打死的人，而周无的双手没有血腥味。

不远处，周极和李察依然在交手，他们的视线被接待台和柱子所遮挡，无法看清这边发生的情况。

卢卡斯突然挑了挑眉，低声道："有时候生死朋友在关键的时候会出手帮你，记住，你欠我一个人情……

"投名状送给你。"

周无缓缓回头，凝视着那双蔚蓝色的眼睛，不明白卢卡斯在说什么。随后，在周无不可思议的眼神中，卢卡斯掉转枪口，朝自己的腿开了一枪，整个人颤抖着靠在柱子上，缓缓滑落。

此时，周极一抬膝盖，狠狠地顶在李察的肋骨上，强忍着疼痛的李察一抬手肘，击中了周极的下巴。二人跌跌撞撞地向后连退数步，剧烈地喘息着。

良久，呼吸声慢慢变得沉稳，周极道："我没想到，你的格斗技术比以前进步了很多……"

李察将口中带血的口水吐在地上，举起双手护住要害，在冷静与沉默中缓缓向周极移动。

可是周极叹了口气，似乎在一瞬间斗志全无。

李察脑中闪过一个问号，随后好像意识到了什么，转身一探究竟。两声枪响之后，他不甘心地瞪了一眼身后的周无，身体开始不停地抽搐。

周极沉默着，望着李察躺在地上痛苦的模样，轻轻叹了一口气，重新调整自己的呼吸。

"我们走吧……"他话说了一半，突然身躯一颤，"扑通"跪在地上，手捂住自己的左眼，忍不住大声嘶吼。

周无慌忙上前查看，一瞬间透过指缝，看到周极左眼闪着莫名诡异的金色光芒。就在他想要看得更清晰的时候，那个金色的瞳孔突然狠狠地瞪着他。

莫名的恐惧以及无数奇形怪状的符号涌进大脑，令周无神情一怔，仿若入梦，脑海中的记忆宫殿似乎已被金色的光芒浸透，光芒冲破了荒原上的迷雾。

眨眼间，无数奇怪的符号突然在宫殿的墙上亮起，如同一道道符咒，将金色光芒全部聚拢吸收。

"怎么回事？这到底是什么鬼东西？"周无在剧烈的颤抖中缓缓平静下来，汗水已经浸湿了他的衬衫。

直到此时，他终于相信了梁荷心所说的，周极真的被某种不能理解的存在或意志侵蚀了。一旦时机成熟，那个存在会侵占周极的肉体。

兄弟二人喘息着，互相搀扶着站起来。

忽然，空旷的大厅里传来几声刺耳的鼓掌声。

远处站着一位身着深灰色条纹西装的中年人，面带笑容地鼓着掌，细长的双眼看向两兄弟。而他的身后，簇拥着十几名全副武装、头戴黑色战斗头盔的黑衣人，肩膀上方与头盔的前端标注着 I.Q.D 字样。

"周极，放弃抵抗吧，跟我们回去。"

梁丹渊缓缓向前，眼睛微微眯了眯，看了看躺在地上的李察和卢卡斯，然后对着身后摇了摇头，似乎在感慨什么："看来一切还是要靠自己……我说得对吗，金武斌队长？"

他身后站着一个清瘦的男人，男人摘下头盔，露出一张典型的亚裔面孔，右眼瞳孔呈现灰白色，似乎已经失去了视觉，左眼瞳孔却接近棕色，脸上带着一种让人难以接近的冷漠神色："是的。根据协议，我们随时可以开始回收工作。"

梁丹渊无奈地叹了一口气，温和的声音在空旷的大厅内回荡着，像是感慨又像是诉说："放弃吧！我知道你们努力过，也为了命运挣扎过。很遗憾，这是你们周家赋予你们存在的意义，也是周玖留未尽的责任……"

此时，金武斌一声不吭地上前一步，伸出手往柱子左右的方向一指。随后他身后走出四个穿着战术服的黑衣人，分为两组，其中二人手持如同手臂般长的黑色金属棍，末端装置着环形钢索，而另外两个人手持长枪，小心翼翼地靠近。

"还记得我们小时候玩过的游戏吗？"

周极嘴角上挑，气定神闲地望着眼前的场景，突然问了周无一个奇怪的问题。

"小时候的游戏？"周无微微一愣。

"大兵小将！"

周无想起来了，眼前的黑衣人就像是蒙着脸的小朱峰，展开双臂守在门口，而负责冲锋的周极虚张声势，用动作和呐喊声吸引"敌人"的注意力。无论朱峰的判断是否准确，只要小周无机智地钻过小朱峰的裤裆突围出去，就是胜利。

"好，我跟你们回去！"

周极从柱子后面现身，双手伸向距离自己五步的黑衣人。

"乒！"

一瞬间，周无在地上一个侧翻，一枪击中其中一人的头盔。而周极手疾眼快，早已冲到持枪黑衣人面前，双手夹住对方的手臂，夺过枪械之后，反手扣住黑衣人的肩膀，枪口抵在他的后背上连开了两枪。

被周无击中头盔的黑衣人，头晕目眩地晃了晃身子，想抬手掏枪，却看见周极抱着队友的身躯急速冲了上来，随后一掌切在他的后颈上，黑衣人立即瘫软倒地。

兄弟二人配合默契，一枪一个，将四个黑衣人全部放倒，迅速转移到柱子后面，动作一气呵成，绝不拖泥带水。

梁丹渊与金武斌对视一眼，脸色平静，似乎对刚才所发生的事完全不感到意外。如果周极真的愿意束手就擒，他们也不用兴师动众。

"你有什么想法？"周极疲惫的脸上都是汗水，浓郁的疲惫感从他身上散发出来，依然带着不羁的微笑，仿佛只是在某个阳光明媚的午后随意地交流。

周无看到被步枪击中的士兵，身上闪过某种被电流击中的光泽，低头检查弹匣，见子弹涂着蓝色的标识，目光一凝，将枪托顶在肩上，转身开了三枪，其中两颗子弹准确地命中一个偷偷摸摸想要从侧面偷袭的黑衣人，而另一颗子弹从梁丹渊与金武斌中间穿过。但是二人站在原地波澜不惊，甚至连眼皮也没眨一下。

"还不算太坏，至少他们需要把我们活着带回去。"

"相信我，你不想活着被他们带回去的……"周极皱了皱眉，往左侧开了几枪，远处相继倒下两名黑衣人。

趁着这个空当，周无迅速将地上的李察拉到脚边，避免他被流弹击中，接着抬手擦了擦额头上的汗水："看来你的计划也并不充分。"

"资料显示梁丹渊在境外路演，应该已经被国际事务弄得焦头烂额才对……"周极神色一变，眼中闪过一丝阴郁之色，说，"难道你还看不出来吗？他利用了你找到我的迫切心情，利用了梁荷心的自负，也知道弗雷、孟桂是不会反对梁荷心的。而李察和卢卡斯也不想看到曾经的同事被I.Q.D回收。他利用了A.E.C.S.T的所有人，就是为了设一个天衣无缝的圈套。你们所有人都是他的棋子。"

周无想起弗雷在布置任务时说的话，这个项目是梁丹渊"好不容易"才从I.Q.D那边争取过来的。果然很辛苦！梁丹渊确定周极一定会回来带走自己的弟弟，只要控制了周无，猎物迟早会出现。

而此时此刻，最让周无觉得讽刺的是，原来梁丹渊一直比自己更了解周极，同时心中一紧——朱峰呢？周无脑海中闪过朱峰那戴着眼镜有些憨厚的面孔。他会不会也被梁丹渊控制了，作为以防自己和周极逃跑的筹码？

就在周无默默为童年好友担心时，金武斌面色淡然地抬起手向前挥了一下。一众黑衣人举枪向前走去，而侧翼战斗人员已经开始不计弹药地进行火力压制。

一时间柱子周围烟雾四起，兄弟二人被迫缩到柱子后面的角落，只能偶尔反击。

"我想你告诉我，你的计划不可能这么简单！"

周无在枪林弹雨中大声吼叫，表达自己的困惑。他相信，如果周极是行事如此草率的人，那不知道已经死多少回了。

"我现在的状态……"周极眼中闪过一丝犹豫之色，随后抬手往外面回击两枪，在枪声中冲着弟弟叫道，"只能做一件事！日记本你带在身上了吗？"

周无拍了拍自己的胸口，示意他一直随身携带，形影不离。

周极此时突然问起日记本，周无完全不明白到底是什么意思。

周极点了点头，叫道："很好，没有它，你还走不了……记住，你必须牢牢抱紧我，不能松手！而且你要确保在我们安全离开这里之后，立刻带我去一个地方！"

他低头靠近周无，在弟弟耳边说出一个地址，突然闪身走出去，将步枪里的子弹尽数打光，接着从衣领里掏出一块碧绿色的玉佩握在手中，玉佩闪烁着荧光。

那是儿时周极从周玖留那里得到的玉佩，上面刻着神秘的图案，此刻散发着神秘的光芒。

周无望着释放出幽幽的荧光的玉佩，瞳孔收缩，不敢相信自己的眼睛。

周极抓住弟弟的肩膀，无奈地道："很多事情爷爷并没有告诉过你，因为想让你做个无忧无虑的普通人……这块玉佩以及那个银色十字剑状的饰品，既是收容物也是象征，是这片土地以及那片土地上所流传的故事的证明。它们结合在一起时，也是那些存在用来转化信仰能量的中枢。"

怪不得周极得到那银色十字剑饰品后能够有效压制脑海中的意志，同时它们仿佛水乳交融般融合在一起。

周极来不及详细解释，举起手中的玉佩，眼中闪过一丝金光，透过扬起的烟尘映亮了半座大厅。

金武斌看见光源处的异常情况，皱了皱眉头，扭头望着身旁神色冷静的梁丹渊说："我好像记得你说过，这次是不会出现高级别收容物的。"

梁丹渊凝视着柱子后面的光芒，淡淡地道："如果使用收容物，就会消耗他自身大量的信仰能量，同时他还要抗拒那位……对他意识的侵蚀。以他现在的状态，我不觉得他有把握控制住。"

"他不像是个莽撞的人。"

梁丹渊微微一笑，淡定地说："现在全城的信仰源都被严格管制，基本上没有可能找到补充渠道，如果他非要这么做，那么只会加快他自身意识崩溃的速度。

"如果牺牲这里所有的人能够把他拖住，这也是值得的。"

"但愿如此。"金武斌语气冰冷地说。

此时，周极身上的金色光芒越发透亮，眼中的金光却若隐若现。周无一边开枪一边回头看向周极，一种不祥的预感笼罩在心头，似乎那种莫名的恐惧与痛苦，会再次降临在周极身上。

周极的身体已经开始抖动，他强忍着痛苦，低声说道："答应我，如果我坚持不住，你不要管我，不要回头！你一直跑，去刚才我说的那个地址，他们会照顾你……不要试图回来找我，忘记这一切，去一个新的地方，过普通人的生活！"

"咣"的一声，身后安全通道的门突然被人撞开。梁荷心出现在他们身后，手中举起枪，死死地盯着他们，眼中似乎有一丝犹豫。

随后，她突然感觉到远方有一道熟悉的目光。梁丹渊静静地看着她，距离虽远，但是那能够看透人心的双眼似乎在告诉梁荷心她知道应该做什么。

"不要再有下次了，想想当年，犹豫会让我们所有人付出代价。"这句话突然出现在耳边。

无数画面从脑海中闪过，那些她和周无、周极共同的经历如同流水般涌过，她咬了咬牙，嘴角隐隐有着丝丝血迹。

人们都说人在精神极度紧张的时候会感觉时间变得缓慢，在周无眼中，周极身上突然金光大放，如此强烈以至整个房间内的人都睁不开双眼。隐约中，周无看到的最后一个画面是梁荷心缓缓举起了手中的枪，指向周极。

周无来不及反应，只是下意识地挡在了周极身前，眼睁睁地看着子弹越过弥漫的烟雾。随后眼前金光一闪，他什么都看不到了，只感到胸膛剧痛，随即全身的肌肉开始抽搐。周极缓缓伸出手臂，伸向周无却抓了个空，随后听到不远处周无撕心裂肺的狂喊声。

"走啊！"

周极没有犹豫，身躯化作一道金色的闪电，直接撞向拦在前方的两个黑衣人。两名雇佣兵在耀眼的光芒中，已被切成了碎片。

梁丹渊与金武斌早有防备，同时向大厅两边急速散开。

金光瞬间冲入人群，在一片惊恐的惨叫声以及玻璃门框的碎裂声中，周极如同天边的流星，一闪即逝，消失在茫茫夜色里。

烟雾依然在大厅里弥漫，金武斌望着眼前一片狼藉，缓缓吐出一口浊气："清理现场。"

"二号目标已被控制，一号目标逃离现场，去向不明。"

"实行追踪计划。"金武斌挥了挥手，头也不回地走向大厅出口，对身后的梁丹渊又补充了一句，"双子星任务完成度50%，账单我会发邮件给你……"

"左手给右手，这么计较啊……"

梁丹渊站在废墟中，目送着金武斌离开之后，转身望向站在角落里握着枪发呆的梁荷心，颔首微笑。

中央银行大厅。

角落的梁荷心垂下握着枪的手臂，无力地贴在墙上，脑子里一片空白。

高大的弗雷面色难看地看着地上躺着的尸体以及周无。勉强站起来的李察和卢卡斯脸色有些难看地看着眼前的一切。奇怪的是孟桂却看着之前梁丹渊和金武斌站立的方向发呆，仿佛不想看见眼前的一切。

望着大厅里散乱不堪的尸体、躺在地上昏迷不醒的周无，几个人面面相觑，似乎不明白为何会出现如此惨烈的场面。周极和周无究竟经历了什么？

此时，一群穿着白色防护服的科研人员有条不紊地进入大厅，将周无抬上医用担架。周无"嗯"了一声，终于从昏迷中苏醒，虚弱地睁开眼睛，感受到身上的肌肉仍然在抽搐："修特队长说得不错，蓝色电击弹还真是疼啊！……"

他躺在担架上扭了扭脖子，无意中看见身边几双眼睛正狠狠地瞪着他，努力让自己的脸上展现出一个笑容："抱歉了。"

弗雷握了握拳头，似乎下一秒巨大的拳头就要和周无的脸来一场亲密接触，但还是忍了下来，紧绷着脸说："我需要一个解释！"

一名科学组的成员戴着白色口罩朝这边走过来，没有给周无说话的机会，一针打在他的脖子上。这引起了弗雷以及孟桂的怒视。

针剂缓缓注入血管，周无感到整个世界陷入了黑暗。

"诸位辛苦了。"梁丹渊拍了拍手，就算在如此混乱的环境中，他依然显得淡定自若。他缓缓走到众人身前，面对混乱的现场，气定神闲地说，"虽然过程跟我想的有点儿不一样，但结果还是不错的。周极已经基本消耗完之前积累的信仰能量，不出意外的话，已经没有回旋空间了。至于周无……因为他协助周极背叛 A.E.C.S.T，根据收容物异变收容的相关协议，我准备对他进行回收。"

他说得轻描淡写，掸了掸袖子上不小心沾上的灰，微微皱眉。

李察站着任由医务组的人员处理伤口，娃娃脸因为疼痛轻轻抽搐着，黑色的头发带着汗水贴在额头上。他率先开口："你早就这么计划了？"

梁丹渊笑了笑，眼角的皱纹挤在一起："那倒不是，我是临时决定的。上次周无在接触未编号收容物之后，亚历山大博士有了新的发现，我想我们不一定需要周极了……我已经批示了红色通缉令，针对他的工作由收容回收转为当场销毁。你们回去好好休息吧，明天针对本次行动做一次总结报告，我会提前把信息发给你们。"

众人脸色又是一变，而一直在旁边保持沉默的梁荷心嘴角带着血，终于忍不住了，压抑着激动的情绪问道："为什么……你要让 I.Q.D 来做这件事？"

梁丹渊听到这句话，身体微微一顿，似乎听出梁荷心的不满。他脸上的表情有些变化，看着梁荷心那双和他似乎从一个模子刻出来的眼睛，他淡淡地说："本来想留到明天再告诉你们，不过看起来你们有许多疑惑，不如我现在提前就把事情和你们说清楚。"

他似乎在斟酌如何开口解释，目光扫过众人的脸庞，将那一张张或迷茫困惑或失落的脸尽收眼底。

随后他抛出了一个炸弹般的信息："从明天开始，I.Q.D 的全资股东楚南基金会将成为 A.E.C.S.T 中国区的战略投资人，并由楚南基金会代表朱峰先生担任 A.E.C.S.T 中国区 CFO[①]。"

梁荷心突然睁大眼睛，仿佛灵魂出窍；弗雷身体微颤，似乎不敢相信自己听到的消息；而孟桂缓缓收回看向远方的目光，忍不住看了梁荷心一眼，二人眼中同时被震惊和难以置信的情绪笼罩。

"这真是个大新闻……"

卢卡斯忍不住晃了晃身子，蔚蓝的双眼直直地看了看梁丹渊，又忍不住看向身旁难得展现出震惊表情的李察，自言自语般说了一句："意外总是会发生的，命运总是会降临在幸运的人身上。"

周无在恍惚中挣扎着，让人痛不欲生的电流虽然已经从身体上消失，可是他的意识突然变得迷离。他好像看见梁荷心取出注射器，在众目睽睽下扎进他脖子上的动脉。

眼前的画面晃动着，梁荷心的面孔变得模糊，身边是无数个陌生人，有些人互相重叠在一起，有些人则站在一旁冷笑着。

他试着站起来，在即将摔倒在地上的瞬间，一双温暖的手接住了他，然后将他轻轻地放在草地上。对方身上带着一丝薄荷味，既熟悉又陌生。

蒙眬间，他觉得自己飘了起来，身边的环境由黑到暗、由暗到白，像是一盏盏路灯，不停地在他眼前闪烁。

眼前的光亮慢慢消失，世界在眼前逐渐缩小，他最后看到的是一张惨白的面孔。在对方摘下口罩时，他隐约能看到对方扭曲的五官，满脸皆是溃烂的伤

[①] 首席财务官。

口，鼻子和嘴唇之间似乎只有薄薄的一层血肉相连，甚至露出了白色的牙床，就像是在最深的噩梦中所能想象的画面。而这张恶心的脸正向他贴过来。幸运的是，他昏了过去。

此时的周极，又会是怎样的命运？

在某个街巷的角落，周极剧烈地抽搐着，努力张大嘴却无法呼吸。他伸手使劲地捂住自己的左脸，另一只手撑在潮湿的墙壁上，强忍着痛楚，指甲几乎陷入墙砖的缝隙中。

你累了，快去拥抱远方舒适的黑暗。

脑海中似乎有一个声音呼唤着他，似乎想让他接受自己的一切遭遇。

是的，我累了。周极想抗拒脑海里的声音，但是已经丧失了大部分意志力，或许只有黑暗才能让他解脱和安心。

"啪"的一声，两片银色的长条晶体突然被人扔在地上。

周极微微睁开眼睛，想伸手抓起晶体，却连手指都抬不起来。

一双红色高跟鞋出现在他身前，另外一双黑色的皮鞋定在不远处。眼前的身影低头叹息，随后蹲下身子，将地上的晶体捡起来，轻轻地放在周极手中。

"算你运气好……"安玉姐精致的脸庞出现在他眼前，美丽的双眼中闪烁着复杂的神情，随后点上一支烟塞进周极嘴里，"本来我不想插手你们的事，但是梁丹渊这次过界了。"

周极动了动嘴唇，紧紧地握着手里的银色晶体，有气无力地笑了笑。

"我们之前有过约定，任何外来的势力都不能干预我们的生存。如果他不遵守游戏规则，那么我们也不需要墨守成规。这座城市，依然属于我们。"

安玉起身示意钢琴师威廉上前扶起周极，三人的身影消失在巷子深处。

角落的一只黑猫缓缓靠近之前周极挣扎的地方，徘徊片刻，随后对着天上的月亮低声叫唤着，仿佛预示着不祥。

办公室内。

雪茄上的火星跳动着，一股烟草燃烧的味道逐渐在房间内四散开来。

一双保养得极好的手将雪茄放在烟灰缸上方，手的主人让嘴里的烟雾在口中充分刺激味蕾，随后缓缓吐出，拿起了电话："据I.Q.D负责人反馈，周极就这么消失了？以他的状态，很难想象他还能保持这么大的行动范围，于是就想到了你……"

梁丹渊转了转椅子，细长的双眼微眯，看着眼前缭绕的烟雾在灯光下仿佛跳着某种诡异的舞蹈。

"我没必要回答你的这个问题。"电话另一端传来一道成熟性感的声音，"签合约以及收钱的是I.Q.D又不是我们，梁丹渊，你过界了。"

梁丹渊再次抽了一口雪茄，沉默片刻，用轻柔的语气对电话里的安玉姐解释道："安玉姐，我觉得你想复杂了，这只是一个过渡性方案。"

"哦，亲爱的，你要过渡什么？有一次妥协就会出现第二次，之后你就会逐渐输掉自己曾经珍惜的原则！什么理想，什么传承，都会在与外来者的利益分配中消失殆尽。"

安玉姐明显拒绝了梁丹渊所谓的解释。

"你先听我说……"梁丹渊低头看了看手中的报告，第一页印着周无的图片，后面几页则是针对周无在收容中心实验室激活未编号高等级收容物的检查报告。

报告的最后一页签着一个歪歪扭扭的名字，仔细看依稀能看出来是"亚历山大"几个字，只不过和他的真人一样，让人感觉到强烈的不适。

"最新的报告，周无身上的脑波特征已经和周极目前的状态高度相符。也就是说，周极对我们已经不重要了，而我们应该很快就能完成降临仪式。楚南基金会以及I.Q.D只是辅助，他们不可能与我们争夺利益。"

电话里突然沉默，安玉姐似乎对这则消息感到震惊。

"所以我要感谢你把周极送走，不稳定的因素又少了一个。"梁丹渊的嘴角翘了起来，他终于掩饰不住内心的得意，"我很想与你共同见证百年未有的盛况……很抱歉，这场仪式，我没办法邀请你参加……"

"嘟，嘟，嘟。"

他的话还没有说完，话筒里就传来了断线的声音。

"唉，她这脾气。"

梁丹渊苦笑一声，低头又抽了一口烟，耳边突然响起敲门声。他迅速将周无的实验报告塞进桌子的抽屉里。

随后，梁丹渊抬头看见梁荷心抱着一摞等待签字的文件一声不吭地走进办公室，身后跟着弗雷和卢卡斯等人。而朱峰就像是当初第一次进主管办公室的实习生，有些不安地躲避着他的目光，默默地坐在书桌对面的沙发上，不时推推自己的眼镜，试图掩饰内心的紧张又或是内疚。

梁荷心穿着一身深黑色的职业装，低着头，将手中的资料放在桌上。

梁丹渊放下手中的雪茄，开始审读手中的文件，偶尔抬起头看看卢卡斯和李察，脸上露出复杂的笑容。

"我已经写信给欧洲和北美区的负责人，感谢你们在中国区一系列收容事件中给予的支持和帮助，你们的付出不会被遗忘。"

梁丹渊从文件里抽出两张表格，快速签好字，又抽出两张像是证书的东西，同样签好字，并拿起桌子上的签章再轻轻按下去，随后起身让梁荷心递给二人。

"这——"卢卡斯和李察礼貌地接过文件，看到文件之后略微表示诧异，却忍住没有往下说。

梁丹渊看着他们惊讶的样子，笑道："欢迎你们参加三天之后的仪式！在中国这片土地上，类似的仪式已经超过百年没有举行了。这是我对二位的小小敬意，而且我已经和各区负责人通过电话，他们同意你们作为全球代表参加这次的降临仪式。"

卢卡斯嘴唇微微一动，似乎想说什么，身旁的李察赶紧用脚尖踢了一下他的鞋跟。

梁丹渊盯着卢卡斯蔚蓝的眼睛，眨了眨眼睛："我记得成年礼应该是在明年举行？呵呵，参加这场仪式对你来说是一次很重要的经历。"

卢卡斯脸色微变，"嗯"了一声。

梁丹渊又签署了几份文件，突然抬头看向站在对面的李察，若有所思地点了点头："北美区二十年以来最年轻的神之手，关于你的故事，我们在这边都有耳闻。我对你这次的工作很满意，在你的报告上，我批准了跨区转业的申请。这次实验结束之后，你将会正式成为我们中国区的员工，配合朱峰先生的工作。我相信你能胜任，顺便见证一下我们年青一代的成长。"

他无意中提起朱峰的名字，并没有多说什么，之后继续低头审读手中的文件，安静的房间中只有笔尖划过纸面的声音。

片刻后，他再次抬起头微笑，目光转向坐在沙发上的局促不安的朱峰："也许你不记得了，在你小时候，我见过你。"

梁丹渊略带磁性的声音让朱峰有些紧张，抬手推了推眼镜框。

"我与你母亲通过电话，未来你会作为楚南基金会的代表，在 A.E.C.S.T 工作一段时间。当然，我相信你已经熟悉这里的工作了，见到她时帮我说声谢谢，谢谢她给我们提供的帮助。不管怎样，这次全球路演最终成功，少不了她的大力支持。你母亲认购了超过一半的债券，从某种程度上来说，我们都要替你打工——"

办公室里的人略显惊讶地望着朱峰，就好像是第一次认识他一样。

朱峰低着头，避开了同事们的目光，低声说道："梁丹渊先生，我有一个请求——"

"我知道。"梁丹渊没等朱峰说完话，快速签好了一份文件，微笑着递向朱峰，眼中却无丝毫笑意。

"探视申请书已经签好了，你随时可以去看他。"

朱峰慌忙起身接过文件，似乎犹豫着想说什么，最终从嘴里挤出"谢谢"

两个字。

梁丹渊环视众人，再次抽了一口雪茄，慎重地道："我相信大家都很累了，早点儿回去休息。三天后，让我们共同迎接最重要的时刻，它将被载入史册。"

在众人陆续离开房间之后，梁丹渊如释重负般将笔放下，向站在身旁的梁荷心点了点头。梁荷心熟练地将文件收拾整理好，随后缓缓向门外走去。

"荷心，这两天一起吃个饭吧？你母亲的忌日快到了……不要怪我，很多事情。我们都是身不由己。"

梁荷心缓缓停下脚步，肩膀颤抖了一下，没有回头："我不明白，究竟要用多少牺牲才能换来你想要的目的呢？是不是在你眼里，所有人都是可以交易的工具？"

她缓缓吸一口气，走出了父亲的办公室。

略显疲惫的梁丹渊看着关上的房门，内心有些感慨，自言自语地说："这孩子……果然长大了。"

他看着烟雾缭绕的房间，悠悠叹息，目光拂过办公桌上的相框，注视着照片中女人的脸庞，似乎在回忆那些已逝去的人的纯真与善良。

机场电话亭里。

一个身穿棕色皮衣、脚下穿一双牛津皮鞋的黑发男人皱了皱眉，略显阴郁的双眼警惕地注意着周围的动静。

电话的另一头传出了密集的枪声和爆炸的轰鸣声，随后一阵听不清的咒骂声突然响起："周极，你还活着吗？"

周极笑了笑，尽量让对方听清自己的声音："我说麦珂，你就是这样欢迎老朋友的吗？我长话短说吧……告诉对方，让他们准备好！他们的条件，我全部接受！"

他随手拔掉电话亭内的话筒，扔进一旁的垃圾桶中，耳边响起了机组的广播。

"乘坐 CA923 航班的旅客您好，飞往乌克兰基辅的飞机已经开始登机。头等舱、公务舱以及持有白金卡的旅客，请优先登机。"

　　周极嘴角一扬，拎起手中的行李向机场候机厅方向走去。此时，他身体毫无征兆地颤抖起来，似乎有什么东西要从他的体内冲出来。

　　几秒后，他恢复平静。将手中的票递给乘务员时，周极心事重重地转过头，望着迷雾中的京都城——这座看着他长大的城市——左眼中金光一闪而过，一个略显扭曲的笑容出现在他的脸上。

　　"再见了，朋友们。但是这一切还没有结束……"

◆ 终章 ◆
在那群星闪耀时

它们宛若星辰一般永远散射着光辉，
普照着暂时的黑夜。

——茨威格

无尽的黑暗，冰冷刺骨。

周无的耳朵里出现一道陌生的声音，忽远忽近，沉闷的回声就像从一个又一个气泡中传出来，穿越无数山川，又回荡在幽深而昏暗的大海深处。

一道绚丽的光芒直射着他的眼睛，他的视线一片模糊，画面在闪烁中不停地切换着，仿佛身处不同的维度，画面上有七彩的云朵，也有陈旧的黑白往事。

他像一叶小舟，在大海中摇摆不定，随时可能被巨浪冲走，唯有大脑深处那座记忆宫殿，是唯一能够让他保持清醒的铁锚。似乎在冥冥中，有一种来自灵魂深处的眷恋感笼罩着他，是他在这个充满不确定性的世界中唯一的依靠。

隐约中一个沙哑且尖锐的声音传来，时隐时现："他的耐药性太高了！"

"增加 100 毫升精神阻断剂，确保他的脑波保持低频活跃状态，实验开始之前我们还有时间……"

一双冰冷的手似乎轻轻地托起了他的下巴，左右摆动着他的头，强烈的灯光刺入双眼，周无仿佛病床上的一具实验躯体，毫无抵抗力地被人肆意摆弄着。

"记住，每隔一小时给他换一种试剂，并且记录脑波和身体特征反馈！梁丹渊给了我们两天时间，现在还剩下十七小时……"

周无努力睁眼，隐约看到身边放着各种各样的仪器，监测着自己的心跳频率以及其他莫名其妙的数据。而高分贝的嗓音让人的耳朵有些不适，随后他发现眼前站着一个身着白色防护服的人，仔细看了看他的反应，伸出了手。

强烈的光芒让他下意识地闭上眼睛，眼皮却被人强行翻开。

他看到一张苍白的脸庞，脸上是微黄的稀疏胡须，琥珀色的眼睛里有一丝笑意，似乎对周无微微散开的瞳孔和昏迷状态表示满意。

然后，身旁一个同样身穿白色防护服的人走了过来，将手中的针筒扎进他的右臂。

忽远忽近的声音再次响起。

"他的心跳慢下来了，脑波波幅和收容物散发出的波幅区间也已经降低了。"

"很好，告诉观测室做好准备，他应该要进入同步状态了。记录所有数据和画面，我们应该很快就能搞清楚收容物的情况……"

此时，周无感到脑袋越来越沉重，整个人轻飘飘的，似乎正从高空掉入深渊，光线越来越暗。他在光明与黑暗中做自由落体运动，似乎没有尽头。

"咚，咚，咚。"

远处传来一阵悠扬的钟声，烈日散发出金色的光芒，眼前出现了一座遥远的城市，仿佛沐浴在神圣的光芒下。

周无躺在沾满尘土的石板地面上睁开眼睛，挣扎着想站起来。他抬头环视周围，一座座充斥着文艺复兴气息的建筑，以及幽静的树木和花朵，让他不确定自己身处何方。

他摇了摇头，想把脑子里由于药物产生的眩晕感甩出去。

陌生的空间似乎在不知不觉中拉近，一座庞大的建筑物伫立在前方。

圆拱顶的教堂仿佛连接了天地，密密麻麻的商铺在街边林立着，棚顶涂满了色彩鲜艳的图案。

"这到底是什么地方？"

周无自言自语着，走近建筑，出现在眼前的是一扇古铜色的大门，分别刻着不同的浮雕。镀金的表面使整个浮雕洋溢出一种高贵的气质，而且表面高低不同地凸起，细腻地塑造了许许多多的人物形象。整个图案利用透视的手法再现人物的位置和空间环境的深度，近处的人物高大，而远处的较小，直到最远处融入背景，造成了很强的景深感。

"天国之门？"周无觉得这座建筑似曾相识，心里感慨着，"那么这里应该是圣约翰洗礼堂？这边……圣母百花大教堂？哦，我在托斯卡纳的首府，文艺复兴的发源地——佛罗伦萨！"

午后阳光刺向他的眼睛，他伸手遮住略微晃眼的阳光，望向对面的建筑物，仔细审视着眼前的一切。

远处的钟声再次响起，将周无的注意力吸引了过去。

数辆华丽的马车停在广场上，随后盛装打扮的带有文艺复兴时期特色的贵族们，排成一列长队，陆续走进大教堂。

周无不及细想，快步跨过身边的人群，一抬头，看向教堂上方高高的拱形圆顶。

在记忆中，这座大教堂始建于1296年，由佛罗伦萨的僭主科西莫出资，花了一百多年的时间才完成，也算是美第奇家族的荣耀。

这座教堂的结构是天才建筑师布鲁内莱斯基仿照罗马万神殿所设计的，圆顶是古典艺术与科学的完美结合，甚至后来的圣彼得大教堂都是模仿它设计的。

连文艺复兴三巨头之一的米开朗琪罗也感慨："可以建得比它大，却不可能比它美。"

传说中，他的建筑者布鲁内莱斯基没有画过一张草图，也没有写下过一组计算数据，仿佛整座圆顶已经在他心里建好了。他的墓就在教堂地下，而教堂广场上他的雕像手指着心爱的圆顶，为这传世的杰作自豪。

圆顶内部是瓦萨里所绘制的穹顶画《末日审判》，大厅墙壁上有壁画《乔凡尼·阿古托纪念碑》以及为纪念但丁诞辰 200 年所绘的《但丁与神曲》——经典浮雕比比皆是。

令人迷惑的是，周无从没有来过佛罗伦萨，有限的知识还是从书本和大学的选修课中获得的，眼前的画面却栩栩如生，包括他自己记忆宫殿内的穹顶设计，就是源自圣母百花大教堂的原稿。

难道是记忆中的巧合，还是前世我真的来过？

周无在仰望穹顶之时，心里有一种莫名其妙的亲切感。他安静地站在人群中等候着，看到人们井然有序地入座，突然发现这里的贵族似乎分成了两批，一部分身着深绿色服装，沉默地坐在教堂的左侧，而另一部分，身上穿着紫色或酒红色的服装，正互相交谈着，气氛浓烈，时而传出几声嬉笑。

大堂的正中间，站着两位身着华丽服饰的中年男人，正表情严肃地低声交谈着。不时有贵族上前向他们问候，两人礼貌地致意，也有人站在远方冷漠地注视着他们，偶尔发出嘲笑。

随着钟声停歇，教堂的大门缓缓关闭上。

教堂外，整个佛罗伦萨似乎都沉浸在庄严气氛之中。马车停在路中间，车夫将头顶的帽子摘下托在手中，原本喧嚣的集市安静了许多，密密麻麻的人挤在一起，望向教堂的圆顶。无论有多拥挤，他们都充满敬畏地站在教堂外的广场上，虔诚地凝望着教堂，不敢越界。

有的人握着手中的十字架，有的人则握着象征着美第奇家族的狮子勋章，放在手中亲吻，或紧贴胸膛，似乎都在等待什么。

教堂内鸦雀无声，无论是身穿深绿色服装的人，还是身穿酒红色服装的人都安静下来，停止了交头接耳。

随后，头顶略秃但是表情威严的中年人缓缓走到中间的空地上，开始说一些生涩难懂的话。周无竖起耳朵，断断续续听到"美第奇家族""佛罗伦萨""统治"等字眼。

在中年人讲完之后，人群中响起了热烈的掌声。周无注意到，一侧身着深绿色服装的人们，面色阴沉，并没有随着满堂的掌声而响应。

秃头男人向前走了几步，站在教堂的左侧，继续用意大利语说："现在，请让我亲爱的弟弟朱利亚诺，代表美第奇家族完成今年神圣的实验。

"愿神与我们同在，愿美第奇与你们同在。"

为什么我能听懂意大利语？

周无微微一怔，茫然无措。他依稀想起历史记载，当时美第奇家族在欧洲的影响力非同一般，又想到历史上他们与神圣的罗马教廷的关系。其中千丝万缕的关系，似乎都与眼前的场景有所联系。

一个如阳光般灿烂的男子穿着华丽的服装，走上前微微鞠躬，接着，带着一丝悲伤的神情扫视全场，伸手握住脖子上系着的一块大如鹅卵的绿色石头，将细绳解开，轻轻地握在手中："我们在这里，拥有相同的血脉和渊源。我们在这里共同期待，在神的见证下凝视着美第奇家族的光辉，而这一切的繁荣以及光荣，都将闪耀在这座城市之中！"

"荣誉、骄傲、自尊……"

随着他的低语，教堂内的人群也跟着低声祈祷起来。

声音似乎穿透教堂，传到了街边，回荡在佛罗伦萨的大街小巷里。所有人低声祈祷着，似乎整座城市的人们都在这一刻共同呼吸、共同思考。此时此刻，每一个人、每一块砖、每一个建筑物都融为了一体。

肉眼不可见的淡淡光芒逐步从每一个祈祷的人，城市每一个角落、每一处石板中缓缓地散发出来，随后飘向伫立在城市中间的教堂。

而教堂内，朱利亚诺紧闭着双眼，身体抑制不住地颤抖着。金色的光芒逐渐将他笼罩，手中的石头泛起淡淡的绿光，忽明忽暗。教堂墙壁上的浮雕也开始发亮，与教堂地板上飘出的金黄色光芒慢慢融合在一起，吸附在教堂的每一个角落。

最终，光芒会聚到百花大教堂知名的穹顶上。

从外面观望，整个教堂在发出金黄色的光芒，圆柱形的穹顶仿佛城市中的金色太阳，发出刺眼的强光，宛如神迹降临一般，照射着站在祭坛上紧握石头的朱利亚诺。

周无看到朱利亚诺的身体颤抖得更厉害了，整个人都快散架了。他用力握紧双手，咬着牙一字一顿地说道："在神的见证之下，荣耀一半归于神明，一半归于美第奇！"

他颤抖着，将双手向前伸出，似乎想要迎接什么到来。

就在这时，他突然闷哼一声，随后突然向后仰倒。

他在倒地时，始终紧握双手，而他的身后，站着一名面色阴沉的男人，穿着深绿色的服装，手持沾满鲜血的长剑，望着倒在地上的朱利亚诺微微一笑，脸上露出一丝怪异的微笑："西克斯图斯四世，向美第奇家族问好。"

周无大吃一惊，冲上前想扶起朱利亚诺，却发现手掌扫过一片虚无。他在一怔之下，突然感觉到朱利亚诺的身子微微一颤，露出一种惊惧的表情。

是的，他看着周无，仿佛周无就存在于那个年代。

人群中发出了惊恐的尖叫声，许多身穿深绿色服装的人忽然站了起来，从衣物下或是教堂的椅子下，取出锋利的兵器，凶神恶煞地冲上走道，迅速围住人群。

这一切来得太突然了，人群开始躁动，妇人们吓得瑟瑟发抖，而美第奇家族的人也纷纷抽出了随身的利剑。

　　"洛伦佐！"站在最前方身着深绿色服饰的男子突然大喊一声，看着秃头贵族与几名护卫扶起倒地的朱利亚诺，放声笑道，"你们以为教廷能容忍罗马有一半的信仰源被你们控制吗？"

　　洛伦佐义愤填膺地道："弗朗切斯科，我来问你，为了权力和欲望，你甘心放弃自由，成为罗马教廷的傀儡吗？！"

　　"除掉你们，教廷就能控制所有的信仰源，而帕奇家族将会是佛罗伦萨之光！"弗朗切斯科挥舞着手中的长剑，刺穿了围上来的数名护卫的胸膛。

　　鲜血飞溅，整座教堂开始沸腾，尖叫声与拼杀声交织在一起，现场一片混乱。强忍着剧痛的朱利亚诺突然咬了咬牙，挣扎着起身将手中的银色十字剑状物体往前一伸，一道耀眼的光芒瞬间击穿了几名蜂拥而来的绿衣人，空气中似乎散发着一股烟熏的焦炭味。

　　"哥哥，快走！为了美第奇，你活着就是荣耀！"

　　朱利亚诺猛然回头，默默地望着周无，竟将银色十字剑塞进他的手中，随后转身冲向手持长剑的弗朗切斯科。

　　"你……你说什么？"

　　周无大叫着，突然被身边的护卫拉住，被拖着往教堂的侧门狂奔。

　　此时，教堂内传来狂吼声，周无看到朱利亚诺的身体上已经被刺入了数把利剑，而他依然英勇地抱住其中一人，扭断对方的脖子。

　　那一瞬间，周无瞬间读懂了高大英勇、被称作佛罗伦萨太阳神的朱利亚诺·美第奇眼中的意思。

　　跑，哥哥！

　　时空的错位，让周无取代了洛伦佐，这也是信仰源能量的磁场共鸣。

　　周无眼中含着热泪，紧紧地握住手中的十字剑，如此用力以至它深深地刺入手心。他在昏暗的地窖中疯狂地奔跑，而身边的护卫口中高喊着"光荣属于美第奇"，义无反顾地回头，试图拖住追赶而来的敌人。

黑暗的地下室中，空气潮湿阴冷，周无听着身后隐约传来的追击声，怒火在心中熊熊燃烧，却只能向前奔跑。

他跑到了地洞走廊的尽头，某种莫名的恐惧感萦绕心头，那是大教堂下储藏圣物的房间，也是埋葬圣骨的地方。

周无心生犹豫，听着后面传来越来越近的脚步声以及喘息声，深吸一口气，举起手中巴掌大的银色十字剑，感受着这件圣器给他的安慰以及呼吸相间的亲密感，大步走进圣物室。

无声的黑暗顿时笼罩了他，仿佛要渗透至他的骨髓，手中的圣器发出淡淡的荧光，包裹着他，似乎在迷茫中为他指引着方向。

周无在无助的黑暗中徘徊，眼前突然闪烁着刺眼的强光。

时空交错着，穿着白色防护服的人再次将他的眼皮撑开。

"博士，他的脑波活动不稳定……"

"加大镇静剂的量！换一次药，从30毫升增加到50毫升。"

这次周无能感觉到，说话的这位，正是阴阳怪气的首席专家亚历山大。

亚历山大身旁的助手好像有些担心："剂量会不会太高？可能会让他进入休克状态。数据库关联数值分析显示，波频增加了一个SD，与目标的脑波呈正向分布，而β系数为1.8，同比增加了27%……这样下去，不到一分钟安全数值就会被突破。"

"听好了，我们没有犹豫的时间！"亚历山大咆哮着，急躁的情绪让他的声音变得尖锐，"现在，给我把最新的混合型镇静剂直接打进去！如果他休克了，打肾上腺素把他带回来！好不容易搞到手的容器，如果弄坏了，梁丹渊会杀了我的！"

在似梦似幻的空间里，周围的声音变得越来越清晰，周无想睁开眼睛，却感觉眼皮无比沉重。

在一阵吵闹声中，针筒扎在了他的手臂上。

"心率降低中，脑波波幅降低中，收容物波幅降低中……"科研助手盯着显示器，突然紧张起来，"心率已经低于 100，低于 80……有些不对劲，心率降低得太快了！70……60……48……37……他要昏过去了！"

耳边的声音急促而慌乱，周无发现自己的意识正渐渐地脱离自己的身体，眼皮再次被人翻开。他就像是在细长的通道尽头看见了远处模糊的风景，隐约传来悠悠的呼唤，声音渐行渐远，如同山谷中的回音。

"博士，收容物脑波波幅突然上升！"

"你说什么？！"亚历山大似乎开始跳脚。

整个房间剧烈地抖动，接着他听见一阵嘈杂的轰鸣，似乎是身边的仪器发出了警报声。

"收容物面临失控边缘……θ 系数超过临界点！系统再次发出警告，θ 系数超过临界点！"

耳边的咆哮声终于安静，尖锐的粗嗓门儿的人似乎深吸了一口气，强迫自己冷静下来："通知梁丹渊，启动防御措施，让他带着所有的奈福四级下来……准备抢救！"

刺耳的警报声再度响起，但是这一切对周无来说，仿佛隔着一座寂静的山谷，声音越来越远，他甚至可以感受到山间的流水声、鸟儿在枝头飞落的振翅声，一切都是那么恬静自然。

或许这里就是天堂？

"心跳低于 10 bps[①]……我们要失去他了。"

周无的脑海中保留着微弱的意识，身体在黑暗的空间里不断地旋转

---

① 每秒心跳次数。

着。他隐隐能看见远处闪烁的光芒，像极了夜空中眨着眼睛的繁星。

他在黑暗的通道中朝着远方那一点微弱的光源继续前行。碎石路上长满了青苔，他一脚踩空，浑身湿透，越陷越深。此时身旁突然冒出一个人影，将他从沼泽地里拉了上来，拖到一片草地上，随后扛着他一步步艰难地走着。

"他们已经上船了吗？"

黑暗中，周无看不清这个人的脸，只能看见眼前一片颓败的草地。高大的黑影坐在草地上，周无只能依稀看见对方身体的轮廓，似乎是在询问周无，又像是自言自语。

奇怪的是周无又听到了另一道低沉的声音，仿佛在回应黑影的问话："是的。时局这么乱，京城的路口早已被封锁，他们能跑出来算是很走运了。"

随后，周无听到黑影说道："仲华，他还好吗？"

"统领率领武卫军正在赶往西安的路上。"低沉的声音一阵沉默之后，缓缓说道，"他既然选择留下来，往后一切责任自然应该由我们承担。走吧，我们再坚持一会儿，前面就快到码头了，他们已经在那边等您了。"

拖着又勉强走了两步，两人喘息着步履蹒跚地走着，直到身边的人轻轻地把他放在地上，靠在什么东西上。

一丝亮光透入眼帘，周无费尽力气才睁开自己的眼睛，靠着身后的障碍物，抬头看着前方。

"似乎有些看不清了呢……"他低声喃喃地说道，微微笑了笑，接着激烈地咳嗽了两下，"我……应该不行了。"

一个满脸皱纹的国字脸庞的中年人出现在自己面前。

"你再坚持一下……"有些哽咽，中年人一时有些失声，"都已经走到这里了。我们都准备好了，船也准备好了，他们在那边等着你，然后我们一起出海。你还年轻，我们还有时间。"

周无低声笑了笑，抬起头来，费力地看着面前穿着一身劲装的短发中年人。

"我……知道自己已经不行了……"他突然伸出手紧紧地抓住那个中年人的手臂，将他的手拉到自己的胸口，"你还可以……"

看着中年人腹部渐渐涌出的鲜血，他微微用力，将胸口的银色十字剑摘了下来，放到他的手里。

"趁我还可以……

"抓紧时间……

"它能平衡我们之间的精神印记。"

周无喘息了两下，感到意识又在远离自己的身体。

"快点儿，趁我还有意识……我快坚持不住了……

"这具身体，别浪费了……"

他喃喃地道："纳兰氏啊……终究，我没有对不起这个姓氏。坐在皇位上欠你们的，我替他们还了。"

中年人突然流下眼泪，顾不上身体的疼痛，哭得像个孩子，拉着周无的手用力地摇着头，低声哭泣着。

"别哭了，看着我。"周无费力地抬起头，看了看天空中已经有些发黄的树叶，虚弱得有些无法开口，只能用尽力气说道，"不要让……我们的努力……浪费了……"

"活着的人要承担已经死去的人的责任。"周无感到自己要用尽力气才能挤出一个微笑。

"死亡只是最简单的出路，我应该谢谢你啊。

"因为你要走的路更长，直到你面临自己的选择那天。"

随后已经气若游丝的他看着慢慢擦干眼睛的中年人，微微笑了笑："趁我还有意识，开始吧，我会配合你的。"

两只沾满鲜血的手紧紧地握在一起，中年男子浑身是血地跪在地上，轻轻地将头靠在周无的额头上，深吸一口气，感受到空气的甘甜，似乎还能听到微风轻拂过树枝摇摆的声音。

"一切是从这里开始的……"

微风吹过落叶，在院子中无声地落下。

"也在这里画上一个句号。"

"这真是又残酷又讽刺啊……"

金色的光芒慢慢笼罩着两人，风中高耸的大树上的树叶微微摆动着，仿佛在告别，又仿佛在迎接新的开始。

"但又是多么完美的起点。"

周无渐渐感觉不到自己的意识，眼前一片漆黑，只能听见似乎从自己的口中传出一句话，轻轻回荡在风中——

"好好活下去啊……

"周玖留！"

"博士，他的心跳已恢复！50、58、62……脑波的波动数值逐渐正常！"耳边响起科研人员兴奋的叫声。

亚历山大重重地吐出一口气，随后用尖锐且嘶哑的声音说道："让他们去把收容中心的警戒措施关掉。一分钟后，我要看到数据检测报告！"

周无在半梦半醒的状态中，隐约听到另一道似曾相识的富有磁性的深沉声音，正大声质问亚历山大："还有两天就是降临仪式！你们已经抢救他超过十二小时了，现在我要你给我一个明确的答案，他到底会不会出现问题？！"

房间里的气氛立即紧张起来，亚历山大犹豫地道："这个……如果收容物本身有抵触心理的话……"

"我说过，他绝对不能出事！你要做你的研究，我已经在尽量配合你，但是如果你越线的话，我会让你承担一切后果，或者将你也变成收容物的实验材料！我想你比我更清楚，这个世界上还有许多比死亡更可怕的事情！"

现场所有人都沉默着，谁也不敢大声呼吸。

周无在迷茫中已经判断出，这个声音正是梁丹渊的。

"当然……我知道。从现在开始没有人会再碰他……"亚历山大声音微颤，似乎有些惶恐，"另外还有一件事我要向您汇报，是个好消息。这个未知收容物，光从材质检测，就可以判断已经存在超过一千年。我们研究历史数据发现，它在中国唐代以及波斯帝国、拜占庭、罗马帝国都出现过，保守估计，属于四级特征收容物。我们甚至怀疑，它是最初一批跟随着古老者来到中国的，能够达到朗基努斯之矛、耶稣裹尸布等同类圣器级别的收容物！"

"继续。"梁丹渊冷漠地道，并不感到意外。

"目前针对它的解析还处于基础阶段，但是已经证实它所具备的功能：第一点，储存并提纯不同的信仰能量；第二点，可以将精神印记完整地保留下来；第三点，由于能量的双向性，持有者也能使用储存在收容物内的能量……；最重要的是第四点，可以作为不同脑波间的平衡工具，让脑波的波幅 θ 值以及 β 值等逐步平稳……"

"你还有一分钟的时间来说服我。"

亚历山大尖锐的声音立即颤抖起来，变得有些刺耳："它能将外部信仰能量平稳地转移至脑内……这也是之前周极能压制脑内的能量这么长时间的原因，它就像是个平衡器……要知道，信仰源是能量也是上瘾的毒药，剂量太大的话能让人瞬间死亡。很多人就是因为承受不住突然增加的信仰能量，所以精神分裂或是脑死亡……"

"三十秒。"梁丹渊的声音极其冷静。

"我可以担保降临仪式成功！我们在研究的过程中已经确定，周无与这收容物可以形成高度共鸣，成功率至少提升了80%！它和周氏家族的脑波同步率出奇地高！"

空气一片寂静，尖锐而剧烈的喘息声充斥着整个实验室。梁丹渊沉默半响，似乎在斟酌着什么，随后富有磁性的声音再次响起："很好。实验开始之前，我不希望周无受到任何伤害！还有，收起你的好奇心，等他醒过来，就给他换上干净的衣服。他喜欢吃什么、喝什么……尽量满足，至少让他走得有点儿尊严。"

周无虽然睁不开眼睛，却能感到一种可以让人浑身冒冷汗的视线正凝视着他。随后，梁丹渊似乎转身离开，声音逐渐远去。

亚历山大终于缓了一口气，尖锐而嘶哑的声音中带着一丝心悸："注射新型镇静剂 30 毫升，让他达到诱导昏迷状态，然后带到高级别收容房间。记得派人去他的房间取几瓶周极之前珍藏的酒，让他好好享受最后的时光。"

科研人员准备就绪之后，周无的意识再次如风中的浮萍般飘向远方。

唯一能让他坚持的东西，便是脑中记忆宫殿存在的影子，仿佛独特的印记。

　　周无的思绪飘荡在黑暗中，仿佛一条在大海中漂泊的小船。

　　良久，他好像躺在温暖的沙发上，突然睁开双眼，熟悉的天花板出现在面前。

　　他在记忆宫殿的房间里，坐在火炉旁静静地蜷缩着，身上盖着一条毛毯。身旁的桌子上放着一瓶 21 年的山崎，杯中的冰块已融化，与酒水融合在一起。

　　他下意识地伸出手打了个响指，却发现记忆场景完全没有反应。

　　周无皱了皱眉，望着手中旋转的酒杯，突然将其扔向身旁的玻璃门。杯子仿佛融入深棕色的玻璃门框，没有发出任何声响。

　　他起身走到玻璃门前，试图将门打开，可是不管使多大的劲，大门就像长在墙上一般，纹丝不动。他内心越来越惶恐，心跳开始加速，起初还隐约听到火焰的燃烧声，此时思维完全被有节奏的心脏跳动声覆盖，像密集的鼓点在耳边敲打着，让人有一种说不出来的烦躁感。

　　他忍不住蹲下来捂住耳朵，大声吼叫着，控诉着这个无情的世界。

空间在急速旋转，周无忽然坐了起来，手腕一动，却发现自己被铁链锁在了一张病床上。

"看来你没能做个好梦……"一道充满磁性的中年人的声音从身侧传来。

周无喘息着，知道自己已经苏醒。但是此时此刻的感觉他并不陌生，记得在南郊山精神疾病康复所时，他也曾被当作危险病人，被铁链锁住就是他受到的特殊待遇。

周无移动大腿，选了个舒服的姿势盘腿坐在床上，整个人缓缓放松，冷静地看向对面坐着的那个人。

房间内的布置很简单，家具和房间的颜色都采用了北欧的冷淡风格，看起来有些冷清，但是墙上的暖黄色灯光让整个房间温暖了许多，多了一丝生活的气息。

梁丹渊仔细地看着周无，仿佛在一寸一毫地检查着他。周无感到一阵不适，不过相比最初，他现在已经能够坦然面对梁丹渊的审视了。

"这个梦似乎比刚才还要糟糕一点儿。"周无迎着梁丹渊的视线，讽刺般说道。

梁丹渊突然笑了起来，眼角细微的皱纹挤在一起，整个身体都在抖动："你和周极果然是亲兄弟，骨子里都是一种人！如果不是基于我的立场，我更希望成为你的好朋友。"

周无直视着对面的梁丹渊，嘴角一扬："高攀不起。"

梁丹渊盯着周无的眼睛，突然叹了口气："不要怪我，要怪……你只能怪周玖留。他是这一切的始作俑者！"

周无微微低着头，透过已经微长的黑发发梢看着梁丹渊，笑了笑："我想接下来你会说，你有多么无奈！你之所以这样做，是为了整个世界的文明牺牲我一个，换来的却是全宇宙的幸福！"

梁丹渊并没有被他的冷嘲热讽激怒，只是用略微怜悯的目光审视着眼前这个年轻人，似乎有些同情他，又有些可怜他："我来的目的，只是想要告诉你真相，仅此而已。至于其他原因，我们都有自己的理想，没必要向你解释。"

他从兜里掏出一支雪茄点燃，看了看周无，示意年轻人要不要抽上一口。周无点了点头，随后梁丹渊走上前去将雪茄放在周无嘴里，自己再点上一支。

周无坐直身子，深吸一口雪茄，感受着香甜中混合巧克力味的烟在口腔中弥漫，微微吐出，看向梁丹渊，脸上挤出一个笑容："呵呵，特立尼达的罗布图，我想我开始慢慢喜欢你了。"

梁丹渊没有理会，安静地坐在一旁享受着，沉默片刻之后，突然问了一个问题："你觉得这个世界应该是怎么样的？"

周无微微一怔，一时间有些听不懂他的问题。

梁丹渊自语般继续说着："我借用维尔高的一句'世界如同深海，在平静之下暗流涌动'，其实这句话只能形容冰山一角，实际上我们就像坐在火山口，并且不断逼近爆发的边缘，任何一次错误都有可能导致这个世界崩溃。这是我们一直在强调的，却不是事实……"

"还有比这个更严重的？"

"是的，真相是这个世界已经崩溃过许多次了。你们都以为 A.E.C.S.T 的存在是为了维系人类社会的平稳运营，对吗？它只是设立的一个平台，让拥有信仰源能量的精英们在世界秩序中，产生伟大的影响，他们可以自由地在同一套规则体系下对话，并且共同维系这个世界的存在。"

梁丹渊看到周无惊讶的表情，微微一笑，淡定地吸了一口烟。

"其实，我们在某种程度上不等同于人类。而且人类本身也可能是毁灭世界的来源。除了我们之外还有无数觊觎这个世界的我们无法理解的生命。他们有些徘徊在茫茫的宇宙中，并没有注意到这个世界，但一个不经意的想法，都可能对我们这个星球造成致命的伤害。而有些和我们一样，依附在这个星球之上，虽然和我们的生命形态不同，但是我们之间有共同的利益。"

"大隐隐于市？"周无再次感到困惑。

"这不是我们所关心的……A.E.C.S.T 是在二战后成立的国际联盟平台，

表面上是处理人类社会争端的机构，也是不同于人类或非人类组织处理问题、解决争端的平台。这也是世界仍然在边缘挣扎着没有毁灭的原因。我对你说的这些，低级别调查员是没有资格知道的，甚至包括弗雷和梁荷心。他们或许有所察觉或是猜疑，但只是盲人摸象罢了！联盟组织对我们这些信息统一做了加密处理，相反李察和卢卡斯可能了解得更全面。因为在欧美，A.E.C.S.T 被代表不同方利益的势力渗透得太深，从他们最近频繁退出国际联盟各个组织来看，也许不单单是北美区宣布独立……"

梁丹渊似乎意识到自己有些跑题，伸手将了将黑白相间的头发。周无此时才意识到这位 A.E.C.S.T 中国区负责人确实已经不年轻了，就算腰身依然挺拔，保养得很好，岁月依然在他身上留下了痕迹。

"如果我们去说 A.E.C.S.T 的历史，以及相关的利益方，我想我可以讲一天！很遗憾，我们的时间不多了。因此你只需要有个概念，A.E.C.S.T 成立的初衷，并不是为了保护人类，而是要维系整个世界的平稳运营。在这些因素之外，包括各国集团的利益，背后所代表的未必是一个群体。

"说起我们的历史，我们在历史上有过许多名字，例如南北朝时期的天机阁、唐代的百骑司、明代的锦衣卫，这许许多多被人遗忘的机构所设立的初衷，就是不惜一切代价地守护这片土地上的生命，免受外来势力入侵，不论是人类，还是那些我们无法理解的存在。"

周无点点头，讽刺地回了一句："历史知识要问朱峰。"

梁丹渊眼中似乎出现一丝回忆，面无表情地说："你先听我说完……当年我在晋升奈福四级审查的时候，周玖留就是这样告诉我的，就像此刻我坐在你对面这样。当时他问我：'你准备好牺牲一切了吗？'我已经经历了很多所谓的收容事件，看尽了人世间的丑恶，为了守护我的初衷，义无反顾地承诺。然后我顺利成为奈福四级高级别调查员，开始协助周玖留处理许多隐藏的真相。许多比我资格老的同事或死亡或退出，在各种各样的突发收容事件中还能活下来的人，只有我……和修特。"

周无在梁丹渊的眼神中看到一丝波动，似乎是一丝悲伤，转瞬即逝。中年人的自控能力让他摆脱了情绪的干扰。

"我一直在履行诺言，亲手埋葬我的爱人，甚至将我的亲生女儿送往最危险的一线岗位，就是因为周玖留曾经给我们留下一个梦想。为了这个梦想，我们甘心放弃一切……但是周玖留背叛了我！"

梁丹渊突然有些激动，坐直身体，眼睛直直地看向周无，仿佛有无尽的怒火要从眼眶中喷射而出。

周无沉默着，等待着梁丹渊冷静下来。

半晌，梁丹渊微微舒展身体，吸了一口手中的雪茄，借助着辛辣的气味平缓内心的急躁。

"也许该谈谈我和周极以及周玖留了。"周无平静地说。

"你只不过是他们的牺牲品。"目光再次扫射过去，梁丹渊平复了情绪，轻声道，"如果周玖留按照我们的计划延续下去，你本应该置身事外。周玖留在中国区属于一个独特的存在，在创立 A.E.C.S.T 的时候就作为中国代表参与了谈判，随后作为中国区负责人一直延续到今天。你、我、周极、周玖留，以及整个奈福林族群，都是独立于人类之外的存在。在历史上，我们作为沟通神明存在的媒介，曾经有过许多称呼——神眷者、圣徒。而且我们也是信仰能量最好的载体，因此在某种程度上，生命形态已经和人类完全不同。曾经那些伟大的存在，甚至需要通过我们才能和信仰能量源无缝连接，而我们许多时候被人类视为神在人间的代言人。"

"还有神父？"周无想起记忆画面中那位捧着《圣经》的人，感到三观受到了冲击，曾经在脑海中看到的无数画面再次浮现在眼前，随即消失，一阵眩晕感袭来。

"对信仰能量和精神的承载，赋予了我们一项很特殊的能力。少部分精神力强大的个体，对信仰能量运用娴熟后可以在下一代中挑选出一个能够继承自己精神的优秀个体，在通过复杂的仪式后，将自己的意识转移到下一代身上，以延续传承。历史上有许多讲究血脉纯正的家族，实际上是我们的同类，比如欧洲的皇室，历史悠久，就是要通过不断近亲通婚，以保证家族血脉纯净，还有我们所谓的宗族系统，就是属于这类范畴。在 A.E.C.S.T 内部，我们这类的生命形态被统称为奈福林。"

半人半神？

为什么我以前一直以为奈福等级只是个职位代号？

奈福林在传说中是天使与人类诞下的人类形态半人半神的生物，具有远超普通人类的力量，周无回忆起曾经玩过的暗黑破坏神，在脑子里恶补知识。

"A.E.C.S.T 在最初设立的时候，为了平衡各方利益，在人类拿着原子弹争取到人类社会的政治自制时，我们这类人就争取到了 A.E.C.S.T 的最高控制权。所有区域的最高权限者，也就是奈福六级权限的拥有者，必须为血脉纯粹的初代奈福林。这也是一个身份的象征，代表了作为人类形态存在与伟大意志沟通的桥梁。否则的话，国际 A.E.C.S.T 联盟总部有权跨区域派遣一位奈福林，进入我们国家实施管理措施。"

"六级已经是至高权限了，是吗？"

"当然，现在你明白了吧？本应该是周玖留和周极履行的义务，但是你爷爷莫名其妙地选择了像一个正常人一样死去！我们丧失了唯一一个能站在我们的位置去争取利益的纯血奈福林。呵呵，所有人的命运都被改变了……就是因为周玖留做的一个决定，活着的人要承担已经死去的人的责任，而我们被迫走上了前台，用我们自己的方式来解决问题。"

周无沉默地望着梁丹渊时不时抽着手中的雪茄，持灰在雪茄前端逐渐变长，雪白的烟灰慢慢冷却。

"所以……你恨的人应该是周玖留，这一切和周极以及我又有什么关系？如果故事说到这里，周极就是你们的矛盾冲突开始之后的幸存者？"

梁丹渊缓缓叹息，残忍的言语就这样平淡地回荡在房间中："周极本来是周玖留所选择的容器。"

周无浑身一颤，突然觉得自己的眼睛有些热。

直到此刻他才意识到，小时候在书房内所做的选择，周极并不是如他想象那样没有给弟弟机会，只是提前一步为他自己选择了一个最坏的结局。

为了让周无能够有普通人的人生，周玖留和周极始终瞒着他，远离他，甚至将他推得很远。

原来周玖留，那个自己叫爷爷的人，不希望把自己的信仰源传到周极身上，不愿看到周极成为自己精神意识的容器。因此，他才选择像一个正常人一样死去。

周无突然想起在梦中看到的场景，那劲装青年对那个中年人周玖留的请求。

"这具身体，别浪费了……"

他不禁感到震撼，名为"周玖留"的人从十九世纪初期就已经活跃在这个世界上，也许更久？所以周玖留占据了梦中那具身体活了下来。

怪不得，小的时候爷爷和周极会远离他，这一切都是为了让未来的离别不要太伤感。他们知道，周无可能永远无法接受周极的身体被周玖留的意识侵占。而周玖留也不希望用周极的身份和周无相处，毕竟每一次见到周无都代表承认谋杀了自己的孙子。

这一切悲剧之所以没有发生，是因为周玖留做了一个决定——他要像一个普通人一样，被岁月洗礼，被时光冲刷，直至化为灰烬。

"周玖留死后，由于没有初代奈福林，中国区在 A.E.C.S.T 世界范围内的权限不断被打压，短短数个月内，我们从鼎盛时期没落至需要挣扎度日的困局。A.E.C.S.T 总部要求我们交出控制权，其他几个大区的负责人也试图从我们手里取得更多的东西。"

梁丹渊冷笑了一声，继续说道："曾经，我们有能力独善其身，不愿参与他们打着正义的名义在世界范围内挑起战争。但是现在，很多事情已经脱离我们的掌控，失去周玖留这种奈福六级的高管，等同于没有核武器威慑力一样，我们在谈判桌上根本没有话语权。我们被迫接受最危险的任务，却一直要面对资金以及权限的压力。我们已经很努力了，但这个世界仅仅努力是远远不够的。突然有一天，我心里有了一个想法……如果你爷爷没办法承担责任，那就让周极来延续吧！"

梁丹渊的声音突然有些沙哑，周无不确定他是愤怒，还是不敢或是在犹豫自己的选择。一瞬间，周无似乎有些明白梁丹渊复杂的心情了——他与梁丹渊都是没有被周玖留选择的那个人。

"初代奈福林的产生，本质是具备高度精神共鸣层次的人类与被选定的继承者的脑波共鸣频次完全结合，在高度同步的情况下，就可以将自身的意识投射到继承者的身躯内，抹去原有的意志。我们管这种行为叫作'降临'。

"作为交换，那些存在放弃了自身精神般的东西，被禁锢在肉体内，却拥有了作为圣者行走人间的能力。如果周极已经为周玖留准备了这么久，那么是不是意味着也可以成为其他人降临的载体？

"我从北美机构找到一位被称为古老者传承的意识能量体，立即向A.E.C.S.T总部全球理事会提交了申请，随后我在周极没有防备的时候……启动了降临仪式。"

"我知道，你故意制造了收容物失窃的假象，意图栽赃嫁祸，可惜实验失败了，是吗？"周无面无表情地看着梁丹渊。

"不，收容中心的暴动，正是他造成的。他非常懂得如何给我们制造麻烦，毕竟他是我们中最优秀的人员之一。"

梁丹渊顿了顿，深深吸了两口手中的雪茄，有些愣神地看着烟雾在空中飞舞，一时失神。也许他也在回忆曾经的日子？周无想着，随后似乎回过神来。

梁丹渊用低沉的声音继续说着："因为不知名的干扰，哦不，现在我们知道了，应该是周极拿到的未编号收容物和他产生了共鸣效应。总之降临的程序只进行到一半，那个古老的意志只有一半进入了周极的意识里，之后周极不知所终。消失之前，他去周家的旧宅杀了你仅存的家人。"

"周极本来是想去找你，但是看到了你舅舅一家的贪婪。他们在谈论如何利用你，榨取身为普通人的你最后一丝价值。他们甚至想把你交给 A.E.C.S.T。被降临存在侵蚀的周极在同伟大存在对抗的过程中，终于沦陷了。不过……你不需要为你家里人默哀，事实上他们只是吸附在你们一家人身上的寄生虫而已。"梁丹渊冷不丁补充了一句，言语中带着不屑之意。

周无额前渗出冷汗，突然感到无助和无奈。

"因为古老的降临实验中，常见的提升成功率的方式就是血祭，将至亲的血脉提取出来，凝聚在一个人身上提升血脉的浓郁度，这样能迅速催熟降临的载体，我们叫作容器。直到今天，欧洲许多家族还在采用这种方式，只不过对外伪装成其他形式。合适的容器非常难找，周极当时担心如果他跑了，我们的下一个目标是你，毕竟你和周极拥有高度相似的脑波频次以及状态，你所欠缺的只是训练，而血祭正好能够弥补这一切……呵呵，事实证明他是对的。那晚他当机立断，直接向罪法局报案，或许他还得到了某位好友的帮助。他想办法将你送到了南郊山，一所特殊的精神疾病康复所，希望能够拖到我们组织内部自行崩溃。他几乎成功了，其间收容事故越来越多，国际 A.E.C.S.T 总部给了我们倒计时，过了限定时间，我们将被强制接管。"

"卢卡斯他们知不知道这件事？"

梁丹渊点了点头，无奈地道："总部既然派他们来协助我们调查，当然也会有隐藏的任务。万幸的是，当时你在南郊山将管理人员打成重伤，我们在官方系统里看到了你的照片……随后，在去接收你的路上，发生了意外。我想，或许调查员的隐藏任务是将你带到联盟总部，借此要挟周极，谁知道呢？而周极通过香酒吧的安玉留下线索，让你能够出现在他希望你出现的地点，试图将你带走。在梅儿胡同初次交锋之后，他不得不跟我们打持久战。而降临在他体内的意识正不断与他争夺身体，他需要找到信仰能量去平衡自己体内的精神和脑波。接下来的一切，我想你已经知道了……我本来只希望你能找到他，顺利将他带回来，没想到你在接触银色十字剑状的未知收容物之后，居然成了合适的容器。"

周无沉默了一下，有些自嘲般反问道："这算是天意吗？"

梁丹渊看着面前平静的黑发青年，他比自己想象的冷静得多。

"我并不是针对你，只是总需要有人做出牺牲。也许是你们周家人受的诅咒吧，总要有一个人去承担传承信仰源的使命。"

周无假装镇定地抽了一口雪茄，感受着口腔中的香气，心中却有万般酸楚。

原来周极一直试图保护我，让我远离这一切是非。我却自作聪明，闯进了这个陌生而残酷的世界，再次将原本可以一走了之的周极卷了进来。

为什么？我应该为我的无知感到骄傲吗？

"除了你以外，其他人知道多少真相？"

周无抬起头盯着梁丹渊，一瞬间想起了梁荷心，这个问题对他似乎很重要。

梁丹渊缓缓地道："严格来说，除了我以外，没有其他人知道。也许修特猜到了一点儿，但仅仅是猜测……至于其他人，可能隐隐感觉到周极和这一切有着莫大的关系，更多的还是认为他现在的状态已经成为不稳定因素，需要尽快回收。卢卡斯和李察，理论上权限不够，只是作为外派调查员监督我们 A.E.C.S.T 中国区的一举一动而已。相信我，对你的处理方式并没有得到他们的认可，但是他们已经习惯了服从……"

周无突然低声笑了起来，逐渐忍不住，直至放声大笑，甚至连眼泪都流了出来："想不到啊，到最后你还是只有一个人。我想，假如他们知道你擅自和北美做了交易，会对你很失望吧？你刚才说，你当时所发的誓言是什么来着？"

梁丹渊冷静地看着他，仿佛在默许着他最后的疯狂。

"不惜一切代价守护这片土地上所有的生命，并保证它免受外来势力的入侵，不论是人类还是那些我们无法理解的现象或存在。"

周无讽刺道："那么看看现在的你，是不是变成了你当年最恨的样子？你只是一个可怜的人，因为自己没有能力，所以才将希望寄托在曾经的敌人身上，甚至要和他们做交易！真是可悲！你自以为事情都在掌控之中，终究掌握不了人心。你在绝望中不断妥协着，看看现在的你，照镜子的时候还能认出自己曾经的样子吗？"

梁丹渊突然站了起来，怒道："你不懂维系 A.E.C.S.T 中国区资源和权力的重要性，你没有看过我看过的那些让我们绝望、悔恨、不能理解的事情，也不明白如何在这乱世中带着这个组织站稳自己的一席之地。"

周无笑道："是的，我完全相信，你永远晋升不了奈福六级。"

梁丹渊语气急促，甚至挥舞着双臂为自己辩解着："没有初代奈福林，我们没法独立生存，只能把水搅浑！时代在进步，没有永远的敌人，也没有永远的朋友。如果要生存，我们就要放下以往的包袱，为了完成历史传承下来的使命，就算不择手段，也必须将继承者延续下去！而完成这一切的人，只有我！我要证明给他们看看，没有周玖留，我一样可以实现我们的目标！"

周无用略带怜悯的眼神看着他，没有说话，只是静静地看着他，那眼神深深地刺痛了站立着的梁丹渊。有一瞬间，梁丹渊甚至感觉到身陷囹圄的不是周无而是自己，幽幽双目中透出的怜悯似乎触碰到了他内心最私密的地方。

他手中雪茄上的烟灰已经无声地掉落在地，他抬起颤抖的手吸了一口，却发现雪茄在不经意间已经熄灭。他再次用力吸了两口，雪茄才点燃。他感受着苦涩的味道，继续他的申辩："你以为我是一个人在面对吗？不，不是的！楚南基金会隶属亚洲范围内最大的机构之一，他们在全球针对信仰能量的收集以及收容现象的研究，已经达到历史新高。只要他们参与 A.E.C.S.T 中国区的运营，我相信会和北美机构的奈福六级形成相互制衡的局面！"

他缓缓挥了挥手，突然转过身去，似乎有一丝疲惫："算了，我没必要向你解释这一切……你的时间不多了，我只是不想让你带着疑问离开这个世界。这一切你接受也好，不接受也罢，现在都已是事实，谁也阻止不了我的决定。"

周无沉思片刻，眉宇间有一股淡淡的哀伤之色："周极……你们会对他做什么？"

梁丹渊看着周无，嘴角微微翘起，似乎终于明白了周无在意什么，也知道如何让眼前的年轻人投鼠忌器。

"如果你愿意配合我们，作为容器完成这次降临，那么他和我们就没有关系了。我会把通缉令撤回来。只要他从此以后不再出现在中国境内，我也不会去找他的麻烦。而且……如果降临实验成功，那么他脑海中的意识也会随之消失，我想对他来说这也算是好事。"

梁丹渊皱了皱眉头，冷笑道："不要指望他会来救你，根据我们的情报，他已经离境了。"

是吗？那就好……周无低头想着，这应该是最好的结果了吧。

周极，以前你一个人承担一切，努力想让我活得快乐，那么现在该换我来替你承担了。

周无微微翘起嘴角，内心无比平静。

"好好享受剩下的时光吧，我很抱歉……命运让我们站在了对立面，换个时间，也许我们能够坐下来好好喝一杯。"梁丹渊在烟缸里按灭雪茄，转身往门口走去。

他打开门，突然回头，深深地看了周无一眼。周无冷漠地笑看着他，仿佛在嘲笑他的虚伪。

又是这个眼神，梁丹渊细长的眼睛一眯，眼角的皱纹挤在一起，心底仿佛有什么东西被刺痛。他突然想到了一个回应周无的最好方法，残忍且直接："另外……我觉得你很想见这位朋友，我们的新同事，A.E.C.S.T 中国区奈福五级管理者，我们的首席财务官……"

梁丹渊微微侧身，戴着眼镜的朱峰低着头，一声不吭地走进房间。

周无脸上的笑容瞬间消失。

梁丹渊嘴角微微一动，似乎在享受带给周无这种震惊的快感，随后面色恢复平静，头也不回地走了出去。

周无愣愣地看着出现在面前的人，看着他略显局促地站着，有些不知所措："原来你才是蝙蝠侠，而我是罗宾啊！"

周无突然大笑，内心觉得无比嘲讽，甚至连身体都不断颤抖，身上不时响起锁链碰撞的声音。

朱峰微微抬头，明显消瘦了一圈，往前走了两步，考究的职业西装穿在他身上，跟他的体形有些不搭。

周无失神了一下，脑海中闪过曾经的画面，释然地道："也对！种种迹象都表明，我逃出南郊山之后，你一直藏着很多心事。我的疑问是你从什么时候开始知道真相的？"

朱峰默默地在他的床前坐下来，摘下自己的眼镜擦了擦，声音轻得似乎只有他自己听得见："我……从第一次去精神疾病康复所的时候就意识到有不对劲的地方，你怎么可能杀这么多人？而且是我母亲让我为你张罗精神鉴定和法律援助，资料准备得很充分。在去梅儿胡同之后，她再次联系我，让我安静地跟在你身边就好，我才终于明白。之后我一直犹豫着，到底要不要告诉你或者提醒你……"

"你母亲？我一直以为她神通广大是人脉资源好，莫非还有另外一个身份？"周无大感意外。

"是的，她是楚南基金会的实际控股人……"

周无瞪大眼睛，再次看了看朱峰一身价值不菲的西服，有些唏嘘。

"后来一切都开始失控了。突然有一天，她叫我把梁丹渊约出来商谈，双方达成共识，为 A.E.C.S.T 中国区提供大量的资金支持，但有一系列条件，包括我成为 CFO 以及奈福五级管理者。我一直以为能帮到你和周极……我真的以为能帮你们！"

朱峰抬头看着眼前儿时的伙伴，泪水在眼眶中打转。

"和你们不一样，我永远不可能做一名称职的外勤人员。我以为唯一能和你还有周极一样的机会，就是正式加入 A.E.C.S.T。可是当我赶回来的时候，事情已经没有办法挽回……对不起，周无……我应该早点儿告诉你这一切的……你能原谅我吗？"

周无沉默良久，随即长长地呼出一口气，似乎想吐出心中的阴郁，无奈地笑了笑，道："不要哭了，我还不了解你吗？！我小时候见过你母亲几次，她好像确实是个令人难以拒绝的人……朱峰，作为发小儿，我给你一句忠告，你的性格不适合刀光剑影的生活，做好你擅长的工作，不要冲到第一线，千万不要被人当枪使！你现在是金主，有话语权……"

周无陆陆续续地说了和之前梁丹渊的对话，朱峰开始听得认真，也对背后的故事感到震惊，但是越听越伤心，因为周无虽然语气平静，字里行间却似透露出离别的味道。

"没有第二种选择了？"

"如果我配合他们的话，周极就会没事，我需要你确保他的安全。如果……我是说如果，有一天他遇到麻烦了，我希望你也能像帮助我一样去帮助他。"

周无眉宇间闪过一丝阴郁，冥冥中似乎有人下了一盘大棋。朱峰小时候来到周无身边并非意外，而是精心策划的一场跨越二十多年的布局。

他一时间突然有些同情朱峰，原来除了自己之外，朱峰的人生也被安排得如此彻底。

"要好好活着啊，朱峰……我只是作为容器完成使命，没有什么好悲伤的，我依然在你身边，我们依然可以成为最好的朋友！比如你可以假装很欣赏我，然后请我去酒吧喝一杯！"周无狡黠地笑了笑，随后闭上眼睛，神色间有一丝感慨，但是内心似乎已接受了自己的命运。

朱峰的抽泣声逐渐停止，他看着周无的脸庞，犹豫了一下，突然站起身来："周无，其实在我心里，你一直都是蝙蝠侠，而我，很幸运能成为罗宾。"

他擦了擦眼睛，与周无对视着，眼神中既有不舍也有安慰。

该是告别的时候了，朱峰转身离开，强忍住不让自己回头，在关门的时候还是没有忍住，回头再看好友一眼，咬了咬牙。

周无默默地躺在床上，如此平静，仿佛生命已经逐渐离他远去。此时此刻，他已经接受了即将告别好友的事实，虽然不是物理形态的消亡，却依然坦然。

朱峰重重地吸了一口气，忍住即将落下的眼泪。

他快步走向通道，望着走廊另一端的会议室大门，犹豫了片刻。

此时的会议室内，李察低头摆弄着咖啡机，抓起一把咖啡豆仔细地闻了闻，似乎满意地点了点头，用很迟钝的动作打开了咖啡机。

"嗯，厄瓜多尔的咖啡豆？酸度很高啊……"

穿着深灰色西装的金发青年一瘸一拐地走过来，默默看着同事递过来的咖啡杯。

正要接过杯子时，卢卡斯突然发现长着一张娃娃脸的李察并没有松开手。李察在脸上写满了严肃和疑惑，莫名其妙地问了他一句："在中央银行为什么要放水？"

"呵呵，在这之前，我不知道前因后果。而知道整个过程之后，不得不说，我非常佩服梁丹渊的手段。"卢卡斯无奈地笑了笑，轻声叹了口气，眼睛直直地望着李察，"但是，我并不认同……你知道我的处境，明年就是我的成年礼了，我不可能对发生在周家兄弟身上的事无动于衷。有时我在想，假如我也出现这样的危机，有人能站在我身边该有多好啊！可惜我的兄弟姐妹们只会落井下石。"

"你想说什么？"李察突然松开捏着咖啡杯的手，目光闪烁，似乎想从卢卡斯的感慨中读懂一些什么。

"我在想……假如我帮助他们，或许能在未来为我命运的天平增加一些砝码。"

李察若有所思地点了点头，轻声道："其实，这次来中国之前我就知道任务涉及降临。北美和这里不一样，政府对 A.E.C.S.T 渗透很深，或多或少在影响着机构的运行。以现在我们在国际上的动作来看，估计不久的将来，我们的分区机构就要提出退群了。"

卢卡斯惊愕地问："怎么可能？叫嚣着区域优先的那群激进派都没有反对？"

"没有，因为都被我杀了。"李察轻描淡写地说着，脸上没有一丝表情。

"啊？"卢卡斯失声叫道，手中的咖啡杯险些掉在地上。

"三十四个核心人员，一个不剩！尤其是那帮叫嚣着血统论至上的老顽固，在一次收容事件中被我一次性解决了。"

卢卡斯下意识地退后一步，金色的头发因为惊慌而变得散乱，嘴里喃喃地说："北美屠夫……果然名不虚传！"

"虽然没有直接证据，但是因为任务损耗过重……作为惩罚，我才领到了这次观察以及协助的任务。从某种程度上来说，即将降临的这位是我未来的老板，我依然会作为神之手服务于他。"李察勉强挤出一丝笑容，但是眼神中透着一种异样情绪，"来的时候我已经申请了跨区域调职，理论上我更不希望周无出事。"

卢卡斯转了转眼珠子："那我们要不要……？"

"中国人有句话：'螳臂当车，自不量力。'有时候机会是需要等待的，耐心，是我们最好的朋友……"

李察心事重重地摇摇头，似乎在拒绝这位同事的某个建议。

此时，他听到弗雷与孟桂在走廊上小声嘀咕着什么，正往会议室走来。

卢卡斯惊觉到李察的反应，迅速回头，微笑着向孟桂举杯示意："二位，要喝咖啡吗？"

弗雷与孟桂脸色一沉，现场气氛陷入尴尬中。

"好吧，不得不说，这个局你们设计得太漂亮了，完全出乎我们的意料。而且你们没有露出一丝破绽，实在让人大开眼界！"

卢卡斯打破沉默，故意在"破绽"两个字上加了重音，让他本身就带着口音的中文听起来更加阴阳怪气。

孟桂默默地握紧拳头，很想扑上去咬他一口，而弗雷昂着头强忍着没有吭声，但是额头上早已青筋暴起。

"一转眼就把自己的队友卖了，这种事也不是一般人能干出来的哟！"卢卡斯摆出一副得理不饶人的姿态，身旁的李察动了动指头，示意他点到为止。

"够了！"孟桂终于忍不住喊出了声，身体猛地向前冲，想越过会议室门口的沙发扑上去。

一只大手及时抓住孟桂的胳臂，高大的身躯与孟桂形成鲜明对比，就像是老虎按住了奔跑中的兔子。

弗雷的声音有些无精打采："他说得没错……"

孟桂怒容满面，使劲甩动手臂，想挣脱弗雷的控制，会议室的门却在这时再次被人推开。朱峰愣在门口，看到两方对峙的场面不知该说些什么好，脸上露出惶恐和尴尬的表情。

室内的气氛再次僵住。

"尊敬的奈福五级权限主管，有什么事情可以为您效劳？"卢卡斯手抚胸口，微微鞠躬。

朱峰仿佛有些不适应，连连摆手："不不……大家以后都是同事，叫我朱峰就行了。"随后他看到房间内众人冷漠的眼神，紧张地推了推眼镜框，"抱歉，我只是路过这里。"

他向房间里的人点头示意，转身离开。

李察看着朱峰离去的背影，摇头叹息："我想他也不希望这一切发生吧。他跟周无是从小一起长大的，心里肯定也接受不了这件事……如果有可能的话，我相信他会想尽一切办法帮助周无。"

"也许他也需要一个机会。"

卢卡斯自言自语的声音让李察微微转头，二人迅速对视一眼，尽量避免让外人看见他们的眼神交流。

孟桂一肚子怨气没地方发泄，小声骂了一句："还是不会叫的狗咬人最狠！"

弗雷皱眉道："不管怎么样，他现在身居高位，我们以后还要在一起工作，最好不要有个人情绪。唉，不知道梁荷心在哪儿，她也许比任何人都难受吧。"

当一个人没有勇气面对现实的时候，酒精是最好的麻醉剂。

酒杯碰撞的声音不时在房间里回荡着，梁荷心此时正与周无碰杯饮酒，眼角微红。

桌上放着一瓶葡萄酒，床上放着打开的金属手铐和脚镣。

周无悠闲地坐在椅子上品尝着杯中的葡萄酒，二人一句话也没说，偶尔举杯相碰。他并没有因梁荷心的出现而惊讶，只是在想，如果让梁丹渊知道女儿为他打开了镣铐，并且和他饮酒同乐，估计会大发雷霆。

"贾伊是我最喜欢的酿酒师之一，声名显赫。他认为酿酒工艺偏于哲学，当技巧纯熟之后，可以跟着你的灵感随心所欲地行事。"

周无举起杯子，看着砖红色酒液。

"我们尽情喝吧，今天我带了不少好酒。"

梁荷心低着头，已经微醺，专注地看着液体在杯中晃动："我一直喜欢勃艮第，因为它的气味变化无常，妖娆动人。而周极喜欢波尔多，觉得强壮而稳健……"

二人无趣地聊起酒文化，似乎拼命想让对方放松。

周无似乎再也忍不住内心的波动，终于还是自嘲地说出一句："这算是最后的晚餐吗？"

梁荷心强行支撑在脸上的笑容逐渐消失，嘴角轻轻一动，再也没有喝酒的情绪。

"抱歉，是我说了个不应该说的话题。"周无喝了一口酒，无奈地笑了笑。

"恰恰相反，是我应该说抱歉才对。"梁荷心转动着手中的杯子，心情沉重地说，"你是最无辜的那一个，没必要道歉。梁丹渊并没有跟我们沟通过，欺骗了我们……当时周极突然消失，我心里隐隐感觉到可能是跟梁丹渊有关，但是没有证据，只能寄希望于早一步找到周极，在最坏的事情发生前把他带回来。"

"我明白你的苦衷。周极能认识你这样的同事，应该感到欣慰。"

"我也能理解梁丹渊需要平衡很多利益关系，但是，我担心他在玩一场根本无法收场的游戏。我跟你提起过，他一直想向周玖留证明自己，证明他才是作为传承者最好的选择。可是没有实现自己的梦想，又得知周玖留去世的消息，我可以想象到，他承受了所有的压力。另一方面，我们与全球机构的利益平衡关系瞬间被打破了……"

梁荷心看了看周无，犹豫了一下，看到周无似乎在认真地听她解释，忍不住叹了口气，继续说道："每年区域管理者要负责提交年度计划、申请大量经费支持区域内的活动，同样有相应的绩效指标。这些计划包含但不限于区域内像你我这样的特殊人群去处理信仰能量源的管理以及对非法信仰源的打击，甚至在战乱地区，还要配合国际联盟进行军事行动。你也可以理解，A.E.C.S.T就是一家大型跨国公司，在各区域和不同的权限主体有着不同的合资公司。"

周无点了点头，若有所思地道："也就是说，所有的开销都不是我们自己说了算……"

"是的。A.E.C.S.T 的做法很简单。作为一个核心目标为维系世界格局稳定的机构，它并不在意每个地区的微观情况，只要长期符合二战后形成的现有的利益格局就行。所以，他们管理各区域的直接表现就是财务管控。每年国际总部会对各区域进行拨款，确保各区域在满足自身诉求的同时，能够让区域自身的规则在各地进行延展。当然，这里有几条不能碰触的红线，其中一条你已经知道了，那就是区域负责人必须由血脉纯正的初代奈福林担任……也就是说，要么是周玖留这种具备悠久传承历史的初代奈福林，要么就是像你和周极这种，可以让一个全新的信仰能量占据你们的身体。"

梁荷心顿了顿，眼中流露出深深的歉意："失去周玖留之后，周极拒绝配合梁丹渊，再加上机构被总部施压，如果梁丹渊再不做出扭转时局的选择，可能就会失去这里的一切……也许这是他要如此选择的原因。我不是在为他辩解什么，他只是不想将付出多年的心血拱手让人。"

她絮絮叨叨地说着，完全失去了平时的高冷样子，像是将内心的迷茫倾诉出来，心里能好受一些。

"我们虽然也被称为奈福林，但是因为血统的问题，百尺竿头再难前进一步，而你和周极不一样，许多人努力一辈子的东西你们轻易就能拥有。梁丹渊一直很自信，自尊心也极强，是不可能承认自己比任何人差的。有人说，一个人在极端环境的压力下价值观会产生变化，我想他就是被梦想拖垮的那种人。"

"爷爷也有梦想，就是能和奶奶葬在一起，享受普通人的安宁生活。我觉得他并没有错……"

周无抬头，内心平静。

"你知道没有奈福六级的后果是什么吗？中国区预算全部会被砍掉，任何本土援助项目都无法获得批准，包括那些曾经为 A.E.C.S.T 牺牲的人的养老金、退休金，以及他们子女的生活费……"

"我很奇怪，为什么你们不能接受总部推荐或指派一名六级管理员呢？"

"这个问题，就好像原则上你不会接受国家领导人是外国人一样……"梁荷心双手抱在胸前，似乎对这个问题有些敏感，意识到自己的语气有些生硬，深吸了一口气，"我们从清末开始，不断抵挡着外国势力的入侵……不只人类社会有主权意识，古老者以及奈福林都是主权意识非常强烈的族群。我们宁可毁在自己手里，也绝对不会接受外族人欺凌我们！否则我们这片土地就会变成殖民地任人宰割，在没有价值后又会被一脚踢开。他们不在乎生活在这片土地上的人以及传统。"

梁荷心身体微微前倾，看向周无："我不指望你能理解这一切，只是我始终认为，这些事情不应该牵扯到你……对不起。"

"你们还是活成了自己讨厌的样子。"周无想起这句时常挂在嘴边的怨言，咧嘴一笑，"他还是做出了愚蠢的选择，即将降临在我身体里面的不是中国人，这无疑就是最大的讽刺。"

梁荷心脸色深沉，看着酒杯微微发呆。

"不要为软弱和堕落找借口，在我看来，与其说梁丹渊想保住某种崇高的理想，不如说他是为了自己的权力做出的最后挣扎，可怜这种人最终只会被欲望反噬。"

"当年他牺牲了我母亲，在自己经历了那些事之后，我开始理解他。但是这次不一样，你是无辜的。"梁荷心抬起眼睛，细长的双眼中似乎闪过一丝迷茫神色，"我们是什么时候变成这样的？曾经我以为我能够理解，在大厅中开那一枪的时候，他就那么看着我，如同我当年按下按钮埋葬曾经的队友们一样。当年有一部分我已经被埋葬在那个洞穴中了。开枪的时候，我感觉一部分的我又消失了。如今的我还剩下多少属于自己？"

她抬起头，眼中隐约闪着泪光，却倔强地不肯掉下来。

"这一切都是我的错，如果不是我要带着你去找周极，你就不会陷进来；如果不是我放任你参与追捕周极的计划，你也不会与收容物接触。太多的巧合，太多的虚伪……假如可以重来一次，那天我一定不会带你去香酒吧。"

周无微微一笑，将手中的酒杯与梁荷心的杯子相碰："如果可以再来一次，我还是会做出同样的选择。如果不是你，我就不会知道这个世界这么精彩，也不会知道周极这么多年到底为我做了什么，也不会有机会为他承受这一切……他是我最后的亲人，我应该谢谢你，让我没有任何遗憾。"

梁荷心微微偏头垂眼，让泪水流淌在被头发遮挡的脸庞上。这个倔强的女孩就算在这个时候也不希望周无看到自己软弱的一面。

二人沉默良久，她将酒杯倒满，脸上的红晕明显浓了许多："谢谢你，还有周极，让我想明白了我到底想要什么。这么多年来，我被盲目的任务以及理想禁锢着，竟然没机会停下来回头看看自己究竟丢失了什么……来，敬你！"

周无举起酒杯，看着面前已经有些憔悴的女子道："最后再敬这个残酷而疯狂的世界！在这个世界中活着，是祝福也是诅咒。要答应我，一定要好好地活着。"

梁荷心怔怔地看了他一眼，似乎想把他那张脸印在心里，随后展颜一笑，两人再次碰杯。

周无沉沉地入睡，再次醒来时，发现身上盖着毛毯，眼前一桌空酒瓶，房间里很安静，仿佛飘着淡淡的薄荷香味。

此时，梁丹渊的办公室里，火炉里的火焰跳跃着，仿佛起舞的精灵。而梁荷心静静地站立在桌前，望着正低头批着文件的父亲。

摇曳的火光将他的脸庞照得忽明忽暗，他停下手中的工作，抬头看了一眼，眼角的皱纹皱在一起："你有什么想说的吗？"

梁荷心没有回答，只是静静地注视着他，仿佛在无声地抗议。

"明天就是最后的日子了……"梁丹渊似乎掩饰不住内心的疲惫感，摸了摸额头，有意无意地道，"麦珂在北约那边做得很不错，区域战争，我们中国区目前完成度排名第一，这为我们争取了很多回旋的空间……修特的夫人已经到了美国，我也为她安排了住处和工作，等明天结束之后，一切都可以圆满了，我们父女终于可以在一起吃个饭了……"

细长的眼睛眯成了一条线，他无声地微笑着。

"你是不是觉得，以后就会跟什么事情都没有发生过一样？你有没有问过她，她知道你的所作所为吗？"

梁荷心突然指了指桌前的相框，声音虽然很轻，却仿佛是刺耳的噪声。

梁丹渊缓缓坐直身子，面色阴沉。

梁荷心沉默了许久，随后轻声道："你是不是觉得过了后天，一切都会变得和以前一样？大家会忘记一切，仿佛什么事情都没有发生一样继续活着，出任务。有人会因为意外死去，有人会顺利活下来，有人会和人成为朋友，有人会变成敌人。

"就好像这一切都没有发生过似的？"

她轻叹着，随后语气逐渐激动。

"你错了，每个人都会记得，每个人都会知道我们做了什么选择。就算别人假装忘记，就算我们用再冠冕堂皇的借口去粉饰我们的初衷，或是如何借口崇高的理想让我们的行动合理，痛苦以及悔恨也会印在我们的心头，并在每一个夜不能寐的日子里回荡在我们的脑海中，告诉我们这一切都是我们亲手造成的。

"人生是由一个个选择组成的，而不是由他的初衷组成的。

"终有一天，我们会无法面对自己。那时候每当我们抬起脸看向镜子中的自己时，看到的不仅是自己的影子，还有那萦绕在悔恨中的自己。"

她顿了顿，看着面前被自己称为父亲的男人，一字一顿地说道："然后我们会带着对回忆的恐惧和悔恨，在惶恐中死去。"

"梁荷心！"梁丹渊突然起身，将手中的文件扔向情绪激动的梁荷心，飞散的纸张飞舞在空中，四散在房间内，"你懂什么？！你根本不知道什么是恐惧，也不懂我们即将面对什么！为了这个组织，为了你们，甚至为了周玖留，你知道我付出了什么吗？我将一辈子都留在了这里！"

愤怒的声音回荡不休，梁丹渊双手撑住桌子，身体前倾，大声地吼道："周玖留承诺过我！完成血脉传承之后，我们还会像以前一样，他挡住外面的威胁，而我尽可能把国内的事情处理好，再多的危险，再多的困难，因为我相信他，因为有他的承诺，我都愿意去承受！这是他赋予我的使命，也是他本就应该承担的责任！你知道的，我们中国是少数纯粹的信仰能量发源地，他们对这里觊觎已久，会把这里变成狩猎的乐园！"

梁荷心义愤填膺地据理力争："我们守护的是传统，是安定，是正义！"

"你用什么守护？用你那还没有实现的理想吗？！"梁丹渊咬了咬牙，抬起右手指向女儿，"周玖留选择逝去生命的时候，就背叛了我们，而周极原本就是他指定的继承人，可是他们都反悔了，像懦夫一样仓皇而逃！你可知道？这是他们周家注定的命运，如果不是他们退缩，周无也不会沦落到今天的地步！如今弟弟要代替哥哥成为容器，这就是对周极最大的惩罚，这就是他背叛我们的代价！他会活在悔恨中，在痛苦中忏悔，他是个懦夫！周无就是他背叛我们的牺牲品！"

"懦夫？"梁荷心身体微微颤抖着，随后深吸了一口气，看着父亲因为愤怒而扭曲的面孔，仿佛看到一个陌生人一样，"不管你用什么借口粉饰，真正自私自利的懦夫就是你！你从来都不敢面对这一切，只会牺牲别人而坐享其成。到现在还在掩饰，你想作为第一个非纯血却能和初代容器平起平坐的传奇，让自己的名字能够被人传颂，被人铭记，是吗？可是你忘了，你只是一个躲在别人身后瑟瑟发抖、每天活在恐惧中的懦夫！一个看着自己的爱人消失，却因为恐惧而无法做出选择的废物！一个假仁假义，连自己最爱的人都能狠心放弃的小人！"

她越说声音越大，抑制不住激动又上前两步，口中的话语如利剑一般刺入梁丹渊的胸膛，搅动着他的灵魂。梁丹渊凌空越过办公桌如鹰般飞跃至梁荷心面前，抬起手。

"啪！"

一记响亮的耳光声响起，整个房间瞬间安静下来。

随后梁丹渊仿佛意识到自己做了什么，向后退两步，整个人靠在办公桌后面的椅子上。

梁荷心颤抖地抬起手捂住自己的脸颊，没有哭也没有情绪激动的反应，只是慢慢安静下来，舒展开眉头，看着面前这个陌生的男人，转身打开门，在走出房门前轻声道："如果妈妈在这里，一定不会记得这个被欲望冲昏头脑的人是她曾经的爱人。"

梁丹渊望着女儿离去的背影，低着头，整个人似乎瞬间苍老了许多。他自言自语，仿佛在向谁解释什么，空洞的言语回荡在冰冷的空气中："你们都不会明白……我们当初付出了多少才得到今天的结果，不知多少代人为此付出，多少代人传承……历史会证明，我是对的！"

仿佛坚定着自己的内心般，他握紧了双手。

身后缓缓关上的大门将他隔绝在完全封闭的世界中。

他，孤独地伫立着。

乌克兰，顿涅茨克州，戈尔洛夫卡市。

原本一片祥和的小镇现在已经变成了堆满焦土和残骸的废墟，各区都是随处可见的布满弹孔以及被炮弹"耕耘"过的土地。

在经历了多年没有间断过的武装冲突之后，以乌克兰政府武装军为主导的官方势力，和乌克兰民间武装组织终于达成了一项短暂的停火协议。

一方身着乌克兰军服，头戴红色贝雷帽，表情严肃；另一方则穿一身类似混色搭配的服饰，仅仅是服饰而已，装备破旧不堪。

奇怪的是，虽然后者看起来惨败，但这些人的脸上似乎洋溢着骄傲和兴奋的神色。

双方将士隔着阵地遥遥相望，中间尽是断壁残垣，突然从阵地中走出几个身影，向硝烟弥漫的战场空地走去。对方前线的指挥官大吼着让手下克制冲动，保持冷静，允许前方敌人的身影靠近隔离带。

此时，麦珂穿着一身乌克兰军服，头戴贝雷帽，一双墨绿色的眼睛警惕地看向前方以及侧翼，斜贯面容的蜈蚣形疤痕无声地扭动着。周围几个身影看似随意，但双手紧握长枪，手指也没有离开扳机。他斜望向民兵营的阵地，只见一个矮小的身影缓缓走过来，身边跟着几个全副武装的民兵。

双方在一处空旷的废墟中碰面，麦珂冰冷的眼神扫向对方，眼前之人穿着打满补丁的军装，身子柔弱，看起来似乎营养不良。

他走到麦珂身边，用俄语说了几句话。

麦珂伸手调整了一下头顶的贝雷帽，有些紧的帽子勒得他有些难受，白发顽强地从帽子下冒出来，他用英语轻声细语地道："你的口音很重，很容易被人识别出来……"

"抱歉，那我们还是说英文吧。"瘦弱的高加索人挑了挑眉毛，翻开衣领，红色的十字架勋章出现在衣领上，如鲜血般鲜艳。

"鄙人是东正教俄罗斯教区猩红之手第一小队执事，阿那托里·奇克利耶夫。麦珂队长，久仰您的大名，虽然之前我们是敌人，但是我们一向对您这样的人物极为敬佩。如果不是因为您的背景，我确实会以为您就是我们的同胞。当然，无论血脉的源头是哪里，我们都很欢迎您加入我们的阵营。"

麦珂看了看身形差不多是他的一半高的年轻人，嘴角微微抽动了一下，问道："你收到包裹了吗？"

阿那托里低头看了看腕表，无声地点了点头。

麦珂正色道："既然如此，没必要浪费时间了，我们开始吧。"

阿那托里向身后挥手，几个手持武器的民兵带着三个衣衫褴褛的人从身后的阵地里走出来，头上戴着黑面罩。他们走到泥坑旁边站定，其中一人似乎挣扎着想反抗士兵的粗暴拉扯，被手持冲锋枪的士兵一枪托击中大腿。

麦珂身后的阵地上同样走出几名全副武装的政府军，推搡着三名蒙脸的战俘，一字排开。

"说实话，我没有想到'他'会提出这样的要求，如果不是之前和他认识，知道他不会用这个做陷阱，我一度以为这是北约设下的计谋。"阿那托里呵呵一笑，似乎被风吹得有些冷，缩了缩脖子，瘦弱的身体在风中颤抖着。

　　麦珂冷漠地看着眼前的年轻人，淡淡地道："我也没想到军方会同意你们的要求，毕竟离'奥迹'降临还有一段时间，我们可以培育自己的圣体。不过这些都是后话，我今天的任务……就是把它们安然无恙地带回去。"

　　"我非常理解您的处境。"

　　"那就不要再拖延时间了。"

　　麦珂望着站在前方戴着黑色头套的军方人质，眼神闪烁，突然打了个响指，示意身后的士兵开始交换战俘。

　　政府军押着蒙面战俘缓缓走向阵地，每个人都小心谨慎。

　　阿那托里脸上带着笑容，向身后点头示意，说道："欧洲的纯血贵族果然很有优势，他们对这几位纯血后代念念不忘，如果不是这样，我们根本没有交换的机会。"

　　麦珂双手负背，神情冷漠："我有言在先，这次的交换条件就是确保彼此不干涉内政，最终选出来的这三个也是博弈后的结果。猩红之手第一小队……嗯，我记得我们相遇过，有一次你们设置的反步兵地雷差点儿炸掉我的脑袋！"

　　阿那托里怪笑道："如果不是您有所警觉，说不定现在就是别人在主持交换仪式了！哈，哈，哈！"

　　"放心，我争取下次在战场上好好感谢你对我的仁慈。"麦珂嘴角微扬。

　　阿那托里兴奋地舔了舔嘴唇，傲然道："看来这场战争会持续很久，我们一定会有很多机会。战争就是我们的舞台，沙俄一代的堕落不会再在我们身上重演。回去告诉那些欧盟贵族，迟早有一天，我们会见面的！"

　　麦珂没有理会他的兴奋，暗中用眼神示意，双方战俘已经接近隔离线范围，麦珂只想尽快完成交换任务，以免节外生枝。等这些战俘走到中间站定，排成一条直线之后，各自阵营的士兵上前摘下他们的头套，开始验明身份。

阿那托里收敛笑容，眼神不经意地扫过三人之中一个低着头的身影。那人有着黑发以及略显阴郁的脸庞，沉默着站在战俘中。民兵手中举着照片，与他的身份信息核对之后，随手打上了一个钩。

麦珂与阿那托里迅速对视一眼，默默地等着手续交接完成。

最后一个战俘的头套被取下来，一名留有金色头发的欧美年轻人略显惊恐地看了看周围，看到对面的黑发青年怔了一下，突然睁大眼睛，嘴里叽里咕噜地向麦珂大喊。

麦珂脸色一变，想伸手去拉住金发青年。阿那托里抢先一步，跃身一拳击出，打在金发青年的小腹上。麦珂实战经验丰富，知道救人质已经来不及，唯有以其人之道还治其人之身，侧身后退，立即跳到己方的三名战俘中间，黑洞洞的枪口抵在那名黑发战俘的额头上。

二人投鼠忌器，僵持了数秒。麦珂拉起地上的黑发青年，藏在此人身后，用枪指着他的脑袋，冷冷地道："一个换一个，没理由让我吃亏。"

说完之后，他突然偷偷地向阿那托里使了个眼色

阿那托里嘴角微微一抽，心领神会，将手中的枪械上膛，拉住金发青年的胳臂走到麦珂身边，伸手往前一推。

交换人质之后，麦珂缓缓后退，身后不远处一位满头白发的老人正用望远镜观察阵地上的动静，突然扫到正好转过身来的黑发青年，神情一震，似乎想起了什么，锐利的眼神像是一只发现了猎物的鹰隼。

此时，后方阵地忽然传出一阵骚动，有人在他的耳机中大声吼叫着："报告长官，包裹在运输过程中遭到攻击，奈福四级收容物被盗！"

白发老人脸色一变，立即大声呼喊："麦珂，停止交换战俘！他们违背了停战协议！收容物被盗，收容物被盗！"

麦珂和阿那托里同时听到阵地后方的动静，迅速对视一眼，随后同时点了点头，两颗手雷掉落在二人之间的空地上。

"手雷！掩护！"麦珂大叫道，身子凌空跳出隔离带。在轰然巨响中，麦珂一把拉起被他摁倒在地的金发青年，抬脚往阵地后方奔跑。

远方阵地上，大口径的高速炮"突突突"地射出一排排闪亮的炮弹，在战壕周围扬起漫天的尘土。麦珂回身看了一眼，阿那托里与那名神秘的黑发战俘早已消失在灰烬的尽头。

　　麦珂似乎缓了一口气，嘴角微微一扬，随后带着金发青年向前疯狂地奔跑着。

　　金发青年一边弯腰奔跑一边大声咳嗽："等等，那个战俘……那个战俘有问题！我见过他！"

　　阵地上尘土飞扬，视线模糊。麦珂听到金发青年的呼喊声，心思隐动，墨绿色的眼中闪过一丝杀气。无形中，麦珂似乎感受到白发老人的眼神仿佛是在警告他，如果金发青年回不来，那他就死定了。

　　麦珂无奈地摇了摇头，放弃了脑中一闪而过的念头。

　　在封锁区的另外一处，阿那托里正与黑发年轻人狼狈地在枪炮声中奔跑着，跨过前方的战壕，就是民兵占领的阵地。

　　爆炸声忽然在身边响起，黑发年轻人发出一声尖啸，扑向身边的阿那托里，抱住他跌落在泥泞的坑洞中。

　　一发炮弹落在阿那托里刚才站的位置，炸出一个浓烟滚滚的大坑。黑发年轻人站起身，抹了抹脸上的泥土，顾不得头顶呼啸而过的炮弹，迅速拉着阿那托里向前方阵地的掩体处狂奔。

　　阿那托里一边奔跑，一边气急败坏地高喊着："乌克兰的政府军背信弃义！无耻至极！"

　　民兵战士看到他们的身影，立即架起机枪掩护二人进入己方阵地。此时，黑发年轻人终于跑到了掩体后面，喘上一口气，宛如黑夜的双眼带着桀骜不驯的眼神看着阿那托里，声音很轻，却颇有穿透力："东西到手了吗？"

　　"喀喀——我喜欢你的直接！"阿那托里被浓烟呛得连连咳嗽，在枪炮声中大声喊着，突然伸出手，瘦弱的脸庞上闪现一丝欣慰之色，"欢迎你，周极！我等你很久了！"

45　孤城

房间里烟雾缭绕。

薄荷味的女孩在烟雾中眨着眼睛，目光游离。

她手里托着玻璃酒杯，内心百感交集，依稀想起在这个房间为周无系上领带时的场景。

梁荷心回忆着他们整晚喝酒时的画面，就像是做了一场梦一样。以她的性格，她可以为了理想和传承而牺牲，却永远不会放弃自己所关心的人。可是她的父亲，不仅将现场爆破的按钮递给她，甚至对女儿内心的感觉不闻不问。

难道我们都没有愧疚感吗？

梁荷心放下酒杯，在房间里徘徊着，心情极其沉重。

她顺着房间里的烟雾，隐隐约约闻到熟悉的味道，能感受到周无曾经在这里生活的痕迹，仿佛空气中还残留着他的气息。

她疲惫地躺下来，缓缓闭上眼睛，似乎能想象到周无每天也是如此入睡的。这种感觉让她焦躁的内心多出几分安逸，让她在愧疚感中依然能够进入梦乡。

忽然，胸前口袋里的手机开始振动。

她睁开眼睛，茫然地看了看手机屏幕，犹豫着按下接听键。

对面隐约传来旋律，打电话的人却保持着沉默，似乎想多听一会儿，可以让彼此内心的烦躁被优美的音乐平息。

良久，电话里的人终于忍不住幽叹了一声，喃喃地道："我听说……你们来了一位新的老板？"

梁荷心没有说话，只是任由悠扬的音乐在电话中播放着。

"梁丹渊那个浑蛋能够做出这种事，我并不奇怪！但是你……"电话里优雅的声音顿了顿，语气中透着无奈，"我确实没有想到，你跟小时候的性格完全不一样了……也许生活和经历会让人改变许多，压力则是任性最好的催化剂。唉，我现在还记得你带周无来我的酒吧的时候，他的神情让我想起了周极，他们兄弟俩仿佛天生就具备男人的魅力！那时候我在想，如果我年轻十几岁的话，说不定也会动心的哟。呵呵，问题是夹在这两个男人中间，肯定是烦心的事情！"

安玉姐的轻笑声从电话另一端传来，梁荷心眨了眨眼睛，细长的睫毛仿佛蝴蝶的翅膀般舞动着。

随后安玉姐语气一变，冷冰冰地道："不过现在我说什么都太晚了！因为当你做出选择的时候，就注定了会将他们推得很远，再也没有重新面对他们的机会……"

"你究竟想说什么？"梁荷心终于忍不住了，沙哑的声音在房间里回荡着。

"唉，没什么！可能是年纪大了，最近发生的事情太多，先是修特那个浑蛋……他答应过我的事，从来都没有兑现过！"安玉姐突然闭嘴，似乎抑制不住悲伤，略微低沉的声音说道，"听着，梁荷心，我知道站在你的角度、你的立场，有许多事你是没有能力去改变的，但是我想劝你，不要在年轻的时候做出让自己悔恨终生的事情。我和你父亲，还有修特，在年轻时已经错过太多次，以至长大以后，都刻意地避开老朋友，担心自己无法面对年轻时所犯下的错误。你知道吗？很多事错过了，就没有再来的机会。修特也是一样，我们还有很多话没有说出来，而他在举行婚礼的时候我也没有到场。我们……都无法面对彼此，就一直拖着，直到他不在了，我终于想起来，我和他之间还有很多事没有做、很多话没有说……"

电话里再次陷入沉默。

梁荷心静静地听着，想起那天在天空酒廊时，修特组长曾叮嘱过一句"替我跟安玉说一声对不起"，或许他们之间有一段伤感的故事，而如今，终于成了遗憾。

良久，安玉姐的声音再次响起："真的老了，我现在变得越来越啰唆了……我给你打电话不是为了劝你什么，而是完成一个朋友的委托。"

电话中突然传来"嘀"的一声，安玉姐似乎打开了录音设备。

几秒钟后，一个充满着磁性的声音响起，莫名让人有安心的感觉。

"安玉姐，我已经做出决定了，这是我的选择，也是我的命运……如果有一天，我和梁荷心之间出现一个无法挽回的局面，我希望你能把这段话带给她，谢谢你……荷心，我相信你所做出的每一个决定！"

周极的声音似乎穿越了时光和空间，在梁荷心的耳边悠悠地响起。

"我相信在正确的时间、地点，你会面对正确的人，你可以毫无保留地将自己的生命交付给他！倘若那一天来临，我变成陌生人，希望你能坚持自己的选择，让我们曾经许诺过的信仰与传承，引导着这个世界上每一位善良的人，一生无悔！"

电话里的录音戛然而止，梁荷心默默地聆听着自己的呼吸声，像是某种奇妙的开关，无数与周极相处的日子在她眼前，如幻灯片般飞闪而过。

不知何时，安玉挂断了电话，只有梁荷心依然保持着接电话的姿势，感受着奔涌而出的泪水瞬间打湿脸庞，压抑在心中已久的痛苦与悲哀再也控制不住。她身子剧烈颤抖，放声大哭。

情绪发泄之后，带来深深的忏悔，梁荷心不是一个喜欢表露自己感情的人，仿佛经历了一个生死离别的梦，泪水依然在滚落，心情却格外平静。

她微微侧头，抹去脸上的泪痕，不经意间看到枕头下面有一丝微弱的光芒闪烁着，眼前突然出现了一本暗红色封面的日记本。

收容中心基地里。

周无戴着手铐、脚镣坐在冰冷的房间里，透过玻璃窗可以看到外面的场景，熟悉的走廊，熟悉的会议室，他在这里的每个日夜都是美好的，至少认识了几位令人尊敬的同事。

弗雷，身体强悍得仿佛传说中的大力神，外表粗犷，内心细腻。他完全相信弗雷可以照顾好梁荷心。孟桂，身体娇小却极具爆发力，他依然记得在南郊山与黑衣人初次相遇，少女的身手令人印象深刻。

而卢卡斯和李察，在某些安静的状态下，身上散发出属于自身调查员的气息，如是站在自己这一边，让人莫名安心。他唯一不明白的是，卢卡斯为什么在中央银行中要帮自己？当然他不会傻到把这些事说出来。

周无每隔几小时就打开桌上的红酒，自斟自饮，没有人会来打搅他，也没有人会坦然地面对他。他似乎沉醉在无边的寂寞中，享受着自己最后的时光。

也许因为知道自己时日无多，周无格外珍惜杯中的佳酿，很担心"降临"在他身体里的那位是个滴酒不沾的无趣存在。或者说，高级生命形态是否能够学会享受？如果能够学会享受，那么他们是否会堕落？嗯，周无认真地想着，这真是一个充满哲学意味的问题。

飘散的酒香和柔顺的液体不断刺激着他的味蕾，使他的感官变得格外敏感，他在记忆宫殿中来回穿梭着，想要铭记这里的一砖一瓦。

他不舍得去碰触记忆宫殿中的一切，从宫殿上斑驳的石墙，再到鲜嫩的花草树木，一切虽然孤独，但是能让他安抚自己的情绪。他抬头仰望着伫立在门前的天使与恶魔雕像，又登上城墙，眺望远方的荒原。

迷雾渐散，天空很深。

接着，他回到了宫殿的大厅里，静静地站在幽深的水池旁边，抬头看向屋顶的壁画。

人间、地狱与天堂，他的灵魂似乎在每一个角落飘荡着，拂过天使与恶魔的脸，色彩绚丽、气势宏伟的画面让他深深地着迷。

他轻轻地打了个响指，出现在书房的火炉边。在光影的辉映中，他斜躺在温暖的沙发上，已经微醺，露出浅浅的笑容，似乎正在享受人生当中最后一次拥抱。

一座孤独的宫殿。

一个心情平静的男人。

翌日，周无特意穿上一件熨烫整洁的衬衫，将他修长挺拔的身姿衬托得更加精神。

他借着房间里的暖光，望着站在镜子前的自己，想抬手系上领带，却发现自己很难顺利地摆弄沉重的手铐。默默地站在他身后的梁荷心眼神微微一动，迅速走上前去，细心地为他整理衣领，系上领带。

"你好，梁荷心。"周无展颜一笑，就像他们第一次相遇。

薄荷烟味弥漫在鼻间，他轻轻吸了吸鼻子，似乎想将这种味道永远刻印在心头。他微笑着望向梁荷心的眼睛，这次没有躲开。

梁荷心面色红润，一声不吭，突然像变魔术似的将一块手表戴在周无的手腕上。他看了看左手手腕上的表盘，秒针不停地走动着，时间并没有为他停下。

梁荷心看了他半晌，突然轻轻上前抱住他。他将头埋入她的发间，再次深深地吸了一口气，双手紧紧地搂住她。梁荷心闭着眼用同样的力度回应着他，似乎也想把这一刻留在自己的生命中。

表盘的分针又动了一下，似乎听见了分针的走动声，梁荷心轻轻地说道："时间到了……"

周无从口袋中摸出君士坦丁铜币，手指轻轻地弹起，让铜币落在自己的手背上，依然是君士坦丁大帝的头像朝上。周无苦笑一声，将铜币递给梁荷心："我想，修特组长应该会希望你带着它。"

梁荷心默默地点头，伸手接过铜币，转身走到门口，打开了实验室的门。

周无向前迈开脚步，双腿因为脚镣的禁锢而左右摇摆着，脚镣在地上发出"哗啦哗啦"的声响，伴随着身体的移动形成了奇妙的韵律。他突然想起在南郊山精神疾病康复所的遭遇，冥冥中似乎有某种轮回，或许他注定是命运的阶下囚。

门外站立着数个熟悉的身影，同事们衣装整齐，仿佛要出席盛大的宴会，只是脸上的表情充满了悲伤与同情。

周无缓缓扫视一圈，微笑着向同事们点头示意，目光停留在朱峰身上，看到他穿着厚实的大衣，脖子上围着一条深色的围巾，似乎比以前精神。

"记住，亲爱的罗宾，以后靠你照顾他们了。"周无眨了眨眼睛，转过身走向收容中心的机械铁门，就像是要去参加一场聚会。

穿过漫长的通道，周无走到了空旷的大厅里。

此时，梁丹渊正站在尽头的荣誉墙前面，仰头看着墙上密密麻麻的名字，微微出神。他听到脚镣的碰撞声，转身望着周无，将手中的一件黑色大衣以及灰色的围巾披在周无的肩膀上，略带皱纹的眼角闪现一丝歉意，轻声说道："周无，谢谢你。"

周无点了点头，没有说话，看了看后方的荣誉墙，目光扫过那些密密麻麻的名字。

"修特的名字已经被刻在上面了……所有为 A.E.C.S.T 牺牲的同事，我们都不会忘记。"梁丹渊似乎感觉到周无注视的目光，轻声安慰着。

他微微抬手，食指在空中画了一个圆圈，不远处出现了一个黑影。

金武斌穿戴着全套的战术装备缓缓走过来，冰冷的眼神一一扫过眼前的人，最后停留在周无身上，淡淡地说道："我们的人已经完成现场基本的环境检测，可以开始了。"

看到金武斌出现，众人眉宇间的一股怒气一闪而逝，尤其是弗雷，眉头紧紧皱在一起，像是两座隆起的山丘。

周无望着金武斌灰色的头发和永远表现不满情绪的下巴，嘴角一挑，露出不屑的表情。

梁丹渊缓缓点头，环视四周，慎重地道："昨天，北约前线指挥官通过欧盟与 A.E.C.S.T 总部连线，在戈尔洛夫卡附近，他们与乌克兰民间武装分子交换战俘的时候，出了状况……同一时间，武装分子袭击了转移中的前线收容物，超过四分之一的应用型收容物被盗，其中有几件是由我们中国区总部签发的。"

他说话时，目光有意无意地扫向弗雷。

弗雷感觉出梁丹渊别有深意的眼神，额头上的青筋微微一动，黝黑的脸庞上却没有表情。

"另外，负责前线战俘交换的人是麦珂，而其中有一名乌克兰政府军要求交换的战俘被人调包了，被换走的人……我想大家应该猜对了，就是周极。"

众人在惊愕之时互相对视几眼，似乎觉得这个消息才是最让人意外的。

"北约前线指挥官托马斯·冯·舒尔茨当时也在现场，目击了事情的全部经过。由于之前这位指挥官与我们行动组成员在处理欧盟相关事宜的时候打过交道，所以一眼就认出了周极，也联想到一些不是很愉快的事情……幸运的是，换回来的三名战俘中，有一个是欧洲纯血系的直系后代，马克罗斯·冯·谢弗，是托马斯的远房表亲。托马斯只是想告诉我，可能我们需要清理一下自家的后院，以防失火。我再次强调，你们都应该明白这次降临决定了我们的成败，没有退路！我无法让任何意外因素干扰我们的荣誉……任何因素！"

梁丹渊的目光再次扫过众人，他突然叹了口气，狠狠瞪了梁荷心一眼，似乎在警告她什么。

随后，他转过身对金武斌点头示意："I.Q.D 是我请来作为第三方监督实验外场秩序的合作伙伴，接下来他们会协助我们对基地进行封锁。金武斌队长，那么外面就交给你们了，拜托了。"

"梁长官不必客气。"金武斌微微鞠躬。

"准备开始实验。"

梁丹渊从齐膝的黑色大衣中取出黑色的手套，向众人点了点头，缓缓走到荣誉墙前方，将手中的权限卡在墙面上的一个名字上扫了扫，随后整面石墙上的名字全部闪烁起来。

几秒之后，墙面开始震动，突然分成左右两半，裂开一道幽深的缝，一阵冷冽的阴风瞬间从黑暗的地洞里涌出来。

梁荷心拉紧身上的衣服，微微整理被风吹散的头发，脸上露出复杂的表情。而周无此时拉住了披在肩头的大衣，防止被迎面扑来的寒风吹落，毅然向前迈出脚步。

昏暗的灯光仿若凄冷月色，将众人的身影拉长，轮廓变得异常扭曲，仿佛他们即将进入另一个世界。

一旁的金武斌紧紧地盯着众人离去的背影，吐出一口气，示意身后的雇佣兵迅速封锁现场。

通道两侧有微弱的灯光亮起，周围皆是潮湿的空气，而坑坑洼洼的石壁在灯光的映照下，让整个场景显得分外狰狞。

周无走过通道之后，前方出现一排排由青砖砌筑的高墙，大小均匀，青苔密布，像是一座扑朔迷离的迷宫，又像是身处诡异的石林，让人感到一种莫名的压抑。

他低着头，沉重的脚镣令他步履蹒跚。他望着前方的身影，不时裹紧身上被大风吹起的大衣，突然发现地洞似乎是由一环接着一环的圆圈组成的，环环相扣，而此时众人正在向圆圈中心的位置移动。

眼前的场景令他百感交集，在鬼斧神工的迷宫中，每个人都显得格外渺小，如同站在命运面前，没有退路，也没有捷径。

终于，众人在沉默中来到一处空旷透亮的场地上。

石壁上密密麻麻地亮起数盏应急灯，场地中间伫立着一座高台，周围摆放着各种各样的仪器。有些是流线型的 OLED（有机电激光显示、有机发光半导体）屏幕，有些则是还停留在二十世纪五十年代的晶体管设计，造型十分复古，让人在迷茫中分不清自己究竟在什么年代里。

穿着白大褂的亚历山大戴着口罩，有着一头干枯的乱发，正领着几名科研人员调试仪器，记录着不同的数据。他按住耳麦，似乎在聆听手下汇报的数据反馈，两条怪异的眉毛拧成了疙瘩。

周无甚至看到某些工作人员举起手中的复古仪器，在空气中挥来挥去，似乎在测量空气中的什么数值。其中一人拎着一个三角铁在现场来回游走，不时将三角铁固定在某个位置，确保自立平衡。一旦发生倾斜，立即有人上前将奇怪的喷雾剂喷洒在地面上。

现场看似人数众多，但是并不吵闹，诡异的安静笼罩着忙碌的人群。或许这就是冷漠到骨子里的职业态度，他们完全不在意事情本身的对与错，只在乎实验结果。偶尔看过来的眼神中带着一丝好奇，却保留着距离感，周无感到自己更像是一块躺在案板上的肉。

亚历山大听见脚镣的声音，神色匆匆地迎上来。

他身后跟着两名穿着白色防护服的助手，二话不说，将手中的精密仪器对着周无扫描，而梁丹渊低声嘱咐亚历山大，时不时皱眉看周无一眼，周无觉得自己就像是即将走入屠宰场的牲畜。

亚历山大诚惶诚恐地汇报，偶尔也会偷偷地看向周无，带着黄斑的琥珀色眼珠里，似乎透着莫名的情绪，既像惋惜又像遗憾。

"时间不多了，准备开始吧。"梁丹渊不耐烦地挥了挥手。

亚历山大吐一口气，伸手做了个手势，被口罩阻挡的声音透着破败的风箱气息："都听清楚了，三分钟内，所有人员撤离实验台！"

高台上忙碌的科研人员听到命令，迅速整理手边的仪器，准备撤离现场。

"现场仪器已经全部测试完毕，为降临提供精准定位，以及尽量控制住收容信仰能量溢出的反应。科学组会在十分钟左右，撤离到收容中心地下室，同时打开五级警戒系统，以应对降临时由于信仰能量溢出过量而可能产生的收容物狂暴现象……"

亚历山大随后取出一个小盒子打开，里面装着两支针剂："这是最新的引导剂，打完之后能让人迅速进入状态，意识上的抵抗会降到最低程度，使降临的成功率大幅度提升！记住，整场降临实验时间不能超过三十分钟，否则在实验场地范围内……所有人都有可能受到不可逆的脑神经伤害！如果中途发生意外，我们会提供远程技术支持，确保整个流程顺利进行。

"祝你们好运！"

亚历山大眯了一下眼睛，似乎做了一个微笑的表情，随后转身走到场地中间，指挥着科研小组人员撤离现场。在身影在地洞中消失之前，他再次回头深深看向在原地安静地伫立着的周无。

46　命运的挽歌

石壁上的灯光逐渐暗淡，高台顶端降下圆形的聚光灯罩，底部同时升起一圈仪器，喷洒出白色的雾气，清扫一切杂质，宛如在璀璨的舞台上缓缓拉开幕布。

"我有必要重复一次，在降临实验的过程中，大量的信仰能量会溢出。这种四散的脑波，会对人类或较为脆弱的奈福林造成致命的冲击，轻度感染者会神经衰弱，而重度感染者可能直接脑死亡。"

梁丹渊解释道，身后的朱峰脸色一变，周无微微一愣，忍不住回头看了一眼戴着眼镜的发小儿。梁丹渊似乎看出朱峰的担忧，用戴着手套的手捋了捋自己的头发，说道："放心吧，朱峰没有问题的，你不用担心，我会安排弗雷以及孟桂保护他。"

周无微微一笑，转身对朱峰点了点头，示意他要对自己有信心。

"一般来说，降临过程持续的时间越久，失败的可能性就越大，如果实验失败，可能对周边人的健康有所影响。"梁丹渊突然皱了皱眉，似乎想到了什么，"而且 A.E.C.S.T 执行手册上也明确警告过，标准时间绝对不能超过三十分钟，不然失控的风险会对整座城市造成威胁，我们只能按照五级收容事件处理……"

周无看梁丹渊微笑着看着自己，清楚眼前富有魅力的中年男人的言下之意，朱峰在这里既是见证人也是人质。如果周无自己反抗导致时间延长，那么朱峰以及城市里的其他普通人也会处在危险中。像是在黑暗中的狙击枪瞄准目标，为了今天的仪式，梁丹渊几乎押上了手中所有的筹码，势在必得。

梁丹渊上前几步，贴近周无，在他耳边低声说道："周极已经离开了A.E.C.S.T 联盟的控制范围，我想你不必再担心他的安危。当然，他也不可能来救你……活着的人会背负着死去之人的希望。朱峰和梁荷心，我会照顾好他们，而降临在你身体里的伟大意识，同样会回报你，从某种意义上来说，你给了他第二次生命……"

他拍了拍周无的肩膀，突然叹了一口气，用只有周无能听清的声音吐露着内心："我在这个位置上已经很久了，看到的、经历过的事太多太多……但愿你能理解，这不是我想要的结果。如果有可能的话，我更希望你和周极能陪着我一直战斗下去。很抱歉，每个人的生命中都会面临各种选择，就像弃车保帅的道理一样，我们只能选择牺牲一个人去保全其他人。请相信我，我们仍然会不忘初衷，为了信仰与传承做出努力，这一点毋庸置疑，因为这个世界不是我一个人的。"

眼皮微微一跳，周无看向身边的梁丹渊，也许是因为长久以来的压力让梁丹渊无处释放，在最后一刻他终于忍不住向一个濒死之人吐露心声。周无默默地凝视着眼前的中年男人，由于长久忍受着压力的煎熬，让他的面容苍老了许多。

"我上大学……"周无看了看眼前的梁丹渊。

梁丹渊此刻虽然表面轻松，双手却紧紧地攥在一起，眼神不时看向撤离的人员。

周无眼睛微微一眯，开口轻声说道："我上大学时选修过一门课程——博弈论。里面有一个很经典的理论是多回合博弈论，就是如果你的合作伙伴或竞争对手能够预测你的决策性思维，那么不用多少回合，他就会知道你的答案。同样的道理，你也只是能赢这一次而已。牺牲别人成就自己，这样的组织有什么存在的价值？谁又会是下一个被牺牲的人？"

梁丹渊缓缓收起笑容，面色冷峻。

周无不紧不慢地道："你想要在所谓的各方势力间从容自如，可是谁会相信一个靠出卖自己人去保住自身地位的人？看看你的周围，经历这一切之后，还有谁会相信你？"

梁丹渊身子一颤，缓缓回头注视着众人，从梁荷心开始，目光扫过弗雷和孟桂，最后停留在朱峰身上。他低下头，疲惫感从脸上深浅不一的皱纹中渗透出来，似乎刹那间又老了几岁。

"也许你是对的……"他怔怔地望着高台上最后一名科研人员离开，深深地吸了一口气，"可惜，我们已经没有重新选择的机会。对错只是后世之人对我们的评价。他们也许永远也不可能理解我们在这一刻做出的决定。"

说完，他再次与周无对视一眼，眼神里已经没有侵略性，只是静静地看着周无，突然转身向场地中间走去，挥手示意控制室："最后等三分钟！"

周无明白，这三分钟，是留给他的最后的道别时间。

他拖着脚镣走向同事们，首先向弗雷伸出手，轻声道："谢谢你的教导和帮助，照顾好梁小姐……"

高大威猛的弗雷握着周无的手，神色带着一丝迷茫，似乎在这一瞬间想到了很多事，但是良好的职业习惯让他保持了缄默。

周无转头看向娇小的少女。

孟桂在他伸出手之前，向前迈出一步，轻轻地给了他一个拥抱。这动作有些突然，周无一时没有反应过来，随后有些尴尬地笑了笑。孟桂这才意识到，由于手铐上的铁链限制了周无的手臂伸展，他无法将手臂放在她的肩膀上。

"这个决定是错误的……"孟桂在他耳边轻声说了一句，随后往后退了两步。

卢卡斯主动上前拥抱周无，蓝色的眼睛看着面前的黑发青年，用坚定的语气安慰着："朋友！不管成功还是失败，你都会被记住的。"

"我欠你一个人情。"周无笑了笑，语气平静却无奈地道，"可是似乎没法还了啊。"

身旁的李察表情依然冷漠，就算是天塌下来，也会让人觉得他并没有什么需要抱怨。他僵硬地伸出双手拍了拍周无的肩膀，生硬地憋出一句："我尊重你的选择。"

轮到朱峰时，陪伴童年的小伙伴似乎在假装坚强，眼镜上却起了一片雾气。他眼眶中含着泪水，使劲抱住周无，似乎觉得好友的选择让他产生了负罪感。在忍不住摘掉眼镜时，他却手足无措地抓住了周无的手臂，依然舍不得与好友分离。

周无握拳打在他的胸口上，轻声安慰几句，随后突然贴近："不要待在这里，找个机会出去……"

无论在实验过程中自己的意识是顺从还是抗拒，他不希望最坏的结果出现。所有现场的调查员里，唯有朱峰缺乏实战经验，为了安全起见，朱峰必须尽快远离现场。

散发着薄荷烟味的女人静静地望着眼前这一幕，看到周无从朱峰的拥抱中尴尬脱身，又不舍地安慰着哭泣的好友，忍不住笑了一声，略显悲伤的气氛瞬间出现了奇妙的温馨感。

众人无奈地笑了起来，有些不舍，又有些不甘心，复杂的情绪萦绕在所有人的心里。

梁荷心站得笔直，展开双臂。

周无微微愣了一下，迎着梁荷心拥抱的姿势，感受着她的呼吸、她的体温，依然是熟悉的薄荷烟草的香气。

此时，梁荷心的动作让周无感觉怀里的女孩似乎要把他的整个身体揉进自己的心里，提醒他，永远刻印着她的轮廓。周无心头隐隐酸楚，轻轻侧转身子，拍了拍她的细腰，示意女孩控制情绪。

梁荷心咬了咬牙，随后突然松开周无，拉住他的手腕，默默地走到场地中间的高台上。

在昏暗的光线下，高台上蒙着一层朦胧的白光，竟让二人的身影交织在一起，逐渐融合，不分彼此。

众人正心情复杂的时候，突然看见眼前出现了一幅神奇而美妙的画面，仿佛在一瞬间定格。

那是一个寒冷的冬季，在凄美的月色辉映下，出现了一男一女两个背影。两人牵着手，细长纤弱的影子让画中人在迷雾笼罩的场景中显得格外脆弱。他们依然鼓起勇气，面对命运的挑战，再也没有什么磨难可以拆散他们。

事实上，这是在他们的脑海中留下的印象最深刻的画面。

多年以后，孟桂在某次睡梦中回忆起这幅画面，然后将它记录在画布上保存了下来。

这幅画被后世称为《挽歌》，世界知名艺术家以及评论家们将它评为新世纪最具影响力的写实派作品之一。

用评论家的话来说，画中的场景渲染似乎起了一层圣光般的浓雾，厚重而有层次，但是画面中的身影，轮廓又是如此清晰。男人脚下似乎戴着脚镣，步伐依然轻松，象征着面对命运抉择时的慷慨与从容；女人则迎着月光，踏着坚定的步伐，寓意着不屈不挠。最珍贵之处，是此画的意义已经不只停留在艺术层面上，同时具有令人惊叹的历史价值。

画中的故事不断地被后人传颂，以及敬仰，因为有着纪念意义的历史一刻，此画在全球艺术馆展览，后来不知所终，据说被一名年迈的奈福林收藏在一座宫殿内。

"这是命运的歌声吗？"

此时此刻，卢卡斯耳边刮起凛冽的寒风，响起铁链的碰撞之声，仿佛编织出奇妙的歌声。他忍不住低吟着，想将眼前这一幕刻印在自己的脑海中。

周无站在高台上，透过层层迷雾，隐约可见白色粉末撒在周围的地面上，反射出淡淡的光晕。空气似乎也变得有颗粒般的质感，每一次呼吸都会让他的鼻子和喉咙深处产生摩擦感，一股铁锈的气息从身体深处传出来。

戴在他身上的手铐和脚镣响起了一阵清脆的声音，他低头看了看，铁链的另一头已被拴在地上凸起的金属锁中。

"抱歉，长时间处于阻断粒子中，会让人感到不适，脑波的波长也会被扭曲，但这种感觉不会持续很久……"站在角落的梁丹渊似乎被光晕的颗粒感吸引了注意，操作着仪器上的按键，锁住了周无的手铐和脚镣。

"因为在降临实验的过程中，精神力波动的强弱不可预测，尤其是在降临时，我们在城市近郊，四溢的脑波容易对普通人形成干涉，所以，阻断粒子是已知减弱脑波溢出效应最有效的方式。"

周无注意到放在地上的几台类似吸尘器的仪器，隐隐约约喷出某种气体，与他在天空酒廊看到的白色喷雾剂有些相似。

他微微转过头，有些担忧地望着远处的朱峰，在迷雾般的光晕影响下，朱峰的面容似乎越来越模糊。

"你是不是担心朱峰应付不了？"梁荷心感觉到周无的心思，轻声安慰着他，"不用担心，弗雷和李察他们会照顾好他的……所谓的影响，只是针对没有心理准备的普通人。他现在身边有四名高级别 A.E.C.S.T 调查员，其中两位是血脉浓度非常高的奈福林，他不会有任何问题。反而是科学组的人，他们只能通过远程仪器进行维护以及检测，不然很容易在短时间内接触到大量信仰能量而导致精神分裂。"

周无早已习惯了梁荷心的专业性，无声地笑了笑。

身边的仪器突然以不同的频率振动起来，屏幕上发出忽明忽暗的闪光。梁丹渊对着耳麦轻声说了几句话，慎重地走到高台旁边嘱咐："荷心，我们得撤出降临核心区了。科学组的人已经准备好，即将开启干扰系统，让它们的意识能够顺利投射进来，并进行精准定位……如果你处在核心区，会对身体造成伤害。"

梁荷心咬了咬牙，凝视了周无一眼，默默地走到高台的角落处。

"梁荷心，"周无看着她纤细的背影，突然叫住了她，目光中闪烁着一丝别样的温柔，"我想，是时候跟你说一声再见了。"

光晕中的身影微微一颤，她回头冲着周无轻轻地扬起笑容："当我想见你的时候，就能看到你……"

一瞬间，周无的心口仿佛被针尖刺痛。

此时，梁丹渊掏出手中的针盒，迅速将淡蓝色的液体打进周无的身体，脸上流露出一种复杂的表情，似乎想起了周极，想起了周玖留："祝你好运！"

"我不需要它。"周无讽刺地笑了笑。

梁丹渊嘴角抽动了一下，勉强挤出一个笑容，无意中抬头看了一眼梁荷心，转身离去。

李察与卢卡斯同时看了看腕表，感受到被阻断粒子的光晕缓缓覆盖的三个身影越来越模糊。二人对视一眼，伸手示意身旁的弗雷与孟桂退后。而对朱峰，他们不约而同地皱了皱眉头，迅速转移到朱峰的身侧，与弗雷形成"品"字形的前后站姿，将朱峰严严实实地围在中间。

"这是保护还是监视？"

朱峰绷着脸，低声嘀咕了一句。

众人保持肃静，在越来越浓郁的迷雾中耐心地等待着。

随着梁丹渊将最新的引导药剂打入周无的静脉中，周无感到时间开始变得缓慢，似乎这一切之前经历过，就在那些诡异的尸体被吊起来的院子里，就在这个状态下他曾感应到周极意识中残留的精神体。

此时他坐在高台上，迷雾让他失去方向，就好像是指南针失去磁性，浑身有一种奇怪的失重感，内脏似乎相互挤压着，都想跑出身体，脑海中思绪也飘浮着，整个人仿佛坐上了过山车，一时急速上升，一时急速下降。

他转头看着站立在前方的梁丹渊父女，感觉他们的细长双眼已经重叠在一起，无法准确地分辨出距离，看似很遥远却仿佛近在咫尺。好几次他都想伸出手去，触摸梁荷心柔顺的秀发。

看到周无略微摇晃的身影，梁丹渊面无表情地伫立在仪器旁，低头看了看腕表上的时间，随后抬手，缓缓按下手中遥控器的按钮，口中喃喃地低吟着："这是最好的时代，也是最糟糕的时代，我们应该庆幸，你我在这里见证着新时代的来临。"

梁荷心用复杂的眼神望着渐渐昏迷的周无。

远处的李察看到梁丹渊的动作，低声说了一句："注意，已经开始了。"

其他人同时下蹲，全身的肌肉微微绷起，而朱峰显然从未见过如此阵势，因为过度紧张，额头上早已大汗淋漓。

周无在天旋地转中，心中十分平静，闭上双眼，等待着最后时刻的来临。

身边不同仪器发出轻微的提示声，随着高台上的灯光闪烁不停，随后整齐的仪器运转声响起，与闪烁的光线形成奇妙的共鸣。

周无感受到手上金属铁链的颤抖，一瞬间脑海中闪过无数画面，所有仪器的声音以及噪声都已被挤出了脑海，他沉浸在安详与宁静中，这种感觉令他无比舒适。

"来吧！"

周无仰起头，在光晕与迷雾中，在场景仪器的启动中，准备迎接这场无奈的宿命。

短短的五分钟，就像是跨越了漫长的一个世纪。

什么都没有发生。

迷离的灯光在一片沉寂中显得格外颓废，现场仪器的颤抖声也已经渐渐远离。

周无睁开眼睛，看到天空，一轮明月高高挂在头顶，仿佛有淡淡的云朵时而飘散，时而聚拢，变幻成各种各样的剪影。

"难道失败了？他……他好像一点儿事情都没有！"远处的卢卡斯目瞪口呆地看着周无的反应，语气中带着少许兴奋和遗憾。

娃娃脸李察揉了揉眼睛，脸上露出惊讶与迷惑的表情，似乎对眼前的景象难以置信。而弗雷与孟桂二人你看看我、我看看你，不停地交换着彼此心中的困惑。这种感觉就像是全副武装的战士在阵地上等待着支援前线，就在准备冲锋陷阵的时候，有人告诉他们，战争已经结束了。

至于朱峰，一脸迷茫地注视着高台，觉得自己可能错过了什么。

梁丹渊身子僵住，反复按了几次手中的遥控器，仍然没有任何反应。站在角落的梁荷心目光闪烁，似乎不适应这种强烈的心理落差感，面色惨白，不知内心究竟是喜是忧。

周无突然觉得自己像个傻子，在寒冷的冬夜里孤单地站立在寒风中。冷风顺着脖子上围巾的缝隙灌入身体，他禁不住打了个哆嗦，迷茫地看着身旁的梁丹渊，似乎安静地等着这场闹剧结束。

"我想……也许我们可以换个地方聊聊？今天还挺冷的。"周无无奈地摇头。

梁丹渊皱了皱眉，站在原地没有动，缓缓转头和正好看过来的梁荷心对视了一眼。

奈福五级的中国区负责人同样也有无法预知的事情，他只是个凡人，不是神。他很难解释降临实验为何会一点儿反应都没有，因为仪器显示一切正常。他下意识地按住耳麦，脸色渐渐阴沉下来："亚历山大，你……"

他似乎想将意外怪罪在亚历山大身上。

周无忍住笑，正要开口嘲讽几句，忽然觉得一股流动的寒意从身体中涌出来，不是凛冽的寒风刺入肌肤的感觉，而是从灵魂深处迸发出来的战栗感。此时，他就像行走在寂静的荒山野岭中，眼前迷雾重重，背后突然有人轻轻地呼唤他的名字，这种惊悚感可以使血液迅速沸腾。

迷雾中，仿佛从遥远的天际飘来一片云彩，在高台上旋转着，某种不知名的生命突然睁开眼睛。

周无立即感受到生命形态超越自己的异物轻轻地扫过自己的身躯，用一种言语无法描述的方式钻进了自己的大脑，游走在五脏六腑之中，每一处都被诡异的目光感应着、注视着，似乎要彻底地了解周无的状态。无论是灵魂，还是肉体，不是物理形态的细胞渗透，而是一种神奇的方式。

在场的所有人同时感受到了某种来自远方的注视。

那种存在似乎对整个场地里的人保持着警惕，目光扫过众人的身体，在高台附近不停地游走。

众人仿佛遇见了天敌，肌肉都开始僵硬，如同待宰的羔羊一样，惊恐、彷徨、无所适从。那是当低等生命形态遇到高等生命形态时，产生的来自基因层面的震撼与恐惧。

然而所有人中并不包括朱峰，他疑惑地看着眼前突然僵住身体的同事们，皱了皱眉头。

弗雷的额头上渗出了豆大的汗珠，孟桂咬着嘴唇，缩在厚实的大衣中瑟瑟发抖，而卢卡斯和李察，再也没有往日的嚣张和冷静，二人撑住对方的手臂，微微蹲下身子，如临大敌。

"你们——"

朱峰刚想开口询问，发现李察突然向他斜了一眼，似乎是在警告他不要出声。

站在高台角落的梁荷心突然感到自己的灵魂正被奇诡的高等生命状态观察着，然后进行着神奇的分解，再重新组装，从"原子水平"到"分子水平"，接着扩散到所有的细胞。

眼前迷雾般的阻断粒子光晕，仿佛被某种射线照耀着，变成五颜六色，宛如一道极光。强烈的恐惧感让梁荷心无法移动身体，甚至连思维也慢了下来，整个世界的场景分裂成了一帧帧画面。她能听到自己的心跳声，不断将血液推动至全身，为僵硬的肌肉带来氧气，而从肌肤里渗出的汗水，瞬间凝结成一片片薄冰，贴在她的脖子上、后背上，刺激着她仅存的最后一点儿意志力。

她僵硬地一寸寸移动着目光，艰难地转过头，望着前方的父亲。

梁丹渊依然站得笔直，双手背在身后，格子围巾随着冷风吹过微微摇摆着。他紧闭着双眼，嘴唇微微颤抖，似乎拼命地克制着自己内心的恐惧。

忽然，高台上的光晕一闪，在场众人感到那种战栗瞬间消失，唯有一丝莫名的空寂和失落感依然游荡在心头。

他们面如死灰，仿佛坠落到深海暗流中，被一道汹涌的海浪推出水面，开始大声喘息。孟桂弯着腰，甚至干呕起来，而其他三人勉强支撑住自己的重心，只是腿脚仍然抖动不停，就像刚刚逃离了一场死亡劫难，全身被冷汗浸湿，就算是寒冷冬夜的冷风也无法与之前的绝望感相提并论。

朱峰茫然无措地望着身边的同事，慢悠悠地摘下眼镜在衣角上擦拭着，一脸问号。

梁荷心同时感到那股战栗的气息从身体中抽离，大口呼吸着，努力抑制住颤抖的灵魂，缓慢地向前迈出一步，试图靠近周无。

"别动！"

梁丹渊紧闭双眼，生硬地从口中挤出一个词，似乎在缓解内心深处的惊恐。他微微抬手，指了指高台的上空。

梁荷心抬起头，环视高台四周，发现那些仪器不知何时已经停止了振动和闪烁，在阻断粒子遍布的空气中，出现了一层淡淡的金黄色光芒。光芒周围有一圈耀眼的亮光，就像是宇宙中不停旋转移动的星云，正翩翩起舞。

如果不是因为内心无法形容的恐惧感，眼前的景象完全可以说有一种神奇的绚丽之美，仿佛整片场地已经进入另外一个维度，在星际之间遨游，每一粒金色的颗粒似乎都映射着这个世界的过往、现在与未来。

此时此刻，周无感到自己身处另一个空间，就像是传说中的地狱。强烈的撕裂感于无形中渗入他的身体里，将他的肉体与灵魂逐渐分解。

就在他强忍着这种痛苦的时候，突然发现自己的身体出现了失重感。如果不是锁着他四肢的铁链，他几乎认为自己悬浮在半空中。痛苦瞬间停止，如潮水般退散。周无仿佛孤零零地躺在海滩上，光着身子，肉体与灵魂赤裸裸地展示在大庭广众之下，无数好奇的目光正会聚在他身上，没有任何隐私可言。

一瞬间，周无似乎感受到空气中存在着神秘未知的意识体态，无形无色，无法用言语的方式来描述，也不能用任何颜色来形容，完全超越了人类的想象。

那些意识形态聚集在光晕中，就在高台的上空。

周无甚至无法用自身意识去接近或描述那些东西的存在，只要意识聚焦在对方身上，就会产生灵魂上的灼烧感。如果一定要用周无的言语来形容，那就像是某种不停变换焦距的神秘符号，每一束单独的亮光都浓缩着超越文明的信息，组合在一起时，又能产生额外的能量，瞬间冲刷着周无的精神意识，在无形的空间内迅速将他的脑子填满。

"不可直视神……"

隐约残留的一丝理智在周无的脑海中莫名回响。

意识在宏伟的信息能量中渐渐被冲刷、覆盖，周无自身的意识如同被巨大的海浪冲上沙滩的宫殿，随着海浪的拍击声，轮廓慢慢扭曲，整座宫殿开始碎裂，被海水浸湿，被残酷的力量摧毁，分解成一颗颗砂砾，混杂在混浊的海水中，再流淌至大海深处，变成无尽深渊的一部分。

周无像是在巨浪中溺水的船员，试图抓住一切能够抓住的东西。他在黑暗中来回翻滚，被淹没在暗流汹涌的深海中。幸运的是，他在黑暗中看到了一丝亮光，如同当时在记忆宫殿被无数记忆碎片淹没的场景。他突然伸出手，紧紧地抓住了它。

终于，他重重地摔在海滩上，挣扎着喘息，记忆宫殿颤抖着，似乎感受到某种莫名的危机，宫殿各处不断有碎石和尘沙掉落下来，看似随时会解体一样。庭院中的骑士雕像出现了裂痕，似乎不忍看到眼前的景象，泉水从眼中流出。

一声巨响，大厅石柱轰然坍塌，似乎激活了某种防御措施，神秘的符号从宫殿各处溢出，像屏障一般迅速将记忆宫殿包围。假如周无现在仍然有意识，那么一定能认出来，这些奇怪的符号与日记本上所记载的符号相似。

此时，地下的深处，狰狞阴暗的石壁山洞中，银色的十字剑在密封的展示柜上忽然闪烁了数下，发出一丝莫名的光芒。

就在那神秘的存在激活了记忆宫殿的一瞬间，它正冉冉上升着，开始剧烈地抖动，周围的空间瞬间扭曲，"砰"的一声，展示柜被震碎。

收容中心摇晃着，地下三层无数的房间内，尖叫声大起，无数收容物瞬间被激活，嘶吼着，开始疯狂地攻击密封舱。

"收容中心暴动！收容物暴动！"耳麦中传来亚历山大嘶哑而惊恐的声音，"那个未知收容物！未编号的收容物和降临现场的信仰能量波幅产生了交缠效应，收容中心所有收容物已经被激活！"

众人纷纷将惊愕的目光投向高台上的梁丹渊。

"请梁长官尽快结束降临实验！未知收容物可能对仪式产生未知影响，也可能使得整个收容中心崩溃！"耳麦中的亚历山大似乎神色慌张，急促地喘息着。

梁丹渊抬起头，望着高台上的星云，目光闪烁，强忍着不适，低声问道："我就想知道……我们还剩下多少时间？"

"降临场地的位置与收容中心距离足够远，目前情况可控！但是……"

周无的脑海中，银色十字剑共鸣所带来的骚动，仿佛与那些不可言语的符号产生了共鸣。无数由符号排列组成的巨浪，正在冲刷着周无的意识。

高台上的星云光芒突然快速选择，将阻断粒子空间内的缝隙填满，彻底释放出来。无数神秘的意识再次投射过来，周无比刚才更加痛苦，撕裂般被分解的感觉再次从身体以及灵魂深处扩散，他感觉自己正在化作星辰大海。

与此同时，梁丹渊父女也感到无形的窥视感再次袭来，带着层层压迫感。虽然他们不是某种意识关注的重点，但是无法形容的意识异动所引起的反应，依然让他们剧烈地颤抖，忍不住向后退了几步。

　　梁荷心的身体颤抖着，她担心周无的状态，身旁的父亲却僵硬地摇了摇头，示意她不要轻举妄动。

　　远处，除朱峰之外的几人瞬间跪在地上，强行用手撑着身体，努力让自己不要被这股力量压倒。这种感觉，仿佛神奇的气压凝聚在一起，在切割着身体与灵魂的同时，试图将所有人的肉体和意识压缩成最细微的粒子。

　　李察和卢卡斯强忍着痛苦，艰难地移动着自己的手臂，似乎想从身上掏出什么东西。

　　一柄锈迹斑斑的匕首出现在李察的手中，刃口上雕刻着一个黑色的十字标志。他嘴里默默地念叨着什么，有意无意地望了一眼身旁的卢卡斯。

　　卢卡斯心领神会，手中突然多了一支似铜似铁的双管短枪。

　　紫红色的匕首、暗铜色的枪管，各自发出暗淡的光芒。

　　压力瞬间降低下来，二人赶紧调整呼吸，全身肌肉绷紧。

　　身后弗雷和孟桂也慢慢站了起来，各自拿着一只血迹斑斑的青铜手套戴在手上。弗雷起身握紧自己戴着手套的左手，孟桂则把戴着手套的右手握成拳缓缓举起。

　　朱峰站在四人中间，有些茫然地看着身边的四人。而他们也用奇怪的眼神看着他。戴眼镜的年轻人敏锐地察觉到李察和卢卡斯转过了身，有意无意地对着弗雷和孟桂，而后者也微微侧身似乎防备着什么。

　　朱峰皱了皱眉头，指了指高台："我们的重点难道不应该是在那里吗？"

　　李察目不斜视地盯着弗雷，强忍着不适，咬着牙道："朱峰先生，如果你有什么想法，现在就是最好的机会了……去吧！你的战场不在这里。去收容中心……想办法让他们停下阻断粒子！"

　　卢卡斯同样顶着身体上的压力，默默地注视着孟桂，而他看见小女孩正凶巴巴地瞪着自己，随时要扑上来拼命的样子，无奈地挤出一个自嘲的笑容："所谓的契机……总是来得莫名其妙。"

朱峰似懂非懂地点了点头，往后退开几步，退出四人的包围圈，回头再望一眼，神情有些犹豫。

"喂，不要死了啊！"孟桂紧张地扭过头，突然冲朱峰喊了一句。

朱峰握了握拳头，转身向身后迷宫般的高墙跑去。

李察突然看见弗雷的脚移动一步，立即晃了晃身子，冷冷地道："我想声明一下，首先我们不是仇人，然后……"

"然后？你以为你能做什么？"弗雷盯着李察的眼睛，似乎想读懂一些信息。

以他们这种互相防备的动作来看，彼此之间早已有一些微妙的信号在不经意时流露了出来。所以李察与卢卡斯担心对方的坚定，而弗雷与孟桂对联盟总部派来的调查员，潜意识里或多或少有某种戒备。

或许人与人之间本就是如此，很难做到去理解对方的真诚与信任。

"真不知道我们能做什么……"卢卡斯强忍着身体以及意识传来的痛苦，嘴角抽搐了一下，"我只是在想，如果有一天被绑在那里的人是我，也会有人勇敢地站出来，为我做一件该做的事情！"

四人陷入沉默中。

紧握在手上的古朴的青铜手套突然一缩，孟桂低哼了一声，望着身边的弗雷，似乎想让他先开口。

弗雷的脸上没有任何表情，但是戴在左手上的青铜手套已经明显松开，出现了不同部位的扭曲。他皱了皱眉头，低头沉思片刻，突然深深地吸了一口气："你们的决定，不一定就是我们的决定！"

孟桂脸色一变，突然感受到内心一阵失落。

高台上光晕犹在，周无的身影已被绚丽的星云掩盖。

此时，金武斌像一尊雕塑般站在荣誉墙的大厅里，身边数名 I.Q.D 组织的战术人员戴着反光头盔，全副武装，冷漠的眼神扫视着每一处角落，没有人交流，也没有人走动。

就在几分钟前，他们脑海中的意识像是突然被什么奇怪的东西扫过，身体开始发抖，内心焦躁不安。但是他们的反应仅限于此，并没有其他异常的动静可以让他们拔枪。

石墙后面突然传出异响。

金武斌迅速转身，只见前方一个身影跌跌撞撞地跑了出来，动作有些笨拙。整支战术编队的人听到杂乱的脚步声，立即从角落现身，围向荣誉墙，黑洞洞的枪口对准前方奔跑的黑影。

朱峰？

金武斌终于看清来人的面容，皱了皱眉，伸出右手做了个握拳的动作。

戒备解除，战术人员正准备往后退去，突然摇晃着身体颤抖起来，其中有两个人仿佛看到了恐惧的幻象，惊慌失措地摘下头盔，嘴里尖叫着，往远处狂奔。

金武斌强忍着不适，右手取出一支注射器，毫不犹豫地按在自己的脖子上，将淡蓝色的液体注入自己体内。

他缓了一口气，举起手中的 MP5 冲锋枪，向身侧正尖叫着奔跑的两名战术人员开了几枪，闪烁着蓝色光芒的子弹瞬间将二人击倒。

接着，他强忍着肌肉的疼痛，打开通信设备："听着，所有人立即注射 15 毫升精神镇静剂！如果发现任何人表现异常，立刻进行状态稳定。请注意，这里是 A.E.C.S.T 的属地，在我们获取官方授权之前，没有优先收容控制权！"

听到命令之后，所有战术人员立即取出随身携带的注射器，直接插入反光头盔右下角的呼吸孔中，气化后的液体布满了头盔的内部空间。

朱峰上气不接下气地跑过来，急切地道："I.Q.D 所有成员跟我来！"

金武斌瞪着气喘吁吁的朱峰，语气冰冷地道："我接到的任务是保证实验现场外的秩序，除非委托人更改任务……"

"委托人在里面，我联系不上啊！"朱峰指了指身后，似乎对散发着不祥气息的场地感到恐惧。

"不好意思，我觉得你应该休息一下。"

"等等。"朱峰站直身子，低头摘下眼镜，取出一块烟灰色的手巾擦了擦，又轻轻地戴上，然后从大衣口袋取出身份识别卡，坚定的目光透过闪亮的镜片，落在眼前这位冷漠的队长身上，"金武斌先生，首先我想声明一下，你接受的是 A.E.C.S.T 中国区基地官方委托，而不是梁丹渊个人的委托。其次，我作为机构新上任的 CFO，拥有奈福五级管理权限，在现场有同级别收容事宜的执行权以及处理权之外，也有绝对的管理层级覆盖权限……最后我要提醒你一点，你们行动队所需的所有经费，都需要通过我的审批才能支付完成。"

他这番话说得有理有据，无懈可击。

金武斌的表情有些复杂，带着惊讶也带着一丝犹豫，但是语气依然冰冷："我们接到的任务，是保护现场的秩序以及基地财产的安全，并确保实验不会出现任何意外……"

"嗯，确实是这样。但是在梁丹渊没有能力指派新的工作时，他的权限自然应该由我接手。你需要的是服从你的雇主，而不是质疑我的权限。你可以与梁丹渊进行确认，如果你无法联系上他，那么请你服从权限最高的管理员并执行新的任务。我现在认为，A.E.C.S.T 中国区的收容财产有被盗的风险，需要你们立刻增派人手封锁现场，并保护现场。"

金武斌缓缓低下头，对着通信设备轻唤："梁长官，听到请回复……"

音信全无，现场陷入沉默中。

金武斌缓缓放下通信器，站立的姿势依然像一座冰冷的雕塑："根据合约，我们现在已经在执行任务，而且根据合约，你只有建议权，没有强制命令权。你给我一个理由，为什么我要听你的？"

朱峰微微一怔，捏了捏拳头，又缓缓松开。他一直在犹豫，不知道应该说什么。而金武斌站在这位戴眼镜的年轻人对面，冷漠的脸上似乎露着一丝冷笑，安静地等待着对方开口。

朱峰将眉头紧紧地皱在一起，突然咬了咬牙，叹气道："你是执行作战单位的现场指挥官，隶属亚洲区最大的跨国集团I.Q.D。你也应该知道，I.Q.D的最大控股方就是楚南基金会。而我母亲，就是楚南基金会的负责人，我也是十三位董事会成员之一。"

他将身份识别卡别在胸口上，神情淡定地看了看金武斌，又扫视一眼周围保持着戒备的战术人员，意味深长地说："金叔叔……今天我不是以A.E.C.S.T中国区的CFO的身份来请求您，而是以楚南基金会的董事的身份拜托您！求求您，里面是我最好的朋友，也是我唯一的朋友！如果……如果他成功渡过难关，将会是我们最大的盟友。"

他微微颤抖着嘴唇，盯着金武斌那只灰白色的眼睛，轻声哀求。

金武斌似乎无动于衷，连眼皮也没眨一下。

"我相信中国有句话你们韩国人也听说过，'与其锦上添花，不如雪中送炭'。周无是一个懂得感恩的人，当这一切结束之后，我会告诉他真相，他会做出正确的选择！况且……我们在梁丹渊身上已经下了足够多的赌注，现在是时候平衡风险了。假如周无能够活下来，就是我们控制梁丹渊的武器。如果梁丹渊赌赢了，也不会发生什么，我们持有A.E.C.S.T中国区超过67%的债券以及三分之一的投票权，我们不会输。相信我，我们可以赌一次！"

金武斌瞪着语速急促的朱峰，让他冷静又紧张地将信息说完，良久，冰冷的脸庞上终于露出了一丝笑容："很好……朱峰，你长大了，你母亲看到你这样也会感到欣慰。"

突然，他侧身做了一个手势，示意身后的战术人员列队。

朱峰如释重负地吐出一口气，额前的一滴汗水无声无息地滑落。

"你说得很好，只是你想多了……"金武斌示意朱峰跟着身后的队员一起走向收容中心，眼中透出一丝异样的光彩，"收获一位在人间行走的圣者的友谊，已经足够下注。更何况如果我们不闻不问，任由一位北美系的古老者降临在我们的地盘上，那简直就是奇耻大辱！"

进入收容中心之后，望着眼前高大的金属门，复杂的机械锁如同张牙舞爪的怪兽，朱峰取出识别卡一刷，机械锁毫无动静。他反复动作多次，门始终没有反应，就像是一座无人的堡垒，等待众人的是充满了死亡气息的沉寂。

朱峰的眼中闪出一丝寒光，他抬头望向金属门的正上方，沉声喊道："我知道你在里面看着！我现在以 A.E.C.S.T 中国区奈福五级权限管理者的身份，要求你立即把门打开！"

沉默了几秒，一个风箱被撕裂般的声音传来："朱峰先生，目前收容中心正发生异动，暂时还没有解除警报，再加上降临实验现场情况不明……今天是个特别的日子，我相信您能理解。"

"博士！"朱峰突然叹了一口气，无奈地摇了摇头，"请允许我换一个称呼……亚历山大·德米耶夫先生，你十六岁从俄罗斯国防大学毕业，之后加入了俄罗斯官方 A.E.C.S.T 组织，二十五岁就坐上了科学组二把手的位子。但是，在一次实验室收容物失控事故发生后，你为了逃避责任，逃往中国境内，是当时的 A.E.C.S.T 中国区负责人周玖留看中了你的才华并收留了你，对俄罗斯方面的指责也积极地给予道歉与补偿……"

亚历山大似乎吃了一惊，终于明白这位朱峰先生的权限，并不仅仅存在于纸面通知上，对方所掌握的绝密资料就连中央数据库也找不齐全。

"其他细节我就不多说了，我觉得还是称呼你'博士'比较好。每年你的科研实验部门占据 A.E.C.S.T 中国区预算的 38%，偏偏又缺乏明确的 KPI 评估机制。本来我想在接手之后，把你们每年的预算控制在 30% 左右……"朱峰抬了抬眼皮，歪着脑袋试探道，"如果你不希望这个数字变成 25%、20% 的话，我希望你能配合我。而且，机构发行的债券核心抵押物就是高级别收容物，我们有充分的理由随时检查抵押物品的状态。"

一阵沉默之后，嘶哑的声音再次响起："唉，你这样……我很难向梁丹渊交代！现在收容中心内部的情况相当棘手，放你们进来很有可能刺激到它们……我不知道将会发生什么，如果收容物全体暴动，这里就是我们的坟墓！"

对收容物的特征属性，每个人都知道恐怖之处，亚历山大的话并非危言耸听。

朱峰回头望了一眼表情犹豫的金武斌，咬了咬牙，说道："我实话实说，我需要那个未编号的收容物，就是那个银色十字剑形状的高级别收容物！"

"这不可能！"亚历山大一口拒绝，随后缓了一口气，似乎有些哭笑不得，"我想你也知道的，移动收容中心异动的根源能量，只会增加失控的风险……"

朱峰并没有理会亚历山大的解释，自顾自地说："既然你们不愿意出来，那么我需要你把未知收容物送到四级收容中心门口，我就在外面接收。"

"朱峰先生，我想你没搞清楚……"亚历山大正要解释，麦克风里突然传出一阵慌乱的声音，只听亚历山大大声地呵斥着，"你……你想做什么？"

等一切平静下来，亚历山大的声音再次从话筒里传出来，带着一丝愤怒："你以为用枪指着我就能解决问题了？没有我的配合，你根本不可能找到收容物的位置！"

"是的，德米耶夫先生。所以我想和你做一笔交易。我们中国人讲究以诚相待、知恩图报，意思就是说，假如你帮了我，我也一定会帮你……"

"你能帮我什么？"亚历山大有些暴跳如雷。

朱峰站在原地静静地听着麦克风里的争执声，微微点头，嘴里喃喃地说了一句，似乎在向身旁的金武斌解释："艾伦，他以前是修特组长的助手……"

朱峰听着话筒里的争执声，原地站着，轻声说了一个名字："米娜。"

争执声瞬间消失，随后亚历山大颤抖的声音传来："这是不可能的……我记得梁丹渊说过，就算他想尽一切办法，都不可能做到……"

"呵呵，他做不到并不代表我们做不到，况且楚南基金会在远东并非没有影响力！"

对方再次陷入沉默，朱峰最终补了一句："这是你最后的机会了，你知道的。"

这时，金武斌嘴角扬起一丝淡淡的笑意，他似乎对朱峰的能力表示了肯定。至于这名助手是如何混进收容中心科研部门的，已经不重要了。

沉默的时间格外漫长，就在朱峰以为失败了的时候，耳边传来精密仪器的启动声，眼前的金属门在机械锁的转动中缓缓打开。

"朱峰先生……希望你遵守诺言，我会在四级入口等你。但是我也有必要提醒你，发生任何意外都可能引起收容物暴动，我想你们已经做好心理准备。"亚历山大的脑海中都是那个名字，再也顾不上梁丹渊的咄咄逼人，低声说了一句，"祝你们好运！"

朱峰略显焦虑地低头看了一眼腕表，回头又看了一眼金武斌。

金武斌从身边的队员手里接过反光的头盔递给朱峰，上面刻着一个与他肩膀上的标志相同的银色三角图案，熠熠生辉。

"注射 15 毫升精神镇静剂。"金武斌回头向电梯里的队员叮嘱，在戴上头盔之前，用那只无神的眼珠子看了看身旁正紧张地搓着手的年轻人，认真地道："做好准备，下面可能是人间地狱……"

呼吸声被头盔阻挡，冰冷的回音在空气中飘荡。

电梯内的灯光突然变成鲜血般的红色，似乎在众人身上流动着一层血色的薄膜，散发出死亡的气息。

朱峰之前能理解收容中心不规则的设计，是为了让内部发生异动的收容物在短时间内找不到出口。但是现在，当与时间赛跑的时候，他面对着这些令人晕头转向的走廊，不由得心浮气躁。

收容中心每一间隔离室里都传来恐怖的尖叫声与撞击墙面的震动声，朱峰闭上眼睛，尽量让自己远离精神骚扰，对任何诡异的画面都视而不见，在幽深的走廊中急速奔跑着。

终于，前方一道高耸的金属大门出现在众人的视线中，中间印着 A.E.C.S.T 的徽章，"米"字形的机械锁就像六条巨蟒，似乎在警告来者，闲人勿进。

朱峰抬头望向高高的穹顶，心里一种无力感油然而生。

他明白——他们即将步入一个任何人都无法预知的世界。

朱峰喘息着，缓缓上前，走到金属门右侧一块凸起的显示器旁，扫描手中的身份识别卡，屏幕上方即刻伸出虹膜识别系统。朱峰将手掌放在屏幕上确认指纹，同时眼睛贴近，进行视网膜扫描。

"嘀"的一声，绿色的信号显示在屏幕上。朱峰松了一口气，看来数据库已经录入了他的个人信息。

大门打开之后，亚历山大领着几名身穿白色防护服的科研人员在通道处出现，手中提着一个箱子，脸色略显慌张。他将箱子递给朱峰，颤声说道："我不知道抑制措施还能持续多久……自从降临实验开始，它震动得越来越频繁，已经影响到其他收容物。"

朱峰向站在亚历山大身后的艾伦点了点头："这次任务完成之后，你可以选择在 I.Q.D 任职。"

艾伦眼中泛出一丝忧郁之色，他喃喃地道："我是为了修特组长……你答应过我，不会让死去的人白白牺牲。"

"是的，我会遵守我的承诺。"朱峰上前拍了拍艾伦的肩膀。

亚历山大表情复杂地看了朱峰一眼，这位其貌不扬的年轻人，似乎蕴藏着无穷无尽的权力与智慧，无论是出自善良还是职责，能力预示着格局。亚历山大直到此刻才终于明白，楚南基金会在 A.E.C.S.T 渗透得如此之深。

此时，他身后一位科研人员看了一眼手中的仪器屏幕，焦急地说道："博士，型号为 SCP-47 的阻断粒子储备已经下降了三分之一，如果梁丹渊主管还在犹豫的话……"

另外一名科研人员皱了皱眉，奇怪地问道："为什么还没有进入正式流程？"

"就是因为上次出了问题，他才会加倍小心……"

几名科研人员低声私语，似乎在担忧降临仪式的进度。

就在这时，朱峰手中的箱子突然剧烈地震动，仿佛有什么东西想冲破禁锢，数道莫名的光芒从边缘的缝隙中渗透出来。

朱峰下意识地挡住眼睛，所有科学组成员身上的仪器都开始疯狂地响起报警声。

山洞的石壁也开始震动，警报灯光不停地在吊桥通道上闪烁着，隐约照亮了黑暗的地下世界。

与此同时，实验高台顶部正前方的光晕中，一团银灰色的水滴状物体正在星云群周围流动，不断收缩着，仿佛孕育着某种生命。

似乎感应到箱子里银色十字剑状高级别收容物所发出的异动振波，银灰色的水滴状物体微微鼓起，涌起某种奇怪的纹路，就像在波涛中流淌的软体动物，忽而形成水滴状，忽而变成透明圆圈。

高台周边不停地喷射出白色气体，而银灰色水滴在接触到白色气体的时候瞬间收缩，仿佛受到惊吓一般。

显然，阻断粒子后劲不足，雾气变得断断续续。银灰色水滴收缩几秒后，似乎意识到了什么，突然剧烈地蠕动起来，想扩张领域。

此时，金武斌冷静地示意队员们全体戒备，而站在通道上的朱峰已经慌了手脚。

亚历山大大汗淋漓，凌乱的头发遮住了他惊恐的眼神，声音因害怕而变得异常尖细："听我说，因为阻断粒子越来越少，我们只能优先考虑高级别收容物的供给，所以我无法保证下层收容物的状态……"

"砰！"

山洞闪烁的警报灯光突然熄灭，几秒后，应急红色照明灯亮起，将众人恐惧的面孔照得格外阴森。

"看见没有？连基本的供电体系都没法保障了！之前有过收容中心暴动，导致基础设施受损的情况，而我们的预算又没有批复……"这位俄罗斯血统的科学家面部扭曲，似乎想起了什么措施，突然指了指朱峰手中不断跳动的箱子，用一种近乎哀求的声音叫道，"求求你们了！我们一起去主控制室，最起码那里的供电和阻断粒子能够保证我们的安全，现在走出去，就是找死！"

金武斌皱了皱眉："你是说我们躲起来，不让收容物接收到诱因频率？"

"没错！降临仪式已经开始，周无能挺过来的概率极小。就算你们将圣器带过去，也不知道这个收容物对他的作用究竟是帮助还是伤害……听我说，我是专家，你们不要做傻事！他对抗的东西已经存在了千年甚至万年！他没有赢的机会的！"

"周极赢过一次！"朱峰大声反驳。

亚历山大怔住，汗从额头上涌下，苦笑道："从概率来说，他赢的机会几乎等于零！”

“我不在乎概率是多少，只要能为周无争取哪怕一分一秒的机会，我都愿意去做！”朱峰抱紧手中的箱子，眼神坚定，脸上突然露出在亚历山大博士眼中无比邪恶的笑容，“我相信，亚历山大·德米耶夫博士，对收容物的属性了如指掌，如果能亲自带领我们走出这里……”

亚历山大惊恐地带着破风箱般的喘息声扭头望了金武斌一眼，用嘶哑的声音低吼着：“难道你也要陪他一起疯吗？”

金武斌并没有回答亚历山大的质问，只是沉默地站在朱峰的身后。

“你们这群疯子！”亚历山大挥舞着双手，惨笑道，“你们以为死亡真的很可怕吗？不！它们会让你们知道，死亡仅仅是一个开始，并不是结局！”

他的话音刚落，室内的灯光突然由白转红，整个房间开始摇晃，耳边传来刺耳的警报声。

“二级收容中心，第五、七区域出现异动！”

“三级收容中心，第三、四区域出现异动！”

亚历山大瞳孔收缩，在通道内来回走动，就像是踩在灼热的火炉上，时不时跳脚，情绪完全失控。

身边的科研人员无助地望着他，一个个贴在潮湿的石壁上，瑟瑟发抖。

“你以为是什么东西可以让容器在降临期间保持平静？我来告诉你！”亚历山大跳着脚，有些气急败坏。

“只有阻断粒子可以抑制信仰能量的降临！一旦圣器与降临物的能量波动进行共鸣对抗，那么……那么任何拥有活性的收容物，都会集体被激活！直到降临仪式结束！你知道吗？梁丹渊已将 A.E.C.S.T 所有收容行动小组的成员分派到了京都城的郊区，高级别调查员现在全都在降临现场！他就是为了防止不可信任的手下背叛！就凭你们几个人，根本无法控制现场！”

“我们不需要知道这些。”朱峰微微一笑。

亚历山大突然安静下来，脸上的表情有些呆滞，咬了咬牙，喃喃地道：

"你们很快就会知道，真正的恐怖究竟是什么……"

整座收容中心不断闪现着红光，耳边的警报声叫嚣着。朱峰低头看了一眼手表，转身望向后面幽静深远的通道，那一个个房间仿佛吞人的巨兽。

他有些担忧地推了推鼻梁上的眼镜框，心里默默地祈祷着——周无，你一定要坚持住！

此时，三级空间内，不同布料拼凑而成的玩偶正缓缓地转动头部，大小不一的眼睛看向玻璃窗口，连体牛仔裤上的笑脸慢慢变成哭脸。

玩偶眨了眨眼睛，慢慢地坐起来，突然跳下展示柜，就像是一个呆萌的玩具，晃晃悠悠地走向门口。

"哐，哐，哐！"

随着银色的箱子不断震动，整个收容中心的房间里发出了猛烈的撞击声。数秒后，疯狂的吼叫声夹杂着狂笑与哭泣声，回荡在幽深的走廊中，渐渐低沉。

一行人安静地前行着，金武斌手持MP5冲锋枪，屏住呼吸，走在第一个。朱峰紧紧地抱着金属箱子，似乎想用一种虔诚的信念，期待箱子中的收容物能安静地入睡，千万不要醒来。

我究竟做了什么？

朱峰面色苍白地跟着众人前进。

通信系统与监控系统由于阻断粒子的停止供应导致能量波动被切断，科研人员手中的仪器几乎已接收不到任何信息。他们在漆黑的通道上偶尔会看见一闪而过的身影，或是会突然听见房间里响起一段乐器的奏鸣声，包括收音机里发出来的调频杂音，令人毛骨悚然。

此时，箱子里的银色十字剑再次剧烈地抖动，发出"咝咝"的回音，跳跃着莫名的光芒，像是一段信号，房间里的动静刹那间再次沸腾起来。

"跑！"

金武斌当机立断，率先向走廊尽头的金属大门冲了过去。

恐怖的尖叫声充斥着走廊，一名I.Q.D成员在奔跑中突然尖叫着捂住头盔，跪倒在地。漆黑的房间里赫然伸出一只长烂疮的暗绿色手臂，"嗖"的一声，鬼魅般将队员拉进了玻璃窗口。而亚历山大的身后也多出一只手臂，试图将他掳走。金武斌果断开枪，电流子弹击中毛茸茸的手臂，绿毛手臂哀号一声，顿时缩成一团。

有人跑过其中一个房间的玻璃门时，整个人往前栽倒，似乎没有感觉到疼痛，也没有血迹，低头一看，却发现双腿无缘无故地消失了。也有人看见眼前一道黑影闪过，正要开枪，却化为一团灰烬，只有一个反光头盔滚落在地上。

亚历山大情急之下，往前方的地面上扔出一样东西，迅速拉住朱峰跑向出口。

朱峰第一次体会到这个世界真正的疯狂，眼前出现的景象根本无法用语言解释。

整片区域似乎被奇怪的力量扭曲，无数活着或是死去的物体或生命体扭曲地结合在一起。其中有两个正在走廊上移动的人形收容物，突然被卷进一片闪烁着异光的区域，立即结合在一起，随后变成一个混合着对方肢体的诡异生物。它们发现自己身上长出了两个脑袋，在恐惧中相互咆哮着啃食对方的身体。

而另外一处区域，一具没有手臂的人形躯体就像是无头苍蝇一样，来回跑动着。

幸存者们在绝望中跑入金属门后的电梯。

金武斌似乎手臂受伤，正在包扎，抬头看见朱峰的身影，缓了一口气。而亚历山大脸色惨白，不停地抓着自己的头发，神情沮丧。

"博士，下一层的收容装置没有反应。"数名科研人员不时拍打着手中的仪器屏幕，紧张地注视着亚历山大。

亚历山大一边哆嗦着，一边用颤抖的声音说道："收容中心是独立系统，除了特殊频道的脑波之外，外界的信号根本无法穿透……因此，收容物无法自主脱离收容中心的禁锢。但是同一空间内的收容物具有相聚性，有一定智慧的收容物会开始交流，并进行互救……"

就在亚历山大说话的同时，一名科研人员突然指着手中显示器断断续续的画面，失声尖叫："情况不对！"

金武斌示意他不要惊慌，将屏幕放大。显示屏中出现了一个摇摇晃晃的身影，正是那个呆萌的玩偶。

玩偶走到一个封闭房间的玻璃门前，踮起脚，抬起精致的小手敲了敲玻璃。随后，一个披头散发的身影贴上来，冷漠地与玩偶对视一眼。

玻璃门自动打开，孤单的身影微微弯腰，从漆黑的房间里走了出来，跟随玩偶走向走廊的尽头。她微微停顿之后，突然扭头朝着摄像头的方向看了一眼。

苍白的面容略显清秀，一双眼睛暗淡无光，脸部有数道抓痕，就像是忍受不了痛苦时自我折磨造成的。

"那是 CN-H-3314……A.E.C.S.T 行动小组的前调查员，因为一次收容事故出了意外，被关在三级空间里。"

朱峰突然想起来，脸色一变："她是弗雷和梁荷心以前的同事？"

亚历山大皱着眉毛，神情有些紧张："是的，她还保留着一定的智慧，但愿她不记得任何和收容相关的事情……她本身就是因为高度感染性事件而被收容的，已经变成了行走的感染源。任何与她接触的人都会在思维意识上被她同化，变成歌颂某种至高存在的信徒。"

话音未落，屏幕上那张苍白而扭曲的面孔渐渐发现异常。

她的眼睛和嘴不自然地张大，眼睛中布满血丝，瞳孔中流动着诡异的液体，虽然隔着屏幕，但是和她对视的每一个人都不由自主地颤抖起来，仿佛某种恶意的幻象被植入体内。

她静静地看着屏幕，屏幕突然变成黑暗的。

"不好！她知道我们在看她！"亚历山大突然惊呼一声，急速喘息，"如果让她进入基地出口，如果她带着其他收容物堵在那里……"

　　机械锁的声音正在启动，大门缓缓打开。

　　朱峰神色惊恐地与金武斌对视一眼，二人之间似乎已经有了某种默契，拔腿向出口处冲了过去。

　　走廊上数个狂奔的身影，在诡异的灯光中逐渐被扭曲，然后被这疯狂的世界吞噬。

周极坐在一个破败的房间里，低头看了看腕表，手指头有节奏地点击着膝盖，紧锁着眉心。

冷风吹着桌子上点燃的蜡烛，光线摇曳不定，将整间小屋切割，部分阴影打在墙上，映着周极身后跳跃的影子，形成了奇妙的画面，仿佛在石墙上上演了无声的剪影戏。

周极似乎觉得有些疲惫，低头闭上眼睛。

脚步声由远及近，房门被人推开，一个瘦弱的身影披着一件暗红色的长袍，手里托着银质的烛台，在微弱的光线中，轻轻地摘下头上的连体头巾，对周极微微一笑，低声说道："大主教现在可以见你了。"

周极神情一动，站起身向满头金发的瘦弱青年点头示意："阿那托里执事，感谢你的帮助。我相信大主教已经做出了决定，我也希望这个决定不需要花费我们太多的时间去讨论。"

他深吸一口气，房间里的烛光瞬间闪烁起来，仿佛随着他的气息颤抖。

"我相信大主教们已经有答案了，只是我们还需要让它们知道……"阿那托里挑了挑眉毛，指了指头顶，笑道，"这也算是我们的传统吧，毕竟这个世界的基石是由我们共同打造的。来吧，我们争取不会浪费每一秒。"

阿那托里转身走出房间，唱诗班的乐声隐约从远处传来。

走在昏暗的走廊中，周极听着自己脚步的回声，音乐回荡在整座教堂的周围，建筑浑厚雄伟，庄重饱满，有着浓郁的拜占庭风格。

周极跟着阿那托里走过偏厅之后，一座拜占庭装饰风格的教堂出现在眼前。

一些穿着白色长袍的人站在原地祈祷，前排有一些身着棕黑色长袍的老者，正站在角落低着头，略显焦虑地喃喃念诵着什么。

其中有一位年长的秃头神父迎上来，用俄语与阿那托里说了几句话，随后用迷茫的眼神看了周极一眼，转过身去，径直带着他们走进圣堂的走廊。

通道两侧是圣像屏风，围墙上装饰着圣像与壁画，屋梁上悬挂着数盏金属灯台。几名穿着深色长袍的圣徒各自转身对着石墙默默地低语，与唱诗班的歌声回荡交织，整座教堂在一种安详的气氛中显得更加庄严肃穆。

穿过圣堂，圣像屏风上画着凡人亲吻带有光环的神职人员的手腕，或是在向他们虔诚地祷告叩拜。走廊的尽头则是一排高大的圣像屏风，上面挂着四个福音传道者。

中间是一张天使向圣母报喜的圣像，在后排结束的位置则是一场圣使晚宴，因为在圣坛的另一边，对这个场景的赞扬是用来纪念在"最后的晚餐"中创立了圣礼的救世主。

周极跟随着神父以及阿那托里，从圣像屏风左边的通道走向圣殿的主堂。数名虔诚的圣徒正站在前方的主祭坛旁，低头轻语着。祭坛后方则是三排由少年组成的唱诗班，吟唱着优美而神圣的歌。

祭坛前一个身着红白相间长袍的矮小身影，低头迈着细碎的脚步走上前来，与身旁的人交谈了几句，在身边的木质长凳上默默地坐下，低头祷告。

矮小的身影祈祷完毕，摘掉头上的长袍兜帽，却是个白发苍苍、满面皱纹的老人。他站起身拥抱并亲吻了身边的阿那托里和秃头神父，随后眼神冷漠地看向周极。

他们眼神交会之时，教堂中的歌声以及祈祷的低语声似乎都在瞬间消失，而无数画面以及神秘的符号在周极的脑海中出现。

周极下意识地退后一步，双眼中闪现出金色的光芒。

白衣教主笑了笑，慈祥的笑容似乎让整个教堂内的烛光都亮了起来。他对阿那托里点头示意，望着阿那托里低着头离开的背影，随后用俄罗斯口音的英文说道："来吧，我的孩子，命运在召唤你……"

周极眼中的金光闪烁着，似乎脑中还有低语在徘徊。他低下头，默默地跟随着白衣主教的身影，走到长方形的祭坛前站定。

洁白的祭坛上不落尘埃，白衣主教将手掌轻轻地放在上面的祭坛上，抬头用深海般幽深的双眼看着周极，示意他将手放在祭坛上方。

"浸洗的过程很快。在这之前，我需要检查一下圣体的状态，我相信您能够理解。"白衣主教微微一笑，随后在祭坛前伸出了左手。周极单膝跪地，低下头让年迈的主教将手放在自己的头顶。

身后唱诗班的歌声突然提升了八度，神圣而和谐的乐声在教堂内响起，产生了宏亮的回音。教堂墙壁上刻着的圣像的画面似乎都随着歌声而颤抖起来。

经历过漫长岁月的面孔似乎在一瞬间充满了肃穆感，像海洋般幽深的双眸中突然有无数画面闪过，银白色的光芒从眼底的灵魂深处闪现。

而此时的周极，感到有某种奇特的画面以及符号随着神父放在自己头顶的手进入了自己的身体，仿佛有无数信息浸入灵魂深处。他眼中不由自主地闪过一丝光芒，死死地握住双手，努力抑制住来自灵魂的战栗以及意图反抗的冲动，将自己的心灵完全开放，让神奇的信息毫无保留地涌入身体。

似乎有某种伟大而无法形容的意识，投射至白衣主教的身体内，随后借由凡人的肉眼凝视着这个世界。他的目光轻轻扫过眼前这位黑发青年，带着某种强烈的信息再次涌入周极的灵魂，与那神奇的符号、庄严的画面、高昂的歌声产生奇妙的共鸣。

仿佛经历了一个世纪，又似乎只有几秒钟，白发神父的手腕缓缓松开周极的双手，那伟大的意识瞬间消失。白衣主教面容憔悴，似乎在转眼间添了几分苍老神色。

这时，瘦弱的阿那托里带着几个人匆匆走来，身后抬着一件四方形的物品，用黑色的厚布遮掩着，不时会在黑布下发出有节奏的抖动频率。

白衣主教恢复了几分人间气息的沧桑感，蹲下身子将周极扶起，缓缓地说道："我所服侍的伟大存在已经同意了我们的计划，欢迎你成为我们的一员。二十年很长，我们还有很多时间去认识彼此，现在我们需要等待的是一个契机……当他们的目光不再注视之时，当群星归位之时……祈祷吧，我的孩子。"

他轻声呢喃着。

周极微微皱眉，看了看腕表，压抑住心中的焦虑，低头保持着单膝跪地的姿势。

随后，年迈的主教望着站在远处的阿那托里，点头示意："请圣歌团为迎接圣洗做准备。"

阿那托里在胸口比画了一个十字，扭头向身后的人轻声说了一句什么。圣堂之上响起几声清澈的金属鸣声，几个身着红袍看不清面孔的人进入圣堂，在凳子上安静地坐下，开始低声祈祷。

阿那托里面色凝重地等待着众人逐渐落座，看了一眼跪在祭坛前的背影，转身将黑布撤下。

一个不断颤抖着的四方形金属箱子上，醒目的"Level 5"红色字仿佛鲜血般耀眼。

降临实验现场。

此时的梁丹渊，望着坐在阻断粒子光晕中的周无，身影若隐若现，轮廓模糊。他忍受着脑中不断散发出的恐惧感，依然能感受到身体中每一个细胞传来的痛苦。

时间越久，越觉得崩溃。

他发现了一丝异常，雾气突然变得有些淡薄，隐约可见周无紧握着拳头，身躯微微颤动。

梁丹渊轻皱眉头，喃喃地说道："阻断粒子的浓度似乎变淡了……科学组的人究竟在做什么？"

他无意中扫过周边不停闪烁的仪器，在痛苦中突然惊恐地看到所有环绕着降临现场的设备闪烁起来，几秒后停止运转。

随着各种仪器关闭，现场喷射着白色雾气的喷射器也停止了运作，断断续续传出仪器的振动声。仪器就像垂暮的老人一样干咳着，吐出稀薄的几口气息，随后如石沉大海般死寂。

在场的所有人望着高台上的仪器停止运作，身体微微一震。

弗雷扫了梁丹渊一眼，看着他的背影，身形微微一动。李察听到身后的声音，挥动了一下手中的匕首。锈迹斑斑的匕首似乎闪了一下，一条长长的裂缝在地面上出现，随后延展至高高的石墙上，几乎将整面石墙切成两半。同时，李察后背的大衣突然裂开，一道深深如同被鞭打的伤痕出现在后背上，血顺着伤口流了出来。

弗雷在长达十几米的裂缝前止步，刚刚站定，眼睛微微一眯。卢卡斯抬手将手中的枪指向弗雷，毫不犹豫地开了一枪，一颗铅弹直直地飞向高大的弗雷。子弹仿佛带走了他身上的某些特质，他的脸似乎瞬间苍老又瞬间恢复正常，只是眉宇间似乎有种浓浓的疲倦感。

千钧一发之际，一个矮小的身影冲上前，挡在前进的弹道上，伸出戴着生锈的青铜手套的右手一拦，"叮"的一声，长长的回音回响在空气中。

孟桂用手扫过自己的短发，伸出戴着青铜手套的右手，掌心向上，一颗半碎的黑色铅弹出现在手心中。她翻过手，任由碎片落在地板上。突然右手上戴着的青铜手套向内扭曲，孟桂尖叫了一声，紧咬着牙。

"我们之间可能有点儿误会……"弗雷望着地面上的裂缝，皱了皱眉。

"同样的问题我也想问问你……都是打工的，何必拼命？就像我们刚刚约定的那样，睁一只眼闭一只眼不好吗？"卢卡斯微微一笑。

弗雷沉默半晌，左手血迹与青铜手套渐渐收缩。

他似乎在对抗某种痛苦，脸庞上的肌肉抽动着，咬着牙举起手，示意孟桂退开。

"我曾经把队友带入了无法挽回的地步，我想……我不会再犯同样的错误了。"弗雷深吸一口气，看了一眼站在高台上的梁丹渊，"我未必认同他的做法，但是也知道，他做的这一切是为了能让我们生存下去。我除了无条件支持他，还能有什么选择？……"

"我不怪你。"卢卡斯点了点头，蓝色的眼睛突然有意无意地看着孟桂："但是你……跟他不一样，你的姓氏让你有更多选择。而且我能看出来，你并不赞成梁丹渊的决定，为什么就不能站在我们这边？"

"我和你是同一种人。对我们来说，姓氏是痛苦的根源！而我欠梁丹渊一份人情，不管他的决定是对还是错，我这条命是他的，我绝对不能掉转枪口背叛他……"

孟桂的话语说到一半时，似乎有些犹豫，她看了一眼高台上的梁荷心和周无，若有所思地道："不过就像你说的，偶尔睁一只眼闭一只眼，也没什么不好……"

在枪声响起的刹那，梁丹渊克制住回头的冲动，因为相信弗雷能处理好。此时他忍不住侧头看了看身旁的梁荷心，长发女孩低着头，看不到表情。

就在这时，由于阻断粒子已经接近虚无，似乎触及了临界值，信仰能量已经不再被阻断粒子隔绝，化为肉眼不可见的无形波动，缓缓地从周无的体内扩散出来。

众人瞬间感到一束电流般的震感淌过自己的身体，汗毛直竖。

周无瞬间抬了抬头，突然睁开双眼，瞳孔中出现一道闪烁的光芒。

他仿佛变成被黑色潮水淹没的溺水者，一瞬间被抛出水面，而潮水般的信息流一直包裹着他，始终不肯让猎物上岸。

周无眼中闪过莫名的光彩，他咬了咬牙，试图在不断翻滚的潮水中挣脱四肢的束缚。

他看见自己低着头，单膝跪地，出现在记忆宫殿的大厅中。

他浑身湿透，就像刚从海水中被打捞上来一样。随着他踉踉跄跄地站起身，一座古老而沧桑的宫殿突然从黝黑的潮水里冉冉升起，黑色如同焦油的潮水顺着城墙和青苔滑下，浇淋在地面上，形成一圈圈泥洼。

时空画面开始扭曲变形。

周无站在城墙上，抬头望向远方的海平面，苍穹之上出现一缕缕耀眼的金光，云层中隐约传来圣歌，就像天国降临在无尽的深海上。

金光照射在周无的脸上，看似温暖的光芒显得格外刺眼，每一束金光似乎都由未知的信息流以及符号组成。整座记忆宫殿再次震动，光芒钻进墙的缝隙里，试图渗进宫殿深处，好像急迫地想要将整座宫殿分解，融入无尽的光芒中。

周无忍着刺痛，隐隐出现一丝莫名的意识。

"最后的盛宴吗？我想是的，也许这是我最后的机会了……"

体内的另一个意识似乎正在审视他，或者是在"感应"他的所思所想。

它就站在记忆宫殿的城墙的另一端，与周无遥遥相望。

周无在这一刻突然感觉到脑海中多出无数未知的知识，看见了涌动着的星云光辉，窥视着宇宙的奥秘，甚至能看清银河分布的全貌。也许这些场景的提示，意味着时间的意义以及生命的价值。

他紧紧握住自己的双手，凝望着前方伟大的存在，怒火在眼中燃烧。

"放手一搏吧！"

海面金光大盛，遮天盖地的光芒瞬间蔓延而来，周无带着记忆宫殿破开云雾，激荡起纷飞的浪花，冲向苍穹中那无尽的光芒。

等周无再次睁开双眼的时候，某种无形的力量以及气息从他身上散发出来，仿佛对周无的生命形态进行着无法言喻的洗礼。随着他眼中的金光一闪即逝，那种似乎脱离已知生命的形态，又在瞬间消失。

就在某种生命形态气息在周无身上展现的时候，在场的人眼神肃穆，恐惧、好奇、兴奋，仿佛由肉体映射灵魂。那是低等生命对高等生命的渴求，也是在看到某种无法与之比肩的伟大生命时流露出的敬畏。

这种感觉，随着阻断粒子浓度变淡，周无眼中金光一闪而过而消失。当周无眼中的金光再次出现，变得浓郁，混合着恐惧以及战栗的感觉也变得更加强烈。

"这就是降临的过程吗？我好像看到了整个生命形态的升华……"卢卡斯神情肃然，身子微微发颤，那是对生命本质的敬畏。

"我想是的。现在应该就是最关键的时刻，周极就是在这个阶段出现了问题。"李察的手中始终握着雕刻着花纹的黑色十字匕首，余光注视着弗雷和孟桂。

"成败在此一举！"弗雷调整了一下姿势，目光凝重地直视高台，"自从二战以后，从未有新的非本土伟大意志降临在这片土地上，从某种意义上来说，我们也在见证历史！"

"如果你们想做什么，显然已经来不及了。但是现在，我们好像面临着一个更现实的问题……"孟桂一边看着周无挣扎的身影，一边感受着内心的战栗，表情复杂，低声呢喃着。

"什么问题？"

三个人同时转身看着孟桂。

孟桂突然抬手指了指身后的石墙，慎重地道："朱峰去了收容中心这么久，也没有动静。我想收容中心肯定出事了。如果收容物集体暴动，那么这一切之后无论结果怎么样，我们都将面临巨大的麻烦。"

李察摇了摇头，皱眉道："你想多了。最坏的情况是周无降临失败，我们收拾烂摊子。如果成功转换生命形态，那么稳定之后的'周无'只要展露生命形态的本质，就足以压制收容物的活性危机。问题在于，朱峰需要熬过最难的时刻，我只希望区域现象性收容物的激活速度没有那么快，他还有机会活着出来，否则……"

他回头看了一眼收容中心的方向，压制着体内再次涌来的战栗以及恐惧感，缓缓叹息："没有人可以从地狱里逃生。"

收容中心通道中。

急促的枪声撼人心魄，黑暗中火花四溅，不时传出惨叫声。

朱峰与剩下的六个人背贴着背，果断地举起手中的冲锋枪扫射着。众人在走廊上且战且退，伤痕累累。

亚历山大喘着粗气，整个人缩成一团。金武斌的头盔上有数道深深的爪痕，透过头盔的裂痕，隐约露出冰冷的目光。

短暂的死寂使众人的神经更加紧绷，随着金属箱子的一阵晃动，耳边阴森的号叫声再度沸腾。

黑暗中忽然飞出一道弱小的身影，一个由破布拼凑起来的玩偶跳到一名正在开火的I.Q.D队员的手臂上，寒光一闪，持枪的手的手腕立即被利器斩断。只不过这名队员异常强悍，忍住剧痛，转身冲向后方，在幽暗的通道上拉响了悬挂在胸前的手雷，嘴里大吼一声："快走！"

"砰！"

在一片飞扬的碎片中，金武斌迅速压低朱峰的身体，低声喊着："听着，现在不是犹豫的时候，你想救周无，就必须按我说的去做！"

朱峰咳嗽数声，一脸迷惑。

"记住，我们只是一个数字，就算剩下最后一个，也必定是为了你的任务……所以不要管我们，学会取舍！"

金武斌看见朱峰的眼眸中闪烁着犹豫之色，猛地推了他一把。

朱峰抱着箱子踉跄着后退，看着金武斌起身摘下了头盔，并不高大的身影似乎挡住了身后的一切。

身后不断传来枪击声以及恐怖的叫声，亚历山大在口罩后尖声叫着："走啊！记得你答应过我的！科学组是这个世界与未知世界之间的最后一道防线，请善待这个部门！"

琥珀色带着黄斑的眼中透着渴望、祈求，混合着恐惧，他用尽全身力气喊了出来。

"还有……把米娜带回来！"

随后他头也不回地向前几步，突然从兜中取出一个奇怪的东西，毅然向前方抛掷。玩偶的身影正吸附在墙上，像是畏惧着什么，跌跌撞撞地退开。

泪水已浸湿了双眼，朱峰来不及抹去，现在只有抱着手中不断震动的箱子奔跑着，强忍住内心的悲伤，疯狂地奔跑着。

狭窄的通道那么长。

他跑进电梯，想关上大门的刹那，隐约在黑暗中通过枪支的光亮看到金武斌和亚历山大等人围成一个半圆，用自己的身躯挡住前方的袭击。

各种各样的物体试图突破他们的防御圈，但是均被他们奋力击退。一个幽暗的身影突然闪现在一名I.Q.D队员的前方，试图拉走他，却被金武斌一枪击中头部。在收容物仰头的一瞬间，红色的灯光跳跃着，门口闪现一道阴森的黑影，充满着恶意的眼神正冷冷地盯着朱峰。

朱峰身体一颤，恐惧自心底生出，一个奇怪的声音似乎在他的脑子里重复着，试图让他一同歌颂某种伟大的存在。

此时，金武斌狂吼一声，打断了女人的念诵，甩手连开数枪。子弹击中那个带着恶意的黑影，将这位癫狂的前 A.E.C.S.T 调查员彻底击入黑暗中。

歌颂声瞬间远去，在关上金属门的瞬间，朱峰仿佛看到金武斌坐在地上，高举着手臂，比画着一个竖起大拇指的动作。他和亚历山大口罩之上的眼睛对视一眼，两人相视一笑。

在电梯中，传来的枪声以及战斗声逐渐远去。

朱峰咬着牙，紧紧地抱着怀中的金属箱。

激烈的枪声与呛人的尘烟逐渐远去。

记忆宫殿里。

周无脑海中的意识与天空中的光辉交错着，金光渗透宫殿，试图打开每一扇紧闭的房门，入侵每一处角落，再延伸至海面，瞬间将黑色的潮水蒸发，仿佛整个世界即将被高温熔化。

宫殿似乎已经抵挡不住光芒的渗透，无数房门被光芒冲开，所有的记忆场景都变成闪耀的光点，融入由神秘信息以及符号构成的浪潮中，仿佛悬浮在半空中的一幅幅闪烁的画卷。

场景中有周无与周极在爷爷的书房里欢笑打闹的画面，也有兄弟二人在草地上疯跑，蒙着朱峰的眼睛玩游戏的场景。随着年龄的增长，意气风发的周无拉着朱峰的小手一起踏入学校的瞬间，身后的周极微笑着招手。

随后这些画面在强烈的光线下变成了无数细碎的红点，瞬间被光芒吸收。

周无似乎感觉自己的某个部分正在消失，脑海中涌现出无数晦涩难懂的知识。他隐隐觉得那伟大的意识想要将他所有的记忆，所有构成记忆宫殿的组成部分都化成碎片，然后在这所剩无几的废墟上重新建立属于它自己的王国。

恐惧以及痛苦随着一切记忆消散而被放大，没有什么比失去本身更让人恐惧，而最大的恐惧就是自己的记忆从此消失。他从来没有活过，也从来没有存在过。如果说，面对着不知名的伟大存在而产生的感觉，是人类因为不能理解对方的生命形态而表达出的恐惧和战栗，那么眼睁睁地看着自己的记忆正在被一点点格式化，则是超越极限的恐怖体验。

一幅幅画面被展开又被撕碎，周无感到残留在身体内属于自己的那部分东西越来越少。

终于，他忍不住双膝跪地，跪在记忆宫殿的城墙上，同时也跪在高台祭坛之上，蜷缩着身体，痛苦地颤抖着。

此时，记忆宫殿的轮廓突然在空中亮起，似乎被什么激活了。

无数金色光芒再次从记忆宫殿的深处涌出，脑海中，一个巨大的金色头颅突然出现在云端，仿若神灵降世，居高临下地审视苍生。它似乎在犹豫，为什么如此卑微的生命在面对伟大的存在时还会反抗？

场地突然陷入沉寂。

远处四人虽然没有针锋相对，但是各怀心思，每个人站立的位置都是处于对峙状态的。

"没有阻断粒子，降临能量的扩散被浪费了至少三分之一。"李察皱了皱眉，有意无意地说了一句。

"就算是这样……那伟大存在自身所容纳的信仰能量，对周无来说，也不可能完全吻合，多少并不是关键。如果他非要持久对抗，根本不可能！"弗雷摇了摇头，目光中带着一丝无奈。

李察低头不语，余光突然扫向身旁的卢卡斯，手中一道寒光闪电般刺向弗雷。

高台上的梁丹渊一直在注意着周无的反应，似乎察觉到远处传来激烈的打斗声，突然叹息道："放弃吧！无论你们在想什么，在众多古老者的见证下，周无都没有翻盘的机会！"

站在角落的梁荷心看见前方打斗的场景，咬了咬牙，克制着身体的战栗，歪着头看向梁丹渊，在痛苦中略微扭曲地展颜一笑："父亲，你还是太自信了……"

梁丹渊脸色一沉，转头看向身后。

此时，李察与弗雷、孟桂和卢卡斯拳来脚往，争斗不休，枪声和匕首撕裂空气的声音此起彼伏，高墙上忽然出现了另外一个人的身影。

上气不接下气的朱峰从四人身前跑过，嘴角流着白沫，怀里紧紧抱着一只光芒四溢的金属盒子，随着朱峰身体的颤动而跳跃。

一瞬间，周无身体的抖动竟然与金属箱子形成了奇异的共鸣，仿佛双方已经成为一体。

梁荷心头上扎起的马尾突然参开，头发在空中四散。

她疾步冲向高台中间，侧身起跳，踢向自己的父亲。

梁丹渊抬起一脚，踹向梁荷心的胸口，将她踢得连退了几步，愤怒的表情中夹杂着某种迷惑之色。他怔怔地望着自己的女儿，似乎不敢相信眼前这个女孩居然会背叛自己的父亲。

朱峰终于跑到梁荷心身侧，看着眼前轻咳的长发女孩，迅速将手中的金属箱子递给她，咬着牙道："我能做的只有这么多……周无告诉过我，他只相信你一个！"

他转过身，狠狠地瞪着梁丹渊。

此时此刻，他永远都不会忘记与周无之间的约定：如果你是蝙蝠侠，那我就是罗宾。

"没用的，任何努力都是徒劳的，他没有任何优势。接下来周无的战斗不再局限于物理空间，而是在……这里！"

灰发凌乱的梁丹渊脸色阴沉，指了指自己的脑袋。

"你错了，父亲。"梁荷心脸上露出淡淡的笑容，细长的双眼凝视着眼前这位陌生的亲人，闪烁出一丝莫名的光芒，"你擅长计算，向来习惯打有把握的仗。可是许多事情，是由每一个人的心态、每一件事的细节去决定的。机会虽然渺茫，只要哪怕能增加一点儿胜率，我们也会不惜一切代价地尝试！我终于知道这么多年，我遗憾的是什么了……我遗憾的并不是他们死在那里，也不是面对无能为力的场景而衍生的恐惧感，这些都是正常的反应，不足为道。我真正后悔的是连去尝试拯救他们的念头都没有，直接选择了放弃！"

梁荷心脑海中闪过当年耳麦中传来的尖叫声、嘶吼声，以及心里那些不甘和恐惧。

"荷心，这个世界并非你想象中那么完美，人生当中总有某些遗憾……"梁丹渊依然想说服女儿，眼神里并没有任何愧疚之意。

"这么多年来，其实我一直欠自己一个交代。"梁荷心缓缓抬手，手中出现了一支流淌着蓝色液体的注射剂。

梁丹渊身子一颤，细长的双眼中终于闪现一丝震惊之色："你疯了吗？！这场战斗不是你能参与的！高浓度信仰能量就像毒药，你……如果你去面对那些超越我们理解的存在，你会崩溃的！"

"是的，我知道。"

梁荷心点了点头，随后将手中的药剂插在自己的脖子上。

她整个人的感官在瞬间被放大了无数倍，脑中似乎有某种开关被激活，可以看到空间中能量的流动，也能看到周无身上似乎有两种力量在来回搏斗着。一个庞大不可名状的物体在这片天空中徘徊，就算仅仅扫视一眼，也能让人感受到自身的渺小和卑微。

她的双眼中闪烁着莫名的光芒，昏黄暗淡，仿佛一堆将要熄灭的篝火。

下一瞬间，金属箱子里的银色十字剑被她握在手中，双眼中如火焰般的光亮瞬间被点燃。银色十字剑也如同她眼中的火焰般，激烈地燃烧起来。

时空静止。

周无眼睛里的光芒，徘徊在上空注视着他的伟大意识，包括梁丹渊与朱峰他们的意识在虚无中流动着。世界仿佛用神奇的力量让跳动的时间秒针变得缓慢，近乎停止。

随后，一股肉眼不可见的力量从梁荷心的体内涌出，迅速将苍穹上那些意识推开。伟大而高不可攀的意识和那些注视的目光，同时被无形的力量消解。

周无眼中金光大盛，如银河般的茫茫天空中，无尽的光芒再次盛放，凝聚成一颗闪耀着金光的巨大头颅，威严而肃穆。

周无抬起头，飘浮在天空中的头颅无法让人直视。一瞬间，他突然多了一种奇特的认知。如果之前那些光芒带给他无法阻挡的恐惧和符号信息，那么现在凝聚在眼前的头颅，散发着无穷的震慑力，不再遥不可及，而是似曾相识，让他产生一种难以言喻的感觉。

高台之上，梁荷心手持发着莫名刺眼光芒的银色十字剑，抬头望向周无，二人眼中的光芒触碰在一起，就像是夜空中一闪而逝的流星，点燃了遗落在茫茫荒原中的火星。

就在同一时间，在遥远的莫斯科索菲亚大教堂里。

跪在地上的周极突然感应到了什么，双眼中散发出诡异的金光。

面容苍老的白衣主教闭了闭眼睛，看透世间一切的眼神再次回归眼中。他伸出手，手掌压在周极的头顶，身后的唱诗班开始低声吟唱。而台下坐成一排身着红衣的圣徒停止了低声祈祷，纷纷站起身，迎合着高昂的歌声，伸出双臂大声呼喊，念叨着奇怪的语言。

此时，周极眼中的金光突然消失，取而代之的是白银般的光芒，黝黑的眼眸中仿佛繁星闪烁。

他缓缓起身，带着银色光芒的眼神漠然地扫过周围的一切。随后他高举双手虔诚地高喊着，走到阿那托里瘦弱的身前。

阿那托里保持着高声呐喊的姿势，却不断眨眼，似乎不敢正视走到面前的"周极"。

周极凝视着阿那托里，皱了皱眉，来到有 Level 5 字体标识的箱子旁，默默地张开双臂。金属箱子仿佛尘沙一般消散，一柄一臂长的、漆黑的、带有浓重岁月感的金属断矛悬浮在半空中，上面雕刻着古老的花纹。矛中间严重破损，破口处有着模糊的奇妙文字。

周极伸手抓住断矛，轻轻地抚摸着，银色的光芒映在断矛上，洗去上面岁月积淀的铁锈，如同撒下一片银沙。

"朗基努斯之矛……"

他抬头看向远方，缓缓闭着眼睛，似乎在感应什么。

忽然，他将手中的断矛举在胸前，手臂往后一甩，奋力投掷。

银色的星光划出一道弧线，直射教堂的拱顶！

"哗啦啦！"

教堂内的彩绘窗户等玻璃制品瞬间粉碎，人们的眼睛、鼻子、耳朵以及嘴中都渗出鲜血，有些人甚至双眼或耳膜直接爆开，鲜血在他们的眼眶中流淌。但是没有人发出尖叫声，众人依然高举双臂，歌颂着伟大的存在。

与此同时，在 A.E.C.S.T 基地的降临实验场地中，一道银色光影从天而降，仿佛连接天空与地面的闪电，赫然射入此刻正跪在地上的周无的身体里。

云消雾散，周无在记忆宫殿的城墙上抬头，身边突然多了一个身影。

他穿着一双黑色的牛津皮靴，手中握着一柄闪耀着银色光芒的断矛，额前的发丝在微湿的海风中飞舞着。

"弟弟！"

他一只眼睛闪烁着金色的光芒，另一只眼睛却散发着银光，低头对着周无笑了笑。

"惊喜吗？"

周无惊愕地抬头，眼前的身影既熟悉又陌生，那熟悉感来自哥哥的身体，而陌生感来自那闪烁着光芒的双眼。

此时，苍穹上那颗金色头颅发出一声吼叫，愤怒地看着瞬间出现在周无身旁的"周极"，地动山摇，整个世界开始颤抖，黑色的海水被灼热的光芒蒸发。

头颅的意识瞬间回荡在海面上，由不明的吼声与震动频次组成的奇怪信息，周无突然能解读了。

"你违反了盟约！"

无数符号组成的声音在耳中回响着。

"周极"微笑着摇头，随手一挥，银色的光芒在空中飞舞着，他的声音里多了几分沧桑感："不！老朋友，我并没有。古老的约定限制了我们转化生命形态的机会，但是并没限制我们赋予他们力量的方式。很抱歉……我只是将自己的一部分能量送给了这个小家伙而已。"

说完之后，他转身看着面色复杂的周无，赞许地点头："你很好……你的哥哥也不错。如果你能活下来，那么未来我们还有很多机会交流。周玖留走得仓促，觉得与其让你们承担这些事情，不如留给你们更多的选择，但是一开始我并不认同……"

天空中的头颅突然沉默，似乎对这位降临在周极身上的"老朋友"有所忌惮。

"周极"笑容依旧，声音温柔："我可以解释给你听。在降临仪式的第一个阶段，如果顺利的话，降临者可以用强大的信仰能量瞬间摧毁对方的意志，迅速占据对方的身体。因为之前它吃过一次亏，所以有顾虑，同时也担心被削弱信仰源。在第二个阶段，如果降临对象抵抗情绪强烈，那么就会进入僵持状态，降临者要直接侵蚀对方身体内的灵魂意识，并且逐步瓦解对方的记忆宫殿以及脑海中的记忆。只不过……你是个不服输的人。"

他眯起眼睛顿了顿，好像颇为感慨："没有人愿意认输。这也是为什么就算是对我们来说，降临也是无比危险的行为。人类，或者说掺杂了人类血脉的奈福林这种生命形态，看似脆弱，却总是出乎意料。一个人可以被毁灭，但不能被打败！周极是这样，你也是这样。这是我们不能理解的，也许这是无数的我们想要获取在人间行走的权力的原因吧。"

"你……你究竟是什么？"周无的目光中带着一丝迷茫与困惑。

"周极"笑了笑，指了指头顶："我跟它一样，都是依附在生命形态上的吸血虫而已……我们渴望着能过上人类一样的生活，行走在充满万物生灵的世界里。有人把我们当作神，但是依托于信仰能量而生存的我们，只是文明世界的寄生虫，与无数存在者一样，我们觊觎着信仰者们奉献给我们的领土与权力。"

"周极还好吗？"

"周极没事，起码现在安然无恙……""周极"笑了笑，随后话锋一转，说道，"虽然在这里跟它打上一架是很有趣的事情，但是根据上古约定，我们之间不能无故开战，否则容易引起无谓的战争，尤其是在并非我们的信仰源的土地上。最后，我再强调一点……之前，周极身上失败的降临仪式已经浪费了它辛苦积攒的一半的信仰能量，加上周玖留给你们留下的记忆宫殿，帮助你们消化了部分能量，也就是说，阻断粒子消失之后，它不敢以身试险，不得不在没有将你的意识抹去的情况下，强行降临至你的身体里。而外面的那个女孩子，手中持有的圣器，增加了你们脑中精神波动的强度。"

他低头看了看手中那柄隐隐散发着血腥气息的断矛，慎重地道："周极，也用信仰源以及脑波共鸣，加上这件圣器的特殊性，让自己的意识投射进你的身体里，形成各种力量互相对抗……很遗憾，能做的事你们都做了，每一分努力都增加了成功抵抗降临的概率。就算是你加上周极对付它，由于生命层次的差异，你们的机会还是很渺茫，而我必须遵守盟约，不能直接干预。"

黑发随风飘起，周无点了点头，平静地说道："生死由命！"

"嘿嘿，很好……""周极"突然狡黠一笑，"我说这些你明白了吗？其实我是想告诉你，无论你面临的力量是什么，并不代表我不能帮你将胜率提高。虽然我不能让它变得脆弱，但可以让你变得更强！"

"周极"突然将手掌按在周无的额头上，眼中的金光逐渐暗淡，银色光芒占据了双眼。而周无此时感觉到身体在燃烧，残破不堪的记忆宫殿中金光闪现，无数被粉碎的记忆似乎再次重组，恢复了宫殿中的一砖一瓦、一草一木。

"它遗留在周极身体内的力量，现在已经属于你了！"沉重的声音慢慢变得宏伟，仿佛要穿透整片天空，"而周极将成为我在世界行走的代言人！"

天空中金色的头颅狂吼一声，汹涌的大海震荡着，整个世界在颤动。

"以吾之名，行汝之事。""周极"抬头轻蔑地望了它一眼，低声用威严的声音说道，"坚持下去，你就有机会！！"

周无如沐圣言，眼中熊熊烈火般的金色光芒瞬间被点燃。

他缓缓抬头，目视着挂在天空中的头颅，无数过往的画面在眼前闪烁，与脑海中的空间共鸣。在宫殿前，在大海深处，在贫瘠的荒原之中，眼中那道金色的火焰与莫名的光芒融合，瞬间遍布整个空间，迅速将空间切割。

他感受到了共鸣，向他不远处那金色十字火焰伸出手。伟大的力量意味着强大也意味着痛苦，强大的能量与身体意识似乎产生了极致的痛苦，贯穿着全身。

　　显然，这是剧增的信仰能量引起精神与肉体的对抗，在不同步的情况下所造成的排异反应。

　　此时，散发着光芒的周无伫立在高台祭坛上，身体突然一震，脖子上炸开一个血洞，鲜血喷溅而出，金色光芒从他的身体内迸射出来，如同一尊破裂的雕塑。

　　梁荷心强忍着痛苦，看见周无的手臂上突然又开了一道口子，鲜血伴随着诡异的光芒冲上半空，仿佛有什么东西想跑出来。

　　她举着手中的银色十字剑，似乎有一股无形的力量正在榨取她的意识，想将她的灵魂抽干。她毅然咬着牙，一步步地走向周无。

　　身后的梁丹渊想冲过来，却被无形的力量拦在光芒形成的圈外，只能眼睁睁地望着女儿走向能量旋涡的中心位置。

　　"好像有外力干涉，周无的身体承受不住两股力量的博弈！"

　　一旁的李察望着周无与梁荷心的身影，突然明白他们正在经历什么，面带忧色。

　　孟桂看着梁荷心，眉头挤在一起，似乎能够感受到梁荷心所承受的痛苦："那是什么？我不记得我们曾经收容过这么强的收容物。"

　　李察摇了摇头，难得皱起了眉头："这已经脱离我……我们能够理解的范围，可以肯定的是，有外神干预。这是大忌！"

记忆宫殿内。

天空中笼罩着浩瀚的星云，无数古老的信息与符号从金色头颅的光圈中坠落。

周无与周极背贴着背，共同对抗着那种灵魂被撕裂的痛苦，不停闪现的诡异画面，无形中让坠落在宫殿上的信息符号侵入他们的脑海中，试图填满每一处。

黑色的海水开始漫延，渐渐淹没宫殿门前的台阶，在天使与恶魔雕像的脚下冲击着。

周极眯着眼睛，尽量让自己冷静，大声叫道："弟弟，对不起，其实我有很多话想对你说，只是，不知道还有没有机会……"

他身上银色光芒四溢，仿佛闪耀的星辰，那之前附在他身上的伟大意识不知何时已经离去，名为周极的意识在周无的记忆宫殿内凝结，坚定地站在他弟弟的身后。

"一切还没有结束！"周无大声回应着。

忽然，时间扭曲，空间旋转。

此时，周无手持火把，正在圣母百花大教堂阴暗的地下室内摸索着前行。

灯火摇曳，他走向地穴深处，突然看见头顶闪过一道亮光，记忆画面在旋转中出现在脑海深处。

穿着一身酒红色华服的洛伦佐正站在灵堂前面，教堂内依稀还能看见刀剑的痕迹。他低头祈祷着，知道夜幕将至，面容悲伤地望着躺在楠木棺内如阳光般清秀的王子。

他的弟弟——朱利亚诺，脸庞上泛着一丝没有生气的颜色，洁白如纱。

教堂走廊上响起脚步声，一名近卫走到洛伦佐身旁，低声说道："我们联络了各大城邦的家族，签约的文件已经为您准备好。这是一份里程碑式的盟约，我们与东方帝国的贵族需要站在一起来对抗教廷的压迫。"

洛伦佐点了点头，面色凝重地说道："尽快派人将这份盟约送往东方，这是我们两国友谊的见证，也是一份承诺……"

随后他默默地从朱利亚诺的遗体上，摘下了一柄系着暗红色绳子的银色十字剑，突然从身上抽出一柄雕刻着黑色十字的匕首，锈迹斑斑的刃口划向掌心，接着将十字剑在伤口上抹了抹，沾上鲜红的血迹，按在一本巴掌大的盟约书上。

他轻轻地合上盟约书，暗红色的封面边缘镶嵌着一圈铂金色的线纹，一根黑色的绳子绑在中间，远远看去像是某种古老的花结。

这……这是日记本？！

周无看清盟约书的封面，大吃一惊。

"这柄十字剑是我们家族的荣耀，把它带到中国，连同盟约一起交付给一个叫作'六扇门'的机构，它是天选之子所成立的特殊机构。记住，一定要避开宗教裁判所的耳目……"洛伦佐沉默片刻，感慨道，"威尼斯的光荣一半属于美第奇，一半属于他的人民！去吧，将它交给可以传承信仰的人，让那些所谓的神灵付出代价！"

教堂远处传来了悠扬的钟声，安然沉睡的朱利亚诺似乎在天国凝视着这一切，脸上有一丝淡淡的笑容。

画面忽闪，周无在一片虚无的黑暗中，突然看见前方出现一道光源，一位步履蹒跚、满脸皱纹的白发老人走到他身边，眼中充满了慈爱之色，无奈地笑了笑："造化弄人……原本我想让你远离这一切，毕竟周极已经做出了牺牲，想不到最终你还是走上了这条路。"

"爷爷！"

周无心里涌起一阵阵酸楚，却不愿在爷爷面前流泪。

周玖留轻轻地拍了拍周无的肩膀，仿佛没有看到他因为痛苦而扭曲的面孔，继续说道："你继承了《世界之书》，而周极也背负了受到诅咒的玉佩……而你又得到了这圣器。"

周玖留指着周无手中的银色十字剑，说道："它们本是那些上古的存在控制这世界规则的工具。"

他突然叹了一口气，带着似祝福似怜悯的目光看着自己的孙子。

"那么，你也将继承这一切，将我们的意志传承下去。"

周玖留挥了挥手，无数个画面交替闪烁，有战马嘶鸣的战场，也有田园秀丽的风景；有硝烟弥漫的凄凉与颓废画面，也有科技带给人们的各种生活前景。

他的身影慢慢消散在金色光芒中，空气中依然回荡着他的声音，隐隐与周无的意识共鸣着。

"这一切都是我留给你们兄弟的礼物，带着曾经的记忆和信念，将我们的文明传承下去……

　　"每一代人都会做出一个选择，每一代人都会有人牺牲、有人后退。现在这一代的选择权在你手上了。"

　　周玖留的身影慢慢消散在金色的光芒中，空气中依然回荡着他的声音，和周无的意识共鸣着。

　　"这一切是我留给你的礼物，带着曾经的记忆以及经历，我已经不存在了……我能告诉你的就是如何使用自己的力量。"

　　一瞬间，周无看到天空中泛着金色光芒的巨大头颅，再也无法产生任何恐惧。

　　同样恢复自己意识的周极望着手中闪烁着银色光芒的朗基努斯之矛，目光坚定地说："来吧，周无！命运由我们自己主宰！让我们把这一切画上一个句号！"

　　银色的光芒突然变强，与周无身上金色的光芒呼应。

　　"是啊，是时候结束了！"

　　周无感慨着，脑海中闪过无数画面。

　　儿时成长中的一切困惑与怨恨都化为流水，流向远处的大海。

　　他想起梁荷心，想起朱峰，想起一切他认为应该关心呵护的人，即使选择了不同的人生之路，最终还是要并肩站在一起，对抗残酷的命运。

　　他转过头去看着周极，二人相视一笑，双眸中燃起火焰。

　　随后，二人奋不顾身地一跃而起，扑向高悬天际的金色头颅，直射眉心，仿佛扑火的飞蛾，无怨无悔。

　　高台上，周无的身体停止了动作，身上的气息似乎有些捉摸不定，时而波涛汹涌，时而风平浪静，两种状态来回交替着，速度越来越快。

在记忆宫殿中，兄弟二人正对抗着从头顶坠落的信息以及符号构成的光芒，双方僵持着，随后，金色头颅的金光逐渐掩盖住二人身上所散发出的光芒。

周无和周极咬着牙，忍受着被地狱之火焚烧般的痛苦，仿佛从细胞层面开始，身体逐步被分解。

"还差一点儿，就差一点儿了！加油啊，周无！

"如果就这样认输……

"我们不甘心啊！"

他们同时怒吼着，身体里的意识几乎快要被灼热的光芒化为灰烬。

此时，梁荷心咬着牙，忍着被撕裂般的痛苦，高举着散发着荧光的银色十字剑。

周无身上的气息越来越弱，而神秘伟大的灵魂似乎在他的身体里徘徊着，慢慢展现出来，形成若隐若现的五官，就像一具没有血肉的骷髅。

在众人眼中，周无的气息似乎越来越淡，而对那种超越理解的存在的敬畏感越来越强烈。

"荷心，放弃吧……一切都结束了！"梁丹渊面色复杂地看着女儿。

梁荷心长发飞舞着，咬牙看着不远处的周无，脑海中闪烁出过往的画面，有她自己的，有她和周极的，也有她和周无之间的那些经历。她想起举杯相对的夜晚，想起那曾经拥有的记忆。

她记得，在按下收容现场的按钮的那一瞬间，灵魂在战栗、哭泣；她也记得，在中央银行大厅向周极开枪，却意外地击中了周无。似乎一切都在不可预知的范围内，也好像一切都可以避免发生。

我究竟为这个世界做过什么？

她突然笑了笑，脸上的表情变得异常轻松。

"我不会再向命运低头了，也不会像你一样选择一条捷径……"梁荷心缓缓回头，看了一眼颤抖的父亲，长发飞舞，薄唇微微一扬，"这一切，由我亲手结束！"

梁丹渊仿佛意识到了什么，突然顶住意识侵扰，不顾一切地冲向女儿。他伸出手，想牢牢地抓住她，可惜只有一步之遥，指尖在空气中触到了她飞扬的发丝以及淡淡的薄荷气息。

梁荷心手持泛着异彩的银色十字剑，在一片虚无的光芒中抱住了周无。

汹涌的巨浪翻滚着，周无和周极的意识已经濒临溃散。

弥留之际，周无突然闻到了一股烟草的薄荷味以及淡淡的发香。他似乎意识到了什么，挣扎着睁开眼睛。

记忆宫殿被一片浩瀚的海浪包围，隐隐中，他仿佛看见宫殿的门前闪烁着猛烈而炙热的金色光芒。光亮越来越强，逐渐形成一道熟悉的身影，比天空中的金光更为耀眼，比银河中闪烁的星云更加绚丽。

他突然听见一声熟悉的笑声，那耀眼的身影似乎默默地看了他一眼，随后越过他冲进金色头颅的眼眶里。无尽的光芒弥漫在周无的双眼中，那是一道永恒的光芒，堪比宇宙银河中那一颗最璀璨的星星。

一切恢复平静，黑暗中，周无跪在高台之上，缓缓睁开眼睛，眼中的金光渐渐隐去，消失无踪。

他感受着怀中的女孩，那种温暖是他不曾感受过的，但只能拥有一瞬间。

远在俄罗斯的教堂中，周极眼中的银色光芒在圣歌中闪烁着，突然化成灿烂的光芒照耀着整个房间，年迈的白衣主教惊愕地向后退了两步。

周极提起手中古朴的朗基努斯之矛，缓缓站了起来，身躯上数个部位忽然崩裂，血肉飞溅，瞬间变成了一个血肉模糊的血人。

他的脸上，依然带着笑容。

此时，A.E.C.S.T收容中心库房第三层，浑身是血的金武斌坐在地上喘着气，看到正在前方疯狂地撕扯着队员的身体的玩偶动作刹那间静止。同时，已经被他打中好几枪依然向他走来的诡异身影，仿佛被无形中的按键控制住，停在原地一动不动。

亚历山大缩在通道的角落，颤抖地举着枪，抬头看了看周围的动静，与金武斌迷茫地对视着，不知道应该放声大笑还是抱头痛哭。

降临实验现场。

周无紧紧地抱着梁荷心，闭着眼睛，身体微微前倾，将额头埋在她的发间。

李察将手中的匕首插回大衣背后的剑鞘中，向前走了两步，身后的弗雷和孟桂并没有阻止他，默默地跟了上来。卢卡斯看着远方孤独地站立着的梁丹渊，叹了口气，随后跟着一同走上前去。

一步、两步，随后几人几乎同时奔跑起来。

"周无？"朱峰小心谨慎地走到好友身边，轻唤一声。

高台上的梁丹渊想上前看一眼被周无抱在怀里的长发女孩，却神情呆滞地站在原地，没有勇气。

身后传来脚步声，弗雷等人走到他身边，看着眼前的场景似乎想说些什么，将手轻轻地放在梁丹渊的肩膀上。而孟桂脸色煞白，拼命地咬着嘴唇。

空旷的场地上有冷风吹过，吹拂着梁荷心的发丝，似乎是在抚摸周无的脸庞。

周无伸出手将她散乱的头发拢起，随后小心翼翼地抱着她轻轻坐在地上。梁荷心仿佛睡着一般，闭着眼睛躺在周无的腿上。周无看着她，有些发愣，小心翼翼地抱着她。

不知道为什么，孟桂看到这一景象，泪水忽然涌了出来，没有痛哭流涕也没有呼吸急促，只是悲从中来，眼泪顺着脸颊流了下来，随后被吹过的冷风吹干。上天似乎剥夺了人们流泪的权利。

梁丹渊看着躺在周无身前的梁荷心，闭着眼睛仿佛在沉睡，身体放松地靠着周无，像是在享受安静的时光。不知不觉间，他浓郁的黑发变得花白，仿佛瞬间老了几十岁，原本挺拔的身姿因为低头显得微微驼背，像老年人一般，连脸上的皱纹都深了许多。

他蹒跚着向前走了两步，张了张嘴，声音却卡在嗓子里，无法发出；颤抖的手伸向前方，却隔空一颤，有些畏惧般收了回来。他像是迷失在森林中恐惧的孩子，在复杂的情绪中犹豫，似乎想要知道真相却又不敢开口询问。

李察和卢卡斯就这么看着这一切，能感觉到这一刻，梁丹渊虽然活着，却已经死去。

银色的月光再次洒向大地，周无的脸庞在月光的背面看不清模样，但是所有人都能感受到他身上散发出的浓郁得令人窒息的痛苦和悲伤。

梁荷心微微一动，手顺着重力无力地向地面垂去。

周无抬头，愣了愣，伸手拉住她坠落的手，紧握在胸口，久久不放手，仿佛放开就会永远失去。

他想深吸一口熟悉的气息，那是薄荷的清香混合着栀子花般的体香，只是似乎那气息越来越远，仅存于他的记忆中。

是的，他想到，他活下来了。

但是有些东西永远回不来了。

针对中国区特殊降临事件汇报。

等级：Level 6。

审阅权限：未经许可者，将参考 A.E.C.S.T 全球保密条款进行收容。

"目标 1 已叛逃俄罗斯，目标 2 处于不确定状态，对其能否在正常状态下承担中国区分部奈福六级最高行政长官的权限，个人表示担忧，并且对其执行编号为 CN-US-11 的古老者联盟协议，保留质疑意见……

"特别强调：该事件中所涉及未编号的未知收容物，出自文艺复兴时期。鉴于中国区分部收容管理的不稳定性，我作为欧洲传承的 A.E.C.S.T 欧洲分部调查员，强烈建议以国际事务干预理由，对该收容物进行回收……"

李察手里端着咖啡杯，皱着眉头读完卢卡斯的调查汇报，娃娃脸上露出诧异的表情："你确定要把这些内容发出去？"

卢卡斯耸了耸肩，拢了拢金色的头发，看着坐在电脑前眉头紧锁的李察，叹了口气："唉，我们总要给总部写点儿什么吧？难道说一切安好？那些坐在办公室里的行政长官可都不是省油的灯，想要遮掩真相，只能避重就轻。"

"你这份报告肯定不能这么写……"李察沉着脸，无奈地摇着头，"我跨区转职的书面回复已经发出来了，接下来我将接受中国区的日常收容任务。"

"你确定？"卢卡斯眨了眨眼睛。

"我的身份比较敏感，留在北美区确实比较困难。如果他们准备全面脱钩，像我这样的人，应该是第一批被清算的对象。"

卢卡斯沉默片刻，突然狡黠地笑了笑，轻声说道："我这个人其实比较懒，一般情况下只要签个字就行。而且我当时只顾盯着弗雷调查员，对整个收容事故的细节并不了解！如果某人……愿意对汇报内容进行修改，我个人没有意见。"

李察微微一怔，眼神奇怪地望着他："你是不是有自己的打算？"

卢卡斯转身向办公室门口走去，自言自语道："因为他欠我一个人情。也许有一天……我也需要他的帮助，我希望他会记得，我为他做过什么。"

"我想他会记得的。"

李察面无表情地看着卢卡斯远去的背影，放下手中的咖啡杯，食指按住删除键，犹豫片刻，大段的文字在屏幕上被删除。

随后，他盯着电脑开始打字，敲击键盘的声音如同某种有节奏的音乐。终于，在他按下最后一个键的时候，一串文字在屏幕上显示——

"调查协议执行完毕，已获取 A.E.C.S.T 中国区高级别行政调查员身份。同时，中国区分部最高级别管理者降临成功，建议执行编号为 CN-US-11 的古老者联盟协议。"

屏幕闪烁的光在李察的娃娃脸上勾勒出一道阴晴不定的阴影，就像一连串跳动着的符号。

此时的周无，胸前别着身份识别卡，与朱峰等人再次来到收容中心的通道上。

一间间漆黑的隔离房内，动静全无，玻璃窗口偶尔会出现一个好奇的身影，突然感应到周无的气息，便仿佛在畏惧什么，急速往后退开。

或许可以说，周无本身已经超越了信仰能量的特征范围，一个可以击败降临者意识的奈福林，对收容能量异变的各种未知状态都能轻松驾驭。

而奈福六级最高收容权限，意味着中国区唯有他一人。

在他决定关闭收容中心之后，朱峰不得不硬着头皮带领弗雷与孟桂处理大量工作，来自 A.E.C.S.T 官方或非官方机构的各种质询函，几乎让他们焦头烂额。

也许是为了避嫌，卢卡斯并没有参与中国区的任何善后工作，而李察主动要求承担部分工作。

至于梁丹渊，没有任何消息。

根据弗雷的说法，他把自己关在基地的房间里，每日三餐都是由弗雷和孟桂二人轮流送去。而且每次只能将食物放在门口，他似乎拒绝任何人靠近，完全丧失了与外界沟通的欲望。

忙碌的工作暂时告一段落，但是关于楚南基金会的债务汇报总结，以及高级别质询函依然卡在关键的程序上，那就是周无的签字。问题是没有人敢去打扰这位受了伤的孤狼，弗雷等人在与周无说话的时候，脑子里的意识会忍不住颤动。周无的任何一个动作与眼神，似乎都透着诡异的力量，甚至连朱峰在注视他的时候，也能感觉到一种不能用言语形容的压迫力，令人望而生畏。

他们无法体会到周无的意识状态已经升华到何种地步，也不知道他在想什么，更不知道他究竟是什么。

唯一觉得欣慰的人，就是亚历山大。因为他在周无的身上，再次感受到了周玖留的气息。

大量文件堆积在办公室里，几个人愁眉苦脸，不知如何应付。

幸运的是七天之后，周无终于从遭遇降临实验的懵懂状态中恢复过来，身上莫名的气息似乎完全消失，而作为"人类"的那种感觉，再次回到了他的身上。

他回到办公室的第一件事，就是埋在堆积成山的文件中，没有人借此机会去打扰他，或者询问他除了工作之外的话题。虽然他表面上看起来没有什么特别的情绪，但是莫名地，每次见到他埋头处理文件的身影，众人都感到有一种莫名的悲伤和孤独情绪抑制不住地涌出来。

在 I.Q.D 集团再三催促的情况下，朱峰终于收到了担心已久的第一封律师函。

"唉，想不到第一次被人发律师函，居然还是自己人！"

朱峰无奈地笑了笑，脸庞上少了一些圆润，多了一分刚毅。

弗雷抬头看了看上面标注的红字，慎重地说："在收容中心牺牲的工作人员的抚恤金，确实不能再拖了……"

朱峰咬了咬牙，将手头紧急支出的清单整理好，与弗雷等人一一告别，就像即将被押送刑场的死囚，悲壮地走向行政长官的办公室。

门外传来敲门声。

周无坐在桌前抬了抬头，书房壁炉内的火光不停地摇曳着，将房间里的空间照得忽明忽暗。

朱峰捧着文件缓缓进来，小心地将文件摆放在桌子上，犹豫着不知道该怎么开口。

周无捏了捏额头，脸上露出一丝笑意，翻阅着眼前的文件，眉头渐渐皱在一起。

随着周无的表情变化，朱峰的心跟着悬了起来。他紧张地将鼻梁上的眼镜取下来擦拭着，就在抬头的一瞬间，突然看见书柜上摆着蝙蝠侠的玩具，虽然有点儿褪色，身上也有少许划痕，但是依然象征着儿时的记忆。

朱峰嘴角微微一挑。

周无抬头望了他一眼，淡淡地道："你到底还想憋到什么时候？"

"我……我不知道怎么开口……"朱峰叹了口气，带着一丝哭腔，"周无，我担心发生这一切之后，所有的事情都回不去了！我……我不敢开口……"

周无站起身，走到房间的角落，从酒柜中取出一瓶酒，默默地倒上两杯，一杯递给朱峰，然后坐在壁炉旁的椅子上晃了晃手中的杯子，正色说道："你说得对，这一切都回不去了。我们的过去奠定了今天的结局，所有发生的事情都会随着岁月的流逝在我们身上留下痕迹，或是折磨着我们的灵魂。朱峰，你是我最好的朋友，但是你欺骗了我。也许是无心，也许是有意，不管是什么原因，难免会伤害彼此之间的感情。"

朱峰低垂着脑袋，眼睛微红，但是并没有解释什么。

周无抬头看着朱峰，停顿片刻，继续轻声说道："所以很抱歉，我们的友谊 1.0 已经走到尽头了。"

朱峰依然无语，突然咬了咬嘴唇，将头偏向一旁，强忍的泪水在眼镜镜片后的眼睛中打转。

"所以，现在是友谊 2.0 开始的时候。"

就在朱峰满眼惊愕的时候，周无嘴角上扬，慢悠悠地说："经历了这么多事，尤其是你这不计后果的家伙，冲到收容中心把收容中心搞得一团糟，最后又要我来收拾烂摊子，你以为我会轻易放过你吗？！"

朱峰迅速擦去眼角的泪花，一时情绪崩溃，伸手打了周无的肩膀一拳，抑制不住的泪水再次滚落下来，哽咽着说："我知道的，我们是最好的朋友！"

周无再次回到办公桌后，双手交叉着看着朱峰："这个时代，值得信任的人已经不多了。朱峰，无论以前怎么样，我相信我可以把后背完全交给你的，对吗？"

"我相信他们可能会有他们自己的立场，但是我和你，永远站在一起！"

朱峰站直身子，使劲地点了点头。两人隔着桌子举杯一笑，过往种种烟消雾散。

"那么回归正题！"周无收起笑容，拍了拍手，咬牙切齿地瞪着朱峰，"我刚刚坐在这个位置上，你就迫不及待地搞这么一堆费用支出，究竟是什么意思？收容中心修复费用……阻断粒子采购计划，竟然比之前的数字高出300倍？还有一堆个人财务管理费用，这群人每天都在吃什么，为什么连餐费都这么贵？"

朱峰看到周无气急败坏的样子，反而觉得心情很放松，无奈地摇了摇头："其实我看到这些数字时也吓了一跳，审核这些费用的时候，手都在抖！说实话，我对很多过往的账目清单，完全不知道出处……"

"看来坐在这个位置上没那么轻松。"周无摸了摸额头，沮丧地叹着气。

"也许我可以帮忙。"门口突然传来一个冷静的声音。

二人同时侧身，看见黑发娃娃脸的李察毕恭毕敬地站在门口，礼貌性地敲了敲门，随后走到书桌旁："抱歉，周长官。我无意偷听你们的对话，只是听起来你们似乎需要帮助？我的跨区转职文件已经通过了，所以严格来说，我是来做最后一次面试审核的。"

说完，他将手中的文件递给周无。

周无翻阅文件后，抬起头凝视着李察，好奇地道："我知道你那天做了什么，也想对你表达感谢。但是我始终不明白，你为什么突然帮我？"

李察平静地望着周无，语气沉重地说："由于某些历史遗留问题，我在北美东岸分部的职业生涯基本已经结束。如果幸运的话，我会在 A.E.C.S.T 中国区的职务上安安稳稳地度过余生；如果不够走运，也许我会在某个收容事件中，成为荣誉墙上的一个名字。目前北美极右主义抬头，血脉的纯正性再次被提升至政治高度。身为亚裔血统，以及我的行事风格，从某种意义上来说，其实我是来避难的。而这次事件是我最好的机会。"

周无微微一怔，与站在旁边的朱峰对视一眼，点了点头，默默地打开手中的文件，签署确认页，随后起身将文件递给表情严肃的李察。

李察微微挺胸，向周无行礼："感谢周长官的信任，以后我就是您的下属了，请问我可以发表我的建议了吗？"

周无看到他有些僵硬的站姿，忍不住笑了笑："我说李察，我们不用这么正式。我现在需要的就是更多的建议和支持，而不是盲目的服从。"

李察缓了一口气，点了点头，正色道："只有一个人可以解决这些问题，不过可能你们并不想见他……"

基地内部杂物间里。

李察上前轻轻地敲了敲门，里面的人没有反应。

他迅速与周无对视一眼，皱了皱眉，再次敲响大门："梁先生，我是李察。"

良久，轻轻的脚步声传来，房门终于被打开。

一个苍老的身影出现在门口，面色苍白，精神颓丧，像是游荡在人间的幽灵，曾经浓郁的灰色头发已经变得花白，整个人看起来似乎一转眼跨越了几十年的时间，布满皱纹的脸在灯光下像干裂的土壤，毫无生机。

他抬起头看了看站在门口的人，眼中蒙着一层迷雾，仿佛一具行尸走肉，没有任何情绪波动。

周无和朱峰静静地注视着他，感觉他的身体被无尽的痛苦和自责掏空了，他已经不再是那个自负偏执的男人，就好像有一个碌碌无为的意识体迷失了方向，意外地降临在他身上。

几天没有洗漱的身体传来怪异的酸味，以及浓郁的酒精味，现在的他，只是一个失去女儿的父亲。也许离开这里，他会找一个安静的地方结束自己的一生。

空气中的沉默气氛在周围蔓延，周无突然开口："我想您现在应该没有后悔的意识，而是憎恨自己……"

梁丹渊眼睛无神地望着周无，嘴唇微微抖动。

"实际上，当李察提议让我来和你谈谈的时候，我不敢相信自己的耳朵。确实，你是最好的人选。对你我来说，这都是一件不可理喻的事，但是梁丹渊先生，我们需要你为 A.E.C.S.T 中国区做一些服务项目。"

中年男人迷离的目光变得有些轻蔑，仿佛听到了好笑的事情，他开始喘息，随后低沉的笑声从喉咙间溢出，越来越大，到最后忍不住大声狂笑起来，笑得歇斯底里："喀喀——你以为发生这一切之后，你们还能来这里向我提出这种要求吗？"

他突然上前一步，一把抓住周无的肩膀，咬着牙齿，声音似乎从身体的深处挤出来的："你！你跟周极，还有周玖留！你们毁了这一切，毁了我的事业、我的计划、我的一切！"

周无微微抬手，示意想上前拉开他的朱峰退后，任由梁丹渊抓着自己的衣领低吼着。

"还有我的女儿……"

梁丹渊慢慢地蹲下身子，声音逐渐哽咽，变成撕心裂肺的痛哭，仿佛受伤的野狼在黑暗的荒原中舔舐自己的伤口。

"是的……你可以怪我，可以怪周玖留和周极，可以怪这里的所有人！"周无冷静地注视着他，面无表情地盯着面前这个受伤的中年人，像在审视他狼狈的模样，仿佛这样可以伤害到这个男人，这个将他的生活无情摧毁的恶魔，"但是在你的内心深处，在你喝多的时候，当你一个人在黑夜中辗转难眠被悔恨折磨的时候，你知道这一切不是因为别人，而是因为你自己。是你的欲望、自负、自以为是导致了这个结局！是你，是你亲手为所剩无几的人生画上了一个悲惨的句号！"

梁丹渊的身子开始颤抖，他似乎无法承受像利剑一样刺进他心口的指责，紧紧地抓住自己的头发，死命地拉扯着。

"如果我是你，会一个人躲在黑暗的角落里，在痛苦与悔恨中结束这一生，这才是你应有的下场。当你死后，你的墓碑上会刻着：梁丹渊，一个卑微而懦弱的男人，在他活着的时候被膨胀的欲望吞噬，而他死后，还要继续在地狱深处忏悔。"

梁丹渊无助地缩着身子，跌跌撞撞地倒在门后的阴暗处。

"我希望你明白一件事……这次我来见你，不是为了将你推向深渊，而是要给你一次自我救赎的机会。这是你欠我的，欠这里所有曾经为你浴血奋战过的人的！也是我欠她的……"周无深深地吸了一口气，痛苦得闭上眼睛，"服务这个你曾经给予希望的地方，就当是为你的罪行忏悔。也许这样，你才能在漫长的痛苦中恢复平静，这也是你唯一的救赎方式。"

周无转身准备离开，朱峰忍不住回头又看了梁丹渊一眼，梁丹渊就这么失魂落魄地坐在门口的阴暗处，似乎变成了一个失去灵魂的木偶。

通道不远处，站着高大的弗雷和娇小的孟桂，两人表情复杂地望着周无，似乎想开口说什么，却有些犹豫。周无对着二人点了点头，面无表情地与二人擦肩而过。

就在身影交错的瞬间，周无似乎听见弗雷低声说了"谢谢"两个字。

周无停住脚步，却并没有回头，再次点头示意，耳边似乎听到弗雷扶起梁丹渊，轻声地安慰了几句。

再也忍不住悔恨之情的梁丹渊彻底崩溃，痛苦地颤抖着，发出野兽般的低泣声，就像突然看见撕裂了封存已久的伤口，无法再次面对自己那丑陋腐烂的血肉。

◆ 后记 ◆
伤痕

伤痕会一直存在着，不会消失。

但"为自己做的都会随着死去而消逝，

为他人和世界所做的将会延续而不朽"。

——阿尔伯特·派恩

梁荷心的葬礼安排在周日的早晨。

基地的同事只来了相熟的几个，有些人不愿与梁家扯上关系，而有些人不忍面对。穿着一身黑色礼服的安玉姐捧着一束百合花，钢琴师威廉依然身着礼服，不离不弃地跟着女主人。

墓碑上，长发女孩在照片上露出淡淡的笑容，细长的眼睛里闪烁着秋水般的波光。她穿着一件浅色的休闲裙，少了几分职业女性的气息，宛如天边一朵洁白的荷花。

周无着一身黑色西装，系黑色领带，从口袋中取出一支电子烟，轻轻地放在梁荷心的墓碑旁，空气中飘荡着淡淡的薄荷香。

感觉到照片里的女孩仿佛向他说着什么，他眼神有些迷离，上前一步，却分不清眼前的景象究竟是梦境还是现实。

周无下意识地去摸自己的额头，想推开脑海中记忆宫殿的大门，将眼前的场景转换出去，伸出手僵在半空中，发现原来一切都是真实的。

他紧紧地握起拳头，抑制住自己内心的颤抖。

"喀喀，你需要控制一下自己的情绪……"身旁的朱峰突然低声提醒。

周无突然抬头，发现周围的人都用畏惧的眼神瞪着自己，好像个个都感到莫名的恐惧。

一旁的卢卡斯深深地看着他的背影，走向前从后面拍了拍他的肩膀。

周无似乎意识到自己的失态，深吸一口气，让自己的心情平静下来，心头那股令人不舒服的感觉逐渐消失。

众人沉默，似乎刚才那一幕并没有出现过。

没有仪式，没有演讲，葬礼在沉默中开始，也在沉默中结束。

梁丹渊并没有出现在葬礼上，也许是因为愧疚，不知道如何在这个场合面对自己的女儿。从某种意义上来说，梁丹渊和周无都是凶手。

葬礼结束之后，众人并没有着急离开。安玉姐向穿一身黑色礼服的修理工点头示意，走到周无身边，微卷的短发梳理得很精致，就像一位深闺淑女。如果只看外表，根本无法猜到她的实际年龄。如此打扮的她少了些江湖气息，只不过脸上仍然显示出一丝疲惫感。

她点燃一支烟，熟悉又陌生的薄荷香味缠绕在鼻间。

安玉姐深吸一口烟，看着烟圈在潮湿的冷风中慢慢散开："这段时间就像是在做梦一般，先是周玖留，然后是修特，现在又是……梁荷心，当真正意识到这些人和事的时候，你才发现死亡离你很近。"

周无无声地伫立在她身旁，静静地闻着薄荷烟味。

"周玖留给这个秩序开了道口子，就像他当年一手建立新的秩序时一样，不在乎过程中究竟要牺牲多少人……他看似给了你和周极选择的机会，实际上是把涉世未深的你们推向了世界的旋涡，甚至都没有给你们时间去准备，也忽略了你们对人生的选择。"

她突然叹了一口气，平静地道："正所谓人在江湖，身不由己，就像当年修特总是抱怨我……现在他带着遗憾离开了，这么多年来，我们竟然都没有在一起聚过，都不知道整天在忙些什么……"

"改天听你唱《罗密欧与朱丽叶》。"周无微微一笑。

"唉，好久没唱啦！我现在啊，就是个絮絮叨叨的老女人。时过境迁，国际形势并不乐观，光靠官方的力量很难独当一面。我希望我们永远是朋友，而且能在关键时刻站在彼此身后，不论是我们个人还是我们所代表的人生意义。周无，吸取我们的教训，珍惜眼前的一切，不要带着悔恨活着，要向前看，因为人生是场华丽的盛宴。"

周无似乎明白她想说什么，动了动嘴唇，算是对安玉姐的善意给予一个微笑。

"你和周极一模一样！"安玉姐眨了眨眼睛，转身扫了扫远方几个调查员的身影，将手中最后一口烟掐灭，随手将烟头放入随身携带的拎包内，"你的身边，每个人都有自己的想法，我也是……有些是你能依靠的，而有些是你不能依靠的。我希望我们之间，可以彼此尊重，彼此依赖。"

周无目光闪烁，若有所思地点了点头："未来很远，我们当然要学会共勉。而且有些事情是我们之间的秘密，心照不宣。"

"毕竟……"他眨了眨眼，"周极最后说的地址是香酒吧。"

安玉姐似乎得到了自己满意的答案，伸出手与周无告别，转身离开。

周无目送安玉姐远去的身影，自嘲地笑了笑。

卢卡斯走到周无身边，歪着脑袋看着安玉姐离开的方向，忽然低声嘀咕："我在想，这个女人对我们肯定有很多意见……"

李察赶紧补充一句："是你，不是我。"

卢卡斯翻了个白眼儿，突然取出一个信封递给周无，慎重地道："本来我想让李察转交给你的，但是后来他坚持让我亲手给你。"

周无笑了笑，意味深长地说："世上最难还的就是人情债。"

"嗯，收容事件的结案报告，我和李察已经提交给五眼联盟了。我和李察的报告内容吻合，告诉他们降临仪式是成功的，没有任何意外。所以，你还有时间去为自己争取更多的机会，总有一天你不是'它'这件事会暴露，因为人心是会变的……那个时候，你会需要很多朋友。"

卢卡斯有意无意地望了一眼远处的弗雷。

"我以为我们已经是朋友了……"周无的语气带着一丝调侃，他侧头看了看李察，问了一个同样的问题，"为什么帮我？"

卢卡斯叹了口气，直视周无："希望你和周极能够记得，在你们最困难的时候，有人曾经站在你们这边。如果同样的事情发生在我身上，你也会选择站在我这边，因为以你现在的身份，这个世界上你足以改变任何人的命运。"

"我又欠你一次。"周无慎重地点了点头。

"不！你不欠我。如果真有那一天，我希望你以朋友的身份出现，不是为了还我人情，而是因为你觉得应该这么做。"卢卡斯深深地看了周无一眼，突然嘿嘿一笑，热情地伸出了手，"其实我最不擅长的就是道德绑架！抱歉了，周无先生，英国分部给我安排了新的任务，我是来向您辞行的。"

"铭记在心。"周无与卢卡斯握手，上前给了他一个拥抱。

卢卡斯在他耳边轻声道："另外，我建议你关注一下俄罗斯方面的信息。"随后他转身，潇洒地离开。

"我去送送他。"李察看到迎面走过来的朱峰，轻声说了一句，转身离开。

朱峰向上推了推眼镜，看着两人并肩远去的身影，感慨着说："有时候我有种感觉，他们两个人像是一对……"

周无并没有理会朱峰的恶趣味，默默地看着卢卡斯离去的身影，想着最后那一眼，蓝色的眼中透露着莫名哀伤的情绪，似乎意识到什么，有些出神。

"我母亲……"朱峰犹豫半晌，似乎有些畏惧地说道，"说想见见你。"

周无怔住，脑海中闪过一张戴着眼镜目光锐利的面孔，不禁打了个寒战。

"再等一段时间。"

朱峰摸了摸脑袋，尴尬地道："她说她早猜到你会这么说，所以她给你三个月的时间调整，在新的一季董事会开启之前，希望你能去见她……"

周无吐出一口气，习惯性地将黑色的外套裹紧，防止冷风顺着缝隙吹入自己的身体和灵魂。

他低头看着梁荷心的墓碑，上面写着一行字——

我庆幸，没有变成让自己讨厌的样子。

远处的弗雷与孟桂低声交谈着，时不时注意着周无的动静，似乎有些犹豫到底要不要过来跟周无打招呼。

周无主动走过去，在宛如巨塔般的弗雷面前站定，在二人开口前说道："你们不用担心，一切照旧。"

眼角似乎还有泪痕的孟桂抬头看了看弗雷，两人对视一眼，似乎松了口气，随后看着周无点了点头，轻声道谢后转身离开。

周无转身发现朱峰也已经无声地离开。

不知过了多久，寒冬让周无的手指尖都有些发麻，身后传来缓慢的脚步声。他没有回头，仿佛早就知道来的人是谁，轻声道："我不确定她是不是想看到你在这里……"

"我知道，我也许是你们最不想见到的人，但是生活还要继续，我除了基地，已经无处可去……"梁丹渊缩着身子，憔悴地呆望着身旁的墓地，轻轻抚过石碑上的照片，"从小的时候我就在 A.E.C.S.T。那时周玖留把我带回来，告诉我，我的未来就在这里。后来，梁荷心出生后，我常常带着她在我的办公室里办公。"

梁丹渊出神地回忆着，似乎过往画面涌上心头。

"这里是我一辈子的心血。

"欲望总是能让人膨胀，而我的欲望伤害了你，伤害了周围的人，伤害了我最亲的人。活着，就是上天对我最大的惩罚！"

他叹了口气，似乎对着周无又似乎是对着墓碑说道。

周无沉默良久，淡淡地道："活着的人要承担已经死去的人的责任。我希望你记得这句话，替荷心好好活下去。从今天开始，你为她而活着，为了她曾经的理想以及目标而活着……这也是她希望看到的结局。"

寒风凄厉，二人站在墓前，仿佛正与石碑上的梁荷心低语。

远处一辆黑色轿车内，安玉姐用手机拍了一张周无与梁丹渊并肩而立的背影，发送出去。

过了几秒，电话铃声响起，安玉姐接通电话，笑得有些勉强："没想到吧？他们这么快就和好了！果然什么都比不上共同的利益。"

一个有些沙哑的声音传来："我不这么认为……周无从小就知道如何做出最正确的判断，就算他再不喜欢也一样。"

"典型的利己主义者吗？"安玉姐哼了一声。

"恰恰相反。"电话里的周极语气坚定地说,"他是最无私的那种人,可以为了别人牺牲自己。"

"你知道这个世界上我最佩服谁吗?姓周的两兄弟!"安玉姐展颜,笑得花枝招展。

因为她明白,为了 A.E.C.S.T 机构的生死存亡,很多事并不是周无一个人可以做出选择的,周无需要所有人的力量来对抗这个风云莫测的世界。

"不过我有必要提醒你,A.E.C.S.T 总部针对你的红色通缉令已经发布,俄罗斯那边也会被迫放弃你,所以你要提早做准备。"

耳边的话筒里突然传出嘈杂的声音,仿佛夹杂着密集的枪炮声,片刻之后安静下来:"放心吧!如果周无问起来,你实话告诉他,不要让他做傻事啊!告诉他,如果他真的想帮我,就好好活下去。"

安玉姐幽幽地叹了一声,目光中流露出一丝担忧,轻声说道:"告诉我,周极,从你做出选择的那一天开始,就一直没有后悔过吗?"

此时,周极穿着一身迷彩战术服坐在荒凉的废墟中,隐藏在一个简易棚的掩体后面,金属枪支斜挎在身上,而不远处的灰烬中堆着几具穿着相同服装的尸体。

他手中拿着电话,仰头望了望阴郁的天空,那飘忽不定的云似乎组成了一张似曾相识的脸庞,细长的双眼、柳叶般的眉毛以及长长的头发,周边散乱的云朵像是飘散的烟。

他神色显得有些忧郁,闭着眼睛,深吸了一口气,他轻声道:"生死有命,我不后悔!"

随后他挂了电话,这时一身同样装扮的麦珂从外面走了进来,粗壮的身躯将他的衣服满满得撑了起来,灰色的头发根根直立,脸上的疤痕依旧深刻。

"周边已经被清理得差不多了。通缉令还有六个小时生效,在那之前我们要通过封锁线。"他皱了皱眉,看向窗外,"告诉你带来的那些狗腿子,怎么处理?"

周极笑了笑，说道："那要看他们啊，希望阿那托里不要怪我。"

窗外站着数十个人，忙忙碌碌中，有人在准备装备，有人在准备车辆。一部分人刚到便将身上带有银色十字架图案的长袍脱掉，换上迷彩战术服。他们有男有女，有年轻人也有老人，均有明确的高加索人的肤色及五官特征。

没有人说话，大家只是沉默地准备着，这一切有着一种无声的压抑感，仿佛他们是沉默的机器。

周极满意地点了点头，回身看向麦珂深绿色的眼眸，轻声说道："走吧，去叙利亚看看。"

他看着天空想着：不知道那个家伙现在在做什么？

周无发着呆，想着：那个家伙现在还好吧？通缉令一直摆在他的桌上，上面印着麦珂和周极的头像。

朱峰第一次听到 A.E.C.S.T 总部某个人咆哮的声音，就在他不知所措而周无眉头微微一皱打算接手的时候，一双手接过了电话。梁丹渊随口说了两句什么，话里话外似乎和对方相互讽刺起来。十几分钟后，电话里隐约传来了一阵激烈言辞，随后电话被挂断。

梁丹渊看着众人笑了笑，眼角的皱纹挤在一起。

周无点了点头，心里松了一口气。他自己并没有把握或计划去处理这些复杂的国际关系。他看到娴熟地处理一切文件的梁丹渊，点了点头，回到自己的办公桌后，拿起几份文件放在桌面上。

《关于未编号高级别收容物的研究报告 1：银色十字剑的起源以及历史》。

《关于未编号高级别收容物的研究报告 2：世界之书编年史》。

《针对 A.E.C.S.T 中国区分部降临事件的处理办法》。

《收容中心重建的计划和时间表》。

《收容物遗失以及回收情况清单》。

周无揉了揉眉头，打开文件浏览起来。

京都城的夜晚霓虹闪烁，依然繁华。

忙碌的日子总是过得很快，周无回到房间时已经是深夜。

他走到墙角的酒窖前，打开了一瓶勃艮第香贝丹，翻看着摆在床头的暗红色封面的日记本。

日记本内大量神奇的符号光影交替着组成似曾相识的信息，忙碌了一天的周无觉得头昏脑涨，赶紧将视线移开，避免自己的大脑意识被过多的信息填满。

直到现在，日记本对他来说，依然是个难解的谜。

有时他会想起在圣母百花大教堂里看见的盟约书，这种古老的文字并不是意大利语，而是饱含伟大意识所凝聚而成的信息与符号。也许这本日记里有太多秘密，也许连周玖留也只是窥探到了日记的一隅而已。

然而，这一切似乎都没有答案了，因为有些人已经不在了。

日子还很长，他心里默默地想着。

作为中国区唯一的奈福六级，他能调动的资源不计其数。短短两天之内，等待他回复的工作与需要签署的事项已经排到了两周后，包括与 A.E.C.S.T 国际总部的协议关系、非官方民间组织的合作、信仰能量源的分配、遗失收容物的回收以及收容中心的重建等。至于对银色十字剑以及日记本的探索，他只能在空闲的时候偶尔在脑子里过一遍。

未来充满了压力，同时也充满了无穷的希望。

周无合上手中的日记本，喝了一口杯中的红酒，感受着黑皮诺的芬芳，靠在沙发上缓缓闭上眼睛。

他随手一打响指，一个身影出现在面前。

白发苍苍的周玖留看着周无，喃喃感慨着："我知道你想了解什么……我经历的历史与你经历的时代，都是漫长的传承过程。我的记忆已经放在你和周极的记忆宫殿中，而另外一部分，需要你们用时间去验证……世界上的真相，远比想象中博大精深。梁丹渊只看到了世界的一面，生命形态的不完善导致他理解能力有限。他妄图以人类的身躯去揣测世界，那是愚蠢的行为。降临的生命，虽然被我们称为伟大的存在，但它们只不过是信仰能量的聚合体。因为它们的存在较为久远，所以被愚昧的人类膜拜。

"对未知的恐惧则让他不顾一切地想要控制这一切，却忘了我们今天的一切都是建立在自我牺牲上的，那是在自由意志下做出的主观选择。而梁丹渊把牺牲别人当成了唯一的选项。

"这是一次对你、周极以及梁丹渊的共同考验。

"他输了，你和周极赢了。"

周无点了点头，轻声说道："我改变不了这个世界，但可以让它变得美好一些。"

"是的，你很聪明。很多东西需要用你的经历去体会……现在你拥有了至高权限，应该也能看到在古代时，这些所谓的'伟大的存在'一直被我们奉为神明，一切宗教信仰其实都源自对它们的盲目崇拜，而它们也需要靠人类所贡献的信仰精神为食。所以，高度凝聚的精神能量就构成了信仰能量。"

周玖留转过身去，看着远处大海的壮丽风景。

"孩子，你今天面对的敌人，也许将来会成为你的朋友。他们现在可以随心所欲地驾驭人类未知的未来，或许我们跟他们平起平坐，曾经的神明也需要与我们共同制定并遵守游戏规则。我相信，那一天终会来临。"

周无看着周玖留满头的白发，印象中他已经好久没有这样跟爷爷说过话了："那我们究竟是什么？"

"你是介于人类和神灵之间的生命形态，最初的我就是现在的你。这些其实已经超越了你思维所能承受的范围，你只需要明白，我们是人类以及高级别的矛盾体，不同的生命形态的优势在我们身上得到了最好的体现……与所谓的收容物是一样的道理，我们还有他们，以及宇宙之外的一切都息息相关。它们本身是我们无法理解的事物精神共鸣能量，可以是一种现象，也可以算是非正常生物。你不需要去理解它们的精神结构，一切都顺理成章。你只需要知道它们真实存在，并影响着宇宙的运转就可以了。孩子！虽然你现在已经进入了新的状态，但是记住，永远不要对伟大的存在失去敬畏之心，那些所谓的神明不是最可怕的敌人，真正的恐惧来自那里……"

周玖留指了指天空，表情严肃地说："在宇宙深处，有无数超越你能够想象的事物，那是遥远而未知的恐惧。那些伟大的存在只是相对而言，假如让他们与宇宙比较，他们依然渺小。"

"我……我在接触银色十字剑之后，脑子里似乎多了许多陌生的片段，那些是你的记忆吗？比如总督大人、周禹凌，他们是谁？"

周无终于说出了心中的疑问。

"可以说是，也可以说不是。"周玖留微微一笑，神情有些疲惫，"那些画面，是无数我们这样的人留下的精神印记。当脑波达到一定程度时，和收容物的共鸣就会把记忆片段留在收容物内。盟约书日记与银色十字剑本质上是信仰能量的载体，因此使用过的人都会留下自己的影子。你看到的不过是我们的过去，也是传承下来的意识残留。"

周无似懂非懂地点了点头，想起他在记忆场景中看到的那些人，也许这些都只是历史画面，属于每一位具备信仰能量的人。

"接下来的故事属于你。我们在这个维度中进行着一场长达千年的战争，而你所看到和经历的事都只不过是沧海一粟。你我都不是故事的撰写者，只是在冥冥中将世界文明延续了下去。"

"我很好奇，人类最终的结局究竟是什么？"

海面的微风吹起周无的头发，他笑了笑，对历史遗留的各种文明的冲突，似乎比以前释怀了许多。

周玖留沉默良久，伸手指向远方无边无际的大海，目光深沉。

微风吹起黑发，周无笑了笑，时间很长，但是凡事总要从那里开始："我同样好奇，您在1900年时最后的结局是什么？"

周玖留沉默了一下，看向远方的大海，感慨地叹息："这横跨千年的故事，又应该有一个怎样的结局？我没法告诉你这场千年圣战的结果，但是可以告诉你当年的结果。"

随后他伸手一指，两人瞬间来到一片忙碌的码头上。一个领头的劲装青年和身穿旗袍的少妇以及数个身穿劲装的青年从一艘大船上下来。此时少妇的腹部已经明显凸起，周无在回忆中看到的劲装青年微微弯下腰，小心地搀扶着少妇下了船。

周无皱了皱眉，曾经劲装青年同少妇间亲密无间的感觉已经不存在，劲装青年站在一臂的距离外，略显见外地扶着少妇，而少妇也刻意没有将身体靠向对方，就这样略显僵硬地被搀扶着下了船。

忽然船头处传来一声惊呼，一群或留着辫子或留着寸头的中国人围了过来。劲装青年将少妇护在身后，手微微放在脖子上，隐约能够看到银色的十字剑在阳光的照耀下闪耀着光芒。

他抬头看向前方沉默的众人，随后人群中走出一位额骨偏大、眼眶轮廓较深的略微年长的青年。那个青年沉默片刻，随后看了看劲装青年身后的十几个人，低声问道："只有这么些人吗？"

劲装青年点了点头，随后伸出手："你好，初次见面，我是周玖留。"

青年愣了愣，看了看年轻的周玖留，又看了看其身后的少妇，看着少妇红了的眼睛，似乎明白了什么，悲哀地叹了口气，伸出手迎上来，那感觉让他既熟悉又陌生，犹豫了一下说道："初次见面。"

"欢迎你们来到东洋，我叫梁新民。"

随后无数画面洪流一般从眼前飘过，画面不断被分解成最原始的信息，那一瞬间，周无似乎明白了许多，也看到了许多。

良久后，周无告别了周玖留在记忆宫殿内的影子，来到宫殿内的荣誉殿堂中，亲手将修特、齐奕娇的画像挂在殿堂的墙壁上。画中齐奕娇未施粉黛，单纯得像个花季少女，而修特脸上的皱纹少了很多，整个人明显年轻了不少，连灰色的头发都被打理过。

周无随后，看向那幅画，画中梁荷心微笑着看着他，长发披肩，身上穿着她最爱的风衣，一双细长的眼睛，抿着薄唇，眼中似乎含着无数光彩。

他怔怔地站了会儿，手中的画出现在墙壁上。她从高处看着他，似乎从此以后会永远守护着他。

想了想，周无闭上眼睛，随后来到记忆宫殿的偏厅外的花园中，那里有一棵大树破土而出，数人高的树探出城墙。

一个穿着皮衣的身影从角落中走了出来，他看了看自己的弟弟，笑着说："我最讨厌他这样，时不时地讲一下大道理。"

周无好奇地看着他，似乎明白他的疑问。周极笑道："在我的意识投射入你的记忆宫殿时，我留下了这段信息。毕竟我们应该很久不会再有见面的机会了。好好照顾自己，不要盲目行事，也不要着急来找我。"周极看着面前的周无嘱咐道。

"我答应他们二十年后可以使用我的身体，但这并不是没有转机的事。我们需要找一个契机，一个天时地利人和的机会，这一切需要耐心以及……"

他走了过来，手放在周无的肩膀上，看着周无认真地叮嘱着："你要努力变得更加强大。

"本来想让你远离这一切，事与愿违，让你越陷越深。

"抱歉啊，周无，这次要你来拯救我了。"

随后他望了望远方的树，又笑了笑，如此洒脱以至这一切于他似乎只是一场午后邂逅。

"不管怎么样，接下来这二十年都会变得很精彩。"

周极伸手揉了揉周无的头，将他的头发弄得微乱。

他的身影如风中的沙，逐渐淡去。

"加油啊，弟弟！"

周无看着他的身影消失，伸手拨了拨自己的头发，嘴里嘟囔了一句什么，随后看向远处的树下。

树下的秋千上坐着一个身影，注视着城墙细缝中夕阳落下的风景。

微风穿过，长发飘起，一阵薄荷的烟香味随风飘来。

周无走上前，站在她的身后，安静地感受着那让人宁静的气息。微风似乎让发丝掠过他的脸庞，那是熟悉又陌生的感觉，像绷紧的弦一样疲惫的精神，终于能缓缓地放松下来，仿佛无数重担被放下，他大口地呼吸着混杂着泥土和海风的味道。

这里是他的宫殿、他的海、他的草原、他的回忆，这里只属于他自己。

黑发青年静静地注视着远方，审视着属于他的世界。当他试图看穿这个世界的真相时，发现这世界上依然有世界，而就算经历这么多事，他也不过宛如这浩渺世界中的一粒沙。

一粒粒沙铸成塔，变成一个世界。就如同这世界本身是由无数个体一点点奋斗而成一样。他们有的牺牲，有的持续奋斗着，生的人要背上死去的人的梦想。

纵然伤痕依然存在，他们仍然要在这世界上继续努力地活着。

（全文完）

命运乐章

THE SYMPHONIES OF FATE

上篇

司辰

——

著

北京联合出版公司
Beijing United Publishing Co.,Ltd

一未文化　　非同凡响

北京一未文化传媒有限公司
www.bjyiwei.com
出品

这是我们的 世界

这是我们的 命运

图书在版编目（CIP）数据

　　命运乐章. 上篇 / 司辰著 . — 北京：北京联合出
版公司 , 2022.9（2022.10 重印）
　　ISBN 978–7–5596–6310–8

　　Ⅰ.①命 ... Ⅱ.①司 ... Ⅲ.①长篇小说－中国－当代
Ⅳ.① I247.5

　　中国版本图书馆 CIP 数据核字 (2022) 第 113194 号

命运乐章

作　　者：司　辰
出 品 人：赵红仕
策划出品：一未文化
版权统筹：吴凤未
监　　制：魏　童
责任编辑：孙志文
执行编辑：小二黑
特约编辑：夏果果
封面设计：黑色公爵　佳　菲
封面绘画：郭　建

北京联合出版公司出版
（北京市西城区德外大街 83 号楼 9 层 100088）
北京美图印务有限公司印刷　新华书店经销
字数 248 千字　710 毫米 ×1000 毫米　1/16　17.5 印张
2022 年 9 月第 1 版　2022 年 10 月第 2 次印刷
ISBN 978–7–5596–6310–8
定价：98.00 元（全两册）

▶▷▷

记忆宫殿的门前，迷雾侵蚀着黑夜……

耳边仿佛有一个声音正在轻唤着你的名字，

蓦然回首，已是另一个世界。

目录
—— CONTENTS ——

◆ 序章 ◆
在平静的黑夜中开始

不要温和地走进那个良夜，
白昼将尽，暮年仍应燃烧咆哮。

——狄兰·托马斯

嗒，嗒，嗒——

　　皮靴落地的声音忽然回荡在空气中，顷刻间就击碎了寂静而又昏暗的空间。

　　黑暗中出现一丝微弱的光，一个身材矮小的黑影在墙角迟疑片刻，扭头看了看四周的环境，叹出一口冷气，朝着光源缓缓蹲下身子。

　　地上是一台老式收音机，金属机身上遍布着裂痕，似乎是陈旧的岁月让它走到了尽头，主人却舍不得丢弃它。黑影伸手捡起收音机，轻轻抹去机壳上的灰尘，抬手向身后做了个手势。

　　阴暗的廊道角落现出一个高挑的身影，那人怀里抱着一只银色的金属箱。他可能是黑影的助手，快步走到墙角的位置，一声不吭地打开了金属箱。

　　幽蓝色的光映在了黑影的脸庞上，他的瞳孔黯淡无神，消瘦的五官散发出浓浓的疲惫感，满脸皱纹在光下聚成了一道道黑线，整个人仿佛是一座没有生命的蜡像，只是他眉宇间透出来的一丝迟疑之色久未散去。他慎重地将收音机放进金属箱，随后脱下了手腕上的胶皮手套。

二人对视一眼，如释重负。

"CH-NC-3103，完成收容……清理小组可以来接手工作了。"

黑影抬手按住自己的左耳，声音略显沙哑。

几秒钟后，远处走廊的尽头传来"啪"的一声响动，像是有人打开了门。此时整个房间突然亮了起来，淡黄色的灯光令人感到一些暖意，只是整个房间里散发着刺鼻的气味——阴暗的墙角趴着数具陌生的尸体，蜷缩扭曲着。

走廊尽头传来了急促的脚步声，一群穿着黄色和白色防护服的人拥入房间，手里提着类似吸尘器的器具，训练有素地挥舞着喷头，朝房间四处喷洒着白色的雾气。

为首一人穿着白色的防护服，走到黑影身前，右手贴胸微微鞠躬，然后指了指银色金属箱。

"外勤组三级调查员，修特。"黑影表明身份之后，转过身示意身旁的助手："艾伦，我们交接一下吧。"

名叫艾伦的年轻人点了点头，将金属箱交给来人，接着从黑色西服口袋中取出一部设计独特的手机，微微迟疑地说道："组长，这应该是今晚的第一例，收容中心已经把另外几处疑似发生收容事件的地址发给我了。处理好现场之后，我马上去找你。"

修特皱了皱眉，突然看见地上一具尸体被穿着黄色防护服的人翻了个身。尸体脸上的肌肉因为惊恐而扭曲得变形，口腔、鼻腔以及耳朵里流出黑色的血液，一双眼睛却直瞪前方，似乎摆脱不了对死亡的恐惧。

工作人员正在检查尸体，收集着死者的生理数据。那个奇怪的类似吸尘器的器具依然在角落里喷洒着白雾，发出"刺刺"的嗡鸣。

修特脸上的表情有些沮丧，此时西服口袋里的手机铃声打断了他的沉思。

"我是修特。"他下意识地按下了接听键，快步走出房间。

"听说你成功收容了第一例？"电话里是一个沙哑的女声，如磨砂般的质感，透出莫名的惊讶之意。

"是的，不过很可惜……"修特轻叹了一声，缓缓向停在路边的轿车走去，"在场的平民都已经死亡。"

电话另一头的人沉默了片刻，沙哑的声音带着一丝疲惫："我们没有时间感叹了，目前接收到的城市潜在的失控点已经超过十三个。行动小组需要用最快的速度尽可能多地完成收容工作，否则潜在损失还会增加！"

修特打开车门坐在驾驶座上，似乎想起了一件很重要的事，皱起眉头："总部对这次意外有什么反馈吗？"

"听说……"电话里的声音突然停顿下来。

"修特组长，我是孟桂！"

就在沙哑的女声犹豫的时候，她身旁一个清亮的女声在电话里响起，语气坚定地说："我简单说一下目前的情况……收容中心内部已被破坏。总部正在做安全审查，我们重新审阅了收容中心的最新报告，目前看来基本可以确定，我们内部存在安全漏洞。但不能确认事故是人为因素，还是由于收容物活化所造成的意外。"

修特深吸一口气，面色凝重地说："除了我们之外，还有没有其他人知道？"

"五眼同盟已经致电并提出进行干预。他们已经派遣了两名 A.E.C.S.T[1] 调查员，那两名调查员正在飞来的路上。这次的收容失控事件对他们来说，已经不是一个部门的工作了，我们没有任何办法阻止他们。"

"好吧，我随时会和总部保持联络。"修特又皱起了眉头。

"A.E.C.S.T 中国区梁丹渊主管已经启动了最高级别的'收容指令'，在此期间，每一位外勤组的调查员都应该知道任务的紧迫性，回收失控收容物刻不容缓，必须全力以赴！就在我们对话的同时，两个被标记为疑似发生收容

---

[1] Anti-Extreme-Condition-Security-Team 的缩写，反特殊状况安全小组。

事件的地点已经传回了可疑数据，一处传来激烈的打斗声，而另一处音信全无……"此时，孟桂的声音有些急促，"我想您应该看看这个……"

"叮"的一声，手机上的红色灯光开始闪烁。

修特打开邮件，调出信息，屏幕上显示着一行醒目的文字："疑似收容事故，收容空间站调查员疑似叛逃，极度危险。经数据库核查，此人与之前另一起高级别收容事故有关。"

手机底部出现数张当事人的照片，是一个黑色短发、身材高挑的年轻男人。而每张照片上男人的形象大多不同，其中有衣衫褴褛的贫民伪装，也有衣冠楚楚的贵族打扮。虽然他脸上戴着一副黑色墨镜，但是嘴角那一丝挑衅的笑意，无法掩饰他内心的孤傲，令人印象深刻。

修特微微一愣，紧紧地握住了手机，仿佛突然感受到了一种无形的压力，顿时陷入了沉默状态。

"周极，二十七岁，'收容中心'四级调查员，已故 A.E.C.S.T 中国区六级主管周玖留的孙子……数据库资料显示，此次突发事故正是由周极幕后策划的，或许只要找到他，我们就可以避免灾难的发生。"

"为什么……是他？"

A.E.C.S.T 内部有着严格的规定，对高级调查员的身份是严格保密的，修特是少数和周极紧密合作过的调查员之一，他心里闪过一丝阴影。

"暂时没有人知道真相，不过我们已经发现了一个突破口，他有个弟弟叫周无……"孟桂的声音突然变得低沉，她似乎不想引起太多人注意，"周氏兄弟好像都继承了家族的暴力传统，目前有确凿的证据指明周无是灭门凶案的嫌疑人，此刻他被关在南郊山精神疾病康复所里。"

"杀人犯为什么没有被扔进监狱？"

"因为他正在申请做精神失常的无罪辩护。你知道的，正常社会性案件在被法律定性前，除非有明确证据证明和收容事件相关，否则……根据国际联盟一般事务管理条例，我们没有权力……"

"我明白了，找到他我们就能找到周极。"修特缓缓叹了口气，打断了孟桂在电话里的声音，"我只有一个要求，尽快请示中国区总部，必须授权外勤组进行任何行动的合法性。"

　　孟桂毫不犹豫地说："好，我来安排。"

　　修特挂掉了手中的电话，下意识地从右侧的裤子口袋里掏出一枚古铜色的硬币，手指轻轻拨弄。硬币在他的指间穿梭飞舞着，仿佛正在引导他的思维节奏。

　　"我该退休了……"

　　修特停住动作，眉宇间有少许倦意。他低头凝视了一眼硬币上略微陈旧的头像，启动了汽车。

　　灯火通明的街道上，轰鸣的发动机声音划破夜空，城市的霓虹灯光映在他那一双幽暗的眼眸中，渐渐沉寂。

◆ 第一乐章 ◆
世界秘密的一隅

秘密如此深藏，变得如此黑暗。
这就是秘密的本质。

——科利·多克托罗

朦胧的月色从悬窗透射进来，坐在墙角的周无神思恍惚，正在大口喘气。

他的脖颈早已大汗淋漓，清瘦的脸庞上泛起一丝惊恐和疑惑之色。他的模样很狼狈，仿佛被一股无形的力量狠狠地摔倒在墙角，就在他倒下的那一瞬间，眼前再次出现了让他刻骨铭心的画面。

一个封闭的空间里，四周死寂。

凶神恶煞的舅舅正用双手掐住周无的脖子，尖叫声、喘息声以及飞溅的液体从被割裂的气管中流出来的声音，同时在他耳边响起，如此清晰。而周无根本动弹不了，只觉得呼吸困难，脑子里一片空白，快坚持不住了。

"扑通！"

随着舅舅的突然倒地，黑暗中出现了一个戴着墨镜的男人。男人嘴角扬起一丝轻蔑的微笑，脚上穿着一双雕花翼纹的皮鞋。他迈前一步，踩中散乱在地上的日记本，似乎有些幸灾乐祸，又像是故意暗示着什么。

周无记得这双皮鞋，那是他用投行实习的奖金买的布洛克皮鞋，是送给哥哥的生日礼物。

周极？你到底在哪里？

恐惧情绪毫无征兆地在周无的心口燃起，整个房间正在剧烈颤动着，野兽的咆哮声在他的耳朵里回荡，眼前的世界已经一片漆黑。

周无来不及追问，记忆画面瞬间粉碎，散落的碎片在空中飞舞，就像是一座轰然倒塌的宫殿，消失得无影无踪。

刹那间，周无清醒过来，瞪大眼睛扫视着四周环境。

跟记忆中的场景一模一样，这里也是个封闭的空间，门外的走廊上闪烁着零零碎碎的光亮，忽左忽右。周无强迫自己放缓心跳，脑海里依稀还留着散落于四处的记忆碎片，身子轻飘飘的，恍如飘荡在宇宙中。

他试着伸出双手触摸空气，却发现连抬手的力气都没有，平时看似简单的动作现在做起来却如此艰难。周无咬了咬牙，任由自己的身体无助地飘荡，但他的意识是清醒的。

这种无力感和徘徊感让周无越来越惶恐。他试图挣扎，让自己的双脚能踩到可以支撑身体的落点，可是他的身体仿佛被某种力量禁锢着，随着他挣扎的力量越来越大，整个空间又振动起来，远方的碎片就像是突然找到了目标，开始如潮水般向周无聚拢。

碎片在周无的身边疯狂地旋转，快速穿过他的身体，整个宇宙皆被闪烁的碎片包围。而无数碎片反射的光忽然又形成一组奇异的画面。

周无听见了闪光碎片的呼啸声，眼前出现了一道空间裂痕，光线开始变得昏暗。他隐隐约约看见旷野中出现了一条街道，密集的人群正在交头接耳，几个穿着汉服的中国人站在中间，情绪有些激动。

另一边，一位身穿银色盔甲的欧洲骑士突然拔出佩剑，俯冲向人群，鲜血四溅时，几个裸身、蒙脸的大汉哇哇大叫，纷纷将手中的长矛捅入骑士的后背。他们蒙脸的布巾上绣着一朵奇怪的白莲，被带有腥气的血液浸染，犹如地狱的火焰。

街道旁的山坡上，柔弱的欧洲少女含泪举杯，嘴里喃喃着什么。她身边站着两个衣着华丽的欧洲男子，一个偷偷抹去了眼角的泪水，而另一个紧握拳头，面色阴郁，似乎正在克制自己的怒火。

街道变成了战场，那些留着辫子的中国男女混乱起来，手持武器，相互争斗着。意气风发的年轻人倚背围成一圈，脚下躺着奄奄一息的西方神职人员，他们面对周围众多手持火器的异国士兵，眼神坚定，毫无惧意。

硝烟弥漫，喊杀声不绝于耳，周无眼前的画面纷乱交错，旋转的速度越来越快，周无的心跳频率已经完全不受控制。他耳边充斥着碎片的咆哮声、人们的呐喊声，还伴随着混浊的呼吸声，身体仿佛沉入了一个永无止境的循环空间，压抑在内心的情绪终于超出了忍受极限，他忍不住狂吼一声！

"啊——！"

周无从噩梦中醒来，衣衫尽湿，一个包裹着暗红色封皮的日记本从他紧握的手掌中跌落。

周无目光流转，突然缓了一口气，右手食指、中指相并，放在左手的动脉上。他努力调整着呼吸，看着墙上的时钟的秒针开始默数，一分钟心跳190下。

在得出这个结论之后，周无撑起自己的双腿，拖着身体坐在床沿上，闭上双眼，呼吸渐渐平稳。

总有一天，我会被这脑海中该死的画面害死的！

他睁开眼睛环视周围，白色的墙面、白色的床单、白色的病号服……平复的心情再次烦躁起来。

我得想办法出去，这种鬼地方我一天都不想待！

"1398 房，有访客。"

门外忽然传来一阵语气傲慢的声音。

随后，走廊里传来一阵钥匙的碰撞声，房间的门锁被打开。两个身穿白色制服的男人举起了手中的胶木棍，不耐烦地敲打着铁栅栏："别忘了规矩，动作快点儿！"

走在前面的胖子梳着寸头，晃了晃手铐，示意周无举起双手。

周无微皱着眉头，眼睛直直地盯着墙上的悬窗，脸上一副无动于衷的表情。

"快点儿！"后面一个面黄肌瘦的矮个子男人将右手放在背后，狠狠地瞪了周无一眼。

胖子见周无没有反应，径直上前熟练地铐住周无的双手，迅速将手铐中间的铁链握在手里。矮个子男人蹲下身子，又将一条长铁链铐在周无的脚上，再绕上脚镣，让铁链子从周无的胯下穿过，另一头绕过周无的肩膀，小心谨慎地与手铐锁在了一起。

没有遭到反抗，他微微松了一口气，别在后腰处的右手终于从电击棒上移开。

"呵呵，至于吗？"周无嘴角一歪，无奈地笑了笑。

"你有十五分钟时间，动作可以再慢一点儿……嗯，是的，现在还有十四分钟。"矮个子男人的语气中带着讥讽与威胁，他示意胖子与他站成一左一右，各自控制住周无的手臂，转身走出房间。

周无当然知道对付重点病号的规矩，只是脚镣的重量让他的步伐看起来有些像企鹅。铁链拖在地面上发出尖锐刺耳的声音，随着他迈开脚步，表情有些悲怆，也有些无奈。此时，他就像是一个即将走向断头台的罪人，脑子里一片空白。

长长的走廊上，站着数名身穿白色制服的男人，他们手持电棍，戒备森严。铁栅门的里面有一处封闭的小院子，一群穿着白色病号服的人听到脚镣的声音，纷纷围拢过来，惊讶地望着周无，窃窃私语。

"就是这个杀人犯！听说他把亲戚家灭门了，连自己的舅舅都没放过。"

"他看起来挺斯文的，怎么会这么恶毒啊？不对吧，他不是应该直接受审吗？为什么会被关在这里？"

"我怎么知道？他好像是想做精神失常的无罪辩护。"

"听说他有个哥哥也有暴力倾向，但是他哥哥无缘无故地消失了，该不会是被弟弟给……"

"嘘——！小声点儿，他在看你！"

刺耳的铁链声并没有干扰周无的注意力。他扭头看了一眼院子里的病人，面露微笑，似乎对他们的议论很感兴趣。

矮个子男人赶紧拉了拉周无手中的铐链，动作有些粗暴，突然发现周无下意识地握紧了拳头，正在抵御自己手臂上的力度。脸上的表情微微一抽，矮个子男人放低了声音说道："我有必要提醒你，你耽误的是你的时间，不是我的……"

这句话有些无奈，他也像是表达了对周无的某种妥协。周无眨了眨眼睛，将手腕放松，继续拖着脚镣往前走，再也不去理会耳边的闲言碎语。

穿过廊道尽头的大门，周无走进一个被透明玻璃墙隔离的大厅，中间有一处砌石走廊，只有一条通道。他抬起眼皮，漫不经心地瞧了一眼在玻璃墙外的男人。

坐在玻璃窗对面的是一个戴着银边眼镜的年轻人，弯眉细眼，皮肤白皙。他身上穿着黑色的西服，一件浅色的衬衫上系着黑蓝相间的领带，黑色的公文包不经意地被斜放在桌面上，链子都没有拉上，他倒像是刚从办公室匆匆忙忙赶来的。

"你现在下班以后不去酒吧了？"周无实在忍不住，笑出了声。

"周无，你还笑得出来！"

年轻人焦虑地喝了一口水，一边在公文包里翻找文件，一边喋喋不休地唠叨："我已经帮你找了最好的律师，但是他们都说这个case①没这么简单，这事件太恶劣了！灭门惨案啊！凶手杀的可都是自己的亲人！现在各家媒体、公众号都在讨论你的案子，已经把这事情吵上天了，甚至有些我连名字都忘记了的同学跳出来说你以前在学校的一些问题。什么问题？你在学校跟他们很熟吗？他们说你从小就有暴力倾向，而且爆料说平时经常看到你闷头研究犯罪小说，你一眨眼睛，脑子里肯定就有坏主意……"

周无望了一眼左边的窗口，不远处那两名制服男身后出现了一道铁闸门。

这道门是精神疾病康复所接待访客的通道，如果周无没有被戴上脚镣，只需要一个俯冲撞开玻璃窗，先放倒左边这名制服男，应该是没有问题的。至于右边这名制服男……周无的脑子里正在思索搏斗的画面。他突然看到守卫胯间的枪套，嘴角一动，心不在焉地说："原来他们这么关心我。"

"现在你唯一的出路，就是走精神分裂辩护，让人认为你不是主观意识要去伤害家人，而是不可控的精神失常导致思维错乱。从专业上讲，这是精神失控，不是情绪失控。唉，你这个状态，很难有精神病院肯收留你的，我好不容易打通了关系，谁知道……谁知道你没过几天就殴打工作人员，企图逃跑？你是要上演《飞越疯人院》？周无，你要知道我这么千辛万苦……"

"朱峰，你相信我吗？"

周无转了转眼珠子，突然打断了朱峰絮絮叨叨的话语。

朱峰微微一怔，镜片上泛起一道异样的光泽："周无，无论世界变成什么样，自始至终我都是你的朋友。但是我需要你说实话，我要知道这件事的真相。"

"你想知道什么？照你的意思，你好像认定我是凶手了？"

"你是不是凶手，那要由法院做出判决！但是在法院判决之前，我有权利相信你！我没有兄弟，从七岁开始就跟着你们两兄弟一起玩，不管是你还是周

---

① 案子、案件。

极，都是我的亲人。我的意思，你明白了没有？你觉得我还有别的选择吗？"

朱峰脸一沉，呼吸也变得急促起来，他镜片后那深沉的目光与周无对视着，仿佛突然化作了一湾清澈的湖水，在静静地等待着令人兴奋的石块。他坚信，只要能在湖面上荡起一圈波澜，就能打破所有的僵局。

"谢谢你。"周无透过玻璃窗望着朱峰，语气平静地说。

他脸上的笑容虽然倔强，内心却有许多感触，因为他知道杀害舅舅全家的凶手是谁，可是说不出口。

记忆里的画面在他的脑海中重演，那是个暗淡的黄昏，天空低沉。

　　两个八九岁的孩童正在草坪上奔跑追逐，后面一个稚嫩的小男孩扶住眼镜，气喘吁吁地大叫："等等我！你们等等我啊！"

　　跑在前面的长发孩童回头瞥了小男孩一眼，嘴角扬起一抹弧度："你瞧瞧，你带来的拖油瓶，你自己照顾！"

　　他正说着话，肩膀突然朝左侧一顶，将后面追上来的另一个孩童撞了个趔趄，那个孩童跌倒在草丛中。长发孩童随即哈哈大笑："爷爷还在等着我哩！记得照顾好你的跟屁虫！"

　　被撞的孩童摸了摸脑袋，悻悻地望着身后追上来的小男孩，话到嘴边又咽了回去。

　　"周无……唉，你们……你们跑得也太快了……周极上哪儿去了？"

　　"他去找爷爷了。"小周无的表情很镇定，他关切地说，"我送你回去吧，免得你家里人担心。"

　　小朱峰撇了撇嘴，似乎有些不服气："为什么周极每次都有各种借口玩到很晚才回家，我们俩就不行？"

　　小周无没有回话，只是扭头望着哥哥的身影慢慢消失在地平线和黄昏的交界处，就像天边一闪而逝的流星。

画面砰然碎裂，在迷蒙的雾气中退散。

周无走进空荡荡的房间里，慵懒地躺在床上，一只手按住放在胸口的日记本，另一只手将掌中的弹力球奋力抛向石墙。弹力球巧妙地反弹至天花板上，又跳回周无手中。"砰砰"的击打声不断重复，在房间内绕成一圈圈的弧线。每一次弹跳的韵律仿佛都是一次难以解除的魔咒，回荡在周无的回忆里。

自从母亲去世之后，两兄弟的生活并没有什么改变，每逢周末，他们依然要跑去医院做例行检查。而周家所谓的遗传病，让周无觉得有些可笑，他完全搞不懂长辈们为何如此紧张。可是没有人愿意和他俩交流，他们唯一可以朝夕相处的人就只有朱峰了。

两兄弟的性格差异较大，哥哥外向，弟弟内敛，二人时常彼此依赖，偏又喜欢互相较劲。他们会有各种奇思妙想，通过各种方式和手段明争暗斗，一旦发生争执，总有一方会忍不住动手。而碰到这种突发事件，朱峰就是最好的润滑剂，会在兄弟二人面前扮演最笨的角色，不仅可以阻止头破血流的闹剧发生，而且就算周极扬言要把他卖了，他也能笑嘻嘻地说："我负责数钱就好，咱们仨必须平分，谁也不吃亏！"

周极哈哈大笑，尴尬的气氛转眼间烟消云散。

唯一让兄弟们服帖的就是他们的爷爷周玖留。他们在爷爷身上感受到一种从未有过的安宁和平静。只要爷爷在，兄弟俩就会一改往日的吵闹，就像两只听话的小鹌鹑。

这样的日子持续了很久，也不知道从什么时候开始，这一切似乎都变得遥不可及了。

"砰！砰！"

周无又一次将弹力球丢向黝黑的石墙。

当弹力球反弹回掌心里时，周无依然静静地平躺着，双手放在胸口的日记本上。他闭上眼睛，感受着周围飘来的一股绵绵的微风，慢慢地调整着呼吸。

片刻之后，他进入一个稳定的意识状态，仿佛身处四四方方的空间里，缥缈空灵。他集中精力，让大脑对身体保持着高度关注。万籁俱寂之时，他脑海中的画面开始向空间中心聚集，飞舞的碎片悄然形成一道高耸的青石台阶。

周无试图重塑一段失去的记忆，而这道由幻象碎片组成的台阶，正是通往"记忆宫殿"的云梯。

云层般的迷雾笼罩着苍穹，远处空寂的荒原上出现了一座哥特风格的宫殿。

耸立的外墙上挂着半枯萎的爬山虎，周围皆是断壁残垣。周无站在宫殿大门口的台阶前，望着拱门上一尊栩栩如生的雕像。这个不知名的生物拥有乌鸦头、龙翼及凤爪，一条细长的锥形尾巴仿若标枪。周无心里有些恐惧，也有几分好奇。

门的两侧则是两座相对的雕像，左边是一座振翅的天使，穿着华丽的盔甲，服饰上雕刻着橄榄枝与鲜花，手中握着一把长剑，剑柄抵着手心，剑尖直指地面。

右边却是一座恶魔的雕像，身穿中世纪骑士的铠甲，脸上戴着一副凶恶的面具。盔甲上雕刻着许多处战争留下的痕迹，雕像单膝跪地，背后是一对受损的羽翼，疲惫却又不甘地伸展着。

周无拾级而上，每一次迈步，仿佛都能感觉到整个记忆空间在战栗，稍有不慎，极有可能一脚踏空，跌落无尽的深渊。他深吸一口气，踏上最后一级台阶。世界悄无声息，身后的台阶早已被迷雾掩盖，整座宫殿恍如悬在云端之上，远处依稀能看见一片荒芜的草原。

周无不想让自己的身躯悬空，他低头推开了宫殿的大门。

眼前是一个幽暗的大厅，中间一个圆形的水池被石栏围住，水面上漂着枯黄的枫叶。地上堆放着一些奇形怪状的碎石，随着周无的脚步声，发出"嗡嗡"的低鸣。而四周枯萎的植物被回音震动，忽然碎成灰尘，向四面八方飘散，就好像是羸弱的生命被寒风激荡，再也聚不成美好的景象，不禁让人备感凄凉。

空旷的大厅有数个出口，通往二楼的弧形阶梯已经断裂。周无环视四周，转身走向右边的通道。大门背后是一个偏厅，角落的柱子中间有一扇虚掩的门，透出一丝微弱的光。周无下意识地拧动门把手，轻轻将门推开。

迷雾退散，周无一脚踏进了精神疾病康复所的会客间。

朱峰坐在隔离屏的对面，手里端着水杯，情绪有些激动。

他似乎正在向周无解释什么，嘴唇在动，却没有发出声音。桌上放着一只白色的公文包，他身上穿着白色的西服、白色的衬衫，就连那条黑蓝相间的领带也突然变成了白色。

"朱峰？"周无脱口而出，喊了一声。

声音穿透迷雾般的空间，世界霎时被光源点亮，公文包转眼间变回了黑色，朱峰的领带也迅速恢复原样。

这究竟是我的记忆，还是真实场景？周无的心跳频率开始加快。

"就目前收集到的资料来说，情况对你很不利！"朱峰伸手擦去额头上的汗水，慎重地说，"你是现场唯一的幸存者，也是最大的嫌疑人。你好歹有点儿反应啊，总要给自己找出解释的机会吧？你坐在这里一声不吭，谁能帮你？你这种抵触的行为只会让自己的嫌疑越来越大，你知道执法警怎么评价你吗？"

此时，朱峰说话的声音非常清楚，让周无缓了一口气。

朱峰急不可耐地从公文包里取出一沓纸，翻到他要展示的那一页，"啪"的一声摔在玻璃隔窗上："遇事冷静，在家人死亡以及面对警方质问时不动声色，疑其经历过审讯训练，或是有反社会人格心理。"

周无嘴角露出一丝坏笑，心不在焉地说："罪法局的笔录，怎么会在你的公文包里？"

"我当然有我的办法！你以为我容易啊？要不是我母亲……"朱峰突然闭嘴。

周无微皱着眉头："这件案子跟你母亲有什么关系？"

"重点不在这里！重点是，"朱峰有些气急败坏地冲着玻璃隔窗大吼，"你没有意识到问题的严重性！为什么在这么多事情面前，你还能如此无动于衷？我是想相信你啊！除了相信你，我还能为你做点儿什么？但是就凭你的这种状态，我什么都做不了！"

周无微微一怔，好像无话反驳。

朱峰额头上青筋毕露，左手抵住前额，一副生无可恋的模样。他顺手解开领带，缓解一下压抑在胸口的愤怒情绪："我好不容易安排你进来了，结果第一天啊，第一天！你就把工作人员打伤了！如果不是我和院长积极协调，你就只能滚蛋了，你知不知道？你知道你会滚到哪儿去吗？暗无天日的监狱啊，浑蛋！"

"这个……我要解释一下。"周无耸了耸肩，无奈地说道，"你让我对一个强迫我吃药，然后看我的眼神就像看妞一样的男人，回报他一个真诚的微笑？"

"重度脑震荡、左肩脱臼、三根肋骨断裂、左眼暂时性失明，您——可——真——能——折——腾！麻烦你不要再让我帮你擦屁股了，好吗？！你在这里的所作所为，都会成为你无法控制自身行动的追加证据，所以请你不要再给自己挖坑了，好吗？！还有一件事……我听警方说，你坚持从现场拿走一个日记本？"

朱峰翻找公文包，从一沓纸堆里找出一张照片。

照片中出现一个手掌般大小的日记本，包着暗红色的封面，边缘镶嵌着一圈铂金色的线纹，出现了好几处裂痕，年代似已久远；一根黑色的绳子绑在日记本中间，像是一种十字花结。这种古老的书封模式并不多见，诡异的造型好像是在警告世人它的不同寻常。

内页由不同形式的纸张组成，记录了文字，而有些是密密麻麻的公式，甚至出现了一些奇怪的图案，像是由不同的人整理的。

朱峰把日记本的照片贴在玻璃隔窗上："能告诉我为什么吗？"

周无怔怔地望着照片，眼神仿佛穿透了时间和空间。

那一刻，朱峰突然感觉周无的眼睛并没有在看照片上的这个日记本，周无的瞳孔正在收缩，整个人就像沉浸在某段回忆里一样。

"这个是爷爷给我的……我不想让他留给我的东西和一堆冰冷的证物堆放在一起，那是个永远都见不到光的房间……"语气有些无奈的周无，目光低垂，神色悲凉。

朱峰明白爷爷在周无心里的地位，如果继续追问下去，这位儿时的伙伴极有可能当场翻脸。朱峰胸口的怒气渐渐平息，他缓缓地叹了口气："我问最后一个问题，问完我就不会再问了。"

"你问。"

朱峰凝视着周无的双眼，迟疑了片刻，小心地试探："你有没有见过周极？他在哪里？"

"这是两个问题。"表情很冷淡的周无看似漫不经心，但是在说话的一瞬间，眼里突然燃起了熊熊火焰，"你的问题我暂时回答不了，但是你可以帮我一个忙……"

周无斜视着守在门口的制服男，示意朱峰将耳朵贴近一点儿。

迷雾又起，画面突然定格。

世界再次变成了白色，刺得人睁不开眼。

周无孤零零地站在画面的中间，望着自己的身体被定格在玻璃窗前，心念一动，转身走出宫殿偏厅，回望一眼大厅的水池中漂浮的落叶，大步离开。

2 回忆、记忆宫殿以及爆破 《《《《《

"记忆宫殿……是一种古老而独特的记忆方法，可追溯至古罗马时期。"

周无等了好几天，见朱峰迟迟没有来探访，心里有些焦虑，坐在小桌前翻开了日记本。

日记本里有一些公式符号至今没有被破解，但是爷爷在日记本里的批注，周无已经研究了很多遍。

Notes[①]……许多世界知名的记忆大师，习惯在已知的记忆世界中创建一座思维宫殿。而这种技巧，取决于你在脑海中虚构的场景分类，并能让你漫步其中——只需使用你精神的"眼睛"，就能身临其境。

---

① 笔记，记录。

你可以想象一下生活里有哪些符合记忆的事物。

例如你闭上眼睛，回忆你家里的布局，第一幕景象就是你家的大门。在你推门进去的时候，记忆空间会自行转换。你看到了什么？餐厅中间有一张桌子，或者墙上挂着一幅画？

接下来的场景一幕幕上演，每一处都将成为一道"记忆槽"，用于储存你大脑中的画面信息。当信息过多时，宫殿的主人需要用系统性的结构组建一个详细的分类库，记住编号。并且你在参观自己宫殿的同时，会遵循同样的路线进行。

每当选定一个熟悉的特征物，你记忆里的东西就会瞬间浮现。而你的行程终结之时，等于是你转过身从反方向再次走回你的出发点。

这就是场景重演。

…………

周无合上日记本，闭上了眼睛，指尖下意识地去触摸凹凸不平的封面，思绪开始蔓延。

周无的父亲在兄弟俩很小的时候死于一场车祸，爷爷周玖留将孙子带在身边，时常训练二人的思维反应。在眼花缭乱的记忆信息里，大量的信息碎片充塞着他们的大脑神经，不仅让人难以入睡，甚至兄弟俩好几次出现精神崩溃的症状。

或许这是周氏家族的遗传病，因为他父亲的病历上也出现过"间歇性精神分裂"的字样。

"记住，永远不要把你的记忆宫殿的结构告诉别人！"

印象中，这是爷爷最严厉的一次警告，兄弟二人没有问为什么，牢牢地记住了这句话。正因为爷爷的郑重其事，他们之间从来没有分享过记忆宫殿里的空间形态。

周无的记忆宫殿的形态，属于艾伯伦世界，也就是二十世纪由 TSR 公司发行的《龙枪编年史》。整个宫殿的创建构思源于小说细节，就像古堡中的地下室，正是 DND[①] 里的博德之门。

周无喜欢把现实生活里的细节补充到古堡中，比如空旷的大厅穹顶之上，绘制了耶罗尼米斯的《人间乐园》，而石栏水池中漂浮着枯黄的枫叶……

周极是按照什么方法分类的？

周无深吸一口气，脸上透着一丝无奈之色。

他从来没有问过周极的信息系统构成，而自己是按照时间排列的，把脑子里所有的信息筑造成一个个房间。当周无推开房门时，记忆就会像一幕幕舞台剧，循环上演。其中增加的细节他也会做出调整，一旦久远的记忆发生细节被忽略的情况，他就会把每个房间的信息重新编号，甚至可以与场景中的物体进行互动，完成记忆重建。

但重塑宫殿是个庞大的工程，周无需要足够的时间才能将部分结构整理清晰。在没有梳理完成之前，他绝对不能擅自增加细节，因为一旦出现画面在时间上的颠倒，就很容易被其他信息源污染。

"许多细节不是大脑没有记住，而是没有跟你记忆世界里的人和物体达成主观共识……"爷爷身上穿着一件白衬衫，搭配着棕色的卡其裤子，手里握着手掌般大小的日记本，对兄弟俩解释，"人的大脑，比想象中更加强大！因为想象力是个无限的空间，很多信息沉睡在人的深层意识里，你们需要做的就是不停地探索和挖掘，让潜意识能够自动补充场景的画面……"

周无当然听懂了爷爷的解释，但是也知道，潜意识的探索并不是没有代价的。

---

① 角色扮演游戏，《龙与地下城》。

因为每个人的记忆里偶尔会出现杂乱且奇怪的画面，有些来自虚无的梦境，有些则来自莫名其妙的灵感，必须创造一个独立的空间来储存。场景画面当然是没有攻击性的，问题在于有时候周无会突然变成这段记忆中的人物，身临其境，一切事情如同真实发生过一样。

这种画面带来的恐惧感非常强烈，稍有不慎，就会跟电影里的剧情混淆，所以周无极度排斥恐怖片。他为了防止自己"继承"家族所谓的"间歇性精神分裂"，就将这些信息碎片藏在了记忆宫殿的地下室——整座宫殿最阴暗的角落里。

但愿它们永远不要出现。

"间歇性精神分裂……又或是其他什么莫名其妙的症状？"

对所谓的精神疾病，周无始终表示怀疑。他在查阅了大量资料后都找不到答案，也无法相信"遗传基因潜伏期"的说法。

周无缓缓呼吸，抬头望了一眼墙上的时钟，想起舅舅家发生的血案，不免忧心忡忡。如果我能够再次回到现场就好了，可以找出线索证明我的清白；我也相信，周极绝对不会伤害家人……我有多久没见到他了？

此刻，周无在心里默默地念叨着这些话，脑海里的画面不断交错闪现。

"弟弟你快点儿！我们去找爷爷！"两个快乐的孩童在草坪上奔跑着。

空间转换，初中时的周极穿着校服，指着远方一个俏丽的身影，对满脸通红的弟弟嚷嚷："你最喜欢的女孩，再不表白就被别人抢走了！哈哈哈——"

"等我们赚够了钱就一起去环游世界吧，一定要加油啊！咱俩比一比谁的分数高！"高考前夕，兄弟二人绑着必胜的头巾彻夜备考复习。

画面再次转换，那是一间搏击训练室。周极在拳台上竖起中指，对躺在地上喘气的周无做了个挑衅的手势："你又输了！告诉我，你还能不能站起来？"

"周无，你在公司实习了是吗？"

"周无，不要给我丢脸啊！"

"周无……"。

场景画面突然变得一片苍白，记忆里只剩下了声音。周极的身影已渐行渐远，瞬间裂成一块块碎片。

周无猛地一惊，顿时从记忆宫殿的场景中苏醒过来。他急忙按住自己左手的动脉，用爷爷教过的呼吸法调节呼吸，迅速让自己的心率恢复正常。

克制情绪和稳定心率，是进入记忆宫殿时维持场景秩序最重要的一环。

阳光透过悬窗，在地上映出数道铁栅的影子。他起身走到病房门口，聆听走廊上守卫的脚步声，而隔壁的病人正拍打着铁栅，嘴里自言自语，似乎在埋怨前妻为何要带走孩子……

"轰隆！"

病房走廊上忽然传来一声震耳欲聋的巨响。

整座大楼剧烈震动，墙上的圆形壁灯灯光立即变换为红光，如同闪烁的警报灯，发出刺耳的"呜呜"鸣笛声。

铁门上的门禁锁应声弹开，周无一怔之下迅速反应过来，飞扑向小桌，抓起日记本夺门而出。

大楼的走廊已经被呛人的浓烟覆盖。病房里的病人不知道发生了什么，探头探脑，一脸迷惑的表情。周无捂住鼻子，拔腿往走廊尽头的通道跑去。他必须尽快打开这道门，扫除障碍，否则很有可能会因为缺氧而死亡。

门禁上设有一排数字显示屏，周无拼命强迫自己镇定，可他并不是什么开锁高手。就在他手忙脚乱的时候，门后突然传来"嘀嘀"数下仪器的启动声，似乎有人正在封闭的铁闸门上安装一种爆破装置。

周无皱了皱眉头，下意识地往后退开几步。

"快去把门打开，我们冲出去！"

浓烟渐渐消散，走廊上的病人也越聚越多，他们仿佛看到了重获自由的希望，不断地往铁闸门这边冲来。

　　周无飞快地运转着大脑，心里暗想不妙，如果南郊山精神疾病康复所预谋进行一场人道毁灭，那他就死得太冤了！他慌忙背贴着石墙，拼命往相反的方向挤出去。当他侧身经过一道铁闸门时，突然瞧见房里的一个病人正疯狂地撕扯自己身上的病号服。那病人五官扭曲，抱着脑袋嘶吼："为什么山羊会喷火？求求你不要咬我！你走开，走开啊！"

　　他抬头发现周无后，立即瞪大一双死鱼眼般的眼睛，张牙舞爪地扑过来。他如同恶魔附身的山羊，一头将周无撞进了对面的病房。

　　"嘀！"

　　耳膜鼓动，万物空灵。

　　恍惚中，周无听见一声砰然巨响，整座大楼地动山摇，坍塌的石墙瞬间便将二人湮没。

　　喷火的山羊？他看见的是撒旦，这个形象来自英国诗人弥尔顿创作的史诗《失乐园》。

　　"他全身火焰，从净火天空直摔而下，这个敢于向权力者挑战的神魔迅速坠下，一直落入地狱深渊……"

　　意识渐渐清晰，周无在疼痛中醒转，眼前的世界已经变得很遥远。他能听见耳朵里的回音，忽近忽远，就像是远方的牧羊人正在吹响悠悠的笛声。

　　周无推开砸落在身上的碎石，挣扎着从废墟里站起来，看见石堆里躺着一名男性，身上的衣服破烂不堪，正是那个发疯的病人。只是他的脑袋上多了一个碗口般大小的血窟窿，鲜血从伤口处涌出，在他身下积成一摊黑色的液体，触目惊心。

　　他再也叫不出声了。

　　远处传来密集的枪声，走廊上遍地血迹，地上的病人绝望地哀号着，也有人拼命往铁闸门的方向狂奔。浓雾向四处弥漫，带着一种淡淡的硫黄味以及石灰粉的气息。

周无下意识地摸了摸裤子的口袋，猛然想起日记本，顿时神情一振，焦躁不安地在碎石墙缝里寻找。等他在废墟里找到日记本时，重重地喘了一口气。

他藏好日记本，翻起衣领遮住自己的脸庞，跟在人群后面往铁闸门处移动。

走廊上一片狼藉，一尺余厚的铁闸门被炸得面目全非，"刺刺"冒着火星。几个没来得及逃跑的病人在门前堆成了一座小山包，动静全无。而那些侥幸生还的人，嘴里哇哇大叫着，拥挤着冲向大楼的出口。

此时，出口处站着两个戴着口罩的陌生人，身上穿着黑色的战术服，不时上前拦截四处疯跑的病人，掐住病人的脖子使劲将其摁在墙角处，举起一支电笔照亮病人的五官，似乎是在核查每个人的身份。

周无皱了皱眉，转身绕开大堂，不经意间瞧见瘫倒在地的守卫，心念一动，弯腰取下守卫身后的电击枪，径直往震碎的玻璃门方向走去。他刚走到拐角处，忽觉一道红色的亮光在眼前晃动了数下，只见一个身穿黑色战术服的陌生人蹲在墙角，歪着脑袋注视着他。那人脚上穿着一双军用皮靴，脸上的黑胶护盔上凸起一个微型夜视仪，发出"嘀嘀"的鸣叫声。

二人对视了一秒。

"Mr. Zhou①？"

黑盔战士说着流利的英文，自言自语地问了一句，似乎想要确认什么，随后突然伸手向腰间摸去。

周无不及细想，身体后仰向前滑了出去，右腿立即扫中了黑盔战士的膝盖，一个侧转，电击枪已按在对方的小腹上。黑盔战士立即将身体弯成龙虾状，瑟瑟发抖，还没明白过来是怎么回事，便颤抖着倒在了地上。

周无转身往大堂跑去，正好与守在出口的两个黑衣人打了个照面。按照这

---

① 周先生。

个布局来看，很明显就是"前有埋伏，后有追兵"的套路。周无突然想通了一件事，原来精神疾病康复所的爆炸就是精心为他准备的。

身后传来了脚步声，他扭头瞅了一眼身后正气喘吁吁追过来的黑盔战士，无奈地点了点头："我是周无。说吧，找我有什么事？……"

两个人虽然蒙着脸，但是看见对方身上的黑色战术服时，好像觉得有点儿不对劲。只见他们朝着周无招了招手，突然往左右两边散开，绕到了对方的背后，动作小心谨慎，似乎担心此人出手偷袭，坏了他们的好事。

周无转了转眼珠子，心中灵光一闪，原来这是两拨儿人！

他们来这里究竟是因为我，还是……因为他？

周无见现场两方对峙的气氛有些紧张，忍不住小声试探："如果这里没我什么事，我能不能先走？"

刺耳的红色警报灯不停地闪烁着红光，周无突然张嘴，仰头望了一眼大楼的穹顶，好像看见了什么可怕的东西。三人身躯僵硬，同时抬头，不料周无"呼"的一声，拔腿向出口处狂奔而去。

其中一个人反应敏捷，身子几乎贴地翻转，手掌在地面上一按，竟然借力起跳，抓向周无的衣领。但是身着黑色战术服的身影比他更快，一道黑影一闪而过，犹如夜空中划过的流星，凌空一脚，踢开黑衣人的手臂。

黑衣人一惊之下，身躯急转，一把抱住对方的后背，使了个抱摔的格斗技巧，两个人双双倒地。而另外一个黑衣人微微迟疑时，身体一拧，哼哼两声，掌中忽然闪现一柄薄如蝉翼的匕首，匕首锋利无比。

她应该是个女人，手中闪烁的刀片舞起阵阵寒光，令人眼花缭乱。

左边是拳打脚踢，右边是刀光剑影，场面顿时变得凶险起来。但是身着黑色战术服的身影丝毫不乱，沉着冷静，黑胶护盔上的夜视仪不停地在二人身上扫描，试图读取敌人的身份数据。

周无一口气奔出大楼，直冲到大院出口。

院子前面是一个很大的广场，四周围着五米高墙，碎石路上停着数辆汽车，其中有一辆开着门的黑色汽车斜对着医院的正门。

周无决定冒险尝试一下，一个箭步冲上汽车，万幸的是车内的电子点火系统还可以使用。他迫不及待地启动汽车，挂上倒挡，往南郊山通道的方向急速倒车，猛然看见一个黑影斜扑向车尾，"哐当"一声，只见黑影就像一个被撞飞的沙袋，被甩出去好几米远，头盔上的夜视仪也摔成了碎片。

周无怔了怔，无奈地撇了撇嘴，迅速挂上挡位。

"砰！"

后备厢上突然多出一只手掌，紧紧地抓住车尾，黑影似乎挣扎着想站起来。

"被车撞到还要逞强站起来，这人是终结者吗？"周无头皮一麻，忍不住翻了个白眼儿，一踩油门，车子飞驰而去。

死里逃生的囚犯，对自由有着非常强烈的渴望。肾上腺素依然充斥在周无体内，脑中的信息飞快地被分析、分解，他丝毫没有获得自由的兴奋感。他不清楚，这三个身份成谜的黑衣人究竟是来救人还是杀人的。

周极，你到底在哪里呢？

周无喃喃自语，车子漫无目的地行驶在南郊山的山路上。

夜幕降临，远处出现了点点星光，一座座雄伟的高楼映入眼帘，环城高速上的大灯呼啸而过，似乎是在提醒周无：你已接近繁华地段，远离了萧瑟地区。

京都城。

这是一座古老的城市，东方文明之都，历经了无数次命运的波澜，依旧在岁月的侵蚀中屹立不倒。

周无深爱着这座城市，特别是在夜晚的时候，公寓的窗外会传来迷离的歌声，苍穹之上是绚丽的灯火。他对生活充满了希望，时常沉睡梦中，在记忆宫殿里寻找爷爷那一双深沉的眼眸。

公寓街位于都市公园的对面，周无将汽车熄火，停在公园的角落里，时刻留意着过往的路人。

他的第一个念头就是回家收拾行李，因为护照、信用卡都是生存的必需品。但是他也有天生的警惕性，如果罪案执法局的人得知罪犯逃跑的消息，或许早已派人埋伏在公寓周围。

孩子，世界比你想象的残酷，保持心率节奏，镇定自若，这是你唯一能够生存下来的方式。

周无绝非鲁莽之人。他一直谨记着爷爷的忠告，虽然没有去追问爷爷"他们"是谁，但内心隐隐有不好的预感，这个世界也许比他想象的更复杂。

行人渐渐稀少，四周一片死寂。

周无没有发现可疑的动静，就起身检查车内的设备。车内的保险箱和保险杠后端的储物柜都被锁住了，后座上空无一物，他查看车载 GPS[①]，有几处坐标输入的地址，就像是一连串的乱码，信息模糊。摸索一阵之后，他终于在方向盘的底部找到了后备厢的按钮。

后备厢内藏着一个黑色的备用包，里面有一套黑色的特勤作战服，扣子上面出现了一个陌生的图案，中间像是十字形又像是三角形，外面则由一个略大、一个略小的圆形组成。10:30、1:30、4:30、7:30 的点处各有两柄交叉的小剑。整个图案十分简洁，围绕着两个圆环之间交错环绕着 A.E.C.S.T 的缩写字眼。

没有深究其中的意义，周无换上衣服，依稀看见车窗反光镜中的身影：黑色的短发、黑色的外套、刀刻般的五官略显瘦削。他摸了摸自己的脸庞，突然又想起周极，镜子中那两张相似的面孔似乎重叠在一起，就如他们的命运一般。

他默然半晌，转身走出公园，绕过花圃，径直走进商业街上的一家星之恋咖啡馆。

---

① 全球定位系统。

店内的落地窗视野很好，左边是都市公园，右边就是公寓大厦，周无在上大学的时候，常常一个人来到这家咖啡屋，望着街边人来人往的画面，度过一整天时光。

今非昔比，此时周无根本没有心思享受悠闲的生活。他坐在落地窗边的角落里一句话也没说，一个矮胖的女店员忍不住上前，想问问客人需要喝点儿什么。

周无突然眼神一凝，好像看见公寓的门口站着一个男人，手里拎着公文包，正在门卫处填写登记卡。周无猛地站起身，低头往门外走去，接着一路小跑，假装是深夜跑步锻炼的住户，缓缓上前，伸手用力握住年轻男人的手臂，贴在他耳边小声提醒："罗宾……别说话。"

"罗宾"是朱峰小时候的外号，他从小与周无形影不离，一起逃学，一起去爷爷的庄园里胡闹。两个人都是超级英雄迷，虽然一个喜欢漫威、一个喜欢DC①，但这不妨碍他们交流。朱峰常常挂在嘴边的话就是："周无，以后我就是你的搭档！你是蝙蝠侠，我就是罗宾！"

朱峰当然记得这个独特的外号，突然听见周无的声音，他心中一紧，却假装镇定。他默不作声地和周无走到了一处偏僻的角落，低声怒斥："你……你疯了吧？你真以为你是蝙蝠侠啊？！你知道自己在做什么吗？！"

"有人去医院抓我……"周无环顾四周，压低声音说道。

朱峰打了个寒战，银边眼镜险些滑落："什么？为什么要抓你？是罪案执法局的人？"

"我不知道。他们采用了爆破装置，手法专业，不像是普通的执法人员。而且他们来找我只有一种可能，就是想利用我逼周极现身……因为，我是周极在世上唯一的亲人。"

"你居然没事……"朱峰瞪直了眼睛，倒吸一口凉气。

---

① 指 DC 漫画公司（Detective Comics），是美国与漫威漫画公司齐名的漫画巨头。

他相信周无不会撒谎，但是这件事太离谱了！如果这是官方所为，没有理由伤及无辜，类似这种宁可错杀、不可放过的残暴手段，应该是为了掩饰谁的身份。

周无扬起嘴角，颇为自嘲地说道："我命硬，一时半会儿死不了。"

"你少跟我犟！"面色苍白、额头上瞬间布满了一层细汗的朱峰接着说，"罪法局在傍晚时分就已经发出通告，杀人犯周无畏罪潜逃，全城通缉！你家早就被他们监视起来了，你还真敢回来啊？来取护照是吧？哼！我早就想到了。我让母亲赶紧先打电话稳住高层人员，声明代理律师有权利保留嫌疑人的护照和相关材料。我前脚刚到你就出现了，这要是让人发现，以为我跟你串通好的！你想找死，可别害我啊！"

"别激动！改天我登门给伯母赔罪。但是这次你一定要帮我，没有护照，我哪儿也去不了。"周无没有理会朱峰的愤怒情绪，反而推了推他的后背，顶着他转身走到公寓门口。

门卫穿着浅蓝色的制服，脸上的表情很严肃，似乎对朱峰深夜造访有些反感，但是京都城律政部授予的证件绝无造假可能。门卫压了压头上的鸭舌帽，勉强露出笑容让二人通过。

朱峰憋着一肚子气，跟在周无身后往七号公寓走去。

整座住宅区树影婆娑，若隐若现的光影在夜色下交错。

3　薄荷味的女人 《《《《《

二人进了楼道，电梯墙上的壁灯光线柔和，像是蒙着一层纱。朱峰看见周无并没有去按电梯的按钮，而是转身推开了紧急出口的大门，不禁微微一怔。

朱峰没有感到意外。他知道周无的警惕性和直觉判断能力一直远胜于他。在他的心目中，周无确实跟蝙蝠侠很像，如果他们俩真的生活在罪恶都市里，周无很有可能就是那个超级英雄。

朱峰当然不相信好朋友是个杀人不眨眼的罪犯，但如果凶手不是周无，或许这答案对周无来说更加残酷。

"我得建议城建部，消防通道必须改成永动滑轮扶梯……"九层楼并不算高，朱峰却爬得满头大汗。

903 室的门口拦着橙黄色的警戒线，通道两端没有异常状况，门把儿上的密码锁也没有被人重置。周无与朱峰进屋后，背贴在门后。偶尔听到楼道里传来的人声，周无开始烦躁不安，整个人仿佛突然丧失了力气，心底似乎还有一只猛兽在左突右闯。

周无环抱着双臂，试图将自己紧紧抱住，渐渐地，耳边只能听到自己的心跳声。

他调整呼吸，看到地上一道窗帘的影子在夜风中摇摆，客厅地上的玻璃碎片清晰可见。他停顿了片刻，低声说了一句："别开灯。"

周无在黑暗中仔细观察，确定没有摄像头等监视设备之后，轻手轻脚地走到了书房门口，然后快步走到书桌前，从抽屉里找出护照和信用卡。找到后，他扭头望了一眼书架，内心有些感慨。古典书籍和冒险小说一直是他的最爱，他对大仲马的《基督山伯爵》更是爱不释手，唐泰斯的传奇故事时常在寂寞的时候陪伴着他，让他看见光明世界的希望。谁会想到，现在他居然也成了一名逃犯，或许今晚是最后一次回家了。

书架上摆着几个金属玩具，维达尔和超人分列两边，中间一个半圆形站姿的模型正是蝙蝠侠。周无匆匆扫过"IDPA^① 国际枪械协会"和"马伽术 E2"的资历证书，目光停留在最右边角落的相框上。

照片上是两个人。周无依然是充满阳光的短发造型，穿着一件浅蓝色的运动 T 恤，伸出一只手臂，大拇指比向前方，另一只手搭在身旁的男人的肩膀上。他的眼睛里透着清澈坚毅的笑容，小麦色的肌肤让他看起来多了几分成熟男人的魅力。

他身旁的男人指间夹着一支雪茄，脸庞被吐出来的烟雾和墨镜挡住了一部分，但是五官的气质与周无十分相似，身材比周无健壮，深色的现代战术服与脖子上的一块古朴玉佩形成了强烈反差，嘴角轻轻挑起的一丝弧度，一点儿也不会让人反感，倒是给人一种活力四射、狂放不羁的感觉。

---

① IDPA(International Defensive Pistol Association)

实用竞技型射击，专注于使用日常装备的防卫战术。用来解决模拟真实世界的防卫场景的运动，使用包括全装实弹在内的实用（日常）装备，以及适用于自我防卫的实用手枪和枪套，以达到测试个人技能和能力的目的。

这是兄弟二人去参加 IDPA 亚洲杯竞技射击比赛时的照片。

周无站在黑暗中微微皱眉，伸出手去触碰相框，陷入沉思中。

他伸手将照片拿了下来，轻轻抚摸着照片。伫立许久后，他看似不经意地将照片丢入旅行袋里，又在照片上叠了一层衣服。朱峰静静地在周无身后看着，无声地叹了一口气，突然发现周无又将超人的玩具拿下来，丢进了旅行袋里。

朱峰咧嘴一笑，那是他在《正义联盟》的复映会上送给周无的玩具。作为资深 DC 粉丝，朱峰特地买了一个蝙蝠侠玩具送给好朋友，并要求摆在漫威英雄的中间。

周无又在沉默中来到了自己的卧室里，在床边蹲了下来，在床底的一处抽屉内找到了一只战术手电。作为军迷，周无常常收集一些奇奇怪怪的东西，战术手电则是常用的户外装备，除了提供优质的照明效果，不为人知的是战术手电也是隐蔽性优秀的安全防卫装备。由于战术手电隐蔽性极强，同时具有非杀伤性安全防护反击作用，在机场、酒店、火车站等公共场所均可使用。

周无将手电转至照明功能，随手扫了扫四周的环境，将手里的书包放在床上，从床底的储物间里拿出了几套不同的衣服，又在从床尾的柜子中挑了一双战术靴以及一双运动鞋。他将战术手电叼在嘴中，坐在床上将脚上的运动鞋换成战术靴。朱峰略显无语地看着周无，被灯光微微打亮的身影似乎显得从容不迫，殊不知几分钟前，同样的身影还在门口颤抖。

"要不要把东西全部整理一遍？我给你叫个家政服务。"朱峰压低声音，贴在门背后一动也不动。

周无叹了一口气，若有所思地说："我在想……对周极的生活轨迹，我一无所知，茫茫人海，我应该从哪里开始找呢？"

"我觉得……你先保住命最重要！"朱峰咬着牙憋出了一句。

周无站在门后静静地等了几秒钟，查看一眼过道，确定走廊上没有可疑的人后，便将门口的封条按原状复原，快步走向电梯口。

就在两个人要走到电梯前时，电梯"叮"的一声，门打开了，两个和周无身穿同款黑色战术服、战术裤的身影出现在电梯里。一个人身高接近一米九，光头，皮肤黝黑，眉头皱在一起给人一种天然的愤怒感，身上的肌肉让人感觉要从衣服里爆出来。另外一个人则是亚裔女性，二十岁左右，有着不到肩膀的短发，整个人看起来自带一种活泼感，脸庞却如古典女子一样知性，不过带着一点点调皮，身高虽然只有一米六左右，身材却前凸后翘。如果在平时遇到这样的人，周无一定会默默地打一个高分。电梯门打开的一瞬间，双方愣了愣，电梯里的女孩刚刚准备张口，朱峰貌似还没反应过来的时候，周无猛地一拉朱峰把他推向安全楼梯："快走。"随后周无一脚踹向反应过来准备冲出来的光头巨汉，在巨汉一个踉跄的瞬间接着用一个膝顶，顶中了对方的下巴，巨汉后仰的瞬间压住了同样要冲过来的娇小女孩。女孩怒叱一声，无奈巨汉太重，一并将她带倒。

　　周无趁机转身，急速扑向楼梯口。他反手将门闩锁住，一口气往下冲，对着跑在前面犹豫的朱峰大喊："继续跑啊！"

　　"哐当！"

　　安全通道的大门已被撞开。

　　此时，朱峰脑子里一片空白，甚至连自己的呼吸都听不见，只能感觉周无拎着他的衣领往楼下狂奔。

　　周无使劲拽住朱峰的胳臂，在对面漆黑的街道上狂奔，整个世界开始震动，远处的光亮如同爆裂的闪光弹，刺得人睁不开眼睛。周无听见了朱峰急促的喘息声，感觉自己的心跳越来越快，脑子里一些古怪的画面突然闪现出来。

　　　　周无的每一次心跳都会让整座宫殿震动，门两侧的天使恶魔正挥舞着锈迹斑斑的翅膀，仿佛即将破茧重生。宫殿内的池水忽然荡起涟漪，古老的水晶灯在穹顶之上剧烈摇摆，黑暗深处传来幽怨的叹息声。

　　　　黑色的迷雾飘散在断裂的旋转楼梯上，雾中一道蓝色光芒被烫伤似的瞬间消逝。宫殿上空乌云密布，悬浮的台阶仿佛跳动的琴键，节奏缓慢，每一次弹奏都使记忆与现实中的画面重叠。

周无感应到一种莫名的恐惧情绪，心跳的频率再次增加。此时他已头昏眼花，衣衫尽湿，根本感受不到画面的真实性。

他并没有完全丧失意识。就在窒息感逐渐压迫心跳的时候，周无果断地抓向自己的胸口，摸到了日记本。他试图让自己重新找回真实世界的触感，或许可以逃回现实。

黑雾再次吞噬宫殿，眼前的画面开始急速滑动，就像是奔驰在车道上的车灯，一幅幅闪现。

画面中，五颜六色的人跪在圆拱顶的教堂里祈祷，微弱的阳光下依稀能看清几块青铜浮雕。其中一幅好像是腓力斯丁人的千年之战，场景似曾相识；另一幅是穿着铠甲的骑士手持长剑，目视远方；接着就出现了一群留着辫子的战士，满脸怒气，连成一道人墙，手里握着钢盾与刀枪。

整个过程好像在述说人类的历史，或许是跟时间有关？

画面突然定格在一个封闭的房间里，两个十来岁的孩童蒙着双眼坐在桌前，他们身后站着一位慈祥的老人。老人脸庞上布满了皱纹，眉宇间泛起一丝淡淡的忧伤神色。

爷爷？

周无记得这个场景，那是爷爷让兄弟二人猜一道题，但是并没有揭晓答案，而是把日记本交给了小周无，郑重叮嘱："这是我毕生的心血，你一定要小心保管。"

眼前出现一道刺眼的强光，一帧帧流动的画面如同被曝光的胶片，人影忽然消失，变成一片空白的景象。

"上车！我知道周极在哪儿！"

耳边传来轰鸣的急刹车声，光亮中出现了一个身材高挑的女人。

这句话就像闪电一样，击碎了眼前的所有画面，仿佛有石块抛入水池，荡起梦幻般的涟漪，宫殿的轮廓顿时被炸成一块块碎片，急速旋转，瞬息间便将周无拉回了现实。

周无猛地一惊，顺势拽住朱峰的手臂，钻进了陌生女人的汽车。

红色的跑车在湿滑的街道上飞驰而过，城市中的霓虹灯灯光在车窗上映出一道道光斑，投射在周无的脸上。他注视着窗外飞逝而过的街景，微皱眉头，揉了揉额头。

沉默，就像空气中的枷锁，让人觉得气氛凝重。

周无直勾勾地瞪着转动方向盘的女人，欲言又止。他不知道是先问对方的来历，还是先问周极的下落。在肾上腺素分泌后，他内心居然有些兴奋，因为这是他第一次体验逃命的感觉，也在莫名其妙的情况下上了陌生女人的车。

后视镜里映出一对细长的眼睛，在不经意间扫过人时总能让人感受到一闪而过的神采。眉毛被精心修剪过，与细腻的额头形成优美的弧度，给人一种冷漠的感觉，但也不失妩媚。薄薄的嘴唇贴在一起，总有一种欲言又止的感觉。

女人察觉到周无的目光，镜子里的双眼微微上挑，二人在镜子里对视了一眼，便迅速移开视线。一个眼神闪烁，另一个假装若无其事的样子，指着路边的一家加油站，声音带着磨砂质感，沙哑而低沉："前面停车。"

汽车缓缓驶入岔道口，沿着加油站的场地转了一圈。女人掉转方向，将汽车停在路边霓虹灯的正下方，正好是一处背光的角落。

"我们应该说谢谢你吗？"后面突然传来朱峰的声音，他终于受不了这种莫名的沉默气氛了。

开车的女子没有回应，朱峰尴尬地推了推自己的眼镜，无奈地靠在自己的座位上。

"黑咖啡，不加糖、不加奶。"车停稳后，周无突然说了一句话，随后转头看向开车的女子。女子摇摇头，取出一张纸币，用食指和中指夹住，往后递向朱峰。

朱峰无语地看着前面这两个人，随后看到周无微微侧头给了他一个眼神。朱峰撇了撇嘴，接过钱打开车门，向加油站中的小卖部走去。

关上车门后，车内又恢复了沉默，周无默默看着朱峰走进小卖部，加油站内的灯光投射在朱峰身上，他的影子被拉成一个长长的阴影。

"所以，我应该说谢谢你？"

周无终于开口打破了沉默。

他身边的女子从行驶仪前方拿出一盒电子烟，将电子烟头插入机器，等机器将烟头充分预热后，轻轻地吸了一口。

薄荷味的烟轻轻飘向周无，熟悉的味道让他想起这两年周极特别喜欢的烟味。周无望了一眼女子手中的烟具，想起周极试图戒烟，但是一直没有成功，这两年突然开始抽这种由机器加热尼古丁直接吸入的新烟。他曾讽刺周极这不过是自欺欺人的方式，当然没有了焦油，理论上这烟对人体更健康。

"你对你哥哥了解多少？"神秘女子终于开口，声音低沉，让人心里有点儿痒痒。

"你又对周极了解多少？"作为从小到大在一起的兄弟，周无莫名觉得这个问题有些搞笑，试图理解她问这个问题的原因。

"我和他一起工作四年了，"女子轻轻吸了一口烟，"但是我感觉我从来没有真正了解过他。"

周无沉默地想着，是啊，似乎长大的过程中兄弟两人渐行渐远，虽然感情依然在，但是他们逐渐变得不是那么无话不说了。

他们这样是从什么时候开始的呢？

周无想起脑海中出现的那幅画面，也许是从那个时候开始的？十八岁前两个人生活在一起，但是他感觉周极变得越来越沉默寡言，虽然对自己的关心并没有改变，但是他感觉两个人的世界变得越来越远了。

而大学时两个人不住在一起，周极时不时来学校看看周无，请他吃饭。周无偶尔会问起周极的近况，但每次都被周极避重就轻地用其他话题带过。当然，周无能感觉到周极对他的感情，只是不知道为什么再也没有办法走进周极的内心。每年周极会花一个星期左右的时间和周无一起旅行，IDPA 就是两个人因为共同爱好而开发的。如果他需要帮忙，周极也从来没有推托过，就连大学最后一年他去金融机构实习也是周极托人帮忙安排的。周无也从来没有问周极步入社会后的情况，但能从穿着和打扮中看出周极过得应该还不错，包括举手投足间的气质以及社会资源的对接。周无从来没有细问过周极这些事，直到今天才恍然发现，自己似乎已经不再那么了解周极了。

　　"也许你对他更了解，我们……见面的机会不多。"

　　周无突然觉得车内的空间有些压抑，便打开车门，这才发现之前坐在驾驶位上的女子已下车，她背靠在车的旁边，望着小卖部中正试图取咖啡的朱峰。一阵有节奏的脚步声传来，熟悉的薄荷烟味隐约在空气中飘浮着。周无微微侧头，见车前站着一个身材高挑的女性，穿着深色瘦身牛仔裤，踩着方跟小皮靴，上身穿一件米黄色的 Burberry[①] 战壕风衣，里面穿着白色的衬衫，黑色的秀发随意地搭在风衣上。微风吹过，她不经意间用手将面前的碎发拂去，露出一张轻妆的瓜子脸，配上略微细长的眼睛以及薄薄的双唇，在黑夜中有一种拒人于千里之外的清冷感，而修长的双腿将她的身材比例衬托得格外优越。

　　"我可能知道他到底发生了什么事。"周无默默看着她走近，有点儿磨砂质感的声音又在耳边响起，她修长的身影停在周无面前，随之而来的是一阵淡淡的薄荷香味，"但是我希望你能理解，我没法对你说太多。"

　　面前的女子沉默了一下，继续说道："相信我，我没有恶意。现在找到他才能知道发生了什么事。"

　　周无闭着眼睛想起那个晚上的画面，虽然和家里人的感情较为淡薄，但直

---

① 博柏利，服装品牌。

到今天看到家里发生的一切，他才真正明白曾经的生活已经渐渐远去。而造成这一切的罪魁祸首竟是周极！一个看似熟悉却又陌生的亲人。

周无甚至没有机会感到愤怒，因为这一切变化发生得太不可思议。

远处，朱峰从小卖部出来，手里拿着三杯咖啡，略显狼狈而小心翼翼地往这边走着。

周无看了一眼从远方逐渐走过来的朱峰，将内心的不甘与无奈情绪压下。命运就像眼前夜幕下的建筑群，他看不见细节，却又将周无层层围住，唯一通往前方的路则充满昏暗的灯光，似乎预示着不祥以及不确定性。就像在黑暗的荒野中苦苦摸索的旅人，只要有一丝亮光，他就想要紧紧地抓住。

"我理解，最起码告诉我你的名字。"周无起身面对面前的女子，伸手说道，"我是周无。"

"我是梁荷心。"一双纤细却有力的手握住周无伸出的手。

这时朱峰从远处慢慢走来，手里捧着咖啡，呆呆地看着握手的二人，有点儿呆萌地说道："你好，我叫朱峰……所以现在是自我介绍时间吗？"

周无伸手接过两杯咖啡，将其中一杯递向了梁荷心。

梁荷心抬头看了看朱峰，又看了看周无，没有说话。

周无无奈地说："很抱歉，是我把他牵扯进来的，他是我从小到大最好的朋友。"

梁荷心轻轻叹了一口气："我知道有一个人，他可能知道周极身上到底发生了什么事。"

周无看了梁荷心良久，问道："所以你觉得案子不是我做的？"

梁荷心盯着手中的咖啡，将咖啡杯无意识地在手中旋转："你现在不要多问，也不用多解释，有太多的未知问题需要找到答案。你与其毫无方向地揣测，不如先跟着我沿着线索走下去。"

朱峰忍不住说道："我们莫名其妙地被人攻击，又莫名其妙地遇到一个自称认识周极的女人，又要莫名其妙地去追寻莫名其妙的线索，这真是莫名其妙的一天。"

周无没有回应朱峰，看着梁荷心微皱的眉头，慎重地说："先说说你的想法。现在，我们没有太多选择。"

"上车吧，我们边走边说。"梁荷心看了一眼周无身上的战术服，转身走向驾驶座，"我们的时间也不多了，刚才的那群人也许很快会跟过来，好运不会持续三次。"

周无皱了皱眉，看着朱峰略显无助的眼神，点了点头，随后又随口尝了一下咖啡，将手中的咖啡递给了朱峰。两个人打开车门一起上了车，慢慢驶入昏暗灯光下的马路。不远处，一辆没有开灯的黑色轿车等周无他们离开之后，尾随着他们。

"周极和我是拍档。在处理很多问题的时候，我们会去找一个叫维修工的人。"梁荷心双手轻轻放在方向盘上，看向远方的道路，眼神中带着一丝思索之意，看似随意地说道，"最后一次任务后，周极变了很多，我想也许他会知道些什么……"

"你和周极到底在做什么工作？"

朱峰忍不住问了一句，但是周无并没有阻止朱峰，因为周无也希望得到答案。

"听起来你们履行的是神秘主义，话说一半，却永远不给答案。"朱峰用中指抬了抬眼镜，讽刺地说道，"如果我们要一起去了解真相，也需要知道整个事件的来龙去脉。"

梁荷心沉默了一下，似乎在斟酌从什么角度解释："我们……你可以看成是帮人解决问题的人。"

这个答案似乎无法让朱峰满意，就连周无都忍不住抬头看了梁荷心一眼。

"我们处理很多官方执法机构处理不了的事。相信我，太早了解这些事对你们没有任何帮助。"梁荷心回头看了朱峰一眼，"经历了这么多事，你们需要的是专注，我们需要的也是专注。"

朱峰和周无对视一眼："但我们迟早是需要知道真相的。"

他与周无相处多年，清楚地知道周无不去争辩的原因。与其较真，不如先寻找真相让主动权逐步掌握在自己手里。他们现在什么也不了解，听起来背后似乎还有许多故事，与其闷头乱转，不如跟着唯一能够找到的线索尽可能地去探索，掌握足够多的信息。

周无看着朱峰轻轻点了点头，朱峰挤了挤眼睛。

"等时间对的时候，真相自然会出现。"梁荷心轻轻地回复。

眼前这两个男人与其说是逼问，不如说是在发泄。不过，也许真相本身就是残忍的，真到那一天，我们有面对的勇气吗？她双手握紧方向盘，暗自咬了咬牙，我们还有其他选择吗？

接下来的时间，双方都没有再说话，任由沉默气氛在车内蔓延。朱峰静静地看着路边的风景飞快地闪过，时间悄悄地流逝。

周无双手轻轻地放在腿上，闭上双眼。

梁荷心颇为好奇地看了看周无，欲言又止，当看到周无已经合上了眼睛就没有继续交流，转而专心地开车。

周无调整呼吸节奏后，慢慢进入了自己的记忆宫殿。

他站在古堡门口，突然停住，转头仔细看着面前的恶魔雕像。雕像依然保持着跪姿，但是似乎和之前有些不同。周无思索着，用手轻轻碰触恶魔面具，指尖轻轻感受着面具的触感，虽然处于自己的记忆宫殿内，触感依然清晰、细腻。手指绕着恶魔雕像慢慢地游走，从面具延伸至盔甲，由盔甲逐步到背后的双翼，周无细致地感受着整个恶魔雕像的每一处细节，甚至连羽翼上的羽毛都用手指来回摩擦着。

曾经精美却死气沉沉的雕像现在看起来似乎多了一些生气。恶魔背后的翅膀似乎可以让人想象它曾经拍动的弧线，如果说以前这像是雕像，现在则更像是一个人被石化了。从恶魔身上，周无感受到了不甘、挣扎等一系列感情，这是之前周无完全没有感受到的情绪。

周无将目光从恶魔雕像上移开，望向整个宫殿。

整个宫殿似乎都变得更加鲜活，天使雕像身上的纹理也越发鲜活，时不时还会有一闪而过的亮光。古堡的墙壁上曾经枯萎的藤蔓现在依稀有了绿色的嫩芽，石头造的城墙上甚至有着雨水冲刷过的痕迹。大门上的木质纹理也有了质感，而不知名的生物盘踞在大门正上方，让人感觉它似乎随时会站起来。

周无仔细地感受着整个宫殿的变化，试图回忆是什么让脑海中的宫殿有所改变，却良久没有答案。

他闭上眼睛皱了皱眉，双手顶在门上，用力推开门，走进古堡。

古堡的大厅看上去还是有些破败，但是和那一夜之后相比也多了许多改变。大厅间的水池里曾经漂满了枯叶，如今水则变得更加清澈，水底似乎还有无数光。周无走到水池边，坐在水池旁的石栏上用手轻触水面，带起的涟漪让整个水池变得更加鲜活。长廊外面的光渗入宫殿内，将宫殿内的空间用光影打造成一片略显寂静的幽廊。曾经四散的碎石消失了，而枯萎的爬山虎有了更多的绿色。头顶的壁画慢慢有了颜色，画面的层次感让整个场景显得越发壮观。通往二楼的石阶依然是断裂的，但是被破坏的程度和之前比有所改善。

这真是太神奇了，周无心里想着。

虽然没办法为这些改变做出解释，但是整体变化让周无欣喜。他起身走向通往地下室的回旋梯，感受到从地下传来的隐隐约约的呼唤声。

一直以来地下室都是周无放置杂乱信息的地方。之前一系列不好的回忆让他一直试图远离这里，但是在街边的回忆让他想来这里寻找更多的答案，而地下隐约的召唤声让周无下定了决心去探索这里隐藏的未知信息。

走下楼梯之后，周无站在地下通道的入口处，看着眼前阴暗的回廊，抑制住心里的恐惧，强迫自己踏出第一步。

"啪——"随着周无的第一步落下，走廊两侧突然亮起火把。

周无微微愣神，随后又试探性地踏出第二步，随着脚步的前进，前方或两侧又有火把亮起。他渐渐向前走出一段距离，走廊两侧的火把逐一亮起。火把燃烧带来的光给了周无更多的信心。

走了十多步之后，他看到左侧墙壁上挂着一幅画，画被木框固定在墙上。画面上有两个小孩的背影以及一张巨大的办公桌，光从后面的窗照进屋子，在两个小孩身后投出两道长长的影子，而画面中间一个让人看不清面孔的人坐在办公桌后，背景两侧是无数的书柜。

周无站在画框前仔细观赏着画，忍不住伸出右手，试图去感受眼前的画面。在他右手指尖碰触画面的瞬间，整个画面突然变大，周无感觉有一股吸力直接将他向画面中吸去。这种感觉很奇怪，明明身体没有动，但是给人的感觉像是在高速飞驰，周围的景色变得细长，然后周无就看到自己面前站了两个小孩。

"选择——"前方传来一个低沉的声音，两个小孩都没有动。

周无看了看周围的环境，这明显是一间书房。灯光略显昏暗，书桌上放着一盏绿色的台灯，椭圆形的灯罩将灯光约束在正下方，画面中的人的面孔依旧昏暗且不清晰。

周无走向左侧，试图去看两个小孩的面孔，他们的面孔却始终是模糊的。左侧的小孩微低垂着头，双手握紧，咬着嘴唇；右侧的小孩则毫不犹豫地直视着前方的身影。眼前的画面，周无依稀觉得眼熟，但在记忆中始终找不到对应的画面。

"选择！"眼前的身影又发出了指令，声音低沉而又坚定。

左侧的小孩听到声音突然打了一个激灵，右侧的小孩则将目光投向身边的同伴。没有得到目光的回应，右侧的小孩深吸了一口气，走到书桌前。在他迈出脚步的时候，周无清晰地看到了他的脸。这是一张依稀带着稚气的脸庞，同时周无又能清晰地看到他眉目间的坚毅之色，略深的眼眶让这张脸看起来有着不符合年龄的成熟感。是的，周极从小就是一个知道自己想要什么的小孩，这性格在他长大后越发明显，包括辍学，包括选择的生活方式，包括他对周无的态度。

画面中的小周极走到书桌前，回头看了看自己的弟弟，又转过头望向书桌。顺着他的目光，周无看到桌上摆着一本书，以及一块刻着无数图案的玉佩，伴随着旋转，玉佩忽暗忽亮。旁边的书被玉佩散发出的光照着，书上的金色纹理像水银般流动着。

小周极看着眼前的画面，整个人似乎也被玉佩散发的光芒所吸引，随后将玉佩拿起握在手中，回身与小周无擦身而过。在错身的瞬间，小周极用手轻轻地摸了摸小周无的头，似乎说了什么。

周无将画面重复了许多次，始终无法听清周极说的内容。房间外的灯光随着房门被关上而从房间里消失，留下小周无一个人略显单薄的身影。他低头站在巨大的书桌前。

"现在，轮到你了……"低沉的声音再次传来。

书桌前的身影静静地等了一段时间，看到小周无始终没有反应，身影轻轻起身，走到书桌前，背对着小周无。

从小周无的视角看去，这个背影显得格外高大。那身影静静地站在书桌前，双手放在书上，轻轻地抚摸着书的外皮，似乎在感受书的质感。随后那身影转身走向小周无，单膝跪地，用手掌托着书放在小周无面前。

看到小周无还是没有反应，他轻轻地牵起小周无的右手，将小周无的手放在书的封面上。在小周无的手碰触书的一瞬间，画面定格。周无整个身体仿佛又处在高速移动的空间内，一股吸力从后面传来。转眼间周无又身处走廊中，眼前依然是那幅画，只不过画面停留在最后定格的那一瞬间。

在跳出画的一瞬间，周无清晰地看到了那个人的面孔以及书的封面。

那人一头略显灰白的头发，面孔有些皱纹却依旧俊朗，眼眶和周极一样略显立体，却和周无一样微眯着双眼，同时留着整齐的胡子，胡子和头发一样略显灰白。他手中的书的黑色封面上有暗红色的花纹，因岁月的洗礼而蒙上了一层灰，没有了玉佩的光芒，整本书的花纹没有了流动的感觉，却有一种历史的厚重感。

是的，那是他的爷爷和日记本。

周无试图再次进入画面，却无法找回刚才的状态，只能用指尖轻轻地碰触墙上的画面，仔细感受指尖的感觉，似乎想抓住那些消失的回忆。

似乎从那时起，周极就从来没有和玉佩分开过，也是从那个时候开始，周极和周无似乎再也不像小时候那么形影不离了。周无常常看到爷爷和周极单独相聚，而从小缺乏亲情的他似乎也是从那时开始发现，生命中最重要的两个人也和他渐行渐远了。出于嫉妒也好，出于不甘也罢，周无开始努力地独立生活，刻意地去忽略周极以及爷爷的单独相处。

也是这个时候，周极似乎慢慢习惯了一个人独来独往。大学是兄弟两人的分水岭，周极选择了直接步入社会，开始忙碌的生活，而周无选择和朱峰一起步入象牙塔，像一个正常学生那样上学，再到实习，给自己制订职业规划和目标。直到爷爷去世，周无也没能和爷爷有过独处的时间，更多的是和周极在爷爷那里学习记忆宫殿的搭建。就算三个人相处的时候，爷爷和周极似乎也有种无形的默契，而周无似乎只是一个局外人。

一切都是从这个时候开始的。

周无将眼前的画摘下来，回到大厅。在通往二楼的台阶处有着断裂的楼梯，他站在断裂处伸出手，眼前的台阶自然延展着，无数石块凭空被创造出来，弥补了之前断裂的缝隙。

通往二楼的楼梯瞬间被修复，周无拿着画缓缓走上台阶，在二楼右边的尽头处驻足，将画往墙上一安，后退两步用右手抵住画面一拉，凭空创造出了一扇木门。随后他打开门，里面是一片昏暗的宇宙，依稀能看到远处的星星。

周无向前走了几步，站在离门口几米的地方，身体悬浮在空中，环视四处。他微抬双手，空间中出现几道白线，随后双手前推，越来越多的白线出现并向前推进。周无将双手握成拳，整个由白线组成的框架被越来越多的细节东西填满，并逐渐立体化。他转身张开右手的同时，伸直手臂向右侧摆动，于是右边出现了书柜。周无回身将左手放在胸口，身体顺时针旋转，整个空间里不断出现新的东西——地板、天花板、灯具，以及后面的大片落地窗。他双手向上一抬，整面墙壁从地面凭空立起，遮住了远处星空中的微光。

现在，这里多了一间书房。

周无静静地站在房间中，环视四周良久，踱到书桌前，将手中的画放在办公桌上，左手碰触办公桌，沿着书桌的右侧走到办公桌后的椅子前看着面前的场景，随后屈膝坐下，将手肘放在桌上，双手交叉，下颌轻轻靠在交叉的双手上，望着前方。

这就是我当年看到的场景吗？爷爷……眼前浮现出两个身影，一个直视着自己，一个低着头双手握拳。

脑海中又闪过那一夜的画面，血在地上漫延着，熟悉又陌生的亲人被自己最信任的人屠杀。

"这就是你当时的选择吗？"周无握紧双拳，将头埋在双拳中，浑身颤抖地想着在画面中看到的爷爷的样子。

周无身前似乎出现了周极的影子，周极和他对视着。

周无一转身带着椅子旋转，随后起身站在落地窗前，整个宇宙的微光透进来打在他的脸上。他皱了皱眉头，打了一个响指，整个画面开始破碎，外面的景色变成了一望无际的荒原，天空中乌云压顶，远处隐隐约约传来雷声。

从此，这个房间变成了宫殿的一部分。

"我们到了。"

略微沙哑的声音突然响起，周无从记忆宫殿中被惊醒，用手揉了揉眼角，试图让自己恢复精神。

他收敛了思绪，让自己先忘记无端的猜测，跟着面包屑走，这才是现在最好的方法。

"我们就直接走进去，然后问周极在哪儿？"朱峰略带疲惫的声音从后座上传来。

"不……我们走进去，问周极在哪儿，而你留在车里。"梁荷心淡淡地回应。

朱峰的眉毛立了起来，他说道："小姐，我认识周极十六年了，你有什么资格要求我坐冷板凳？你凭什么这么做？"

梁荷心没有回复，只是双手放在方向盘上，右手食指有节奏地敲打着方向盘。

"朱峰，你在门口等我，如果有什么突发情况，你能随时了解……"周无沉默了几秒，语气有些无奈，但是悄悄地给了朱峰一个眼神。

朱峰立刻心领神会，如果这是个陷阱，最起码他还能离开。于是他便没有争辩，用中指调整了一下眼镜的位置，说道："好吧，把车钥匙给我，如果有情况，我将随时发动车子。"

梁荷心用手轻轻地拨弄额前散落的头发，通过后视镜看了看朱峰。朱峰毫不闪躲地迎面对上了梁荷心的眼神，强撑着在对方颇有压迫感的眼神下坚持了三秒，突然伸出自己的右手："钥匙。"

梁荷心没有回应，直接打开了车门走向前方。周无和朱峰对视一眼，给了一个让他放心的眼神，打开车门，跟随梁荷心一同走向前方的街道。

朱峰隐隐有些担忧，这个女人真难缠。他看着二人走向写字楼，打开车门坐到驾驶座上，调整了一下座椅。

看着周无和梁荷心在转弯处走进了一家叫作"香"的酒吧，朱峰深吸一口气，拿出手机想给家里打个电话。

"咚咚咚——"驾驶座旁的车窗上，突然传来三声有节奏的敲打声。

此时，梁荷心在酒吧第二道门前轻轻敲打着，"咚咚咚"，门上一个像是观察口的位置被打开。

一张只能看见眼睛的面孔出现在门后，扫视了一下周无和梁荷心，声音低沉地问："太阳所颂何曲？"

梁荷心回复："清晨之曲。"

周无默默翻了个白眼，这都什么年代了？

门后传来一系列钢铁碰撞以及解锁的声音，门被打开时，出现了一个身高一米八五左右的男子，男子的两只胳臂上都是文身，左耳戴着银色的耳环。

"梁小姐，欢迎你。"男人随后扫了周无一眼，"当然，也欢迎新客人。"

周无心里微微一紧，明白如果梁荷心自己来，是不会有这一系列问题的。事实上，如果梁荷心自己来，对方看到她就能让她进去。这个机制是为了保护酒吧的所有客人，如果客人被挟持，只需要回答特定的答案就能让酒吧里的人知道情况。而酒吧每个月会更新一次问题的清单以及标准答案。

每个月一共有二十六个问题，因为酒吧有五天休息时间，来访者需要背下所有问题的答案，每个问题有两个标准答案。如果刚才梁荷心回答"黄昏时黑夜之音"，那么里面的人立刻就会知道梁荷心遇到了麻烦。

戴耳环的男人把周无和梁荷心请进了酒吧，幽深的走廊上都是铁质的墙面和地板。男人回身锁上了外面的门，又转身敲打走廊尽头的另一扇铁门。

"哐当"一声，铁门内的锁被人打开，耳环男做了一个请的手势。门的高度对周无来说稍低，他一低头，仿佛踏入了另外一个空间。

远处有人在唱音乐剧《罗密欧与朱丽叶》，整个酒吧的空间很紧凑，只有不到八张桌子以及一个大吧台。吧台旁边有一条隐约通往后方的通道，吧台后两名调酒师正忙碌着，吧台后面的墙上陈列着各种各样的酒。周无一眼望去，看到了许多熟悉的威士忌和杜松子酒。

吧台的对面是一个小舞台，上面有钢琴和麦克风。舞台上，有一位身穿黑白相间的办公室风格服装的女士，火辣的身材和红色的口红让周无明白，这是一个敢爱敢恨的女人。

她正在台上唱歌，旁边有一位穿着黑色西装、打着领结、脸上布满皱纹的中年男士在为她伴奏。

这位女士以一个高音结束了演唱，随后满面春风地走下舞台，来到梁荷心面前，伴奏的男士开始弹奏悠扬而轻柔的曲目。

"看看我们的小宝贝，又来了！我还以为你都把我忘了。"女士轻轻抱了抱梁荷心，余光瞟向周无，"这位，不会是你的男友吧？"

"哪有什么男朋友？！姐姐，你又漂亮了。"梁荷心微微一笑，用双手轻轻托着对方的手肘，随后眼神一瞟，看向周无："还不快向安玉姐问好。"

周无虽然内心有点儿抗拒，但还是顺着梁荷心的话说道："安玉姐好，您唱这首歌太合适了。"

安玉姐眼睛一亮："哦，你知道这首歌？"

"其实，我很迷恋罗密欧的 *J'Ai Peur* [1]，在悲情的音乐共鸣中寻找一种独特的男人气质。"

周无的答案明显让安玉姐有些开心，她挽住周无的手臂转身，踩着高跟鞋走上舞台，不容周无拒绝地说道："我想听你唱《我怕》！"

---

[1] 《我怕》。

周无内心有点儿崩溃，看到梁荷心隐晦地朝他点了点头，就只能顺着安玉姐的意思走上舞台，将背包放在脚边，礼貌地对配乐师鞠了个躬。

钢琴师是一个四十多岁的男人，梳着背头，显得格外精神，脸上的皱纹似乎诉说着他的故事。看到周无如此有礼貌，配乐师非常开心。

钢琴的声音响起，周无轻哼起前奏。

这首歌是罗密欧自己的恐惧，当他在面对未知的命运以及注定悲惨的结局时的宣言。这首歌曲的创作者还创作了《巴黎圣母院》《小王子》等经典曲目，也是周无最喜欢的作曲家。

当然除了歌曲本身外，音乐剧的舞美也是一大亮点。周无为学习这首歌特地学习了法文。当然，用周极的话来说，周无就是那种什么都会一点儿但是又不专精的人，足以糊弄住外行人，却又不足以和专家对话。相比之下，周极就是一个对什么都做到极致的人。

"其实我们是宿命的棋子，幸福只是海市蜃楼。我怕……喔，我怕，怕众神愤怒，对我兄弟报复……我怕……"

周无已经陶醉在自己的歌声中，安玉姐微微一惊，好像有些惊艳，随着歌声慢慢陶醉在音乐中。而梁荷心似乎没想到周无还有这种技能，随着歌声的响起，她似乎更加吃惊。

歌曲结束后，酒吧里为数不多的两桌客人、配乐师、安玉姐以及梁荷心轻轻地鼓起了掌。周无不太适应这种在舞台上被人注视的感觉，准备走下舞台，却在下台前顿住，侧身伸手示意钢琴师先走。

"一个有礼貌的孩子。"

安玉姐看着钢琴师在周无的陪同下走下舞台，快步向前走了两步，一只手轻轻搂着周无的胳臂。周无有一些局促，被安玉姐顺手带着走到了吧台旁边。

吧台由黑色木质桌子组成，前面摆了几张圆形椅子。周无抬头看了一眼跟着来到吧台边的梁荷心。梁荷心随手拉开一把椅子坐了上去，并示意周无坐到旁边。周无借机把手从安玉姐怀里抽出来，坐在吧台前，将手中的背包放在座位边。吧台后的两个调酒师不停地忙碌着。调酒师身后是六层高的架子，上面陈列着不同的酒，从日本的威士忌到美国的波本，以及爱尔兰的朗姆酒，应有尽有。周无依稀看到有几瓶曾经和周极一起喝过的酒，微微出神，回忆起两兄弟偶尔一起喝酒的日子。

梁荷心的长发轻轻地搭在肩上，头微微侧着看着周无，神色有些好奇，整个人有种慵懒却优雅的美感，像一只好奇的小猫。周无感受到她的目光，头微微一歪，正好对上她的目光，被梁荷心的面孔以及凝视他的表情惊艳了一下。他假装眨眼，避开了和她的对视。

"今天想要喝点儿什么？"这时，安玉姐将双手放在梁荷心以及周无的肩膀上，凑到两个人中间，左手微微用力，看向梁荷心，"我知道你是红酒的忠实粉丝，偶尔也换换口味。"

梳着背头的钢琴师拉开了吧台的隔板，走进了吧台后面略显狭窄的空间，示意两个调酒师给他一些空间。他张开双手撑着前方的工作台，眼神扫过梁荷心，又盯着周无看了两三秒，用低沉的嗓音说道："我来给你们调两杯吧。"

"太棒了！"梁荷心略显兴奋，眼睛都眯到了一起，对着安玉姐笑了笑，"我要喝您特别调给安玉姐的那杯红色的酒。"

钢琴师看了一下安玉姐，布满皱纹但不失魅力的脸上挤出一个笑容。周无看到钢琴师从左脸侧下巴处到左眼角处有一道深深的疤痕，这让钢琴师的笑容显得略为扭曲，周无装作没看见："麻烦大师给我一杯 Old Fashion①。"

钢琴师的嘴角扬起不失礼貌的微笑："你可以叫我威廉。"

"不错，很有品位……"安玉姐性感的声音从后面传来。

梁荷心幽幽地说："威廉先生，很久没有喝到您调的酒了。"

钢琴师轻轻一笑，随手拿起了一个马丁尼杯开始工作。

三个人就这样无声地坐着，看着钢琴师威廉用优雅的动作调酒，直到一杯装在马丁尼杯里的红色酒以及一杯装了方冰的棕色饮品被摆在梁荷心和周无面前。周无静静地看着眼前的酒，没有动作，梁荷心率先举杯示意，两个人分别轻轻一抿。

周无表面克制，内心不免急躁起来，但不了解情况便没有办法说什么，心里不断猜测酒吧里的人的关系。除了配乐师、安玉姐，以及两个日本调酒师外，屋内略显冷清，只有两桌客人，几个人分别坐着小声交流着。当他们看到周无的眼神扫过去，其中一桌的两男一女，身穿红色衣服的女士举杯示意。周无微微一笑，遥遥举杯。另一桌则是三位男士，两个俄国人和一个东南亚裔，看到周无他们并没有觉得好奇，表情有些冷漠。

"老规矩？"梁荷心试探着问道。

"当然，我请客！"安玉姐痛快地回应。

---

① 古典鸡尾酒

"那我先介绍一下，这是周无，周极的弟弟。"梁荷心的话音刚落，酒吧里的私语声顿时都消失了，周无感觉安玉姐搭在自己肩上的手一紧，而钢琴师手上的动作一顿。

"早该猜到的，你这么一说，两个人还真像。"安玉姐用双手轻轻将周无的头向左侧微调，以便能更好地看清周无的脸，双手突然抚摩着周无的脸部轮廓。

周无避开安玉姐的目光，心念急转。

"周极最后一次来是为了什么？"梁荷心突然转头看向工作中的钢琴师问道，往日稍显沙哑的声音更显严肃。

终于直奔主题了，周无心里默默地想着，耐心地等着钢琴师的回答。

"你和你哥哥真像！他总是提起你。"钢琴师威廉低沉的声音响起。

周无自嘲地笑了笑："是吗？似乎除了我以外，所有人都这么说……"

"一个人必须做他该做的事。"威廉说了一句莫名其妙的话，意味深长地看了梁荷心一眼，随后走到吧台后面的工作间一阵忙碌。

片刻之后，威廉将手中装在牛皮纸袋里的资料往吧台上一丢，部分照片微微散落在桌面上："上一次他来，问了这个。"

周无看了威廉和梁荷心一眼，慢慢抽出两张照片，在眼前仔细端详。

其中一张照片上的画面是一座四合院的场景，年代久远，四男一女坐在树荫底下，穿着粗布长褂和旗袍。左边的年长男人额前白净，手里握着一个烟袋，笑得合不拢嘴，而另外三名年轻人面对镜头挤眉弄眼，五官虽然不清晰，但是隔着图片能让人感受到他们脸上快乐的表情。

另外一张图片的场景硝烟弥漫，应该是发生在战场上。左边是个身穿龙纹披挂的武将，手中举着一根黑色的长杖，直指前方，周围一群年轻人穿着清代兵勇的服饰，头顶盘着辫子，手持长枪，情绪高昂。对面则是一伙儿躲在枪炮后面的西方士兵，双手抱住脑袋上的钢盔，有些垂头丧气，似乎已被英勇的中国人吓破了胆子。

资料袋里的信息很多，梁荷心趁着周无仔细端详照片的时候，简单收拾了一下牛皮纸袋，随后轻轻用食指和拇指夹住周无手里的照片，看着周无道："不是现在，不是这里。"

周无的手在梁荷心握住照片时微微一紧，他在听到梁荷心的话后顿了顿，轻轻松手。

安玉姐和威廉沉默地看着眼前的一幕。

"为什么他没有拿走这些资料？"周无斟酌了一下，问道。

"他就看了看，然后就走了。"威廉耸了耸肩，"这个信息算附送给你的。年轻人，在这里开口要想好你到底想要什么。"

梁荷心伸出右手搭在周无的左臂上，摇了摇头，示意由她来发问。

"我需要他最后一次来这里的准确时间！精确到秒。"这个看似奇怪的问题并没有难倒威廉。

威廉紧紧地闭上双眼，甚至眼角的皱纹都因此加深。几秒钟后，他拿起一张带有香酒吧标识的纸巾，迅速写下一组数字，递给了梁荷心。

梁荷心顺手接过纸巾，放入风衣的左侧口袋内。

"免费时间终止。从现在开始有任何问题需求，请梁小姐按标准付费。当然，我们的老规矩是打八折！"安玉姐亲切的声音突然变得严肃起来。

"当然！"梁荷心点点头，随后看了一眼周围，又扫视了一下周边突然沉默的两桌人，迅速说道，"接下来，我想做一个委托。三天内，这里的信息不能被第三方知道，所有人都要保密，由安玉姐做担保人！"

威廉沉默了一会儿，伸出两根手指。梁荷心会意地从口袋中抽出两张晶片一样的卡片，递交给安玉姐。

"成交！走之前喝完你的酒！"安玉姐接过卡片，微微一笑，转身走向舞台。威廉也从吧台后出来走到钢琴边，片刻之后，安玉姐悠扬的歌声再次响起。

梁荷心端详着手中的酒杯，灯光透过酒杯在她的脸上映出一道淡红的阴影，她美丽的脸庞看上去阴晴不定。随后她叹息一声，将杯中的酒一饮而尽。

周无眨了眨眼，也将自己杯中的酒饮下，苦涩的酒精顺着喉咙进入身体，强烈的刺激让他瞬间脑子清醒。尽管有无数疑问，但是他也知道，这里并不是最好的发问场所。

梁荷心起身示意周无跟着她一起离开，并向正在唱歌的安玉姐以及威廉致敬。安玉姐轻轻地摆手示意，威廉也点头致敬。随后梁荷心二人敲了敲酒吧的大门，文身男打开大门将他们送出酒吧，依然通过来时的两道铁门，酒吧里的音乐渐渐远去。

"欢迎下次光临。"戴着耳环的文身男微微俯身礼貌地致敬，随后整个大门被关上，周围就像他们来时一样安静。

此时的香酒吧内，在周无他们离开后，安玉姐唱完了最后一首歌，看着面前的两桌客人："各位，不需要我多说什么了，有人希望测试一下自己的运气吗？"

两桌客人都没有动静，许久，两个俄国人交换了一下眼神，用俄语快速地交流着，随后站起来拉着似乎有点儿不情愿的东南亚人要离开酒吧。而另一桌的女士轻轻地用双手按住同桌有点儿蠢蠢欲动的两位男士。

俄国人轻轻地敲了敲铁门，戴着银色耳环的高大男子打开门，看了看他们三人，问道："你们决定了？"

三人点了点头，离开酒吧。

安玉姐随手拿了三杯酒送到女士那一桌，说了声"谢谢"。

旁边的威廉则叹了一口气，默默起身走向吧台后面。

红衣女士微微一笑："秩序是大家共同遵守的，如果能够换回您的善意，我们也愿意去处理那些不那么遵守游戏规则的人。"

"不用了，这依然是我们的城市。"安玉姐微微一笑，看着威廉离开的身影，随手点起一支烟。

这句话在房间内回荡了许久，仿佛有人在喃喃低语。

旁边三人沉默着，看着面前缭绕的烟雾。

街道上，夜晚的微风轻轻吹过周无的颈间，他感到一丝凉意，似乎提醒着他刚才发生的一切都是真实的。

梁荷心点燃了一支电子香烟，熟悉的薄荷味道传到周无的鼻子里，让他脑海中不断出现周极的身影。看到她似乎没有主动解释刚才发生的一切的意思，周无按捺不住地主动问道："你不打算给我一个解释？"

"这里不是讨论这件事情的地方。我们争取到了三天时间，我需要整理一下思路。"梁荷心再次深吸一口烟，略显疲惫地望向远处的汽车，朱峰的身影在驾驶座的位置若隐若现。

梁荷心握紧手中的牛皮纸袋，两个人向汽车方向走去。

二人走到离车十几米的地方时，周无突然皱起眉头，随后拉住梁荷心："等等！"

此时，朱峰的身影依然在驾驶座上一动不动。以平时朱峰的性格，他早应该迫不及待地迎上来询问周无。如果一切安全，朱峰也许会闪两下车前灯，这是两个人从小养成的默契，但他绝对不会像这样一动不动，"沉稳"从来不是朱峰的代名词。

梁荷心和周无慢慢拉开一段距离，喊道："出来吧，这没有任何意义。"

"我怎么说的？我告诉过你，他们会发现的……"

两个人一左一右地从车后走了出来，一边走一边用英文抱怨道。右边的人没有回复，只是静静地往前走着，转眼间来到梁荷心和周无身前。

左边的是一个金发蓝眼的欧洲裔男子，刘海儿略长，有着挺直的高鼻梁以及棱角分明的面孔，蓝色的双眼似乎包含了整个天空的精华。虽然他没有打领带，但是一身三件套的手工定制西装依然让他显得无比英挺，说话的口气带着贵族特有的腔调。

周无想起他的第一套西装是 Tom Ford[①]，当然这是为了投行面试准备的装备。为了这套衣服，周无不得不屈服于周极的控制，花了整个大三的时间为周极做了一项课外调研工作。

另外一个微矮的人则是一个略显单薄的亚裔，虽然是亚洲人的面孔，但是具备海外生活的气质，黑色的短发，一张娃娃脸上表情异常认真，让他看起来有些固执。周无看见他身穿深蓝色西服并打着灰蓝相间的领带，整个人显得一丝不苟，心想，这一定是个异常认真的男人。

四个人对峙着，周无目光掠过两个人的身影，看向车内的朱峰。

只见朱峰嘴被堵住，双手被警用绑带捆在方向盘上，身体被登山绳捆在驾驶座上，连头都被绑在驾驶座的头垫上。他看到周无走过来，不断挣扎着，嘴里发出"呜呜呜"的声音，由于被绑得很紧，尽管极力挣扎，但从远处看似乎毫无动静。

"有必要吗？"周无皱眉问道，看到朱峰没事，心里镇定了一点儿。

欧洲裔男子耸了耸肩："很抱歉，我们并不是针对你。"

"李察？"梁荷心看向亚裔青年，然后转头看向欧洲裔帅哥，"还有卢卡斯？想不到有幸在这里遇见你们。"

沙哑的声音在周无的耳边响起，周无感觉耳朵痒痒的。

"不管是什么情况，见到你很高兴。"欧洲帅哥卢卡斯首先右手贴胸微微鞠躬，"为了照顾我们身边的朋友，我们可以用中文交流，毕竟我们现在在中国。"

梁荷心皱了皱眉头。

"你们的中文很流利。"周无微微一笑，在梁荷心回答之前抢先说道。

"梁小姐，身为同事，我不得不提醒你，现在的情况对你并不乐观，更何况周无先生什么情况都不了解……"对面被称为李察的亚裔青年说着一口标准的普通话，他顿了顿，诚恳地对梁荷心说道，"和我们走吧，希望能够帮助你。"

---

① 汤姆·福特，服装品牌。

"是的，你没有别的路，这是唯一的选择……"卢卡斯的中文口音居然是纯正的北京腔，虽然这和欧洲人的面孔有些违和，但是交流起来完全没问题。而这种古怪的反差感，淡化了他话中的强硬语气。

"如果我记得没错，李察欠我一个人情！"良久，梁荷心试图尽最大努力去说服对方，"最起码你现在可以听我说完我的想法。"

李察沉默着没有说话，卢卡斯看了看李察又看了看梁荷心，正准备开口，李察突然挑了一下眉毛，说道："我在听。"

"如果要找到周极，通过周无是最好的方法，这个道理大家都明白。"梁荷心整理了一下挡在额前的头发，语速略急促地说道，"我们都想找到周极，你们为什么不能再给我们一些时间？"

"你们没有任何线索，而且，你认为找到 Mr. Zhou 就解决问题了吗？哦，你太天真了！周极在做危害全人类利益的事情，这可不是儿戏！"

"我有明确的线索、明确的方向！当然，我们可以合作，况且周无也希望找到周极。"

周无默默听着三人的对话，突然觉得卢卡斯的英文发音跟黑盔战士非常接近，面前的两个人的体形也似曾相识。如果他没有猜错的话，眼前这两个突然冒出来的"同事"一定有不可告人的企图。

"你们当时也在医院？"

周无突然问了一句，看见李察和卢卡斯略微尴尬的沉默表情，讽刺地笑了笑，"看来我很受欢迎啊！"

"实不相瞒，我们跟梁小姐是同事，去精神疾病康复所是为了找你，这样可以让我们尽快找到周极。嘿嘿，我们可以用简单的方法，也可以用困难的方法……"卢卡斯有些不耐烦地说道，同时眼神不怀好意地瞄向周无。

周无看到他的眼神，右脚后撤，左手微抬，身体轻轻下压。这个动作明显刺激到了卢卡斯和李察，两个人谨慎地往后退了一步，目光却都盯着梁荷心，仿佛周无一点儿威胁都没有。

"我想，他可能对我们有误会。"卢卡斯看着梁荷心，眨了眨眼睛，戏谑地说道。

梁荷心并没有理会卢卡斯，而是看着李察的眼睛："我需要跟你单独谈一谈，五分钟。"

"我给你五分钟，只有这么多。"李察调整了一下自己的领带的位置。旁边的卢卡斯似乎想要说什么，但是李察没有看他，直接和梁荷心走向旁边的街边窃窃私语起来。

走之前，梁荷心给了周无一个少安毋躁的眼神。周无在原地等待着，情绪变得有些躁动，这种被人牵着鼻子走的感觉是他最讨厌的。这种无力以及没有目标的感觉让他想到自己小时候独处时的无助感。

卢卡斯被直接忽视后也沉默下来，双手在胸前交叉，默默地看着不远处的两个人似乎争论着什么。

周无默默数着自己的心跳和呼吸次数，大概四分钟后，梁荷心和李察回到了二人面前，李察随后看向梁荷心说道："请给我两分钟时间，我要和卢卡斯商量一下……"

梁荷心点点头，拉着周无走向一边。车内的朱峰还被绑着，眼看着周无和梁荷心走到车的另一边，朱峰又开始发出"呜呜呜"的声音。梁荷心假装没有听到，朱峰感觉这是梁荷心对他的报复，心里大骂：小气的女人！

6　凶案现场以及共鸣 «««««

"我们就扔下他不管？"周无问道。

"他不会有事的，我们需要卢卡斯和李察的支持，否则很难撑过去。"梁荷心语速略显急速地说道，"周无，我希望你能相信我，我们现在别无选择。李察和我还有周极，之前打过交道。你放心，他答应给我们三天时间，而且这三天时间里，他会全力配合我们。"

周无抬头看向远处的李察和卢卡斯的身影，卢卡斯似乎情绪有些激动，一只手指点在李察的胸口，而李察一只手放在卢卡斯的肩膀上，试图让他冷静下来。

"所以我还是只能等着？我还有别的选择吗？"周无冷冷地笑了笑，清楚地明白自己现在没有任何信息来源，只是这种不舒服感让他不经意间向梁荷心发泄了情绪。

梁荷心轻轻牵起周无的双手，看着他的眼睛："周无，请你给我一点儿时间好吗？我们的目标是一致的，那就是找到你哥哥。你给我一些时间，我现在有一些线索，等和李察还有卢卡斯谈妥后，我们找一个安全的地方一起研究一下。"

周无突然有点儿紧张，呆呆地看着梁荷心的双手。

梁荷心看了看远处依然在争执的两个人，低声道："如果不行，我一定会想办法让我们离开。"

她借着车的掩护悄悄地把手中的牛皮纸袋交给周无，周无调整了一下姿势，打开身上的包让梁荷心能够将资料袋放进去。

"最坏的情况，你带着资料先走。"

周无听到这句话愣了愣，没想到她会说出这样的话。随后梁荷心又补充道："至于朱峰，你放心，他不会受到牵连的。"

这时，李察和卢卡斯那边的争执终于结束。李察走过来看了看周无，又看了看梁荷心，说道："三天！在这之后，一切只能按照规则来。"

梁荷心点了点头，补充道："这三天里，任何人不能和外界联系，通信工具由我统一保管。"

李察眉头一皱，正待拒绝，梁荷心又说道："你们全程跟我们在一起，如果有问题，你第一时间就能知道。"

周无正想说点儿什么，梁荷心看了他一眼："他们只会跟随，不会做任何事，除非我们同意。相信我，这对大家来说都容易些。"

李察认真地看着梁荷心，说道："好！这件事由你牵头安排，这是你的团队，我们当然只是配合。但是，只有三天！三天之后，如果没有结果，我也没有别的选择。相信你比我更懂公司的规矩，我不想双方撕破脸，兵戎相见。"

"就像以前一样。"梁荷心伸手和他握在一起。

随后李察转向周无，面无表情地伸出右手："弗朗西斯·李，你叫我李察就好。我为精神疾病康复所里的误会感到抱歉，我和周极一起共事过，他是个不错的人，我总听他提起你，很高兴认识你！"

周无缓缓伸出手和李察的手握在一起，感受到对方手上传来的力度，知道李察绝对不像表面上看起来那么瘦弱。至于他在南郊山开车撞倒的"终结者"是李察还是卢卡斯，这已经不重要了，大家心照不宣。

"最近总是听到人们这样说，也许你们比我更了解周极。"周无内心觉得有些讽刺，再次意识到自己似乎从没有真正认识过周极。

梁荷心和李察对看一眼，李察从腰后拿出一把折叠刀，手一抖，将刀打开，走向车内的朱峰。朱峰听不见外面的对话，看见李察慢慢走近，开始极力挣扎。

此时，两个俄国人和那个东南亚人静静地站在酒吧门口的阴影处，看着远处的周无和梁荷心以及一个亚洲人与欧洲人发生争执，之后其中一个亚裔男子拿着刀打开车门，解开了一个被绑在驾驶座上的戴眼镜的年轻人，随后周无安抚了一下戴眼镜的年轻人，其中的亚裔女子将众人的手机放到一个黑色的盒子里，并将盒子保存到后备厢里。

五个人分坐两辆车，梁荷心和周无以及亚裔男人坐一辆，戴眼镜的年轻人和欧洲男子上了后面的车。

两个俄国人对看了一眼，记下了车牌号，旁边的东南亚人突然拉住其中一个俄国人说了几句话，而另外一个俄国人颇为不耐烦地用俄语嚷嚷了一句。东南亚人勉强停了下来，三个人在旁边的停车场上车，正准备跟上前方的车，前面突然出现一道身影。一个身穿西装、左脸侧下巴处到左眼角处有一道深深的疤痕，依然很有魅力的男士出现在打着车灯的车前。

灯光照得他的面容依稀有点儿扭曲，尤其是疤痕产生的阴影让原本绅士的面孔看起来有些可怕。

五分钟后，酒吧内安玉姐的电话响起，她认真地听了三秒钟，随后又拨通了另一个电话："准备好清洁工，三个袋子。"

她随后挂掉了电话，微笑着看了看坐在桌边的红衣女士以及另外两位男士："这真是个忙碌的夜晚……最近的事情比较复杂，同时时间过去太久以至人们忘了许多事情。是时候提醒大家一下，这座城市依旧属于我们。"

红衣女士脸上挂着笑容，只不过表情看起来有点儿僵硬。本来有点儿骚动的两位男士也突然安静下来，只有爵士乐依然悠扬地响着。

汽车在路上飞驰着，众人在车里沉默着，周无甚至能听到自己的呼吸声。李察在后排座位上直直地坐着，双手放在自己的膝盖上，显得格外严谨。梁荷心的食指轻轻击打着方向盘，似乎在斟酌着如何开场。

"所以我们现在去哪儿？"周无决定率先打破这种尴尬而又沉重的沉默气氛。

不知道为什么，在梁荷心面前，周无能够放松地进入自己的记忆宫殿里打发时间，而李察在的时候，气氛总显得凝重，让周无无法放松自己。

梁荷心伸手掏出一张带有香酒吧标识的纸，向后递给李察。李察皱了皱眉，见纸上写着一个日期。

"这是周极最后一次来酒吧的时间。"梁荷心掏出电子烟，点燃后深吸了一口，"当天我和周极去做了我们的最后一个任务，之后他整个人突然变得和以前不一样了。"

李察和周无沉默着，给梁荷心充分组织语言的时间。

"我们的最后一个任务是西府欢乐城杀人案。"

听到这里，李察挑了挑眉，娃娃脸上表情依旧严肃，但是眼中显出探询的意味。

周无愣了愣："是那个精神病人杀人案？"

"是的，当天我和周极临时接到任务，去了现场，之后周极突然说有事情就离开了。"梁荷心再次吸了一口烟，"从时间上来看，应该就是在这个案子之后，周极去找了钢琴师威廉，问威廉要了这些资料。"

梁荷心看向周无，示意他把资料给李察看。

周无从手中的包里掏出牛皮纸袋，向后递给李察。

李察打开文件，迅速过了一下里面的内容，眉头皱得更深："这些照片对我们有什么帮助？"

"我也不知道，但是我需要到现场去……确认一些事。"梁荷心和李察在后视镜里交换了一下眼神。

周无看在眼里，没有说破，反而问了一个更深入的问题："所以你们是在跟有关部门合作？"

梁荷心透过额前的秀发看了周无一眼："你可以这样认为，但是现在我还不能和你说太多。"

"我知道，我只需要知道你们让我知道的事情，其他的我只需要专注力。"周无略显烦躁地打断她的话，说道。

梁荷心微微一顿，柔和地说："你放心，很快你就会知道一切的，但是先给我一些时间好吗？"

周无转头看向窗外的路灯，夜晚的灯光显得格外明亮，车飞速疾驰，来到了西府欢乐城。

这里应该是京都城里最著名的商场，每到周末都有无数男男女女来这里购物、约会打发时光。周无在大学的时候也来旁边的书店买过许多书，有时会在书店里拿上一本书找个角落静静坐下，这是周无打发时间的最好方式。

两辆轿车停在欢乐城门口，三个人同时下车，听到后面传来一种奇怪的北京腔和朱峰叽叽喳喳的声音。

"真的吗？你有一次在这里被搭讪？"

"哪里，哪里，主要是他们看到老外比较好奇。"

朱峰和卢卡斯一起走过来，两个人的神色都有一些猥琐。周无无语地看着朱峰，心想，不久前他还把你绑在车里。

朱峰看到周无的表情，讪讪地说道："这是中外交流！文明的碰撞！"

李察没有理会卢卡斯和朱峰明显跑偏的交流，看向梁荷心说道："现在你可以说了。"

"当天任务来得比较急，我和周极直接赶来时，警方已经控制现场开始工作了。"梁荷心看着欢乐城的大门，往前走了两步，背对着四个人，指着大门语气带有回忆地说道，"我和周极从这里进去，迎着人群奔跑的方向走向前方。"

众人跟着梁荷心慢慢走向大门，由于已经过了营业时间，大门被铁链紧紧地锁住了。李察上前，拿出一根铁丝轻轻插入锁中，捣鼓了两下，锁就被打开了。周无面无表情地看着李察，轻叹了一声，说道："其实，我很难理解你们和周极的工作性质……"

朱峰一脸错愕，似乎也想提出疑问。

梁荷心没有理会周无，看着李察站直身体，把手中的工具放在西服左下的内侧口袋中，随后打开大门做了个请的手势。众人走进大门，梁荷心一边走一边打量着周围，随后指着一个角落说道："当时这里躺着第一具尸体，男性，三十五岁左右，身上有多种利器造成的伤痕。这里满地都是鲜血……"

"你们到底是什么人？"朱峰脸色发白。

梁荷心同样无视了这个问题，有点儿游离在外的感觉，沙哑的声音也变得格外空灵："当时出任务比较紧急，因此我和周极身上并没有配备任何装备。这时我准备呼叫总部支援，告诉周极等支援和装备到场后再进一步侦查。"

"可你知道的，周极……他就是周极。"在众人的注视下，梁荷心叹了口气，用似乎在向谁倾诉的口吻说道，"当时前面传来一声尖叫，周极二话没说就冲了过去……"

"这确实像他会做的事。"周无轻轻地说了一句。

周极和周无虽然是兄弟，但是性格截然不同。周极看似鲁莽但是更愿意承担行动的后果，周无在这方面则相对保守些。一个是行动派并且善于制造混乱然后从中寻找机会，一个谋而后动有着进行外科手术般的行为特征。两个人的行为差异导致在生活中大小摩擦不断。事实上，周无认为自己很多时候是在为周极的鲁莽行为擦屁股，这也是为什么周无在经过考虑后会去大学，而周极似乎直接选择了进入社会。

"相信我周无，这个世界如此之大，还有许多你不知道的东西等待着你去探索，为什么你要被拘束于象牙塔里？"周无脑海中浮现出周极在选择直接进入社会后，自己冲过去质问他时他的回答，"如果你不敢踏出这一步，做出少数人能做出的选择，永远只能做一个平庸的人！

"平庸的选择永远会导致平庸的结果。你需要勇气面对未知事物，并做出选择！"

周极意味深长地看着周无。

周无的印象中这次谈话双方不欢而散，这似乎也是周极和周无后面渐行渐远的原因。世界观和价值观的不同让两个人无法再就某个问题进行深层次的探讨，周极认为弟弟没有勇气，而周无认为周极过于鲁莽。在一起的日子，周无和周极都刻意去回避这类话题，避免因观点的分歧让聚少离多的两个人再次陷入无谓的争执中。周无现在回头来看，也许两兄弟都很珍惜彼此的感情，因此才选择在这个问题上避而不谈，这也是两兄弟少有的默契吧。

周无自此更加努力，在大四加入了梦寐以求的投行实习，工作虽然辛苦，但是能收获人脉和资源。也许有一天周极会被这个社会磨得伤痕累累，这样自己对他能够有帮助。万幸，周极似乎过得越来越好，不知什么时候开始，Tom Ford 西装、百达翡丽的手表、雪茄、收藏的威士忌都表明这些年他做得似乎不错。这让周无更加没有理由去质疑周极当年的选择。

当然，最后周无还是选择在周极面前微微地低头，因为这次的实习机会就是周极推荐的。

若说当年的分道扬镳让兄弟之间隔了一层神秘面纱，那么和梁荷心的相遇，最起码让周无能够用手碰触这层面纱，并开始感受面纱背后周极的轮廓。作为兄弟却要用这种方式彼此了解，这真是莫大的讽刺。事实上就算到今天，周无依然不相信周极会对他做出这样的事，就算彼此不认可对方的观点，并渐行渐远，周无始终也不敢相信周极会采用如此极端的手段去伤害他。

"我是众神的使徒！"

墙上猩红的字让周无脑海中突然又回放起当晚的画面。无情的杀戮，不亲近但是时常会见面的家人一个个倒地，一幅幅画面不受控制地出现在他眼前。

选择！

一个低沉的声音似乎穿越时空又在他耳边回响。

"选择！"周极的声音和这个声音逐渐重合，周无闭上双眼，咬紧牙关，试图让自己的心绪平复下来。

沉默的气氛像是无形的压力压在心头，朱峰收起了嘻嘻哈哈的表情，略显沉重地站在周无身后，将手放在周无的肩膀上。随着朱峰的手碰触到周无的身体，周无晃动了一下，耳边的声音迅速消失。

梁荷心站在黑暗中，商场中勉强有应急灯光照明，昏暗的灯光打在众人身上，隐约在地面上投射出每个人的轮廓，影子交织在一起。

周无慢慢从刚才的思绪中恢复过来，朱峰担心地看着周无，但是沉重的气氛让他开不了口。李察和卢卡斯静静地站在黑暗中，良久，卢卡斯忍不住向前迈了一步，似乎要去催促梁荷心。但是李察轻轻拉住了他，摇头示意，需要给梁荷心足够的空间和时间。

梁荷心长叹一口气，伸手将头发往后一捋，随即继续向前慢慢走着。

众人的右侧是陈列的橱窗，梁荷心边走边用手轻轻碰触着橱窗的表面，仿佛陷入了沉思。她走到一处十字路口站定，指着右边的通道："这里当时躺着第二个死者，整个面部被外部暴力损毁，已看不清面孔，而身上最起码有九道深浅不一的创伤。"

她站在这里平静地叙述着，沙哑的嗓音不带一丝感情，甚至让人觉得有些残酷："从衣着来看死者应该是一个保安，临死前手里还拿着一张凳子撑在门口，似乎想把凶手挡在外面。"

朱峰忍不住颤抖着，幻想当时的现场景象，对一个生活在平凡世界的人来说，这种画面太难想象了。

周无抿着嘴站在旁边，想象着当时的画面：周极跑过角落发现了倒下的保安，检查保安的呼吸，发现已经没救了。

以周极的性格，他一定很愤怒吧？

周无走到梁荷心身边，看着幽深的通道，应急灯的灯光将锁住的铁门衬托得格外阴暗，铁门后面应该是商场的仓库。

"继续吧。"

周无刻意压抑着声音中的感情，让自己看起来冷酷无情。

梁荷心看了他一眼，继续往前走到铁门前，轻轻推着铁门。粗心的保安没有锁上商场内的安防门，门顺利地被打开了。

卢卡斯吹了一声口哨，轻笑着看向李察："你的技能似乎用不上了。"

李察没有理他，跟着梁荷心以及周无的脚步走进了通道。卢卡斯自讨没趣地摸了摸鼻子，跟着走了进去。朱峰则紧张地边走边回头，昏暗的空间让他越发没有安全感。

"啊！"朱峰突然感到腰间一紧，大声叫了出来。

前方的四个人回过头面无表情地看着朱峰，朱峰一边尴尬地把自己的衣兜从门把手上拿下来，一边向大家道歉。

"咚！"

后面突然又传出一声巨响。

卢卡斯和李察迅速一个前滚翻，单膝跪地回身望向走廊；梁荷心则一把推开身边的周无，靠在右侧的墙上；周无借着梁荷心的推力蹲在左侧的墙角；而朱峰一个人孤零零地站在走廊中间，脖子微缩，回身看向身后。

良久，朱峰看着背后被撞上的大门，略微尴尬的声音再次响起："不好意思……"

众人无语，慢慢起身向前走去，沉重的气氛因为朱峰有些放松。卢卡斯突然发出一声轻笑，似乎是在嘲笑朱峰。朱峰瞪了卢卡斯一眼，可无论是体形还是颜值，自己好像根本占不到便宜，于是只能在一边生闷气。

接下来，众人又走到了几个曾经躺着受害者的地点，凶手作案手段极其血腥，很难想象有人类能做出如此凶残的事情。周无可以想象到当时的场景，鲜血洒满了地板、天花板，就像那个夜晚一样。

最终，众人沿着台阶来到地下停车场的一角，梁荷心伸手指向一个角落："就在那里，我看到了周极。"

似乎随着梁荷心的话，原本无风的地下室突然有冷风吹过，莫名地让众人毛骨悚然。朱峰突然觉得呼吸有点儿困难，借调整眼镜的机会掩饰了一下自己的异状。而周无莫名其妙地后背都是冷汗，他甚至能感觉汗水正顺着脊背慢慢下滑。

"当时他脸上都是血，身下倒着另一名男性……后来的资料显示，他是一个广告公司的白领，之前没有任何精神异常的情况。实际上几天前，他刚从日本旅游回来，同行的还有他的新婚妻子……"梁荷心缓缓说道。

周无突然觉得有些恶心，能清晰地感到自己的心跳开始加速。他直视着那个角落，想象着当时的画面：周极追逐着那个人来到车库的角落，路上只能看到一地的尸体，让他越发觉得无奈。也许他曾经停下试图去救那些人，也许曾经犹豫着是不是要继续向前追下去，最终把凶手逼到了这个角落，对方像困兽一样恶狠狠地瞪着他。

"根据法医后期统计，受害人总共是十七个，每人身上都有好几道不同的创伤，很难想象一个成年人能有这种体力做出这种事。"梁荷心回过头，看着李察和卢卡斯说道，"他只是一个普通人……"

李察和卢卡斯看着梁荷心，同时闭上双眼。李察站在原地如同雕像一样，微皱的眉头却显示他在思考。而卢卡斯从西装内侧口袋中掏出一块怀表，轻轻地拨弄着怀表的外壳，一会儿打开，一会儿关上。

"伤口显示，凶手使用了二十三种不同的作案手法，其中锐器伤有好几种不同的切割方式，有左手弄的，有右手弄的，也有贯穿伤，还有牙齿撕咬的痕迹。"

良久，两个人相继睁开眼睛，轻轻地对梁荷心摇了摇头。

"有确定需要回收的特殊物品吗？"卢卡斯轻轻问道，看了一眼前面的周无。朱峰听到了问题却不懂问题的深意。梁荷心和李察没有回答，这让卢卡斯有点儿尴尬，他只能勉强地笑了笑。一旁的朱峰正想追问，突然看向周无。

周无持续盯着那个角落，想象着当天的画面，突然眼前的世界似乎受到某种干扰，画面开始闪烁，周无忍不住蹒跚着向前走了两步。朱峰看到他的动作，赶紧上前轻轻扶住他。周无摇了摇头，轻轻推开朱峰，又往前走了两步。

眼前的画面开始在现实和虚幻间切换，像是电视信号受到了干扰。墙角开始出现若隐若无的两个身影。周无试图看得更仔细一些，又走近了两步，走到梁荷心旁边。

梁荷心看向周无，却发现他的目光似乎失去了焦距，有些虚无。梁荷心默不作声地走到李察和卢卡斯身边，低头和他们私语。

周无慢慢地向前走着，越接近角落，眼前的场景受到的干扰似乎越严重，角落中的人影渐渐变得清晰，而背后的汗水由于体温上升越发让他感到冰冷。周无失了魂似的慢慢往前走着，移到周极曾经站着的那个角落，眼前的画面突然扭曲旋转。

周无感觉灵魂脱离了身躯，站在高处看着整个场景。

远处一个体形纤细的男人跑了过来，身上穿着一件衬衫，都已被鲜血覆盖，下身穿着牛仔裤，原本时尚的背头发型现在散着。看面孔，来人应该是个曾经很英俊的人，不过现在双眼突出，甚至因为用力过猛导致眼角都是血迹。

他一边慌张地奔跑，一边回头看，随后跑到这个角落剧烈地喘息着。

男子抱着头慢慢坐在墙角，来的路上都是布满鲜血的脚印。

　　这时，远处又传来一阵急促的脚步声，一名身材高大的年轻人跑过来，身上穿着棕色皮衣，下身穿着战术牛仔裤，脚上是一双布洛克皮鞋。深陷的眼眶使他的面孔充满了立体感，而他眼中充满了怒意，隐约可以看到他里面灰色的衬衫上沾了部分血迹。

　　是的，他就是周极。

当看到在墙角颤抖的中年男子时，周极警惕地慢下脚步，走向目标。

中年男子听到脚步声，慢慢抬起头，惊恐地看着走近的周极："不……不……不要过来！我不知道我怎么了！"

"冷静一下，告诉我发生了什么？为什么你要做这一切？"周极试图用平静的语气询问，声音比周无略低沉，身体的站位却封死了一切对方可能移动的路线。

"为什么？为什么要背叛我？……"中年男子喃喃自语，脸部突然变得扭曲，"不！为了荣誉，我不会放弃的。如果这是我的结局，我会把你也拖进地狱！"

他颤抖着身躯说："马达安纳……塔瓦索，他们是魔鬼！这不是我做的，这不是我做的！"

"我听到了神的感召，看到了未来，整个世界即将毁灭！我必须做点儿什么……这是我的战斗！这是我的！他们都要死！"

他有些语无伦次，就像是在与魔鬼对话。

"呜呜——求求你了，让他们走开，让他们走开！这不是我，这不是我！"

中年男子大声咆哮，越说越激动，太阳穴上青筋暴起，血红的眼角由于过度扩张而撕裂。此时他双手撑在地上，就像一头在黑夜中逃亡的野兽，后背弓起怪异的弧形，嘴里发出"呜呜"的悲鸣，手中突然握紧一柄森寒的尖刀。

周极冷静地看着面前男子的变化，表情有些奇怪："你是谁？"

"我是众神的使徒，这个混乱世界的终结者！一个时代的终点也是起点，我会拿回属于我的一切东西，让整个家族复兴！为什么你要背叛我？为什么你要听从那些仆人的号令？！你就是这个世界的叛徒！"

男子的声音越来越小，直至沉寂，浓重的喘息声在安静的环境中显得越发清晰，男子此时就像一头狂躁不安的野兽。

他弓着身子，忽然双腿发力，挥舞着手中的尖刀，疯狂地冲向周极。

周极早有戒备，眼看男子已经扑到眼前，身体往左边一闪，准确地抓住男子持刀的右手，顺势一拧，将男子按在了地上。

在这种情况下，周极完全控制住了男子的身躯，由于关节错位，对方的身体会因为受到外力压制而向右侧旋转。

周极此时做了一个经典的十字固动作将对方持刀的手臂控制住，但是突然感受到带有巨大力量的反抗。他将整个身体压在对方的身体上，甚至能看到对方的肘部被反关节技巧压制，形成一个奇怪的角度。

可是这个男人似乎毫无痛觉，和周极较上了劲。

男子的胳臂角度虽然有点儿奇怪，但是他并没有停止攻击，挣扎着扭动身子，再次将手中寒光闪烁的尖刀划向敌人。

周极躲闪了两次攻击，低下头从男子的身体空当处钻了过去，从身后抱住男子来了一个后桥摔。男子胫骨着地，在地上滚了两圈，突然站起来换了另一只手握住尖刀，又冲了过来。

周极直接抓住对方的手腕，双腿一蹬，重重地踢在男子的脑袋上。

男子身子后仰，急促喘息，突然翻身缠住周极，整个人扑倒在周极身上。

周极没料到男子的反抗居然如此强烈，心里有些慌了，急忙展开双臂迅速控制住男子的手腕，以免被尖刀刺伤。

周极正跟男子对抗着，突然看见男子的脖子上的挂饰，稍一失神，锋利的尖刀距离他的脖子只有五厘米了。眼神有些茫然的周极，似乎想起了什么奇怪的事情。

这时，画面场景中传出一阵刺耳的鸣声，某种莫名的力量突然将中年男子击飞出去，男子撞破了天花板上的石棉夹板。就在对方的身子下坠之时，周极一个快速冲刺，将男子压在墙角，右臂抵住对方的下颌，掰着男子持刀的手腕。男子挣扎着将手中的刀刺向周极，周极右臂挡住男子的左臂，随后用力握住男子的手，将刀刃慢慢地顶向男子的喉咙。

周极与失控的男子对视，再次逼问："你到底是谁？！"

男子的两只死鱼眼突出，望着寸寸逼近的刀尖，恐惧神色中带着绝望，声音近乎哀求："求求你！这不是我！这不是我的错……呃呃，呃呃……"

当刀插进中年男子的咽喉时，血液瞬间喷射而出，溅了周极一脸。

中年男子五官扭曲，手掌斜撑在周极的脸上，微微抽搐，随着微弱的呼吸缓缓垂下，瞳孔里的光泽逐渐消逝。

周极平躺着，大口喘气，任由鲜血浸湿了他的衣服。

良久，周极抬手抹去眼角的血迹，似乎突然想起了什么，翻身坐起，一把抓住死者的衣领。

画面开始扭曲，像是受到了某种电流的干扰。

远处出现凌乱的奔跑声，依稀有人在呼唤周极的名字。周极转过头望着防火门的通道，沾满鲜血的嘴角隐隐露出一丝冷酷的笑意，表情分外狰狞。

整个场景剧烈抖动，画面变得越来越模糊。周无试着记住每一处细节，眼前昏暗的空间却瞬间扭转。

墙角没有尸体，没有血迹。

梁荷心与朱峰二人正紧张地瞪着周无，不敢打断他的记忆，也不敢去触碰他的身体。

周无脑子里的画面与现实中的墙角交替，周极那张被鲜血染红的脸不停闪现。周无仿佛能闻到一股刺鼻的血腥味，突然感觉胃酸翻涌，忍不住弯腰呕吐，身躯蜷成一团。

他几乎把胃里能吐的东西都吐了出来，最后只能干呕，表情极其痛苦。梁荷心下意识地上前轻拍周无的后背，试图让他好受一点儿，并不介意周无吐出的酸水溅在她的脚边。

"谢谢……"周无停止干呕，接过梁荷心递来的纸巾。

梁荷心目光流转，问道："你刚才看到了什么？"

周无用纸巾捂住嘴，眼神疲惫地凝视着梁荷心，欲言又止。

他虽然心力交瘁，但是意识仍然清醒，如果告诉梁荷心他刚才看见了周极杀人的画面，那么欢乐城的圣徒杀人案就永远破解不了了。而且他很难猜测周极的失踪与圣徒的死亡到底有什么联系，因为这段画面只是周极的记忆。

远处的卢卡斯皱了皱眉头，好像有很多问题想追问周无。李察看了他一眼，轻轻地摇了摇头，示意他暂时按捺住性子。

卢卡斯一脸不甘的表情，随手将怀表揣进口袋。

李察松了松领带，解开了领口的两粒扣子，一个十字架挂在他的胸口。

李察将十字架轻轻地夹在食指和中指之间，做了一个祷告的手势，随即闭上眼睛。

朱峰也想走过去，却被李察出声拦住："你的朋友需要休息……"

虽然他没有睁开眼睛，却有一种独特的气势。

"这里并不安全，我们先离开吧。"梁荷心见周无的脸色渐渐好转，果断提出撤离现场。

卢卡斯眯起蓝色的眼睛，看着梁荷心，摊开双手，向前走了两步，语气略带调侃地说道："我们的任务是一样的，你别这么紧张。"

梁荷心站在卢卡斯面前，双手在胸口交叉，这个动作在心理学上暗示着拒绝以及不认可。而她也是这么做的，轻柔的沙哑声音似乎带着某种坚持之意："周无没有任务，他只是我的朋友。"

双手抱在胸口，让梁荷心看起来更高挑，同时左脚尖点地的动作让她的腿显得越发修长。

朱峰在不远处看着双方对峙，目光偷偷瞟向周无。而周无借着捂嘴咳嗽的机会向朱峰使了一个眼色，示意他不要轻举妄动。就在梁荷心和卢卡斯之间的气氛越来越凝重的时候，李察突然从后面走上来，手搭在了卢卡斯的肩膀上，对着梁荷心轻轻地说道："是的，我们应该离开了。"

此时，商场楼梯口隐隐约约传来了交谈声，时不时还有手电筒的灯光晃过。周无直起身，走到朱峰身前微微一笑，然后迅速走向车库的通道。

李察紧跟其后，试探地问："现在我们需要一个休息的地方，并且要足够安全。梁小姐，你有什么建议？"

梁荷心若有所思地点了点头："周无的处境并不乐观，现在罪法局和外勤组的人都盯着他。我知道公司有一个废弃已久的安全屋，我们暂时去那里比较安全。当然，如果你们信任我的话。"

街道静谧，小巷幽深。

繁华的城市也有偏僻的角落，这里没有夜晚的霓虹灯，也没有都市的喧哗，微弱的路灯灯光在夜幕下时隐时现，光亮投射在古老洋房的屋顶上，地上映出飞檐的影。

这是一栋二层的欧式建筑，屋子里的家具有着北欧的简约风格，餐桌上放着一大盆花，让整个房间多了一丝生气。

周无四处看了看，楼上一共有三个房间，楼下则是会客厅以及厨房。朱峰舒适地瘫在沙发上，眼镜放在沙发前的木质茶几上，而梁荷心与两位"同事"在会客厅旁的开放式厨台旁低声商量着什么。

李察看到周无从楼上下来，立即停止和梁荷心的交流，轻轻地对周无点头："梁小姐总能给人惊喜。"

周无微微一笑，随手将战术包放在厨房的欧式餐桌上："所以，接下来我们应该做什么？"

"我们无所谓，但是要让周无好好休息。"梁荷心表情严肃地说道。

"可是我们的时间不多了，没有他的参与，我们三个人玩一晚上瞎猜的游戏？"卢卡斯冲着周无眨了眨眼，从怀中掏出怀表在手里把玩着。

"他今天够累了。"梁荷心似乎对卢卡斯这种玩世不恭的动作很反感，说话的声音低沉且沙哑。

李察皱了皱眉头，终于没有忍住，认真地说出了自己的想法："这是你的行动，当然应该由你做主。但是我同意卢卡斯的话，时间已经不多了，还剩下六十八小时十二分钟，每一分每一秒都很宝贵……"

梁荷心站在周无旁边，略显倔强地看着周无，手拨了一下挡在眼前的秀发。周无感觉到梁荷心的眼睛直直地望着自己，明白她想说什么，神情微微一动，无奈地说："时间确实不多了，不过我认为我们现在的行动跟睡觉并没有冲突。三天之内就算找不到周极，我也改变不了各位的决定。不管大事小事，明天早上七点再议。"

梁荷心身子微微一僵，似乎听出了周无言语中对自己的不信任之意。

"嘿嘿，Mr. Zhou 需要休息。"卢卡斯的嘴角露出了略显讽刺的微笑，他挑衅般看向梁荷心，扭头示意李察回房睡觉，径直上了二楼。

周无与朱峰回到楼上最左边的一间双人房里，将藏在身上的日记本和资料袋塞进床头，转身看着身旁的朱峰，打趣地说："我先警告你，今晚可别打呼噜，不然我把你扔楼下去。"

朱峰尴尬地笑了笑："这个我可控制不了，你不会真要我去沙发上睡吧？"

这时梁荷心突然敲了敲门，走进房间，面无表情地说："不好意思，重新分配一下房间，今晚我和周无住一间。"

朱峰愣了一下，难以置信地瞪着梁荷心，随后略显猥琐地望向周无。

周无没有反应过来，只是看着梁荷心向自己走过来，不知不觉间有些紧张，看着面前的身影，心脏居然剧烈地跳动起来。

"你去睡朱峰的那张床。"梁荷心态度坚决，将手中的包往周无的床上扔去。

周无松了一口气，将藏在床头的东西挪到另一张床上，无奈地对朱峰做了个"再见"的手势。朱峰一边挤眉弄眼，一边向门外走去，嘴里嘟囔着重色轻友之类的话。

周无铺好被单，一声不吭地走向房间内的洗手间。

洗手间内的灯光是暖黄色的，将房间内的环境照得略显温暖。周无脱掉了黑色的战术 T 恤，无数次被汗水打湿的 T 恤上有着明显的汗渍，随后他打开了浴室内的淋浴喷头。

房间内的梁荷心静静地躺在床上，听着里面的水声。

热水打在周无身上，水慢慢流淌，他只觉得一股深深的疲惫感贯穿了身体。周无双手撑在墙上，任由热水敲打在自己的头上，过了良久，他双手将头发向后拢，并搓了搓脸让自己清醒一点儿。

周无随手取出整理好的浴巾围在腰处，洗手间内热气弥漫，空气略显潮湿。他站在镜子前，用手擦了擦被雾气遮住的镜子。镜子里的人肌肉线条分明，略显结实却又不会显得过于笨拙，一张略显忧郁的脸庞虽然清秀，但是似乎挂着心事，眉宇间流露一丝疲惫之意。

周无活动了一下自己的双臂，在放松后突然感到小臂有种酸痛感，脑海里再次闪过一个身影。

当周无走出房间时，梁荷心迅速从床上坐起，看着再次穿戴整齐的周无点了点头，拎起黑色的小包走入浴室。

稍后浴室内再次响起水声，周无看了看放在床上的风衣，随后将身体摔向后方的单人床。

浴室的门再次打开，周无迅速坐起，觉得整个身体的肌肉都在酸痛。梁荷心走出浴室，微湿的头发披在肩上。周无知道梁荷心的想法，关于香酒吧交给他的资料袋里的东西，不搞清楚她肯定睡不着。

周无转身从床头取出战术包，盘起双腿，将资料袋放在自己面前："如你所愿，我可以很坦诚地告诉你，这些照片对我来说根本就不是记忆场景。"

梁荷心低头沉思片刻，神情有些犹豫："我知道接下来我说的话很难让你接受，如果我站在你的立场上同样不会理解，但是我希望你能听我说完……"

她微微一顿，看着周无，试探性地继续说："现在也许还不是最好的时机，我知道你有许多疑问，也需要答案，我们都需要答案。但如果我们想找到一个完美的解决方案，现在不是好时机。"

周无半晌没有回应，梁荷心担忧地看着他，似乎担心他会做出什么不理智的事情。周无垂下手，将手中的照片放在床上。

白色的床单被暖色灯光照得有些发黄，周无发呆似的看着自己的影子和床单上文件的阴影交叠着，像是他复杂的人生。他突然轻轻挥了挥手，影子像是跳舞般在床单上映出斑驳的画面。

"周极在你眼中是个什么样的人？"

周无入神地看着自己的手的阴影在床单上跳舞，良久轻轻地问了一句。

梁荷心仿佛从紧绷的状态中放松了，肩膀微微一沉，同时用手拨了拨头发。周无多次看过这个动作，每次她在调整情绪的时候都会下意识地通过这个小动作进行肢体语言的过渡。

"周极是一个什么样的人？……"梁荷心喃喃自语着，眼神渐渐变得迷离，仿佛看向虚空中的某个画面，"似乎所有人都很了解他，但是所有人都发现自己从来没有真正认识过他。在工作上，他是可靠的伙伴，永远不会让人失望。虽然有时候他会感情用事，但总是能够在最恰当的时间出现在你身边……"

说完，她微微一笑，整个人似乎都沉浸在回忆中。

周无看着梁荷心在描述周极时的神态，觉得这个坚强而有主见的女人一瞬间显出了某种小女人的特质，这让周无心里涌出一种奇怪的感觉。

"他从小就是一个知道自己想要什么的人。"周无回想起挂在古堡中的那幅两个小男孩站在桌前的画，轻轻地说道，"当然，他想要的东西也一定会得到。"

听出周无话里有话，梁荷心看着周无斟酌了一下，还是平静地问道："你有没有想过，或许你没有真正了解过周极？"

周无皱眉，准备反驳，随后想了想，觉得梁荷心的话并没有错。因为他突然发现，自己似乎真的没有试着去了解过周极。

不知道为什么，随着周极和爷爷越来越亲近，周无开始将自己封闭起来，连自己的哥哥都试图排斥在外。

周无微微闭上眼睛，开始试着去回忆和周极相处的点点滴滴，却发现甚至连古堡里的那幅画在看过后都有模糊不清的地方。周无颇为烦躁地摇了摇头，脑海里不断出现周极和他相处的场景。

有人说记忆像时光长河中被冲洗的石头，随着时间的流逝，记忆会被时间的流动改变，曾经看似刻骨铭心的事情，在时间面前却如此苍白。那些曾经以为不能忘怀的人和事，就这么在时间的河流中慢慢变得模糊，被带着冲向远方。

周无的脑海中周极的面容，随着时间的流逝由小孩变为成人，不同的记忆画面组成的河流，不断冲刷着已经成形的周极的面容，让他的脸逐步改变形状。周无慢慢将周极的样子和他心中的样子对上。

"为什么？！"

记忆虚空中，周无向着周极的面孔大声喊着，周极的面孔悬浮在空中。周无甚至能看到组成整张面孔的许多细分的画面，有小时候的，有成年后的，也有周极和他独处时的，甚至有夕阳下渐渐消失在远方的孤傲和冷漠的背影。

周无的声音似乎引起了悬浮在虚空中的周极的注意，周极的整张脸庞像是被声浪震动一样，泛起了阵阵涟漪。刹那间，每一个画面里的周极都看向周无，无数画面会合在一起，似乎整个世界不同时间的周极都看向了这一刻的周无，就像是一个奇异的灵魂世界。

周极张开嘴，似乎在高喊什么，周无却听不见。

周极的整张脸开始抖动，每一幅构成面孔的记忆画面都开始颤抖。突然整张脸开始坍塌，周无就在这由周极的记忆碎片构成的画面中无力地站着。从远处，看周无身边四散着闪亮的画面，但是他的背影显得无比萧索。

当周无再次睁开眼的时候，梁荷心半蹲在他身边，担忧地看着他。周无满头冷汗地睁开了双眼，迎上梁荷心微显担心的目光时，微微一愣，战术背心再次被汗水打湿，身体莫名地感到一阵虚弱。

"这是你们纯血……最神奇的精神共鸣。"

梁荷心掏出纸巾递给周无，口中说着他听不明白的话语。周无呆了呆，刚想开口问些什么，却发现梁荷心已转过头去。

良久，两个人都沉默无声。

周无轻轻地用纸巾擦了擦额头上的汗水，转动脖子，活动了一下身体，身上发出了像是生锈一样的摩擦声。梁荷心听着骨头摩擦的声音，眼神有些担心，正想开口却被周无打断："喀喀，关于周极……"

周无的嗓子仿佛被烟熏过，"周极"两个字的发音变得格外沙哑，仿佛铁锈摩擦发出的声音。

"今天提到他的次数已经够多了，也许我们应该看看这个……"周无强力克服着突如其来的疲惫感，举起身边的照片，看着梁荷心，脑海里浮现出刚才的画面，似乎记起了什么，却又遗忘了什么。

梁荷心接过照片，随即抬头看向周无，似乎觉得他突然长出了浓浓的黑眼圈。他那被汗水打湿的背心紧贴在身上，微湿的头发紧贴着额头，整个人散发出一种阴郁的文静感，甚至有些颓废的美感。

"你现在应该休息。"梁荷心长长的睫毛微微颤抖着，她仿佛担心他下一刻就会昏倒，"如果你现在垮了，那么一切就真的结束了。"

周无闭眼深吸一口气，然后缓缓吐出，感觉似乎有无数根针扎在自己的意识深处，眼前的画面开始在黑白和彩色间转换："我们没有时间了……"

"砰！"

房门忽然被人撞开，重重地拍击在墙上，卢卡斯的身影出现在门口。梁荷心来不及细想，母豹般弹起身子，一脚踢向卢卡斯的胸口。

卢卡斯下意识地架起双臂，硬接了梁荷心这一脚，整个身躯被梁荷心踢出了门。

周无迅速将手中的照片放进资料袋里，塞到枕头下。

梁荷心皱眉看着卢卡斯，表情有些严肃："卢卡斯先生，以我对韦尔斯利家族的了解，你们这个充满荣誉的家族，曾经的所有历史事迹以及被人称道的美德，在你这一代都消失殆尽了！"

卢卡斯脸色微微一变，不知道如何反驳。

"我曾经以为你和你那几个毫无荣誉感的废物兄弟不一样，看来我错了，你终究也只是个受人摆布的工具而已。除了躲在门后偷听，你还能做什么？"

卢卡斯开始还能保持微笑，随着梁荷心尖锐的言语出口，他的脸色变得越来越差，手忍不住微微颤抖起来。

"你会为你的话付出代价的！"

卢卡斯咬了咬牙，颤抖着身子大步走向梁荷心，左拳快速击出。而梁荷心毫不畏惧，在狭小的走廊上与卢卡斯近身交起手来。

在躲过卢卡斯的一记直拳之后，梁荷心灵活地用右肩顶住了卢卡斯的右臂，双腿微微一屈，迅速绕到卢卡斯身后，左手搂住卢卡斯的脖子和右手形成一个三角形，右腿盘住卢卡斯的腰，向后用力一撑，顺势将卢卡斯的身体带倒在地。

她动作利索地躲过卢卡斯挣扎的双手，用修长的双腿控制住他蹬着的双腿，同时收紧双臂，顿时令卢卡斯无法呼吸。

周无饶有兴趣地望着二人缠斗，当看见梁荷心干净利索地放倒卢卡斯时，脸上的表情变得有些兴奋。周无与闻声出来的朱峰对视一眼，不约而同地一起盯着梁荷心盘在卢卡斯身上的长腿，一时竟移不开眼睛。

周无突然感觉到梁荷心从散落的秀发间狠狠射来的目光，慌忙移开视线，假装什么也没看见。

梁荷心一抬头，正好看见朱峰定住的表情。朱峰吓得一缩头，躲回了房间里。

"唉，你们要闹到什么时候？"李察从楼下缓缓走上来，手里托着西服外套，低头看着走廊上的梁荷心和气喘吁吁的卢卡斯，无奈地叹息。

梁荷心狠狠地瞪了李察一眼，用膝盖将卢卡斯的身子顶起，向后猛地一踹，竟将卢卡斯的整个身子踢飞出去。

李察侧身，一脚踩住卢卡斯滑过来的身躯，看向缓缓站起身的梁荷心，万般无奈地摇了摇头，转身扶起不停咳嗽的卢卡斯："梁小姐，我提议我们三个人独处一下，尽快解决你们之间的分歧，你觉得呢？"

李察让卢卡斯靠在墙上喘息。

"我想，卢卡斯先生脑子不太清醒，最好让他先找回他理性的一面。"

卢卡斯终于从喘息中恢复，看向梁荷心，愤怒地吼道："你这个疯女人！

喀喀，我是为了……提醒你……"

"闭嘴！"李察和梁荷心同时呵斥。

李察看着梁荷心，心事重重地说："我觉得我们之间好像有误会，我们需要谈谈。不要忘了，我们的任务是一样的。"

他拍了拍依然在喘息的卢卡斯，慢慢走向楼梯。

卢卡斯和梁荷心在楼梯口错身时，卢卡斯缩着身子微微一顿，看了一眼身后的周无，又看了一眼梁荷心，嘴里似乎嘀咕了一句什么。

只见梁荷心突然飞起一脚，和刚才在房间里的直踹动作完全一致，顿时将卢卡斯踹下了楼梯。

伴随着杀猪般的号叫声，卢卡斯滚落到楼下。

幸好木质台阶质地柔软，卢卡斯除了摔得鼻青脸肿之外，并无大碍。他躺在楼下的地板上痛苦呻吟，口中不停地叫骂："疯女人！这个疯女人！"

李察没有料到梁荷心下脚这么狠，略显震惊地看着她，终于丧失了一贯的沉稳样子，三步并作两步地跑到楼下。

梁荷心面无表情地跟着他的脚步走向一楼，走之前回头看了一眼周无，眼神在周无身上停留了一秒，随后若无其事地走开。周无没有弄明白她这个眼神是什么意思，心里有点儿担心：她会不会来踹我？

此时，朱峰正好从房里探出脑袋，小声地问："她这是……让我们不要多管闲事的意思？"

周无默默地点了点头，二人心照不宣，已经感觉到这个女人的恐怖之处。

周无进了房间，走到阳台上，抬头望着漫无边际的夜空，用手指头搓着额头。

"你还好吧？"朱峰有些担忧地看向周无，楼下隐隐约约传来三个人的争执声。

周无长叹一声，摇了摇头，整个人显得十分疲惫。

"她在利用你。"朱峰皱起眉头，压低声音说道，"她没有对我们透露任何信息，也没有让我们参与任何决策，我不信任她。我知道我们现在没有头绪，也知道我们没有方向，但是这种被人牵着鼻子走的感觉太不好了……"

周无静静地听着朱峰的抱怨。

朱峰将眼镜摘下来，在衬衫上轻轻擦拭着，喃喃地说道："她在利用你和周极的感情，也许我应该打电话给我的家人，他们可能会有更好的解决方案……很明显，这三个人有自己的想法，而我们只是实现他们的想法的工具。也许，他们得到想要的东西之日，就是我们被抛弃之时……"

"除此之外，我们还有什么选择呢？"周无耐心地听完好友的抱怨，突然长叹一声，"发生的这些事都是这么莫名其妙，我不知道你有没有意识到，我的人生，包括我的过去、现在和将来，似乎都已经改变了轨迹。我不知道谁是朋友、谁是敌人，甚至连我的亲人都已经消失不见……"

朱峰动了动嘴唇，好像想告诉周无"你还有我这个好朋友"，但是周无没有给他这个机会。周无无奈地笑了笑："假如他们需要我，就证明我还有被利用的价值。相反，我们也需要有人来发现真相，跟着他们走，离真相就更近一步，我没有理由拒绝他们的'好意'，耐心一点儿吧，机会总会来的。"

朱峰默默地听着周无的陈述，满脸苦笑。

每逢争论，他从未赢过周无，在南郊山精神疾病康复所里，他破天荒地第一次怒吼好友。他相信周无的判断能力，有一点他认同，以他们现在的处境，他们似乎没有更好的选择了，而且他本身也很好奇，周极到底被卷入了什么组织？这一切和那个夜晚又有什么关系？现在只有梁荷心能给出这些问题的答案，他们唯有合作去寻求突破。

"她在利用你！"朱峰再次强调，特意又加重了两个字的语气，"利用！"

周无默然半晌，若有所思地点了点头。

朱峰看见周无呆滞的反应，眨了眨眼睛，奇怪地说："你不会对她有感觉吧？"

"滚！"周无有点儿暴躁，但是同时又万般无奈地为朱峰的想象力打了个满分。

门口传来一声咳嗽，两个人回头，发现李察站在门外，摘掉了领带，穿着西服裤子，袖子微微撸起卡在胳膊的关节处，领口解开了两粒扣子，隐约能看到脖子上挂着一个类似十字架的金属装饰物，似乎已经洗漱完毕的样子。

"呵呵，已经很晚了，我们早点儿休息吧，明天还有很多事情要做。"李察微笑着看着朱峰和周无，娃娃脸让他显得人畜无害。

朱峰和周无对视一眼，轻声说了声"晚安"，和李察擦肩而过。

"今晚卢卡斯会比较辛苦，你多忍耐一下。"当朱峰走过李察身边的瞬间，李察随口说道。

朱峰微微一顿，脸瞬间垮了下来，隐隐约约能听到隔壁房间里传来卢卡斯的抱怨以及哀号声。

看着朱峰回到自己的房间之后，李察走到周无身旁，静静地伫立在阳台上。屋内的气氛虽然沉闷，但是舒适的晚风拂过脸庞，为陌生人之间增添了几分柔和的善意。

"世界有时很奇妙，不是吗？"良久，李察似乎在喃喃自语，终于打破了沉默，"突然有一天醒来，发现整个世界都变了。我解释不了，因为这个世界有太多故事，每个人都有太多秘密，而作为渺小的个体，我们只能随波逐流。有时候我们甚至不知道什么是真实、什么是假象……"

周无微微一笑，漫不经心地说："我并没有要你解释什么。"

"周极是我认识的人当中最真实的一个。"李察慢慢转过身子，正对周无，继续说道，"我跟他在美国合作过一次，那是一个棘手的案件，无论是能力还是性格，我们都很对路。他是一个很复杂的人，但是对待这个虚伪的世界无比真诚。你知道吗？他偶尔会和我说起你……"

周无神情一动，瞪着李察。

"对他来说，你是他前进的动力，你们是血浓于水的亲兄弟。所以不论你现在心里想着什么，我们的目标都是一致的，我们一起找到他，然后你可以亲耳听到他告诉你理由。"

李察望着周无的眼睛，突然摇了摇头，转身往门口走去。背影消失在门口前，他在黑暗中留下一句意味深长的话："在见到他之前，相信他吧，毕竟他是你哥哥……"

周无茫然无措，不知李察的这番话是善意的还是别有用心，忍不住长叹一声。

他抽出压在枕头下面的资料袋，怔怔地盯着两张黑白照片，灯光照射在照片的阴影上，光泽发生了细微的变化，就像是褪了色的油墨，隐隐泛起暗红色的底纹。

无论是照片纸张的色泽还是材质，都与朝昔相伴的日记本相符。而且周无可以确定，这种质地陈旧的黄绵纸，是周玖留亲手捣浆，混入碎麻和草皮，采用古老的传统工艺制作而成。也就是说，京都城里只此一家。

周极到底想告诉我什么？

此时的周无睡意全无。在没有找到周极之前，他不愿意去怀疑梁荷心的动机，无论是因公司利益还是个人利益，周极都没有理由玩命。而且他对周极留下的两张照片也毫无头绪，照片里的人，他一个都不认识。

周无神思恍惚，抬手看了看腕表，开始默数心跳频率。

一、二、三、四、五……

　　阴霾骤起，乌云密布。

　　周无出现在记忆宫殿的大厅中，耳闻涓涓水声，诧异地迈开脚步，走向大厅的石栏水池。

　　青绿色的藤蔓比先前茂盛了不少，几乎将整座宫殿的石墙掩盖，户外几缕阳光穿越厚厚的云层，从镂空的雕花落地窗射进来，为宫殿增添了几分生机。水池中间不知何时多出一个喷泉——喷泉上矗立着一座惟妙惟肖的骑士雕像。

骑士穿戴着盔甲，双手握着一柄长剑，低着脑袋向宫殿的入口致敬，好像在迎接凯旋的将军。

周无揉了揉涨痛的额头，盘腿坐在水池的石阶上。此时，他突然感觉脑海中出现了三个人影，目光中生出了一丝疑惑，轻轻打了个响指，模糊的身影立即变得清晰起来。

他抬起手臂在虚空中旋转，将看到的第一个人影拉到眼前。古朴泛黄的卷轴垂直落下，上用黑色的字体记载了人像信息。

姓名：梁荷心

性别：女

国籍：中国

身高：172 cm（目测）

体重：52 kg（目测）

年龄：未知

周无皱了皱眉，起身在"梁荷心"周围转了几圈。只见轻盈的身影轻轻地抚动秀发，随手点起一根电子烟，一口优雅的烟雾被冷风吹得歪歪斜斜，他仿佛能闻到淡淡的薄荷烟味。

卷轴渐渐拉长，黑色字体随着周无的思维开始添加信息。

个人信息：天生丽质，家境殷实，受过高等教育；具有专业的案情分析能力，擅长各类格斗技巧，与京都城某些组织来往密切；曾与周极在公司共事四年。

人物画像信息是周无自学而成，可以将生活中遇到的人带到记忆宫殿里，记录他们的特点、喜好以及各种身份信息，并且可以进行分类整理。

姓名：弗朗西斯·李

性别：男

国籍：中美混血

身高：172 cm（目测）

体重：75 kg（目测）

年龄：未知

　　站在周无身前的"李察"好像有些心事，嘴里不知道在嘀咕些什么。他站在周无面前整理着领带，表情严肃，淡棕色的刘海儿在额前被冷风微微吹动着，身高看着比周无稍矮，却拥有一种低调且冷酷的气场。

　　个人信息：性格沉默，做事稳重，似乎精通多种技能，疑为闯入医院的黑衣人；娃娃脸让他看起来人畜无害，但是执行力极强；和卢卡斯相比更为成熟，同时作为对外的代表似乎有一定的决策权；和周极合作过，曾参与南郊山精神疾病康复所的爆破营救行动。

　　周无没有在李察的人像前驻足多久，在信息融入李察的身影之后，踱到"卢卡斯"的身边。

姓名：卢卡斯·韦尔斯利

性别：男

国籍：欧裔

身高：185 cm（目测）

体重：88 kg（目测）

年龄：未知

个人信息：金发，蓝瞳；相貌英俊，性格急躁，精通多种语言，与李察是同事，曾参与南郊山精神疾病康复所的爆破营救行动；和梁荷心之间似乎有较大的冲突，像是关于家族荣誉上的分歧。

周无随手一挥，信息回到"卢卡斯"身上。看着"卢卡斯"帅气地捋了捋头发，周无心里产生一阵莫名的厌恶感。想到他被梁荷心一脚踹下楼梯，现在正躺在床上哀号，周无嘴角一抽，有点儿幸灾乐祸。

他又仔细回忆了卢卡斯的言行举止，觉得此人并没有什么恶意，在信息资料上不需要过分解读。

他始终不明白，梁荷心所说的"同事关系"究竟是什么性质？他们公司在这个世界上扮演着什么角色？假如周极已经触及公司利益，那处境堪忧。

舅舅一家人的惨死也绝对不会这么简单，一定有什么其他原因！

种种莫名的事件交缠在一起让他思绪纷乱，但是谜团似乎越滚越大，让周无无从着手。

周无在三个影像前又转了几圈，眼睛盯着梁荷心一双小巧玲珑的赤足，无奈地摇了摇头，打了个响指，三个人影瞬间变成三幅人物肖像，"啪嗒"一声掉在地上。

周无收起画卷，大步走向大厅。

旋转楼梯的两侧点着火把，照亮了脚下错落的台阶。周无用手捧着画卷走到二楼，前方隐约传来轻盈的音乐。

二楼的廊道尽头是一个宽敞的大堂，暖黄色的光让整个场景显得温暖舒适，墙边竖着一排排高逾数丈的大型书柜，气势宏伟，极具规模，仿若置身世界文化中心。但是在周无的记忆场景里，并没有类型分类的信息，因为对他而言，整理人类书籍将是个浩大的工程，他现在还不具备这种能力。

　　两张圆腿长桌安静地摆放在中间，左边一张桌子上陈列着各种型号的手枪，款式最多的一种是奥地利的格洛克。他一度痴迷于 IDPA 竞技，对枪械的经典与传承情有独钟。

　　另一张桌子上则是一个个精致的玻璃罩柜，里面陈列着不同品牌的腕表，有些悬挂在银色的挂钩上，有些被拆成了散落的零件。周无偶尔会在这里拆装手表，以消磨枯燥的生活。他对摆弄这种机械和工艺的东西似乎有点儿上瘾，好在并不是一个狂热的爱好者，就像小时候周极吐槽的那样：他什么都想知道，却从来不专注于其中一项。

　　周无承认，他骨子里没有周极的那种执着精神，也缺少了几分韧性，对这个世界没有强烈的欲望，他向来遵循周玖留的教诲——君子之行，静以修身。

　　对面的墙上挂着几幅世界名画，旁边设有一部小电梯，周无隐约可以看见几只橡木桶和各种厨房用具。他所构建的记忆宫殿工程已经非常完整，生活、娱乐的区域里各种物品应有尽有。

　　他转身看见桌角摆着一瓶日本山崎威士忌，他拧开瓶塞闻了闻酒味，满意地点点头，随即打了个响指，桌面上立即出现了一个晶莹剔透的威士忌酒杯，杯底盛着颗粒状的冰块。周无倒上一杯酒，让浓郁的酒味在嘴里蔓延，拍了拍手掌，古典音乐的音量仿佛突然增大，在宁静的庭院里回荡着欢快的旋律。

　　周无在大堂里小憩片刻，抱起画卷，径直推开角落中的一扇房门。

　　室内的空间不大，四面墙上皆挂着密密麻麻的画像，排在正中的是爷爷周玖留，面色凝重，炯炯有神的眼睛直视着前方。在爷爷的画像下方并排挂着的是周极和发小儿朱峰。周极穿着一件深色外套，气质爽朗，脸上永远是玩世不恭的笑容；朱峰一脸憨笑，镜片后的眼神很纯净，看上去就像是个唯唯诺诺的读书人，与痞气的周极形成了鲜明对比。

周极胸前挂着一块玉佩，色泽暗淡，雕刻的龙鳞片上有些泛青的底纹，温润中带了些许沧桑感，看得出来年代已经久远。

周无轻叹一声，将手中的三幅画卷悬挂在正面的墙上，退后几步，瞪着画中的梁荷心陷入沉思中。

他脑海中的场景定格在一辆飞驰的红色跑车上，矫捷的身影一闪而逝，后视镜中出现一双秋水般清澈的眼睛，接下来就是梁荷心抽烟的动作，秀美的容颜在缥缈的烟雾中若隐若现。周无的视线又一次移到梁荷心的那双长腿上，他有些发呆，似乎完全忘记了她穿皮靴的样子。他皱了皱眉头，耳边忽然响起朱峰的话语。

"她在利用你……"

"我不信任她……"

周无微微一怔，默默地退出记忆中的场景。

左侧的墙面上分割出了几块简易门的形状，每个小房间都有独立的场景记忆画面，代表着区域分类和近期事件的重演。例如南郊山精神疾病康复所的爆破场景，他对"女黑衣人"并没有太关注，只知道她是个身材火辣的女人，身手不错，属于记忆事件中的路人甲，没必要勾勒出前凸后翘的具象，只需要保留一个模糊的形象。

他也可以回顾钢琴师威廉交给他资料袋时的场景，包括此人脸侧那一道浅浅的刀疤。周无对细节上的处理还是比较严谨的，这也能让他快速找到人物的面部特征。

一幕幕场景在他眼前闪现，无数的人影和肢体动作反复交替，从起点跳到终点，又在他身旁围成一个圆圈，仿若儿时体验过山车的惊险场景。

这种快速的运作轨迹令人头晕目眩，脑中的压迫感越来越强烈。周无晃了晃身子，忽然觉得房间随着旋转速度的加快开始震颤。

此时，大厅那座握着长剑的骑士喷泉雕像缓缓转了个方向，"哗啦"一声，搅动得池水聚成一个漩涡，笔直地射向穹顶。

乌云遮天，狂风大作，远方隐约传来轰隆的雷声，宫殿内的青藤绿叶瞬间枯萎，休闲大堂不停地颤抖，一堆堆书从高耸的书架上翻倒，陈列在桌上的格洛克手枪和各种名贵手表也向同一个方向倾斜，就好像受到了某种磁场的牵引，纷纷坠落。

整座宫殿都在震动，墙上的画框左右摇摆，发出尖锐的异响，令人心烦意乱。周无不明白究竟发生了什么，所站立的空间突然变得越来越狭小，就好像站在一座悬浮的孤岛上，只能绝望地看着旋转的气流将自己包围。

周无试图将眼前纷乱的画面推开，刚伸出手，手中突然抓住了一幅画卷。他深吸一口气，握紧画卷，任由疯狂的气流击打他的身躯，努力控制住内心的躁动。

霎时间，呼啸的狂风飘远，宫殿颤动的幅度也越来越小，一切趋于平静，地上散乱的书、枪械和手表弹跳而起，竟然自动回归原位。

"真是个神奇的世界！"

周无被记忆宫殿所展现的奇观震撼到了，情不自禁地感叹了一声。

他依然有些恐惧，想起上次在地下室里独自面对被黑暗吞噬的感觉，再也不愿强迫自己去探索埋藏在脑海中的未知世界。

旋转的画面渐渐停止，整个空间好像由于过度运动导致倾斜。周无歪着脑袋，胃里一阵抽搐，心想：我可能是透支精神力了，得赶紧整理好库房信息，调整心跳频率。

他知道记忆场景的原理，如果自己在记忆宫殿里停留的时间太长，在现实中可能就已经濒临休克状态。

周无跌跌撞撞地走到大堂里，伸手朝前方一推，记忆宫殿顿时变成无数个由白线形成的正方体。他弹起手指，将挂满画像的墙壁往前面推去，重新拉起一道白线，在空中画出一面实墙，接着把手中的画卷挂在墙上，忽觉眼前一黑，一头撞向白墙。

一道和煦的阳光映出了地上的影子，恍惚中，他迈出一步，来到了一个陌生的院子里。

天空蔚蓝，眼前的云层仿佛触手可及，一群信鸽振翅飞过，直冲云霄，嗡嗡不绝的鸽哨声振动着耳膜。周无闻到新鲜潮湿的空气，觉得胸口舒畅了许多。他睁眼看了看周围，心里猛地一惊：我怎么会站在屋顶上？

此时他正站在一座老式四合院的屋顶上，脚下是青檐灰瓦，前面是一株郁郁葱葱的老槐树，几段粗枝横架在屋檐上，就像撑开的大伞，而身后就是院子的正门，里面隐隐约约传来了争吵声。

周无蹲下身子，藏在枝繁叶茂的树后面，微微探头。只见院子的空地上站着一位穿着清代旗袍的少女，冲着身后的少年大声叫喊着，情绪有些激动。

"纳兰家的人都在做什么？为什么要向洋鬼子妥协？！"

她面容俊俏，碧青色的旗袍勾勒出纤细的柳腰，嘴角长了一颗圆润的朱砂痣，就算是生气时，也有一种难以言表的率性可爱的感觉。

"现在让他们进来修教堂，以后要不要允许他们建学校呀？我就是看不惯他们欺负中国人，警告他们这里是大清的国土，不是洋人为所欲为的地方！现在倒好，把他给关进大牢啦，我上哪儿说理去？"

少年穿着白色长褂，一声不吭地跟在旗袍少女身后，清秀的脸庞上大汗淋漓。他眼神清澈，态度也很诚恳，对女孩子的抱怨表示自责。

旗袍少女气呼呼地走到门廊处，转过身瞪着少年，突然幽叹一声，轻轻地拍落他肩上的灰尘。眉心舒展的少年龇牙笑了笑，抓住少女的手腕，两个人相拥着进了里屋。

　　周无躲在树枝后面目睹了眼前的场景，低头瞧了瞧自己身上的T恤，顿觉莫名其妙。欸，这男的有辫子……这不科学啊，明明进了清朝的记忆场景，可我还没出生，怎么可能会有记忆？

　　周无摸了摸脑袋，百思不得其解。他顺着树枝重新走到屋檐处，举目远眺，但见绵延不绝的瓦房连在一起，飞檐斗拱，一眼望不到尽头，依稀瞧见宽阔的青石街道上的行人都留着细长的辫子。

　　拥挤的建筑群里出现一个重檐殿顶，红墙金瓦，极其雄伟，与周围的四角方亭围成一圈，宛如五座山峰，错落有致。

　　"这也太壮观了！这就是传说中的世界奇迹吗？"

　　周无不禁叹息一声，抬头仰望蓝天，觉得云层的流动速度正在加快，身体突然倾斜了四十五度。

　　一股强劲的吸力吸住了周无的身子，周围的场景开始扭曲，变成一条条细长的五彩绸丝。时空再次扭转，等他再睁眼，人已站在宫殿的画像室里，最后一刻的场景被定格成一幅画卷。画面中的周无站在四合院的屋顶上，形单影只，眺望着远方。

　　眩晕感渐渐消失，但是周无的思维变得有些迟钝，他走出画像室，迟疑片刻，转身走进了另一扇门。

　　这是一间具有英伦风格的休闲书房，靠墙的角落有一张木质书桌，沙发旁摆着英式躺椅，在书架的中间则有一个灰色的英式壁炉，浅灰色的地毯和深棕色的桌子形成了鲜明对比。

　　书桌旁的一只酒柜上出现了半瓶山崎威士忌，周无并不觉得意外，因为他身处记忆宫殿中，偶尔动一个念头，场景中的物品位置就随时有可能发生改变。

他走到酒柜旁倒上一杯酒，在躺椅上坐下，享受着酒味浓烈的液体滑过舌间的刺激感，又从精致的锦盒中取出一根罗布图雪茄，点燃吸上一口，回味着嘴里的醇香气味，然后缓缓吐出烟雾。

如果说一个人过度沉迷于虚拟世界，可能就会遗忘在现实里的位置，但是周无不会。他并没有想过要在宫殿和现实之间做出选择，这里就像是远离世界喧嚣的度假屋——属于他一个人的圣地。

周无闭上眼睛，眼前出现了一片绿茵茵的草场。

场景跳转，耳边传来"乒乒乒"的枪击声。

"射击手，卸下弹匣检查！"

帅气的周无收起手中的格洛克17，在确认枪弹分离之后，小心地将手枪别在腰间，抬头时正好看到周极准备就绪。两兄弟相视一笑，走向前方的人形靶。

此时，教官走过来看了看周极的人形靶，惊喜地伸出大拇指。而周无对比了自己的靶位之后，对自己的成绩很不满意，闷不吭声。

"你也不错啦！"周极嘴角微微一动，用胶布将靶上的弹孔粘上，拍了拍弟弟的肩膀，"记住，开枪的时候手指放松，不要跟自己较真，这只是一项运动而已。"

他们都是IDPA射击运动的爱好者，而靶场的射击训练正是兄弟之间交流的好机会。自从周极放弃学业之后，一家人见面的次数越来越少了，连爷爷的追悼会，他都没有出现。

周无时常疑惑，可是内心并没有恨意，因为他坚信周极不是无情无义之人。

"射手们，弹匣上膛准备。"

"完成准备。"

"乒！乒！乒！"

周无从回忆中醒来，托举着手中的酒杯，在额前来回晃动，威士忌与融化的冰块渐渐融为一体，仿佛昨日的记忆已融合在飞逝的时光里。

周极，我不知道为什么能重演你的记忆场景，如果是心灵感应，用记忆学根本无法解释，但我相信，你一定希望我看见这些场景。

我准备好了，现在，我想知道答案。

周无缓缓抬手，指尖闪过一道亮光，欢乐城案发现场的场景迅速出现在眼前。

画面定格在周极在欢乐城地下停车场的一角与圣徒搏斗的瞬间，周极抓住死者的衣领，好像从对方身上取走了什么东西。但是画面闪现的模式极不稳定，周无试着将画面放大，一帧帧地仔细观察，不断重复着周极击倒对方后压在对方身上时的动作。

这是角度问题吗？

周无若有所思，翻转手腕，将酒杯里的威士忌倾倒在桌子上。水滴凌空弹起，仿佛摄像机捕捉的慢镜头。

他曾经在记忆宫殿中尝试过许多不同的实验，例如更改世界的物理结构，以及改变空间的粒子构成，但是每次都造成很惨烈的结果。甚至有一次，他悬浮在半空中无法借力，不停地撞击石墙，醒来后浑身酸痛，痛苦不已。经历过那次不愉快的体验后，周无就很少去更改记忆宫殿的物理规则了。

不过偶尔的恶趣味也会让他做一些看起来很幼稚的事情，他盯着酒水滚落桌面的画面，再次重塑在欢乐城看到的场景。

画面定格，依然是周极的背影，他身体前倾，使劲将尖刀刺入对方的喉咙。

"说！东西是谁给你的？！"周极咆哮道。

周无试着将画面切开，重新整合拼凑。他看见周极手中的尖刀剧烈颤抖着，刀尖准确无误地插进了中年男子的喉咙。

鲜血喷射而出，中年男子面部扭曲，表情异常绝望，而周极的眼里只有愤怒之色。

在慢镜头的过滤下，周无能清晰地看见鲜血溅在周极的脸上，突然觉得有点儿恶心，胃里一阵翻腾。随着画面的推进，周极双手按在死者胸前，好像正在搜索什么物件。

周无神情一震，再次将画面拉近，只见周极从死者的脖子上扯下一个系着暗红色绳结的银色十字剑状物体，上面有着诡异的花纹。

就在周无看到那物体时，银色光芒似乎在眼前一闪而过，那光芒直刺入他的灵魂。

周无从记忆宫殿中惊醒，回想着刚才看到的一切，正待细究，却发现躺在另一张床上的梁荷心正蜷缩成一团颤抖着，嘴里似乎嘟囔着什么，好似梦中遇到了什么不愉快的经历。

她抖动的幅度越来越大，突然猛地坐了起来，有些粗重地喘息着。周无闭上了眼睛，假装在沉睡。梁荷心的呼吸声由急至缓，随后她似乎轻叹了一声，重新躺下睡去了。

天色曚昽，清晨的微风吹拂窗纱，小巷里的梧桐树上飘落下几片枯叶。

朱峰的脸色有些憔悴，看得出来他熬过了一个不安稳的夜晚，当然有一段时间他是被自己的呼噜声折磨醒的。

他摇头叹气地起床，洗漱之后迷迷糊糊地下了楼，看见李察坐在沙发上，正盯着电视里的早间新闻发呆。此时，身后传来一股淡淡的薄荷烟味，只见梁荷心打开厨房的冰箱，取出面包和香肠，面无表情地瞪了朱峰一眼："没想到你也起这么早。"

朱峰摸了摸脑袋，正想说几句客套话，忽然听到电视里传来报道："今日凌晨，罪法局从夕坝河里打捞出三具男性尸体，其中一名疑为东南亚籍恐怖分子。目前，有关部门已经封锁现场，如果有市民能够提供可靠线索……"

"我当时正在河边晨练，吓死我了！"一位貌似晨练的老人正在接受采访，心有余悸。

"凶手的作案手法极其残忍，并且将被害人的指纹、牙齿全部销毁，疑似专业人士所为……"新闻频道的镜头瞬间切换到一位戴着眼镜的点评家身上。

李察听到专家的点评，挑了挑眉毛："这叫专业？我可以想出一百种比这个更好的处理方式。"

"或许这算是某种警告？对那些不守规矩的人，尤其是外来者……这里是我们的城市，每一个外来者都必须遵守我们的游戏规则。"梁荷心表情严肃，意有所指，将手中制作完成的一份三明治递给了朱峰。

朱峰身子一抖，慌忙接过三明治塞进嘴里，有些受宠若惊。

李察笑了笑，语气很平淡："我觉得规则不规则的，还是以后再说吧，你还有六十小时三十五分钟。"

"周无呢？"朱峰狼吞虎咽，歪了歪嘴。

梁荷心面无表情地坐在沙发上，似乎懒得回复。

"别担心，我还不会沦落到床都起不来的地步。"

周无从二楼走了下来，身上换了一套装备：深色的牛仔裤、棕色的皮夹克以及灰色的 T 恤。

梁荷心和李察怔怔地看着走下楼梯的周无，半晌没有说话。

"真像！"李察淡淡地感慨了一声。

"嗯，一模一样……"梁荷心轻轻地念叨了一句，突然情不自禁地走到周无身前，伸手想去抚摸他的脸庞，神色有几分惊喜，也有几分失魂落魄。

周无不知所措地望着梁荷心，看着她伸手摸向自己的脸，稍一停顿时，她的双手竟然轻柔地搭在他的肩上，装作若无其事的样子，为他整理衣领。

周无有点儿不适应，歪头瞧见朱峰戏谑的笑容，眼神有些闪烁，不经意间看见了电视里的画面。

"怎么回事？这几个人……"

"这不是我们应该关心的。"梁荷心知道周无想说什么，用眼神示意他不要多问，从风衣口袋中掏出电子烟，转身走到门口的落地窗前。

周无看着梁荷心的背影，沉默半晌。良久，二楼突然传来怪声怪气的男高音："诸位早上好！"

只见卢卡斯西装革履地走下楼梯，看见周无的打扮后他突然愣了愣，原本应该完美衔接的步伐出了问题，跌跌撞撞地从楼梯口跳下来，难以置信地打量着周无。

显然，眼前这位 Mr. Zhou 的模样瞬间让他想起了周极。

客厅的气氛瞬间凝固，李察站起身来，随手关掉了电视。

朱峰好像明白过来，他们似乎认出了夕坝河里的三具男尸，周无隐瞒了什么？朱峰张嘴想问，但是看见周无等人无声的默契，便不知从何开口了。

我以为我们两个是一伙儿的！

朱峰愤愤地想着，感觉自己像个外人，但是迫于诡异的气氛始终没有喊出来。

他低头看了看地板上的亮光，似乎将整个客厅切割成了两个世界。如果只看场景，眼前的画面是如此和谐，身在其中的朱峰却能感觉到巨大的压力。客厅的气氛似乎和朱峰格格不入，而眼前的四个人莫名和谐的氛围和默契，突然让朱峰觉得心里很不舒服，尤其是当他望向周无，却没有得到想要的回应时。

"好吧，现在人都到齐了，我长话短说。"李察开口打破了僵局，"梁小姐，我们给了你足够的耐心以及时间，同时也给了你足够的支持，但实际情况是，假如我们不能齐心协力、各抒己见，我相信此次任务的最终结果对大家来说是很不理想的。"

"我承认，我有些心急，但是我也真诚地希望，我们之间还有足够的信任！"卢卡斯眼神闪烁、表情痛苦地扭动着自己的脖子，昨晚的伤痛似乎还没有痊愈，但是为了"任务"，他已经顾不上彼此的分歧，而是想尽快想出解决方案。

"所以，如果你们有什么线索，可以尽情和我们分享，毕竟离时间节点还有……六十小时。"李察抬手看了看腕表，坐立不安地望着梁荷心的背影。

梁荷心望着窗外，自顾自地想着自己的心事，卢卡斯和李察只能耐心地等着她的回复。时间一分一秒地过去，周无明显感到压力在堆积，突然扭头看了朱峰一眼。

朱峰微微一怔，瞬间明白了周无的想法。

在几乎不知道任何信息的情况下，两方都是心怀鬼胎的时候，他们如何掌握主动权？朱峰想到课堂上老师教过的关于囚徒博弈的原理。

如果一方掌握着某些独特的信息，就是改变局面的最佳时刻。

从昨天开始，周无和朱峰处于绝对劣势，从他们从南郊山跑出的那一刻开始，这个世界就变得扑朔迷离，所有的事情都已不在他们的认知范围内。

梁荷心与北美同事是敌是友？周极与他们的关系究竟是真是假？这家公司到底属于什么部门？一系列问题无法得到解答，他们二人只能盲目服从，希望能离真相更近一点儿。

一旦周无手里有关于周极的信息，也就等于掌握了筹码。那么问题的关键就是，周无手里掌握的信息有多关键？

"我跟你们合作。"周无缓缓叹一口气，从衣服口袋中取出两张照片，"啪"的一声摔在桌子上，"这两张照片就是周极留给我的记忆场景，可能他就是想告诉我他的藏身之处。但是拥有这种格局的四合院，京都城里不计其数，你们指望在两天之内找到他？呵呵，那就是大海捞针！"

"你？周极在欢乐城究竟做了什么？"梁荷心闻言一惊，转过身来望着周无，眉间隐现出一丝愁色，禁不住幽幽叹息。

"梁小姐，有件事我想澄清一下。在案发现场，我确实没有看清场景，我是顺着黑白照片的思路，找到了记忆重演中的细节镜头。我相信梁小姐是个通情达理之人，我能感受到你的良苦用心，谢谢你为周极做出的努力。"

周无的表情有些不自然，但是说话的态度很诚恳，好像他突然对梁荷心产生了莫名的歉意，解释了自己没有把细节告诉她的原因。

朱峰听到周无说出"谢谢"两个字，忍不住摸了摸眼镜框，视线忍不住在梁荷心和周无之间来回扫视。

李察与卢卡斯脱掉外套走到桌前，仔细查看照片上的场景信息，可是琢磨半天，根本猜不出照片上所隐藏的信息，只好半信半疑地说："这些信息，像是某个年代……这就是周极的记忆地点？看来我们需要连接数据库，如果没有第三方数据支持的话……"

"我说过了，不能跟外界联系。"梁荷心打断李察的话，态度非常坚决。

卢卡斯举起照片横看竖看，指着照片中挥舞着刀枪、穿清代服装的士兵，疑惑地对身后的李察说道："周极应该还在京都城。按照中国区的权限，他们应该早已封锁了海关与机场，周极绝无可能逃到海外……可是这张照片，又暗示了什么？"

当看到另一张挥舞刀枪的中国人对抗外族入侵的照片时，他完全不解其意。

"能不能让我来回答这个问题？"

朱峰突然抬头望了一眼桌子上的照片，正色道："十九世纪，西方列强用枪炮侵占过我们中华民族的国土！你别告诉我，你们欧美的精英不知道这段历史。中国人不喜欢闹事，但也不怕事！也正因为有很多人无知，才会造成对历史的曲解和侮辱！"

周无听到朱峰的这番话，顿时瞠目结舌，颇感意外。

以他对好友的了解，朱峰向来性情温顺，不与人争，更不可能当面斥责陌生人，今天朱峰居然敢说出这种攻击性极强的言辞，确实令人刮目相看。

卢卡斯面色微红，沉默了一下，随后略正式地道歉："对不起，我为刚才的用词不当向您道歉……您是否能确定这就是十九世纪时的历史镜头？"

"照片上这些强盗的制服装备，款式各异，你曾祖父有没有跟你说过是哪几个国家？"朱峰看似接受了卢卡斯的道歉，态度稍有缓和，但是语气依然生硬。

周无皱了皱眉。他知道朱峰在上大学的时候特意选修过历史，尤其是中国近代史，不禁有些后悔为什么没有把朱峰带进香酒吧，说不定当时在酒吧里，朱峰就能向安玉姐追问周极的下落。

　　周无心里突然有些自责，周家兄弟俩在生活中可能过于自负，无论什么事都喜欢自己承担，时常忽略了朱峰的智商以及感受，这种习惯虽然不会伤害朋友的感情，但偶尔也会让人产生距离感。

　　"走，我们去外面呼吸一下新鲜空气。"

　　周无上前搂住朱峰的肩膀，将他拉到楼道上。

　　看着二人并肩走出房间，客厅里的人同时松了一口气。虽然卢卡斯刚才那些话是无心之举，但是历史的沉重感让现场气氛有点儿压抑。卢卡斯当然也意识到了这一点，脸上的表情带着几分愧疚和难堪。

　　"我们不会再让历史重演。"梁荷心轻轻地说道，"当年的历史不会再发生，这是我们的城市。"

　　"在命运面前，我们都是随波逐流的玩偶，努力跳出属于自己的乐章吧。"李察在沉默一阵之后，缓缓地吐出一口气。

　　脸色苍白的卢卡斯，怔怔地站在一旁。

　　"本质上我们没有什么不同，都是一群在命运中挣扎的可怜人，很多时候甚至连人都算不上。"

　　梁荷心长叹一声，喃喃地留下这句话，径直走出门。

　　此时，周无与好友站在门外的墙角，张望着僻静的小巷深处。他们的想法是一致的，找到周极之后，才能了解整个事件的真相，现在他们要走的第一步，是抓住主动权。

　　朱峰缓了缓气，说话的声音很轻："我之前以为你有自己的计划，但是现在看来，其实你跟他们一样束手无策。"

　　周无无奈地说道："你对我太有信心了。实际上，我到现在也没有明白，为什么我们这几个人会聚在一起？他们之间的同事关系是不是真的？还有，这一切遭遇发生在我身上，又跟周极有什么关系？……"

朱峰扶了扶眼镜，也很无奈："所以我们还是走一步看一步？"

"是的，没有更好的解决方式。"周无无奈地看着朱峰，点了点头，"我们需要他们，这点不容置疑，因为我们什么都不知道。而你，需要和我在一起，你是我唯一信任的人。"

朱峰眨了眨眼睛，望着好友略显疲惫的脸庞，打趣地说："我明白了，我其实不是罗宾，而是管家阿福。"

周无笑了，一瞬间仿佛又回到了儿时的快乐时光。

　　　三个小伙伴在树林里发疯似的追逐，小朱峰每次都是最后一名，周极时常骂得他狗血淋头，但周无从来没有嫌弃过好友。周无不觉得小朱峰是拖油瓶，甚至时常抱有私心——只要跟"罗宾"站在同一条阵线上，不离不弃，总有一天会打败不可一世的周极。

朱峰突然挤了挤眼睛："昨天晚上你和梁小姐……？"

"哎，你的脑子里都在想什么啊？"周无无奈地翻了个白眼儿。

事实上，他一直不能理解电影和小说里那些在逃亡的人为什么还有时间谈情说爱。

"你们两个，商量好了吗？"

就在朱峰嘿嘿坏笑了两声，还要说什么的时候，梁荷心的声音突然从身后传来，吓得心中有鬼的二人慌忙钻回客厅。梁荷心环抱双手，面无表情地站在楼道入口处，一双清澈的眼眸转个不停，似乎对"贫嘴男人"这种生物见怪不怪。

当朱峰经过她身边时，梁荷心突然微微一笑，点头示意，顿时让朱峰感到受宠若惊，连走路的姿势都变得有点儿轻飘飘的了。

五个人在客厅里重聚，似乎忘记了刚才发生的不愉快。卢卡斯再次上前与朱峰握手，开始请教两张照片中的场景细节。

朱峰出色的历史知识弥补了众人对场景推论的空白，经过数小时的细节整理，对画面上这些中国士兵的身份也基本确定，他们应该属于晚清时期。

关于历史事件的种种解读，朱峰并没有固执己见，为了避免让卢卡斯难堪，大家的重点依然放在场景画面的寓意上：周极留给弟弟的信息究竟是什么？推论半天，他完全捕捉不到周极的意图，毫无头绪。

周无的心情越来越烦躁，他无助地捏了捏前额，尽量保持放松。

长时间思考让他的大脑略微发涨，他总感觉忽略了某些不起眼的细节，偏偏又无法用言语表述出来，就像漆黑的夜晚走在昏暗的小路上，离家不到五百米，突然有种令人毛骨悚然的惊慌感，恨不得拔腿向前冲刺，内心却又是拒绝的。这种莫名其妙的恐惧感只不过是人类的心理反应，是对环境的抵触而已。实际上，黑暗并不会对人产生任何威胁。

"我们的思路都是错的！"卢卡斯抬手看了看腕表，沮丧地将照片扔回桌子上，"已经浪费了四个小时，我们仍然像无头苍蝇一样在原地打转？这不是我们想要的结果！"

李察一直坐在沙发上聆听着朱峰讲解历史，不时地向朱峰询问清代的背景信息。

"我们需要和数据库建立连接。"

梁荷心已经注意到信息的复杂性，沉默良久，终于说出了内心一直纠结的建议。

李察目露惊喜之色："哦，你有连接数据库的权限？"

梁荷心摇摇头，为难地说："在这么短的时间内，我很难取得合法权限，而且我们也没有明确的信息起点，究竟是事件还是人物？一无所知。"

李察突然察觉梁荷心眼神异常，心念一动，转身走到门外。

果然，梁荷心随后跟上，二人在楼道处窃窃私语，像是在协商某种可行性方案。说到后面,梁荷心突然有些激动,居然用流利的英语与李察争执起来。

二人的谈话内容断断续续,依稀听到他们提到"主管""手机"以及"违反条例"等字眼,周无感觉梁荷心的心理状态已经到了忍无可忍的地步,顿时如坠云雾之中。她这是要干什么?听她的口气,搞不好李察随时会挨上一脚。

周无脑子里一片混乱,他想调整心率让思维静止,耳边的争吵声虽然沉寂下去,心跳声却逐渐加大。他暗想不对劲,好像有某个不稳定的记忆一直在骚扰自己的心跳频率,心头一惊,忽然觉得时间戛然而止,周围所有的声音都悄然消失。

他猛地抬头,看见了河流、草地与各种奇异的生物。

人群在画面中狂欢,无数奇形怪状的飞禽走兽围成了一个圆圈,天空中飘浮着类似花瓣的风筝,远处是一望无际的山川和平原。这是耶罗尼米斯的《人间乐园》所描绘的色彩缤纷的天堂和地狱的景象。

是的,他回到了记忆宫殿里。

周无没有停留,迅速走到大厅的骑士雕像旁,只觉得眼前立即闪过无数画面,潜意识里好像有个声音一直在提醒他:"你忘了一个重要的人。"可是周无毫无头绪,很多记忆碎片挤压在他的大脑深处,像是散落在地上的珍珠,数量和位置都没有问题,唯独缺少一根将它们穿起来的线。

周无当机立断,挥手将画面聚拢在一起,在虚无空间的中间画出一条直线,以代替时间轴,再按照顺时针的方向分类,画出一道道区别每个时间刻度的顺序,甚至精确到秒。

随着画面的旋转,周无开始剔除没有关联的信息,从周极在欢乐城那个精神错乱的凶手身上取走银色十字剑那一刻开始定格。按照梁荷心的说法,周极去了香酒吧,把资料袋交给了钢琴师威廉。

周无能感觉到周极离开酒吧的那一刻，背影画面再次定格。

周极，你到底去了哪里？

照片上的场景镜头有何意义？西方列强……十九世纪……你想告诉我什么？这个历史时间又代表了什么？

无数未知信息围绕着周无，渐渐形成了一个不停转动的顺时针循环。

周无突然注意到一幅黑白画面，四男一女正坐在四合院的树荫之下，与他在宫殿画像间身临其境的四合院一模一样，哪怕跨越了时间和空间场景，他竟也能清晰地听见女孩银铃般的笑声。

周无不假思索地走进画面场景，感受着清新的空气，仰望头顶的蓝天白云，随着微风吹拂，和煦的阳光在茂密的老槐树下透出斑驳的影子，稀稀拉拉地摇晃着。

他回忆那天站在屋顶的景象，仔细辨认四合院的布局。

旗袍少女？

等等！

周无突然留意到场景中那位旗袍少女，脸庞清秀，面色含羞，正扭头注视着身旁憨笑的少年，嘴角有一颗美人朱砂痣。

"四合院！他们是同一个地点！"

周无脱口而出，看见客厅周围出现的惊诧眼神，感觉仿若经历了一场轮回。

朱峰小心试探地问："你爷爷在京都城还买了四合院？"

"梁小姐，十万火急！我想起你刚才提到的数据库，想请教一下，你确定你们公司的数据库能搜寻出某个信息资料上的地理位置吗？"周无没有时间解释他在记忆宫殿中的经历，心急如焚地追问梁荷心。

"当然可以。"梁荷心蹙眉思考，慎重地说，"但数据库的运算原理是存储程序，搜寻未知位置的话，需要信息维度的匹配度。我不是想隐瞒什么，而是担心时间不够……"

坐在沙发上的卢卡斯目光闪烁，觉得周无一定有什么突破性的奇思妙想："这个不难，如果给出准确的维度以及坐标，和我们总部的数据库联网之后，肯定可以匹配位置！"

"我反对！"梁荷心脸色发青，好像还没有从与卢卡斯的争论中缓过来，"这里是中国！就算是连接，也要通过我们的数据库进行样本匹配！"

"好吧，你当我没说。"卢卡斯自讨没趣，悻悻然起身掸了掸袖子，忍不住小声嘀咕，"有些人连数据库的权限都没有，还喜欢打肿脸充胖子……"

周无对梁荷心的强硬态度深感意外，都这个时候了，他们还在争论地域障碍？如果数据库有两个，用谁的不都一样吗？当他看见梁荷心蹙眉垂头，似乎在做什么艰难的决定时，话到嘴边又咽了回去。

没有规矩不成方圆，作为一家全球性的公司，协议条例确实不能当成儿戏，如果每名职员都擅自决定超出自己权限的事，世界秩序只会越来越乱。

"时间在流逝。"李察故意抬高手臂指了指表，让梁荷心和周无看到不断倒数的数字，借此让梁荷心意识到时间并不站在他们这边。

"梁小姐——"周无轻叹，欲言又止。

梁荷心抿了抿嘴唇，明白了周无的意思。如果可以放弃一次规矩，或许就能救助一个友人，而她的决定关系到周极的生死，一刻也不能耽误。

是的，这一切都是为了周极。

梁荷心突然转身上楼，去房间里取来一个黑色盒子。她回到客厅，动作利索地组装出一台通信电话，手指头点在按键上犹豫了很久。

"嘀，嘀，嘀——"拨出号码之后，周无仿佛能听见周围每个人的心跳声，众人心中充满了紧张和期待。

"荷姐，是你吗？！"一个清脆的声音从免提电话中传出来，"啊？这几天你去哪里了啊？梁主管大发雷霆，正在派人到处找你呢！说不定会升级失踪调查员备案法……"

一旁的李察老练地按下腕表上的计时器，做了个"OK"的手势。

"你先听我说！"梁荷心急地打断对方，郑重其事地说，"情况特殊，现在你找一个没有人的地方，我需要你帮个忙。"

"可是——"

"没有什么可是，真的没有时间了！这是 CLL-05 级事件，你绝对不能让第二个人知道！"

"05 级？那你会不会有危险？"

"你先听我说完，我们现在连接数据库的权限还有多少？"梁荷心皱眉询问，摆手向周无示意，提醒他把需要搜索的位置信息准备好。

周无早有准备，迅速将桌上一张记录了信息的字条递给梁荷心。

"荷姐，数据库一级权限连接已经被取消了，如果是全球范围内的数据联网，必须通过独立申请。"

"那地方数据库呢？"

"地方数据库的限制其实更多……不过，如果有特定的目标位置和足够细分的科目类型，我可以基于数据维度绕过数据分析权限，直接搜索底层数据。荷姐，这样做是违反……"电话另一端的同事试图解释地方数据库的漏洞，又有点儿担心后果，声音有些发抖。

"我只想知道耗时要多久？"梁荷心接过周无手中的字条，继续追问。

"这要看数据信息的复杂程度以及是否有外部监控……你知道的，一旦遇到敏感的信息……"

梁荷心咬了咬牙，尽量靠近手机，用极快的语速陈述："听好了，你进入数据库之后，先搜索京都城的历史图片资料，分析以下信息位置。一、十九世纪保存至今的四合院房产，没有被损毁；二、房产没有经过任何交易变更；三、该建筑物从未进行规划重建；四、该建筑物内有超过七米高的树木；五、在其视线范围内可以看到古城。满足以上五条信息的地点，你就将数据发给我，每隔三十分钟，我会打开手机一次！"

周无突然指了指桌上的黑白照片。

梁荷心微微一怔，立即反应过来："我会把一张四合院的黑白照片发送至你的个人账户，你用这张照片做象形搜索……你都记下了吗？"

电话对面的人犹豫片刻，依然有些紧张："时间我不敢保证，荷姐你没事吧？"

"我没事，请你务必尽快提供数据，谢谢！"梁荷心手指悬空，盯着卢卡斯的手势，"嘀"的一声挂断了电话。等拍完照片之后，她便熟练地拆除手机，重新放回黑色盒子里。

"三分四十七秒！说句实话，我虽然也迷恋中国文化，但是对你们的思维方式仍然有一点点抵触，包括你们的人情世故……"卢卡斯如释重负地吐出一口气，转身凝视着周无："希望你是对的。"

"如你所愿。"周无看着他淡淡笑了笑，表面泰然自若，但是身体两侧的手紧紧捏在一起，手心一片冰冷。

时间一分一秒地过去，太阳由挂在正中慢慢地西落。

朱峰站在餐桌旁，看着夕阳逐渐将众人的影子拉伸至他的脚边，脸上的表情无可奈何。

梁荷心斜靠在沙发上，心情复杂，桌前放着数根用尽的电子烟。李察依旧像雕像一样，在沙发上正襟危坐，严肃的娃娃脸让他的样子略显滑稽。卢卡斯则躺在沙发上，阳光打在他的侧脸上，使他英俊的脸庞显得更加有层次，整个人慵懒中透着一丝优雅的气质。

周无默默地站在窗前，看着窗外的风景，心里不知道在想什么。朱峰倒是觉得很解气，毕竟牵着别人的鼻子走已经长达三十多个小时了，他很享受当周无说出掌握了可靠信息时，另外几个人脸上露出震惊表情的情形。

朱峰得知好友逃出南郊山精神疾病康复所之后，其实早有心理准备，为了

· 119 ·

替周无翻案，他可没少奔波，光律政部起码就跑了十几趟，而现在正是二人并肩作战的时候，他绝对不能坐视不管。

至于好友究竟有什么惊人的计划，朱峰并没有放在心上，因为明白周无关心的始终是真相。回想起周无提出条件时那不容置疑的口气，朱峰更是扬扬得意。

"任何和外界的沟通必须开启免提，并且有我在场；由我决定接下来要去的地点；你们公司所有的信息必须和我分享。"

"好吧，说说你的想法。"李察缓缓开口，表示同意周无的要求。

"照片上的信息虽然只是个地点，但位置肯定是真实存在的，它和周极之间一定有潜在联系。"周无用手轻轻抚摩着手中的黑白照片，感受着被岁月洗礼过的照片和指尖皮肤摩擦的感觉，脑海里想的却是在记忆宫殿中看到的画面。

"你想说什么？"李察一头雾水，没有明白周无的意思。

"假如我是周极，会去哪里？我有一种感觉，有时候灵感比没有头绪神奇。"周无指了指自己的脑袋，简单说出他对四合院的推测。

梁荷心盯着周无看了良久，茫然无措地站起身，又走到窗前去抽烟了。朱峰也是一脸无奈，周无这灵感确实来得太突然。

"嘀，嘀，嘀！"

梁荷心的手表定时器响了起来，她一激灵，急忙走到桌前打开黑盒子，开始组装手机。

在确定屏幕上没有显示任何信息后，她默默地拆除手机。这个重复的动作，她已经进行十几次了。

周无记得曾经有某位学者说过，结果不可怕，可怕的是等待结果期间的煎熬。就像周无在等待投行面试通知和入学申请结果一样，相比之下，周极就显得更为潇洒。如果说周无会花时间去等待，那么周极会将等待的时间都用在享乐上。

"你已经改变不了结局了，就学会享受吧。"周极只要看到弟弟紧张的状态，就会提醒。

周无始终无法像周极一样轻松，当然，周无把这种心态归因于周极的玩世不恭，不可否认，这种处事态度让周极的生活更加随心所欲。

"还是没有消息？"李察睁开眼睛，轻轻问了一句。

梁荷心紧闭着嘴唇，似乎不想说话。

"谁能解释一下，我们还需要等多久？"卢卡斯略不耐烦地活动了一下身体，起身为自己冲了一杯咖啡。

随着咖啡机的声音响起，香气也飘了出来。

作为被星之恋咖啡残害的一代人，周无早就喝腻了劣质咖啡，平时更喜欢去精品咖啡店喝一杯手冲咖啡。

卢卡斯看见周无进了厨房，抬头笑了笑，摆弄着手里的胶囊，把不同品种的咖啡放在桌上："香草、巧克力还是哥伦比亚？你喜欢哪一款？"

"我更喜欢传统的手冲咖啡。"周无随便挑了一个。

卢卡斯眨了眨眼睛："哦，我还以为人类都被现代科技惯坏了，不再有人会尊重传统。你知道吗？在我们国家，星之恋是从来不受欢迎的。当然，我更喜欢茶道。可惜现在的科技还不能代替我奶奶冲的伯爵茶，温度和时长都有讲究……"

周无礼貌性地听着卢卡斯的唠唠叨叨，有点儿心不在焉，幸好朱峰过来替他解了围："没有看出来，你居然爱喝茶？"

等待和沉默一直让朱峰憋得浑身难受，听到卢卡斯与周无的对话，他迅速过来插了一嘴，两个人好像突然找到了共同爱好，开始探讨茶道，并且对英国的伯爵茶和中国的普洱茶哪个更健康进行了深度沟通。

当一个人独自等待时，时间显得格外漫长，但是当一群人一起等待时，时间就过得飞快。梁荷心和李察并没有加入这些没有营养的对话，随着时间的流逝，梁荷心的手表定时器又响了起来。

所有的闲聊声突然全部停止，几个人紧紧地盯着梁荷心面前的黑盒子。

梁荷心再次打开黑色盒子，动作已经变得有些迟钝。当她装上手机电池时，众人目不转睛地盯着电源，整个开机过程就像是过了漫长的四季。

一向淡定的李察也忍不住将身子向前微倾，满眼期待之色。

手机上没有信息，也没有未接来电。

卢卡斯终于忍不住爆了粗口。

梁荷心轻叹一声，愁眉苦脸地望着周无，心里似有深深的愧疚感。

"嘀，嘀，嘀！"

此时，电话忽然振响，梁荷心猛地一颤，几乎忘记应该点哪个按键接听。

"荷姐！"电话免提里传来清脆的声音，"我一直在联系你，可是信号发送不出去！"

"有结果了吗？"梁荷心眨了眨细长的眼睛，深吸一口气，随后强压下情绪，冷静地问道。

众人长舒一口气，突然听见电话里出现杂音，半天没人说话，心又悬了起来。

"刚才有人经过，你稍等一下……"电话那头传来窸窸窣窣的声音，对方好像是在翻笔记本，"按照你提供的信息以及图片，我通过储存档案的底层数据进行了扫描，目前符合你的要求的地理位置有三个，你身边有纸和笔吗？"

"有，你说！"

"第一个位于京都城西南角的王家胡同，第二个是后鼓巷，第三个是梅儿胡同五号大院亲王故居……只有这三个地方的建筑物与图片上的建筑物的相似度超过 30%。荷姐，我已经尽力了，祝你好运——"

"谢谢！一天之后我会跟你联系。"梁荷心急忙挂断电话，将手机电池和识别卡全部拆除，快速装入黑盒子里。

接近八个小时的等待没有白费，梁荷心此时缓过劲儿来，整个人就好像大病初愈，都快站不稳了。

周无看着最后一丝夕阳消失在窗前，内心悠然叹息：周极，我离你又近了一步。

"我有个问题，接下来我们要做的事是不是很简单？就是去这三个地点查探，看看能不能找到周极的痕迹？"

朱峰小心试探，虽然自己心里也觉得事情没有这么简单。

周无打开早已装备好的地图，标出三个地址的位置："是的，现在我们只需要弄清楚周极在哪个方位。"

"你确定时间来得及？"

一旁的朱峰专门提醒，距离约定的李察他们接管任务的时间越来越近，就算现在周极出现在眼前，谁也无法保证他会乖乖地将真相和盘托出。万一周极胡搅蛮缠，拒不认罪，显然北美公司不具备审讯的耐心，周极被引渡之后，什么事都有可能发生。

梁荷心已感觉到朱峰的担忧，语气慎重地说："周无，你听我说，每个地方都去找的话，时间上肯定来不及。你别指望我们能兵分三路，首先设备跟不上，最关键的一点是，他只有看见你才会出现。"

记住选择的意义是什么，你的答案只有一个。

周无的脑海中又闪现出爷爷的话语，三个地址就是三个选择，或许周极留给我的也是一个考验？

周无屏息凝视地图，将脑子里储存的"京都城信息"以简易快捷的方式过滤了一遍，心思隐动："我们可以排除一个——后鼓巷。我记得小时候我跟爷爷去过旧城，这个地区没有街巷之间那种格局，跟我看到的记忆场景对不上。它被数据库纳入筛选范围，可能是因为没有发生过产权变更。"

梁荷心半信半疑地说："那么我们还剩下两个选择？"

周无眨了眨眼睛，反问了一句："如果你是周极，你会选择哪里？"

他相信，梁荷心作为周极的搭档，对彼此在工作上的习惯有所了解，只要她找出印象里的某个细节，或许就能成为关键性的线索。

"啊，不如我们扔硬币决定？"卢卡斯神采飞扬，挑衅地瞅了一眼梁荷心，脸上一副事不关己的表情。

朱峰尴尬地推了推鼻子上的眼镜框，慌忙改口："你们兄弟俩既然有心灵感应，那还是跟着感觉走吧……"

"是的周无，我相信你的直觉。"梁荷心目光流转。

好家伙！这就将压力都推到我一个人身上了？

周无的脑海中突然闪过无数模糊的画面。

记忆宫殿外面笼罩着一层薄薄的迷雾，熠熠生辉的台阶悬浮在半空中。周无漫无目的地往前走着，凭感觉去寻找记忆中的场景，迅速将眼前的画面定格。

一点亮光由远及近，画面上出现了一架深棕色的枫木钢琴。周无依稀能看到穿着黑色皮夹克的周极坐在香酒吧的吧台边，晃动着手中的酒杯，杯中琥珀色的液体绕着冰块荡起了一圈波纹，显得晶莹剔透。

随后，周极将杯中的酒一饮而尽，举手与正在调酒的钢琴师威廉告别，匆匆离去。

当走到香酒吧的门口时，他突然扭头凝视漆黑的长廊数秒，似乎穿透时空看见了弟弟。

他的眼睛很明亮，犹如夜空中划过的流星。他微微抽动嘴唇，低低呢喃："周无，我在等你……"

周无心神一震，不知何时人已坐在一辆黑色越野车上。

梁荷心系好安全带之后，侧头看了他一眼，二人目光交会，车内出奇地安静。

黑色越野车一路驶出街巷，周无心里开始犹豫，如果这次错失时机，将来周极就很有可能被北美公司的人带走。而且周无从梁荷心的眼神里也能读出来，一旦交接案件权限，他们就再无回天之力。

留给他和周极的时间不多了。

梅儿胡同位于京都城旧城西北部，据传明末清初时由寺庙改建而成，其开山和尚曾经做过皇帝的替僧。

此胡同在明代原名"局儿胡同"，经历多次修缮之后，最终被划入旧城版图，周边的建筑依然保持原样，传承着历史文脉。

灯火阑珊，行人稀少。

李察和卢卡斯下车之后，行事谨慎，仔细核对着照片上的房型细节，查看胡同前后的路口和通道，确定无人跟踪后，便紧跟在周无身后，来到了五号大院门前。

当抬头看到门牌上写着"亲王故居"的字样，映入眼帘的却是一幢欧式建筑时，卢卡斯禁不住大吃一惊，阴沉着脸说道："想不到你们的数据库已经陈旧到这种程度了？"

周无颇感意外，回首瞪视梁荷心，好像是在问她：你如何解释眼前看到的景象？一旁的朱峰看着眼前的建筑，双眼微眯，似乎想到了些什么。

"灵感？这就是个笑话！"卢卡斯焦急地在原地转了一圈，一脚将路边的碎石踢飞，语气有些懊恼，"梁小姐，我们时间有限，没有犯错的空间了。我建议让我连接北美官方数据库，扫描全城，排查符合周极的行动轨迹的区域！我会遵守你们的游戏规则，先……先什么？……"

他"先"了半天，眉头结起疙瘩，始终想不起应该怎么表述。梁荷心冷冰冰地替他纠正："先礼后兵。"

"对，对，也可以说是先君子后小人，中国的成语果然博大精深。"

"然后限定时间一过，就由你们接手案子了是吗？抱歉，我觉得不可能，这是我们的城市。"梁荷心声音很轻，但是态度坚决，眼中突然闪现一丝寒光。

卢卡斯咬了咬牙，转身走到李察身边附耳低声私语。

此时，朱峰嘀咕了几句，左右四顾，在建筑物的门口徘徊，似乎在寻找某些细节。

片刻之后，李察面无表情地走过来，摇了摇头："梁小姐，我非常尊重你对同事的信任。假如案子真的是他们所想的那样，在没有任何保护措施和权限开放的情况下，总部的清除指令可不是闹着玩的。你想想那些年在北美经历过的事，几乎不容许我们有任何犯错的机会。"

"我明白。可是……"梁荷心心平气和地回应，依然坚持自己的观点，试图耐心地对李察解释。

周无闭上眼睛，尝试着再次回到记忆宫殿里，可惜画面断断续续，周围的争执声让他无法专注。

他非常清楚，北美同事所限定的时间并不是考验，而是一道命令。单从卢卡斯的态度来看，他确实已算是仁至义尽了。倘若梁荷心始终不肯放弃周极，势必引起公司总部对其忠诚度的怀疑，一个全球性的部门，绝对不可能为了梁荷心一人而废弃原则。当然中国区和总部的关系似乎也并不纯粹，在这片土地上，中国区的话语权似乎也让李察和卢卡斯有所顾忌。

周无当然想过最坏的结果，问题是抵抗北美的出路究竟在哪里？万一连累了梁荷心，他在良心上也过不去。

"够了！你们听我说！"朱峰突然吼叫一声，指着欧式建筑上的门牌号说道，"我们的位置没错，周无的直觉也没错！"

卢卡斯皱了皱眉头："我们都没有眼花吧？我以为要找的是一座四合院……可是你也看见了，这明明是一幢法式建筑，怎么解释？"

"因为你们对京都城的历史都不了解，不用去王家胡同了，我敢肯定这里就是图片上的地址！"朱峰定了定神，似乎觉得刚才的嗓门儿有点儿大，立马恢复语速，慢条斯理地说，"据《周礼·考工记》记载，'匠人营国，方九里，旁三门。国中九经九纬，经涂九轨'，意思就是说，中国历代匠师在建造都城的时候，平面一般呈四方形，边长九里，每侧各有三门，城内有九纵九横十八条街，可以同时行驶九辆马车。京都城就是采用历史皇都的建设原理，所以王

· 126 ·

家胡同在地图上的位置，显然并不符合九经九纬。"

梁荷心将双手插在风衣口袋里，神情有些惊愕："好吧，你的说法只能证明我们的目标少了一个，但这里究竟是什么情况？"

朱峰龇牙一笑，自信满满地说："可是这座亲王故居的情况，正好符合我们设定的条件……"

周无目光流转，竖起一个大拇指，鼓励朱峰继续说下去。他对朱峰非常有信心，"蝙蝠侠"与"罗宾"的组合向来滴水不漏，文武皆备，关键时刻总能给人惊喜。

"亲王故居建于明代，属昭回靖恭坊，历史上经历过几次改动，单是名字就改了四五回啦！胡同里的三号、五号以及七号，产权从未变更过，也没有遭受战火摧毁，原则上来说完全符合设定条件。"

"非常感谢你的历史课……很遗憾，我们面前依然是一栋欧式建筑。"卢卡斯吐出一口凉气。

"听我说完！因为数据库所分析的图片位置，是经过危房改建的周边区域，而原先的梅儿胡同三号属于文物保护单位，并没有重建，包括我们对五号大院的理解，也有个误区，因为这里是总督的花园。请注意！我们现在所看到的欧式建筑，实际上是梅儿胡同七号院，分为南北两段。问题出在哪儿呢？呵呵，在故居北面有个后两进的院子，是他家的祠堂，供奉着瓜尔佳氏历代的祖宗牌位，里面有几幢老房子跟梅儿胡同规格相仿，院子里的老槐树至少有百年树龄了！所以，我断定……"

朱峰打了个响指，昂首挺胸地指向北面的小巷："我们的目标，就是寿比胡同六号！"

话音刚落，他忽闻耳边掠过一阵风声，眼前的四个人早已迫不及待地往寿比胡同方向跑去，哪里还顾得上他。

高光时刻没有得到应有的关注，朱峰愣了几秒，心里暗自吐槽：能照顾一下我的感受吗？！

众人急匆匆地赶到寿比胡同六号大院，看见铁门上环绕的铁锁长链，顿时傻眼。

破门而入显然不行，万一他们惊扰了街坊邻居，极有可能打草惊蛇。吓跑了周极，搜索行动必将前功尽弃。

周无瞧见胡同里蹿过一只黑猫，轻松地跃上墙头，心念一动，难道要我们翻墙进去？他后退一步，抬头望了望矮墙上的琉璃瓦，心里突然有些紧张。

李察却缓缓上前，脸色深沉，在众目睽睽之下掏出衣服口袋里的工具包，将一根细小的金属针插进了锁孔，转过头看着众人无奈地道："声明，我不是靠这个为生的……"

众人还没来得及为李察难得的幽默感慨，只听"咔嚓"一声响，铁锁已掉落在地。

"坦白说，我希望你的直觉是错的……"卢卡斯掏出怀表放在掌心里，将怀表上的表盖打开，轻轻地按了一下计时器上的按钮，脸上的表情极其复杂。

"为什么？"周无不解其意。

"谁也不知道里面藏着什么东西，如果你的直觉是对的，我们可能都会死。"李察缓缓解开领带，将脖子上挂着的带有翅膀的十字架握在手中，银色的链子在手腕上缠了数圈，左手微抬，抵住胸口，嘴中喃喃地说着什么，仿佛在祈祷，又仿佛在低语。

"等一下！谁先进去？"卢卡斯紧绷着面容，似乎突然变得有些紧张。

"石头剪刀布如何？"李察淡淡地提议，仿佛这只是小时候的一场游戏。

看起来这么不严谨的建议似乎不应该是娃娃脸的李察提出的，奇妙的是，周无发现梁荷心和卢卡斯对此都没有意见。

"如果是两个人，我们一般会抛硬币！"梁荷心微微一笑，额前一缕长发随着夜风轻拂，开完笑似的说道，"超过三个人，摇色子、转瓶子都可以。"

似乎是因为快要开始行动，梁荷心没有像之前那样紧绷着神经，反而轻松了很多。

随后几个人伸出手，几秒后，卢卡斯一脸沮丧地看着自己比的剪刀和梁荷心以及李察比的石头。

卢卡斯用英文叨叨着什么，似乎是某种地方的俗语。这引来李察一个警告的眼神。

"对不起！我不是故意的！"卢卡斯抱歉地看着李察说了一句，顺便眨了眨左眼。李察表情严肃地耸耸肩比了一个"十"字。

卢卡斯深吸一口气，站在门口似乎酝酿着什么。

"我觉得可以让小猫咪先试试。"朱峰盯着趴在墙头的黑猫，有点儿幸灾乐祸。黑猫好像听懂了他的意思，身子微微一抖，瞪着朱峰"喵喵"地叫着，似乎是在抗议。

此时，一旁看着几人的周无终于开口道："原来你们都没有搞清楚主次，难道不应该是我先进去？"随后，他调整呼吸，在众人还来不及反应前，越过卢卡斯，上前轻轻地推开了门。

当他跨过门槛之后，周围的光线瞬间暗淡下来。

树影婆娑，空气有些潮湿，他并没有感觉有什么异常，只是觉得气氛很压抑，就好像被无数个黑乎乎的布袋子包围着，空气正慢慢地从他身边被抽离。

》》》 12　历史的印记

　　卢卡斯紧随其后，再次将手中的怀表盖子打开，深吸一口气，抬脚跨过铁门，悠悠地说了一句："现在是最艰难的时刻，让我们一起祈祷幸运之神的眷顾……"

　　李察默默地在胸前比画了一个"十"字手势，与梁荷心和朱峰一前一后走进院子。

　　眼前是一座充满了断壁残垣的四合院，古色古香，由于太久没有修缮维护，屋顶的瓦片上堆积着一层枯萎的树枝，廊道墙柱上的红漆早已剥落，窗棂上结着厚厚的蛛网，放眼院子角落，满地碎瓦，破败不堪。

　　而院子正中，果然出现一棵孤零零的参天大树，光秃秃的树枝弯曲着伸向天空，草木萧疏。

　　这里怎么跟他的记忆画面里的场景不一样？

周无微微皱眉，若有所思。

此时，周无见卢卡斯站在身旁迟迟没有动静，似乎不愿迈开脚步，伸手想在他的肩膀上拍一下，忽然瞧见卢卡斯双手捂在胸前，哼哼唧唧地弯下腰，表情极其痛苦。

梁荷心身子晃了晃，一头栽倒在周无的怀里。而李察脚步踉跄，抓住离自己最近的柱子缓缓坐倒，整个人蜷缩在地上。

时空仿佛在刹那间静止，他们甚至都已经感觉不到自己的心跳。

什么情况？周无和朱峰望着三个人出现的异常情况，不知所措。周无不及细想，急忙抱住梁荷心，想先把她拖到门外去，却被梁荷心在痛苦中阻止。

"不要！"梁荷心的秀眉皱在一起，上齿微微咬着自己的下唇，头发有一些凌乱。她一只手抓住周无的胳臂，试图将整个身体的重量靠在周无身上，而另一只手突然捂住脑袋，双眼紧闭，似乎正在强忍极大的疼痛感，"千万不要拉我们出去，扶我到角落休息一会儿……"

此时，李察感觉脑子里似乎有根针在搅动，极端的疼痛感甚至让人无法思考。他贴在墙角紧闭双眼，手中一直比画着"十"字。

"周无……你是我们离开这里唯一的机会。"

李察的言语中带着惊恐之意，当看到朱峰没事的样子时，眼里流露出一分好奇之意。卢卡斯强忍痛楚，挣扎着坐在地上，散乱的头发遮掩着苍白的面容，让他看起来极为狼狈："周极……应该在这里给你留下了东西……找到它，不然我们没办法活着出去……"

"到底发生了什么？"周无的内心无比惊异，眼前这三个人的状况不像是装出来的，可是自己和朱峰没有任何问题，难道是某种有针对性的并发症？

"周无，你先听我说，等这件事之后，我一定给你一个完整的解释，但是现在……啊！"梁荷心突然开始尖叫，同一时间，李察和卢卡斯也再次瘫倒在地，痛苦地低哼着。

三个人再次感到世界骤停，而这次静止的时间比之前更长，一种强烈的震荡感随之变成精神层面上的冲撞，他们的脑袋里像是有搅拌机搅动一样。

卢卡斯死命挣扎，像是在跟自己的灵魂对抗："心率好像比之前快了一点儿，看来我们的时间不多了……"

李察咬着牙说道："嗯……这是最简单的陷阱，应该具备了能量场的震动强度！他……他已经可以用人为力量设置收容物的共鸣磁场……"

"周无，你不要管我们……"

梁荷心举起手，摆手阻止他们继续说下去，同时指向漆黑的院子。

这里是一座普普通通的四合院，但是从精神层面上搜索，周无似乎已经感觉到黑暗中存在的危机，就像大树后面正藏匿着一只吞噬生命的猛兽，随时会跳到眼前。哦，这种感觉，就像是……周无努力回想着，是的，就像是在记忆宫殿的地下通道里，被黑色潮水吞没前的那种恐慌感！

"这是……周极……留给……你的……考验！"梁荷心艰难地吐出每个字，生命的气息仿佛正在渐渐流逝，"不管这个病态的测试是什么，只有你能带我们出去……"

梁荷心微颤着，用沙哑的声音痛苦地说道："在这之后……我会给你……你想要的答案！"

周无看了看院子周围的情况，又回头看了一眼朱峰。

朱峰的眼神有些惊慌，但是多年的默契还是让他强压住内心的紧张感。他快速与周无确认了想法，竖了个大拇指，示意自己可以应付。

周无转身调整了一下身上战术包的位置，感到自己的心跳速度在加快，就像当时站在宫殿的地下室里那样，犹豫着要不要踏出第一步。

后面的三个人又一次发出痛苦的呻吟声，卢卡斯低声嘶吼着，手中紧握着的金色怀表发出淡淡的光泽："比刚才快了 0.3 秒！"

周无屏住呼吸，突然向前踏出一步。

眼前的黑暗场景开始跳动，闪烁的画面来回切换，耳边隐隐约约地传来了尖细的轰鸣声，漆黑的夜色似乎要吞噬他的整个身子。

周无感到黑夜像潮水一样涌来，迎面将他席卷，翻滚的浪潮使他整个人失去了方向感，同时感到身体仿佛在巨浪中摇摆，被抛上抛下。

最后一个巨浪猛地带着周无拍向前方，他脑子里最后一刻的记忆瞬间被定格，情绪像是被巨浪牵动，"扑通"一声，他突然跪倒在地上。

朱峰感到不对劲，正准备冲上前去扶住周无，却被李察出声制止："你帮不了他！这是他自己的战争！"说完李察奇怪地看了朱峰一眼，似乎对他若无其事的状态有些诧异。

卢卡斯龇牙咧嘴地坐起来，一边抵抗着脑袋中的阵痛感，一边死命地握着手中的怀表，口中喃喃自语："你们准备好了吗？……"

三个人的身体同时一震，他们似乎根本无力摆脱这未知磁场的控制，四肢持续抽搐起来。

"我知道周极做了什么……"梁荷心面色苍白地望着周无，"这个节奏……这个强度……他做了一个炸弹！"

炸弹？

周无发现自己趴在地上，身体周围的潮水已渐渐退散。他动了动手指，艰难地向前移动着手臂，想重新调整自己的身体状况，之后微微抬头，猛然看见一双黑色皮靴出现在眼前，Oxford[①] 的雕花翼纹设计，鞋面上的绑绳清晰可见。周无又想到了在那个血腥的夜晚，同样一双鞋踩在他的面前。

他试图伸手抓住皮靴主人的脚踝，却被轻巧地闪开了，黑色皮靴往前移动了几步，随后来人蹲了下来。

一张和周无相似的面孔出现在周无眼前，除了更深陷的眼眶以及较浓的眉毛，周无和周极的脸庞确实极像，只是气质不同，让人能够轻易区分

---

① 牛津鞋。

兄弟二人。

周极穿着与弟弟同款的黑色皮夹克，右手的手腕上是一块百达翡丽，这是他用第一份薪水给自己买的礼物。

"我以为你不来了，比我想象中要慢了一点儿……"桀骜不驯的周极嘴角扬起一丝笑容，语气有些冰冷，"来，站起来吧！看看你的周围，看仔细点儿！"

周极一只手揪着周无的衣领像是拎货物一样把他拎了起来，周无的脚尖虚点在地上。

周极的声音比周无的更加浑厚有力，就像是一个胜利者，正在对自己的兄弟炫耀他的成就。

周无的眼前出现一片通红的火光，在火光中，他看见了熟悉的笑容。

周极？！

周无神情一震，只觉得眼前的场景似乎开始燃烧，空气中传来了东西被烧焦的味道。

忽然，他看见院子里横七竖八地躺着几个着装不同的受伤者，一些人身上穿着黑色的劲装，背部写着"义和"二字，而一些人穿着白色的大褂和洋人的奇装异服，扑倒在地，生死未卜。

大树底下坐着一位身穿官员朝服的男子，石青色的披领，胸口绣着麒麟图案，袖长及肘，约莫五十岁。他头顶梳着长辫子，下颌长着略显稀疏的八字胡须，手臂上一道伤口正不停地流着血，他身旁站着一名长发女子，女子正在给他的伤口涂抹药物。

女子脸色焦虑，嘴角有一颗鲜红的朱砂痣，小腹微微隆起，像是怀了身孕。她扭头望了一眼身后，似乎在等待什么人出现，神情有些哀怨。

院子的门口站着几个荷枪实弹的士兵，而四合院的廊道里围着一群手持刀枪剑棍的中国百姓，身上有着不同程度的伤痕，一个个摩拳擦掌，义愤填膺，火药味十足，似乎正在与洋人们对峙理论。

此时，周极和周无穿着现代服饰出现在这种场景里，显得极其突兀，但是周围的人似乎看不见他们，完全忽略了兄弟二人的存在。

周无瞬间反应过来，惊恐万分地望着周极，此时此刻，四合院里再次上演了记忆场景里的画面！

周极若无其事地向前走了几步，整个空间泛起一圈圈的涟漪，从周极站立的位置逐渐扩散，慢慢延伸到整个画面，被涟漪碰触的画面瞬间活了过来。

"你为什么要阻止我？！"一名疑似首领模样的战士突然站出来，指着负伤的武将，愤愤不平道，"作为大清子民，你罔顾同胞性命，让这群外来的蝗虫践踏我中华大地，今天你要为所做的一切付出代价！"

他突然举起拳头，后面一众年轻人纷纷叫嚷着："扶清灭洋！替天行道！"

这是……？

周无惊讶地看着眼前的场景。

周极面无表情地歪了歪脑袋，伸出一只手按在弟弟的肩膀上："不要出声，耐心看！"

"张呈，你等焚堂毁路，无视黎民百姓的死活，尚不知已酿成了大祸！现在回头还来得及，何必非要争这一时荣辱！"中年武将一甩长辫，卷袖站起身来，威武不屈，手臂上的伤口再度裂开，鲜血直流。

张呈怒目而视，愤然道："无稽之谈！我的兄弟们从来不做伤天害理的丑事！兄弟们也是在你的授意之下誓死守卫天津！好！如果你今天不敢做这个决定，那么我来替你完成，新的世界即将到来！"

中年武将满脸痛苦之色，仰天长叹一声："你知道吗？为了今天，我们付出了什么，你们又毁了什么？你们还是太年轻，不懂得取舍，不懂得忍辱负重！"

"我们有一腔热血！"

"不，建立秩序需要漫长的时间，但是毁掉它只要一瞬间！"中年武将紧握拳头，又缓缓松开，叹了口气，"如今内忧外患，我们为何要在最需要团结的时候亲手毁掉自己筑建的长城？你们抬起头来看看这个世界，整个世界的格局已经不局限于大清的版图了！每个国家都在交流，国与国之间的边界正在被打破，如果我们闭关锁国，不能踏出这一步，那么永远只能被人踩在脚下！你以为当今世界还是一百年前的样子吗？看看人类的进步，看看科技的进步，我们每个人都逃避不了历史的变迁！如果下一个一百年……我们还是用同样的思路来管理这片土地，我们终将被历史淘汰！"

"那就要我们如此丧权辱国吗？"人群中有人振臂高喊，质问中年武将。

"我们没有人愿意眼睁睁地看着国土凋零！如果你们一错再错，历史会告诉你们，今天你们毁去的究竟是什么？！"

中年武将擦了擦嘴角的鲜血，转身环视门口的神父和洋人士兵，厉声道："我丑话说在前头，神圣的条约虽然已经被你们侵犯，但是不要把我们的隐忍当成软弱。大清并不是人人可宰杀的鱼肉，如果你们得寸进尺，中华大地之上，必将洒满洋人的鲜血！"

门口的领队神情一震，默默地在胸口画了一个"十"字，毕恭毕敬地说："很遗憾，总督大人……我非常尊重您所做出的努力。但是，我无法保证我们之前的盟约能否继续履行下去……"

中年武将神情黯然，轻叹一声："事已至此，我还能再说什么？！你莫要忘了，你们现在站在中国的土地上，我决不允许你们杀害大清的同胞！来吧！我戎马一生，不是贪生怕死之辈，无愧于天地！"

张呈瞧见总督大人视死如归的表情，想起他先前与兄弟们并肩作战的快意之情，心头猛地一惊，一个箭步拦在中年武将身前，狂吼一声："我看谁敢上来！"

领队缓缓闭眼，口中念念有词，只见他身旁的洋人士兵们纷纷戴上了红色的手套。领队突然举起了手中的十字剑，向前一推，空间随之晃动起来。

张呈与众兵勇将手中的刀枪向地上一插，单膝跪地，嘴中不停地念叨着什么，而少女身后的年轻男子似乎有些忍无可忍，试图伸手去阻止十字剑造成的空间扭曲。

当他的手臂接近那片莫名的空间时，整个身躯竟开始剧烈颤动，"砰"的一声巨响，年轻男子瞬间被无形的气浪震得直飞了出去！少女惊声尖叫，想扑上去救人。中年武将当机立断，一把推开少女，迅速从手腕上甩出一串白色长链，长链飞出，散落的佛珠子就像是机枪子弹，破空射向洋人士兵！

"轰隆隆！"

数名士兵迎面冲出来，想去护住领队的身躯，忽遭一阵"噼里啪啦"的佛珠扫射，四肢顿时被炸成碎片，死前高呼："奉神祇之名！"

洋人士兵阵脚大乱，立即抽出随身佩带的长剑，手指头不停地在胸口画着"十"字。

"你还有多少圣器？"

领队面带冷笑，突然将手中的十字剑高举到胸前，缓缓走向中年武将。身后的洋人士兵动作一致地举起长剑，一边逼近四合院，一边嘴里赞美着至高无上的神明，而周围的战士们试图从侧面突击，却被领队随手一剑横扫，整个人突然被一道白光蒸发，消失在无边无际的黑暗空间中。

"张呈，你还不走？！一定要死在这里吗？！"中年武将冲着四合院周围的人大吼，突然拉过身边的女孩，往黑暗中的廊道退去。

少女悲声叫道："阿玛，我不走！"

中年武将眼看着洋人们步步逼近，心急如焚，一把抓住少女的手腕，无奈地说道："在神祇面前，我们都是羔羊……"

他突然收拢手中的白色长链，一拳击出，无形中荡起了一个静止的空间，就像是一道坚硬的石墙，毅然挡在凶神恶煞的洋人身前。他在做出最后的努力，使用毕生所学去阻止面前的敌人。

领队感到一股强烈的震动正在吞噬身边的士兵，冷笑着道："我不需要成神，只需要做羔羊中的首领……世界正在流血，生命正在轮回，我没有忘记我的使命，如果可以让我侍奉众神，死而无怨。这也是我们'神之手'存在的价值……"

他话音一落，随即挥出一剑，笔直捅向静止空间。

画面定格。

此时，周无看着眼前的画面一点点地延伸，以为记忆场景即将结束，可是静止空间忽然一亮，整个世界瞬间变成了黑白色，中年武将、神父以及周围的人群就像是鬼魅般飘浮起来，动作僵硬，速度极慢。洋人神父似乎没有预料到竟然会出现诡异的变化，目光由自信转变成了惊恐，在半空中缓缓地张开嘴巴，像是在发泄内心的狂怒，不停地叫骂着，又像是惊慌失措地为自己祈祷着，声音却无法传出来。

空间画面再次扭转，一个身穿劲装、外貌清秀的年轻人单膝跪地，手中握着一个系着暗红色绳结的吊坠，一个带有诡异花纹的十字剑状物散发着银色的光芒。

似乎他的突然出现，违反了物理法则，神父和洋人士兵们的身体依然悬浮在半空中，身上出现无数血印，从细胞层面缓缓被分解，整个人似乎一层层地同时被某种小而尖锐的物品切割着。下一瞬间，这些人变成了一摊碎肉，散落在四合院内，从上空看像是开出了一朵艳丽的鲜花。

年轻男子站起身来，身体随之晃动，完全站不稳了。少女喜出望外地奔上前去，一把扶住他的肩膀。

"你……你终于回来了……可惜，我们阻止不了这场浩劫。你们快走吧，带上她离开这里，有多远就走多远！"

中年武将望着院子里满地的尸体，神色悲凉，似乎再也难以支撑这场信仰源的争端与变故，发出万般无奈的叹息声。

年轻男子似乎有点儿不甘心："总督大人，如今京都城内的能量场已经全部打开，为什么我们不试着再搏一次呢？难道他们真的可以背弃盟约？"

中年武将紧紧握住少年的手腕，用关切的眼神凝视着身边的少女，黯然地说道："孩子，我们几个老家伙虽已风烛残年，尚可抵挡一阵子，我会去找中堂大人商议对策。而你们有你们的生存价值，千万不要浪费自己的天赋……大清气数已尽，历史或许会把我们钉在耻辱柱上，但是我毫无怨言！因为每个时代的人都有自己的使命，我们这一代，时间已经到了，如果能用牺牲换来你们的成长，为年轻人换来更多的机会，这是值得我去做的事。我无怨无悔。"

"我……"少年的声音有些哽咽。

"记住，你们是中华民族的希望，一定要活下去，不要再做无谓的牺牲……"中年武将神情茫然，抬头仰望城外飘来的阵阵尘烟，咬牙切齿地说，"属于我们的时代已经结束了，总有一天，你们的时代会让万众瞩目！"

年轻人面色凝重，双手抱拳，然后牵着身边女孩的手腕一起跪倒在地。随着四合院中的幸存者纷纷拜地磕头，口中高呼"总督大人保重"，画面再次定格。

整个世界仿佛又被抽去了颜色，变成了黑白画面。

"告诉我，你看到了什么？"

周极转过身来，面带笑容，轻轻拉开衣领，露出和画面中的年轻男子身上一模一样的银色十字剑。他不等周无答复，突然伸手，从周无身上摸出了暗红色封面的日记本，将十字剑往日记本上按去，随后冲着周无做了一个噤声的动作。

周无只觉得眼前的记忆画面飞驰而过，呈现出舅舅家的晚宴画面。周极悄无声息地出现，一脚踢晕舅舅，接着似乎在舅舅身上搜寻着什么，但一无所获。

画面继续跳转，周极在欢乐城与杀人圣徒搏斗，用锋利的尖刀刺穿了圣徒的喉咙，最后扯下系在圣徒的脖子上的银色十字剑，消失在茫茫的黑暗中。

周极抓起周无的手，轻轻地放在日记本上，一瞬间，无数记忆场景涌入周无的脑海，所有的画面突然重叠在一起。周无终于明白，原来舅舅家的灭门惨案、欢乐城的圣徒杀人案，都是因为这个带着奇妙花纹的银色十字剑！

周极面无表情，整张脸庞好像突然染上一片鲜血，让他的五官看起来特别狰狞："你已经看见了，这就是历史的印记！"

"为什么？"周无又想起周极将尖刀刺入那人的喉咙的场景，胃里一阵翻腾。

"时机还没有成熟，有些答案只能由你自己去找。不过，现在看来，我觉得你还是太弱小了……"周极皱了皱眉头，突然将周无往前推去。

周无身体悬空，就像是在周家旧居中的那个血腥之夜里，眼前出现了一片血红的迷雾，身后是不停交替出现的黑白画面。茫茫黑暗中，谁也看不到他绝望的表情，他的身子正在急速下坠，跌至世界的尽头。

一阵天旋地转之后，周无隐隐听到周极的声音从远处传来。

"你根本不配知道真相！"

周无坠落在无尽的宇宙空间里，无助地翻滚着、挣扎着，忍不住大喊，声音从心底吼出："周极，这就是你所谓的考验吗？你这个懦夫！"

忽然，周无感觉衣领被人抓住，一双沾满鲜血、略显疯狂的眼睛出现在他面前。

在周极的瞳孔里，周无似乎看到了整个历史的变迁以及人类所经历的痛苦与磨难，一幅幅画面快速闪过，而周极的整张脸已经完全扭曲，变得异常沧桑。

周极揪着周无的衣领，缓缓将人拉近，用一半疯狂一半平静的脸面对着周无，声音有些颤抖："相信我，你的考验才刚刚开始！"

整个世界和周极的声音开始共鸣，随着他的声音而颤动。

周极打了个响指，嘴角再次浮现出一丝冷傲的笑容，一把将周无扔向黑暗场景中。

"咚！"

周无的身体顿时被推进了一处冰冷的深潭，他忍住内心的恐惧，挣扎着往亮光处游去。钻出水面之后，他已浑身湿透，水滴在地上的声音就像是封闭空间里的回音。

周无深深吸了一口气，手指触到了光洁的地面，抬头看见喷泉上的雕像似曾相识，猛然醒悟，原来自己回到了记忆宫殿中。

》》》 13   失控的院子以及收容家族

街道上的路灯好像发生了故障，忽明忽暗，夜空中的星光逐渐暗淡。

四合院内，朱峰看着周无跪在地上久久没有动静，虽然不知道发生了什么，但明白不能在这个时候去打扰周无。

倒在地上的梁荷心以及李察他们所遭遇的痛苦似乎越来越严重，每隔一段时间，三个人的四肢都会一阵抽搐，就像是莫名其妙地被电击了一样，而且症状发作的间隔时间越来越短。

"中国人有句话……出来混……迟早要还的……"卢卡斯一边喘着气，一边断断续续地说着话。

李察和梁荷心正焦急万分地盯着周无，哪有心情跟卢卡斯说笑。随着针刺般的痛楚持续，二人的身子又开始抽搐。

朱峰突然感觉四合院里的灯光扭曲了一下，眼前仿佛闪过了一个不协调的画面。朱峰觉得眼前的景色变得非常奇怪，而那种怪异感根本无法用言语形容。他明明已经感觉到是空间上的变化，却解释不了，就如同整个世界的颜色瞬间被人调换了，可他没办法证实。

身旁的三个人依然在抽搐，朱峰在恍惚中觉得三个人的身体好像正在慢慢悬浮起来。他戳了戳鼻子上的眼镜，看见三个人的四肢无力下垂，像是充了气的玩偶。

他的意识是完全清醒的，但是身体无法移动，已经变成了意识的牢笼。

朱峰惊恐地抬起头，能看到卢卡斯和梁荷心眼中的焦虑和绝望之色，而李察双眼紧闭，似乎在祷告。周围场景的颜色随着他们的飘浮动作渐渐暗淡，天空如同被抹去了颜色的画布。

朱峰慌忙冲过去，试图抓住李察的手臂，但没有任何作用。李察的身体鬼魅般飘在半空中，脚尖已经离开了地面。

朱峰倒吸一口冷气，脑子里已经一片混乱，眼前诡异的场景与现实交织在一起，就算是印在脑海中最深刻的噩梦场景也无法用来形容这种画面。

朱峰试图抓住梁荷心，但也没有任何作用，只能眼看着她的身体诡异地飘在半空中。朱峰焦急地看向周无，发现周无的身体也慢慢飘了起来，脚尖虚点在地面上。

朱峰耳边响起刚才梁荷心不断重复的话：

"周极用某种方式做了一个炸弹！"

"现在周无是我们唯一的希望！"

"轰隆！"

大地开始震动，屋檐上的瓦片纷纷滑落，整座四合院的瓦房好像突然倾斜，变得东倒西歪。

此刻，京都城的震响声惊动了香酒吧的人。

钢琴师威廉正在摆弄手中的高脚杯，红酒瓶口悬空，一不小心将红酒洒落在吧台上。那张刀疤脸微微一抽，他随手推开桌上的酒杯，转身去酒柜里取来一只干净的杯子。

坐在吧台边的安玉姐瞪了威廉一眼，突然听到酒柜里的杯子"叮叮当当"地响，似乎已感觉到了第二次地震。

她缓缓抬头，看了看窗外的夜空。

"这感觉是……？难道是地震？"坐在酒吧里的几个大汉脸色微变，满眼疑惑地望向安玉姐，不确定到底发生了什么事。

安玉姐默然不语，点头示意手下迅速离开酒吧。

威廉面色凝重，不安地说："我有一种不祥的预感……"

安玉姐闭上眼睛，似乎在思索一个艰难的决定。良久，她睁开眼睛，瞳孔之中闪现一丝异样的光泽："周极啊周极，你真的要让所有人为你的选择付出代价吗？"

记忆宫殿。

浑身湿透的周无大口喘气，身上的水滴落在地板上，映出了一道孤零零的身影。

周无将头埋在环抱着双腿的臂弯里，觉得这一切来得太突然了，他没办法解读答案。

他现在不知道外界的情况如何，焦急地想要出去，却发现和之前的情况不同，他似乎已经走不出宫殿，整个记忆宫殿已经将他困在原地。

到底发生了什么事？

周无眼前突然出现一个穿着西装的身影，身材高大的男人举着火把悄然出现。火把的光芒将两个人的影子拉得很长，慢慢融合在一起。

周无抬起头来，看见了一张熟悉的脸。

这张脸哪怕布满了皱纹，依然充满魅力，尤其是眼角的皱纹，在笑或是思考的时候，都会显得更加深。这是周无第一次见到有人出现在自己的记忆宫殿里。

"爷爷！"周无惊呼出声。

只见周玖留举着火把，无声地走到周无身边。他抬头四处打量着宫殿大厅内的陈设，随后看到了穹顶处的《人间乐园》，透过火把的光芒，眯起眼睛仔细打量着天花板上的精彩画面。

"所有的名画里，我没有想到你会选择这一幅……"

周玖留来回踱步，从不同的角度观赏着画面里的细节。

"左边占据了画面中心位置的，是一位神祇。非同寻常的是，他的外表十分年轻，并且人性化。嗯，他左手牵着女儿的手，做着祝福的姿势，女儿的眼睛向下看着，膝盖微微弯曲，姿态充满了尊崇与顺从，而她背后出现了兔子……这是多产的象征。"

周玖留微微点头，脸上露出一丝笑容："画面中间的花园里，充斥着各种奇花异草和飞禽走兽，长着剑形枝叶的植物……你知道吗？这是龙血树。你看，龙血树被葡萄藤缠绕着，或许是在隐喻基督的鲜血。中央水池的右上角还有一棵枣树，上面缠着一条黑色的毒蛇，呵呵，你一定知道它是什么。这棵不祥之树的脚下有一处水池，里面有一些又黑又丑的生物，毒蛇、蛤蟆、多头黏液怪，想从水池里爬出来。看见水池的中心没有？这是一个有生命象征的粉红色喷泉，耶稣基督的袍子也是这种颜色的。在喷泉的圆形底座中心，有一只猫头鹰从洞里探出头来，猫头鹰在尼德兰的传说中，是愚蠢与邪恶的象征。它对其他昼行的鸟类充满了敌意，代表着固执；它拒绝着上帝的旨意，也隐喻了那些对人世黑暗视而不见的人类……

"总之，在外表宁静的伊甸园里，善良与邪恶、光明与黑暗的交锋早已经开始，就如同我们这个世界的秩序一样，远比你想象中更为复杂。"

周玖留突然顿了顿，将手中的火把缓缓移向穹顶画面的右边，那是关于地狱七宗罪的审判。他低头望着周无，轻轻叹息："孩子，我们时刻在与命运搏斗，努力战胜欲望。我们把自己的脆弱藏在信仰之下，希望躲避我们人类与生俱来的责任，可是每个人都逃不过最终的审判！"

周玖留转身走向宫殿深处，周无用尽全身的力气站起来，快步跟上爷爷的步伐。走至大厅，周玖留似乎注意到骑士雕像，火把的光照在雕像的身上，将盔甲的纹路映得分外清晰。

"我曾经以为，我可以存在得更久，这样就能够有更多的时间给你，或者周极……"周玖留看着代表守护的雕像，微微笑了笑。

周无愣在原地，想开口追问，话到嘴边又咽了回去。他不想打断爷爷。

"其实你和周极骨子里是同一类人，性格都很要强。不过后来我发现，与其按照既定的剧本发展，不如彻底离开吧，把选择的机会交给年轻人……总督大人当年并没有想明白，热血、牺牲，包括固执，这些都是年轻人应有的品质，也是人类应有的欲望。而一味追求苟且偷生，保存实力，只是我们以前的做法，在新的时代来临之际，每个人都有做出选择的权利。"

周无眨了眨眼睛，仔细品味着爷爷这些话中的意思。

随后，周玖留走向了地下室，昏暗的通道被火把的光照亮，让原本潮湿阴森的空间充满了光明。在周玖留踏入通道的刹那，通道内的火把被一一点亮。

"我临走前才意识到，当年是多么不负责任……"周玖留缓缓走到当年在简陋的书房里，让两个孩子做出"选择难题"决定的画框前，望着画面里站在桌前的背影怔怔出神。

他伸出手指在画面上轻轻一点，带着周无走进了记忆场景。

"唉，传承意味着家族的荣耀，这一切也是属于我们周家的使命，但是我太着急去完成我的承诺，却忘了这对你们两兄弟来说是多么不公平……可惜我已经没有机会对你说声对不起了，所以想借周极之手将这些信息告诉你，因为他没有回头路了，而你还有机会做出选择。"周玖留回头看着周无，轻轻地抚摸着孙子的头发，目光中带着深深的歉意，"事情发展至今，我已经没办法取消当初的决定，能够弥补的，就是让你再选择一次，这也是你哥哥的愿望。"

接着，周玖留突然打了个响指，带着周无出现在记忆宫殿的城墙之上，远方是一望无际的荒原，天空中布满绚丽的云彩。

他转身将两只手臂前伸，目光深沉地凝视着周无，微微抬了抬左手，又举起右手，声音轻柔地询问："你究竟是想做一个普通人，还是和我们一样，背负起时代与历史的印记？"

周无怔了怔，眼中出现无数画面。

儿时与周极一起玩耍的快乐、曾经面对爷爷的严厉教导时的恐慌、略微自卑的想法，再加上内心深处被人冤枉的委屈，所有的感情会聚在一起，让周无的情绪瞬间爆发。

"你们每个人都口口声声地说让我选择，却从没告诉过我真相！"

周无面对着爷爷的身影，愤怒地大喊着。

"是的，你们给了我选择机会，但是事到如今，我又怎么可以当作什么事情都没有发生过？！我所经历的痛苦和无助，还有无中生有的猜忌，这一切都不应该是我承受的，在你们眼里这些经历难道只是儿戏？我还能重新选择一次吗？如果真的可以，我需要承载这一切的能力，需要知道真相！爷爷，我要知道真相！"

情绪几近崩溃的周无，不停地狂吼着，孩子似的坐在地上，抹着眼眶中奔涌而出的泪水，似乎要将积累在胸口的恨意和委屈一扫而尽。

"周无，你很快就会知道真相了。当年我对你们的父亲很失望，他的智商与天赋不足以背负人类文明的传承，再加上他体弱多病，一度让我怀疑你奶奶是不是爷爷的远房亲戚？幸好你母亲生了两个优秀的孩子……"

周玖留目光闪烁，眼眸中跳动着岁月的光采。他关切地注视着周无，突然将右手按在周无的额头上。

周无浑身一震，无数记忆画面涌入脑海中，随着记忆信息的灌入，爷爷的身影变得越来越淡。周无望向远方，似乎看到无数历史岁月正在眼前流淌、消失。

这是属于周玖留的历史。周无渐渐冷静下来。

"我尊重你的选择，希望有一天你不要恨我……"

爷爷的身影变得模糊起来，但是声音依然清晰。在消失之前，他留下了最后一句话："相信周极！"

画面的流动，让周无脑海中的信息迅速膨胀，他的思维极度混乱，他只能抱着脑袋蜷缩在地上，口中呼喊着"爷爷"，痛苦地颤抖着。

"咚，咚，咚！"

周无的心跳越来越快，整个记忆宫殿也随着心跳颤动，宫殿的墙壁开始出现裂缝，角落四处落下纷纷扬扬的尘土。

空间战栗着，宫殿里的记忆房间也开始急速翻转，无数画像在墙上抖动，因与墙壁的撞击而产生尖锐的嘶鸣声，大厅图书馆陈列的书纷纷掉落在地，收集的各种机械工艺品和酒瓶互相撞击，在地上摔得粉碎。壁炉里的火焰迸射出零星的火花，整座宫殿的藤蔓和爬山虎上的枝叶随着宫殿的震动而颤动着。

天空中的云层和宫殿塔尖的距离越来越近，周无的心跳节奏也越来越快。随着心率的剧烈起伏，无数画面从他眼前飞过，形成一条条由画面组成的长河，延伸至他的体内，最终在脑海中组成被击碎的画面碎片，散落到宫殿的各个角落。

"啊！！！"

他完全抑制不住内心压抑的情绪，瞬间抬头，一声长啸从灵魂深处迸发而出，狂吼的声浪将驻守在宫殿门口的天使与恶魔雕像震飞，巨大的碎石纷纷坠落。

周无张开双臂，似乎在释放内心压抑已久的痛苦。

而恶魔雕像身上的黑色羽翼也极力向身后伸展着，盔甲上闪烁着金属般的光芒，天空中的云层忽然被冲开一道裂痕，一束刺眼的阳光透过厚厚的云层照射在他的头顶。

　　周无缓缓睁开眼睛，仰望苍穹，视野忽然开阔。天空中出现了一片绚丽的光芒，整座记忆宫殿飘浮在半空中，像是一座天外孤城。

　　此时此刻，朱峰正满头大汗地望着飘浮在空中的三个人，梁荷心与卢卡斯明显已经失去意识，只有李察眉头紧皱，似乎一直在坚持。

　　朱峰再次感觉眼前的景象色彩发生了变化。他摘下眼镜，擦了擦额头上的汗水，仿佛看见夜空中的繁星随着时空的转换而缓慢旋转，从一片黑暗场景中移到了另一片黑暗场景中，好像近在眼前，触手可及，又好像转换了一个空间，变成黑白与彩色交替的两个世界。

　　朱峰有点儿不可思议地望着夜空，以及眼前三个像木偶般飘浮的人，不知道自己到底是恐惧还是好奇。

　　"周极，你究竟在做什么？"

　　就在朱峰喃喃自语的时候，周无在记忆宫殿中发出一声怒吼，场景好像突然合二为一，时空飞速旋转，跪在四合院里的周无"啊"的一声，终于回到了现实中。

　　一股无形的震荡波沿着场景的每一个角落传递，整个时空画面立即凝滞，黑白世界被周无发出的喊声震碎，天空恢复了繁星点点的景象，而在空中的三个人仿佛被电流击中一样，身体一震，动作一致地摔在地上。

　　朱峰见周无站在庭院里发呆，然后突然又跪倒在地，开始剧烈地干呕，顾不上查看那三个人的情况，迅速跑向周无，躲在好友身后，左右开弓，不停地拍打着周无的后背。

　　"你再拍，我就要吐血了！"周无经历了难以想象的记忆场景，早已耗尽了浑身的力气，赶紧出声制止，以防被朱峰拍死。

梁荷心等人在地上挣扎着，就像是灵魂归窍一样，重新掌控了身体的控制权。

"我们今天还算走运，逃过了一劫……"卢卡斯躺在地上活动着四肢，将拽在手中的怀表放回口袋里。

一旁的李察艰难地站起身，娃娃脸上满是痛苦的表情。他将十字架挂在脖子上，眉头依旧紧锁着："这种程度的共鸣……这个区域怎么可能安然无恙？"

他难以置信地望着四周的场景，四合院的瓦房并没有倒塌。而梁荷心的烟瘾好像犯了，她撩了撩头发，点上一根薄荷味的电子烟，脸色疲惫地瞪着周无，一句话也说不出来。

周无干呕一阵之后，终于停歇下来，双手撑在地上微微抬头，眼眸中仿佛燃烧着熊熊火焰，突然与梁荷心的目光交会："我需要真相，我不希望活在虚假的世界里！梁小姐，请你告诉我事情的经过，我有知道真相的权利！否则……你们休想找到周极！"

梁荷心直视着周无的眼睛，心情平静。

"是时候了，我也有权利知道真相……"朱峰的声音隐约从周无身后传来。

李察看了看卢卡斯，似乎在征求他的意见。卢卡斯点了点头，侧身向梁荷心说道："经历过这些事之后，我觉得他们有权利知道真相，告诉他们这个世界背后的故事。"

梁荷心沉默良久，吐出一个烟圈。

"是时候了。"一个低沉沙哑的声音突然从墙外传来。

四合院的大门被人推开，一道道刺眼的强光照亮了整座院子，一群佩戴头盔、身穿黑色战术服的陌生人迅速冲进小院，围成一圈。同时，几名穿着白色防护服的人鱼贯而入，手中举着奇怪的仪器，开始对周围环境进行探测。

仪器上的数值光源来回跳动，并且全屏呈现绿色，身穿白色防护服的人转身向门外的人做了一个"OK"的手势。

门外进来一位身穿黑色西装、黑发中夹杂着白发的中年男子，风度翩翩，眼角的皱纹清晰地表明了岁月留下的印记。此时他用一双敏锐的眼睛扫视着众人，漠然地看着眼前的一切。

他身后跟着两男一女，男人穿着黑衣，左手旋转着一枚硬币，前额皱起数道皱纹，就好像刀刻的一般，眼中闪烁出一丝欣慰的光芒，似乎对周无的身体状态表示关切。他身旁则是一个像山一般高大的壮硕男子，皮肤黝黑，肌肉高高地撑起身上的战术服。而旁边另一位亚裔女子身材极好，前凸后翘，突然朝着梁荷心眨了眨眼睛，脸上露出似笑非笑的表情。

梁荷心抬头看了看面前的中年男子，咬了咬牙，欲言又止。

朱峰惊讶地认出壮硕男子和亚裔女子正是在公寓追杀他们的黑衣人，吓得脖子一缩，眼镜差点儿从鼻梁上滑落。

中年男子微微笑了笑，走到周无面前站定，目光带着审视地打量着周无。这种感觉，能让人联想到即将被送检审查的罪犯。周无想起了精神疾病康复所里的值班守卫，顿时觉得浑身难受。

良久，中年男子缓缓上前几步，摘掉了手上的手套，露出保养得相当好的双手。他环视四周，随后望着站起身的周无，细长的双眼仔细看了看周无，点了点头，带有磁性的嗓音缓缓响起："周无先生，你做好准备为面对真相付出代价了吗？"

夜空亮如白昼，此时，梅儿胡同附近停着数辆越野车，一群身穿黑色战术服的神秘人卸下装备，迅速封锁了街道入口。

距离大院大约一千米处，一名身穿黑色夹克、深蓝色战术牛仔裤的男子正伫立在一栋写字楼的楼顶上，在黑暗中举起军用望远镜，远远地监视着四合院里发生的一切。

他似乎看到黑衣人在门口指挥队员组装器械，照明设备已将整个区域照射成一片淡蓝色的光幕，就好像搭建了一处与世隔绝的世界。

"区域隔离吗？嗯，标准的手册执行方案。修特组长，你该退休了……"周极嘴角一扬，自言自语。他好像已经认出黑衣人以及亚裔女子的身份，目不转睛地观察着区域临界点的动静。当看见中年男子走进四合院，与周无握手交谈时，周极轻皱眉头，讽刺地说道："梁丹渊？你终于出现了……惊动了中国区的主管，真是深感荣幸。"

周极默默地望着远方的中年男子，沉思片刻，转身离开了楼顶。

夜空中的蓝色光幕渐渐暗淡下来，变成灰蒙蒙的一片，依稀能让人看清远处一座古老的城墙。

香酒吧。

周极在空旷的街道上绕了几圈，确定无人跟踪后，闪身进了酒吧。威廉正在吧台边与安玉姐喝酒解闷儿，忽然看见一个黑影进来——略显凌乱的头发、浓密的双眉、幽深的眼睛。

"周极？"安玉姐惊呼，随即皱起眉头。

"这次真是要谢谢你们。"周极微微笑了笑，摆手向威廉打了个招呼，接着掏出一张金属晶片，毕恭毕敬地递给安玉姐，"人情归人情，尾款一分不少。"

安玉姐接过金属晶片，幽叹一声："告诉我，你究竟想干什么？"

周极示意威廉给他倒上一杯红酒，面无表情地说："有些事你们还是不知道的好……我们之前的交易非常简单，只要你们把资料交给周无，在必要的时候可以给他提供帮助，仅此而已。"

"可是刚才的震感又是怎么回事？"安玉姐脸色一变，质问的语气里带着一丝愠怒。

"嗯，一个精神力共鸣炸弹而已……当然，辐射的范围有点儿广。"周极故作轻松地扭了扭脖子，"如果周无没有找到那里，炸弹永远不会被启动。"

"你跟我说如果？如果周无没办法完成你设下的共鸣呢？"安玉姐吐出一口浊气。

周极眨了眨眼睛，龇牙笑道："那也就是相当于奈福四级的印封物失控，半径大概……大概是半个京都城！"

安玉姐瞪大了眼睛，脸色煞白："你……你是不是疯了？！你把这座城市里的同胞当成什么了？难道你一点儿都不在乎周无的安危？"

周极晃了晃手中的玻璃杯，将红酒一饮而尽："不用担心，我设置了免疫波段，就算磁场失控，他也是唯一的幸存者。话说回来，安玉姐，我没有你想象中那么伟大！很多事情不是我一个人可以决定的！"

"是谁逼你了吗？"

"我也很想知道，我的决定究竟是对是错？当我加入 A.E.C.S.T 组织的时候，天真地以为真的能改变整个世界。可是后来我发现，在这个腐朽的体制下，所有人的努力仅仅是为了维护体系持续运转，所谓的'正义'只是牺牲！微不足道的牺牲！"

威廉看见周极的眼里充满了怨气，赶紧给安玉姐使了个眼色，示意她不要刺激周极的情绪。

"看看凡人们在过去的一百年里成就了什么？再看看我们的同胞在这个世界生存的环境！"周极似乎感觉自己有点儿失态，缓了一口气，收敛了眼眸中的光芒，"我想过了，如果想改变这个世界，只能打破规矩，并建立新的秩序。"

"那周无岂不是也会成为牺牲品？"

"他不一样。其实我只是想把爷爷的遗言交给他，没想到……我宁愿他选择做一个普通人，可是他很倔强，一直在对抗自己的命运。以我对周无的了解，其实他更适合在体制内生存，爷爷当年应该选他。

"我不是一个牺牲品，没有人应该是。如果有人这么想，那他们应该付出代价。

"至于周无，我能够为他做的事只有这么多了。"周极随手整理了一下衣领，玉佩和银色十字剑相贴在脖子上，若隐若现，"接下来就靠他自己了。"

威廉一直在一旁默默地听着周极的话，忍不住叹了一口气："想要扮演上帝，就必然要和魔鬼打交道。而在这个世界上，一部分人选择看到丑恶与混乱的一面，周无不一样，选择看到世间美好的一面。"

"这是他得到的祝福，也是他受到的诅咒。"周极的右脸一阵抽动，他不得不捂着右脸微微停顿。安玉姐和威廉与他只有一步之遥。

"而你们……"周极透过指间缝隙看向面前的二人，似乎抑制着极大痛苦说道，"只不过是这已经烂透了的体系下被腐蚀的苹果。"他的右眼看向钢琴师，两人的目光交会。

"也只会掉落在腐朽的大树四周，我敬佩你们所做的一切。

"只是这座城市从很早以前就不属于你们了，只不过你们还活在自己理想的乌托邦中，就和这座城市里千千万万的同胞一样。

"面对现实吧！属于你们的时代已经结束了。"

周极再次慢慢恢复平静，继续向前走去。

"旧的神灵终将逝去，新世界不需要新的神灵。新秩序应该由新时代的人去引领。如果没有人拥有勇气去打破这个已经腐朽的系统，那么我来！"最后周极转身，右手贴胸，微微鞠躬，"交易愉快！"

随后，他的身影消失在黑夜中。

安玉姐和威廉在黑暗中伫立良久。

"他现在……？"安玉姐面色惨白地试探着问道。

威廉面无表情地摇摇头，突然身体一晃，捂住嘴，鲜血慢慢流出。

"暴风雨将至，让所有人准备好吧。我不知道新的时代是否来临，只知道，"威廉擦了擦嘴角，"这座城市已经不再是避风港。"

◆ 第二乐章 ◆

爱、恨、绝望和死亡

因不得不超越自我，人类终极的选择，
是创造或者毁灭，爱或者恨。

——弗洛姆

当周无睁开眼睛的时候，发现自己坐在一把冰冷的金属椅子上。

这是一间封闭的审讯室，三面皆是白墙，而正前方镶嵌着一面长条形的镜子。

周无面无表情地盯着镜子，脸色显得格外阴暗。室内略显刺眼的白光让他觉得有些困，他百无聊赖地在桌子下转动着自己的手指头，一圈、两圈……

此时，身后传来"嘀"的一声，惊动了沉寂已久的压抑气氛，周无扭头，缓缓看向伴随着高跟鞋声进来的女士。

米黄色的风衣穿在她身上依然合体，长长的头发略随意地散落在肩上，一双细长的眼睛炯炯有神，而两弯柳叶眉微微上挑，她似乎被什么未解的难题困扰着。

周无默默地看着梁荷心走进房间，嘴角微微一挑，低头继续转动着自己的手指。而梁荷心移开桌子对面的另一张椅子，将手中的资料袋轻放在桌面上，闷头儿翻阅起资料。她轻蹙眉头，想着自己的事，好像只是碰巧路过，根本就不认识坐在对面的这个男人。

一男一女隔着桌子沉默着，白色木质方桌上放着一杯已经凉透了的咖啡，马克杯上套着一个略显奇怪的图案，上面写着一行英文缩写"A.E.C.S.T"。

"他们准备就这样耗到天长地久？"

监控室的另一端，短发的亚裔女孩瞪着显示屏，忍不住抱怨起来。

"资料显示，周无接受过良好的记忆学、犯罪心理学、谈判学的教育，在大学的时候兼修了金融行为学……"

一名穿着黑色制服的高大男性坐在屏幕前，巨大的体形几乎比正常男性大出一圈，身上肌肉紧绷。他将手指头按在屏幕上，巨大的手指让屏幕显得有些袖珍。他动作熟练地将屏幕的标点位置聚焦在周无的脸部："他最喜欢的应该是古老的记忆学。不过我在他的公寓的书架上也找到了一些畅销书，他甚至曾在论坛针对津巴多的《路西法效应》写过相关评论，看得出来，他对心理学也有偏爱。"

亚裔女孩哼了一声，不以为然地说："玩心理战术都是虚的，谈判布局的第一步，先建立信任！"

皮肤黝黑的高大男人摸了摸光滑的头顶，呵呵笑了笑："他选择投行这种高强度的工作，抗压能力肯定很强。而且，我们劳师动众地把他'请'到了A.E.C.S.T 行政部，这可不是一个随随便便能让他信任的流程。"

"难道你想把他关进收容中心？"亚裔女孩望着显示屏中的周无，皱了皱眉头，"弗雷，你有没有觉得他的气质跟周极很像？"

"你这不是废话吗？！"弗雷用指尖触摸着屏幕上放大的周无的影像，突然轻轻地叹了一口气，似乎想起了曾与周极并肩作战的日子，内心颇为感慨。

沉寂的审讯室内，梁荷心抬手拢了拢头发，细长的眼睛在不经意间瞄了一眼周无。而周无始终低着脑袋，有些无精打采，没什么话要跟梁荷心交流。

梁荷心侧了侧身子，终于忍不住了，就像怕吵醒周无一样，轻声问了一句："饿吗？"

周无没有反应，像雕像一样直愣愣地盯着自己的双手。梁荷心见他自始至终是一副无动于衷的样子，真想走过去狠狠地踢他一脚。

她伸手端起放在周无面前的咖啡杯，起身走到饮水机旁，"哐当"一声，将咖啡杯扔进垃圾桶里。

周无听到响声微微抬头，下意识地看了梁荷心一眼，发现她目不转睛地盯着他，仿佛要看透他的灵魂。周无毫不示弱，瞪大了眼睛凝视着梁荷心，就像是在无声地抗议。

"我从来没有想过要隐瞒你，也不知道周极到底想干什么！"梁荷心吐了一口气，神情疲惫地拨弄着额前的碎发，说话的嗓音略显沙哑，"说实话，我个人非常认可你在记忆学上的造诣，而且你不止一次让我感到惊讶，你的能力不输给任何人。可是你需要说服梁丹渊主管，他是我们 A.E.C.S.T 中国区的最高行政长官，只有让他相信你可以找到周极……"

"等等！"周无突然打断梁荷心的话，扭动脖子，调整坐姿，略显憔悴的脸上露出一丝轻蔑的微笑，"周极不就是真相的源头吗？如果我有能力找到他，又何必跟你们合作？"

梁荷心愣了愣，房间里的空气再次凝固。

此时，一位满头灰发、身着黑色制服的中年人打开了监控室的金属门，悄无声息地走到显示屏旁边，环抱双手，望着审讯室内的画面，眉宇间尽是疲惫之色，仿佛把精疲力竭写在脸上。

"修特组长！"弗雷站起身，点了点头。

修特白色的衬衫领口微敞，一双眼睛盯着显示器上的身影，随后将西服的扣子解开，转身看向亚裔女孩和弗雷，点头示意："孟桂，有没有进展？"

"荷姐好像无计可施，也许您应该去跟他谈谈……"孟桂移动鼠标，将镜头转向梁荷心。画面中的梁荷心坐在桌前，两条细长的眉毛挤在一起，心情好像很沮丧。

弗雷按了一下显示屏上的按键，将另外三个监视器的镜头画面投射到屏幕上。

三个镜头从不同的角度对着三个身影，其中一个镜头画面里出现了朱峰的身影。他正在房间里来回走动，焦虑不安，时不时贴近镜面东张西望，也不知道到底想找什么东西。另外两个房间里，是长着娃娃脸的李察，像雕像一般坐在椅子上，一动也不动，脸上的表情极其严肃。而卢卡斯正好相反，似乎非常享受独处的快乐，背靠椅子，两条腿架在桌子上，手指缠绕着一块金色怀表，前后摇摆，悠然自得。

"我们的时间不多了……"弗雷沉默了许久，盯着显示器上的梁荷心略显憔悴的脸庞，轻轻地说道，"组长，你应该去跟他谈一谈，小荷在这件事上不能说是客观的，我担心她的中立性。"

孟桂微微侧过身子看了看弗雷，欲言又止。弗雷却摇了摇头，示意孟桂别说话，又补充道："我们需要快速决策。时间并不是我们的朋友，而且留给周极的时间不多了。"

"周极"这个名字在这个房间里似乎是个禁忌，弗雷光提起这个名字仿佛就用尽了勇气，以至全身的肌肉都紧绷着。

修特握着鼠标的手充满力量，但是他听到周极的名字时，微微一顿，手上的血管明显突出。

"孟桂、弗雷，你们去和北美的同事好好聊一聊。"略显低沉并有些沙哑的嗓音回荡在房间中，显示器上的画面突然被拉远，随后又聚焦到梁荷心清秀而又阴郁的面庞上。

房间内的二人依然沉默着，仿佛对方并不存在，除了自己只有空气。

梁荷心双眼轻轻一眨，抬头看向对面那个一直用沉默回应她的男人，深吸了一口气，似乎鼓起了莫大的勇气，要把心中堆积的郁闷情绪全部排掉："我其实一直想和你说，周极他……"

她突然听见门禁绿灯的响声，扭头一看，只见修特站在门口咳嗽了一声，扫视房间里的二人，随后向梁荷心努了努嘴，示意她有事情需要处理。

梁荷心轻蹙细眉，无奈地看了一眼低头沉默的周无，缓缓起身，与站在门口的修特擦身而过。修特看了看周无，随手关上了门。

房间内再次归于沉寂，只有周无安静地坐在桌前。

梁荷心略显急促的步伐声回荡在走廊中，几个转弯之后，她来到了走廊的尽头，双手抱肘沉默了一会儿，抬手敲了敲一间办公室的门。

"进来。"一个声音隐隐约约地从办公室里传了出来，梁荷心推开门进去，门后是一个略具现代英式风格的书房，房间的正中间放着一张深蓝色的长沙发，两侧分别摆放着独立的带有扶手的同色座椅，齐腿高的黑色扶手反射着一旁的壁炉中摇摆的火焰光芒。

长沙发后面是一个占据整面墙的书架，书架上摆着各种各样的书。房间的尽头则放着一张略宽的办公桌，桌面上摞着成堆的文件，一个身形高大的男人正低头在文件上批注着什么。

梁荷心走到书桌前，没有说话，眼前的身影一身深色西装，黑发中似乎隐约能看到丝丝白发，眼角有几道沧桑的皱纹。

他的右手正提笔"沙沙"地写着字，他并没有抬头看向面前站着的梁荷心："我们没有时间了，让他配合我们的工作，不然的话……我们只能实行 B 计划。"

梁荷心皱了皱眉，不知道怎么回答。

"鉴于你目前的状态，我觉得你已经不太适合负责这次的工作了，我需要你把接下来的工作重心放到回收散落在外的收容物上。"中年人仍然低着头，没有停止批注文件。

梁荷心细长的眉毛微挑，但她忍住了没有开口。面前的中年人似乎终于完成了批注，随后合上手中的文件，抬头看着梁荷心的眼睛，眼神似乎带着某种审视意味，语气坚决地说："我会亲自负责周无和周极的相关事宜。"

"我以为，这是我的案子？你怎么可以……"

梁荷心突然抬起头，垂在两侧的双手紧紧地握在一起。

还没等她把话说完，中年人已经打断了她的话，冷漠地说道："之前是的，但是鉴于你目前的状态，我非常怀疑你的客观性。我希望你了解，我并不是要和你协商，而是作为中国区最高负责人宣布最终决议。"

梁荷心盯着中年人，反驳道："我已经和目标建立了信任关系，你觉得他会相信你还是相信我？你似乎有些心急，是有什么事情发生了吗？"

中年人无奈地叹了一口气，缓缓向后靠在椅背上，伸手拿起桌上刚刚批完的文件，递给梁荷心。

梁荷心接过文件，刚翻几页，脸色立即黯淡下来。

刚才中年人所批的文件，包括了《关于 A.E.C.S.T 中国区的特殊动议》《五眼联盟联合声明》《动议：立刻停止对中国区的一切资金支持》以及《关于中国区违约的处理办法》，黑色的粗体英文在白色的纸面上如此刺眼。

"英国以及纽约区分部的负责人已经分别跟我通了电话，他们怀疑周极这件案子已经完全失控。这群人可不会放过任何一个伸手进来的机会，会千方百计地逼迫我们进行国际转交，而'时间限制'只是其中一个借口，你觉得我还会让他们找到更多把柄吗？"

"那你刚才说的，是指我们没有时间了，还是指你自己没有时间了？"梁荷心咬了咬嘴唇。

中年人深感意外地望着她，似乎没想到她会正面顶撞上司。

梁荷心没有看到对方面孔上一闪而过的怒意，继续语气略带讽刺地说道："就算你把周极抓回来，继续坐在这个位置上，你依旧不能向周玖留证明什么。周玖留既然已经做出了选择，那么我们只能坚决维护自己的选择，可是这并不包括周无！他对这一切一无所知！"

"你是说我在针对周家？"

"我可没有这样说。"

"你别忘了，是周极背叛在先！他已经忘记了自己的身份，对不起的人正是他的爷爷周玖留！"

"可是这跟周无有什么关系？无论周家的人以前是什么身份，周无现在只不过是一个普通人！"

中年人突然挥了挥手，不耐烦地打断了她的话，随后从桌上翻出一份报告，随手甩在梁荷心面前，一字一顿地说道："他是普通人？普通人能解决等同于四级的收容物，辐射范围为半个京都城的异常现象吗？无论他过去活在什么世界里，从现在开始，他的人生已经由不得他选择！这是他们周家必须承担的责任！"

此时，放在深棕色办公桌上的手机突然响起，中年人皱着眉头看了一眼，接起了电话："我是梁丹渊，什么事？"

他耐心听完电话里的人的汇报，急切地在手机上打了几行字。他放下手机后，再次抬头看向梁荷心，似乎有什么好消息让他眉间的阴云突然散去，他缓缓地说道："看来这个世界上还是有好运的……我们的合作伙伴已经同意了我们的条件，所以接下来总部会进行分工，由我出面去解决一些棘手问题，而你，可以全权负责周无的相关事宜。如果在我回来之前，你还是找不到周极的话……很抱歉，我只能做出最坏的选择。"

梁丹渊似乎看穿了梁荷心的心思，随后叹了口气："或者说，也许这一切都是天意，我给你三十分钟说服周无，不管是周极还是周无，他们最终还是要面对他们家族的命运。"

屋内陷入了沉默中，两个人相对无言，梁荷心看着面前变得有些陌生的男人，似乎和她记忆中的身影无法重合。

"梁主管……"

门外忽然响起敲门声。

梁荷心眼神扫过摆在桌上的相框，抬头转身，轻声说道："生存也好，毁灭也好，我们尽力活着，每一次的牺牲都是源自自身的选择，而不是强迫别人做出决定后苟延残喘。她……也不希望我们活成这样吧？"

梁丹渊身体微颤，细长的眼睛看向门口，用眼神示意面前的女子可以离开了。他面无表情地望着梁荷心打开门走出去，眼中闪过一丝莫名的情绪。而门外的修特以及一位戴着眼镜的年轻人正低着头，诧异地目睹梁荷心和他们擦身而过。

屋内的梁丹渊缓了一口气，向修特点了点头，随后示意他带着朱峰进来。

梁荷心走到走廊处回头，办公室的门已被修特关上，在他关上门的那一瞬间，朱峰紧张地望向门外，视线恰好和梁荷心的对上，随后他有些不自然地低下了头。梁丹渊起身走向门口迎接朱峰，伸手自我介绍道："我是梁丹渊，欢迎你……"

门关上的一瞬间，梁荷心看到朱峰的手和梁丹渊主动伸出来的手紧紧地握在一起。

审讯室里没有时钟，刻意制造出一种无法分辨时间的错觉，而这种感觉会让人心理逐渐崩溃。周无反复提醒自己，压下内心的烦躁情绪，面无表情地坐在椅子上数着自己的心跳。

他正在低头默默地计算，当听到梁荷心开门的声音时，距离她离开的时间大约是二十分钟。

梁荷心推门走进审讯室，拉开桌子另一端的椅子坐下，手指不停地敲击着桌面，似乎显得有些烦躁。

周无感觉有一丝阴郁的情绪正笼罩在她的心头，却依然无动于衷，只是低着头，似乎并不关心梁荷心的动静，耐心地等待着梁荷心先开口。

时间一分一秒地流逝，每一次梁荷心的指尖落在桌面上发出轻击的声音就仿佛时间又多走了一秒，某种烦躁而压抑的情绪逐渐在周无的心底堆积起来。

他终于忍不住抬了一下眼皮，就在他想换个坐姿的时候，对面的梁荷心突然握住手腕，仿佛下定了某种决心，声音略微沙哑地轻声道："告诉我，你想象中的世界究竟是什么样子的？"

周无没有回复，而是挺身坐直，似乎在思考这句话背后的意思。他在经历了昨晚的事情之后，已隐约察觉这个世界的玄机，也许这座城市每天的正常运转只不过是假象，如同他现在身处审讯室一样。

"对大多数人来说，这世界就是按照他们认为的方式在运转，人与人之间的互动、国与国之间的争斗，无非是世界规则的展现方式。"心情稍稍平静后，梁荷心突然将手中的一摞文件放在桌上，推向周无，语气有些无奈，"现在，你有十五分钟时间看完这些文件，然后需要做出一个影响你一生的决定。"

周无缓缓伸出手按在文件上，微微用力想将文件拿过来，文件却纹丝不动。

他抬起头，看到梁荷心的手依然用力地按在文件上，随后视线微微上移，看到梁荷心望过来的眼神。周无似乎看到不同的情绪流淌过她的眼眸，一瞬间好像有无数想法从她心头闪过。

"其实做一个普通人挺好的。"她轻轻感慨着。

周无抿着嘴，看着面前的文件，档案袋上印着英文字"A.E.C.S.T"，上面有一个非常醒目的三角形标志，中间是个英式的小盾牌，盾牌上有着锋利的枪矛，下方则是一个往右侧倾斜的天平，微微发暗的红色图案让整个档案袋透着神秘和阴森感。

他看着眼前厚厚的资料，犹豫了片刻，用手指轻抚着文件的边缘，随后眼前似乎闪过一个熟悉的身影，一瞬间连瞳孔都收缩起来。只见一张熟悉的照片挂在文件第一页的右上角，旁边标注着他的名字以及信息。照片中的周极嘴角微微翘着，仿佛带着一丝对这个世界的嘲讽之意。

姓名：周极

职务：收容中心调查员

级别：A.E.C.S.T 中国区奈福四级

周无的目光在职位上停留了几秒，随后他看到的是周极的生平简介，"周玖留长孙"等字眼在纸面上被加粗标注，同时，周玖留的名字旁边还有"曾为A.E.C.S.T 中国区奈福六级——最高权限拥有者"的括注。

文件里大量的文字已经被涂抹掉，周无皱起眉头抬头看了梁荷心一眼，随后开始翻阅一些似乎是周极曾经接触的案子，从字里行间能看出在中国各地发生过各种异常案件。

其中有数张照片拍下了一些诡异而扭曲的尸体以及奇怪的物品，当他看清一些物品的介绍时，心底有着不安和恐惧的情绪，那是正常人在看到不能理解的事情后产生的心理反应。

周无阅读过几页资料之后，逐渐加快了翻页的速度，纸张翻过的声音在屋中"沙沙"地响起，由慢变快，当他翻到最后一页时，突然停下看了看文件中一张他唯一熟悉的照片，正是他在欢乐城中，进入记忆宫殿之后看到的被周极杀死的嫌疑人的照片。

梁荷心看着周无停下的双手，眨了眨眼睛，似乎明白他看到了什么，双手抱拳放在桌上，轻声道："欢乐城圣徒杀人案，是我和周极一起接手的最后一件案子，也就是从那之后，他的行为开始变得异常……"

"你给我看这些文件，到底是想告诉我什么？"周无轻轻地合上手中的文件，略为讽刺地笑了笑，将手中的文件放回桌上，说话的声音里带着一丝无奈，"你是想告诉我，他是你们中的一员？还是想告诉我，我从来就没有了解过他？"

梁荷心摇了摇头，沙哑的声音中似乎透着一些苦涩之意："我只是想告诉你，这个世界和你想象中的不一样，它表面上看似平静地运转着，其实是在掩饰这个世界最本质的残酷真相……"她看着周无的双眼，用冷静而残酷的声音缓缓述说着冰冷的现实，"我只是想让你明白你即将面对什么，然后给你一个选择的机会。你可以回到你平静的生活里，然后忘记我，忘记周极，忘记你经历过的事情。"

周无瞪着坐在对面的女人，在桌子下缓缓地握住手，半晌没有吭声。

两个人沉默着，仿佛某种情绪在凝聚。

他回想起周家那个血腥的夜晚，那奇怪的影像以及在总督府经历的一切，还有那张熟悉的面孔和周极所做过的一切事情。

"相信我，我们这是在保护你，我相信这也是周玖留想要的结果。"

"如果是这样……"他静静地看着梁荷心，嘴角带着一丝微笑，伸手再次将文件推向梁荷心，仿佛在向他的过去告别，一瞬间让梁荷心感到他的眼中闪烁着某种兴奋神色，"好吧！那就由你来告诉我有关周极的一切，我已经准备好面对这个虚伪冰冷的世界了。"

梁荷心看了他良久，从口袋中掏出电子烟，点燃后深吸了一口，房间里顿时充斥着薄荷烟味的气息。

她叹了一口气，终于带着些感慨开口："A.E.C.S.T……就是我们所在的机构，全名Anti-Extreme-Condition-Security-Team①，属于国际联盟旗下的全球性组织。我们成立这个组织的初衷，是为了避免全球范围内出现异常收容事件，以及平衡特殊人群与普通人类共存的关系。"

周无眼角微微一抽，没有说话，只是静静地听着对面的长发女人娓娓道来。

"异常收容事件……相信你应该已经在总督府中初步接触到了，就是指那种不能用正常科学理解的现象。"

梁荷心打开文件，将不同文件上被大块涂黑的案例文件挨个儿摆放在桌上。纸面上显示着从不同角度拍摄的奇怪图片，有的仅仅是一台老旧的唱片机，颇具年代感；有些则是现代的饰品和玩具，但是形状有些怪异，甚至互相扭曲；也有破旧的老木屋，被石头和荆棘所围绕的古老建筑物，其他则是形形

---

① 反特殊状况安全小组。

色色的人物。

这些文件纸张的质感都有些不同，其中几份文件页面泛黄，破旧残缺，透着一股神秘感，整齐地排列在桌面上，形成了令人厌恶且怪异的画面组合。

"这些现象发生的规律以及原因暂时还未知，它们有可能发生在荒野上，有可能发生在城市中，甚至这一刻，也许就在你我身边。"梁荷心表情严肃，缓了一口气才继续说道，"目前对收容物已知的信息有限，而我们唯一能够确认的是，任何一件收容物都是致命的隐患，在错误的人手里稍微疏忽就会造成致命的结果。因此，我们的组织，也就是你一直认为的'机构'，是负责管理回收收容物的官方授权部门。"

梁荷心看着周无低着头没有说话，吸了一口手中的电子烟，空气中的薄荷味再次浓郁起来。

"而我们的另一项任务，就是去平衡特殊人群和人类社会间的关系。这听起来可能有些令人难以置信，但人类并不是生存在这个世界上的唯一智慧生命……"

周无抬起头，仿佛听到什么不可思议的事情。梁荷心扬起嘴角，再次吸了一口烟，仔细看着周无的表现，似乎在享受周无吃惊的这一刻。

看着周无欲言又止的神情，梁荷心低下头，看似无意但是说出来的话终于让周无面色大变："A.E.C.S.T 日常的另一项工作，就是平衡像你我这样的特殊存在与普通人之间的关系，确保我们和人类政府在约定的框架下遵循国际联盟的公约，并使其得到有效执行。"

梁荷心靠在椅背上，抬头看着天花板，似乎透过天花板在看头顶那看不见的天空。

"当然，某些时刻我们还需要同更高级别的生命形态打交道。不过这些信息已经超出了我可以对你透露的权限范围，我只能点到为止。"

周无舔了舔嘴唇，伸手拿起面前喝剩一半的咖啡抿了一口，已经凉透的咖啡带着苦涩的味道刺激着他的神经，也掩饰了他迷茫的眼神。

他因为震惊手微微颤抖着，杯壁不小心碰到了他的牙齿，瓷杯和牙齿的碰撞声让面前看着他的梁荷心微微笑了笑。

他毕竟还是一个刚刚毕业的普通人，就算背景特殊，遇到这样的事情也无法承受。

她内心有点儿感触，脑海中闪过一道身影，看着周无时目光柔和了许多："简单来说，你和我，我们的生命形态同人类有些不同，也许我们都有着人类的外形，但是本质上我们正在往更高的生命形态演变……

"周极和我一样，隶属于 A.E.C.S.T 中国区，级别为奈福四级调查员。他曾是中国区最有希望晋升至五级的调查员。作为连奈福一级都不是的平民，本来你不应该知道这些细节，但是……现在的情况是，我们需要你的帮助。"

"帮助你们抓到周极？"

周无注意到梁荷心说到周极时的语气隐隐带着一种惋惜，忍不住皱起眉头，直直地盯着梁荷心的眼睛。

这句问话虽然有些尴尬，但是周无迫切地想知道事件的真相，并没有心思冷嘲热讽。

梁荷心看着周无，深吸一口气，轻声道："周极是在七天前失踪的，同一时间，我们用于管理不同收容物的收容中心被人从内部破坏，大量收容物泄露。当天晚上，和你拥有非直系血缘关系的亲戚被杀戮殆尽，现场只留下了昏迷的你以及五具被严重破坏的尸体……"

"那是我舅舅。"周无喃喃自语。

"嗯，当意识到问题的严重性时，我们迅速赶到了现场。当时你已经被当作凶案嫌疑人，由人类社会的罪法体系收押。随后，你被转移至受民间收容物影响而行为异常的特殊精神病院，也就是南郊山精神疾病康复所……至于这一切是怎么发生的，我们并不知情，唯一能够确认的一点是，这中间有其他势力插手。"梁荷心突然叹了口气，真诚地看着周无说道，"你知道，我们的时间已经不多了，如果找不到周极，那么我们做出的一切努力都没有意义。目前所有的证据都指向周极是凶手，他也是泄露收容物的直接嫌疑人，如果我们不能在规定时间内找到他，迫于无奈就只能在全球范围内下达通缉令。到时候将会有无数人盯上他，李察和卢卡斯就是北美特派员……"

周无想到那天晚上那个穿着雕花皮鞋的身影，始终无法确定舅舅一家是不是周极杀的，但是梁荷心的话似乎又透露着其他隐情。

"我本来不想让你接触这一切，我相信周极也好，周玖留也好，他们都希望你能平平安安地过一辈子。但实际情况不是这样，如果没有你，我们都将面临最差的结果。我们需要你帮助我们尽快找到周极，然后……"梁荷心的眉宇间露出一分焦虑之色，她看着周无，眼神似乎想要刺入他的内心，一字一顿地继续说道，"拯救他……或者毁灭他！"

梁荷心的话语像一道闪电刺入周无的心脏，他猛地抬头看向坐在对面的梁荷心，这一刻她的眼神似乎无比坚定。

"我没有义务帮助你们。"

"可是你姓周……你跟周极一样，身体里流淌着神圣的血液，你从一出生起就已经背负着维护世界和平的使命，你拒绝不了刻印在你身上的这份责任。"

周无嘴角一歪，漠然道："周玖留可以改变我，而且他已经做到了，但当年他选择了周极。"

"你不要忘了，那不是周玖留决定的，而是周极选择的命运轨迹。你爷爷之所以瞒着你，只是希望你能做个普通人。"

周无的心思似乎被这个女人看穿，他突然瞪着梁荷心，想起在爷爷那间简陋的书房里发生的事情。如果当年是我拿到那块玉佩，或许去上大学的就是周极了，而我会跟随着爷爷的脚步，进入这个陌生的世界。

我们的命运真的是注定的吗？

如果换成我，会不会背叛组织？如果爷爷没有死，命运的轨迹会不会发生改变？

一连串假设让周无更加迷惑，他隐隐觉得内心深处涌起酸酸的感觉，突然深吸了一口气，抬头扭了扭脖子："好吧，我想……我可能饿了。"

　　会议室里。

　　狭小的空间似乎有些压抑，昏暗的灯光让整个房间显得阴森。卢卡斯坐在座椅上摇了摇头，满头的金发随着他的动作来回摆动，随后他揉了揉自己的脖子，咬着牙看着坐在对面比他高一头的年轻人。

　　弗雷的身材很健壮，五官如同刀刻，整个人仿佛由肌肉构成，强壮有力。他漫不经心地看了卢卡斯一眼，随后抬手看了看手表，皱了皱眉。而身旁短发的亚裔少女孟桂淡淡地瞥了他一眼，没说话，只是安静地将目光投向坐在对面的朱峰身上。

　　坐立不安的朱峰因为紧张，额头上偶尔会流下一滴汗水，仿佛感觉到了少女注视他的目光，赶紧缩了缩脖子，低头看着自己脚下。

　　孟桂将视线轻轻一转，正好与看过来的娃娃脸李察对上。二人飞快移开视线，李察的目光同样扫过坐在身边的朱峰，随后李察缓缓地闭上了眼睛。

时间在房间里无声地流逝，沉默的气氛几乎让空气凝滞。朱峰似乎能听到自己的呼吸声，又能听到对面皮肤黝黑的彪形大汉手腕上的手表秒针走动的声音。

终于，会议室的门"啪"的一声被打开，满头灰发的修特脸色疲惫地走了进来。

他手中拿着厚厚一摞文件，身后跟着一名助手。助手怀里抱着几乎到自己下巴的文件，有些费劲地将它们放在会议室中间的桌子上。

面无表情的李察歪了歪嘴，卢卡斯像是预感到了什么，无奈地皱了皱眉头。

在修特准备开口之前，门外突然又传来一阵密集的脚步声，随后梁荷心走了进来，身后跟着心事重重的周无。他的脸色看上去缓和了不少，眼里再也看不到倔强和冷笑。

梁荷心缓缓地走到会议室的桌前，看着眼前厚厚的一摞文件，扫视在场的人，慎重地说："我想不用过多介绍了。周无，周极的弟弟……这两位，你们应该已经熟悉了，卢卡斯和李察，隶属 A.E.C.S.T 欧洲区以及北美区的奈福四级调查员。"

她示意周无在自己身边坐下，手心朝上地指了指坐在对面的修特和孟桂等人，继续说道："修特组长和孟桂调查员，你应该也见过了，虽然之前的见面并不是很友好。"

"周无先生你好。修特，A.E.C.S.T 中国区外勤组，很抱歉之前让你有不愉快的经历。"

修特脸上泛起一丝歉意神色，向周无点头示意。

周无当然知道他是指南郊山爆破事件，至于公寓电梯里的袭击，有惊无险，自己也犯不着跟人计较。

周无伸出手与修特相握，看了一眼他身后的少女。

亚裔少女微微一笑，眯起眼睛，随后上前两步握住了周无的手，自我介绍道："孟桂，A.E.C.S.T 中国区奈福三级调查员，希望您能理解，之前我们在错误的时间和地点相遇，以后还请您多多指教。"

进行一番自我介绍后，每个人的脸上都带着浅浅的笑容，眼里却一点儿笑意都没有。

随后众人落座，周无抬头看了一眼坐在桌角一声不吭的朱峰，似乎希望从他的脸上看出什么。朱峰避开他的眼神，依然低头沉默着。周无皱了皱眉头，对朱峰的反应略感奇怪。

灰发的修特绕到弗雷的一侧，随后对站在门口的助手点了点头。助手会意，黝黑的眼中闪烁出某种莫名的光芒，紧握双拳走出会议室的大门，将门关上。

房间里再次陷入沉默之中。

梁荷心低头沉思片刻，抬头看着桌子上的文件，郑重其事地说："接下来是任务简报，鉴于大量收容物依然下落不明，而原 A.E.C.S.T 中国区调查员周极依然行踪不明，根据全球管理条例中的应急措施条例 3A-2，现在征招在座各位作为特殊事项专项应急小组成员，参与此次应急事项的处理……"

"我和卢卡斯作为奈福四级调查员参与，我能够理解，但是……"一直沉默的李察突然举手示意，扫了一眼朱峰以及周无，"这两位作为没有权限的平民参与，我持保留态度。"

梁荷心眯了眯双眼，随后缓缓开口，沙哑的声音中带着一丝不容拒绝的坚定之意："李察先生，根据我们过往的合作情况以及您的履历来看，我理解您有理由质疑我们的决定。但是现在您在中国区分部里，条例规定您需要配合我们的行动，而不是质疑。鉴于您说的问题，在座的二位刚刚已经成为具备临时权限的一级调查员。"她顿了顿，指着桌前的一份文件，"所有的授权手续都在这里了，如果有需要的话，我可以授权您浏览，不过现在……我们有更棘手的问题要处理，请您先让我把任务简报说完。"

李察愣了愣，皱眉点头，示意梁荷心继续。

周无抬头看着这一切，在略微尴尬的气氛中嗅出一丝敌对气息。

梁荷心起身拿过桌子上的文件，递给众人传阅："在未编号的四级事件中，主要嫌疑人周极目前行踪不明，失踪的原因同样不清楚，而我们的任务就是在最短的时间内将他找回……或进行销毁。"

她下意识地看了一眼周无，随后继续道："目标人物极其危险，并熟悉A.E.C.S.T组织的运营情况以及各项管理条例，因此此次任务的危险等级为最高级别，行动小组由我亲自领导。卢卡斯和李察作为高级别调查员可以直接参与现场任务执行，修特以及孟桂作为三级权限的调查员，负责现场协助以及外勤支持。"

"我……我也要参与行动吗？"朱峰说话的声音很小。

"关于临时调查员的安排……"梁荷心看了一眼朱峰，又扭头看着略显疲惫的修特，"周无由修特直接指导，临时调查员朱峰就由孟桂负责。"

朱峰和短发女孩对视了一眼，前者迅速低下了头。

周无抬头，正好看到和自己对视的修特。灰发中年人的眼神中似乎藏着一种莫名的情绪，他勉强挤出一个笑容，随后转过头看向手中的文件。

梁荷心吐了一口气，看向短发少女道："孟桂，把我们目前的情况介绍一下。"

孟桂干练地打开手中的文件，声音清朗地说道："根据目前掌握的情况来看，我们并不知道目标的动机以及他的藏身位置，之前未编号的四级事件，也就是共鸣力炸弹事件，仅仅是个开始。假设周极已经识破了我们的行动轨迹，那么极有可能通过在城市内持续制造高级别的收容事件来对抗我们的数据库追踪。你们可以看看，以下文件内是失踪的收容物以及一系列潜在目标的信息，希望可以找到一些蛛丝马迹。"

她打开一页纸，上面密密麻麻地标注着各种信息。

卢卡斯翻阅文件之后，摇了摇头："唉，这又是一次大海捞针的行动！如果没有明确的方向，我们只是在浪费时间而已。"

孟桂礼貌地向卢卡斯点头示意："我知道有很多不明确的信息，这也是我们要聚集在这里的原因。在座的各位或多或少曾和周极共事过，对他的行事方式有所了解，我们需要在最短的时间内将不可能的选项排除。"

李察皱着眉头，轻声说道："怎么才能确认今天的周极还是我们认识的周极？如果他现在已经完全失控，那么任何理性的推断都没有意义。"

"我们可以花足够多的时间在这里讨论，但是无论如何他都会进行下一步行动。我们每耽搁一秒，随时有可能有不受控制的收容事件出现。"孟桂脸色黯淡，低头叹息，"我们没有时间去分析他的行为动机，只能从概率的角度出发找到最大的可行性。"

"抱歉……"

一直没有说话的周无咳嗽了一声，打断了孟桂的话。他缓缓看向同桌的众人，平静地说："我想你们心里都有一个假设，就是周极已经变成了……某种恐怖分子对不对？我想也许我们应该先弄明白这一切事件的根源，就是周极身上到底发生了什么事？然后我们才能判断如何去阻止他，或是在哪里能够阻止他？"

众人对视几眼，沉默不语。

周无看了一眼梁荷心，语气沉稳地继续说："对周极，也许我没有你们那么了解，但他依然是我的哥哥，他不会花时间去做没有意义的事情。我并不知道在这之前他身上发生了什么事，我所认识的周极做出每一件事都有相应的原因，包括这些文件中记载的、我还不太能理解的事情……假设他疯了，或者在某种不知名的原因下不受控制，那么我们在这里讨论这些还有什么意义？在我看来，无论是生或死，你们似乎更希望看到他的结果，而不是理解在他身上发生过什么事。也许这就是我和你们之间最大的分歧。"

修特转头看向周无，微微发灰的眼睛中似乎带着一丝审视的目光："你想说什么？"

"我需要知道他为什么变成这样，然后才能判断怎样去拯救他。如果你们把我带过来只是需要我帮你们抓他回来受罚，那么请问，你们觉得，我作为周极的弟弟，是在乎他的行事目的，还是在乎他的生命？"

会议室内的人再次沉默。

周无的背后渗出汗水，房间里的空调让他感受到一丝冷意，他意识到身上的衣服已经一天一夜没有更换，汗渍在身上散发出让他难受的气息。他不经意地轻轻挪动着身体，试图驱散那种不适感，但徒劳无功，反而令他更加难受。

他不知道这种别扭的感觉来自生理还是心理，这让他产生了强烈的压抑感。

"梁小姐，我想你也许明白，只有让我知道发生在周极身上的事情……"周无看着梁荷心的眼睛，脑海中反复闪过在欢乐城看到的画面，某种灵感一闪而过，"换句话说，我们现在的工作重心不是应该放在理解发生这一切事情的根源上吗？我们应该回到最后一次你们共同处理的案件上，假设圣徒杀人案就是一切意外事件的起点……"

"我觉得周无是对的。"此时，身旁的修特捋了捋灰发，微微坐直身体，不留痕迹地看了一眼身旁的孟桂，轻轻敲了敲桌子，"如果案件的发生需要一个合理的解释，那么周无和我们都必须清楚周极所经历的一切事情。梁小姐，文件中这桩圣徒杀人事件，是你和周极最后经历的案子，在那之前他并没有任何异常举动，所以，关于收容中心收容物泄露这件事的来龙去脉，我也迫切希望能得到一个满意的答复。"

梁荷心没有直视周无投射过来的目光，皱眉良久，最终叹了口气，伸手在半人高的文件堆里翻找，取出几份半指厚的文件递给身边的弗雷。

弗雷打开文件，传给孟桂，之后递到了修特手里。

修特翻阅文件之后，眼中闪出一丝疑惑神色，慎重地将其中一份文件交给了坐在对面的周无。

"谢谢。"周无紧张地接过文件，打开一看，文件第一页正是欢乐城那具躺在地上的圣徒尸体的照片，脖子下积着一摊鲜血。而对面的朱峰看到文件里的照片之后，脸色一白，闭眼吐出一口浊气。

周无忍着不适感，迅速翻阅着文件，上面有被害者的生平和细节，包括一些日常生活的照片和社交媒体上的信息。文件的最后则是案件的简报，有些内容已经被黑色墨水遮掩。

周无皱起眉头："这算什么？"

梁荷心看着周无的表情，似乎能够理解他的无奈，解释道："因为我们的权限不足，内部资料只能公开这些内容。鉴于事件的特殊性，我可以向你解说某些高级别信息。"

弗雷怔了怔，抬头看了看修特组长，目光中透着一丝疑问。

"A.E.C.S.T 是极其复杂的组织。我们负责多数世间科学无法解释的事物，有些能够使用我们已有的科技解决，有些则需要特殊协助。"梁荷心伸手取出一份文件翻阅起来，似乎在斟酌着如何陈述，"首先，周极身为'收容中心'调查员，负责的是其极为特殊的部分，包括民间信仰源以及收容物的追踪探查，同时需要与超出普通人所理解的事物……或者生物打交道。"

信仰源？

周无皱了皱眉头，和同时抬头的朱峰对视了一眼，都看到了对方眼神中的不解和困惑之意。这是朱峰今天第一次主动和好友对视，他好像有所畏惧，再次低头，目光闪烁着避开了好友的目光。

梁荷心似乎看出了周无的疑惑，叹了口气："我有必要再次强调一下，以下对话仅限于在此房间内进行。"

李察和卢卡斯点了点头，表示同意。

毕竟这是中国区调查员制定的职权范围和行为准则，他们作为外籍"同事"，当然无权干涉。

"人类的思维是极其强大的能量源，也是唯一已知靠微弱的能量摄取就能长时间产生的能量。从古至今，许多不能用现有科学解释的现象往往来自人类四散的脑波，这种脑波在人类情绪激动的时候甚至能够被放大数倍。从某种意义上来说，愤怒、恐惧、欢愉等情绪都能够增加能量的强度，虽然这个理论没有任何科学方面的解释，但收容物是真实存在的，它们的产生与人类无意识间散发的脑波能量有着极强的关联性。我可以换个说法，对某些存在的生物来说，人类的能量源是收容物最好的食物……"

"喀喀——"

李察突然低声咳嗽，似乎梁荷心的"坦诚相告"超越了某些看不见的边界。

"随着科技的进步，越来越多的人掌握了某种吸收并保存这种能量的方法，有些方法相对文明，有些则比较野蛮。"

周无认真地听着梁荷心的口述，看着手中的照片、血腥的尸体以及新的信息仿佛某种奇妙的符号，在他眼前形成一种画面，迅速冲击着他的脑海。他眼前再次浮现出记忆宫殿中所闪现的画面。

"周极的日常任务，就是在民间寻找回收或摧毁未经许可的各式各样生产这种能量源的方式。实际上，从古至今，鼎盛期这种能量来自……某种信仰一致的团体，它们所产生的能量会聚在一起，就形成了某种恒定的信仰源。某些契机之下，这种能量能够被人类使用，也因为它们价值高昂，人类就创造出一系列针对信仰源的控制以及吸收的方式，比如，我可以把某些信仰源收集到晶片里……"

梁荷心从口袋里掏出一片长条状的晶片物体放在桌上，晶片上带着奇异纹路，闪烁的光芒似乎有种奇异的魔力，让周无无法移开视线。朱峰抬头看了看周无，看到好友入魔般的神态，似乎有些诧异，眼里闪过一丝黯淡的光。

周无克制着内心的烦躁情绪，突然有种欲望，想将梁荷心手里的晶片据为己有。

他深吸一口气，努力对抗着这种莫名的欲望，强忍着不适感说道："所以周极的日常工作，就是处理这些……信仰源？"

梁荷心摇了摇头，将晶片装回身体左侧的口袋里。那一瞬间，周无觉得莫名其妙的想法消失不见了，心里长出一口气。

"根据 A.E.C.S.T 签署的国际联盟公约，各国组织必须制定信仰源生产规范，包括严格的监管制度，以防造成全球恐慌的局面。当然，这些官方信仰源的价值极高，应用范围从收容物的研究到满足个人的用途，数不胜数。有些人可以通过官方渠道获取足够的配额，而那些不能通过正规渠道获取信仰源的团队，则会试图使用一些不合法的手段进行收集。为了维系整个生态体系的健康，找到并回收这些信仰源以及生产它们的黑市源头，周极时常深入危险地带。这是风险极高的工作，我想你能理解，有些人为了获取它们会不择手段……"

"如果这些信仰源……不稳定的时候，你们准备怎么办？"

周无再次压下了身体里的欲望，脑子里闪过香酒吧的霓虹灯招牌，画面有些模糊。

一旁的孟桂轻轻地拨弄着头发，没有回答他的问题，只是补充了一句："我们也时常面对这些欲望，它们能让人成长，也能使人堕落。"

"我想我们应该回到正题上了。"弗雷忍不住开口打断他们的对话，低沉的声音在房间内回响。他似乎不想周无对这些事探究得太深。

对面的卢卡斯突然咧嘴笑了笑，漫不经心地说："为什么你们这么害怕周无知道细节？你们既然让他坐在这个房间里，就不可能瞒他一辈子。如果你们不愿意向他吐露真相，不如不让他参与这次行动。"

所有人都明白，如果想让周无继续在整个事件中起到他们希望的作用，只能告诉他真相。

梁荷心没有看卢卡斯，只是静静地盯着周无，似乎在克制着什么情绪，良久，叹了口气："卢卡斯说得对，既然你已经坐在这里，我们应该坦诚一些。"

卢卡斯摊了摊手，轻轻往后靠去，似乎很想知道梁荷心接下来能够如何解释这一切事情。

梁荷心咬了咬薄薄的嘴唇，声音沙哑地继续道："信仰源最大的作用之一，就是让收容物以及我们这种特殊人群提升自己的精神浓度，这就像是某种食物……"

"或者是毒品！"李察冷不丁地插了一句话，神情严肃。

周无灵光一闪，微微坐直身体，半信半疑地说道："所以你们怀疑周极他……就是因为这个东西克制不住内心的渴望，而做出这些有悖常理的事情？"

整个会议室里鸦雀无声，似乎没有人愿意回答这个显而易见的问题。

梁荷心缓缓低下头，有意避开周无的眼神："我们每天游走在这些莫名又无法解释的事件当中，忍受着诱惑……仅仅是一群随时会失控的人体炸弹，在痛苦以及欢愉间平衡着自己的理智，在正常活着以及随时崩溃的情绪里反复挣扎。对我们每个人来说，每一天都在挣扎。"

"我明白了……"

"不，你没有明白。"梁荷心抬起头，压抑着内心的波动，声音虽然轻，却透着某种绝望的宿命感，"在这个房间内，任何一个人都有可能失控，包括我。从某种程度上来说，周极出事是必然的结果，无论他的日常生活多么正常，只需要某种契机、某次疏忽、某次意外，危险随时会降临……但官方的解释，并不是这样。"

她随后沉默下来，房间内的众人似乎也沉浸在某种悲哀的情绪中，为自身在命运长河中的存在意义而哀悼。

一时间房间内竟没有人说话，朱峰双手握在一起，微微张嘴，却不敢打破这种肃穆的气氛。

周无沉默着，低头看着手中的文件，纸张翻动的声音在房间中回荡，没有人试图打破沉寂。他突然瞳孔微微一缩，手在文件中的某张照片上停住，他看得如此细致以至似乎要将脸浸入手中的照片中。

银色十字剑，巴掌大的小剑上面雕刻着诡异的花纹。

"你说的契机……或者意外，是否包含了……"周无神情一震，缓缓看向梁荷心，似乎还不太确定用哪种术语来表达他的意思，"某种收容物？"

孟桂侧了侧头，用清亮的声音解释道："收容物，在本质上的产生很难解释，但是在近代的研究中表明，由一种高浓度能量的聚合效应而产生。"

周无将手中的照片放在桌上，指着照片上的一个物体试探性地问道："就好像这种银色十字剑？"

身旁的修特拿起照片仔细端详着，似乎想起了某些细节，匆匆打开手中的文件和里面的尸体照片以及遗物互相对比着，随后用略带疲惫的声音说道："欢乐城事件当天，凶手出事之前在网络上发的最后一张照片，显示他戴着一个长约七厘米的银色十字剑状饰品，但是两个小时后，在我们回收的尸体上并没有发现任何相关物品。"

周无皱着眉头听着修特的陈述，犹豫着要不要将在停车场内看到的画面说出来。

梁荷心皱着眉头拿过照片仔细审视着，良久，抬起头说道："这只是其中一种猜测，依然不能解释他做出这些事的原因。"

坐在一旁的卢卡斯举起手，就像是在课堂上发言的学生一样："依照我的理解，周极发现了某种未知的收容物存在，但是没有及时汇报，而是想占为己有。那么接下来，他受到了收容物的影响，做出一系列丧心病狂的事，包括不限于闯入收容中心、杀死至亲、陷害弟弟……喀喀，同时他在城区安放了一个杀伤性等同于奈福四级收容事件的收容炸弹。那么请问，究竟是什么原因，让他执意变成一个激进的恐怖分子？我觉得这跟欲望无关，而是他精心策划的。"

卢卡斯在说话的时候，偷偷地瞥了一眼周无，问出了众人心中的疑问，遗憾的是没有人回应他。

"嗯，这确实不太正常。无论是恐怖分子的演变，还是周极受收容物刺激而异化，这一切猜测都缺乏一个合理的解释。他到底经历了什么事？谁能解释呢？"李察晃了晃脑袋，似乎不想让同事太过尴尬，娃娃脸上没有一丝表情，低声附和。

梁荷心用手指敲击着放在桌子上的照片，皱着眉头，似乎想要说什么，口袋中的手机突然传出急促的"嘀嘀"声。

她脸色微微一变，取出手机仔细阅读起消息来，沉思片刻后，手指在手机上滑动着，众人口袋里的手机立即发出"嘀嘀"的声音。

"你们自己看看吧。"神情有些疲惫也有些迷茫的梁荷心说道，"从昨天开始，我让行政部门的同事进行了全球网络监测扫描，包含民用、警用以及军用的内部线路，并让数据库分析最近一天内可能与周极相关的事件。就在昨天晚上，又发生了一起不明收容物恶性杀人事件……"

修特脸色一变，迅速站了起来。

身为外勤组的组长，多年的办案经验告诉他，他得赶紧安排好接下来即将进行的现场勘查程序。

"科学组已经在现场确认了，经过在数据库的档案中搜索，这次事故跟梅儿胡同所残留的脑波印记类似，与那里的波幅高度相符，而且极大可能又是周极所为。"

众人低头看着自己的手机上的信息，周无与朱峰则再次对视了一眼，心里隐隐有些忐忑。

孟桂快速地阅读完信息，看着梁荷心若有所思地点了点头："看来无论是什么原因，我们不去一趟现场都不能解答我们的疑惑。"

"我马上去安排。"弗雷随之起身，准备离开。

"等等。"梁荷心微微抬手，弗雷皱着眉头停住步伐，疑惑地望着她。而梁荷心无视了弗雷极具压迫感的视线，轻声提醒："我现在是应急小组的负责人，我觉得应该由我来安排接下来的工作更合适。"

弗雷皱着眉头望了一眼修特组长，嘴唇微微一动，似乎想要反驳什么，最终忍住了。

李察和卢卡斯悄然无声地对视了一眼，关于勘查现场这种级别的工作，一般都是由奈福三级以下的外勤组成员执行，而梁荷心在级别权限上明显压住了在场的人。

梁荷心扭头看了看弗雷，说："你好像忘记了两件事，现场已经被我们封锁，科学组已经入场开始进行数据样本收集，但是罪法局那边的手续需要你去办理。还有，'他'离开之前，应该让你去处理麦珂小队去北约的衔接工作，我有没有记错？辛苦你了弗雷，请将此事处理好之后，再来现场与我们会合。"

她嘴里说的这个"他"，想必只有弗雷知道是谁。

弗雷点了点头，深深地看了梁荷心一眼，转身迅速离开了会议室。

梁荷心望着门外的身影在走廊尽头消失后，回头看向坐在一旁默不作声的修特，又看了看周无和朱峰，皱了皱眉："虽然这和一般管理条例不符，但是我想你们在现场会起到更多作用。修特组长，请您带他们去换衣服，然后给他们奈福一级调查员的标准装备，我们现场见。"

她站起身，抱起手中的文件，脸上终于露出了一丝疲色："我知道大家都没有休息，但是情况特殊，只能辛苦各位了。"

梁荷心点了点头，转身离开，身旁的孟桂赶紧起身跟着她向外走去。

卢卡斯歪了歪嘴角，对着周无和朱峰调侃："想不到你们一进 A.E.C.S.T 就遇见了恶性大案，而且能第一时间去现场观摩，恭喜恭喜！不过呢，希望你们能做好心理准备。"

朱峰苦着一张脸，试探性地问道："我……我能不能不去？我可以留下来帮你们接风洗尘……"

卢卡斯嘿嘿一笑，与李察并肩走出了会议室。

修特等同事们都走出会议室之后，突然长叹一口气，绷着的脸瞬间垮下来，强烈的疲惫感从每一条皱纹中流露出来。

"唉，我可是提交了离职信的人哪，还要带一回学生？真是无语……"修特自言自语地走上前去，拍了拍周无的肩膀，又用无奈的眼神看向朱峰，声音沙哑地说道，"欢迎你们加入外勤组。"

穿过幽暗的走廊，在不知道转过几个弯后，周无和朱峰已经绕得晕头转向了。高度相似的构造设计似乎刻意让人失去方向感，同时地板上的淡白色日光灯散发出的光更是令人眩晕。

他们茫然无措地来到了某个走廊的尽头，只见修特抬起手中的身份识别卡轻轻一刷，黑色的大门上用白色方块标注的"101"字体便无声地自中间向两边滑开。

修特示意二人跟上，带着"学员"走进了一个类似休息室的房间，里面摆着数张灰色造型的沙发，另一面白墙上还有几道小门，像是几个独立的房间。

"进去吧，里面有换洗的衣服。"修特指着其中的一道房门，示意二人进去，一双眼睛里却酝酿着复杂的情绪。他看了看朱峰的体形，皱着眉头道，"朱峰，你用旁边这间，我会给你找一些……你能穿的衣服。"

说完，修特轻叹一声，从房间的另一侧离开。

冰冷的水顺着周无的头顶流下来，低温让他整个身体都起了鸡皮疙瘩，冰冷的刺激感似乎让他清醒了许多，有些消耗过度的脑袋终于能正常运转。

这一切事情发生得太快，一个谜团紧接着另一个谜团出现，他还没有时间消化。他想要知道真相，却无从下手，这种无力感让他无所适从，一度无法压抑内心的焦虑以及急躁情绪。

周无深吸一口气，感受着冰冷的水温，缓缓握紧撑在墙上的双手，终于忍不住大声喊了出来。

封闭的房间里没有回音，他大口喘息着，仿佛内心挤压的愤怒和不安情绪终于得到了发泄。

周无在沉默中关上淋浴的水龙头，走进休息室，绕过随手扔在地上的衣服，打开衣柜后顿时愣住了。

衣柜门板后面贴着数张照片，有些是周极和他一起出行的记忆，有些则是爷爷跟他们兄弟二人的合影，甚至有周无大学毕业时的毕业照。

周无取下一张贴在门板后的照片，举在手中仔细端详着。

他也有同样的一张照片，那是他和周极去泰国进行 IDPA 培训的合影，照片中的周极戴着黑色墨镜，嘴里叼着雪茄，搂着站在一旁略显青涩的周无的肩膀。

周无有些感慨，沉默良久，将照片放回原位。

随后他随手取出一套深蓝色的西服、一件白色的衬衫，柜橱的下方则放着贴身衣物和袜子。

整装之后，他打开旁边的柜子，在一排排的皮鞋中选了一双带有纹路的黑色皮鞋穿上。

周无走到梳妆台前，略显消瘦的他穿着一身深蓝色西装，未干的黑发凌乱地散在头顶，清秀的眉宇间带着一丝疲惫之色。他抬头和镜中的自己对视。

出门的一瞬间，左侧传来开门声，他侧头一看，朱峰从旁边的房间里走了出来。朱峰也换上了一身黑色的西服，优质的剪裁遮掩了他略微凸起的肚子。

朱峰同时向周无看来，略紧张地推了推眼镜："这是命中注定的啊，我们两个注定要在一起工作了。"

"嗯，莫名而未知的世界、不能被理解的现象、庞大而神秘的组织，这些事都符合你一个阴谋论爱好者所有的兴趣！但是，你的表现……你好像对这些事并没有兴趣？不对，我感觉你想逃离这个世界？"周无斜着眼睛，看着朱峰有些奇怪的反应冷笑。

朱峰看着他微微出神，随后摇了摇头，说道："唉，我只是不敢相信这一切事情是真的，因为幻想和小说是另外一回事。当真正接触这些东西，尤其是看到这一切事情发生在自己身上时，我感觉不太一样。如果有可能，我还是更希望你和周极是个普通人，我们拯救不了这个世界，你也听到了，危险似乎无处不在，也许你我……不知道哪天就会变成对方的回忆。"

周无笑了笑，走过去拥抱朱峰，用力地拍了拍他的后背："你知道的，就像蝙蝠侠与罗宾，最起码我们还在一起。"

朱峰得到好友的鼓励，突然信心百倍，用力拥抱周无："是的，你是蝙蝠侠，我就是罗宾！"

此时，身后传来一声轻咳，二人迅速分开。只见修特站在门后，手中拿着两个密封的袋子，一个较大、一个较小，用玩味的口吻说道："不好意思，我无意干涉你们的私生活，遗憾的是，留给我们的时间已经不多了。"

随后，他将较厚的袋子递给周无，解释道："这是 A.E.C.S.T 标准的外勤装备。"

周无打开袋子，里面是一套连着耳麦的对讲机、一把格洛克 17 型的手枪，以及两个分别标注着红色以及蓝色的弹匣。

周无解开外套，动作熟练地将弹匣和枪套别在腰间。

袋子里还有一部最新型号的手机、一张印有周无的照片的身份识别卡，卡片上用英文和中文标注着他的信息以及职务：外勤组一级调查员。

周无看着手中的卡片，恍惚中能想象到周极当年也拿着同样的一张身份识别卡，走进了这个神秘而未知的世界。

"任务简报通常会以邮件的形式发至手机上，而机密资料请不要外传至任何非 A.E.C.S.T 的设备上，尤其是涉及收容物相关信息的案件。这是外勤组人员必须履行的职责，务必牢记。"

旁边的朱峰看了看周无的装备，又低头在袋子里翻找着，突然举手抱怨："我有个问题，为什么不给我配备武器？"

修特耸了耸肩，无可奈何地说："数据库的资料显示，周无曾经接受过大量的枪械训练，而你没有。所以很遗憾，按照权限条例规定，外勤组人员在执行现场任务的时候，朱峰暂时不具备持械资质，需要培训三个月。"

周无眼神带着笑意地看向表情无奈的朱峰，挑了挑眉。

修特看见朱峰沮丧的表情，试图安慰道："其实我们现在面临的情况，有没有武器没有太大区别，甚至极有可能因为你佩戴武器而成为被攻击的目标，所以你也不用太难过……"

二人的脸色瞬间暗了下来。

"喀喀——我相信你们不会这么倒霉，希望一切顺利。"修特意识到话语有些尴尬，龇牙笑了笑，赶紧指了指周无左侧的弹匣，转移话题，"记住，蓝色的是电击弹，红色的是火药弹，不要弄混了……经过调整后的电击弹，有效杀伤范围为五十米，为了弱化火药动力驱动，子弹前端会发出高压电流。受到攻击的伤口虽然看起来很吓人，但是一般多为皮外伤，不会伤害到内脏。相信我，你不会享受这种感觉的。"

周无和朱峰对视了一眼，深吸一口气，开口道："好吧，一切准备就绪。"

三个人再次在令人眩晕的走廊里穿梭，走到某个通道的尽头，修特在一扇黑色大门前轻轻刷了一下手中的身份卡。这次与之前不同，一阵微风拂过，门外是一个巨大的空间，屋顶差不多有五层楼高，前面是一个宽阔的广场空间，地面由不知名的金属地板构成，有些地方甚至是坑坑洼洼的，似乎是被火与烟洗礼过的痕迹。

周无愣了愣，随即发现有一种气流从远处传来，仿佛出现了一种心脏突然被人揪住的感觉，令人兴奋和紧张，冷汗瞬间布满全身。

他侧身望向广场的另一头，只见一扇巨型的黑色铁门缓缓移动，门后停着三辆黑色卡车。一群身着黑色战术服的陌生人正在往卡车上搬运大小不同的白色金属箱，旁边站着数名穿着白色实验服的科研人员，不停地调试着什么，但是双方似乎没有交流。人群在无声的场景中忙碌着，乱中有序。

周无心神不宁地瞪着铁门后面，总觉得有一股起伏不安的躁动情绪冲击着心脏。

修特注意到周无的反应，皱了皱眉头，有些犹豫地说："那里就是收容中心的库房重地，一级调查员没有权限进去……不过相信你也看到了，现在有些特殊情况。"

人群中一个身材不高但是显得极为结实的人好像发现了三个人，即刻停下手里的工作，低声向身边的人交代了几句，然后面无表情地朝周无他们走了过来。

修特看着走过来的身影，叹了口气，有些不情愿地示意周无和朱峰跟在他身后，缓缓向大厅的尽头走去。

大厅里的人看到那人走向门口的修特，不知发生了什么事，呼吸似乎都安静了许多，压抑的气氛随着步伐的逼近渐渐扩散。

壮硕的男子走到离修特不到一米处，冷冷地看着他："你告诉我的，就是我想要的答案？"

低沉而富有金属质感的声音从他口中蹦出来，不带一丝情感。

修特上前一步，低头看着眼前的男子。

男子五十岁左右，一身健壮的肌肉，搭配不高的身高，整个身体从远处看像是正方形；部分头发为深棕色，但鬓角以及部分头发已经开始发白，根根直立，钢针一样指向天空。

他紧紧地抿着唇，仿佛无时无刻不在思考什么难题。幽深的眼神让人能感觉到他看上去并不像纯粹的汉族血统，凹陷的五官有点儿高加索人的特点，一条斜贯面容的蜈蚣形刀疤几乎要将他的脑袋分成两半，又仿佛是蜈蚣在他的脸上爬行。伴随着棕色的眼睛内透出的冷漠气息，生命对他来说，似乎只是某种状态。

"梁丹渊需要一个替罪羊，而我们确实也需要争取时间。"修特站在他身前，满是皱纹的脸上透着浓浓的疲惫感。

"哦？"刀疤男的嘴里蹦出一个字，就像冰雹般冷漠。

"相信我麦珂，我并不知道收容中心泄露的原因，我们都在用自己的方式去弥补这件事造成的后果。事实上，如果不是因为身后这两个小朋友，我已经在走辞职程序了。唉，北约与俄罗斯在乌克兰边境发生冲突已久，你们这次去，名义上是国际支援，实际上……总之自己小心。"

这位被唤作"麦珂"的男人冷冷地瞪着修特，眉头微皱，瞳孔似乎正慢慢地被雾气覆盖，整个广场的温度因为他的皱眉而降低了几摄氏度，就像是一股西伯利亚的冷空气随风飘过。

蜈蚣般的伤疤又一阵扭动，他扫视朱峰一眼，随后咧嘴笑了笑，露出了白森森的牙齿。朱峰立即感受到如西伯利亚冷风般的气息呼啸而来，心里惴惴不安。

他的目光最后停留在周无身上，似乎有些犹豫，他又皱了皱眉头，脸上的蜈蚣刀疤被他挤得一阵蠕动。他突然上前一步，伸手拍了拍周无的肩膀，意味深长地说："照顾好自己，我很快会回来找你的！"

周无听出了他语气中的一丝关切之意，点了点头，心中却涌出了无数疑团。

麦珂看了看修特，转身要走。

"麦珂队长！"

不远处弗雷高声叫了一声，低沉而有力的声音穿透大厅。他快步走上前，高大而孔武有力的身躯充满压迫感，手中举着几个单独封存的档案袋。

"不要相信任何人……"麦珂转过身去，突然凑近周无的耳朵轻声说了一句话。

周无怔了怔，茫然地望着壮硕的身影离去。刚才那一瞬间，他依稀在麦珂的眼中看到了一丝关切的神情。

弗雷来到几个人身边，向修特组长点头示意后，将手里的文件递给麦珂："麦珂队长，你们行动队的装备都已经准备好了。"

麦珂打开文件随便翻了翻，瞳孔猛地一缩，不可思议地问道："这……他居然舍得给我？是他亲自签署的？"

弗雷没有回话，只是侧了侧巨大的身躯，让出了一条通往大门的路。麦珂良久没有等到自己想要的确认话语，叹了一口气，似乎一瞬间被岁月浸透了身躯，原本强壮的身体中透出一丝疲惫感。他点了点头，随后上齿咬住嘴唇，一声尖锐的哨声响起，身着战术服的人们迅速在车队旁集结。

弗雷低语道："不要说我从来没有为你做过什么。走吧，交接结束后我们还有工作要做。"

麦珂愣了愣，看了看弗雷。弗雷无声地点了点头，随即悄声道："是的，根据现场情报显示……"他隐晦地看了看周无，随后走近两步，低声道，"是他无疑。"

麦珂脸色一黯，叹了一口气："也许这是我应该还的债吧，毕竟我欠他一条命。我们都有各自的账要还。"

"照顾好小朋友。"他隐晦地指了指周无。弗雷点了点头。

麦珂再次抬头向周无笑了笑，看了一眼修特，完全无视朱峰，随后没有回头地大步走了出去。

弗雷转身，看了看修特，高大的身躯似乎透着一丝沧桑感，说道："放心吧，这次在未丢失的收容物中，我为他们特批了几件北约那边一直通过A.E.C.S.T内部希望借调的高级别收容物。"

修特似乎有些意外，不可思议地道："他同意了？"

弗雷看着远方麦珂的身影道："他已经在飞机上了，所以我就代替他批准了。快去吧，交接完后，我会尽快赶过去与你们会合。"随后他转头看了看朱峰和周无，仿佛嘱咐一般说道，"注意安全。"

周无看着弗雷像巨石强森般的外表，却能在外表之下感觉到纤细而敏感的内心，并隐约感觉到他出于真心的关心以及隐约的警告之意。

黑发青年点了点头，说了声"谢谢"。

等修特带着二人走到广场的另一头，上了一辆黑色轿车后，他心事重重地看了一眼周无，幽幽叹息，掉头驶入一条黝黑的通道。

汽车从地下长廊中穿过之后，窗外的夜晚灯火通明。

周无和朱峰看着窗外这座既熟悉又陌生的城市，突然感觉有些不真实，明亮的灯光以及喧嚣的街道仿佛是他们曾经的回忆，就像窗外飞逝的风景，都已经成为过去。

等待他们的将是一个充满未知和危险的世界，他们只有勇敢去面对，命运或许才会出现转机。

周无望着映在车窗上的人影，伸手轻轻地敲了敲玻璃，似乎想通过这种真实的触感来验证一下自己还活着。或许在某个记忆场景中，玻璃窗上映的人影正是周极，彼此感应着由指尖敲击而传出的声音。

进城的路比想象中拥堵，朱峰已经抵抗不住困意，靠在后座上沉沉睡去，呼噜声依然响亮。

周无侧头看了他一眼，无奈地摇头微笑，一阵疲惫感也随即袭来。他用力地揉了揉额头，轻微的酸痛感让他清醒了一点儿。

一旁开车的修特在后视镜中看见了他的动作，关切地说："我觉得你应该休息一下，今天是个漫长的夜晚。"

"我现在只是个实习生，组长开车我睡觉，成何体统？"周无打趣地说道。

他强打起精神，感受到腰上的枪械以及弹匣，好奇地问："我想请教修特组长，你们外勤组的调查员日常都佩戴这些装备吗？"

"这些装备只是现场调查的普通需求，针对特别事件的话，我们会有特殊的应急设备。因为日常装备可以长时间随身携带，而特殊任务的装备需要输入任务相关的编号，没有编号无法领取。不过奈福三级以上的调查员可以主动提出申请……"修特突然咬了咬牙，脸上的皱纹都挤在了一起，"问题是，这些资源都需要钱！"

"自掏腰包？"周无眨了眨眼睛。

修特的脸上露出自嘲的表情，眼中闪过一丝无奈之色："那倒不至于……不是越贵的装备越好使，也要看应用场景。记住了，任何情况下，武力都是最差的解决问题的方案。"

他似乎有些不放心，也许担心周无是那种手指不受控制的枪械狂人，再次叮嘱："一般情况下优先使用红色弹匣，现场 P3 级别可以动用红色弹匣，但是尽可能少开枪。就像我说的武力是最差的解决问题的方案，尤其是蓝色子弹，价格有点儿离谱……"

周无望着修特咬牙切齿的表情，明显肉疼似的展现了市侩属性，心想，如此斤斤计较的人，是如何生存下来的呢？遇见突发事件，他还要计算子弹的成本？

修特似乎看出了周无的疑惑，抬头说了一句："年轻人哪，这就是我的宿命，其中的痛苦你永远理解不了。"

周无若有所思地点了点头，随手打开手机，输入自己的身份识别卡上的信息，看着眼前熟悉的键盘，突然又有些疑惑："有没有大屏幕的？"

看着修特突然垮下来的脸，周无意识到了什么。屏幕的大小跟设备实用性并没有太大关系，当然还是离不开一个"钱"字。

修特仿佛看出了他心中的疑惑以及一丝丝鄙视，脸颊微微抽搐，忍不住解释道："实际上，RIM 公司是 A.E.C.S.T 总部的控股公司，这款 8800 是每个调查员的标配。自从他们出现财政危机之后，被 A.E.C.S.T 国际部收购，于是手机就变成了强制装备。当然，这部手机也有优点，由 RIM 公司配备独立的卫星通信加密系统，就算遇到全球网络瘫痪的情况，依然可以通过自己的通信网络联网。"

周无在投行实习的时候就用过这款手机，对手机的功能很熟悉，脱口说道："我想手机应该是免费的吧？"

"每年各国的 A.E.C.S.T 分部需要根据人员配置情况，上报基础装备信息，规定是每个人必须配备两部以上这个牌子的手机，内部结算价格不需要我们掏钱……我们这个行业其实也算正常，不仅有工资和装备经费待遇，人员因公殉职的话，会有巨额的赔偿金，包括伤残也有巨额的伤残补助金以及养老金，员工待遇还是很不错的！但是，假设外勤组调查员在跟我执行任务的时候死亡，那就由我这个组长来承担赔偿预算的相关过失。也就是说，突发事件会影响我的绩效指标，可能连我的退休金都会减半……所以，你们两个菜鸟可千万别死啊！"

他在说话间，轿车缓缓停下。

朱峰迷迷糊糊地醒来，好像听到了修特组长的长篇大论，表情有些严肃，看了看周围熟悉的景象，皱着眉头说道："这里是西城？"

作为京都城的知名景区，西城大道上人头攒动：情侣牵着手在天桥上欣赏风景，年轻的夫妇带着孩子在路边选购零食，三五成群的少年正打闹着往远处的酒吧街移动。

看着窗外熙熙攘攘的人流，车内的三个人仿佛置身另一个世界。

修特怔了半响，嘟囔着说了一句什么，随后回头看向车后座上的二人，低声介绍道："收容场地是在一个四合院内，所属物业原先属于一位房地产商，后来四合院被抵押给了一家外资企业。据邻居反映，此地常常被人用作私人聚会的场所，似乎有不少外国人进出，而且来往车辆的车牌都被小心遮挡着，因此没有留下太多的线索。"

修特打开车门，周围有几个穿着黑色西服的工作人员迅速围了上来，将轿车驶离街道。

修特拿着对讲机和耳麦，一边示意二人戴上巴掌大小的对讲机和透明的耳麦，一边解释道："对讲机辐射范围是半径一千米的区域，除非遇到防核弹设施或是因为收容物引起的空间异常，基本上通信不会有任何问题。"

他顺手将耳麦戴好轻轻测试了一下，给出了一组数字，周无和朱峰在修特的指导下调整着对讲机的频次。

整理好装备之后，三个人穿过人群，来到了西城步行街的一处十字路口。街边停着几辆大的白色小货车，上面没有任何标志，而通往西城街道的另一端早已被黄色的警戒线挡住，周边除了罪法局的公职人员之外，还有数名穿着黑色西装的调查员。

修特示意周无二人掏出证件别在胸口上，上面同样印着 A.E.C.S.T 的图案，大步向警戒线走去。

一个穿着黑衣服的短发青年举起手中的仪器，对着三个人胸前的身份标识轻轻一扫，确认信息后点了点头，抬起警戒线示意他们可以进入。

周无看着身边数十个忙碌的身影，人数似乎比在基地见到的还要多，忍不住好奇地问："这些人都是外勤组的？"

"他们属于 D 级别人员。"修特头也不回，弯腰钻了过去，轻声说道，"如果按照正常流程，你们其实跟他们一样，先去做两年的基层安保工作，然后才能分配部门职务。"

走过警戒线之后，街道上的喧嚣声远去。周无忍不住回头，只见不远处依然灯火通明，拥挤的人群步伐悠闲，仿佛没有意识到在街道的另一端，有一个神秘组织正在处理一场可能危及他们生命的事故。

周无望着在商业街的河边观景的人群微微发怔，似乎不久前他还是他们中的一员。修特这时在和一个工作人员低声确认着什么，回头看到周无和朱峰背对着他看向远方，便走近两步站在他们身后，低声感叹道："他们从来不知道危险离他们有多近，就如我们从来不知道什么时候将失去我们的生命或理智……"

周无与朱峰对视一眼，一言未发。

修特拍了拍二人的肩膀，意味深长地说："好好欣赏并记住这一切吧，趁你们的理智还没有被这个残忍的世界吞噬，这些都是你在最绝望的时候能够紧紧抓住的稻草，让你在最痛苦的时候记住还有值得自己活着的事情，并为之奋斗。"

他大步走到四合院的大门口，按住耳麦轻声说道："外勤组就位。"

周无和朱峰感到耳边传来"沙沙"的声音，修特低沉的声音清晰出现，随后一个沙哑并带有颗粒质感的声音响起："带他们进来吧，科学组已经检查过现场，一切正常……"

"做好心理准备，里面的景象可能让人不太舒服，控制好你们的呼吸。"修特回头看了看周无二人，身影消失在门后的阴影中。

周无和朱峰深吸一口气，伸出拳头轻轻碰了一下，带着一丝紧张以及好奇，大步走进四合院。

往大门处走了两三步之后，两个人就见地上放着一些应急的照明设备，淡黄色的光芒让原本阴暗的院子变得有些迷离。

院子里站着两个 D 级工作人员，身着实验服以及防护服的队员聚在一起，看着手中的数据表轻声讨论着什么。修特没有理会，径直向院子深处走去。在周无经过现场时，有几个工作人员正窃窃私语，他隐约觉得也许话题和自己相关，但是没有停下脚步，紧张地跟着修特走向院子后方。

后院的大门已被封锁，需要通过特殊的密封条才能进去。周无通过检测之后，就在进去的一瞬间，一股淡淡的腥臭味扑面而来。

修特随手从身旁的工作人员手里取来两个巴掌大的呼吸器递给二人。周无与朱峰深吸一口气，手忙脚乱地将呼吸器戴在脸上，强忍着难受的气息，感觉到呼吸器的四周似乎通了某种电流，让整个器械吸附在自己的口鼻四周，极其牢固。

呼吸的空气突然变得有些干燥，但是那铁锈般的腥臭味消失了。

修特抬了抬手，示意他们跟上。在应急灯的指引下，三个戴着呼吸器的男人来到了走廊尽头一扇隐约透着光的有着密封隔离条的木门前。

"你们……做好心理准备。"修特再次提醒了一句，随后拨开门上的密封隔离条走了进去。

组长的反复提醒，让周无与朱峰心里蒙上了一层阴影，门内的光有些刺眼，在黑暗中透过密封条两个人看不清楚门内的景象。就在进门的一瞬间，周无感到眼前一黑，无形针刺的感觉再次向他袭来，仿佛一层层巨浪席卷着无数钢针扎中了他的神经。他的身子不由自主地摇晃起来，仿佛在大海中摇摆的船只，整个脑子天旋地转，身体几乎站不稳。

他一只手捂着额头，一只手向旁边伸去，试图找到依靠，但是感到摸到了某种黏稠的东西。就算在眩晕的状态下，周无也能知道自己碰到了会让他很不愉快的东西。

身旁的朱峰"哇"的一声，一阵干呕。

周无强忍着不适，闭着眼睛将手悬在半空中，听着耳边朱峰不停呕吐的声音，感受着手中黏腻的湿意，恐惧和无助感冲击着他的思维，他站在原地早已迈不开腿。

好吧，千万不要出丑！我摸到的只是尸体，对方没有攻击性……周无安慰着自己，缓缓睁开眼，刹那间以为自己来到了地狱。

房内的空间不大，可以容纳十来个人，梁荷心正站在房间里静静地望着周无，细长的眼眸中透着一丝关切之意。

在房间的两侧分别挂着几具类似人形的尸体，之所以称之为"人形"，是因为已经很难看出人体的形状，用血肉模糊来形容一点儿都不过分。

梁荷心戴着呼吸器，身旁还站着几个人，旁边放着一张类似手术台的长方形桌子，上面摆着各种只能在解剖书上才能看到的器官。周无依稀可以分辨出不同的人体内脏，还有被肢解后的四肢。手术桌上暗黑色的血液积成一摊，散落着一地被切得细碎的人体组织。

为了避免鲜血漫延，许多地板上用塑料密封条围成了独立空间，地上的血水混合着残躯被分隔开，不知是否属于同一个人的肢体和器官。这种布局形成了一种怪异恶心的实验室氛围，完全超出了正常人所能接受的画面。

周无感到自己的胃里涌动着一阵酸水。朱峰抬头扫视一眼，捂着嘴向门外冲去，边跑边弯腰呕吐。

看到周无一个人孤零零地站着，梁荷心挑眉，取来身侧的清洁纸巾，戴着消毒手套的手轻轻地握住周无的右手，细心地帮他擦拭着手上的血迹，所幸这些奇怪的液体并没有溅到他的衣服上。

周无呆立原地，看着梁荷心低头帮他清理手上的污渍，虽然戴着呼吸器，鼻间似乎还是能闻到淡淡的薄荷香气。清理干净他的手之后，梁荷心牵着他走到门外。

不远处，朱峰似乎刚刚呕吐完，浓重的呼吸声充斥在走廊间。

周无觉得胃里有点儿不舒服，摘下呼吸器，闻到隐约的血腥气息以及朱峰刚刚呕吐过的胃酸味，终于没能忍住，肚子一缩，剧烈呕吐起来。

梁荷心摘掉消毒手套，耐心地拍打着周无的后背，就像是在欢乐城的现场一样，丝毫不介意呕吐物可能溅到她的高跟皮鞋上。而朱峰在一旁结束了呕吐，整个人有些虚弱地靠在墙上。

"确实难为你们了……这在我们过往接手的案件中也不多见，算是现场情况比较恶劣的案件。"沙哑的声音响起，梁荷心出声安慰两人。

周无用纸巾捂着嘴，点了点头，好像还没有从刚才的眩晕感中恢复过来。

一旁的朱峰有些狼狈地摘下眼镜，用指节擦了擦镜片，看着一脸平静的梁荷心，狼狈地说道："我就搞不懂为什么需要我们过来？以后这种场合……我可以不参与！"

"这次是有不得已的理由，你说得对，你可以不参加，不过周无……你们可以稍微休息一会儿。"

就在朱峰想要顺着话题接口时，周无突然伸出手，背对着梁荷心摆了摆，有气无力地说："没关系……我……准备好了。"

他将呼吸器贴在口鼻前，深吸了一口气，转身上前掀起密封隔离条，进入房间。

此时，修特、孟桂、卢卡斯和李察站在房间的角落，各自检查着什么，看到周无进来后微微抬头，随后继续着手中的工作。

周无定了定神，刻意没有再去看挂在墙上的残缺尸体，开始注意房间内的其他情景。

放着肢体的桌子对面还有另外一张长桌，上面有数瓶已开启的葡萄酒以及几个残破的杯子。

房间中间的地上，模糊的肉块似乎围绕着某种物体形成了一个圆形的空白区域。周无的眩晕感正逐渐消失，只是时不时有刺痛感刺激着神经，他发现他已经开始习惯这种阵痛感。

梁荷心走到房间里一处没有被鲜血以及残肢"污染"的地板上，点头示意孟桂。

孟桂戴着呼吸器，清亮的声音被呼吸器遮掩得有些低沉："根据科学组对现场残留物的检验来看，整个案件应该是发生在昨晚。从酒精中检测出大量苯二氮卓类药物成分，可溶于水，人喝下之后会失去意识，同时在尸体内检测出大量肌肉松弛剂。现场一共有七具相对完整的尸体，以及……若干内脏，我们现在没有把握快速将尸体复原，难度比较大。"

"你确定时间上没有误差？"修特皱了皱眉头，突然发问。

孟桂怔了怔："是的组长，除非这里不是第一现场……"

"你继续。"

"数据显示，现场有大量杂乱的脑波，其中三个脑波是相对强烈的。从图表上看，一个是突然出现在现场的，而另外两个脑波的频率随着现场接触之后才逐渐增强。周围的居民并没有听见或目击任何动静，但是他们说昨晚大概一点，家中的电器，无论是电脑还是电视都突然出现了短路的情况，在几分钟内恢复正常……这完全符合以往收容物事件现场所爆发的脑波类能量场的特点。如果我们以此为时间点进行匹配，根据脑波衰变率显示，一共有七个脑波在十五分钟内，分别达到了波幅顶点并逐步消退，另外有两个突然消失……"

孟桂突然顿了顿，似乎不知道怎么解释"另外两个"的存在原因。

修特抬头看着她，又皱起了眉头，接着她的话说了下去："也就是说，现场这七具尸体被人虐杀致死之时，在整个过程中都是清醒的？那么脑波的波幅反应到底是七个还是八个？"

周无下意识地摸了摸脸上的呼吸器，低声说："按照杯子数量推断，桌上七个，地上多了两个被摔碎的，人数应该是九个。凶手在葡萄酒中加了镇静剂，又为他们注射了使肌肉松弛的药物，随后开始屠杀……除了已知的七具尸体之外，另外两个人的尸首无法辨认。凶手到底是丧失了理智，还是被收容物控制了？"

他突然握紧拳头，低语中隐含着困惑的情绪。

梁荷心看着周无被房间内的灯光照出的身影，叹了一口气："之前我提到过，极端的情绪可以加速并增强信仰能量的收集，现场情况完全符合这点。通过受害人的恐惧神经，凶手可以在短时间内增强脑波的波幅和密度，收集大量的信仰能量。"

卢卡斯低着头，像是在感叹什么，幽幽地说："贪婪，能够驱使人类做出最可怕的事情！如果说毒品带来的利润是三百倍，那么这种走私信仰能量的利润就是一千倍！"

"等等！"朱峰感觉到周无似乎已经处在崩溃的边缘，突然拍了拍好友的肩膀，说道，"我们还不能确定这是不是周极干的！或者说，他究竟有没有来过这里？房间里没有摄像头，你们不要想太多。"

梁荷心轻声道："是的，事实上这就是周无要在这里的原因。我们需要通过一种特别的方式，让周无看到现场发生了什么……这是唯一能够快速确认周极是否是凶手的方式，也是迫不得已的方式。"

她看向周无，眼神带着一丝歉意，仿佛为接下来要发生的事提前感到抱歉。

某种莫名的恐惧感顺着周无的脊柱传遍全身，他似乎瞬间感到全身的汗毛都立了起来，而周围的人看他的眼光也带着同情以及怜悯。

"这不符合 A.E.C.S.T 手册中的标准协议，他现在还不具备相应的能力，你们盲目逼迫他只会让事情变得更糟。"李察出声抗议。

如果要周无来重演凶案场景，他能够承受这种恐惧情绪吗？

修特和孟桂没有吭声，只是低着头想着心事。

"周无，你体会过这种感觉，在欢乐城的地下停车场里，你看到过……"梁荷心别无选择，现在需要做的事只有一件，就是说服周无，"每个人的脑波就好像指纹一样，拥有自己独特的印记，而直系亲属之间的脑波频次会高度相符，当人的脑波足够强大的时候，他们可以捕捉到空间中残留的脑波，而相似的脑波会相互吸引。你的情况比较特殊，你和周极……是亲兄弟，从某种程度上来说，你们的脑波纹路匹配度高达95%以上，因此，理论上你应该可以轻易地捕捉到周极在现场残留下来的脑波。"

"我只要证明周极在场就行？如果他……他在这里……"周无的声音发颤，似乎有些心悸。

他的想法很简单，只要周极出现在这里即可判定事实，没必要重复整个作案过程。可是他的这个想法存在漏洞，如果凶手另有他人怎么办？如果周极已经躺在这里怎么办？

"虽然这很自私，但是我们的时间不多了，我希望你能尝试一下……不管真相是什么，先确定周极是不是凶手。"

"我反对！"

大门突然被人推开，只见弗雷大步走进房间，随后猛地一愣，似乎被眼前的景象震慑住，不由自主地退了一步。

弗雷轻轻地摇了摇头，脸上的表情透着几分无奈，也有几分不忍。他直视着梁荷心，低沉的声音带着一丝怒火："为什么不告诉他，四散而杂乱的脑波容易让他发狂？他可能会像那些被外界信息刺激的调查员那样失控，甚至变成一个丧失理智的疯子？！"

一旁的朱峰茫然不解，而周无阴沉着脸没有吭声，似乎在考虑弗雷所说的危害。

李察叹了口气，看向周无和朱峰，解释道："这里残留的脑波印记太多了，而且散发的脑波是由这些被害者临死前的恐惧以及痛苦情绪形成的，所以对正常调查员的刺激太大，他们极有可能会精神崩溃。虽然周无的出身比较特殊，但是他仍然有很大概率失控，随时会变成另一个在黑暗中崩溃的收容物，最终的结果，就像是……精神病院的病人一样，被关在狭小的空间里结束他可悲的一生。"

周无皱了皱眉头，想起自己在南郊山精神疾病康复所的遭遇，莫名的刺痛感再次袭来。

梁荷心低着头，轻轻咬着自己的嘴唇，长长的睫毛微微颤抖着，眼神中似乎透着歉意，轻声说："周无，最终的选择权依然在你这里。但是请你相信我，留给你哥哥的时间已经不多了……"

时间一分一秒地流逝，众人就像是一尊尊石像站在原地，束手无策，不知道是去安慰周无，还是劝阻梁荷心。

周无沉默良久，一闭上眼睛，脑海中就闪过无数画面，最后都化成那张熟悉的面孔，时而微笑，时而孤傲，似乎又像是在嘲讽他。

"我好像已经没有选择……来吧，我们开始吧！"

周无猛地睁开眼睛，环视周围，大步走到另外一张桌子边，毅然躺下。

梁荷心点了点头，按住耳麦说了几句话，随后门外走进来两名身穿防护服的工作人员，手里提着一台不知名的仪器，迅速在现场支起一顶半透明的防卫篷，遮盖住周无的身体。

紧接着，梁荷心掏出一个小盒子，在周无面前打开，里面有几个颜色不一的瓶子和针筒。她戴上手术用的白色手套，拿起针筒分别从瓶子中抽取了不同颜色的液体，随后轻轻晃了晃针筒，将液体混合在一起，形成淡黄色的混合剂。

"这是什么？"周无看着细细的针尖，仿佛手持针筒的少女比现场的情景更令人畏惧。

梁荷心抬了抬眉毛，淡淡地说道："抱歉！忘了告诉你，你即将体会飞起来的感觉。"

她一声不吭地盯着仪器上的心跳频率，四周密封的白色布篷似乎隔绝了室内的气味。二人取下戴在脸上的呼吸器，四周突然平静下来。

卢卡斯嘀咕着什么，似乎在表示抗议，而修特已将闲杂人等请出了房间，弗雷仍然有些担心，倔强地瞪着梁荷心的动作，却不敢上前阻止。

看着仪器上显示的心跳和血压缓缓下降，梁荷心缓缓将目光移向周无，正好和周无的目光对上。两个人直直地对视着，直到梁荷心有些受不了他直勾勾盯着自己的眼神，轻轻地偏过了头。

正当她被周无无理的目光弄得有些恼火的时候，周无突然"嘿嘿"地笑了起来："有好多小天使在飞，很可爱……翅膀是五颜六色的……"

他躺在桌上慢慢地抬起了自己的手臂，轻轻挥舞着。

梁荷心脸色微红，知道是药起作用了，伸手在周无的额头上摸了摸，试试他的体温是否正常。周无突然伸过手臂，一把抓住她的手，眼睛直直地盯着她。梁荷心下意识地想将手抽离，却被紧紧抓住。

"小天使，你会带我去找周极的，对吗？"周无的目光有些呆滞，但是声音轻柔，他仿佛梦呓般喃喃自语着。

梁荷心任由自己的手被他抓着，沉默地点了点头，两只手将他的手臂握住，额头紧紧地贴在周无的手掌中。这一瞬间的接触，好像让她生出了深藏在内心已久的情感，真实而又温暖："是的，我答应你……"

周无似乎得到了满意的回答，带着一丝慵懒的笑容，一字一顿地说道："我们，开始吧。"

"跟着我的声音，我会引导你。"梁荷心低头看了看手上的手表，轻声细语地说道，"现在放松……感觉你自己飘浮在云朵上……"

周无听到耳边的声音似近似远，一阵天旋地转之后，眼前闪过一片漆黑的荒原。

他发现他已经出现在自己的记忆宫殿之中，整座宫殿的墙壁似乎在空间里被挤压，大厅的水池以某种诡异的方式扭曲，水流凝聚成一圈，仿佛巨浪一般冲向周无。

周无惊慌地看着眼前倾洒的水浪，脚下一绊，急忙往后跑。他能听到身后的巨浪以及墙壁一层层坍塌的声音已经离他越来越近，他奔跑着，想要远离背后的危险。

就在危急时刻，他随手推开前面的一扇门。门后突然出现一幅画面，那是小时候他和周极一起站在爷爷的书房里，周极似乎说着什么，周玖留则面无表情地看着二人。

周无想关上门，但是外面的水流又快又猛，已透过地板渗透进来。

他往前冲出一步，突然又被什么东西绊倒，慌乱中看到身旁有一间餐厅，自己正和周极坐在餐厅的某个角落，身旁放着数瓶被喝干的红酒。二人似乎争论着什么，面红耳赤，情绪激动。

他站起身，想走近两步仔细回忆当时他们究竟在争吵什么，身后忽然涌过一阵巨浪，瞬间将他席卷走。

此刻他在水中翻滚着，无数记忆画面涌现，仿佛被汹涌的大海吞噬，脑海中迸出的回忆片段，有快乐的，有心酸的，也有痛苦的，还有那一夜与舅舅一家人聚餐的画面。遍地的尸体、凝结的血液以及周极绝望而疯狂的笑容，这一切画面拥挤在一个漆黑的空间里，周无似乎进入了令人绝望的深渊，伸出双手却碰不到尽头。

"周无——"

空间中突然传来一个声音，忽远忽近。

他顺着声音传来的方向走去，细心聆听，发现似曾相识，细细的、沙哑的、带有磨砂质感的声音在脑海中徘徊着。

声音缓缓引导着他，他向前走了几步之后，光渐渐透了进来，驱散了迷雾般的黑暗。

终于，他站在了记忆宫殿的门口，看着远方一望无际的荒原。微风吹过，轻抚着他的脸庞，这一刻他再次体会到了活着的感觉。

"对，就是这样，调整你的呼吸，全身放松……"梁荷心的声音再次响起。

周无仰起头，看着压抑的天空，耳边继续回响着她的声音。

"我们的脑波幅度异于常人，这会让我们更敏锐，也让我们更脆弱。有时候我们能感受到空间中残留的脑波，而有时候，我们可以通过技巧与残留的脑波产生共鸣……"

周无在心里默默猜测，周极在总督府设置的精神力共鸣炸弹，想必也是这种原理。

"残留的脑波会随着时间流逝，而越相似的脑波频次越能产生共鸣，收容物散发的能量也是一样的。我们现在就在凶案现场，而现场的脑波残留没有超过二十四小时，也没有被过多的外界能量所影响，你与其产生共鸣的概率可以被提升到最大程度！药物让你的精神戒备降到了最低程度，能让你更好地感受到外界信息，但是你并没有经过专业训练……所以，这次由我来引导你。就像在欢乐城一样，你会看到一些从来没有看到过的画面，你……你尽量将整个过程从脑海中驱逐，只要抓住某些关键细节就行……"

周无明白，梁荷心是担心自己受不了血腥的场景，只要看见周极，明确他的"行为"，其他的画面可以忽略。

"记住！无论你看见什么，不要忘记你是谁。你没有能力去改变任何已经发生的事情，需要做的就是静静地看着，记下这一切场景，然后把真相带回来。"

周无沉默着，仿佛对着她又对着自己点了点头，随后向前走去。

"放心……我会一直陪着你。"

脑海中，他隐约听到了那个沙哑温柔得让人心里如同被小猫轻轻抓了一下的声音。

周无嘴角微扬，安静地在荒野中前行。

大地一片荒芜，干燥的泥土上尽是割裂的痕迹。周无茫然地徘徊了许久，没有头绪。梁荷心的声音没有再次响起，但是他知道，这个浑身充满了薄荷香味的女人会陪着自己，他坚信这一点。

　　直到他在荒原中遇到一处闪烁着淡红色光芒的区域，犹豫了一会儿，随后缓缓上前，试图去碰触眼前的光芒。

　　等他伸手去碰触眼前的红色光芒时，时间停滞，一瞬间，无数画面狂涌而来。

　　周无回到了四合院里，周围盛装的男男女女正愉快地享受着这个温柔的夜晚。他虽然听不清别人在说些什么，但是置身这种快乐的氛围中，令人沉醉。

　　他举起手中的酒杯和身旁的同伴碰杯，将酒一饮而尽，久违的自由感让他很享受。他从南郊山跑出来之后，精神一直紧绷着，这种轻松自由的感觉非常奇妙。

　　他似乎觉得有些头晕，眼前一黑，突然倒在地上。

　　在昏迷之前，他看见刚才在狂欢的人们也相继摔倒，就像是一个个提线木偶。

　　等再醒过来时，周无感到身体很沉，就像石头一样，四肢似乎已不受控制。他用尽全力睁开眼睛，看到房间里的人们像屠宰场的死猪一样被反绑着双手，已被人凌空吊了起来。

　　周无不受控制地发出低沉的呻吟声。

　　不远处，一个穿着黑色长袍、戴着兜帽的人背对着他，似乎在桌子前忙碌着什么。那人听到声音，立即转过身来，脸庞被兜帽的阴影遮挡着，周无看不清他的面孔。

　　那人走过来缓缓伸出手，翻开周无的眼皮，举起强光手电筒照射着周无的瞳孔。周无无法反抗，只能像实验室里的小白鼠，被强光照得一阵眩晕。

"呵呵，醒了吗？那就从你开始吧。"

那人的声音很模糊，他突然举起一件尖锐的金属物，在周无的脸部划动着。

周无的脸开始因疼痛而剧烈地抽搐，他想要大声尖叫，却无力开口，只能试图通过抖动身体来发泄疼痛的感觉。

他正感到绝望时，梁荷心轻柔沙哑的声音再次响起，仿佛天使降临。

"周无，这是残留脑波的干扰，摆脱这种感觉！你只是一个看客，这些事情没有发生在你身上，控制住你的场景意识！"

周无在剧痛中颤抖着身体，随后努力试图说服自己挪动身体，跟随着他的意识后退。

他突然一个后仰，重新坐在荒原上，怔怔地看着眼前的红色光芒。

汗水遍布额头，随后渗透全身，他仿佛失去了全身力气，剧痛逐渐远离了他。周无倒在荒原上，剧烈地喘息着。

此时，在现场的房间里，梁荷心长长地呼出一口气。她看着周无剧烈抖动的身体逐渐恢复正常，监控仪器上的心跳频率也开始降低，紧张的心情终于缓解。

良久，周无恢复体力，再次站了起来，擦了擦额头上的汗水，感受着身体残留的疼痛感，目视着眼前的红色光芒，选择绕开它，继续向荒原的深处前行。

不知过了多久，在接触无数莫名画面之后，周无的身体已经承受不了太多的精神折磨了，汗水早已浸湿了衣衫，他已濒临崩溃边缘。

他强忍住眩晕的虚脱感，将自己所看到的场景在脑海中拼接起来，试图还原昨天晚上现场发生的一切。

一群人在狂欢时，被酒杯中的镇静剂迷昏，随后被穿着黑色长袍的人用准备好的麻绳吊了起来。

穿黑色长袍的人用双手按住每个人的头顶，嘴里不知道念叨着什么，然后动作利索地将一把金属利器插入了对方的心脏。

周无在脑海里重复着杀人的画面，后面血腥的场面，他下意识地选择了模糊处理，画面一闪而过，血液喷溅时的绝望感，令他感觉就像是目睹了一场人类的疯狂行为。

周无擦了擦汗水，脸上透着疲惫感——他已经在这片荒原上徘徊了很久。他抬起头，有些迷茫地看向前方，一望无际的荒原似乎没有尽头。

他的眼皮有些沉重，他感到灵魂深处的倦意终于涌了上来，合上眼睛，想去拥抱那无尽黑暗中的平静。

记忆宫殿外，梁荷心死死地握住周无的手，看着心跳记录仪上的心跳越来越慢，已经突破了安全线的最低数值。周无握着她的手也越来越无力，整个人的生命仿佛在离他远去。

梁荷心焦急地看着他似乎渐渐失去生气的脸，焦急地咬着嘴唇，另一只手握住身上的口袋，脸上神色一阵变化，似乎在犹豫着要做什么决定。

"梁荷心，你在做什么？监控显示他的心跳已经低于最低安全线了。我们要失去他了。"耳麦中传来弗雷焦急的声音。

梁荷心咬着牙，没有回复，手紧紧地握着身上的口袋。

"梁荷心！梁荷心！！！"弗雷上扬急促的声音从耳麦中传来，甚至因为焦急而有些破音。

快点儿啊，周无！梁荷心紧紧地握着周无的手，焦急地默默催促着。

"告诉我是不是周极做的？！如果这次尝试不能成功……你和我都没有太多时间了。"她低声道，压抑着自己内心的急躁感。

她甚至能想象几十秒后弗雷他们冲进来的情景，但想赌一把，赌上周无也赌上自己。她只能把希望放在周无身上。

"啪!"

一个响亮的巴掌突然将已经陷入黑暗中的周无打醒。

他疲惫地抬起头,看到一个高大的身影伫立在身前,雕花的皮鞋、深棕色的皮衣,然后是一张与他的五官相仿的脸,对方嘴角露出桀骜不羁的笑容。

"我本来以为你还能走得更远……"

那人居高临下地看着周无,神情有些不屑,又似带着一丝关切。

　　"周极？！"周无积压在内心的怒火，仿佛给原本已被掏空的身体一股莫名的能量，他迅速起身抓住周极的衣领，狂吼着，"为什么？告诉我！这一切究竟是为什么？！"

　　周极张开双臂，身子微微后仰，非常冷静地看着怒吼的弟弟。

　　他突然扭身，敏捷地将周无甩到一旁，随手整理着自己的衣领，冷着脸，语气轻蔑地说："无谓的愤怒只会让你失去理智！你对一个留在你的脑海里的影子发什么脾气？从小你就是这样，现在也一样，你就像个长不大的孩子……"

　　周无缓缓站起身，呼吸急促，眼中充满了恨意。

　　"我只是结合你过往的经历，投射在你的脑海里的信息残片而已。所以很抱歉，我没办法给你想要的答案。"

周极皱了皱眉，避开周无愤怒的眼神，转身望着荒原的远方，闭上眼睛感受着凛冽的寒风。

"那你为何出现在这里？"周无调整呼吸，冷冷地发问。

"这是个愚蠢的问题。周无，我只是你记忆中的样子……我，只是空间内残留的信息印记形成的一道意识投影而已。现在，告诉我，你想要知道什么？"

周极的声音十分沉稳，他似乎早已料到周无即将提出的各种问题，突然举手示意："不过……你可不要问我无法解答的问题，也不要问与我不相关的问题，因为那超出了我的能力范围。你准备好了吗？"

周无此刻已经冷静下来，深吸一口气，咬牙切齿地说道："好！你坦白告诉我，那天晚上到底发生了什么事？舅舅一家人是不是你杀的？！"

周极突然笑出声来，跟刚才充满不屑的笑容有所不同，仿佛很放松，周无也能从他的眼睛里感受到某种赞许和认可之意。

"这才是正确的问题。"周极缓缓向前走了两步，伸手放在周无的肩膀上，表示赞许，"相信我，旧宅现场已经没有残留的信仰源，我无法让你亲眼求证。如果你见到了昨天晚上发生的事情，会明白一切的。记住，真相只有一个，永远不要被其他信息迷惑。"

接着，他伸出手掌，将手心按在周无的额头上，口中喃喃自语着什么。

整个荒原空间仿佛被一股力量虚化，突然折叠起来，世界已被一片刺眼的金光吞噬。

房间内，周无的身体开始剧烈抖动，幅度之强以至梁荷心不得不放开紧握住他的手，目睹着周无仿佛癫痫病发作般颤抖着身躯，手足无措。

一旁的帘子突然被人掀起，弗雷和朱峰等人已冲了进来。

"他……他……"朱峰看着桌上颤抖的周无，显得有些不知所措，想起现场残留脑波的厉害之处，惊慌地退了一步。

弗雷冲上前去，赶紧帮助梁荷心将周无的身体摁住，心急如焚地叫道："再不停止就来不及了！"

"等等，先把药剂准备好，如果他的心脏停止跳动，就把药剂打进去……"梁荷心紧张地望着心跳记录仪上的数字，似乎还想坚持一会儿。

一旁的孟桂看着屏幕上不断飙升的数字，口中喃喃道："180、185、190……他马上就要进入休克状态了。"

朱峰焦急地望着身旁的卢卡斯和李察，抓住卢卡斯的胳臂急问道："究竟是什么情况？他会不会出事？"

卢卡斯摇了摇头，迅速上前按住周无的双腿，试图控制住周无的激烈反应。

"这是由于大脑受到外界脑波影响，不堪负荷，引起身体的排异反应……"李察看了看身旁的朱峰，低声解释，"人类无论是身体还是大脑，都存在一个阈值，不能做出逾越之举。而药物增强了他接受脑波的程度，如果他不能及时醒来，那么身体和大脑可能会同时进入死亡状态。"

梁荷心看着周无不断颤抖的身躯，口中喃喃道："再给他一点儿时间！不会出问题的，他会回来的！"

"梁小姐，我不管你对他说了什么，又或者希望从他这里得到什么，如果他死了，那么这一切就都结束了。"修特组长正焦急地盯着显示器，低沉的声音带着一丝不满情绪，"我知道，时间很紧迫，但周无只是个普通人，没有接受过任何专业训练。我认为，他不应该成为你孤注一掷的实验对象！"

梁荷心被修特推开，怔怔地看着周无的脸色变化，咬了咬牙，从口袋里掏出针筒和药瓶，迅速开始准备药剂。

"220、225……"

孟桂继续说着显示屏上的数字，声音有些发颤。

记忆宫殿里。

周无站在荒原上，周极的掌心按在他的额前，他只觉得眼前突然一黑，连退了数步。

他摇晃着站稳身子，突然出现在房间里，黄色的灯光很暖和，但是空间内的景象让人浑身发冷。

七具尸体血肉模糊，戴着兜帽的黑袍人擦了擦手中的利器，走到桌旁，抚摸着一座木质雕像。上面雕刻着男男女女，比着奇怪手势，臂膀互相缠绕着，有的哭泣，有的微笑，表情十分诡异。黑袍人嘴里低声呢喃着什么，像是咒语，又像是无意义的呻吟。

此时，墙角突然传来压抑的低泣声，黑袍人微微侧身，看向声音的来源处。

周无忍不住走动两步，尽量控制着自己的动作幅度，只见一个衣不蔽体的女孩被吊在天花板上，泪水已经沾湿了她的脸庞。由于肌肉松弛剂的药效，她虽然能转动头颅，却浑身无力，只能发出恐惧的低吟声。

"对不起，药效快过了……"黑袍人发出低沉沙哑的声音，摸了摸手中尖锐的金属利器，怪声怪气地笑了起来，"我特意把你留到最后，因为最好的东西总是要放在最后享受！呵呵，齐奕娇……就在今晚，就在这里，你要为以往所犯过的罪恶赎罪！你准备好了吗？"

他慢慢地走向墙角，金属利器在灯光中反射着刺眼的光，好像故意想让对方体会绝望的滋味。

"我准备好了。"

就在黑袍人步步逼近女孩的时候，房间里不知何时多了一个人影，正默默地站在昏暗的角落，语气冷静地说道。

黑袍人猛地转身，露出一双惊恐的眼睛。

他的额前有一个被鲜血涂抹的符号，脸色苍白，说话的声音开始发颤："你？他们告诉我，你已经离开了！"

黑暗中的人影默不作声，突然向前走出一步，手中缓缓举起一把发着光的巴掌大的十字剑。

整个房间瞬间被奇怪的金色光芒覆盖，黑袍人的身体在绝望的求饶声中萎缩，耀眼的光芒将他的身躯层层包围，仿佛钻进了他的身体里，开始分解他的灵魂，接着又透过他的身体迸射而出。

转眼间，当房间再次暗下来时，黑袍人绝望地站在原地，伸出手似乎想要抓住某种希望。几秒后，他的身子突然被分解成大小不同的肉块，散落在地。

那个人影缓缓走上来，看了看地上的一堆碎片，叹了一口气，微微侧头望着周无的位置。

是的，这个手里握着银色十字剑的人，就是周极。

他的脸似乎因为痛苦而扭曲着，隐约间左眼散发着莫名的金色光芒。他虽然侧身对着周无，但是那只眼睛似乎超越了物理可移动的范围而突然偏移。

周极依旧侧着脸，但那只金黄色的眼睛歪过来仔细看着周无。在迎面对视的一瞬间，周无似乎感受到某种莫名的恐惧情绪，自己的每个细胞层面好像都被人仔细审视着。那是来自生命层次的差距以及压迫感，就像蚂蚁看到了巨人，又或是平凡的人类看到了某种不能用理智和知识所理解的伟大存在。

在对视那一瞬间的惊愕后，周无感到自己的意识在燃烧，整个人似乎在被光芒分解，温暖混合着痛苦的奇妙感觉逐渐在体内生根发芽。就在这时，周极闭上眼睛，将头转向周无，嘴角似乎因为疼痛而抽搐着，勉强挤出一个笑容，随后整个画面开始隐约散发出金色的光芒。

周无不禁伸手遮住那似要直射人心的光芒，隐约中，只听那个熟悉的声音强忍着某种痛苦轻笑道："现在你看到了吗？"

随后，周无被金色光芒所形成的海洋包围着。

空间在扭曲，房间内已经乱成一团。

周无身体剧烈颤抖，心跳频率在超过每分钟 230 次之后突然停止飙升，压在他身上的弗雷和卢卡斯愣了愣，抬头看向心跳记录仪。

只见上面显示的心跳数字迅速降低，如自由落体一般。此时，梁荷心双手高举针筒，盯着周无的心脏部位，咬着牙似乎在犹豫什么。

"你在等什么？没有奇迹了，他撑不过去了！"卢卡斯大喊出声，汗水在空中飞扬。

记录心跳的曲线显示已经变为一条直线，仪器上发出了持续的"嘀嘀"声。现场一片寂静，每个人都在等待梁荷心的决定。

眼神坚定的梁荷心正要举起手中的针筒插向周无的心脏处，不料闭着眼睛、没有心跳的周无突然伸出一只手抓住梁荷心的胳臂，挡住了下落的针筒。

"凶手不是周极！"周无失声大叫，声音沙哑干涩，汗水顺着他的额头流下来，"他……他昨晚在现场，但人不是他杀的……他杀死了凶手，抢走了那座雕像。是的，一座奇怪的雕像……"

他坐起身子，却又立即瘫倒在桌上，整个人仿佛失去控制的玩偶，意识依然很迷糊，嘴里喃喃地说着一些毫无章法的话。

朱峰见好友醒来，喜出望外，走到桌旁却又听到一些胡言乱语，而且周无的状态好像随时可能再次昏迷。

朱峰擦了擦汗水，赶紧将耳朵贴近周无的嘴，隐约听到周无吐出了几个字："昨天晚上……有幸存者……"

"你说清楚，谁？"

"齐……奕娇。"周无脸部僵硬，渐渐没了声音，整个人似乎又昏迷过去，心跳记录仪上的曲线再次变成一条直线，发出刺耳的声音。

朱峰仿佛惊醒一般，冲上去想抢过梁荷心手中的针筒。

梁荷心当机立断，一针扎入周无的心脏。

现场除了朱峰的喘息声，没有其他动静。

"怎么回事啊？为什么没有反应？"朱峰大喊。

梁荷心怔了怔，不知所措地上去翻开周无的眼皮，看了看瞳孔的变化，又用手摸了摸他的颈部，随后轻轻地摇了摇头。

朱峰似乎不愿相信眼前发生的事情，突然失声痛哭起来，双手抹着夺眶而出的眼泪，仿佛犯错的孩子。

站在他身旁的梁荷心将手放在他的肩膀上，试图让他冷静下来。朱峰一把甩掉梁荷心的手，眼泪顺着他的脸颊流下："都是你！如果不是你要他冒险，他就不会死！你和梁丹渊答应过我，你们答应过我的！你们这些骗子！"

他满面怒容地瞪着周围的人，似乎因为在场之人无声的冷漠而愤怒，可是看见修特和弗雷眨了眨眼睛，表情奇怪地望着躺在桌上的周无。

朱峰意识到有什么地方不对劲，竖起耳朵一听，好像听到本应死去的周无发出了微弱的呼吸声。他抬起头眼神茫然地看向身旁的梁荷心，似乎想要一个解释。

梁荷心冷着脸，举起手中的一根细线。那是连接仪器用于测量周无的心跳的线，因为周无身子剧烈颤抖而脱离。

朱峰有些尴尬地站起来，喃喃地说："不对啊，如果打了药剂，那他应该醒过来了吧……"

"刚才在周无暴起的时候，梁小姐已经准备了有镇静功能的混合药剂。这种药剂是A.E.C.S.T研发的，专门作为共鸣之后舒缓神经的特别产品。"李察淡淡地回应。

朱峰长舒一口气，看了看扎在周无胸口的针筒，神色迷茫。他记得肾上腺素应该是白色的，而针筒里残留的是淡蓝色的药剂。

"让科学医疗组的人接手周无。"

梁荷心突然开口，声音有些干涩，并有些压抑的颤抖之意。她刚才刻意保持着冷静，而掌心早已捏出了汗水。

在半醒半睡的状态里，周无感到自己好像在天空中飞翔。

四处没有尽头，偶尔他会遭遇各种奇奇怪怪的石墙，仿佛有人在他周围设立了一些障碍物，阻止他飘向远方。

　　"高压 90，低压 56……心跳正常。"

　　耳边响起一个嘶哑的声音，周无感觉到自己的眼皮被翻开，一个穿着白色医护服的男人正拿着刺眼的手电筒照射他，似乎在观察他的反应。

　　他试图抬起自己的左手，却发现无力移动四肢，而心跳突然开始飙升，一旁的仪器上发出"嘀嘀嘀"的预警声。

　　"他怎么了？"一个熟悉的声音在他耳边紧张地询问。

　　周无在似幻似真的画面里，看见一张戴着眼镜的脸庞出现。他停顿了几秒，突然反应过来，站在身边的这个人是朱峰，是他多年的好友。

　　他试图开口，但是依然无法出声，只能徒劳地让嘴唇微微颤抖了几下。随着他的心跳飙升，"嘀嘀"的预警声好像更大了一些。

　　"看来我们的朋友需要休息。"嘶哑的声音再次响起。

　　周无眼前又出现一阵强光，隐约中他看到失去光泽的金发、仿佛冷血动物一般的眼眸，而口罩正好遮住了对方的脸。随后，那人抬起手中的针筒，似乎往自己的身体里打了什么东西。

　　周无无力抗拒，只能感到自己的世界再次天旋地转。

　　"这可以让他睡个好觉……"

　　这是周无最后听到的声音，随后周围回归寂静。

　　不知过了多久，周无做了一个奇怪的梦。他四处寻找周极的身影，终于在世界的尽头找到。而周极背对着他站在悬崖边，下面一片漆黑，似乎直通深渊的底层。

　　周极突然转身看着他，高喊着："命运吗？"

　　声音穿越无数的空间、时间回荡在他的耳边，似乎在整个宇宙中回荡，越来越大。周无承受不住那巨大的声音所形成的音浪，捂着耳朵跪在地上颤抖。

"渺小的存在！"周极的身影变成一个有数百层楼高的头颅，他冷冷地看着蜷缩在地上的周无，无情而冷漠的眼神仿佛在看一只虫子。

声音就像回荡在耳边的惊涛骇浪，周无感到整个世界都在颤抖。

"不要窥探命运！"

周极的头颅开始扭曲变化，就像在浴血中哀号，突然变成了无数个叫嚣的怪物。他们或撕扯着自己的身体，或撕咬扭打在一起，仿佛只有疯狂地号叫和彼此撕咬血肉，才能让他们扭曲的灵魂找到慰藉。

雕像？

周无隐隐感到心神不安，对雕像的记忆，画面并不清晰，但记得黑袍人身边的那座雕像，上面雕刻着动作诡异的男女，似乎是某种信物。

周极为什么要带走那座雕像？

周无发现刺眼的光线渐渐逼近，颤动着从周极的头颅里透射出来，随后整个头颅突然炸裂，伴随着无尽的光芒四散开来。

渐渐地，周无在金色光芒中消散，化作虚无。

周无猛然起身，一身冷汗。

剧烈的喘息让他头晕，眼前的景象依然一片模糊。

他擦了擦额头上的汗水，似乎意识到了什么，一抬头，看见不远处站着一个顾长的人影，人影正背对着他。暖黄色的灯光下，那个身影举起一只红色酒杯，酒杯隐约散发出宝石般的光芒。

"混合药剂的副作用，头疼是正常的反应。"

只见梁荷心转过身来，斜靠在陈列柜旁，举杯抿了一口酒，语气轻柔地说道。

周无感受到自己隐隐作痛的神经，环视周围，发现自己正躺在一个舒适的独立房间里，墙角摆着酒柜和书桌。他看了一眼桌上的手机、对讲机以及证件，缓缓起身下床，走到房间的休息区里。

"勃艮第大金杯……"他仔细看了看酒瓶上的酒标，随手举起似乎为自己准备的酒杯，倒上一杯葡萄酒轻轻品了一口，感受着杯中散发出的栗子、蘑菇、梨混合在一起的果实香气，满意地点了点头。

"根据你提供的信息，我们连接了罪法局的数据后台，并结合图像识别，找到了齐奕娇最后出现的地方……"

"齐奕娇？"周无没有反应过来，随即这个陌生的名字才和脑海中的画面里那个女孩对应起来。

"资料显示，昨晚齐奕娇回家收拾了行李，用假身份证登记，躲在东城区的一家快捷酒店里，修特组长正在去接她的路上。"梁荷心没有过多的表情，似乎等待周无苏醒这件事，只是她的工作，绝对不允许掺杂个人感情。

周无沉默着，又喝了一口酒，想起被绑在黑暗里的女孩，那种无助的眼神，是人类面对死亡时最真实的反应。

梁荷心低头掏出一根电子烟，薄荷的气息隐隐浸满房间。她那双细长的眼中闪烁着奇怪的光芒，她抬头望着周无："你做得很好，比我想象中要好……我想，我们会尽快结束这一切，让你回归正常生活。"

周无举起手中的酒杯轻轻地摇晃，红色的酒液在杯中来回晃荡，就像他此刻的心情。

他沉默片刻，讽刺地笑了笑："没有其他事了吗？"

梁荷心点了点头，双眼里透出深潭之水般宁静的神色。

周无将杯中的酒一饮而尽，脑中不断闪现自己遭遇过的场景，斟酌着自己的语言："那么，这些事情就是世界的真相？每天都会发生？"

"可以说是，也可以说不是。很多收容事件就发生在我们的生活中，但是我们看到的只是正在发生的事情，也许在大海深处，在遥远的宇宙中，还有许许多多未知事件。所以……"她轻叹了一声，伸出手放在周无的手腕上，一股微热的体温透着关心，周无突然感受到一种从来没有体会过的温暖。

他隐隐记得小时候，母亲的拥抱才会让他有这种安全感。

"周玖留和周极，都希望你只是个普通人。在他们的心里，漫长而平凡的一生，好过跌宕起伏的真相。"

她举杯示意，周无抬手跟她碰了碰杯子，水晶杯在空中碰撞出清脆的声音。

周无微笑了笑："你是在征求我的意见，还是在替我做决定？爷爷和周极是这样，你也是这样，似乎你们都很关心我，但是没有一个人停下来问问我……"

他低着头，转动着手中的酒杯，似乎在嘲笑自己的命运。

"也许吧。我想，接下来我应该不会再让你参与行动了。我不想解释什么，但是今天的事让我明白，有些事运气占很大成分，这次是你走运。我们从事的行业就是这样，一次失误，就像高空走钢丝，不会再给你第二次机会。我不想犯错误……也不希望因为我的失误让你出事。"她抬头再次看向周无，眼中闪烁着莫名的光芒，脸颊微微泛红，这一刻也许是因为激动，手居然微微颤抖着。

"我们都有自己的命运要面对，如果有一天我终将为真相死去，那也是我的选择，不是你的。但是我要谢谢你，真心的。"周无的语气很轻，但似乎有些不近人情，他一边说着谢谢，一边却在拒绝梁荷心的建议。

"你跟周极一样，不听劝，自负得很。我只是提醒你而已，没有权利安排你的命运。"

"我相信你不会害我，但是你能保证其他人没有私心？"周无摇晃着酒杯，心情起伏。

"别想太多！酒不错，不要浪费了，喝完好好睡一觉吧。"梁荷心摇头轻叹，起身看了看桌上的小半瓶酒，走到门口，仿佛想起了什么，回头低语了一句话，"这是……他的房间，换洗的衣物在里屋。"

周无沉默着，听着身后的门关上，房间内昏暗的灯光令人感到有些压抑。

他将酒瓶放在沙发旁的茶几上，深深地叹了一口气，起身走到墙角的酒柜前，打开里面的窖藏，上层是勃艮第，下层是波尔多，一旁还放着许多高度烈酒。

他想了想，取出一瓶 21 年的山崎威士忌，回到沙发上给自己倒了满满一杯烈酒。他享受着香浓而甘甜的酒液流淌过自己喉咙的感觉，那些痛苦和不甘情绪随着酒水被卷入身体深处，就像试图去填满宇宙中的黑洞一般，剩下的只是无奈和空虚。

"砰，砰，砰！"

屋外传来敲门声。

周无强撑着疼痛不已的脑袋，挣扎着起身去开门。

门外站着修特和弗雷，他们在周无身上扫视一番，似乎闻到了浓浓的酒精味。

弗雷一声不吭地推开周无，走进房间，看了看茶几上放的几个空瓶子，闻了闻酒瓶上的气味，始终皱着眉。

"我们需要你去一趟审讯室，齐奕娇要见你。去洗漱一下，给你五分钟。"修特看着周无，声音沙哑地说道，没有一句废话。

周无怔了怔，随后点了点头，走向房间深处的卫生间。

修特伸手举起放在桌子上的空瓶子，揉了揉满头的灰发，自言自语地说："三瓶？酒量跟他哥哥一样好……"

周无洗了个冷水澡，头痛的状况有些缓解。他随手挑了一套灰色的三件套西装穿在身上，从房间里走出来的一瞬间，站在门口的修特和弗雷愣了愣，对视了一眼，似乎同时想起了周极。

弗雷一路上没有说话，比往常更沉默。而修特似乎对周无很有好感，一路上絮絮叨叨，给周无讲述了带回齐奕娇的经过。

昨天晚上修特抵达酒店，在齐奕娇的房间里并没有找到目标，于是带领外勤组的成员在酒店大堂埋伏，让孟桂假扮成前台接待员，李察和卢卡斯分别守在隔壁房间里。

大概凌晨五点，喝得半醉的齐奕娇跟两个男人拉拉扯扯地回到酒店，三人明显喝了酒。由于没有弄清那两个男人的背景，修特和孟桂没有第一时间控制住齐奕娇。

可是在酒店的大堂里，齐奕娇和两个男人突然发生争执。似乎她要回房间的时候被其中一个男人搂住了肩膀，显然这个动作刺激了她，齐奕娇开始大喊大叫，疯狂地撕咬两个男人的手臂。

为了避免不必要的恐慌，修特决定及时上前控制事态。随后外勤组的人回到基地，齐奕娇不吃不喝，也不回答任何问题，整个人像是一只瑟瑟发抖的小猫，一直蜷缩在椅子上。

就这样耗了三个多小时，其间修特他们能感觉到齐奕娇的情绪有所波动。她要了一根烟，带着疲惫的神情望着审讯室里的摄像头，说："我要见周无。"

"你确定你认识他？"修特等人大吃一惊，怀疑听错了。

至于她会不会把周极的名字搞错这一点，基本上被众人排除，她有可能是认识周无的。而周无在昏迷中，极有可能在现场画面重演时，脑子里蹦出一个曾经熟悉的名字。

齐奕娇？她可能是酒吧里一个夜不归宿的不良少女，也有可能是周无在大学时的校友。问题在于，她怎么知道周无也在这里呢？

显然，齐奕娇的意志很坚定，见不到周无，恐怕她是不会开口的。

修特有些无奈，在即将退休的这段时间，"找到周极"是他最后的任务，作为外勤组的组长，他不能带着遗憾离开。

穿过眼花缭乱的走廊，周无来到了审讯室前。

他进门之后，环视一圈，目光停在卢卡斯苍白的脸上，那上面有几道浅浅的抓痕，仿佛遭遇了野猫的袭击。

卢卡斯感觉到周无好奇的眼神，皱了皱眉头。出于礼貌，周无没有一直盯着他看，而是转向了房间的另一边，只见梁荷心换了一身深蓝色的服装，身材高挑，比膝盖略高的裙子下，一双纤细紧绷的小腿一览无余。

梁荷心此时正紧皱着眉头，吞云吐雾，薄荷烟的味道在房间内四散。突然看见周无进来，她略有迟疑，眼里闪烁着矛盾的情绪，随后向周无点了点头，沙哑的声音再次让周无感到心跳加速："她一定要直接跟你交流，能告诉我为什么吗？"

"朱峰人呢？"周无伸手揉了揉额头，没有直接回答她的问题。

梁荷心缓缓向前走了两步，房间内的灯光似乎将她的脸庞分成了两个部分，下半张脸已被黑暗遮挡，周无只能看到她被灯光照着的眼中闪烁着熊熊燃烧的火焰。

"嗯，现在是你们需要我。"周无怔了怔，感觉到梁荷心的怒意，赶紧在她说话之前解释一番，"我希望我们之间的关系能够平等，彼此尊重，而不是当你们需要我的时候放我出来，不需要我的时候，我就被软禁在一个狭小的空间里。朱峰或许也会有跟我一样的待遇？呵呵，我不是讨价还价，也不是在跟你们商量……你们最好不要用命运来说服我，如果我不能亲自找到周极，弄清楚所发生的事，那么'回归正常生活'就是个笑话，对我和朱峰来说，这没有任何意义！"

梁荷心眼中的火焰缓缓熄灭，她低下头看了一眼身旁的孟桂，无可奈何地说道："去把朱峰带过来。"

孟桂听见梁荷心开口，如释负重，好像眼前发生的事与自己无关，三步并作两步地快速离开了审讯室。

"我虽然不知道她为什么会认识你，但希望会有突破。"梁荷心拨弄了一下自己的长发，从口袋里掏出一张门禁卡递给周无，"进去之后，想办法搞清楚她到底想做什么，还有，她跟周极是什么关系……"

周无伸手接过门禁卡，转身走到审讯室的隔壁。

梁荷心看着关上的房门，没出声，只是透过审讯室的玻璃墙注视着隔离室里的动静。

房间里的齐奕娇穿着一件紧身外套、闪亮的短裙，冰冷的空气使她嘴唇发紫。她抱着白皙的手臂坐在金属椅子上，看到周无走进来默默地坐在桌子对面，似乎有些意外，眼泪突然从眼眶中滴落下来，没有声音，表情却极其悲伤。

"哦，如果在大街上……这种场面算是小情人久别重逢吗？"卢卡斯略感无趣地揉了揉脸上的抓痕，嘴里埋怨着。

一旁的李察没有理会他的抱怨，用眼神示意他注意场合。

"你在哪里见过我？"周无手足无措地望着对面眼泪汪汪的齐奕娇，试着用温柔低沉的声音询问。

对面的齐奕娇摇了摇头，确定自己不认识周无。

周无低头沉思，回想起修特所提起的资料。

齐奕娇，自由职业者，曾混迹于一家知名的影视娱乐公司。因为相貌可爱，她之前有些知名度，可惜长江后浪推前浪，总有比她更愿意付出的女孩。

她在大学毕业之后曾经报考公务员，成绩不错，但是政审没有通过。她并没有抱怨，也没有去询问原因，而是归咎于自身天赋不够。

周无一边回忆资料内容一边观察着齐奕娇，这个女孩高鼻梁、深眼眶，微宽的额头以及厚厚的嘴唇，让她和一般中国人所喜爱的小家碧玉型女孩有所区别。她身材均匀，凹凸有致，外形上更接近欧美人。此刻她还化着浓妆，只不过眼泪已经打湿了妆容，深色的眼影在眼框四周形成了两圈阴影。

"听说你要见我？"周无看了一眼她暴露在冷空气中的手臂。

齐奕娇慌忙用手背擦了擦眼泪，终于开口："他告诉我……如果出了什么问题，就来找你。"

周无低声确认："周极吗？"

齐奕娇点了点头，拨弄了一下长长的鬈发，眼神直勾勾地盯着周无："是的，他说你会照顾我……"

周无抬手捏了捏自己的前额，抑制住内心的惊喜情绪，低声再问："你跟周极是怎么认识的？"

"周极没有告诉你吗？"齐奕娇愣了愣，此时才意识到周无似乎对这件事一无所知，完全是个局外人。她双臂抱在胸前，突然坐直身子，紧张地看了一眼对面墙上的玻璃，压低声音说："他为 A.E.C.S.T 工作……"

这句话让守在审讯室里的众人都眼皮子一跳，大感意外，而她接下来说出的三个字更让人震惊。

"我也是。"

齐奕娇的眼神极其郑重，她不像是在说谎。周无惊讶地张开了嘴，忍不住回头看向身后的玻璃墙。

此时，玻璃墙后面的人早已乱成了一锅粥。

修特和弗雷围着梁荷心，在低声商议什么。修特摸了摸头，仿佛是在回忆内部资料的细节，摇头否决了弗雷的说法。而卢卡斯和李察站在一旁，不时地交换眼色。

孟桂正好带着朱峰进来，看见梁荷心与修特沉着脸，愣了愣，心里暗想不妙。梁荷心谨慎地走到她身边，耳语了几句。她脸色一变，迅速开始在手机上搜索信息。

周无一时间很难理解齐奕娇的说辞，如果小女孩是为 A.E.C.S.T 工作，以梁荷心的行政权限，梁荷心没有理由对此一无所知。

"听说昨天你在酒店里出了点儿问题？"周无勉强挤出一丝微笑，声音依然温柔，"好像我们有位外国同事对你不太礼貌？"

玻璃墙后的卢卡斯皱了皱眉，下意识地摸了摸脸上透着血印的抓痕，一脸怨气。

"外国同事？不对，应该是两个人，一个金色头发的欧洲人，还有一个面瘫的矮子。"齐奕娇抽了抽嘴角，似乎在抱怨什么，"哪有这样的？他们一句话都不说，上来就把我按倒，直接往酒店门外拖……"

被称为"面瘫的矮子"的李察笔直地坐在椅子上，面无表情。孟桂听到监控器里的对话，侧头瞄了他一眼，转身掩嘴忍住笑。

"嗯，我替他们给你道歉。"周无点了点头，用余光看了看玻璃墙后面二人所在的位置，身子微微向前，"那天晚上好像周极也在？你能告诉我发生了什么事吗？"

"他……他……"

齐奕娇仿佛受惊的小动物一般，突然颤抖起来，似乎很害怕提起那天晚上的事，开始低声抽泣。

周无不知道这个"他"到底是指周极还是黑袍人，只能耐心地等待齐奕娇稳定情绪。他并不擅长安慰女人。

"周极……他一直让我暗中帮他收集有关……非法信仰源的信息，我们常常保持联系。"齐奕娇渐渐停止了哭泣，断断续续地说出了起因，"这次我是接到一个聚会的通知，属于私人晚宴……以前我也接到过这种邀请……而且我怀疑晚宴的举办人曾私下帮助娱乐公司搜集非法信仰源，所以，我一直在寻找相关证据……没想到……这是……这是一个圈套……"

说完，她又开始哭。

审讯室里的人静静地看着低头抽泣的齐奕娇，各自沉默着。

周无耐心地等待着后续，知道那晚的受害人就在眼前，这里已经没有恐惧的威胁，只要齐奕娇稳定情绪，一定会告诉他整个事件的来龙去脉。

"幸亏我去之前给周极发过一条信息，他在生死关头救了我……他让我先找个偏僻的地方躲一躲，我就去了东城的一家酒店，想等风头过后再出来……但是我忘不了那天晚上的事情，很害怕！"手臂开始剧烈地颤抖，齐奕娇突然将发抖的手指放到嘴里，神经质般咬着，"我想忘记这一切，忘记这一切……我……我就去附近的酒吧喝酒，可是有两个男人一直纠缠着我。我太累了，想回酒店休息，一回到酒店，他们突然就冲了出来，我就被人带到了这里……"

周无轻轻地叹了一口气，似乎非常同情小女孩的遭遇。

"周极说过，总有一天他会带我离开这里，给我一个身份，让我好好生活，从此再也不用过这种颠沛流离的生活……他告诉我，如果有一天出事了，不要轻信任何人，只有你能帮我。"

齐奕娇扫了一眼周无戴在胸前的身份卡，眼神有些犹豫："我不知道你也是 A.E.C.S.T 的成员，你会和周极一样……履行诺言的，是吗？"

此时，朱峰听到隔离室内的对话，推了推眼镜框，一脸茫然地问道："她到底是什么意思？"

梁荷心和修特始终沉着脸，很难相信齐奕娇的身份，或许只能通过权限更高的梁主管，才能找出被封存在数据库里的档案资料，但是也不能排除一切事情的起因都是周极擅自行动的可能。

一旁的李察沉思片刻，缓缓地说道："我知道周极是怎么控制她的，Informant①，她是周极的线人。"

梁荷心脸上的神色变幻不定，她似乎有所顾虑，如果齐奕娇并不知道周极的下落，那么他们不可能为了一个小女孩而浪费宝贵的时间。问题在于，以周极和小女孩之间的利益关系来判断，也许会出现一个转机。

她突然上前，轻轻敲了敲审讯室的玻璃。

---

① 线人。

"我需要你跟周极一样，继续让她做你的线人。"

审讯室内鸦雀无声，周无和梁荷心默默地对视着。

而其他人忍着没有说话，因为知道现在梁荷心是行动小组的负责人，权限等级也在他们之上，如果梁荷心要做出某种决定，他们完全没有理由违抗。

"以她的状态，我不认为她能再次忍受类似的危险……"周无摇头拒绝。

"她是唯一能跟周极建立联系的人，我们不行！你去告诉她，周极承诺过的事我们一定会兑现，但是现在她必须回去，假装一切都没有发生，继续给周极提供非法信仰源的消息。"

只要引出周极，也许小女孩的遭遇以后就不会再出现，梁荷心试图说服周无。

周无低着头，似乎想起了什么，皱着眉头说："你们还有什么事是瞒着我的？为什么周极还在狩猎信仰能量？按理说，他可以一走了之。"

修特万般无奈地叹了口气，慎重地道："告诉他吧，他有权利知道事件的真相。"

朱峰撇了撇嘴："我也想知道……"

"好吧，不过你要做好心理准备。"梁荷心满腹心事地看了看修特，又抬头看了看周无，嘴角微微一动，"之前提到过，周极在 A.E.C.S.T 中国区的职责主要是处理非法信仰源以及收容事件，由于涉及信仰能量的特殊定位，会衍生出许多复杂的问题，其中最棘手的就是'信仰源'和'收容物体'结合在一起。"

周无与朱峰对视一眼，强忍住对这个未知世界的怀疑，期待着眼前这个身上带有薄荷味的女人将谜底揭开。

梁荷心扫视着审讯室内的每一个人，又指了指自己："我们都是特殊人群，生命形态已经逐步和普通人类有所不同，其中很重要的一项，就是针对信仰能量的使用。我们每个人都有独特的脑波印记，就像是指纹和 DNA 一样，而我们有一种很特殊的能力，就是能感受到其他人在空气中的残留脑波，尤其是当人的情绪极端化的时候，这些印记往往能够长时间残留在空间里。"

"什么叫情绪极端化？难道人类的情绪都是由信仰源在控制？"周无依然有些困惑。

"这是两码事，先听我说完……"梁荷心摇了摇头，继续往下说，"我相信你也感觉到了，信仰能量在某种程度上可以增强我们自身的能力。随着我们的脑波继续承载着更多更强的信仰能量，我们自身对收容事件的处理以及应用也会越来越强。但是……这是祝福也是诅咒。随着我们自身的承载能力增强，我们逐渐从猎人变成了猎物。换一种说法，我们会变成某些超越空间、超越文明的存在最好的载体。他们会趁机入侵我们的身躯，就好像我们控制高级别收容物一样……"

"等等！你是说世界上存在着超越文明的另一种生物？"周无不可思议地

瞪大了眼睛。

他突然想到了"星际文明"，可是又觉得好像不对，如果可以用宇宙外来的文明入侵来解释这件事情，对方为何要从人类的"信仰源"下手，直接侵略不就行了？

梁荷心再次摇头否定，望向卢卡斯和李察二人，心事重重地说："你所认为的高等文明，不是我解释的范围。我换一种说法，周极很有可能已经被另一种信仰源感染，并被入侵了意识。"

朱峰惊异地听着梁荷心的"解释"，抿了抿嘴唇，说道："我不太理解，你的意思是说……周极现在不是周极，而是另外一个人？"

他的这个想法很大胆。

梁荷心看了他一眼，点了点头："我们之所以脆弱，是因为一直在利用自身的脑波去感受空间内留存的脑波印记，如果被外界意识干扰，那么我们的脑波频道也会发生偏移。当然，这一切并不是不可逆转的……人的身体就像会自动完成修复的智能容器，短时间内的脑波偏移情况，通常可以通过休息来恢复。现在的问题是，我们没有那么多时间了。"

"是的……"修特表情严肃，内心似乎一直不愿意接受周极的疯狂行为，"一旦超越极限，他可能再也没有机会了。"

所有人都明白修特的说法，如果周极一意孤行，等待他的将是一条不归路。

梁荷心心情沉重，慎重地说道："你的权限级别不够，也许未来你才会明白，这背后牵扯的不仅是你和周极的命运，也是我们所有人的命运。长话短说，假设类似事件确实发生了，但是周极还能坚持维持自身的意志力，那么他在欢乐城杀死那个收集非法信仰源的圣徒，就有了一个合理的解释。也就是说，整个入侵过程并没有完全抹掉他脑海中所承载的人格精神印记，他仍然有机会凭借意志和另一个精神体与存在抗争。"

说完之后，她从文件柜里取出一份文件，递给周无。

周无看见文件上的封面，写着《论信仰能量在意识中的平衡作用》，署名是一位他非常熟悉的物理学家。

"跳过理论，直接进入结论，这篇论文是去年发表的最新成果。随着科学的进步，越来越多的人能够通过系统性理论去解释许多精神印记以及信仰能量的应用。我和周极去年去听了他的讲座……总的来说，就是以前不可逆转的被入侵状态，现在可以通过摄取外部信仰源来干扰脑波的方式去平衡外部精神的入侵……"

她似乎注意到周无有些发蒙的表情，换了一个简易的比喻："比如说你煮了一锅汤，比较倾向于咸味，但是不小心放了糖，应该怎么办？可能有些人的选择是重新加盐，问题是对方仍然一直在加糖，双方势均力敌，形成了对抗性的干扰，那这锅汤的味道只会越来越浓，最后肯定是难以下咽……换作你，你觉得最好的方法是什么？"

"难道是加水？"周无想了想，试探着回答。

"猜对了！"梁荷心打了个响指，郑重其事地说，"为了保证味道不变，你唯一的选择就是在双方同时加盐、加糖的过程中，不断地加水，让整锅汤的味道变淡，这样才有机会维持口味平衡。"

一旁的李察耐心地听着梁荷心的讲解，眼中露出一丝赞许神色。他觉得这个女人的见解与能力，完全符合奈福四级的水准，A.E.C.S.T 中国区果然人才辈出。

"那么水从哪里来？"梁荷心缓了一口气，指了指文件，示意周无打开，"我之前提过，周极有一项很重要的工作，就是处理各种高危险性的收容事件，其中包括打击非法信仰能量的收集与传播。坦白说，他在这方面有极高的天赋，周玖留没有看错人……我原先怀疑他是受人控制，并没有具体的理论支持，但在院子里发生的一切事情，让我确信了自己的猜测。他应该是在狩猎非法信仰源，借以平衡自己的脑波稳定性。"

"他的这种行为，属于掠夺吗？"朱峰在旁边皱了皱眉头，问道。

梁荷心扭头看了朱峰一眼，并没有回答他提出的疑问："他在总督府放置的共鸣炸弹只是个障眼法，他真正的目的是在混乱中创造出延续自己精神意识的机会。就如在一潭死水中投入石头总会激起涟漪，而周极相当于将一块陨石砸入了湖水。"

卢卡斯脸色一沉，眼睛中透出一丝怒气，说道："如果他不顾别人的死活，与恶魔又有什么分别？"

梁荷心叹了一口气，有些感慨地说："如果炸弹爆炸，死伤无数，整个京都城会变成无政府状态，那将会是最适合他的狩猎场……因为信仰能量作为高浓度的能量，在可控环境下可以有效地增强他的脑波，所以为了维系自身的存在，他一定会通过各种方式搜集这种能量。"

"我同意卢卡斯的说法，为了维持自己的生命而不惜牺牲他人？我相信，就算爷爷在，也不会支持他这么做……"周无低着头，终于明白周极为何要背叛 A.E.C.S.T 组织，心里有些自责，也有些懊恼。

"还有机会。"卢卡斯愣了愣，下意识地说道，似乎想安慰周无，又像是在证明什么，"周极现在依然保留着某种理智，所以才会向非法信仰源动手……如果他走投无路，相信你也看到了，我不敢保证他是否会走极端。他可以选择自己制造信仰能量的源头，方法……不限。"

周无和朱峰对视一眼，二人的脑海中同时闪出血肉模糊的画面，脸色顿时阴沉下来。

"不会的！周极不是这种人！"朱峰抢先说话。

"哼！人在绝望的时候，什么事情都干得出来。"一直保持冷静的李察突然冷笑了一声。

朱峰狠狠瞪了他一眼，反驳道："那也得分人！"

李察沉寂片刻，脑袋中似乎有某种不堪的记忆一闪而过："相信我，在面对死亡的时候，世上所有的生物都是平等的。现在阻止他还来得及，否则的话，就算他活下来，仍然要承受那些他不忍承受的事实。是救赎还是解脱？由他自己选择。"

他说完之后揉了揉额头，似乎想把某些不好的回忆驱逐出脑海。在场的所有人都将疑惑的目光投向他，而一旁的卢卡斯轻轻地拍了拍李察的肩膀，像是鼓励，又像是在安慰。

"我们也必须做出选择……"梁荷心再次点燃一根电子烟，深吸一口，打破了屋内的平静，"假设我们可以通过齐奕娇找到周极，那么在风暴来临之前就可以结束这一切，这是风险最低的方案。"

"我同意。"此时，站在角落一声不吭的弗雷终于开口，"周无，我知道你不希望让一个无辜的人涉险，但是请你相信我，在这个房间里，几乎所有人都做过类似的选择。"

他的身体微微颤抖起来，那坚如磐石的身躯似乎已无法承载内心的痛苦。

周无隐隐觉得气氛不对，缓缓扫视房间里的人，无论是沉稳的修特组长还是娇弱的孟桂，此时此刻都沉浸在某种悲哀的情绪中。

他拉开身旁的椅子，茫然无措地坐下，双手撑在额头上，似乎不愿意去面对这个选择。

黑暗中的尸体、齐奕娇惊恐的眼神在他眼前来回闪现，无数画面重叠在一起，这些都是他不愿意面对的场景。一瞬间，他似乎有一种冲动，想要将自己封闭在记忆宫殿内，可是残酷的现实不允许他选择逃避。

我必须拯救周极！他是我在这个世界上最后的一个亲人。

周无咬了咬牙，随后望向朱峰。而朱峰正用一种很复杂的眼神看着好友，不知道周无即将做出的决定究竟是对还是错，表情很犹豫。

"好，我就赌一次……但是我要亲自负责她的安全！"周无点了点头，避开了朱峰的目光。

梁荷心如释重负，转身看了看修特组长。

修特点头示意，神情似乎有些疲惫。他内心非常渴望能快点儿结束这一切，可以在退休生涯里享受轻松的时光。

周无透过玻璃，满怀心事地望着隔离室里的齐奕娇。此刻她好像有些紧张，目光焦虑地凝视着玻璃墙，虽然看不见审讯室里的状况，但是冥冥中似乎与周无的眼神对在了一起。

那饱含着不安、恐惧以及脆弱情绪的眼神，让周无隐隐感到愧疚，他在心里默默地想着：抱歉，我和周极都需要一次机会，希望他没有走在自我毁灭的路上。

一旁的朱峰顺着周无的目光看向玻璃，看见蜷缩在椅子上瑟瑟发抖的小女孩，心里很不是滋味。

他想起这座城市里还有很多为了生活而挣扎的女孩，她们努力让自己活得更好。可是没有人知道，命运早已在她们的人生路程上画上了一个圈，这可能代表着幸福时刻降临，也有可能在某一天，无情地掠夺她们的生命。

隔离室的门被打开，周无推门进去的时候，梁荷心示意孟桂跟随其后。周无走到桌前默默地注视着小女孩，随后低声说了几句话。齐奕娇面露惊喜之色，而身旁的孟桂微笑地向齐奕娇解释，似乎是以 A.E.C.S.T 的名义做出了某种承诺，并且嘱咐齐奕娇不要透露任何抓捕细节，在见到周极的时候也必须守口如瓶。

齐奕娇的脸上明显闪过一丝疑惑的神色，她似乎觉得奇怪，为什么她要对组织内发生的事情保密？

周无笑了笑，解释这是为了她和周极的安全，如果有陌生人联系她，她要及时反馈信息。

他在说话的同时，示意孟桂将自己的手机号码写下来。

齐奕娇接过字条，认真记着周无说过的每一句话，专注的表情让审讯室里的朱峰有些于心不忍。

玻璃内外就像是两个不同的世界，朱峰望着坐在隔离室里的周无，可以从好友脸上的笑容中感觉到，好友应该属于这里。

朱峰推了推自己的眼镜框，恍惚中，突然又觉得这个从小熟悉的人变得有些陌生，忍不住轻轻地叹了一口气。

当这一切结束时，孟桂抱着厚厚的材料带着齐奕娇离开。走的时候，齐奕娇仿佛某种要离家的小动物，不停地回头看着周无。

"你们都早点儿休息吧。"梁荷心一脸倦色，默默地走出了审讯室。

周无望着她纤细的背影，深深的疲惫感终于涌来。关于周极的一切，他已经有了一个清晰的脉络。为了阻止狩猎者的疯狂行为，为了维持这个世界的稳定，他已经没有任何选择的余地，现在，反抗命运的战争才刚刚开始。

朱峰望着好友，好像一直想开口说些什么，却如鲠在喉。周无看着他，似乎明白他的想法，轻声说了一句："也许我们最终都会变成自己讨厌的样子……"

周无回到房间里，躺在灰色的床单上发呆。似乎是有意又是无意，A.E.C.S.T 的人让周无住在周极的房间里，就像是个恶意的玩笑，又仿佛是某种轮回。

藏青色的墙面有些冷意，让人思绪格外沉静，床头挂着一张现代派画家的作品。周无记得在电话里，周极聊起过他最近搜集的艺术品，这幅画无疑就是其中一件。

周无虽然十分疲惫，但是无法安然入睡。他茫然地起身，打开放在床头带着暗红色花纹的日记本。

爷爷交给他的日记本正静静地躺在床头柜上，也许是出于对隐私的尊重，也许是他们的忽视，并没有人检查周无的随身物品。

他一页页简单翻阅着日记本，莫名的文字和图案依旧让他困惑。在经历这一系列遭遇之后，直觉告诉他，周玖留之所以要将日记本送给他，或许这里面隐藏着某种未知的秘密。

他在脑海中回想着小时候和爷爷在一起的时光。似乎在做完"选择题"之后，周玖留便将全部的精力都放在了培养周极身上，而周无的存在感似乎变得越来越弱。在他的印象里，爷爷最后一次拥抱他的记忆画面已经非常模糊了，他甚至已不能分辨那是真实的，还是仅仅发生在梦境中的一个片段。

就在他的回忆在脑海中流淌的时候，他无意中觉得日记本中某一页上的一个图案微微闪烁起来，似乎有一道金色光芒一闪而过。

周无心念一动，伸手触摸着书页中那个闪烁的符号，感觉像是一个"十"字形符号，又像是个叉，四周被黑色的钢笔涂成深深的阴影，有些凸起。

周无感受着指尖的触感，若有所思。这种感觉转瞬即逝，仿佛脑海中的幽灵，他想要抓住却无从下手。

在他的印象中，周玖留是一个不苟言笑的人，满头白发，脸上的皱纹沟壑般纵横，没有一丝笑容。而在思考问题的时候，他会用鹰隼一般的眼神审视兄弟二人，某种程度上，周极也继承了爷爷的特质，从眼神上就能看出两个人的性格一脉相承。

周无记得他时常看见爷爷在书桌前沉思，手里握着日记本，仿佛里面记载了无数回忆。

就在他回忆有关周玖留的点点滴滴时，日记本中的某一页再次流转出莫名的暗光。周无凝神翻阅日记本，在接触带有莫名意义的字符的瞬间，眼前突然闪过无数奇怪的画面。

曾经见过或没见过的画面在极短的时间内涌入他的大脑深处，一时间让他头痛欲裂，似乎整个大脑都已被额外的信息塞满。

他迅速移开视线，合上日记本，眼前的画面却仿佛瀑布一般汹涌袭来。周无强忍着，想要压下那种类似暴饮暴食后产生的呕吐感，又或者是用药过度而产生的那种头痛欲裂的恶心感。

终于，周无无法再忍受，在汹涌如潮的画面中迅速调整心跳频率，躲进了自己的记忆宫殿里。

他蹲在地上，一只手按住脑袋，另一只手撑着地面，低声呻吟着，任由画面形成的海浪拍打着宫殿的大门，发出悠长而沉重的回荡声。

"嗡嗡"的鸣叫声越来越大，在宫殿中回荡，也在他的脑海深处回荡，又仿佛在他的灵魂深处回荡。他缩紧身子，咬牙忍耐着，可是这种回荡声仿佛要从他的身躯里疯狂地冲出来。他坚持不住了，终于大声嘶吼，试图驱逐这种压抑的痛苦感受。

随着周无的怒吼声，无数画面围绕着他飞速旋转，他强撑起自己的身体，下意识地伸出手，想推开眼前诡异的画面。

就在他的指尖碰触某张画面的瞬间，整个空间突然错位。

空旷的街道上，整座城市空寂无人。

周无出现在一个陌生的地方，仿佛刚才的无数画面以及嘶吼声都是幻觉。天空中飘着淡淡的迷雾，他环视左右，只见头顶有一群乌鸦正围绕着自己徘徊。

他低头看了看自己的双手，触感和视觉都显得如此真实，但是冥冥中有某种直觉告诉他，这应该是记忆信息的投影，就像在荒原上遇见周极的场景一样。

就在周无想要更多地探索这个世界时，街角突然出现了一群装束很奇怪的人，他依稀看到有几个人的模样有点儿面熟。他们衣衫褴褛，满身灰尘，手臂上还残留着血迹，看起来颇为狼狈。

这时，街边另一头突然传来马蹄声，一个满脸络腮胡子的中年人飞驰而至，在人群前面停下。远处有一位牧师打扮的金发洋人缓缓走过来，手里似乎捧着一本《圣经》。

"周禹凌，你就算逃到天涯海角，我也会找到你的！"

此时，络腮胡子的中年人居高临下地对着人群大喊，神情凶悍。

人群中，一个留着平头的年轻人上前两步，身后立即跟上来一名身穿深色旗袍的少女，面色犹疑，似乎想阻拦他。

金发洋人走到络腮胡子的中年人身前，望了年轻人一眼，淡淡地说:"我希望在这一切结束之后,回收他手里的圣器。这是我们讲好的条件……"

络腮胡子的中年人皱了皱眉头,目光中闪过一丝懊恼之意。

年轻人突然笑了笑,抬头看着骑在马上的"络腮胡子",泰然自若的表情让他看上去有种独特的气质:"你以为我想逃避这个时代吗?有时候,我们明知不可为而为之,不是想要证明什么……我坚信,我们的每一分努力,都会让时代的浪潮前进一步。"

"可笑!就凭你们这些乌合之众?!""络腮胡子"指了指人群,怒容满面地说道。

"也许在你看来,妥协可以换来生存,可是没有原则的妥协,让我们丧失了人性。如果这片土地上的无辜民众一味妥协,甚至对信仰源也要妥协,那么这个国家就已经病入膏肓,完全没有存在的必要了。我不会是第一个站出来的人,也不是第一个站出来的奈福林!今天我站在这里,就是要告诉你们,瓜尔佳氏的脊梁究竟有多硬!"

年轻人说话时,有意将旗袍少女挡在身后,吸气抱拳,大声说道:"来吧!今日你我一战,生死不论!"

满天的迷雾忽然散去,一片金光笼罩着长街。

周无静静地看着眼前发生的一切,身旁似乎出现了一个模糊的人影,正对着他耳语:"也许,你离真相还很遥远……"

周无微微一惊,觉得眼前这个身影像爷爷,又像周极,或者是一个似曾相识的人。

"你……?"

他正想开口,人影却叹了一口气,轻轻地拍了拍他的肩膀,似乎想将他拉进闪耀着光芒的迷雾中。

"砰！砰！"

周无被急促的敲门声惊醒，浑身冷汗地微微喘息着，努力想要回忆起梦中的画面。虽然他入睡的时间不久，但是在记忆宫殿里的经历恍若隔世。

他看了一眼手里的日记本，将其塞到枕头底下，起身去开门。

只见孟桂穿着一件白色的短袖 T 恤站在门外，莞尔一笑，脸上带着红晕，周无依稀能闻到酒精的气息。

　　周无愣了愣，还没有反应过来，身前比他矮一头的少女就推开他走进了房间，直奔角落的酒窖。周无缓缓地上前两步，看到孟桂弯着腰，T恤、短裤随意地贴在她身上，显示出身材的曲线。

　　周无礼貌性地没有多看，走了过去，看着如仓鼠般在酒窖中来回翻腾的孟桂踮着脚从酒柜上拿了两瓶酒。眼尖的周无看到那分别是 1990 年的里鹏和 1999 年的勃艮第大金杯。

　　这两款分别是周极和他最爱的红酒之一。

　　孟桂抬头看了他一眼，因为酒精而泛红的脸上露出一丝笑容，随后不管不顾地向门外走去。周无站在原地，看着身材火辣的亚裔少女走至门口。

　　"你站着做什么？"孟桂突然回头，看了一眼傻站在原地的周无，示意他赶紧跟上。

周无鬼使神差地跟着她走出房间，左拐右拐，来到了走廊尽头的一个房间前。

他进门一看，房间内是欧美风格的简约布置，墙上的几幅画吸引了他的目光。在抬头欣赏的时候，他忽然看见梁荷心穿着一身居家服，擦着湿漉漉的头发从里屋走出来，略大的长袖上衣刚刚遮住她的大腿。

她发现周无站在门口，神色有些慌乱，扭头瞪了孟桂一眼，随后若无其事地坐在休闲沙发上，打开了勃艮第大金杯，并从橱柜中取出三只杯子倒上酒，闻了闻，脸上立即露出陶醉的表情。

一切仿佛都顺理成章，现在就是喝酒的时候，谁也不愿去关心美酒是从哪儿冒出来的。

三个人沉浸在浓浓的酒香中，没有聊与工作相关的话题。孟桂打开墙上的电视，说了一些地球生态上的严峻考虑，然后说到了 A.E.C.S.T 中国区的影响力。

"不得不说……"梁荷心抿了一口酒，有点儿惋惜地道，"你的加入，错过了 A.E.C.S.T 的黄金时代……"

这时，新闻上出现欧盟最新一期的峰会，梁荷心和孟桂对时政似乎很敏感，眉宇间不自觉地多出了几分阴郁之色。

法国的里鹏红酒差不多醒了两个小时，才进入状态，口感饱满。此时已经是夜里一点，孟桂换上了一身紧身的运动装，笑嘻嘻地看着梁荷心，示意今晚要睡在这里。

梁荷心摇头叹气，似乎对这位姐妹无可奈何。

周无有意无意地想起孟桂的火辣身材，以及梁荷心修长的双腿，内心泛起一丝涟漪。

梁荷心看着满怀好奇的周无，举起杯子，轻轻地说："我们的工作高度紧张，平时有太多的不确定性，学会珍惜平静的时光，是对自己最好的回报。"

"不要谈工作了……"孟桂给自己添上一杯酒，有些娇憨地说道。她有些失落，在沉默中举起杯子，似乎在向谁致敬，随后将酒一饮而尽。

梁荷心轻轻地拨弄着垂下来的头发，看了看低头沉默的周无，低声道："如果你加入我们，那么就要学会享受生活。不然你会发现自己一直在痛苦的循环中挣扎。A.E.C.S.T 有许多调查员不是身体出问题，而是这里，承受不住。"

她伸出手指了指自己的脑袋，长长的睫毛上下颤动，眼中似乎有说不清的情绪在流转。

"你所经历的每一件事，每一次生死之间的交错，都会在脑海中刻下印记。也许你能感受到，也许你不知道，终有一天，这一切都会慢慢地在你的身体里聚沙成塔，最后轰然倒塌……你还必须学会忍受失去。因为无论是谁，总有一天你熟悉的人会从你的生命中消失。你必须保持理智，好好活着。可是活下来的人要背负死去之人的希望，这种责任比死亡痛苦一万倍……"

周无默默地给梁荷心倒上一杯酒，低头闻了闻，仿佛在嗅酒香的时候，正在品着死亡与离别的滋味。

沉默许久，他向二人举杯示意道："致——我们注定要失去的家人和朋友。"

酒过三巡，周无起身告辞，迷迷糊糊地走回自己的房间。

他在脑海里不断地回放着刚才的一切画面，梁荷心沙哑的声音隐约在他耳边回荡。

"也许有一天他们会从你的生命中消失。"

他躺在床上，缓缓睡去，最后一刻记得那个声音仿佛在重复："活下来的人要背负死去之人的希望……"

翌日，周无从梦中醒来。

他听到手机一直在响，摸索到放在柜子上的手机打开一看，里面有数封未读邮件，其中有一条信息里标注了某个陌生的地址以及路线导航。

周无起床洗漱整理之后，按照邮件的指示，来到了 A.E.C.S.T 中国区行政会议室。

在门外的走廊上，他远远就可以看见玻璃窗里的场景。

屋内的卢卡斯和李察正在低头查看手机，似乎被繁杂的手续折磨，需要处理无数申请和来电。而弗雷和孟桂神情焦虑，一直站在卢卡斯身边催促着什么，周无甚至隐隐能听见弗雷在拍桌子的声音。

"海关……收容物……"

"我们可以采取特殊情况使用准则……"

周无听到一些断断续续的对话，满心好奇，突然想起修特的嘱咐，一定要控制住自己的好奇心，所以进入会议室后没有多问一句。

梁荷心简要地布置了一下任务，关于齐奕娇的行踪，一切尽在掌握中，但是他们不能出现以免惊动她，只能由周无出面，尽快与她取得联系。

这时，A.E.C.S.T 主管梁丹渊来电。他似乎很忙碌，此时正在全球范围内穿梭，分身乏术。他听完梁荷心的汇报，沉默了一会儿，首先向卢卡斯和李察问候，希望他们能冷静地处理好中国区这次的突发事件，在必要的时候可以越过官方流程，一切行动均由梁荷心全权负责。

面色阴郁的卢卡斯似乎很想发泄自己的不满情绪，但是理智终将怒火熄灭。

他没有忘记——这里是中国。

弗雷听到梁丹渊的指示，看了修特一眼。他知道，行政级别的调查员权限不用征求外勤组的同意，可是又觉得以修特组长的资历，应该先征求对方的意见。

其实每个人都知道，在修特退休之前，他确实不应该承担这件事的后果。

周无感受到会议室里的急躁氛围，看似关系融洽的人，中间依然隔着一道无法逾越的鸿沟。这让他感到一丝莫名其妙的压力，这种感觉看不见，却清晰地出现在身体里。

所有的行动计划在悄悄进行着，今天正好是周末，修特提出邀请同事们去他家里聚餐。

周无本想拒绝，认为有限的时间应该花在寻找周极身上，有些不满地摇了摇头。梁荷心柔声劝说了几句，随后发现，周无只是习惯性地傲娇，忍不住笑了起来。

"学会享受生活。"

这几个字一直在周无耳边回荡。他看着梁荷心长长的发丝，因为离得太近，薄荷香味在他的鼻间萦绕。

修特住在郊外的别墅区，与太太相依为命，没有孩子。

梁荷心带上朱峰和孟桂，在路上买了一束鲜花。众人来到用红砖所搭建的英式别墅，开门的不是修特，而是一个有着浅棕色发色的少妇，眉宇之间有着一丝亲切的温情。

"欢迎你们！谢谢你的花！"她惊喜地接过梁荷心的花，将众人迎进屋内。

在来的路上，梁荷心已经告诉周无，修特的夫人明子并不知道丈夫的职业性质，修特的身份是某家石油公司的国际安全高管，经常出差，这也给他的外勤工作找到了借口。

此时，等候在厨房里的修特宠爱地看了一眼妻子，在她的额头上轻轻落下一吻，随后转身继续在厨房里忙碌着。

同事们陆续到齐，卢卡斯和李察当然也被邀请了。他们一个穿着英伦的窄腿裤，加格子羊毛衫，另一个则穿着都市休闲服，之前他们在工作上的分歧已经云消雾散。

最后到的则是弗雷，他有些不好意思地摸了摸自己的光头，道歉道："抱歉啊，主要回家接我爱人。"

周无有些意外，弗雷竟然已经有了家室，而接下来周无才明白自己惊讶得太早了。一个像模特一样的短发男子走了进来，随后向周无和朱峰自我介绍了一下。

修特和梁荷心等人似乎早就不惊讶了，周无也不失礼貌地和他攀谈起来。

弗雷的另一半对他的工作情况似乎也不了解，问的一些问题让周无回答得很辛苦。还好此时孟桂来解围，把周无拉到了梁荷心、修特的太太明子和孟桂的对话中。

难得家里来了这么多客人，明子极其热情，嘘寒问暖，一直感谢着多年来同事们对丈夫的照顾和关心。

修特挤眉弄眼，生怕有人说漏了嘴。

但是在这种特殊的职业环境下，每个人潜意识里都已经养成了习惯，A.E.C.S.T 的首要规定，不允许向任何人透露身份，包括亲人。

"小周无，听说你还没有女朋友，要不要姐姐给你介绍一下？"少妇温柔地笑了笑，语气有些调笑地说道。

周无愣了愣，发现明子一直眯着眼睛，看着站在他们身边的梁荷心和孟桂，脸色微红："夫人误会了，我们只是同事……"

"那你们怎么不找女朋友？"

"不……还是工作要紧。"周无定了定神，尴尬地回答。

看到他略显狼狈的表情，身边的两个女孩不约而同地笑了起来。

明子若有所思地点点头，目光温柔地看向一直在厨房中忙碌的修特："以前他也是没日没夜地忙工作，这几年终于学会顾家了……"

终于，同事们开始在餐桌边开怀畅饮。

明子好像有说不完的话，一说起丈夫，眼中就闪烁出一丝感慨的情绪，神色略显忧愁："他忙里忙外都是为了工作，我也一直默默地支持他。其实忙点儿也没什么不好，我们的小日子啊，也不需要有多大的野心。虽然他不说，但是我能感觉到他的压力很大，也许工作也很危险……他就是那种把什么事情都放在心里的人。"

气氛突然沉默下来，晚宴上的同事们似乎有所感触。

修特此时正举起手中的杯子，忍不住皱了皱眉，轻轻咳嗽了一声。

"哎呀，你看我，把气氛都搞僵了！"眼前的少妇回过神来，挤了挤眼睛，微微一笑，举起桌子上的酒杯晃了晃，装作享受生活的样子，"今天是周末，难得我丈夫能请来这么多贵客，真是荣幸！我非常感谢你们对修特的陪伴，以后一定要常来！"

天色渐渐暗了下来。

梁荷心跟孟桂低着头说着话，不时脸色微红，像是在分享闺密之间的秘密。而朱峰跟卢卡斯有点儿酒精上头，特别投缘，勾肩搭背地说着一些奇闻趣事。一旁的弗雷和李察似乎因为什么开始大声叫嚣，随后往眼前的一排子弹杯里倒满烈酒。

周无借着去洗手间的机会，走到院子一隅，站在远处的昏暗中看着在灯光下愉快交流的同事。他似乎有一种别样的情绪，意识有些模糊，分不清什么是真实、什么是虚无。

"是不是感觉有些不真实？"

满头灰发的修特默默地走出屋子，来到了周无身边。

他回头看了一眼屋子里的同事，弗雷正在朱峰和卢卡斯的鼓掌声中，将摆在桌子上的一排子弹杯里的酒喝完，对面的李察和平时不同，此刻皱着眉头数着弗雷喝的酒的数量，示意朱峰也加入游戏。四个人开始互相较劲，将越来越多的酒摆在面前。

"这就是我们存在的意义，用一辈子的时间去守护这有限的快乐……"修特心事重重地叹了一口气，拍了拍周无的肩膀，"人这一辈子很长，一转眼，你可能就会错过那些你所重视的人或事。有时候放手才是最好的选择，无论周极怎么样，你都要选择自己最快乐的生活方式。"

"我知道。"周无点了点头。

"这次任务之后，我就要退休了……"修特眼神温柔地看着屋子里的妻子，二人心有灵犀一般，目光瞬间对视，脸上露出甜甜的笑容。

"我答应过她，要带她去环游世界，以后也可能移民，去一个没有约束的地方……"他像是在自言自语，摸着鬓角的灰色头发，内心有些感慨，"我能

· 249 ·

教你的东西不多，到时候你只能靠你自己。在这个扭曲的世界里，你最应该学会的就是认输和退出。"

周无怔了怔，似乎没有听明白修特的意思。

修特看见妻子向他挥手，转身走了两步，随后又回头看了周无一眼，意味深长地说："每个人年轻的时候，都想靠着一己之力去改变世界，我也不例外。"

他笑着进屋，热情地抱住了迎上来的妻子。

此时，孟桂似乎有点儿喝多了，吵闹着非要加入李察、卢卡斯和弗雷的喝酒比赛，而朱峰已经趴在桌子上呼呼大睡。

梁荷心举着一个酒杯，悄然站到门外。她笑容温柔，向周无举杯示意。晚风吹过她的发梢，周无可以闻到空气中淡淡的薄荷香。

他用一种复杂的眼神望着梁荷心，深深地将这幅画面刻在心底。他突然有一种冲动，希望时间一直停留在这一刻。

他转身向女人走去，迈步的瞬间，口袋里的手机突然振动起来。

齐奕娇发来的信息？

周无看着手机，脸上的笑容逐渐消失。

梁荷心似乎注意到了周无的表情变化，带有醉意的双眼瞬间变得清醒。晨曦即将破晓而至，昨晚的一切快乐如同镜花水月，随着第一缕阳光的到来，终将成为美好的回忆。

于是她知道，梦醒了。

车窗外灯火阑珊，街上挤满了忙碌的人群。

周无望着外面热闹的街景，将车窗玻璃的最后一丝缝隙合上，轿车的隔音性能瞬间让车内恢复安静。

修特正坐在后座上皱眉浏览手中的资料，看到文档里出现的黑色字体，眯了眯眼。等仔细看完资料之后，他将资料递给了坐在副驾驶座上的周无："齐奕娇提供的这份线索应该没有问题，可惜我们还是迟了一步。死者是京都城的一个小混混儿，以倒卖非法信仰源的信息为生……"

"昨天发生的事？"周无伸手接过资料，打开文件里的图像资料，微微皱眉。

一辆开着远光灯的车辆从前面驶来，刺眼的灯光让修特那双布满细微皱纹的眼睛眯了眯，他用略微沙哑的声音说："你觉得是他吗？"

周无的脑海中出现一张带着阴郁表情的面容，一闪而过。他绷着脸，低头沉默着。

"看来他的线人不止一个……在这个时候，为什么会有人这么频繁地组织非法信仰源倒卖活动？这倒像是灾难降临前的老鼠准备囤积食物逃跑。"

周无看见一张死者的照片，从现场角度判断，死者是在挣扎爬行的过程中，被人从身后残忍地割喉的。照片的分辨率很高，被害人临死之前的恐惧表情，清晰地展现在周无眼前。

"他是个普通人，没有什么黑历史。在京都城里有很多黑暗的角落里隐藏着一些别有用心的人，但是他们的野心和贪婪用错了地方，遇见弱肉强食的场面，他们的下场终究只是别人的午餐而已。"

"香酒吧里的人算不算？"

修特怔了怔，摇头道："有些人生存在灰色边缘地带，他们的存在对任何人都没有直接危害。还是像我这样认清现实比较稳妥，老老实实地打工，最后从官方那里获得信仰能量，换成养老金，安享晚年。"

周无抬头看了看在感慨人生的颓废中年人，诧异地问道："为什么要控制官方的信仰能量渠道？"

"嗯，忘了你现在还是学员，并没有经过官方认证……"修特微微侧头，展颜笑了笑，"信仰能量，无论是对古老者还是奈福林来说，都属于精神上的能量来源。只不过其中的差别在于，前者是必需品，后者是提升精神能量的重要道具。基于官方信仰回收体系的作用，被回收之后的信仰能量都是提纯并高度浓缩过的，价值之高超出你的想象！而且，因为在'提炼'过程中，除了受精神污染之外，其他对身体或精神的伤害都比较轻微。"

"整个过程就像李察说的那样？"周无眨了眨眼。

"时代在变，科技也在变，人们获取信仰能量的方式已经不一样了。这背后涉及更复杂的博弈，有的是古老者们之间的继承，有的则是奈福林与古老者之间的竞争。一句话概括就是，信仰能量等同于人类社会的石油、水和土地，你别听李察胡说八道！"

周无嘿嘿一笑，只懂得大麻的作用，而对其他非法的"资源"向来抵触。

"看看这么多年来，人类社会围绕着这些赖以生存的资源有过多少次战争，你就应该明白信仰源的重要性了。如果以这个作用为基础，信仰能量也可以成为最核心的交易货币。你有所不知……这个其实是写在国际联盟宪章里的，为了有效统计和分配全球信仰能量的生产，并且平衡各国信仰能量的消耗度，全球各大中央银行每个月会同步一次信仰能量的生产量以及消耗量。根据结算的过程，信息同步时间一般安排在月底的最后一个周末。"

周无摸了摸下巴，若有所悟地点头："就好像外汇一样？"

修特缓了一口气，继续往下说："是的，每个国家的信仰能量就像是外汇，生产过程和消耗过程就是国家的经常账户，如果消耗太大，而且生产跟不上，就需要借贷。结算的意义在于，首先是要统一计算全球信仰能量的生产量；其次，计算各国官方信仰能量的消耗；然后在结算的过程中，对生产的信仰能量的质量进行统计。因此，各国最终提交的信仰能量，和换来的标准化信仰能量单位是不一样的……哎，我忘了你是学金融的。长话短说，控制货币以及货币的发行，就能控制住经济体系的运行，这也是国家不可能允许假钞存在的原因。"

周无依然是半信半疑的态度："为什么以前我对这些事一无所知？"

他觉得这个世界似乎有两种体制在运转，一个活跃在大众的视线里，一个却被封锁在神秘的角落里。

"对媒体和网络上的信息，官方一直控制得很严密，其实，这个世界还有很多不为人知的一面……那么，为了拒绝监守自盗的行为，古老者同盟与奈福林之间一直在上层议会中协商办法，可是他们为了开放新的信仰源而闹得不可开交。顺便我解释一下'香酒吧'的属性，就好像人类一直在禁止违禁品，但是发现就算把违法者抓光了，违禁品的价格只会越来越高，秩序更乱！因此在可控的情况下，官方默许了类似低成品的信仰源买卖行为，只要买卖者不越过底线，官方就睁一只眼闭一只眼。"

"周极好像跟他们很熟……"

"他是负责渠道的专业调查员，和黑白两道的人都要打交道。"修特无奈地叹息，"唉，秉持着国家体系第一的原则，五眼同盟必须将优质信仰源掌握在自己手里，在边缘地带的古老者和奈福林就没办法了。如果你断了他们的生路，当他们死活熬不下去时，当然是选择反抗……"

周无抬头，刚想问话，耳边突然传来一个熟悉的声音。

"实习生！请汇报任务进度。"朱峰的声音从耳麦中传来。

周无脸色一黑，按住耳麦没好气地道："你不要每隔五分钟就问我一次，好吗？"

修特微微一笑，将汽车停在一座摩天大楼旁的广场上。

电话里传来朱峰的咳嗽声："周无，已经三个小时了，目标还没有出现吗？"

"酒店的晚宴是八点开始，九点结束，然后才是他们内部的聚会时间。"周无低头看了看腕表，"正常来说，受邀的女士都会迟到，现在还没到六点半！"

这是他第一次执行外勤任务，似乎对及时汇报工作这个流程显得很不耐烦。

酒店南、北侧各有一条通道，不时有车辆进出。

这时，卢卡斯的声音从耳麦里传来，他对着朱峰叫道："我们也没有看到任何值得注意的目标！时间确实还早，你能不能安静点儿？"

他的中文口音显得有些怪异，好像他在冲着朱峰咆哮，却又不敢叫得太大声，担心暴露位置。因为他和李察此刻正停在大楼的北侧，与对面广场上的周无形成了一个覆盖通道的角度。

耳麦另一端的朱峰嘀咕了几句话，补充道："我强调一下，我们这边检查了商场和写字楼的所有摄像头，包括主要的通道、地下车库以及酒店直梯，并且控制了今天晚上他们将在顶层包场的场所——'天空酒廊'的监控范围。人脸识别系统也已经准备就绪，可以读取监控器中的数据，一旦找到相似度与目标符合的画面，就会随时推送到主屏幕上。"

"知道了，罗宾！"周无翻了个白眼儿。

"我还能说什么？祝你好运。"

朱峰的声音有些不情愿，他似乎对自己不能执行外勤任务有怨言。他本该跟周无一起坐在修特的车里，可是梁荷心和弗雷极力反对，甚至威胁要把他带回基地。最后在周无的劝说下，他才极不情愿地留在后勤指挥小组。

天空有些昏暗，周无打开一条窗缝，探头望了一眼摩天大楼的楼顶。

这座大楼是京都城里最高的建筑，顶层建成了一家全城最高的酒吧，每晚灯光璀璨，成为夜空下最亮丽的一道风景线。

"周无，你的线人什么时候到啊？她不会不来了吧？……"朱峰不甘寂寞的声音再次从耳麦里传来。他话还没说完，背景声音突然嘈杂不堪，隐约传出他在另一端大呼小叫的声音。

半晌之后，耳麦里传来清亮婉转的女声："这里是指挥小组，我已经将不稳定因素控制住，接下来我们需要做的事就是耐心等待。"

听到朱峰的惨叫声，周无想起梁荷心在安全屋里袭击卢卡斯的画面，再加上孟桂在南郊山精神疾病康复所的格斗身手，不怀好意地笑了起来。

他低头看了看腕表，手机的屏幕上没有任何消息。眼看天色越来越暗，周无心中泛起一丝焦虑情绪。

"放心吧，他会出现的。"一旁的修特似乎感觉到了周无的心情，淡淡地说了一句。

周无不知道修特指的是周极还是齐奕娇，但是有人出声安慰，或多或少缓解了焦虑的心情。周无侧着头望向车窗外面，突然身子一动，伸手拍了拍修特的手臂。

只见广场的不远处，齐奕娇穿着白色连衣裙、白色高跟鞋出现在酒店的入口处。她并没有浓妆艳抹，而是化了淡妆，白色的衣服将她衬托得像一朵出水芙蓉，脸上微微慌乱的表情让她看上去楚楚可怜。

她不时东张西望，从白色手提包里取出手机。

数秒后，周无的手机开始振动。

真是个聪明女孩。周无心里想着，随后摇下车窗，注视着对面的齐奕娇。

齐奕娇拨弄着秀发，神情有些紧张，突然看见广场上的一辆轿车上，周无对着她微微点头，禁不住喜出望外，急忙扬了扬手机，示意她已经知道周无在这里。随后，她转身走进酒店。

周无目送着白衣少女离去，在耳麦中向全组人通报："这里是 A2，目标已经进入酒店，请指挥小组确认。"

"收到！确认目标已经进入视线。"朱峰的声音在耳麦中响起，虽然有些沙哑，却带着少许兴奋之意，"目标进入酒店大堂，目标进入电梯……确认目标已经进入顶层。"

他在沉默了数十秒后，好像发现了什么奇怪的事情："这姑娘可以啊，一进酒吧，至少有三位绅士打扮的男人跟她打招呼……"

周无一本正经地说："聚会还没有开始呢！一般早到的女孩子，经历都会很失败。"

"需要我提醒某人，大学的时候参加活动你总是准时到的吗？"

"总比你站在门口吹风好吧？那次不是你一直催着我，我能赶那么急？"周无刚才只是随口一说，耳麦里却传来了冷嘲热讽的话，忍不住出声反驳。

"等等，刚才那两个人有点儿眼熟哟，尤其是打着花领带的那个……"二人正在斗嘴的时候，朱峰突然"咦"了一声，耳麦里传来一阵敲击键盘的声音，"果然没错！其中一个去年被评为最佳分析师，另外那个穿黑色礼服的中年人，是京都城一家著名律师行的首席律师，我记得他在我们学校讲过课。"

"很奇怪吗？年底一般都是大公司的年会。"

此时，孟桂娇滴滴的声音突然响起，她似乎坐在指挥车上对着朱峰连翻白眼儿："今晚的宴会主题应该是基金策略会，邀请齐奕娇出席，也有可能是娱乐公司的日常计划……但是人数这么多的私人聚会确实少见，我还以为是小范围地寻欢作乐呢。"

周无虽然没回复，但非常认同孟桂的看法，这也是齐奕娇高度紧张的原因。

"好吧，希望我们的小美女不会出什么纰漏。"卢卡斯的声音从耳麦里传来。

"她应该可以的。"周无对着耳麦解释道，"那天晚上她参加西城院子里的聚会，化着浓妆，多半是因为在场的都是熟人。而今天她明显化的是淡妆，没有攻击性，毕竟这么多人的场合，为了不跟别的女士形成对立局面，她选择打扮得比较弱势一点儿。当然，这也更容易激起男人的保护欲望……"

"你们话太多了！"

就在周无说得不亦乐乎的时候，梁荷心沙哑的声音突然响起，这也表示她进入了现场通信范围。

"贝塔小队，请随时注意酒店外围的动静，如果一切正常，在晚宴结束前五分钟，A2 小队先进入酒店，我和弗雷将在大堂的三号电梯处与你们会合。另外，晚宴时间可能会延迟，我们随时会进行任务步骤的调整。"

梁荷心的声音的出现让周无莫名悬着的心稍微平静下来，那与朱峰拌嘴都挥之不去的紧张感也慢慢消失。

"晚宴好像开始了！她已经入座……"朱峰应该是一直盯着监视器。

"好，把她这桌人的信息资料全部检索一遍……为什么我们还没有声音连接？"梁荷心在耳麦里问道。

孟桂急忙通过耳麦解释原因："因为她身上没有戴耳麦。考虑到行动的隐蔽性，我们没有提前在现场布置收音设备，现在只有摄像头传输过来的视频画面。"

手机屏幕亮起，周无和修特同时按下接收键。

视频画面在手机屏幕上弹出来，一身白衣的齐奕娇在人群里非常显眼。大堂上摆着几张圆桌，画面中的客人正在交头接耳，有些人已经起身敬酒。

齐奕娇静静地坐着，碰到有客人上前敬酒，就面带微笑地举杯，姿势优雅，却喝得很慢，与往日热情火热的性格一比，简直判若两人。

可是她身边的两个位子始终空着，这让周无微微皱眉，隐隐觉得有点儿异常。他盯着屏幕晃了晃脑袋，试图把这种不适感从脑袋中甩出去。

"指挥小组……"李察的声音响起，语气似乎有些疑惑，"你们确定这是非法信仰源的交易现场吗？为什么会有这么多人？"

酒店门口的广场上不断有车辆经过，略刺眼的灯光照射着周无的眼睛，他心里的某种烦躁感持续上升。他深吸一口气，压制住内心的不安情绪，带着同样的问题听着耳麦里的对话。

"我们暂时没有确定的信息，目标本人也无法确认此次聚会的性质，目前仅仅处于怀疑阶段。但是我们的时间进度……已经不允许我们错过每一次机会。"

梁荷心沙哑的声音再次响起，仿佛一道冰凉的泉水，轻轻洗涤着周无的心灵，莫名让他觉得心安。

视频中，一位彬彬有礼的主持人登上台，似乎对着在场的客人在介绍什么。客人们井然有序地落座，留意着台上的演讲。

齐奕娇优雅地坐在椅子上，与同桌的男士们没有任何交流。此时她身旁突然多了一个身影，那人穿着浅蓝色的西服，身材魁梧，身子前倾，在女孩耳边轻声说着什么，而齐奕娇频频点头，似乎在耐心地听男士说话。

"能不能换几个镜头角度？"

周无心中的不适感再次变得强烈起来，视频中的画面似乎有些失真，他无法用言语形容，那种感觉就像是看着一切正常，却又有一种说不出来的违和感。

"里面的摄像头角度只有这些，原本我们是想进去偷装几个，但是收到消息后已经来不及了。中午他们已经进场布置，而且酒店安保非常严格，没有邀请卡根本进不去……"孟桂无奈地解释。

周无盯着布景台中央的"绿湖资本"几个字，微微皱眉，总觉得这家不起眼的外资企业有点儿不对劲。

"视线很差，我们是不是先上去几个人？"

"不行！里面没有回旋的空间，而且你会暴露自己。"梁荷心直接否定了周无的提议。

周无轻触屏幕，看到视频中的齐奕娇和身边的男子同时被主持人邀请上台。他们站的位置离镜头比较远，让人看不清楚他们脸部的表情。客人们起身鼓掌，透过屏幕周无只能看到一些模糊的重叠人影，跟随着节拍挥动着双手，之后他们坐下来开始用餐。

"情况好像不对，为什么他们提前开餐了？"耳边传来卢卡斯的声音。

周无按住耳麦，看了一眼手机屏幕上的时间显示，离八点还差十五分钟。他反复观察手机上的视频，盯着每一帧画面来回切换，可惜摄像头距离的缘故，他无法将视频画面放大。

心头的怪异感越来越强烈，无形中就像有爬虫在身上轻轻蠕动，虽然看不见，他却能感觉到它们的存在，从皮肤深处渗出的冷汗浸透了他身上的衬衫。

耳麦中突然传来李察的声音："指挥小组，请把五分钟前的镜头调出来，跟现在的镜头对比一下。"

"好的，控制台交给我。"清亮的声音传出，孟桂"噼里啪啦"地敲击着键盘，"视频拷贝马上发给你们。"

"我知道哪里不对了！"

就在视频弹出的刹那，周无灵光一闪，一股寒意笼罩全身。

他不及细想，侧头望了修特一眼，突然打开车门，往酒店飞奔而去。修特下意识地想拉住他，却慢了几秒，忍不住叫骂了一声，急忙下车去追人。就在他拔腿跑向周无的瞬间，摩天大楼上忽然传来一声玻璃震裂的巨响。

"小心！"

多年的外勤经历使修特的临危反应相当成熟，他一个箭步扑过去，一把抱住周无，借势翻滚到绿化带的围栏处。

"咚！"

一道人影从天而降，直直砸落在周无身后数米处。

地上漫延开一摊鲜血，血肉模糊的尸体已经完全扭曲，仿佛荒芜大地上的一株枯树，伫立在冰冷的水泥地上。

如果不是修特，周无现在很有可能已被"枯树"砸死。

耳麦里传来的惊呼声，就像是遥远的回音。

修特同样脸色煞白，惊魂未定，很想张口骂周无几句，不料周无猛一抬头，突然效仿刚才修特飞扑救人的动作，将修特的双腿抱住，用力滚向路边的绿化带。

"你疯了吧？！"

修特龇牙咧嘴地叫了起来，试图推开压在自己身上的周无，突然看见几个黑影接二连三地从摩天大楼的顶端坠落。

数道急速坠落的身躯像是跳水一般，"咚咚"地拍打在地面上，其中一具身躯直接落在他们的轿车上，随着一声惊天动地的巨响，瞬间将车顶击穿。如果此时他们二人还坐在车上，恐怕已变成一摊肉酱。

二人从未见过如此诡异的场面，对视一眼，冷汗湿透了衬衫。

"周无，你没事吧？A2、A2，请回话！"急促的呼叫声从耳麦里传来，朱峰已经心急如焚。

"我没事……"周无颤抖地伸出手按住耳麦，抑制住内心的恐惧情绪，回道，"我和组长都没事。"

他低头查看身上的装备，见白色衬衫上有几处血迹，觉得脸上有些凉意，下意识地摸了摸自己的脸庞，鲜血染红了手心。

怎么回事？他有些发蒙。

修特站起来看了他一眼，指了指地上一片血腥的场景，喘着气说："应该是他们的血，不是你的……"

扭曲的肢体和破裂的水泥混合在一起，散落在大地上，形成了某种奇特的画面，放眼望去，带着一种邪气的残酷美感，周无感到喉咙深处一阵酸麻。

"A2、A2，贝塔小队的车好像被砸中了，没有听到回复，梁小姐和弗雷正赶往他们的位置查看！"朱峰焦急地在耳麦中叫着。

"别喊了，我们被砸中了，刚缓过气来！"

李察在耳麦里低声咳嗽，无可奈何地说道："请示指挥小组更改行动方案，再掉下来几个，估计你们就要分不清我和卢卡斯的身体部位了……"

"收到。"耳麦里沙哑的声音响起，梁荷心慎重地说，"我和弗雷已经在路上，两分钟后到达你们的位置。A2小队请原地待命，不要轻举妄动。"

修特按着耳麦，检查身上的配枪装置，然后抬头看向周无，心有余悸地说道："你是怎么知道有问题的？"

"你是说这个？我怎么会知道？！"周无指了指天上，随手在裤子上擦了擦手腕上的血迹，"我只是觉得现场有问题，因为他们五分钟前的动作和后面做的动作一直在重复，而且他们是同时重复！"

修特感觉一股冷汗渗透了背脊，面色一寒，嘴里不知骂了一句什么，又惊又奇地说："看来这次真的是中大奖了，这种场面闻所未闻！"

周无低着头，查看手机屏幕上的画面，只见视频中，一群人慢慢悠悠地站起来，仿佛听到某种命令，排成队站在破碎的落地窗边，而坐在桌边没有站起来的客人，就像什么都没有发生一样，整齐划一地切割着餐盘中的食物。

"这真是现实中的恐怖片……"耳麦的另一端，朱峰似乎也瞪着视频中无声的哑剧，喃喃自语。

周无放大屏幕上的局部画面，其中一个人笑容僵硬，将盘中血肉模糊的食物残渣塞入嘴里，面无表情地咽下。鲜血顺着他的嘴角流下来，打湿了礼服的前襟，像是一块红色的佐餐布。

周无看得直冒冷汗，感到身体无比冰冷："这简直就是猩红的晚宴啊！"

此时，他注意到布景台上的三个人影，完全没有头部镜头，突然身子一颤，咬了咬牙，扭头望了修特一眼。

"你想都别想！"

修特似乎明白他想干什么，刚想站直酸痛的双腿，周无就拔腿飞奔，人已往酒店入口处冲了过去。

"周无！"修特大惊失色，一边紧追着前面的周无，一边在耳麦里叫骂着，"臭小子跑进酒店了！"

耳麦里传来愤怒的叫骂声，随后是孟桂的尖叫声："啊啊！周无，你这个浑蛋，等我抓到你就杀了你！"

她情绪激动，在耳麦里叫嚷着让朱峰接手控制台，现场一片混乱。

"孟桂，你别去追！指挥小组要是出了问题，我们就都成瞎子了！"梁荷心语气急促地说道。

耳麦里虽然一片混乱，但她处事比较冷静，似乎跟身边的弗雷商议着应急办法。在思考了几秒之后，她果断地下达了任务方案："我们暂时不去考虑周极，现场已经成为独立的收容事件！根据视频画面显示，应该只有顶层被收容物影响，我们不知道影响范围会不会扩大，所以我不管现场到底发生了什么，行动小组立即行动，直接冲进顶楼的天空酒廊，确保第一时间控制住异常环境！”

卢卡斯问道：“如果控制不住，怎么办？”

梁荷心深吸一口气，语气坚定地说：“这里是京都城，一旦发生不可控收容事件，后果非同小可，就算要用我们的生命填满整座大楼，也必须制止该事件！诸位，我们不是第一次共事，选择这份职业的时候，就已经做好了心理准备。这是我们的使命，也是我们的诅咒！

“我以现场行动负责人的身份命令你们，所有行动部门和小组成员必须以最快的速度赶到现场！联络安玉姐……告诉她问题的严重性，这已经是所有人的问题了，他们也有责任保护这座城市。

“各自祈祷吧，诸君平安！”

电梯门关闭之前，周无最后在耳麦中听到音频声，此时的修特一个箭步冲上来，动作敏捷地走进了电梯。安静的电梯里只能听见二人不停地喘着粗气的声音，两个人仿佛被隔离在另外一个世界里。

“浑蛋！”修特低吼了一句，眼中似乎能喷出火来，“知道自己在做什么吗？你是不是疯了？！”

他重重地踹了一脚电梯门，整个电梯空间剧烈震动，灯光一阵昏暗，发出“刺刺”的异响。二人脸色一变，赶紧扶住电梯，贴着角落站稳。

等缓上一口气，修特意识到自己的情绪似乎有些失控，背对着周无一言不发，慢慢地调整着呼吸，使自己冷静下来。

“你是我见过的最难搞的菜鸟……”修特将身上的领带解下来，随手扔在地上，伸手揉了揉散乱的灰色头发，擦去额头上的汗水。

“周极当年也是一样吧？”周无脸上带着歉意表情，冲着修特笑了笑。

“我早该想到的。如果我们能活着出来，我一定会揍你一顿……”

周无嘴角一扬，压下心中的紧张情绪强行挤出一个笑容：“只要能活着，你可以多揍我几次。”

修特长叹一声，在口袋中摸索着取出一盒烟，点上了一根递向周无：“我一直认为，反正我都是快退休的人了，上级会安排我去做看守银行结算中心这种安全又赚钱的工作，谁知道……又赶上这种高风险的不明收容物任务，可能这就是命吧。"

周无默默地抽着手中的烟，凝视着烟头一点点地燃烧，生命或许就像是生来命运被注定的烟草，燃烧过后终成灰烬。

他抬头看了看修特疲惫的面容，正好修特也看向他，二人忽然有所警觉，异口同声地说："电梯怎么这么久？"

话音刚落，耳边传来"叮"的一声响，电梯门毫无预兆地打开了。

外面是昏暗的走廊，两个人隐约能看见天花板上的灯光正在闪烁，暗淡的灯光照在两个人惨白的脸上，两个人看起来如同僵尸出棺。

周无皱着眉头，环顾四处："这里就是天空酒廊吗？是错觉，还是我们走错了地方？"

修特将最后一口烟吸完，揉了揉头发，意味深长地说："以往进入收容现场之前，我们会先安排一些动物去检验辐射范围，现在嘛……你我就是试验品。"

"好吧，现实就是这么残酷。"

周无将手中的烟蒂弹入漆黑的走廊里，看着火星落在地板上，向前迈出脚步。

"等等！"修特突然伸手拉住他，脸上的皱纹挤在一起，苦笑着说，"如果让他们知道我就这么让你走进去的话，我下半辈子恐怕要一直坐在办公室里写报告了……"

周无怔了怔，笑道："那不是挺好？有吃有喝，你不用在外面拼死拼活了。"

"遵循传统。"修特在口袋中摸索了一阵，随后掏出一枚铜币，抛给周无，"先抛到人头的人先进去。"

周无接过铜币一看，年代似乎很久远，上面刻着一个锈迹斑斑的头像。

他知道这枚古钱币的历史，古罗马君士坦丁铜币，面值1富利，正面图案是君士坦丁大帝戴冠头像，铭文"君士坦丁·奥古斯都"，背面则为星光照耀下的兵营城门，铭文"天意·恺撒门"，象征着胜利。

周无想了想，抛起铜币凌空扣在手背上，打开看了一眼，默默地递给修特。

"我可是人称幸运的修特啊！"修特皱了皱眉，似乎并不觉得奇怪，接过铜币，抛起之后扣在手上打开，君士坦丁大帝的头像在微弱的灯光下发出一丝异彩。

"要不要再来一次？"周无的表情有些尴尬，他用手背堵住嘴，轻轻咳了一声。

修特沉默良久，微微摇头，"孩子，这是传统……记住，跟我保持距离，不要再擅作主张了。"

他仔细查看身上的装备后，越过周无向走廊走去，踩灭了地上的烟头。

二人动作很慢，每走出一步，都好像生怕地板上会突然出现一个漆黑的洞口，在跨过烟头的瞬间，身后传来"叮"的一声响，电梯门缓缓关上。

此时，梁荷心与弗雷已在路口找到贝塔小组，帅气的卢卡斯狼狈不堪，脸上皆是鲜血，抬头望着灰蒙蒙的夜空，嘴里不知道在嘀咕什么。

李察在梁荷心的帮助下，用破碎的衣袖包扎好手臂上的伤口，心事重重地望着卢卡斯，眼神里透着一股怨气。

"行动小组和安玉姐都到哪里了？"一旁的弗雷查看现场之后，按住耳麦，询问指挥小组。

"嗯，估计……需要十五分钟……"孟桂的声音断断续续地传来。

梁荷心略显烦躁地拨了拨长发，仰头望着摩天大楼的顶层，细长的眉毛皱成了一团，"告诉安玉姐，如果她五分钟之内到不了，我们可能就都是死人了。"

"孟桂，你赶紧与收容中心的数据库连接，查找疑似与时间或空间类相关的收容物资料……我们，没有后退的权利。"

弗雷回过头看了看卢卡斯和李察，在沉默中走向被黑暗笼罩的摩天大楼。

指挥车上，孟桂将摆放在台板上的电脑和监视器装进一个布袋中，面色凝重地嘱咐朱峰："你在这里等着，我要去支援他们……如果我回不来了，你就忘掉这里发生过的一切事情，回归正常生活。"

"什么？这个时候我怎么可能做逃兵？"朱峰习惯性地推了推鼻子上的眼镜框，脸上露出一丝紧张的笑容，"我只有周无一个朋友……"

天空酒廊。

周无和修特屏住呼吸，在昏暗的走廊中走着，绕过一座高大的屏风之后，二人走到了昏暗的大厅里。

死气沉沉！周无的脑海中蹦出的四个字，可以很贴切地形容这里的气氛。二人在空旷的大厅里绕了几圈，毫无收获。颓废的修特无奈地摇了摇头，低声说道："没有科学组支持，我们破解这个收容现象的概率几乎等于零。"

周无仔细检查大厅的每一处角落，所有的现场布局没有发生任何变化，餐桌还在原地，布景台上的背景墙上贴着"绿湖资本"的企业宣传画，甚至连墙角的钢琴也与视频中的一模一样。

"修特组长？周无……你们听得见吗？听到……请回复。"耳麦中传来断断续续的声音。

周无与修特对视一眼，抬手按住耳麦："收到，我们在顶层的天空酒廊里。但是很奇怪，这里没有任何动静。"

"一点儿都不奇怪。"耳麦里传来梁荷心疲惫沙哑的声音，她似乎在不停地喘息，"我们中途发现电梯异常，一直在安全通道的楼梯上走，完全没有尽头……"

"你们在几层？我们过去与你们会合。"

"不要浪费体力，这里的空间应该被折叠了，越接近终点越被无限拉长，理论上来说，我们永远无法见到对方。"

修特脸色一变，额头上的皱纹更深了："看来，只能先搞清楚收容物的特质……你们进来之前，有没有确认收容辐射覆盖的范围？"

"没有。"弗雷的声音带着一丝沉重之意，"我们来不及等孟桂确认数据库，只能试着用自身的精神力去中和收容特性，创造一个窗口期。"

"你说在这个收容物特征里中和？这么大的范围，估计我们全部搭在这里也不可能解决问题！"卢卡斯似乎被楼梯折磨得有点儿暴跳如雷。

"先别急……目前看来，现场可能是以时间为单位进行环境改变的收容物，也有可能是以达成某种条件为目标的事件性收容物。如果我们知道它是什么，确实可以尝试着从收容物的特性入手。"李察耐心地讲解着通过"收容特性"解决问题的可行性，慎重地询问关键细节，"你们有没有看到什么奇怪的东西？"

周无与修特对视了一眼，说："没有。"

"周无……你还好吗？"耳麦里传来梁荷心关切的声音。

"我和组长在一起。接下来，我们应该做什么？难道一直在这里等着？"

梁荷心沉默良久，好像正努力思考着对策，身边的弗雷却抢着说："我先来吧。"

"不行！"梁荷心一口拒绝。

随后，耳麦里传出互相争执的声音，其中包括李察的据理力争。他以他在北美参与的收容事件经历，试图说服梁荷心等人放手一试，但是梁荷心的一句话就让他哑口无言。

"如果这次的收容事件就是别有用心之人引诱我们用精神力特征中和，岂不是中了圈套？"

漫长的沉默让周无觉得很无助，他坐在椅子上，黑暗将他的身子包围，四周一片死寂，他可以听到修特沉重的呼吸声。

周无试着激活自己的记忆宫殿，依稀看见了宫殿的轮廓。但是天空灰蒙蒙一片，雾气很重。他正准备踏上悬浮台阶时，似乎与周围的某个空间碰撞了一下，震荡感十分强烈，瞬间将周无从记忆宫殿的场景中弹回现实世界。

周无头痛欲裂，忍不住低哼了一声。

此时，耳麦中传来弗雷略带犹豫的声音："你们……有没有感觉它有什么变化？"

周无伸出手腕，看了看自己修长的手指，皱眉道："是不是环境变暗了一点儿？"

修特警惕地抬头观察着四周："是的，刚才能见度有二十米左右，而现在只有不到十米。"

"果然，这是时间性收容物的特性吗？"耳麦中传来一声长叹，李察的语气有些沮丧。

"我想请大家注意，不要肆意进行精神力同步。"梁荷心再次重申自己的立场。

周无低声问道："一般你们怎么解决这类时间性收容物的特性？"

"理论上来说，任何收容物现象都有一个精神力的阈值，只要注入足够的精神力特质，就可以有效地突破收容物特性。但是，实际上……"梁荷心停顿了一下，幽幽的声音从远方飘来，就像是遥远的呢喃声，"遇到紧急的危险收容事件，我们一般会让低级人员用生命去填，直到满足特性条件为止。"

"那么这次呢？"周无猛地一惊。

修特揉着额头，语气平静地说："一样。"

周无难以置信地握紧了拳头，重重地吐出一口浊气。

像这种处理危险收容物的现场行动，也许梁荷心、修特等人已经遇到过多次，A.E.C.S.T 的全部人都在用生命维持这个世界的正常运转，可是走在路上，没有人知道他们做过些什么，就如没有人去在意修特满头的灰发、疲倦的笑容。

或许对他们来说，这不是宿命，而是一种责任。

"如果你们不快点儿做出决定，可能就赶不上楼顶的晚宴了，时间不等人。"周无的内心突然涌现出一丝勇气，他觉得似乎有责任维持朋友们的安宁生活，而且齐奕娇也是受害者，是无辜的。

"这里的时间是被割裂的……"弗雷的声音响起，似乎隔着遥远的空间。

"难道我们已经没有别的选择了？"

"这种级别的收容物，基本上把我们都填进去也没有办法满足条件。"弗雷略显疲惫的声音再次响起，带着一丝无奈的笑意，"不过你说得对，似乎我们没有其他选择了。"

就在众人束手无策的时候，从遥远的空间外突然传来孟桂的呼喊声："你们在哪里？"

"我是修特！"修特按住耳麦，似乎对这名外勤精英的及时出现略感兴奋，"我跟周无在一起。"

梁荷心也在耳麦中迅速说出自己的位置，只是他们四个人已经搞不清楚自己到底在几层。

"我和朱峰在一起，我们现在被困在电梯里，好像到了二十一层就上不去了……我有一个好消息，我进来之前已经通过收容中心的数据库查到收容物的特征，但是电梯里只能发送邮件，仅限于空间内的人接收，我现在发给你们。"

手机的铃声响起，周无与修特急忙在黑暗中打开手机屏幕。

等低头读完邮件之后，周无身子微微一颤，突然咬了咬牙，嘴里吐出一句："见鬼！你们不是在开玩笑吧？"